ÅSA NILSONNE

Dünner als Blut

Rivalinnen

»Dünner als Blut«

Ganz Stockholm leidet unter der Grippe. Auch bei der Kripo fällt ein Großteil der Belegschaft wegen Krankheit aus – ein Glücksfall für Monika Pedersen. Denn so wird die Streifenpolizistin kurzerhand zur Mordkommission abkommandiert. Und dort bekommt sie es auch gleich mit einem äußerst mysteriösen Verbrechen zu tun: Durch Zufall stellt man im Västra-Krankenhaus fest, dass ein angeblich an Magenblutungen verstorbener Mann, Gösta Persson, kaltblütig ermordet wurde. Monika ermittelt und entdeckt dunkle Stellen in Göstas Privatleben …

»Rivalinnen«

In einer eiskalten Dezembernacht wird in Stockholm eine ermordete Frau aufgefunden. Es ist die Schauspielerin Lottie Hagman. Ihr Bekanntenkreis ist unübersichtlich groß, ihre Töchter sind wenig auskunftsbereit, und Polizeiinspektorin Monika Pedersen ist müde, überarbeitet und hat Probleme mit ihren neuen Kollegen. Ihre Ermittlungen führen erst zum Ziel, als sie bereit ist, sich dem zu stellen, was sie selbst mit dem Mörder verbindet …

Autorin

Åsa Nilsonne, sachkundige und »außerordentlich begabte Krimi-Autorin« (Dagens Nyheter), hat mit ihren Romanen um die humorvolle und ehrgeizige Polizistin Monika Pedersen eine begeisterte Leserschaft erobert. Für »Rivalinnen«, ihren dritten Monika-Pedersen-Roman, wurde sie mit dem schwedischen Krimipreis ausgezeichnet. Åsa Nilsonne lebt in Stockholm, ist verheiratet und hat drei Söhne. Sie arbeitet als Psychiaterin und Forscherin am Karolinska Institut.

Von Åsa Nilsonne außerdem bei Goldmann lieferbar:

Dünner als Blut. Roman (45440)
Im Verborgenen. Roman (45441)
Rivalinnen. Roman (45148)

Åsa Nilsonne

Dünner als Blut
Rivalinnen

Zwei Romane in einem Band

Aus dem Schwedischen
von Gabriele Haefs

GOLDMANN

Die Originalausgabe von »Dünner als Blut «
erschien 1991 unter dem Titel »Tunnare Än Blod«
bei Trevi Bokförlaget, Stockholm,
die von »Rivalinnen« 2000 unter dem Titel »Kyskhetsbältet«
bei Bokförlaget Forum, Stockholm.

Umwelthinweis:
Alle bedruckten Materialien dieses Taschenbuches
sind chlorfrei und umweltschonend.

1. Auflage
Taschenbuchausgabe Oktober 2004
»Dünner als Blut«

»Rivalinnen«

Umschlaggestaltung: Design Team München
Umschlagfoto: Zefa/Bernhard
Druck: GGP Media GmbH, Pößneck
Titelnummer: 13355
BH · Herstellung: sc
Made in Germany
ISBN 3-442-13355-6
www.goldmann-verlag.de

Dünner als Blut

Dank

Mein besonderer Dank gilt Kriminalkommissar Björn Axelsson, der sich freundlich und geduldig bemüht hat, meinen Wissensstand über Räumlichkeiten, Organisation und Arbeitsweise der Polizei zu vergrößern; Nisse Hellberg und Wilmer X, der mir Einblick ins Musikleben verschafft hat, und diversen Kollegen und Freunden, die Auskünfte und Meinungen beigetragen haben.

Ich danke dem St. Görans Krankenhaus in Kungsholmen, seit zwölf Jahren »mein« Krankenhaus, möchte mich aber dafür entschuldigen, daß ich es durch das Västra Krankenhaus ersetzt habe. Es gibt außer der geographischen Lage keine Ähnlichkeiten, und ich möchte vor allem darauf hinweisen, daß keine meiner Personen einem wirklichen Menschen entspricht, doch auch erfundene Personen brauchen schließlich Namen und Aussehen. Ich habe auch einige der Häuser von Kungsholmen umgestellt, und ich hoffe, daß mir das die Einwohner dieses angenehmsten Wohnviertels von Stockholm nachsehen werden.

Anmerkung der Übersetzerin

Auf schwedisch heißt das männliche Krankenhauspersonal »Schwester«. Im Buch treten diverse »männliche Krankenschwestern« auf, so wie »Schwester Peter«, ein arger Schurke. Ich fände es schade, wenn diese schöne schwedische Eigenart in der Übersetzung verlorenginge.

Prolog

Langsam verbreitete sich ein Grippevirus in der Inneren Mongolei, einem spärlich bevölkerten Teil des sonst so dichtbesiedelten China. Die Bevölkerung, die vor allem aus Viehzüchtern bestand, wurde krank und nach einigen Tagen mit Fieber und Muskelschmerzen auch wieder gesund. Die dreijährige Olan bekam, wie viele andere, hohes Fieber, sie weinte und klagte über Schmerzen im ganzen Körper, sie schwitzte und hatte Durst, während sich das Grippevirus in ihrem Körper verbreitete. Bei einer seiner unzähligen Milliarden von Kopien änderte das Virus seine Eigenschaften, indem es sie neu kombinierte, wie die Glasstücke in einem Kaleidoskop neue, einzigartige Bilder ergeben, wenn sie die Plätze vertauschen. Die neue Kombination unterschied sich nur in einem einzigen Punkt von den anderen Varianten, die im Umlauf waren: Es fiel der menschlichen Immunabwehr sehr schwer, sie zu entdecken. Olan ging es nicht besser, ihr Zustand verschlechterte sich in den nächsten Tagen. Ihre Eltern begriffen langsam, daß sie sterben würde, und baten deshalb den Arzt bei einem seiner regelmäßigen Besuche in der Stadt um Rat.

Der Barfußarzt, der Olan auf Gedeih und Verderb fiebersenkende Mittel und Antibiotika verpaßte, nahm das neue Virus in die nächsten beiden Städte auf seiner Besuchsliste mit, dann wurde er selber krank und mußte das Bett hüten, bis er wieder schmerzfrei war.

Olan überlebte, ohne Hilfe der Medikamente, aber ihre Genesung erhöhte das Ansehen des Arztes in ihrem Ort, und die Nachfrage nach seinen Diensten stieg.

Das Virus brauchte ein Jahr, um Zhenshou zu erreichen, dann wanderte es im Laufe einiger Wochen nach Shanghai weiter, von wo kein Anstieg der Todesfälle berichtet wurde, was vermutlich daran lag, daß in dieser riesigen Stadt nicht so genau über Todesfälle Buch geführt wurde. Vielleicht lag es auch daran, daß solche Auskünfte in Folge der neuen politischen Zurückhaltung dem Ausland gegenüber geheimgehalten wurden.

Seltsamerweise wurde Mexiko City – als erste Stadt mit voller Informationsfreiheit – voll getroffen. Unter dem millionenstarken Menschengewimmel verbreitete sich das Virus mit überraschender Geschwindigkeit und hinterließ dabei eine reiche Ernte an Todesfällen. Wie immer kamen die sehr Alten und die sehr Jungen zuerst an die Reihe, aber auch unter erwachsenen, nicht besonders unterernährten Menschen kam es zu Todesfällen. In einigen Stadtteilen, in den Slumgebieten der Stadt, schien die Pest gewütet zu haben. Manche Familien verloren innerhalb einer Woche die Hälfte ihrer Kinder, und nun plötzlich erwachte die selbsternannte »entwickelte Welt« zum Leben. In Mexiko City gibt es ja Ausländer genug, und in direkter Nachbarschaft liegt eines der leistungsstärksten menschlichen Gemeinwesen der Welt.

Sofort wurde mit allem erdenklichen virologischen und bakteriologischen Fachwissen eine Hilfsaktion eingeleitet, und bald war die Ansteckungsquelle erkannt: ein normales, mutiertes Grippevirus. Diese Nachricht war in gewisser Hinsicht beruhigend, da zur Identität der Krankheit schon wesentlich phantasievollere und beängstigendere Vorschläge gemacht worden waren. Aber sie breitete sich weiter aus, und eine effektive Behandlungsmethode wurde nicht gefunden.

In westlichen Zeitungen beruhigten die Journalisten ihr Publikum mit bekannten Tatsachen: Epidemien in der Dritten Welt, die die Armen, Obdachlosen und Unterernährten ums Leben bringen, müssen für uns oder für unsere Kinder noch lange keine Gefahr bedeuten. Die Berichte über die Verbreitung der Krankheit, die zuerst Schlagzeilen geliefert hatte, schrumpften zu Kurznotizen auf den Auslandsseiten.

Einige Wochen später wurde die Bevölkerung von Rom, London, Seattle und Kopenhagen durch die Entdeckung geschockt, daß das neue Virus die Grenze zwischen der armen und der reichen Welt nicht respektierte. In der westlichen Welt starben zwar nur sehr alte und schwache Menschen, aber fast ein Drittel der Bevölkerung dieser Städte erkrankte, Block um Block, Stadtteil um Stadtteil. Läden schlossen, Buslinien mußten eingestellt werden, in den Straßen stapelten sich die Abfälle.

Die geringen bisher produzierten Impfstoffmengen wurden zur heißesten Handelsware auf dem Schwarzmarkt. Es kam zu verwirrenden und quälenden ethischen Diskussionen: Wer geht vor? Der Regierungschef, der 89jährige Greis im Pflegeheim oder die 35jährige asthmakranke Frührentnerin? Ab und zu mutierte das neue Virus wieder, aber die neuen Kombinationen waren fast alle weniger dramatisch in ihren Interaktionen mit dem menschlichen Körper, und sie wanderten weiter in die Welt und aus der Welt hinaus, neben ihren besser getarnten Verwandten, die mit ihrem einzigen Ziel solchen Erfolg hatten: sich zu vermehren.

I

Bo Ekdal entschloß sich im Jahre 1984, im Alter von 41 Jahren, keine Zeitungen mehr zu lesen. Er hatte von einem Tag auf den anderen eingesehen, daß von nun an nicht nur seine Jahre und Tage begrenzt waren, sondern auch seine Stunden und Minuten, und überrascht und mit einem Hauch von Trauer war ihm klargeworden, daß es weder ihn selber noch irgendwen sonst interessierte, was er sich für Meinungen über die Lage im Mittleren Osten, die neuesten Steuererhöhungen oder den Lyriker des Jahres gebildet hatte. Von nun an sortierte er lieber die von ihm selbst verfaßten Fachartikel, während er sein cholesterinfreies Frühstück verzehrte, oder er nahm sich, wenn sein Gewissen das zuließ, seine liebsten griechischen Dramen vor, in denen er voller Erstaunen immer noch bei jedem neuen Lesen neue Tiefen entdeckte. Er hielt ansonsten die übrige Belletristik für überflüssig, sowohl für ihn selber als auch für andere.

Also war es wohl richtig, zuerst mit den Zeitungen aufzuhören, dachte er, ohne zu wissen, warum, während er langsam durch einen langen Backsteinkorridor im Pathologischen Institut schlenderte, in dem er Professor und Chef war. Vielleicht lag es daran, daß Stockholm an diesem Märzmontag in dichten Nebel gehüllt war, wie ein Wertgegenstand sorgfältig verpackt, um in der Post nicht zu Schaden zu kommen, scheinbar ohne Kontakt zur Außenwelt. Vielleicht ließ nun seine Unruhe, die fast schon Panik war, von ihm ab, und es gewann langsam die Ahnung Oberhand, daß alles gutgehen würde, daß sein Leben trotz allem zu irgendeiner Art von Erfolg führen würde, der die anderen dazu bringen würde, seine Eigenheiten, wie das Fehlen der Morgenzeitung, mit Nachsicht oder, warum nicht, mit Respekt zu betrachten: »Es ist eigentlich kein Wunder, daß Professor Ekdal soviel erreicht hat – schon seit Jahren vergeudet er seine Zeit nicht mehr mit den Nachrichten.« Die Nackenmuskeln schmerzten, als er anfing, sich zu entspannen.

Neben ihm ging Professor Hayakawa, Quell seiner Unruhe und, seit einer halben Stunde, auch Quell eines zaghaften Glaubens an eine akzeptable Zukunft. Sein Institut und die dort betriebene Forschung waren von Professor Hayakawa, dem einzigen Gutachter des National Council of Basic Research, überprüft worden. Hayakawa war kein Japaner, wie oft angenommen wurde, sondern Amerikaner, Kind japanischer Einwanderer. Er war ein weltberühmter Pathologe, und er hatte seine Kollegen dadurch überrascht, daß er eine Professur in Harvard mit einer Stelle als wissenschaftlicher Berater der einflußreichsten (lies: reichsten) Stiftung zur Finanzierung von Forschungsarbeiten vertauscht hatte. Aber schon bald war klargeworden, daß Hayakawa in seiner neuen Position mehr Macht und Einfluß auf die Pathologie und verwandte Gebiete hatte denn als Professor. Da in allen Erdteilen und fast allen Ländern immer weniger Mittel zur Grundlagenforschung bereitgestellt wurden, kam dem Geld der Stiftung entscheidende Bedeutung zu, und Hayakawas Unterstützung wurde zu einer immer notwendigeren Grundbedingung für die Forschungsinstitute. In diesem Jahr war es Bo Ekdal gelungen, das Interesse der Stiftung zu wecken, aber ein Entschluß würde erst fallen, nachdem Hayakawa eine »on-site-inspection« durchgeführt hatte, nachdem er also die Voraussetzungen des Institutes, das Geld richtig einzusetzen, beurteilt hatte.

Bo Ekdal brauchte das Geld. Im letzten Jahr war seine Forschung in eine produktive, spannende und teure Phase eingetreten. Er hatte Personal und Material finanziert, indem er Gelder von anderen Konten des Instituts umgeleitet hatte. Außerdem hatte er, als es nicht mehr zu vermeiden war, auf die Standardstrategie bei Liquiditätsproblemen zurückgegriffen. Er hatte aufgehört, Rechnungen zu bezahlen. Dieses Manöver ermöglichte es, aus dem Teufelskreis der Wissenschaft auszubrechen: ohne Ergebnisse keine Gelder und ohne Gelder keine Ergebnisse. Nun hatte er seine Ergebnisse, und wenn alles gutginge, würde er bald seiner Sekretärin den Stapel von Mahnschreiben mit dem kurzen Bescheid übergeben können: bitte bezahlen. Das Aushilfspersonal, das von all dem nichts ahnte, konnte dann feste Stellungen bekommen, und seine Forschungen konnten sich ungebremst von engen finanziellen Rahmen entfalten. Hayakawas Besuch war seit Monaten systematisch vorbereitet worden. Das Institut war geputzt, Routinehandgriffe waren überprüft worden, jede Laborassistentin hatte lernen müssen, auf englisch zu erklären, was sie tat und warum. Das Personal war eine große Hilfe gewesen, und das Arbeitsklima hatte sich verbessert, was Bo Ekdal für eine in Krisenzeiten typische Erscheinung hielt. Alles war bereit gewesen. Kein Staatsbesuch hätte besser geplant sein können. Doch vier Monate vor dem Besuch war Bo Ekdals engste Mitarbeiterin zu ihrer eigenen und zur Überraschung aller im Alter von 45 Jahren zum erstenmal schwanger geworden. Zwölf Tage vor dem Besuch wurde sie von vorzeitigen Wehen überrascht und mußte nun in der Frauenklinik unter strengster Bettruhe am Tropf hängen.

Zehn Tage vor dem Besuch hatte das neu kombinierte Grippevirus aus der Inneren Mongolei Stockholm und das Västra Krankenhaus erreicht. Viele waren erkrankt. Auch viele Gesunde meldeten sich krank, da das Risiko einer Entdeckung im Moment minimal war. Alles in allem erreichten die Arbeitsausfälle wegen Krankheit Rekordhöhen.

Vier Tage vor dem Besuch waren die Obduktionsassistenten aufgrund eines unbegreiflichen Solidaritätsstreiks, der sich um ein Schiff drehte, das in Göteborg nicht gelöscht werden konnte, aus dem Verkehr gezogen worden.

Zum erstenmal, seit man sich erinnern konnte, fehlte Affe, der Hausmeister, der zum für die Instrumente verantwortlichen ersten Obduktionsassistenten umbenannt worden war. Das führte zu einer leichten Desorientierung im Institut, so, als ob eines der auffälligsten Häuser oder Denkmäler der Stadt plötzlich verschwunden wäre. Im Pathologischen Institut war der Krankheitsausfall nicht besser oder schlimmer als sonst überall. Gut die Hälfte des Personals kam zur Arbeit, und Bo Ekdal hatte einen Krisenplan entworfen, nach dem die Arbeit, die er für die wichtigste hielt, verrichtet wurde; der Rest mußte warten.

Er beschloß, Obduktionen und Vorlesungen einzustellen und sich auf die Untersuchungen von Gewebeproben von Menschen zu beschränken, die noch lebten und denen die Untersuchungsergebnisse deshalb von Nutzen sein könnten. Professor Albinsson aus der Chirurgie, bekannt wegen seines vulkanischen Temperaments, rief an und verlangte, daß seine Forschungspatienten wie üblich obduziert werden sollten – der alte Witz von Operation gelungen, Patient tot, war eine recht realistische Beschreibung des Schicksals vieler seiner Patienten, und er mußte diese Fälle von denen unterscheiden können, wo es hieß: Operation mißlungen, Patient tot. Bo Ekdal hatte erklärt, warum das unmöglich war, der Chirurg hatte zuerst angeboten und dann gedroht, selber zu kommen und zu obduzieren. Bo Ekdal hatte abgelehnt und damit eine Explosion ausgelöst, von der er selber nur den Anfang gehört hatte, da er sofort den Hörer aufgelegt hatte. Augen und Ohrenzeugen hatten beschrieben, wie der Chirurg wie ein Berserker auf seiner Station gewütet hatte; Menschen waren nicht zu Schaden gekommen, aber einige Topfblumen hatten ihr Leben lassen müssen.

Jetzt war der Besuch Hayakawas jedenfalls schon fast vorbei. Vor ihnen lag noch das Mittagessen, das wohl kaum zum Problem werden konnte. Sie gingen immer noch schweigend durch den Flur. Der Besuch war außerordentlich gut verlaufen, und Hayakawa hatte ihm schon mitgeteilt, daß er Bos Gesuch unterstützen würde. Die Ungewißheit und Unruhe, mit denen Bo so lange gelebt hatte und die in den letzten Wochen so quälende Ausmaße erreicht hatten, fielen schon von ihm ab. Hayakawa unterbrach Bos Grübeleien. »Und wann findet die Vorführung statt? Ich habe wohl erwähnt, daß ich um drei Uhr abgeholt werde?« Bo sah auf seine Uhr, und er hoffte, mit dieser Geste leicht zerstreut zu wirken. Die Uhr zeigte Viertel vor zwölf. »Um eins«, improvisierte er, während die Panik voll zurückkehrte, als ob sie nur auf den richtigen Moment gewartet hätte.

Die Vorführung! In all der Aufregung hatte er die Vorführung vergessen! Hayakawa schloß alle seine Besuche mit einer Vorführungsobduktion ab. Hayakawa, in seinem Auftreten eher Japaner als Amerikaner, durchlebte eine merkwürdige Verwandlung, wenn er vor Publikum stand. Er war so sensibel, eitel und oft auch arrogant wie irgendein Solokünstler oder eine Primadonna. In einigen Fällen hatte er mit Instrumenten, die er für unbrauchbar hielt, um sich geworfen. In einem anderen Fall hatte er auf dem Absatz kehrtgemacht und den Saal verlassen: Die Leiche war ihm nicht mager genug gewesen. In allen Fällen waren die Gelder eingefroren worden, auch wenn der eventuelle Zusammenhang zwischen beidem unklar war.

Hayakawas Vorführungen waren Anlaß verschiedener Spekulationen, Tratschereien und Psychologisierungsversuche, aber in einem Punkt waren sich alle einig: Er war ein glänzender und virtuoser Obduzent und außerdem ein ausgezeichneter Entertainer, was in diesem Fach schon seltener vorkam. Die am häufigsten auftretende Erklärung für den Grund seiner Vorführungen war, daß er ganz einfach beweisen wollte, daß er den Schreibtischjob nicht aufgrund mangelnder Begabung oder unzureichender Fähigkeiten erhalten hatte und daß er noch immer dazugehörte. Andere neigten eher zu der Ansicht, daß er Bewunderung brauchte, Applaus, daß seine Anspruchslosigkeit und sein reserviertes Auftreten mit Augenblicken von Expansivität und Selbstbehauptung abwechselten. Eine dritte Erklärung war, daß es ihm nicht gelungen war, sein japanisches und sein amerikanisches Wesen zu verschmelzen, und er deshalb auf diese Weise zwischen beiden pendelte.

Bo hatte jedenfalls noch nie gehört, daß irgendwer das alles vergessen haben könnte, daß jemand die Möglichkeit verpaßt hätte, diesem mächtigen Mann den Auftritt zu sichern. Ausgerechnet er hatte es vergessen. Um eins, hatte Bo mechanisch gesagt, als ob er einen Schlag abwehren müßte. Um eins. Gab es denn irgendeine Möglichkeit, innerhalb von eineinviertel Stunden eine Obduktion zu arrangieren? Dazu mußte er aber zuerst Hayakawa loswerden.

Sie erreichten die Kantine, die fast die ganze sechste Etage einnahm – man hatte Aussicht in alle Himmelsrichtungen außer nach Süden. Fünf Schlangen zogen sich bis zur Mitte der Kantine hin, zwei führten zum Stammessen, zwei zum leichten Imbiß und eine zur vegetarischen Mahlzeit. Hayakawa ließ sich nicht dadurch stören, daß die Speisekarte auf schwedisch war. Er betrachtete sie und stellte fest: »Sie haben eine vegetarische Alternative – das ist ausgezeichnet. Können wir die nehmen?« Der Mittagsbetrieb war auf seinem Höhepunkt, und Bo glaubte, noch nie ein solches Gedränge erlebt zu haben. Vielleicht war die Schlange am vegetarischen Stand kürzer, aber Bo hatte weder Zeit noch Ruhe, darauf zu achten, daß die schöne Chinesin ihnen Kichererbseneintopf mit Crème fraîche servierte. Bo blickte sich um. Er suchte nach einem passenden Tischpartner für Hayakawa. Er konnte fast keine Bekannten entdecken und schon gar keine, mit denen sich Hayakawa vielleicht eine Stunde lang wohl fühlen könnte. Wie ein Falke, der Beute erspäht, sah er plötzlich Ann Lilja, eine jüngere Chirurgin, durch die große Tür eintreten. Sie blickte sich suchend um, als sei sie nicht sicher, ob sie sich anstellen oder lieber nebenan in der Cafeteria ein Brot essen sollte. Bo hatte Angst, sie könnte in irgendeinem Fahrstuhl verschwinden, ehe er sie dingfest machen konnte.

»Entschuldigen Sie mich einen Augenblick.« Er lachte gezwungen und lief zu Ann hinüber, die ihn überrascht ansah. Niemand im Krankenhaus hatte je gesehen, daß Bo Ekdal sich so rasch bewegt hätte.

»Ann, kannst du mir helfen, ich habe hier einen Typen, der das Institut inspiziert, um zu entscheiden, ob wir Gelder bekommen sollen, die uns für fünf Jahre aller finanziellen Sorgen entledigen könnten. Ich muß noch ein paar Einzelheiten in die Wege leiten, kannst du dich eine Stunde lang um ihn kümmern? Das wäre die gute Tat des Jahres.«

Sie schien belustigt, lachte und nickte. »Sicher.«

Bo fand, daß sie eine seltsame und sympathische Beziehung zu ihrem Äußeren hatte. Er fand sie sehr schön, und es beeindruckte ihn, daß sie ihre klassischen Züge und Formen weder verbarg noch betonte. Sie schien sich wohl in ihrer Haut zu fühlen. Zusammen gingen sie zurück zu Hayakawa, der noch immer in seiner Schlange stand. »Professor, darf ich Ihnen Dr. Lilja vorstellen? Eine unserer vielversprechendsten jungen Chirurginnen.«

Bo Ekdal hatte Ann Lilja nur wenige Male getroffen, wenn sie mit ihrem Chef, dem cholerischen Professor Albinsson, die Pathologie aufgesucht hatte. Er hoffte nun, daß ihre sozialen Fähigkeiten genauso hochentwickelt waren wie die medizinischen. Er hoffte auch, daß sie gutes Englisch sprach. Ann lachte wieder, grüßte, und Bo sah, daß er keinen Gedanken an Hayakawa zu verschwenden brauchte, so lange Ann bei ihm war. Ihr Englisch erwies sich als hervorragend, und Hayakawa schien kaum zu merken, daß Bo mit dem Versprechen ging, ihn rechtzeitig zur Vorführung wieder abzuholen. Draußen mußte Bo auf den Fahrstuhl warten. Die Sekunden schlichen dahin, und er spielte mit dem Gedanken, die Treppe zu nehmen, fand aber, daß es doch besser sei, auf den Fahrstuhl zu warten. Er rannte in sein Zimmer, ohne die besorgte Nachfrage seiner Sekretärin zu beantworten, wie alles abgelaufen sei.

Auf den erstbesten Zettel schrieb er:

1. Studenten, evtl. anderes Publikum
2. Instrumente
3. Leiche

Er überdachte die drei Punkte.

Punkt eins schien das schwierigste Problem zu sein. Seine eigenen Studenten hatten wegen der Grippewelle die ganze Woche frei bekommen, um zu Hause zu lernen. Es war kaum denkbar, daß sie zu erreichen waren. Woher konnte er Studenten nehmen? Von den anderen Stationen natürlich. Er wählte aufs Geratewohl die Nummer einer Station. Das war kein Problem, da alle Abteilungen mit 50 anfingen.

»Station zweiundsiebzig, Inger, Krankenpflegerin.«

»Hier ist Professor Ekdal in der Pathologie. Haben Sie auf Ihrer Station ein paar Studis?«

Wenn diese Frage Schwester Inger überraschte, so ließ sie sich das nicht anmerken. Eine Berufskrankheit, von der Krankenschwestern leicht befallen werden. »Wir haben drei.«

»Schwester, bitte, sagen Sie denen, daß sie um fünf vor eins in der Pathologie erscheinen sollen, im Obduktionssaal.«

Das ist ein Befehl, hätte er in seiner Verzweiflung hinzufügen können, aber das schien nicht nötig zu sein. Schwester Inger antwortete, überraschenderweise, wie eine Schwester aus dem Arztroman: »Selbstverständlich, Professor.«

Von diesem Erfolg ermuntert streckte er den Kopf zur Tür hinaus und begegnete dem ängstlichen Blick seiner Sekretärin. Sie saß doch wohl nicht, seit er an ihr vorbeigesaust war, so verängstigt und fragend da? Er bat sie, weitere Stationen anzurufen, um Studenten aufzutreiben – sie brauchten mindestens zwanzig, was doch trotz der Grippe nicht unmöglich sein konnte.

Punkt eins hatte er in zehn Minuten gelöst. Konnte er den Rest in einer Stunde schaffen?

Punkt zwei waren die Instrumente. Zu einer normalen Obduktion waren viele Einzelheiten nötig. Skalpelle, diverse Messer, Scheren, Sonden und noch einiges mehr. Es müßte eigentlich möglich sein, ein akzeptables Sortiment zusammenzuraffen – falls sie nicht weggeschlossen waren. Und wenn nun Affe, ordentlich, wie er war, alles abgeschlossen und den Schlüssel mit nach Hause genommen hatte? Konnte Bo dann wohl bei den Chirurgen andere Instrumente leihen? Ihre ließen sich im Notfall doch bestimmt verwenden. Und konnte er das schaffen, ohne Professor Albinsson mit hineinzuziehen, von dem er sich nach dem letzten Gespräch keinerlei Zusammenarbeitsbereitschaft erwartete? Oder sollte er sich in der Gynäkologie erkundigen?

Bo lief durch den Korridor und zog, während er nachdachte, seinen Schlüsselbund aus der Tasche. Er hatte keine Ahnung, welcher Schlüssel zum Obduktionssaal gehörte, er wußte nur von der Sekretärin, daß einer angeblich paßte. Er rannte durch das Umkleidezimmer, in dem die vielen gelben Schutzkittel hingen. Zwei große Mattglastüren führten in den eigentlichen Obduktionssaal. Der süßliche und leicht fade Duft dieses Saals hing in der Luft, als ob er nicht den Leichen und den Reinigungsmitteln zu verdanken sei, sondern aus Wänden und Fußboden gekrochen komme.

Bo ging zur Tür und wollte gerade den ersten Schlüssel ausprobieren, als er hinter der Tür eine Bewegung registrierte. Für einen kurzen Moment überkam ihn eine archaische, unvernünftige Angst vor Toten, die zum Leben erwachen, vor Ratten und vor Leichenschändern. Seine Nackenhaare sträubten sich wie die eines Hundes, der sich fürchtet. Die Angst wich einer realistischen Sicht der Dinge: Waren hier vielleicht Einbrecher am Werk? Was sollte er jetzt tun? Ob sie gefährlich sein konnten? Während er bewegungslos vor den Türen verharrte, durch die er tausendmal gegangen war, ohne sie als Grenze zu betrachten, überkam ihn der Zorn: auf das Schicksal und vor allem auf das derzeitige Auftreten des Schicksals. Kleine Gauner, die auf ihrer Jagd nach Schnaps und Geld nicht vor einem Einbruch in der Pathologie zurückschreckten. Er beschloß, die Einbrecher zu vertreiben, legte die Hand auf die eine Türklinke und probierte den ersten Schlüssel, als er bemerkte, daß die Tür nachgab. Sie war nicht verschlossen. Kleine Gauner hatten wohl kaum den passenden Schlüssel, revidierte er seine Annahme, vorsichtig öffnete er die Tür. Der Obduktionssaal sah aus, als ob er schon länger leer gestanden hätte als während der letzten acht Tage, seitdem hier die Tätigkeit eingestellt worden war; die weißen Fliesen an den Wänden, die rostfreien Tische, die an der Wand festgeschraubten Bänke hatten etwas Museales.

Bo ging hinein und räusperte sich laut. »Jaja«, hörte er aus der Materialkammer. Es war Affe, der in Streik Getretene. Auf den hintersten Bänken lagen die Instrumente des Institutes in Reih und Glied, und Affe kam langsam aus der Kammer, eine kleine Schere und einen noch kleineren Schraubenzieher in der Hand. Affe war fast Albino und hatte folglich in all den Jahren, in denen Bo ihn nun schon kannte, ungefähr gleich ausgesehen.

Weiße Haare, hellblaue Augen – möglicherweise ging er, wie wir alle, jetzt etwas gebeugter, war im Laufe der Zeit etwas runzeliger geworden, aber in diesem Moment wirkte er vor allem wie ein Lausbub, der verbotenerweise auf Nachbars Apfelbaum erwischt wird, schuldbewußt, aber nicht ganz unzufrieden mit seiner Unternehmung.

»Ich wollte alles mal durchsehen, immer muß irgendeine Schraube nachgezogen oder irgendwas geschliffen werden.« Bo und Affe hatten aus Vorsicht niemals über Politik gesprochen, als ob unterschiedliche Ansichten ihre schweigsame, aber sehr gute Zusammenarbeit aufs Spiel setzen könnten. Nun hing das Schiff in Göteborg zwischen ihnen.

»Immerhin mach' ich ja keine sichtbare Arbeit«, sagte Affe schließlich, ohne Bos Blick standzuhalten.

»Affe, möglicherweise hast du ein Dutzend Jobs hier im Institut gerettet, von allem anderen ganz zu schweigen. Hör zu.«

Bo erklärte Affe die Lage, und Affe engagierte sich immer mehr. Schließlich sagte er: »Wir lassen alles hier liegen, dann kann er sich selber seine Instrumente aussuchen. Hast du eine Ahnung, wie es leichentechnisch bei uns aussieht?«

»Im Flur liegen welche.«

Bo ging hinaus und hoffte, eine obduzierbare Leiche zu finden, und Affe sortierte die Instrumente. Im Flur lagen auf Rolltischen wirklich vier Leichen, deren Gesichter mit Laken abgedeckt waren. Eine konnte wegen ihres Fettes ausgeschlossen werden. Bo sah sich die nächsten an: einen sehr alten, sehr mageren Mann. Der schien zu passen, bis Bo sein Patientenarmband las: Abraham Roskowski. Eine Obduktion war aus religiösen Gründen unmöglich, wenn Abrahams Bekenntnis das war, was sein Name annehmen ließ.

Und wenn nun auch die nächste Leiche sich als unbrauchbar erwies? Es war halb eins, also konnten noch immer neue kommen, aber auf diese Möglichkeit wollte Bo sich nicht verlassen. Er trat an den letzten Rolltisch heran, hob die Decke und blieb bestürzt stehen. Dort lag ein schmächtiger Mann von vielleicht fünfzig mit kindlichem Gesicht und schütteren blonden Haaren. Seltsamerweise war er noch vollständig bekleidet. Bo betrachtete mißtrauisch Schlips, Hemd, Jacke, als werde er zum Zeugen eines ungewöhnlich geschmacklosen Scherzes. Er dachte einen Moment lang über mögliche Erklärungen nach. Ob der Mann zu Hause gestorben und in die falsche Institution gebracht worden war? Dann hätte er doch in die Gerichtsmedizin gehört. War er in der Notaufnahme gestorben, ehe sie ihm die Jacke hatten ausziehen können? Auf dem Rolltisch lagen keine Papiere, aber dann sah Bo das Patientenarmband am dünnen Handgelenk des Mannes. Dann hatte wohl trotz allem alles seine Ordnung. Er mußte eingewiesen und vorschriftsmäßig behandelt worden sein, war aber trotzdem gestorben und hier gelandet. Die Kleider konnte Bo sich nicht erklären, aber das spielte keine Rolle. Er überprüfte den Namen: Gösta Persson. Er überlegte einige Sekunden lang, ob es die richtige Leiche sei – er wußte nichts über Göstas Haltung zu einer eventuellen Obduktion, er hatte keine Ahnung, wie Göstas Familie darüber dachte. Göstas Obduktion brach die meisten Regeln, geschriebene wie ungeschriebene, die Bos Leben sonst leiteten, und er wollte sich alles gut überlegen. Das Risiko dieser Handlung war schwer zu berechnen. Bestenfalls würde niemand Fragen stellen. Schlimmstenfalls konnte Bo angezeigt und vor die Ethikkommission geladen werden. Andererseits mußte er davon ausgehen, daß seine wissenschaftliche Karriere beendet war, wenn er von Hayakawa kein Geld bekam. Bo war kein Spieler, er war niemals Risiken eingegangen, schon gar nicht aus Lust am Risiko. Im Gegenteil, er strebte nach Ordnung und Kalkulierbarkeit in seinem Leben, während die Forschung die Rolle des Unvorhersehbaren einnahm. Sie ließ ihn jeden Arbeitstag voller Erwartung angehen. Die Forschung gab ihm das Gefühl der Existenzberechtigung auf diesem bereits überbevölkerten Planeten. Er konnte es sich nicht leisten, die Forschung zu verlieren.

Mit energischen Schritten schob Bo Göstas Leichnam in den Obduktionssaal, wo Affe sich schon um Beleuchtung, Stühle und – zu Bos Überraschung – auch um eine Videokamera gekümmert hatte, die wie ein großer schwarzer Vogel auf dem Stativ hockte.

»Woher hast du die denn?« fragte er.

»So eine haben vor anderthalb Jahren alle Institute bekommen, und seither steht sie bei mir herum – niemand hat sich dafür interessiert, aber jetzt kommt sie doch wie gerufen, oder?«

»Affe, du bist ein Genie!«

Auch Affe war ein wenig verwirrt, als er sah, daß Gösta vollständig angezogen war. Für einen Moment glaubte er, Bo habe einen Passanten erschlagen. Dann aber zuckte er mit den Schultern. Wie zwei Verschwörer zogen sie Gösta, dessen Körper etliche Blutergüsse aufwies, aus. Bo hatte keine Zeit, sich darüber Gedanken zu machen, darüber konnte Hayakawa sich den Kopf zerbrechen. Sie stopften die Kleider in zwei schmale weiße Plastikbehälter, die sie neben Mantel und Schuhe in das Unterfach des Rolltisches stellten. Dann hoben sie Gösta auf den Obduktionstisch. Bo trat einen Schritt zurück und versuchte, alles mit Hayakawas Augen zu sehen. Er fand alles gediegen und wohl organisiert. Er rief seine Sekretärin an, um sich nach den

Studenten zu erkundigen. Sie hatte bei den meisten Stationen Glück gehabt, einige hatten sich geweigert, aber an die zwanzig Studenten würden sich wohl einfinden.

Zu seiner Überraschung kam Hayakawa ihm im Flur entgegen. »Ich wollte gern etwas früher kommen, um mir die Instrumente anzusehen.«

Daran hätte er denken müssen. Hayakawa, wie andere Schauspieler, mußte sich natürlich mit der Bühne, den Requisiten und vielleicht sogar mit der Akustik des Raumes vertraut machen. Hayakawa begrüßte Affe, kontrollierte die Aufstellung der Stühle, verschob zwei von ihnen um einige Zentimeter, warf einen raschen, aber eindringlichen Blick auf Gösta und nickte. »Ausgezeichnet.«

Affe zeigte ihm das Instrumentenbuffet. Hayakawa griff aufs Geratewohl zu einigen Scheren, probierte sie aus und legte sie mit leichtem Nicken zurück. Damit begnügte er sich, offenbar überzeugt davon, daß alles in brauchbarem Zustand war. Affe und Bo wechselten Blicke – Erleichterung, Stolz, Triumph.

Hayakawa suchte sich rasch die Instrumente zusammen, die er verwenden wollte, und legte sie auf den Instrumententisch. Dann setzte er sich auf einen der hinteren Stühle und schien in eine Form von Meditation zu versinken. Er wollte ganz offenbar nicht gestört werden. Bo ging hinaus. Er wollte versuchen, Gösta Perssons Krankenbericht aufzutreiben.

Göstas Krankenbericht lag nicht an Ort und Stelle, im Gegensatz zu dem von Abraham Roskowski. Zuoberst lag eine Obduktionsanweisung, was nur bedeuten konnte, daß Abraham und seine Familie mit einer Obduktion einverstanden waren. Verdammt. Bo hatte keine Zeit, sich Vorwürfe zu machen, weil er nicht zuerst nach den Krankenberichten und dann erst nach der Leiche gesucht hatte. Ob er in der letzten Minute noch die Leichen tauschen könnte? Nein, es war zu spät, es war überhaupt zu spät für alles andere, er konnte nur noch nach unten rennen und das Schauspiel beginnen lassen.

2

Hayakawa hatte den Saal verlassen, als sich die ersten Zuschauer einfanden, denn die Vorstellung mußte schließlich mit dem Einzug des Hauptdarstellers anfangen, unterstellte Bo. Der fiel auch äußerst professionell aus: Hayakawa blieb kurz in der Türöffnung stehen, so daß sein Publikum ihn bemerken mußte. Er blickte erwartungsvoll in die Runde aus Studenten und jungen Pathologen, die sich im letzten Moment hatten freimachen können. Als der Kontakt hergestellt war, schritt er majestätisch zum Obduktionstisch, legte seine Hand, die in dem dünnen Gummihandschuh hellgrau und künstlich aussah, auf Göstas weißgelben Brustkorb und fragte lächelnd eine Studentin ganz hinten: »Können Sie gut genug sehen?« Sie nickte. Hayakawa zögerte einen Moment, dann fragte er einen großen rothaarigen jungen Mann, der kurz vor der Ohnmacht zu stehen schien: »Und Sie? Sie sollten vielleicht ein wenig näher kommen und sich setzen?«

Charisma.

Bo spürte, wie sogar die Studenten, die die Pathologie längst hinter sich gelassen hatten (und die deshalb wirklich in Ohnmacht fallen konnten – man gewöhnt sich in wenigen Wochen an Obduktionen, wird aber ebenso rasch wieder entwöhnt), von der Stimmung ergriffen wurden, die

Hayakawa herbeizauberte. Aus dem Augenwinkel sah Bo Ann Lilja hereinkommen, leise und vorsichtig, und Hayakawa begrüßte sie mit einer kleinen, aber ausdrucksvollen Geste. Bo fragte sich, wie sie sich hatte freimachen können, aber diese Überlegung wurde von Hayakawa gestoppt, der zu erzählen begann, wer er sei, was ihn nach Stockholm geführt habe und wie sehr er von Bo Ekdals Arbeit beeindruckt sei. Dann richtete er seinen Blick auf Gösta.

»Ehe wir anfangen, möchte ich Ihnen die Frage stellen, die fast nur Pathologen korrekt beantworten können. Wie hoch ist die statistische Wahrscheinlichkeit, daß wir zur selben Diagnose kommen wie der behandelnde Arzt des Patienten? Mit anderen Worten, wir erhalten durch die Obduktion das endgültige Ergebnis, aber wieviel wußte man schon vorher? Möchte jemand das schätzen? Oder fragen wir lieber Ihren Professor?«

Bo sprach gern über seine Arbeit. »An die fünfundsiebzig Prozent. In jedem vierten Fall stellt sich heraus, daß der Patient aufgrund einer fehlerhaften oder unvollständigen Diagnose behandelt worden ist.«

Hayakawa nickte.

»Vergessen Sie das nicht, wenn Sie erst eigene Verantwortung tragen. Aber nun wollen wir uns den Mann ansehen, den wir hier vor uns haben. Wir fangen wie üblich mit der äußerlichen Leichenschau an. Wissen Sie, daß es Pathologen gibt, die davon träumen, die äußeren Zeichen so klar deuten zu können, daß sie nicht mehr weitergehen müssen? Manche glauben, daß dem Körper alles von außen anzusehen ist, wenn wir nur die subtilen Veränderungen, die den inneren Krankheitsprozeß widerspiegeln, entdecken und lesen können. Was sehen wir nun hier? Wie weit, glauben Sie, können wir kommen, wenn wir sehr, sehr neugierig sind und sorgfältig und vorsichtig vorgehen bei unserer Untersuchung? Wollen wir es versuchen? Wir beginnen mit seinem Alter, möchte jemand einen Versuch machen?«

Bo Ekdal verfluchte sich selber noch einmal. Hayakawa würde bald entdecken, wie improvisiert das Ganze war. Niemand wußte doch irgend etwas über Gösta. Hayakawa würde nach Diagnosen fragen, nach Behandlungsdauer, den Ergebnissen der Laboruntersuchungen. Bo fragte sich abermals, warum er nicht von Anfang an reinen Tisch gemacht hatte. Ein Wissenschaftler muß doch ganz besonders darauf achten, niemals zu lügen, und sei es auch nur ganz indirekt. Das Alter, ja. Das war das einzige, was Bo über Gösta wußte, abgesehen von Namen und Adresse, die auch auf dem Armband standen. So weit würde alles gutgehen, aber was dann?

Hayakawa diskutierte Göstas Alter mit den Studenten. Er sprach über Falten am Ohr, Zähne, Hautelastizität. »Wir tippen auf achtundvierzig Jahre«, sagte er schließlich und wandte sich Bo zu. Er sah aus wie der Zauberer mit dem Kaninchen aus dem Zylinder, so sicher war er sich seiner Sache.

Bo lachte resigniert. »Um zwei Tage falsch geraten, Professor, er war bei seinem Tod 47 Jahre, elf Monate und 29 Tage alt.«

Hayakawa verbeugte sich leicht, und einige Studenten fragten sich, ob ein kurzer Applaus erwartet werde. Hayakawa fuhr fort: »Bei der Betrachtung des Allgemeinzustands ist es wichtig, nicht blind das Augenfälligste anzustarren. Wir sollten uns fragen, wie es ihm wohl gegangen ist, wie er gelebt hat, wie wir seinen Tod mit seinem Leben in Verbindung bringen können.«

Hayakawa zeigte, führte vor, hob Hautfalten hoch, untersuchte das Innere der Augenlider, klopfte auf die Bauchdecke und sprach währenddessen darüber, daß der Mann vermutlich über einen langen Zeitraum hinweg schlecht gegessen habe, daß er wenig Bewegung hatte, daß seine Hoden etwas kleiner waren als erwartet, daß alles zusammen dem typischen Bild des chronischen Alkoholikers ähnelte.

»Darüber hinaus gibt es noch etwas, was bemerkenswert und ungewöhnlich ist, und worüber Sie sicher schon kurz nachgedacht haben. Nämlich?«

»Er hat Blutergüsse«, meinte schließlich eine junge Frau in der ersten Reihe.

»Richtig. Und ich glaube zu wissen, warum Sie zögern: Sie fragen sich, ob Sie normale Leichenflecken sehen oder ob es sich um Blutergüsse handelt, die er sich vor seinem Tode zugezogen hat. Leichenflecken, wie Sie wissen, beruhen auf der Schwerkraft, sie befinden sich immer an den untersten Körperteilen. In Krankenhäusern werden die Toten immer auf den Rücken gelegt, ich weiß nicht warum, aber ich kann Ihnen versichern, daß das überall auf der Welt der Fall ist. Deshalb finden wir Leichenflecken auf dem Rücken und den Unterseiten von Armen und Beinen. Sehen Sie, hier sind sie. Was passiert übrigens, wenn man eine Leiche mit entwickelten Leichenflecken umdreht?«

Bertram Schwieter, der junge Aushilfspathologe, der nicht wußte, ob seine Aushilfsstelle verlängert werden würde, ergriff die Gelegenheit beim Schopfe, auf seinen Professor einen guten Eindruck zu machen, und antwortete: »Wenn es innerhalb von sechs Stunden nach dem Todesfall geschieht, dann wandern die Flecken, sonst bleiben sie, wo sie sind.«

»Und wann sind sie zuerst zu sehen?«

»Ungefähr zwei Stunden nach dem Tod.«

»Ganz recht! Aber um zu unseren Blutergüssen zurückzukehren, denn darum handelt es sich hier ja, so sehen Sie, daß sie durchaus keine Ähnlichkeit mit Leichenflecken haben, was Farbe und Verbreitung angeht. Was ist hier passiert, was sollen wir glauben? Alle Blutergüsse weisen dieselbe Farbe auf, mit Ausnahme eines viel älteren, hier an der linken Wade. Wieso bekommt man überhaupt Blutergüsse? Nun, weil das Blut aus dem Gefäßsystem austritt, und wie geschieht das? Gewalt gegen den Körper, so daß die Gefäße zerreißen, oder irgendein Problem mit dem Blut selber, wodurch geringe Blutungen, die eigentlich von selber aufhören sollten, einfach weiter Blut ins Gewebe entlassen. Woher sollen wir wissen, womit wir es hier zu tun haben? Sehen Sie hier einen Betrunkenen, der stürzt, der gegen Möbel rennt, der vielleicht von jemandem, dem es ebenso elend geht wie ihm selber, einen Schlag in den Magen verpaßt bekommt? Wonach müssen wir jetzt suchen, was meinen Sie?«

»Nach Hautverletzungen.«

Der Rothaarige, der geantwortet hatte, durfte nun selber nachsehen. Er beugte sich über Gösta und untersuchte die Haut an zwei Blutergüssen am Rumpf und drei an den Beinen.

»Die Haut wirkt völlig unverletzt.«

»Gibt es Grund zu der Annahme, daß er ganz nackt war?«

»Sicher, ja, die Kleider können seine Haut geschützt haben. Dann sollte ich mir wohl lieber Hände und Gesicht ansehen.«

»Sicher. Aber wenn wir uns Hände und Gesicht ansehen, dann finden wir keinen Hinweis auf eine Schlägerei, keinen

Hinweis darauf, daß er so oft und auf die Weise gefallen ist, die nötig wäre, um die seltsamen Flecken zu ergeben, die seinen ganzen Körper bedecken. Seltsamerweise haben wir sogar einen in der rechten Achselhöhle und mehrere auf der Innenseite des Oberschenkels. Warum ist das so seltsam?«

Die Frage wurde einer Studentin gestellt, die tief errötete und ihren Blick senkte.

Hayakawa nickte also ihrem Nachbarn aufmunternd zu, und der antwortete: »Wahrscheinlich, weil man sich durch Stürze oder bei Prügeleien da normalerweise nicht verletzt.«

Hayakawa schien entzückt zu sein.

»Exakt. Wenn wir nun nicht annehmen, daß er gefallen ist, können wir uns dann vorstellen, daß er aus anderen Gründen geblutet hat?«

»Leberversagen«, schlug ein großer, yuppiehafter Student vor. »Natürlich. Seine kleinen Hoden weisen auf eine schlechte Leberfunktion hin. Sie wissen sicher noch, daß die Leber die kleine Menge von weiblichen Sexualhormonen abbaut, die es bei Männern gibt, aber wenn die Leber nicht mehr mitmacht, steigen die Werte im Blut, weswegen die Hoden langsam verschwinden. Die Leber produziert schließlich auch einen Teil der Stoffe, durch die das Blut gerinnt; wenn die Leber nicht funktioniert, dann funktioniert auch das Blut nicht. Und was denken wir nun über die Todesursache? In einem Mundwinkel und, soviel wir sehen können, auch in der Mundhöhle finden wir Reste von eingetrocknetem Blut. Außerdem sind Magenblutungen meine Spezialität, eine Spur, die nun auch nicht zu verachten ist. Wollen wir beschließen, daß wir zu dem Ergebnis gekommen sind, daß der Mann Alkoholiker war, daß er an einer Magenblutung gestorben ist und daß sein Blut nicht richtig geronnen ist, was dann zur Todesursache beigetragen haben muß?«

Diese Frage brauchte nicht beantwortet zu werden, und Hayakawa fuhr fort: »Jetzt wollen wir sehen, ob wir der Wahrheit näher kommen, wenn wir einen Blick auf sein Inneres werfen.« Er griff zum auserwählten Skalpell, trat dicht an Göstas Körper heran und machte einen langen Schnitt, der unter der rechten Wange ansetzte, sich mit einem kleinen Bogen um den Nabel bis zur Taille fortsetzte und bei den Schamhaaren endete. Es war eine einzige Bewegung, geschmeidig und exakt, ein schöner Anblick.

»Schauen Sie, schon jetzt sehen wir, daß er nicht nur Blutergüsse hatte, die von außen zu sehen waren, sondern daß auch hier und dort innere Blutungen aufgetreten sind, wenn auch nicht unmittelbar unter den Blutergüssen, was ebenfalls dagegen spricht, daß er in eine Schlägerei verwickelt war«, er blickte augenzwinkernd auf, »aber das wußten wir ja schon, oder?«

Hayakawa richtete sich auf und schaute auf die Uhr. Halb zwei. »Das geht ja gut. Wonach sollen wir jetzt suchen? Woran sollen wir denken?«

»Verletzungen der Speiseröhre«, schlugen zwei Studenten gleichzeitig vor.

»Warum das?« Die beiden wollten gleichzeitig antworten, aber diesmal verstummte die Frau, und ihr Kommilitone sagte: »Bei Leberschädigungen wird der Blutfluß behindert, und eine der Alternativrouten, die das Blut einschlagen kann, geht durch die Gefäße, die außen an der Speiseröhre liegen. Diese Gefäße werden ausgedehnt und überlastet, was zu Brüchen führt, an denen man verbluten kann.«

Seine Kommilitonen kicherten über seinen Ernst, seine

Wortfülle, aber Hayakawa nickte. Er verbreitete sich nun über die verschiedenen Methoden, die Speiseröhre herauszunehmen, wenn man die Gefäße untersuchen wollte. Während er sprach, holte er Göstas Organe aus dem Leichnam, als ob sie lose in der Bauchhöhle gelegen und nur darauf gewartet hätten, herausgenommen zu werden. In zwei Minuten war Hayakawa weiter gekommen, als Bo das normalerweise in einer halben Stunde schaffte. Bisher hatte er noch keine unnötige Bewegung gemacht, er hatte sich in keinem Fall in der Anatomie verirrt, und immer wieder beschrieb er, welche Alternativen er hatte und weshalb er sich für diese hier entschied. Bo ließ sich widerwillig beeindrucken. Das war um Klassen besser als alles, was er je gesehen hatte. Nun setzte Hayakawa zu seiner Zusammenfassung an: »Und nun zur Speiseröhre. Hier sehen Sie die Gefäße, die zweifellos etwas erweitert und schlaff sind, aber dadurch kann er nicht verblutet sein. Aber warten Sie, die Gefäße wirken dicht, aber wenn wir sanft und sehr vorsichtig nachfühlen, dann entdecken wir auf einem eine Narbe. Sie ist nicht zu sehen, aber hier ist das Gewebe etwas härter als an anderen Stellen. Er hat hier vor langer Zeit eine Blutung gehabt und hatte das Glück, sie zu überleben. Ansonsten finden wir nur eine diffuse Blutung in der Schleimhaut. Im Magen finden wir recht viel Blut, aber keine spezielle Blutungsursache. Keine gemeine kleine Arterie, die gesprudelt hat, kein Magengeschwür, keine Kratzer oder Löcher. Aber sehen Sie her, hier haben wir auch schon frühere Blutungen, mehrere sogar. Er hatte Magengeschwüre, hier haben wir mehrere alte Narben und eine kleine Wunde, die erst vor kurzer Zeit verheilt zu sein scheint. Und wieder die Blutung der Schleimhäute, die wir schon vorhin gesehen haben. Aber nun müssen wir seine

Leberwerte zu Hilfe nehmen, hier gibt es ja einiges, worüber wir uns nur wundern können.«

Bo Ekdal wurde es schwindelig. Vielleicht würde er jetzt in Ohnmacht fallen. Das wäre dann immerhin seine Rettung – nicht einmal Hayakawa würde wohl weitermachen, wenn sein Gastgeber bewußtlos auf dem Fußboden lag.

»Der Patient ist gestorben, nachdem er dreimal wegen Blutungen behandelt worden war, erstmals vor achtzehn Monaten mit blutenden Speiseröhrenvarizen, dann ein halbes Jahr später wegen eines blutenden Magengeschwürs und schließlich vor einem Monat.« Eine klare Frauenstimme, die Bo nicht sofort lokalisieren konnte, die sich jedoch als die von Ann Lilja entpuppte. Wundersamerweise schien Gösta auf ihrer Abteilung gelegen zu haben, und Bo fiel Professor Albinssons Kommentar ein: »Die Kleine ist tüchtig, und außerdem hat sie ein photographisches Gedächtnis.«

Hayakawa hatte die Leber gerade in Scheiben geschnitten, zeigte Gefäße und Gallengänge, die überraschend deutlich waren, und sprach über den Grund der Blutungen.

»Da stimmt was nicht, liebe Leute. Um so zu bluten, hätte die Leber in einem viel schlechteren Zustand sein müssen. Schauen Sie her!«

Er hob eine Leberscheibe hoch und ließ ein schmales Messer darüber hinweggleiten. Dahinter zeigte sich das gesunde Lebergewebe rotviolett und fleischig, während die zerstörten Adern eingesunken und starr dazwischen lagen.

»Hier gibt es zwar große Schäden, aber sie sind nicht groß genug, um daran zu verbluten.«

Hayakawa dachte laut nach: »Ob er wohl ein Bluter gewesen sein kann?«

Er blickte Ann Lilja an, die den Kopf schüttelte. Göstas

Blut sei nicht in ausreichender Menge vorhanden gewesen, da er so viel geblutet habe, aber das vorhandene Blut sei immerhin bei allen drei Behandlungsrunden normal gewesen.

»Also stehen wir vor einem Mysterium. Der Mann ist verblutet, er hat diffus im Magen-Darm-Kanal geblutet. Das wissen wir immerhin. Er hat auch subkutan geblutet, deshalb die Blutergüsse, er hatte Blutungen in den Muskeln und in den inneren Organen. Aus irgendeinem Grund ist sein Blut nicht geronnen, aber dafür gibt es in seinem Körper keine Erklärung. Die Frage ist, wie das möglich sein kann. Haben wir nicht alle möglichen Erklärungen gesucht, die wir doch ablehnen mußten? Dann müssen wir wohl zu den weniger normalen Ursachen übergehen, die Wirklichkeit liegt ja vor uns, und wenn wir nicht an Voodoo oder andere Formen der Magie glauben, muß sie sich erklären lassen. Was meinen Sie? Was kann passiert sein?«

»Mißlungene Bluttransfusion?« kam ein Vorschlag aus den hinteren Reihen.

Hayakawa schüttelt den Kopf und fragte weiter: »Warum nicht?« Bertram Schwieter wartete, ob irgendein Student antwortete, das müßten sie können, aber nach einigen langen Sekunden antwortete er selber: »Falsche Symptome. Dann hätten sich die roten Blutkörperchen auflösen müssen, was nicht zu dieser Art von Blutungen führt.«

»Außerdem gibt es keine mißlungenen Bluttransfusionen, ich habe in der Blutzentrale gearbeitet, deshalb weiß ich das«, fügte ein bärtiger Student hinzu.

Hayakawa fuhr herum und musterte den Bärtigen.

»Vorsicht! Das ist ein gefährlicher Gedanke. Weil nicht sein kann, was nicht sein darf! Einmal habe ich einen Rasenmäher zur Reparatur gebracht, der nicht funktionierte, nd der Mechaniker sah ihn sich an und sagte: ›Diesen Fehler kann es bei diesem Gerät nicht geben‹. Er schenkte der Bedienungsanleitung größeren Glauben als seinen eigenen Augen, und davor müssen Sie sich hüten. Sie müssen darauf pfeifen, ob in den Büchern etwas anderes steht. Daß Ihre Blutzentrale unmöglich einen Fehler begehen kann, könnte ich möglicherweise als religiöse These akzeptieren, aber nicht als Wahrheit, die uns bei unserer Arbeit helfen kann. Aber welche weiteren Erklärungen für das Vorgefallene kann es geben?«

»Er hat vielleicht irgend etwas eingenommen, was die Blutgerinnungsfähigkeit herabsetzt?« schlug der Rothaarige vor, der seine normale Gesichtsfarbe zurückgewonnen hatte.

»Ach, und wie soll das möglich gewesen sein?«

»Selbstmord«, wurde in den hinteren Reihen zögernd vorgeschlagen.

Hayakawa zuckte leicht mit den Schultern. »Sie sind alle denkende Menschen, also muß Ihnen auch die Möglichkeit des Selbstmordes eingefallen sein. Aber nun sagen Sie mir, würde irgendwer unter Ihnen ein Mittel benutzen, das erst nach mehreren Tagen wirkt? Ein Mittel, das vielleicht mehrmals eingenommen werden muß?«

Diese rhetorische Frage blieb unbeantwortet.

»Aber ganz unmöglich ist das natürlich nicht. Welche Erklärungen könnten wir uns noch vorstellen?«

Das Publikum blieb stumm.

»Sagen Sie's schon. Sie denken doch alle dasselbe, das sehe ich Ihnen an. Was meinen Sie?«

Er zeigte auf Bertram Schwieter, der antwortete: »Ein Unglücksfall, also unbeabsichtigte Vergiftung, oder Mord.«

»Genau! Sie sind wirklich phantastisch tüchtig! Da wir

uns an die Pathologie halten müssen und keine Gerichtsmedizin betreiben wollen, machen wir hier wohl Schluß, aber ich möchte doch wissen, ob noch Unklarheiten bestehen. Fragen Sie also jetzt, in fünf Minuten ist es zu spät.«

Bo Ekdal hatte das Geld inzwischen schon so oft verschwinden sehen, daß er sich nicht mehr aufregen konnte. Er überlegte, daß er sein Bestes und noch etwas mehr getan hatte, daß das jedoch nicht ausreichte. Ein pathologisches Institut, das seine aus normalen Gründen Verstorbenen nicht von eventuellen Mordopfern unterscheiden kann, flößt kein Vertrauen ein, und noch schlimmer ist es, wenn die Krankenhausärzte nicht einmal bemerken, daß ihre Patienten ermordet werden. Wer würde schon mit einer solchen Klinik zusammenarbeiten wollen? Wer würde unter solchen Umständen dieser Klinik ein Vermögen anvertrauen? Bo wünschte sich abermals und nutzlos, von Anfang an eine andere Strategie gewählt zu haben. Er wünschte, er hätte die Wahrheit gesagt. Er hätte zum Beispiel Hayakawa bitten können, einige Wochen später zu kommen – warum mußte der Besuch ausgerechnet jetzt stattfinden? Warum hatte er nicht zuzugeben gewagt, daß er diese blöde Obduktion im ganzen Trubel vergessen hatte? Hätte Hayakawa das denn nicht verstehen können?

Aber nun war wohl alles vorüber, das Publikum verließ den Saal. Plötzlich stand Hayakawa vor ihm. Bo bereitete sich auf das Schlimmste vor, wurde zu seiner Überraschung jedoch zuerst in den Rücken, dann gegen den Oberarm gestupst.

»Lieber Professor! Ich habe lange nichts so Lustiges mehr erlebt! Magenblutungen bekomme ich jedesmal, und ich weiß das ja auch zu schätzen, aber das hier! Ein möglicher

Mord! Was für ein denkwürdiger Tag für mich, und was haben Sie in Ihrem Krankenhaus für außerordentlich kompetente Ärzte! Dieser Besuch war das reinste Vergnügen, sowohl wissenschaftlich als auch sozial. Ich bin sehr, sehr dankbar für alles, was Sie für mich getan haben. Ich werde meinem Aufsichtsrat mitteilen, welchen guten Eindruck ich von Ihrer Tätigkeit gewonnen habe. Aber nun muß ich zurück ins Hotel, dieses Mal bin ich leicht verspätet.«

»Kann ich Sie ins Hotel fahren?« fragte Bo Ekdal unter Aufbringung seiner absolut letzten Kräfte.

»Danke, aber das ist nicht nötig, ein junger Mann von der Botschaft holt mich ab, er fährt mich erst zum Hotel und danach zum Flughafen.«

Bo begleitete Hayakawa zur Limousine, die ihn tatsächlich als langer, grauer Schatten beim Haupteingang des Krankenhauses erwartete.

»Es war mir wirklich ein großes, großes Vergnügen«, wiederholte Hayakawa, als er nach einem herzlichen Abschied ins Auto stieg.

Bo sah das Auto im Nebel verschwinden, er winkte und fragte sich dann, was er als nächstes zu tun habe. Beim Verdacht auf Mord oder ähnliches mußte man wohl Kontakt zur Polizei aufnehmen, aber wie verhält man sich, wenn das potentielle Mordopfer schon obduziert worden ist? Er konnte nicht einmal anfangen, daran zu denken, wie er erklären sollte, was passiert war, er hatte nicht mehr genügend Energie, um ein weiteres kleines Problem zu lösen, ganz zu schweigen von einem dieser Größenordnung.

Als er zur Pathologie zurückging, holte ihn auf dem Flur Ann Lilja ein. Sie hielt einen dicken Stapel Papiere in der Hand.

»Bitte sehr. Du wirst das hier wohl brauchen, nehme ich an.« Es war Gösta Perssons Krankenbericht.

»Hattest du Göstas Papiere?«

»Ja sicher, ich habe sie mir vor dem Mittagessen gerade durchgesehen, ich mußte nämlich den Totenschein ausstellen. Einen ganz falschen Totenschein, und ich bin gerade noch davor gerettet worden, den auszuschreiben. Vielen Dank.«

Sie war ausnahmsweise einmal ernst, und Bo fand ihre kurze Oberlippe und ihre füllige Unterlippe noch gemeißelter denn je. »Ich habe mich für deine Hilfe bei der Vorführung zu bedanken. Ich weiß nicht, was ohne dich passiert wäre. Aber wie in aller Welt konntest du dich fürs Mittagessen und dann auch noch für die Vorführung freimachen?«

Wieder lachte Ann: »Reiner Zufall. Ich wollte eigentlich meinen Schreibtisch aufräumen, mir gehen die Papiere bis hierhin«, sie zeigte ein Niveau dicht unter ihrer Nase, »und ich schaff' sie einfach nie alle, ja, du weißt sicher, wie das ist.«

»Ich habe allerdings noch eine Frage: Weißt du, ob Gösta oder seine Angehörigen etwas gegen eine Obduktion gehabt hätten?«

»Ja oder nein, wie du willst. Ja, ich weiß, und nein, er hatte keine Einwände, sonst hätte er nicht an unserem Versuch teilgenommen.«

»Ann, bist du ganz sicher, daß du kein Engel bist? Oder eine griechische Göttin, die Menschengestalt angenommen hat, um mit uns gewöhnlichen Sterblichen ihre kleinen Scherze zu treiben?«

Wieder ein fast lautloses Lachen, einige Locken, die sich aus den Kämmen befreit hatten, die die Haare aus dem

Gesicht hielten, und die das Licht einfingen, als sie den Kopf schüttelte.

»Ich bin ganz sicher, daß ich weder das eine noch das andere bin. Viel Glück mit der Polizei.«

Obwohl ihm ganz flau zumute war, ließ er sich mit der Polizei verbinden und wurde nach und nach zur Gewaltsektion durchgestellt, wo er so gut wie möglich mehreren verschiedenen Personen alles erklärte und jedesmal weitergereicht wurde. Am Ende kam er zu richtigen Stelle, mußte jedoch auf einen Rückruf warten. Nach weiteren sich in die Länge ziehenden Minuten wurde ihm mitgeteilt, daß sofort jemand von der Kriminalpolizei kommen würde. Er dachte kurz nach und bat dann seine Sekretärin, sich auf die Suche nach Bertram Schwieter zu machen, dem Unterarzt, der bei der Vorführung dabeigewesen war.

»Bertram, demnächst kommt jemand von der Polizei, um zu entscheiden, was mit der Leiche geschehen soll. Es hört sich blöd an, aber ich kann heute kein einziges Gespräch mehr durchhalten, ich glaube, ich sterbe, wenn ich jetzt nicht nach Hause fahren und schlafen kann. Du mußt mich vertreten, erzählen, was du weißt. Mehr hätten sie aus mir auch nicht herausholen können. Hier ist der Krankenbericht, den ich noch nicht gelesen habe, nutz deinen gesunden Menschenverstand, wenn du nicht weißt, wie du dich verhalten sollst, ich rede gern übermorgen mit der Polizei oder mit sonst wem, aber jetzt hau' ich ab, mach's gut.«

Bo Ekdal nahm ein Taxi nach Hause, zog den Telefonstecker heraus, entkleidete sich und fiel ins Bett. Seine Gedanken kreisten um diesen turbulenten Tag. Immerhin habe ich mich nicht mit der Grippe angesteckt! dachte er vor dem Einschlafen.

Da seine Kinder nicht mehr bei ihm wohnten und seine Frau ihn damals, als die Selbstverwirklichung in Mode kam, verlassen hatte, konnte er die vierzehn Stunden, die er brauchte, um wieder zu Kräften zu kommen, ungestört durchschlafen.

3

Um neun Uhr an diesem Morgen hatte Monika Pedersen, Streifenpolizistin, zwei Stunden geschlafen, als das Telefon sie weckte. Sie zog niemals den Stecker heraus, nicht einmal, wenn sie die Nacht durchgearbeitet hatte, und deshalb erreichte ihr Chef sie, nachdem er vorher erfolglos fünf andere Nummern probiert hatte.

»Hallo, Monika, hier ist Yngve Larsson. Gut, daß du zu Hause bist. Entschuldige die Störung, ich weiß ja, daß du Nachtschicht hattest. Bei der Kripo scheint es noch schlimmer auszusehen als bei uns. Ich habe dem Kommissar versprochen, ihm sofort zwei Leute zur Verstärkung abzustellen. Ich dachte, ich könnte euch schon bis neun Uhr dort haben, aber bis zehn kannst du es doch schaffen, wenn du dich beeilst. Was sagt du?«

»Das geht schon.« Monika hatte nie Probleme mit dem Wachwerden gehabt. »Ich fühle mich ziemlich fit. Wohin soll ich gehen?«

»Melde dich bei Kommissar Ek in der Gewaltsektion und grüß von mir.«

»Mach' ich.« Sie zögerte einen Moment. »Danke«, fügte sie hinzu.

Ihr Partner im Streifendienst, Mikael Andreen, war drei Wochen zuvor eine Treppe hinuntergestoßen worden und hatte sich dabei das rechte Bein gebrochen. Jetzt steckte er vom Fuß bis zur Hüfte im Gips und würde noch mindestens für zwei Monate krank geschrieben sein. Mit Mikaels Vertretung, einem sturen Värmländer, der sich für einen richtig harten Burschen hielt, hatte Monika große Probleme. Sie hatte sich nicht beklagt, aber es war typisch für Yngve zu bemerken, daß sie nicht zusammenpaßten.

Monika streckte sich wohlig im Bett. Sie hatte immer schon plötzliche Veränderungen gemocht. Sie lachte. Sie freute sich auf die Arbeit bei der Kripo, und noch mehr darüber, ihrem neuen Partner zu entkommen. Sie hatte seine endlosen Vorträge darüber satt, was in der Gesellschaft nicht stimmte und warum nicht, was gemacht werden müßte und wie. Sie hatte es satt, daß er mit offenem Mund Kaugummi kaute. Sie hatte es satt zu sehen, wie er aus dem Auto stieg, als ob er Rambo wäre. Sie hatte es satt, wie er mit und über Frauen sprach. Jetzt würde sie dieses Problem nicht mit Yngve besprechen müssen und statt dessen in Kungsholmen arbeiten, dem Stadtteil, der schon seit ihrer Teenagerzeit mehr als jeder andere ihr Herz und ihre Phantasie gefangen hatte.

Sie verließ das Bett und blieb vor ihrem Kleiderschrank stehen. Der schien überhaupt nichts Brauchbares zu enthalten. Normalerweise arbeitete sie in Uniform. Groß war ihre Garderobe nicht. Schließlich entschied sie sich für eine schwarze Cordhose von schlechter Paßform, aber guter Qualität, eine graue Bluse im Yuppieschnitt (ihre einzige) und eine schwarze Strickjacke. Sie war mit dem Gesamteindruck unzufrieden, fand aber keine bessere Alternative. Nach einer im Stehen getrunkenen Tasse Kaffee warf sie ihre schwarze Lederjacke über und lief durch den dichten Nebel zur U-Bahn-Station.

Es war nicht weit bis dahin, aber sie mußte fast eine halbe Stunde warten, da wegen der Grippewelle mehrere Züge ausfielen. Als die Bahn endlich ankam, waren die Wagen überfüllt, aber Monika konnte sich trotzdem in einen der mittleren zwängen, obwohl niemand den Versuch unternahm, Platz zu schaffen.

Am Fridhemsplan lockerte sich das Gedränge ein wenig, aber sie war erleichtert, beim Rathaus auszusteigen. Sie holte tief Luft, streckte die Arme aus, wie um den freien Raum zurückzuerobern, und lief auf die Rolltreppe zu, die zum Polizeigebäude führte.

Jetzt sah sie verschwommen die vertraute Fassade des Polizeigebäudes, das ein Architekt in der festen Überzeugung entworfen hatte, daß ein Polizeigebäude etwas sei, auf das man stolz ist, das geschmückt und vorgezeigt werden muß.

Die großen Bronzetüren sahen schlichter aus, als sie sie in Erinnerung hatte.

Der Warteraum war voll, und eine Schlägerei lag in der Luft, aber das war nicht ihr Bier, darum sollten sich die Sicherheitskräfte im Sprechzimmer gleich nebenan kümmern. Sie zeigte ihren Dienstausweis und fragte nach Kommissar Ek. Ein Beamter wählte eine Nummer und mußte lange auf Antwort warten. Niemand interessierte sich für den Lärm im Warteraum. Dann nickte er Monika zu:

»Geh einfach rauf, er holt dich an der Tür ab.«

Rasch ging Monika die breite Treppe gleich neben dem Sprechzimmer hoch. Seit ihrer Zeit auf der Polizeischule war sie hier nicht mehr gewesen, aber sie war immer entschlossen gewesen, hier zu landen. Wie so viele Frauen hatte sie anfangs keine genauen Karrierepläne gehabt, aber nun spürte sie, daß es an der Zeit war, in ihrem gewählten Beruf einen Schritt vorwärtszukommen. Sie wußte, daß viele von der Kripo träumten und daß es bei den meisten beim Träumen blieb; sie nahm an, daß es von Nachteil war, eine Frau zu sein. Jetzt hatte sie immerhin die Chance zu zeigen, was sie konnte, eine Möglichkeit, einen Teil der Kriminalbeamten kennenzulernen. Sie hatte vor, diese Chance so gut wie nur möglich zu nutzen.

Monika und der Kommissar erreichten beinahe gleichzeitig die Glastür, die zur Gewaltsektion führte. Der Kommissar war mittelgroß und mager, mit zerfurchtem Gesicht und schütteren hellbraunen Haaren. Er öffnete, und Monika stellte sich vor.

»Hallo. Ich bin Monika Pedersen. Kommissar Yngve Larsson schickt mich, wie vereinbart.«

»Bist du unterrichtet?«

»Ich weiß nur, daß ich hier einspringen soll, weil von euch so viele krank sind.«

»Was machst du sonst?«

»Normale Polizei, seit fünf Jahren. Ich würde aber gern zur Kripo überwechseln.«

»Welche Sprachen sprichst du?«

»Englisch, wieso?«

»Irgendwelche Erfahrung in internationaler Arbeit?«

»Nicht mehr, als die Arbeit in Skärholmen so mit sich bringt.« Der Kommissar schien zu überlegen.

»Kennst du dich mit den verschiedenen arabischen Exilorganisationen aus?«

Monika mußte seine Hoffnungen zunichte machen.

»Ich habe meistens mit Teenies zu tun, nicht mit Politik.«

Langsam kam ihr der Verdacht, daß etwas schiefgelaufen war. Sie schien durchaus nicht die Verstärkung zu sein, die Ek brauchte oder wünschte.

»Die Sache ist die: Heute morgen ist eine Gruppe von Männern in die Konsularabteilung der britischen Botschaft eingedrungen. Sie haben unter dem Personal und den übrigen Besuchern Geiseln genommen. Sie sind offenbar Araber. Die Presse weiß noch nichts, aber es kommt wohl in den Abendzeitungen. Die Polizei hat die Gegend abgesperrt, und wir organisieren gerade eine Krisengruppe, die die Arbeit machen soll.«

Und in dieser Gruppe haben wir keine Verwendung für dich, hätte er hinzufügen können, aber das tat er nicht. Irgendwer rief weiter hinten im Flur nach ihm, er faßte sich an die Stirn und zeigte Monika ein Zimmer, das genau vor ihnen lag und laut Namensschild Hans Eriksson gehörte.

»Eriksson hat Grippe. Du kannst dich dort niederlassen, tu was du kannst für die Fälle, die dort liegen. Richtig akute Fälle gibt es also nicht. Die Botschaftsgruppe sitzt weiter hinten im Flur, stör bitte nicht.«

Monika konnte die Nervosität des Kommissars nachvollziehen: Die halbe Truppe krank, Geiseldrama in einer Botschaft, Beschlüsse müssen unter Zeitdruck gefaßt werden, Beschlüsse, die später in aller Öffentlichkeit hin und her gedreht werden. Verstärkung, die zu spät kam und zu allem Überfluß auch noch unbrauchbar war. Trotzdem gab es keine Entschuldigung für sein unfreundliches Auftreten. Sie gab ihm in ihrer inneren Buchführung drei Minuspunkte und fühlte sich gleich besser.

Sie setzte sich an den Schreibtisch. Dort lag ein Stapel von angefangenen, aber nicht abgeschlossenen Fällen. Hans Eriksson kommunizierte mit sich selber offenbar durch Stichwörter. Unter der Plastikfolie der obersten Mappe lag ein ordentlich geschriebener Zettel:

Nr. 14
Großmutter
Warum nicht G.?
Spätestens Samstag
10 000

Monika las diese Punkte. Spätestens Samstag schien klar. Heute war Montag, und irgendwas würde in den nächsten fünf Tagen passieren. 10 000. Wenn damit Kronen gemeint waren, dann sollten sie wohl ein- oder ausgezahlt werden. Oder versteckt oder gefunden. Von G.? Oder von der Großmutter?

Monika kicherte kurz und las weiter in der obersten Mappe, da sie annahm, daß Hans Eriksson die Fälle nach ihrer Wichtigkeit sortiert haben könnte. Seine Notizen würden sicher verständlich werden, wenn sie erst einmal wüßte, worum der Fall sich drehte. Als sie drei Viertel des Berichtes gelesen hatte, war der Zettel nur noch schwerer zu begreifen. Nirgendwo war eine Großmutter erwähnt, keine 10 000 von irgendeiner Sorte, keine Person, die mit G anfing.

Mit dem nächsten Zettel war es genauso.

Warum hatte Hans Notizen gemacht, die nur er selber verstehen konnte, als ob es ganz undenkbar wäre, daß ihm ein Unglück zustoßen oder er an der Grippe erkranken könnte?

Der Kommissar, müde und genervt, blickte durch ihre halbgeöffnete Tür herein.

»Monika, kannst du mit der Pathologie im Västra Krankenhaus sprechen? Sie haben ein Problem mit einer Obduktion.«

Jobmäßig gesehen, wirkte alles verlockender als Hans

Erikssons Fälle, und deshalb antwortete sie ruhig, er brauche die Pathologie nur durchzustellen. Der Kommissar hörte sie nicht, da er nicht auf ihre Antwort gewartet hatte, und das Telefon schellte fast augenblicklich. Es war der Professor der Pathologie, auch er müde und gereizt, weil er seine Geschichte nun schon mindestens fünf Personen erzählt hatte. Er fragte, ob er diesmal wohl bei der richtigen gelandet wäre. Monika antwortete, daß der Kommissar sie gebeten habe, den Anruf entgegenzunehmen, und da müsse sie doch die richtige sein. Sie hörte zu, stellte Fragen und machte Notizen. Als sie den Handlungsverlauf einigermaßen begriffen hatte, fühlte sie sich verwirrt und unsicher, und sie versprach, in einigen Minuten zurückzurufen und genauere Auskunft zu geben.

Sie ging in den Flur hinaus und suchte irgendwen, den sie fragen könnte. Die Botschaftsbande saß hinter ihrer Tür verschanzt, die nächstliegenden Zimmer waren so leer wie die Kaffeeküche. Sie blieb unschlüssig stehen, hörte dann aber jemanden die Abteilung betreten. Es war wieder der Kommissar, der sie blöde anglotzte, als er sie auf sich zukommen sah.

»Was ist los?«

»Ich habe eine Frage wegen dieses Anrufs vom Krankenhaus.« Die Körpersprache des Kommissars sagte deutlichst, daß er nichts anderes erwartet hatte, daß es aber wirklich das letzte war, wenn eine sogenannte Verstärkung nicht einmal ein schnödes Telefongespräch bewältigen konnte.

»Na und?«

»Sie haben während einer Obduktion gemerkt, daß etwas nicht stimmte, sie nehmen fast an, daß sich der Verstorbene unabsichtlich vergiftet hat, aber auch Mord oder Selbstmord lassen sich nicht ausschließen, wenn ich richtig verstanden habe.«

»Und warum solltest du das nicht richtig verstanden haben? Bist du in diesem Punkt unsicher?«

»Nein...«

»Dann sag so was nicht. Natürlich hast du richtig verstanden. Deshalb brauchst du dich doch nicht zu entschuldigen. Und was hast du nun vor?«

»Eine Voruntersuchung in die Wege leiten, nehme ich an.«

»Nimmst du an? Du bist an die Kriminalpolizei ausgeliehen und nimmst an, daß du bei einem unklaren Todesfall eine Voruntersuchung einleiten mußt. Natürlich brauchen wir eine Voruntersuchung, und dabei mußt du auch herausfinden, warum zum Teufel sie die Leiche in der Pathologie obduziert haben, wenn sie nicht wußten, wie der Mann gestorben ist. Weißt du, was du sonst noch zu tun hast?«

»Nicht genau, aber ich werde wohl die kleinen Grauen anwenden müssen, wie Poirot immer sagt.«

»Was willst du anwenden?«

»Tut mir leid, ich wollte sagen, ich werde mein Bestes tun.«

»Das ist ja wohl klar. Find jetzt erst einmal heraus, was passiert ist, und schreib einen Bericht.«

Er kehrte ihr den Rücken und ging zum Botschaftszimmer. Er schien die ganze Situation als ein Unglück zu erleben, das ihn unverschuldet getroffen hatte. Außerdem schien er Fieber zu haben, seine Augen glänzten, und seine Wangen konnten doch normalerweise nicht so rot sein?

Monika ging in ihr Zimmer und rief Bo Ekdal zurück. Sie teilte ihm mit, sie werde so schnell wie möglich ins Krankenhaus kommen.

4

Monika ging durch die automatischen Schwingtüren, die jedes Jahr eine große Anzahl neuer Patienten ins Krankenhaus führten.

Es war schön, aus der kalten Berührung des Nebels in die Wärme zu treten. Monika holte tief Luft. Der Architekt des Krankenhauses hatte vielleicht eine Phase von Kontrasten durchlebt? Kaltes, verschlossenes und geheimnisvolles Äußeres, drinnen Wärme, ein halber Dschungel in Töpfen, eine Cafeteria, ein Kiosk und ein Blumenladen. Oder wollte jemand das abweisende Äußere durch um so mehr Wärme ausgleichen? Es konnte aber auch ein Bestandteil der Indoktrinierung sein – erst soll man erschrecken, den Mut angesichts des gewaltigen und unübersichtlichen Apparates verlieren, in den man sich hineinbegeben muß, krank und unterlegen, wie man ist. Dann tritt man ein und stößt auf Wärme, Licht, Bewegung, menschliche Aktivitäten in begreiflichem Maßstab, und man fühlt sich erleichtert, ein Teil des Mutes stellt sich wieder ein, man ist dem Krankenhaus dankbar und hat bereits vergessen, daß gerade das Krankenhaus einem den Mut genommen hatte.

Es wirkte fast ungehörig, nach der Pathologie zu fragen, eine taktlose Erinnerung daran, daß nicht alles aus kunstfertigen Blumengestecken für frisch operierte Verwandte bestand, die in vier Tagen nach Hause kommen würden; aber wenn die Frau am Informationsschalter nun verärgert war, so zeigte sie es nicht. Sie erteilte Monika eine so klare Auskunft, daß die sich nicht noch einmal zu erkundigen brauchte, bis sie vor einer Glastür mit der Aufschrift »Pathologisches Institut« stand.

Hinter dieser Tür erwartete sie ein schlaksiger junger Mann mit einer Brille, die teilweise von einem Schopf aus den glattesten Haaren verborgen wurde, die Monika je gesehen hatte. Der junge Mann erklärte, daß der Professor sich leider nicht wohl gefühlt habe und deshalb nach Hause gegangen sei, aber daß er selber mit allen nötigen Auskünften zur Verfügung stehe. Er fuhr sich mit der Hand durch die Haare und hatte sekundenlang freie Sicht, dann fiel ihm der Schopf wieder über die Brille. Er lachte, als wolle er um Entschuldigung bitten.

»Ich heiße übrigens Bertram Schwieter und bin eigentlich ganz weit unten in der Hackordnung hier im Institut, aber ausgerechnet heute sind alle krank, bis auf einen, den sie letzte Woche eingestellt haben, und deshalb bin ich beauftragt worden, Ihnen so weit wie möglich zu helfen.«

Monika spielte mit dem Gedanken, ihm zu erzählen, daß ihre Situation ganz ähnlich war, fühlte sich aber nicht selbstsicher genug, um das zu wagen.

»Als allererstes möchte ich den Toten sehen.« Monika hoffte, kompetent zu wirken.

»Ist schon klar, er liegt im Obduktionssaal, wir haben nichts angefaßt, seit wir angerufen haben.«

Auf einem Obduktionstisch aus rostfreiem Stahl lag die Leiche eines kleinwüchsigen, dünnen Mannes in mittleren Jahren. Er lag mit einem schwachen Lächeln um die blassen Lippen auf dem Rücken, und deshalb sah sein Kopf aus, als wisse er nichts davon, daß seine Bauchhöhle geöffnet worden war und seine inneren Organe, sorgfältig auf Tabletts arrangiert, überall herumstanden. Monika sah sofort die Blutergüsse des Mannes und fragte Bertram, wie sie entstanden waren. Bertram wußte das nicht, sagte jedoch entschuldigend, daß der amerikanische Professor, der die Leiche obduziert hatte, zu dem Befund gekommen war, daß sie nicht durch eine Mißhandlung entstanden waren und daß sie für die Todesursache keine Rolle spielten.

»Was wissen wir über die Umstände des Todesfalles?« fragte Monika.

»Ich weiß auch nicht mehr, als in seinen Papieren steht. Offenbar hatte er mehrmals Magenblutungen, er wurde zuletzt vor zwei Wochen in der Chirurgie behandelt, dann wurde er in guter Verfassung entlassen, erschien gestern morgen aber in der psychiatrischen Ambulanz, und da fiel er im Wartezimmer um und war tot.«

»In der Psychiatrie? Was wollte er denn da?«

Bertram machte ein unglückliches Gesicht, als ob man ihm persönlich vorwerfen könnte, daß Gösta diesen ungewöhnlichen Weg in die Pathologie gewählt hatte.

»Das weiß ich nicht. Wir scheinen noch keine Papiere von dort zu haben, wir werden sie so schnell wie möglich besorgen, im Moment steht alles kopf; ich weiß wirklich nicht mehr.«

»Es gibt keinen Polizeibericht, und Sie wissen nicht, ob er in eine Schlägerei geraten sein kann?«

Bertram schüttelte den Kopf und sah Monika so niedergeschlagen an, daß sie das Thema wechselte und darum bat, die Organe sehen zu dürfen.

Bertram führte ihr den Befund vor, so gut er konnte, er zeigte die Blutungen, die Leber, den leeren blutigen Magen und erklärte Hayakawas Argumentation.

»Jaaa«, Monika sagte das leicht gedehnt, »dann brauchen wir eine gerichtsmedizinische Obduktion und eine technische Untersuchung, ob hier wirklich ein Mord vorliegen kann.«

Sie blickte zum Obduktionstisch hinüber.

»Es ist wohl noch alles vorhanden?«

Bertram nickte.

»Daß wir nicht selber daran gedacht haben! Aber das ist für uns ja auch eine ganz neue Situation . . .«

Monika konnte sich in letzter Sekunde an dem Geständnis hindern, daß die Situation für sie mindestens ebenso neu war. Bertram versuchte, der Verantwortung zu entsprechen, die ihm auferlegt worden war.

»Ich werde ihnen Bescheid sagen, oder ist das Sache der Polizei? Schwierig zu wissen, wer wofür zuständig ist.«

Er sah Monika zögernd an, als ob er sich von ihr kaum Hilfe verspräche. Seine Unsicherheit ließ ihr Selbstvertrauen plötzlich auflodern: Vielleicht wußte sie nicht sehr viel, aber sie wußte jedenfalls mehr als irgend jemand sonst hier und jetzt. Sie antwortete, sie werde die Gerichtsmedizin und die Technik anrufen. Monika befürchtete, daß ihr Gespräch mit der Gerichtsmedizin auf dieselbe Skepsis treffen könnte, die Bo Ekdal bei der Kripo widerfahren war. Die Gerichtsmediziner hatten sicher auch ihre Scherzkekse.

In der Gerichtsmedizin war alles ruhig, so ruhig, wie es in einer Institution überhaupt nur sein kann, die viel zu wenig Kapazitäten für die Arbeit hat, die durchgeführt werden muß. Monikas Anruf wurde von Doktor Derek Cramer entgegengenommen, einem vierzigjährigen Amerikaner, der sich in Stockholm niedergelassen hatte, weil er seine schwedische Frau liebte und diese sich in den Staaten nicht wohl fühlte.

Er hörte sich fast belustigt an und glaubte Gott sei Dank nicht, daß Monika sich einen Scherz erlaubte.

»Die Pathologie hat einen möglichen Mord entdeckt? Das hätte ich denen wirklich nicht zugetraut.«

Er ließ sich die Details berichten, die Monika liefern

konnte, und sie verabredeten, daß er gleich in die Pathologie kommen würde, ein Spaziergang von höchstens zehn Minuten.

Das Telefonat mit der Technik war schwieriger. Monika hatte vergessen, sich die Durchwahl geben zu lassen, sie hing bei der Telefonzentrale mehrere Minuten in der Warteschleife und fand es dann schwer zu erklären, wer sie war und mit wem sie verbunden werden wollte. Schließlich hatte sie einen Kriminalinspektor an der Strippe, der sich als Allan Larsson vorstellte. Allan Larsson hatte eine tiefe, weiche und ernste Stimme, er hörte interessiert zu und sagte dann verschwörerisch:

»Hier ist fast niemand, alle liegen mit vierzig Grad Fieber zu Hause. Der Rest wird mit dieser verdammten Botschaftsbesetzung geplagt. Wir sollen alles stehen und liegen lassen und undeutliche Fotos von allerlei Waffen analysieren, angeblich um ein, wie sie sagen, strategisches Vorgehen begründen zu können. Es ist so blöd, daß man heulen könnte. Das habe ich aber nicht vor und werde mir statt dessen Ihre Leiche ansehen. Allerdings weiß ich nicht, was der Chef sagen wird, wenn er das merkt. Wollte der Gerichtsmediziner sofort anfangen?«

»Das weiß ich nicht«, antwortete Monika und konnte nicht begreifen, warum sie vergessen hatte, danach zu fragen. »Aber das muß doch wohl so sein, sonst verderben die Organe sicher.« »Das glaube ich auch. Ich fahre sofort in die Gerichtsmedizin. Bis dann! Auf Wiederhören!«

Sie hatte das Gespräch gerade beendet, als Bertram mit Cramer erschien. Er sah sich Gösta Persson an, der zum Teil in ordentliche Scheiben geschnitten dalag.

»Ist das nicht passiert, ehe euch der Verdacht gekommen ist, hier könnte etwas nicht stimmen?«

Das hätte Monika auch fragen sollen, sie sah es ein, aber nun würde sie immerhin die Antwort hören.

Bertram erklärte Cramer, der wußte, wer Hayakawa war und was er bedeutete, die Geschichte von der Obduktion.

Derek Cramer betrachtete Gösta Persson mit neuem Respekt.

»Ich habe mir ja schon gedacht, daß der ungewöhnlich hübsch aussieht. Scherz beiseite, der Typ soll brillant sein. War er das?«

»Da kannst du dir deine eigene Meinung bilden. Wir haben das Ganze auf Video aufgenommen – aber wer von euch bekommt denn nun die Kassette?«

Monika und Derek blickten einander überrascht an. Derek ergriff die Initiative:

»Wenn du bis morgen warten kannst, dann wäre es für mich sehr gut. Das ist gar nicht leicht, erst zum Schluß einzusteigen.«

Monika dachte kurz nach. Dann sagte sie:

»Das Video ist ein wichtiger Beweis, und ich weiß nicht, ob ich es einfach so aus der Hand geben kann.«

Ihre Unsicherheit lähmte alle für einen Moment, aber dann schlug Bertram vor, das Video kopieren zu lassen, dann konnte Monika das Original behalten und Derek die Kopie überlassen. Diese Idee wurde dankbar aufgenommen, und Derek fuhr fort: »Hayakawa war der Ansicht, daß der Patient an Blutungen gestorben ist, die sich aus seinem Allgemeinzustand heraus nicht erklären ließen. Er überlegte, ob eine Vergiftung vorliegen könnte. Schwer zu sagen, aber wir werden das Blut und die übrigen Körperflüssigkeiten analysieren. Dann sehen wir nach, ob die Blutzentrale noch Proben von der letzten Behandlungsrunde hat, das müßten sie eigentlich. Ja, wir tun unser Bestes.«

»Ich kümmere mich um die Formalitäten«, versprach Monika, die noch immer nicht so recht wußte, welche Papiere notwendig waren, das aber so schnell wie möglich feststellen wollte.

»Wegen der Grippe kommt übrigens nur ein Typ von der Technik, Allan Larsson heißt er. Er kommt direkt in die Gerichtsmedizin. Wie bald könntest du etwas sagen, was meinst du?«

Derek lachte.

»Tut mir leid, erwarte nicht zuviel. Hayakawa hat bestimmt nicht allzu viele Hinweise übersehen. Die Analysen brauchen ihre Zeit, und außerdem gibt es für einige Stoffe, die hier aktuell sein könnten, keine Analysemethoden. Wenn du diesen Fall löst, dann hast du das leider nicht mir zu verdanken. Ich werde dich auf dem laufenden halten.«

Sie verabschiedeten sich, reichten einander die Hände, und dann ging Monika mit Bertram in die Videozentrale, um eine Kopie des Videos herstellen zu lassen.

Sie konnte in der Pathologie nicht viel mehr tun. Und sie hatte keinen Grund, mit in die Gerichtsmedizin zu gehen. Sie hatte nicht die geringste Lust, den Kommissar anzurufen und um weitere Instruktionen zu bitten. Sie beschloß, sich selber erst einmal um alles zu kümmern. Sie mußte zuerst herausfinden, unter welchen Umständen Gösta Persson gestorben war. Vielleicht konnte sie von hinten anfangen – ihr nächster Anhaltspunkt wäre in diesem Fall Göstas vorletzter, und so weiter. Sie hatte noch keinen weiteren Plan, keine Arbeitshypothese, sie hoffte, die Ideen würden sich nach und nach einstellen.

Auf jeden Fall gab es etwas zu untersuchen. Etwas war passiert. Unfall? Selbstmord? Mord? Totschlag? Seltsamerweise schienen der graue Himmel und der Nebel, die sich schon allzu lange hielten und die ganze Stadt in eine Art Niemandsland verwandelten, ihr Mut zu geben. Es würde sich schon alles finden.

Sie ging ins Büro zurück und bat um das Telefon, um Mikael, ihren regulären Partner, anzurufen. Er hatte seine Wohnung nicht verlassen können, seit er aus dem Krankenhaus entlassen worden war, und sie hatte versucht, ihn mit täglichen Schilderungen der Ereignisse in seiner Abwesenheit aufzumuntern. Als er hörte, daß sie in Kungsholmen sei, fragte er sofort, ob sie nicht abends bei ihm essen wolle.

»Die Gespräche mit dir sind wie Wasser für einen, der in der Wüste verdurstet. Heute klingt es sogar, als ob du Champagner zu bieten hättest, wenn man wirklich Champagner möchte, nachdem man in der Wüste fast verdurstet wäre. Egal, du weißt, was ich meine. Willkommen.«

5

Monika und Mikael hatten sich auf der Polizeischule kennengelernt, sie waren gern zusammen und hatten nach und nach und Schritt für Schritt eine Freundschaft aufgebaut. Sie hatten zusammen schießen gelernt, sie hatten zusammen trainiert, sie hatten sich gegenseitig über Strafrecht und Sicherung von Beweisen abgehört.

Die besten Freundschaften von Monika waren immer die mit Männern gewesen. Sie hatte Jungen und später Männer für zuverlässiger, loyaler und im allgemeinen für ungefährlicher gehalten als Mädchen und Frauen. Mikael, der mit zwei Schwestern aufgewachsen war, von denen eine nur elf Monate älter war, hatte leicht in dieses Muster gepaßt.

Monikas Mutter hatte Monikas Freunde mit Mißtrauen

betrachtet. In ihrer Welt sollten Frauen schön und begehrenswert sein. Die Männer wiederum romantisch, stark und möglichst reich. Sie sollten willens sein, für die begehrte Frau gegen Drachen zu kämpfen.

Monikas Freunde paßten nicht in dieses Bild, aber andererseits war ja klar, daß Monika die physischen Voraussetzungen und das passende Gemüt dazu fehlten, diese Art Frau zu werden. Monika war eine weitere Enttäuschung im Leben ihrer Mutter gewesen, in einem Leben, das von fehlgeschlagenen Hoffnungen und zerstörten Träumen erfüllt war. Monika spürte noch immer die mißbilligenden Blicke ihrer Mutter, aber es kam immer seltener vor. Jetzt, als sie mit langen, geschmeidigen Schritten durch den immer lichter werdenden Nebel ging, hatte die Mißbilligung dem Gefühl weichen müssen, stark zu sein, an der richtigen Stelle zu stehen, Teil eines Ereignisses zu sein, das etwas bedeutete. Sie hatte ihren Bericht geschrieben, und nun folgte sie dem niedrigen schwarzen Gitter, das am Bürgersteig der Polhemsgatan entlangführte. Ein kleines Auto kroch vorbei, der Fahrer schaltete optimistisch zwischen Fern- und Abblendlicht hin und her, als ob er glaubte, im nächsten Moment klar sehen zu können.

Bei normalem Wetter wohnte Mikael nur wenige Gehminuten vom Polizeigebäude entfernt am Jaktvarvsplan, einer Straße, die so kurz ist, daß ihr Name nur auf den allergrößten Detailausschnittskarten steht. Ein kurzes Straßenende, das eine kleine ovale Grünfläche, in deren Mitte ein Kastanienbaum steht, umschließt. Für Monika war der Jaktvarvsplan das Bühnenbild eines modernen Theaters.

Die Wohnung gehörte Mikaels Großmutter, und Mikael war vor sieben Monaten hier eingezogen, als der letzte

Versuch, die Großmutter mit Heimdienst, Nachtwachen und Alarmarmband zu Hause wohnen zu lassen, fehlgeschlagen war. Im Krankenhaus wollte sich niemand zur Zukunft äußern, es war durchaus möglich, daß noch einmal ein Versuch gemacht wurde, und deshalb hatte Mikael sich provisorisch einquartiert, wie ein zufälliger Gast, der keine Spuren hinterläßt. Er kümmerte sich um die Topfblumen seiner Großmutter und hatte nur einige ihrer empfindlichsten Ziergegenstände weggepackt. Wenn er sie an den Wochenenden besuchte – dabei wechselte er sich mit seinen Schwestern ab –, fragte sie immer nach den Begonien und den Fleißigen Lieschen, als ob sie nicht glaubte, daß ihm diese letzten lebenden Wesen, die sie in ihrer Obhut gehabt hatte, wirklich anvertraut werden könnten.

Und das war schon richtig so. Er goß die Blumen zwar nach ihren Anweisungen, aber die schienen sie zu vermissen; sie wuchsen weniger üppig als zuvor.

Monika hatte sich daran gewöhnt, daß Mikael in einer Wohnung lebte, die wenig zu ihm paßte. Mikaels hervorstechendste Eigenschaften waren seine Vitalität, seine Energie, seine Neugier. Mikael ließ sich Strähnen in sein mittelblondes Haar färben, trug noch als Erwachsener ein Jahr lang eine Zahnklammer. Mikael konnte zwischen größtem Glück und tiefster Verzweiflung hin- und herpendeln, schneller als irgend jemand sonst in Monikas Bekanntenkreis. Mikael war offen, reagierte auf alles, was sich um ihn herum bewegte. Monika hatte mehrere Jahre gebraucht, um zu glauben, daß er sich freute, wenn er sie sah. Jetzt kannte sie ihre Bedeutung in seinem Leben, sie staunte nicht mehr über die Wärme in seinem Lächeln, sein fast kindliches Entzücken, wenn sie kam. Fast unbewußt ließ sie sich auf die Wange küssen, hängte ihre Lederjacke neben den Persianerpelz der Großmutter, Größe 36, und setzte sich an den Küchentisch.

»Du siehst vor dir Monika Pedersen, Kriminalinspektorin, wenn auch nur stellvertretend und ohne offizielle Ernennung, aber immerhin. Ich sehe vor mir einen Menschen, der so tut, als sterbe er in einer kleinen, engen, übermöblierten Wohnung, der aber aussieht wie das blühende Leben. Hast du ein Taschensolarium, oder wie machst du das?«

»Wahre Schönheit kommt von innen, das weißt du doch. Du siehst auch ganz gut aus dafür, daß du fast rund um die Uhr gearbeitet hast, nur ein bißchen feucht.«

Mikael hatte wie immer den Tisch mit Sorgfalt gedeckt.

»Jetzt erzähl, und zwar das Wichtigste zuerst. Hast du interessante Leute kennengelernt, wo du nun endlich bei der Kripo bist?«

Sie machten immer Witze darüber, daß sie eines Tages über einen Wimsey, einen Alleyn oder einen Dalgliesh stolpern würde. Einen großen, eleganten und einsamen Mann, der Frauen nicht nach ihrem Körperbau und ihrem Make-up bewertete. Monika, die gern Krimiautorinnen las, wußte, daß sich alle Helden in die ernsten, netten und tatkräftigen Frauen verliebten. Die schönen, herausfordernden und berechnenden Frauen wurden als die oberflächlichen Glücksjägerinnen entlarvt, die sie auch waren. Obwohl Monika wußte, daß das eine Lüge war – in Wirklichkeit ziehen Männer schöne Frauen vor –, las sie eben gern Romane, in denen sie sich ausnahmsweise mit den Frauen identifizieren konnte, denen das Happy-End beschert wurde.

Auf Mikaels Frage schüttelte sie den Kopf.

»Keiner, soweit das Auge reicht. Aber niemand macht ja einen vorteilhaften Eindruck, wenn er gerade diese elende

Grippe gehabt hat oder sie bekommt. Sie waren müde, blaß und völlig in Anspruch genommen von dieser Botschaftsgeschichte. Ich glaube, Madonna könnte nackt bei ihnen herumspazieren, ohne eine Reaktion hervorzurufen.«

»Warum ausgerechnet Madonna?«

»Mir ist keine andere Frau eingefallen.«

Mikael lachte, sagte aber nicht warum.

»Jetzt essen wir. Weil ich doch nicht wußte, daß du kommen würdest, habe ich nichts richtig Festliches, aber ich habe Mutterns Frikadellen aufgetaut . . .«

Monikas Mutter hatte niemals, soweit sie sich erinnern konnte, ihre Frikadellen selber hergestellt. Für Monika gehörte der Begriff »Mutterns Frikadellen« in dieselbe Kategorie wie »das edle Roß des Ritters«, »die Türme und Zinnen der Burg« oder »der riesige funkelnde Diamant«, Dinge, die in einer abstrakten Welt existierten, mit denen man im täglichen Leben jedoch kaum rechnete. Als sie Mikael kennenlernte, hatte sie entdeckt, daß Mutterns Frikadellen für ihn eine ebenso selbstverständliche physische Existenz hatten wie Buttermilch oder Knäckebrot. Sie waren groß, unregelmäßig und weich, und sie schmeckten wie ein ganz anderes Gericht als die kleinen, harten, leicht elastischen Frikadellen, an die Monika gewöhnt war. Außerdem waren sie grün gefleckt; Petersilie, wegen des Eisens, hatte Mikael erklärt, als ob es das Natürlichste auf der Welt sei, daß eine Mutter frische Petersilie ins Essen schneidet, damit es gesünder wird. Monika hielt die Frikadellen von Mikaels Mutter für eine der größten Delikatessen.

Bei Frikadellen und Bier erzählte Monika von den Ereignissen des Tages. Beide träumten vom Dienst bei der Kripo, wenn sie nicht mehr Streife fahren sollten.

»Verstehst du – plötzlich habe ich meine eigene Mordermittlung! Obwohl die Götter wissen mögen, was dabei herauskommt.«

»Mordermittlung! Ein Pedant würde das Voruntersuchung nennen, aber wie du weißt, bin ich keiner. Obwohl man ja nicht ganz sicher sein kann, daß der Dahingeschiedene wirklich einer fremden Hand zum Opfer gefallen ist. Hast du nicht gesagt, mit seinem Tod sei gerechnet worden und sein behandelnder Arzt sei bereit gewesen, den Totenschein auszustellen? Ich finde, dieser Amerikaner oder Japaner wirkt verdächtig. Meinst du nicht, daß er vielleicht alles erfunden hat, um seine Vorführung ein bißchen spannender zu machen? Es kommt mir komisch vor, durch die Gegend zu fahren und vor Publikum Leute aufzuschneiden, aber was weiß ich, vielleicht ist das ja auch eine Art Kunst.«

»Meinst du, daß Hayakawa vielleicht alles zusammengelogen hat? Daß er einen schnöden kleinen Suffkopp gesehen und obduziert hat, der einen schnöden Sufftod gestorben ist, und daß der Typ dann sagt, es sei ein unnatürlicher Tod gewesen, damit das Publikum für sein Geld mehr Spannung kriegt?«

»Sie haben doch nicht bezahlt, der Vergleich hinkt also, aber ich finde diese Idee plausibel. Mach nicht so ein trauriges Gesicht, du wirst doch das Vergnügen haben, den Bluff zu entlarven!«

»Aber dieser Professor, Ekdal, der hätte doch gemerkt, wenn der Japaner zu weit gegangen wäre!«

»Der ist sicher höflich. Und außerdem konnte er nur gewinnen, wenn er gute Miene zum Spiel machte. Das übrige Publikum wußte sicher nicht genug, um sich eine Meinung zu bilden.«

»Denkbar ist das schon, aber wenn das so wäre, dann

hätte er uns doch sicher nicht angerufen, nachdem der Typ weg war. Nein, sie müssen genügend überzeugt davon sein, daß etwas nicht stimmt, um uns einzuschalten. Das einfachste für sie wäre doch, auf alles zu pfeifen, obwohl das vielleicht wegen des Publikums nicht ging. Irgendwer könnte sich ja erkundigen, was nun wirklich passiert ist, und das wäre für die Pathologen dann peinlich gewesen.«

»Merkst du, daß das, was du sagst, meine Auffassung unterstützt, daß sie anrufen mußten, nachdem der Verdacht erst einmal vor einem großen Publikum geäußert worden war, und daß es jetzt deine Sache ist, das Ganze als Bluff zu entlarven? Geiler Job.«

»Wenn es so einfach wäre, dann wäre schon irgendwer darauf gekommen. Du vergißt übrigens, daß sich auch der Gerichtsmediziner die Leiche angesehen hat. Er fand diesen Todesfall auch seltsam, und wenn die Ansicht der Gerichtsmedizin für dich keinen Wert hat, dann weiß ich auch nicht, was du willst.«

Monika war genervt.

»Wunderbar, ich wollte nur überprüfen, ob die Maschinerie hier oben«, er zeigte auf ihren Kopf, »in Gang ist, und das scheint ja der Fall zu sein. Hier stimmt etwas nicht, und Monika Pedersen, das aufsteigende Genie der Kripo, wird den Fall übernehmen. Sie wird die Frage des unerklärlichen Motivs lösen – die üblichen Motive, Liebe oder Geld, scheinen wenig aktuell zu sein, aber was weiß ich, ich kann mich irren. Sie wird herausfinden, wann, wie und wo. Alles in Zusammenarbeit mit ihrem verletzten, aber brillanten Kollegen, mit mir.«

»Das hört sich ausgezeichnet an. Du kannst mein Watson sein. Watson wegen der Invalidität.«

»Du scheinst zu vergessen, daß ich das Bein gebrochen

habe, nicht das Gehirn. Ich weigere mich, Watson zu spielen.«

»Dann bist du eben Nero Wolfe. Weil er so fett war, konnte er das Haus nicht verlassen, und das läßt sich wohl mit deinem Bein vergleichen. Obwohl das ja umgekehrt war – Nero schickte Archie durch die Gegend, und Archie verstand nur Bahnhof, bis Nero am Ende alles erklärte. Ich will nicht Archie sein – das hier ist schließlich meine Ermittlung, und wir sind außerdem keine Amateure. Du mußt dich schon nach mir richten, sonst erzähle ich dir überhaupt nichts.«

»Meinst du, ich soll mich in deine Gewalt begeben? Daß ich nicht lache. Du hast doch keinen einzigen Menschen, mit dem du über das reden kannst, was passiert, aber ohne das kannst du nicht arbeiten. Also bist du in meiner Gewalt.« Er warf einen Apfel in Monikas Richtung. »Gib's zu!«

Monika fing den Apfel auf und schleuderte ihn zurück.

»Was tut man nicht alles, um kranke Freunde aufzumuntern. Warum hast du übrigens kein Videogerät, dann könnten wir uns jetzt die Kassette ansehen.«

»Die Kassette?«

»Sie haben die Obduktion gefilmt, ich wollte sie mir morgen ansehen.«

Mikael war schon unterwegs zur Wohnungstür. Er bewegte sich trotz des Gipsverbandes überraschend leicht, und Monika hörte durch die geöffnete Wohnungstür, daß er bei den Nachbarn anklopfte. Einige Minuten später erschien ein muskulöser junger Mann mit langen schwarzen Locken mit einem Videogerät, das er an Mikaels gemieteten Fernseher anschloß.

»Das ist Seppo, er wohnt nebenan. Wir haben ein Tauschsystem. Er leiht meinen Korkenzieher, ich sein Video«, erklärte Mikael. »Seppo, das ist Monika, eine Kollegin.«

Monika und Seppo nickten einander mit gegenseitigem Mißtrauen zu.

»Danke, Seppo.«

Mikael fertigte ihn kurz mit einem freundlichen, fast nachsichtigen Gesichtsausdruck ab, der Monika sehr fremd vorkam. Seppo gehorchte sofort und verschwand winkend und mit einladendem Lächeln.

Das Video war eine Enttäuschung.

Fast alles war unscharf, und da sich die Kamera nur selten bewegte, war Hayakawa nur in den wenigen Fällen zu sehen, da er sich auf der Höhe des Oberschenkels der Leiche befand. Monika stellte fest, daß sie mehr mitbekam, wenn sie die Augen schloß, da die Klangqualität akzeptabel und trotz der sehr schlechten Akustik, die jedes Kratzen und jedes Geräusch von Metall auf Metall verstärkte, fast alles, was gesagt wurde, zu hören war.

Als sie sich die Kassette angehört hatten, wandte Mikael Monika ein ernstes Gesicht zu. So, dachte sie, wird er in zehn Jahren aussehen. Erwachsen, ohne Glanz, ohne den tarnenden Firnis von Charme und Sexualität.

»Du hast recht, du stehst offenbar wirklich vor einem messerscharfen Fall – nein, so war das nicht gemeint, ich schwöre, das war ganz unabsichtlich, vor einem schweren Fall, meine ich. Ich verspreche, dir so gut ich kann zu helfen, aber das setzt natürlich voraus, daß du mich auf dem laufenden hältst. Was hast du zum Beispiel jetzt vor?«

»Nach Hause gehen und schlafen. Danach müssen wir die Dinge wohl nehmen, wie sie kommen. Morgen werde ich jedenfalls zuerst versuchen herauszufinden, wie er gestorben ist, das Ganze hört sich ja ziemlich wirr an, jedenfalls für mich. Alles unter der Voraussetzung natürlich, daß Kommissar Ek meint, mir die Ermittlung anvertrauen zu können, worauf ich allerdings nicht mal einen Zehner wetten würde. Aber egal, ich habe vor, wenn ich den Auftrag bekomme, zuerst zur Psychiatrie zu gehen, wo Gösta Persson gestorben ist, und dann zur Chirurgie, wo er zuletzt behandelt wurde. Danach werde ich versuchen, mit seinen Angehörigen zu sprechen, er hat wohl nur eine Schwester. Und wenn möglich, möchte ich gern seine Wohnung sehen.«

Monika starrte Mikael an, als ob sie ihn auffordern wollte, etwas anderes vorzuschlagen, aber er nickte nur und sagte, das höre sich gut an, sie sei am nächsten Abend zu einem ebenso köstlichen Essen willkommen, und er hoffe, alles werde klappen. Er war sicher, daß sie die weiteren Ermittlungen gut durchführen werde und daß Ek blind sei, wenn er das nicht einsehe. Sie umarmten sich, als sie ging, zum erstenmal an diesem Tag.

Sie brauchte Milch und machte einen Umweg, um ein noch spät geöffnetes Geschäft an der Ecke Hantverkargatan und Scheelegatan zu erreichen, aber der Laden war, das teilte ein von innen an die Tür geklebter handgeschriebener Zettel mit, wegen Krankheit geschlossen. In der U-Bahn-Station gab es noch einen geöffneten Kiosk, aber dem war die Milch ausgegangen. Der Verkäufer oder Kioskbesitzer, was er vermutlich war, da er einige Extrastunden geöffnet hielt, erklärte, daß die Molkerei wegen der Grippe so gut wie funktionsunfähig sei und daß sie deshalb in den nächsten Tagen keine Milch mehr liefern könne. Monika war geschockt, wie wenig dazu gehörte, die Lebensmittelversorgung zu unterbrechen, und fragte sich, ob als nächstes wohl das Brot ausgehen würde. Würden sie dann von den

Konserven leben müssen, die noch in den Regalen standen? Und wenn auch die aufgebraucht waren?

Und sie fragte sich, wie sie ihren Morgenkaffee ohne Milch trinken sollte.

6

Am nächsten Morgen verschlief Monika, und deshalb war das Frühstücksproblem nicht aktuell. Sie erwachte mit einem Gefühl des Unbehagens, feuchte Luft drang durch ihr einen Spaltbreit geöffnetes Schlafzimmerfenster, deshalb kam ihr das Zimmer rauh und kalt vor, und sie krümmte sich unter der Decke zusammen. Sie versuchte, im schwachen Licht den Wecker zu sehen, aber sie konnte die Zeiger nicht erkennen, sie sahen nicht so aus wie sonst. Sie fuhr zusammen, als ihr der Grund aufging: Sie hatte eine Stunde länger geschlafen als sonst. Da sie nicht noch einmal zu spät kommen wollte, zog sie schnell dieselben Kleider an wie am Vortag, putzte sich die Zähne, griff nach der Zeitung und lief zur U-Bahn-Station. Es war weniger neblig, aber dafür nieselte es.

Die Morgenzeitung war dünner als sonst, und sie zeigte auf der ersten Seite ein ungeheuer undeutliches Bild der britischen Botschaft. Eine Karikatur zeigte zwei Diebe, die auf ihrem Diebesgut saßen. Der Text lautete: Die schlechte Nachricht ist, daß die Polizei uns auf der Spur ist. Die gute: Es ist die schwedische Polizei. Monika ärgerte sich darüber, auch wenn die Journalisten sie nicht persönlich anklagten. Das Verhältnis von Medien und Polizei war sehr getrübt. Damit war sie aufgewachsen. Lange Artikel, wenn der Polizei irgendeine Regelwidrigkeit vorgeworfen wurde, während ihr Vater und seine Kollegen sich selten oder nie über positive Publizität hatten freuen können. Als Teenager hatte sie ihn nach dem Grund gefragt, und er hatte müde geantwortet: »Die haben wohl kein Vertrauen zu uns.«

Das hatte sie damals geschockt, und es empörte sie noch immer. Sie fühlte sich ungerecht behandelt und war schlechter Laune, als sie das Polizeigebäude erreichte.

Die Sicherheitsbeamten grüßten sie wie eine alte Bekannte, was sie gleich in bessere Stimmung versetzte. Sie lief die Treppe hinauf und war sich dessen bewußt, daß sie in diesem Moment, an diesem Tag hierhergehörte. Niemand brauchte angerufen zu werden, um sie abzuholen, sie war bekannt, sie kannte den Türcode, sie gehörte zur Organisation. Sie kam sich gleich viel größer vor.

Sie war eine Viertelstunde zu spät. Der Korridor war leer, und kein Geräusch wies darauf hin, daß hier Menschen arbeiteten oder auch nur anwesend waren.

Als sie sich in ihrem Zimmer niedergelassen hatte, trat kurze Zeit später ein Kollege ein, der ihr schon wegen seiner Größe aufgefallen wäre.

»Hallo, wir kennen uns wohl noch nicht. Ich bin Jens Andersson, seit undenklichen Zeiten hier als Kriminalinspektor. Kommissar Ek liegt mit fast 41 Grad Fieber zu Hause, und ich soll ihn für die nächsten Tage vertreten. Im Moment versuche ich herauszufinden, welche Kapazitäten wir haben und was zu tun ist. Wie Sie sicher gemerkt haben, ist alle Routine zusammengebrochen, aber der Bezirkspolizeichef glaubt, daß wir zurechtkommen, ohne den Katastrophenplan anzuwenden.« Er machte den Eindruck, eine unmäßig schwere Last auf seinen ohnehin schon beladenen schmalen Schultern zu tragen. »Können Sie mir kurz erzählen, was Sie machen?«

Das tat sie, und Jens überlegte. Monika nahm an, daß er mit dem Gedanken spielte, sie in die Botschaftsgruppe zu übernehmen, aber dann schüttelte er den Kopf.

»Machen Sie, was Sie wollen, machen Sie weiter mit dieser Voruntersuchung, oder lassen Sie sie ruhen und arbeiten mit Hans' Fällen weiter. Das Problem mit der Voruntersuchung ist, daß Sie keine nennenswerte Hilfe zu erwarten haben, ehe wir das Geiseldrama beendet haben, beziehungsweise ehe die Leute wieder gesund sind.«

Monika antwortete, ihr komme es sinnvoller vor, die Ermittlungen über Gösta Perssons Tod weiterzuführen, unter anderem, weil keiner von Hans' Fällen brandeilig wirke. Monika sagte nichts über ihren Kontakt zu Allan Larsson, der sollte ihre Trumpfkarte sein, die sie im Notfall ziehen könnte, wenn Jens zum Beispiel sagte, sie müsse warten, bis sich jemand von der Technik an der Untersuchung beteiligen könne; es war eine Trumpfkarte, die sie am liebsten aufbewahrte.

Jens blickte an ihr vorbei, als sei seine Aufmerksamkeit bereits zu wichtigeren Fragen weitergewandert, und er machte Anstalten, das Gespräch zu beenden.

»Halten Sie mich auf dem laufenden«, rief er über seine Schulter, als ob ihm das jetzt erst eingefallen sei.

»Aber sicher«, antwortete Monika, die sich plötzlich ein Lachen nicht verkneifen konnte. Er schloß die Tür. Sie freute sich hemmungslos! Ihr eigener Fall, nur ihrer! Sie würde trotz allem diese Voruntersuchung durchziehen, vom ersten Gespräch an und so weit, wie sie nur gelangen konnte. Sie würde selber, zwar sicher viel zuviel selber, aber immerhin unter eigener Regie, ihren Plan aufstellen und versuchen, das Rätsel des kleinen Mannes zu lösen, der auf dem Obduktionstisch so seltsam zufrieden ausgesehen hatte. Sie würde erfahren, wer er war, wie er gestorben war, und sie würde versuchen herauszufinden, wie es zu dem Todesfall gekommen war und ob noch weitere Personen darin verwickelt waren. Das alles hörte sich eher wie ein Kriminalroman an als wie eine Routineangelegenheit.

Sie war froh, daß sie nicht in die Botschaftsgruppe versetzt worden war. Allem Anschein nach erinnerte deren Arbeit eher an einen amerikanischen Unterhaltungsthriller, ein literarisches Genre, das sie nie angesprochen hatte.

Sie dachte an ihren Plan, den sie für Mikael skizziert hatte. Es kam ihr natürlich vor, mit der psychiatrischen Ambulanz anzufangen, da Gösta Persson offenbar dort gestorben war, eine an sich schon überraschende Tatsache. Sie wollte herausfinden, von eventuellen Augenzeugen erfahren, wie der Tod eingetreten war. Danach die Station aufzusuchen, wo er behandelt worden war, wirkte logisch. Dort war er bekannt, sie hatten mit ihm geredet, sie kannten seine Krankengeschichte und mußten wissen, ob er mit dem Gedanken an Selbstmord gespielt hatte. Sie mußte auch mit seinen Angehörigen sprechen und sich seine Wohnung ansehen. Und das wäre für einen Tag wohl genug. Das meiste würde sie selber erledigen können, abgesehen von der Wohnungsbesichtigung, zu der sie Hilfe von der Technik, genauer gesagt, von Allan Larsson, benötigen würde. Sie würde sich nach seinem Zeitplan richten müssen, und deshalb wählte sie als erstes seine Nummer. Sie wartete nervös, während es einmal, dann noch einmal klingelte, dann hörte sie seine bereits vertraute Stimme:

»Allan Larsson.«

»Hallo, hier ist Monika Pedersen.« Sie wußte, daß sie sich nicht ausführlicher vorzustellen brauchte. »Wie geht's? Und wie ist es gegangen?«

»Mir geht es glücklicherweise gut. Und wenn du wissen möchtest, was bei der Gerichtsmedizin passiert ist, dann kann ich nicht behaupten, besondere Entdeckungen gemacht zu haben, aber ich habe mir zusammen mit Derek Cramer das Video angesehen und Fingerabdrücke genommen. Cramer hat eine Unmenge von Proben gemacht. Du bekommst eine Kopie des Berichtes, sowie er fertig ist, das ist wirklich ein kniffliger Fall. Wenn du noch wissen möchtest, wie die Bildanalyse gelaufen ist, dann sage ich dir, sie war ein Reinfall – wer zum Teufel soll Waffen analysieren, die auf dem Foto genausogut Lakritz oder Rosinen sein könnten?«

»Ich wüßte gern, ob du mit zu seiner Wohnung kommen kannst. Sie liegt im Atterbomsvägen, hier in Kungsholmen, weit ist es also nicht.«

»Natürlich komme ich mit. Jetzt haben sie mir gerade ein paar Kugeln gebracht, die ich mir sofort ansehen soll, hat es wohl bis gegen vier Uhr Zeit?«

»Vier paßt mir sehr gut, er wohnt Nr. 79, wir sehen uns da!«

»Das wird interessant, ich glaube fast, daß der Typ auf dem Video recht hatte, aber ich frage mich, ob wir wirklich sicher sein können, daß die Magenblutungen die Todesursache waren, das Gewebe war doch durchsetzt mit argen Blutungen, und ich würde die Schlägereitheorie durchaus nicht verwerfen. Wir werden ja sehen, was wir in seiner Wohnung finden, vorausgesetzt natürlich, eine eventuelle Schlägerei hat dort stattgefunden.«

»Danke. Übrigens, wie siehst du aus, damit ich nicht den Falschen hereinlasse?«

»Rote Haare, breite Schultern und Dienstausweis.«

»Klingt gut. Nochmals vielen Dank. Bis nachher.«

Laut Krankenbericht war Göstas nächste Angehörige seine Schwester, Greta Persson. Sie war neben Allan die einzige, mit der Monika einen Termin absprechen zu müssen glaubte. Das war jedoch kein Problem, Greta Persson wirkte ruhig und etwas überrascht über den Anruf, war aber gern bereit, Monika um zwei Uhr zu empfangen.

Monika ging ins Büro und suchte nach einem kleinen Tonbandgerät. Sie sah in der Fahrzeugliste nach, ob ihr irgendein Wagen zur Verfügung stand, aber alle waren von der Botschaftsgruppe mit Beschlag belegt, und deshalb beschloß sie, zu Fuß ins Krankenhaus zu gehen. Es war zwar naßkalt, aber das war ihr lieber als das Gedränge in der U-Bahn.

7

In der Ambulanz der psychiatrischen Klinik fühlte sich Monika zum erstenmal heimisch in einem Krankenhaus. Einerseits war sie einige Male dort gewesen, um Klienten/Patienten abzuliefern oder zu holen, andererseits hatten sie hier teilweise dieselben Stammkunden wie auf dem Polizeirevier. Sie rauchten, tranken, gerieten in Schlägereien oder unter Autos, sie raubten andere aus oder wurden selber ausgeraubt. Fast hätte sie zwei Männer im Wartezimmer begrüßt, nicht, weil sie sie kannte, sondern weil sie ihr irgendwie bekannt vorkamen.

Sie ging ins Stationszimmer. Es war leer, aber im Nebenzimmer schien jemand zu sein. Monika sah aus dem Fenster und betrachtete ihre Stadt. Bei klarem Wetter konnte man vermutlich die ganze Innenstadt von Stockholm sehen, aber jetzt waren Häuser und Straßen unklar und diffus. Nichts konnte sie erkennen, nicht einmal das Polizeigebäude zeichnete sich klar ab. Die Stadt unter ihr hätte auch Malmö oder Helsinki sein können, oder warum nicht Berlin oder Paris?

Die Krankenschwester kam aus dem Hinterzimmer und sah Monika überrascht an.

»Hallo, ich bin Schwester Eva. Warten Sie schon lange? Tut mir leid, aber ich habe Sie nicht kommen hören. Kann ich Ihnen behilflich sein?«

»Ja, das können Sie sicher. Ich komme von der Kriminalpolizei, Monika Pedersen.«

Sie zeigte ihren Dienstausweis, da sie annahm, daß Eva an allerlei mehr oder weniger phantasievolle Vorstellungen gewöhnt war. Eva warf nur einen kurzen Blick auf die Karte, die Monika ihr hinhielt.

»Wir ermitteln über Gösta Perssons Tod, und da er hier gestorben ist, müssen wir wohl etwas mehr über den Hergang erfahren.«

Monika sprach im Plural, als ob eine ganze Truppe hinter ihr stünde.

Eva machte ein erschrockenes Gesicht und keinen Versuch, ihre Nervosität zu verbergen.

»Kriminalpolizei? Was ist passiert? Sie nehmen doch nicht an, wir hätten etwas falsch gemacht?«

»Wir betrachten Gösta Perssons Tod als unklaren Todesfall, und das bedeutet, daß wir die Umstände seines Todes so genau wie möglich ermitteln müssen. Und da er offenbar bei Ihnen gestorben ist, wollte ich hier anfangen. Mit den Ermittlungen, meine ich. Ich möchte mit allen sprechen, die mit ihm zu tun hatten. Nicht, weil wir irgend jemanden hier verdächtigen, sondern weil wir wissen müssen, was passiert ist.« Monika spürte, wie sie über ihre Ausdrucksweise errötete. Sie hörte sich bescheuert an. Sie hätte sich besser vorbereiten müssen.

Eva sah immer noch leicht erschrocken aus und blickte sich um: »Sind Sie zu mehreren?«

»Nein, im Moment bin ich allein hier. Waren Sie gestern hier, als es passiert ist?«

»Ja. Ich habe ihn in Empfang genommen. Soll ich erzählen, oder wollen Sie mit den Ärzten sprechen, oder was ist Ihnen am liebsten?«

»Wenn Sie Zeit haben, dann möchte ich zuerst mit Ihnen sprechen, um mir einen ungefähren Überblick zu verschaffen, und danach kann ich die Zeugenaussagen der anderen dazunehmen.«

Falls Eva irgendwelche Einwände gegen Monikas Ausdrucksweise hatte, so ließ sie sich das nicht anmerken. Sie setzte bereitwillig zu einem Bericht an, der wirkte, als ob sie ihn nicht zum erstenmal aufsagte.

»Es war also gestern morgen, ich hatte wie heute um Punkt sieben angefangen, und genau wie heute war alles ruhig, und, mal überlegen, also kurz nach acht kam so eine verängstigte Kleine mit ihm angestürzt.«

»Angestürzt?«

»Ja, er saß im Rollstuhl, er hatte eine Überweisung in einem Krankenhausumschlag auf den Knien, und sie konnte den Stuhl nicht hierlassen, deshalb mußten wir ihn auf das Sofa im Wartezimmer legen.«

»Moment bitte, das geht zu schnell. Woher kam er?«

»Aus der Kinderklinik.«

»Aus der Kinderklinik?«

»Ja, das war schon komisch, aber sehen Sie her.«

Sie zeigte Monika den großen Ordner auf dem Tisch, blätterte eine Seite zurück und zeigte auf: 08.03, Gösta

Persson Überw. Dr. Carlqvist Kind.klin. wg. Halluzinationen Exitus 08.45.«

»Das bedeutet also, daß er von einem Kinderarzt hierhergeschickt worden ist, und zwar im Rollstuhl, weil er halluzinierte, wenn ich das richtig verstehe?«

»Ja.«

»Wie ungewöhnlich ist das?«

Eva verstand, was Monika meinte.

»Es kommt schon bisweilen vor, daß die Kinderklinik uns Patienten schickt, aber dann handelt es sich normalerweise um unter Schock stehende Eltern, die gerade ein Kind verloren haben oder denen das Sorgerecht entzogen worden ist. Aber ich habe zum erstenmal erlebt, daß sie jemanden geschickt haben, der wirklich psychisch krank war, wenn Sie verstehen, obwohl er das ja eigentlich gar nicht war ...«

Eva verstummte und sah unglücklich aus.

»Und dann ist er ganz plötzlich an einer Blutung gestorben, hier im Wartezimmer?«

»Ja.«

»Und Sie wissen nicht, wie oder warum er in die Kinderklinik geraten ist?«

»Nein.«

»Na gut. Meinen Sie, Sie könnten genau berichten, was passiert ist, und zwar in chronologischer Reihenfolge?«

Das Telefon schellte, und Eva nahm ab.

»Psychiatrische Ambulanz, Schwester Eva. Hallo ... nein, ich habe zu tun ... nein, das weiß ich nicht ... nein, ich habe keine Ahnung ... ich habe gerade eine Besprechung, Mama ... wir müssen uns eben in einem Geschäft erkundigen, was das neu kostet ... nein, das kann ich nicht ... nicht, weil ich nicht will, ich schaff' es einfach nicht ... aber bitte, versteh das nicht ... Mama, nun hör doch mal ...«

Eva schnitt eine verzweifelte Grimasse und zuckte mit den Schultern.

»Sie hat aufgelegt. Wo waren wir?«

Eva sah aus, als könnte sie jeden Moment in Tränen ausbrechen. Monika, die glaubte, in bezug auf Mütter maximales Pech gehabt zu haben, erkannte zu ihrer Überraschung, daß Eva es kaum leichter hatte.

»Sie wollten gerade erzählen, was gestern passiert ist, nachdem Gösta Persson gebracht worden war.«

»Ja, also wir haben ihn wie gesagt aufs Sofa gelegt, er war ruhig und freundlich, sagte nicht viel. Er war ganz nüchtern. Ich habe ihm erklärt, daß der Arzt nicht sofort kommen könnte, ich hockte dahinten neben ihm.« Eva zeigte auf das nächststehende Sofa, einen von Narben übersäten, durchgesessenen Wartezimmerveteranen mit schmutzabstoßendem Bezug. »Das schien zu verstehen, er nickte jedenfalls und lachte. Er war wirklich ein lieber Kerl. Es war schrecklich, im einen Moment saß er da mit seiner kleinen Decke und alles schien unter Kontrolle zu sein. Ich sagte ihm, er sollte einfach rufen, wenn er etwas brauche, und daß wir nur ein paar Zimmer weiter wären. Und als ich ihn das nächstemal sah, war er tot. Das muß man sich mal vorstellen! Man geht für zehn Minuten oder 45 Sekunden aus dem Zimmer, und genau da passiert es. Sind Sie deshalb gekommen? Hat uns jemand wegen Fahrlässigkeit angezeigt oder so?«

»Nein, überhaupt nicht. Er wurde obduziert, der Befund war überraschend, und deshalb sind wir eingeschaltet worden. Sie brauchen sich keine Sorgen zu machen, und ich habe eigentlich auch keinen Grund dazu, aber das hier ist mein erster eigener Fall. Deshalb fällt es mir sicher so schwer, die richtigen Worte zu finden.«

Jetzt war es gesagt. Eva lachte, ein spontanes schwesterliches Lachen.

»Ja, irgendwann ist sicher auch für euch das erstemal, das ist klar. Wir müssen uns gegenseitig helfen, so gut wir können. Sag einfach, was du wissen möchtest.«

Monika erwiderte das Lachen, erleichtert, weil ihre Intuition richtig gewesen war.

»Du sagst, er war tot, als du ihn das nächstemal gesehen hast. Was ist dazwischen passiert?«

»Das weiß ich nicht. Ich habe nur den Lärm und schrecklich viel Hin- und Hergelaufe auf dem Flur gehört. Als ich aus dem Zimmer kam, sah ich, daß unsere Ärzte Wiederbelebungsversuche machten und versuchten, ihn zu ventilieren, ihm Luft einzublasen, meine ich, aber er war tot, und deshalb hörten sie nach einer Weile auf damit.«

»Wie viele Ärzte waren das, und wie hießen sie?«

Eva hatte sich beruhigt. »Drei. Unsere AD, sie heißt Ulla Sandberg, sie hat ihn zuerst gesehen, nach seinem Tod, meine ich. Dann war der STO da, Jiri Lepp, und unser Unterarzt, Magnus Barkeryd. Sie haben Wiederbelebungsversuche gemacht, aber ohne Erfolg.«

»Bitte, erklär mir das, ich kenne mich mit diesen Abkürzungen einfach nicht aus.«

Eva schaute verdutzt, dann begriff sie plötzlich.

»Ach so. Doch, AD bedeutet allgemeiner Assistenzdienst, das müssen alle Ärzte nach dem Studium zwei Jahre lang machen, ehe sie ihre Zulassung bekommen. Drei Monate Psychiatrie sind obligatorisch, also müssen sie auch hierher kommen. STO bedeutet stellvertretender Oberarzt, das ist hier so eine Art Chef, jedenfalls für die übrigen Ärzte. Unterärzte sind Unterärzte. Zugelassen, aber noch ohne Facharztausbildung.«

»Wo sind sie jetzt?«

»In ihren Zimmern, nehme ich an, wenn du willst, rufe ich an und erkundige mich.«

Das Telefon klingelte, und Eva nahm ab. Es war wieder ihre Mutter, und Evas Sprachlosigkeit erweckte den Anschein, daß sie gründlich ausgescholten wurde. Am Ende versprach sie, in ihrer Mittagspause irgend etwas zu erledigen.

»Dann habe ich noch eine Frage. In der Pathologie hat sich herausgestellt, daß Gösta Persson an verschiedenen Stellen seines Körpers Blutergüsse aufwies. Kann er sich die hier zugezogen haben?«

»Blutergüsse? Nicht, daß ich wüßte. Er war allein im Wartezimmer, kann dort also in keine Schlägerei geraten sein, und ich weiß nichts über das, was vorher passiert ist. Aber er sah nicht aus, als ob er sich geprügelt hätte, er sah ordentlich aus, verstehst du, sauber und unverletzt und anständig.«

»Zusammenfassend können wir also sagen, daß er einige Minuten nach acht hergekommen ist, ruhig und besonnen, aber zusammen mit einer Frau, die Angst zu haben schien. Gehörte sie zum Krankenhauspersonal, oder war sie eine Angehörige?«

»Personal. Aber ich kannte sie nicht. Sie wirkte fast außer sich vor Panik, als ich sagte, wir würden den Rollstuhl später zurückbringen lassen, sie wollte ihn sofort wieder mitnehmen, und sie wollte so schnell wie möglich von uns weg.«

»Du weißt nicht, warum?«

»Nein. Vielleicht hätte ich sie fragen sollen, aber daran habe ich nicht gedacht.«

»War an dem Rollstuhl irgend etwas Besonderes? Hast du nicht gesehen, ob der vielleicht beschädigt war oder so?«

»Meinst du, während des Transportes hierher könnte etwas passiert sein? Mir ist jedenfalls nichts aufgefallen, aber ich habe ja auch nicht darauf geachtet. Aber es gehört ganz schön viel dazu, so einen Rollstuhl kaputtzukriegen.«

»Dir ist an diesem Rollstuhl also nichts aufgefallen, es war ungewöhnlich, daß die Kleine ihn unbedingt wieder mitnehmen wollte?«

»Ja, genau.«

»Okay. Dann hast du Gösta Persson aufs Sofa gesetzt, kurz mit ihm geredet, bist ins Stationszimmer gegangen und hast die Tür offen gelassen, für den Fall, daß er vielleicht etwas brauchte.« Sie überprüfte, daß Eva bei jedem Punkt nickte. »Woher kamen dann die Ärzte?«

»Sie waren bei ihrer Morgenvisite und kamen um fünf nach halb zurück. Sie sahen ihn auf dem Boden liegen und schalteten den gesamten Wiederbelebungsapparat ein. Genauer gesagt, machten Jiri und Magnus das. Ulla war nicht bei der Visite, sie war gerade hier eingetroffen, hatte aber nichts tun können.«

»Also muß er irgendwann in dieser halben Stunde gestorben und auf den Boden gefallen sein, oder andersrum, vielleicht hat er sich erst auf den Boden gelegt und ist dann gestorben. Es gab kein Anzeichen dafür, daß er gestürzt sein könnte. Ihr habt es mit Wiederbelebungsversuchen probiert, und was geschah dann, als die nichts brachten?«

»Wir haben ihn in ein Einzelzimmer gebracht und versucht, seine Angehörigen zu informieren. Wir haben seine Daten in den Computer eingegeben und festgestellt, daß er in der Chirurgie behandelt worden war, und dort hatten sie die Telefonnummer seiner Schwester. Wir behalten die Sterbefälle immer noch drei Stunden lang hier, damit die Angehörigen sich verabschieden können, aber seine Schwester konnte nicht kommen, und deshalb haben wir ihn gegen elf Uhr in die Pathologie geschickt.«

»Habt ihr nie daran gedacht, ihn in die Gerichtsmedizin zu schicken? Ihr kanntet ihn doch nicht, wenn ich das richtig verstanden habe.«

»Ich glaube, Jiri hatte mit den Chirurgen gesprochen, und die waren bereit, den Totenschein auszustellen, deshalb konnte er sofort in die Pathologie weitergereicht werden.«

Monika war nicht zufrieden mit ihren Fragen, aber im Moment fielen ihr keine weiteren ein.

»Vielen Dank erst mal. Jetzt würde ich gern mit den Ärzten sprechen.«

Eine blasse Frau von vielleicht vierzig stand in der Türöffnung, und Eva blickte auf.

»Wenn man vom Teufel spricht . . . Ulla, das hier ist Monika Pedersen von der Polizei. Sie will mit dir reden, ach, überhaupt mit uns allen. Es geht um Gösta Persson, der gestern gestorben ist. Monika, hier hast du unsere Assi.«

»Wie schön. Hast du jetzt gerade Zeit?«

Diesmal ging es leichter. Ulla zeigte weder Unruhe noch Neugier, sie setzten sich in ihr Arbeitszimmer, ein kleines Zimmer mit schmutzigen Wänden und einem Schreibtisch und einem alten Bücherregal.

Ulla sah müde aus. Ihr Gesicht war graubleich, und sie hatte tiefe Ringe unter den Augen, fast wie Blutergüsse. Sie bewegte sich langsam und sprach leise und eintönig, als sie erklärte, daß sie wohl kaum besonders viel helfen könne, da sie Gösta vor seinem Tod nicht gesehen habe und nur zufällig kurz danach vorbeigekommen sei. Sie wirkte auf eine Weise reduziert, die es Monika schwermachte, ihren eigenen Enthusiasmus zu bewahren. Monika versuchte, die Stimmung zu erleichtern, indem sie Ulla fragte, wie lange sie schon hier sei, wie ihr die Kollegen gefielen. Dann ging sie die Szene im Wartezimmer in allen Einzelheiten durch. Ulla berichtete etwas müde, aber nicht unwillig.

»Ich kam ins Wartezimmer, weil Eva gesagt hatte, ich hätte einen Patienten. Da lag er auf dem Boden, und ich dachte einen Moment lang, er wäre betrunken und vom Sofa gefallen und eingeschlafen, aber er sah nicht so aus. Dann entdeckte ich plötzlich das viele Blut, und mir war klar, daß er krank oder tot war; dann kamen Jiri und Magnus und übernahmen alles weitere, und deshalb habe ich gar nichts damit zu tun.«

Man konnte Ulla nicht vorwerfen, die Ereignisse zu dramatisieren. Monika erkundigte sich nach weiteren Einzelheiten und erfuhr, daß Gösta Straßenkleider getragen, daß Ulla nichts von irgendeiner Schlägerei gehört und daß sie außer dem, was sie schon erzählt hatte, keine Beobachtungen gemacht hatte. In dem kleinen Zimmer mit den fleckigen Wänden stieg in Monika eine ungewohnte Resignation auf. Es konnte doch nicht sinnlos sein, einen unklaren Todesfall aufzuklären? Es gab ja wohl keinen Grund zu der Annahme, daß gerade ihre Ermittlung hoffnungs- und aussichtslos sein müßte? Sie hatte keine Fragen mehr und bat Ulla, sie zum stellvertretenden Oberarzt zu führen.

Vor seiner Tür leuchtete ein rotes Lämpchen, und deshalb klopfte Monika zuerst beim Unterarzt Magnus Barkeryd an.

Während Ullas Zimmer eine Durchgangsstation für einen Assistenzarzt nach dem anderen war, hatte das von Magnus eine Persönlichkeit wie ein alter Handschuh. Er hatte an allen vier Wänden Reiseplakate aufgehängt, so daß es möglich war, sich nach Belieben auf Alpengipfel oder an Acapulcos Strände zu träumen. Aber vielleicht sollte das auch eine Erinnerung daran sein, daß es eine Außenwelt gab, daß irgendwo auf der Welt – oder in der Seele – eine wärmende Sonne schien. An einem Tag wie heute konnte diese Erinnerung vonnöten sein. Das Zimmer war größer als Ullas, überall stapelten sich Papiere und Zeitschriften; auf seinem großen Schreibtisch ergaben sie die Silhouette Manhattans. Monika mußte ein riesiges Buch vom Stuhl heben, um sich setzen zu können, und schloß daraus, daß Magnus entweder ungewöhnlich viel zu tun hatte oder extrem unorganisiert war. Er hörte interessiert zu, als sie den Grund ihres Besuches erklärte.

»Der Ereignisverlauf aus meiner Sicht, tja ... Jiri, also Dr. Lepp, der zur Zeit hier oben Chef ist, und ich kommen gerade von der Morgenvisite, niemand hatte uns Bescheid gegeben, ob Notfälle eingeliefert worden waren, wir haben beide Europieper, und ich bin fast sicher, daß meiner aufgeladen und eingeschaltet war.« Er zog einen kleinen Europieper aus seiner Brusttasche, ließ ihn wütend aufpiepsen und nickte zufrieden. »Jawoll, der funktioniert. Aber egal, plötzlich sehen wir jemanden auf dem Boden im Wartezimmer liegen, überall ist Blut, und kein Mensch ist in der Nähe. Wir stürzen hinüber, der Mann hat weder Pulsschlag, noch atmet er, und deshalb versuchen wir Herz-Lungen-Massage, obwohl das wohl nichts mehr bringen konnte, sein ganzes Blut schien auf den Fußboden geströmt zu sein. Pfui Teufel.«

»War denn niemand bei ihm?«

»Zuerst nicht, aber dann kamen alle auf einmal, und plötzlich herrschte ein gewaltiges Gedränge, obwohl so viele wegen der Grippewelle ausgefallen sind.« Er schüttelte den Kopf. »Die Leute haben keine Ahnung, die Schwester wollte die Rauschgiftnotstation anrufen, die Studenten standen im Weg, die Fürsorgerin drängte sich vor, weil sie glaubte, wertvolles Material für ihre Eigentherapie zu erlangen, wenn sie dem Tod gegenübertritt. Ich kann mir schon vorstellen, wie sie dem Tod gegenübertreten sollte.«

Wenn ihm sein Kommentar im Zusammenhang mit Gösta Perssons Tod vielleicht selber unpassend vorkam, so ließ er sich das nicht anmerken. Er saß zurückgelehnt und entspannt in seinem Sessel und sah Monika an, die seinen Blick erwiderte. Von uns beiden sieht er unpassender aus, dachte sie. Dünne, braunschwarze ölige Haare, unmöglich zu sagen, ob sie ungewaschen oder mit einer Art Frisiercreme behandelt worden waren. Schwarze Hose, zu eng und unmodern im Schnitt. Ein schwarzes Hemd, das ebenfalls zu klein war. Hatte er nicht gemerkt, daß er zugenommen hatte? Oder fand er enge Kleider scharf? Monika konnte die Antwort nicht erraten, aber sie hätte es gern gewußt. Sie hätte gern gewußt, was er sah, wenn er vor dem Spiegel stand. Einen Charmeur? Einen rätselhaften Mann in Schwarz? Einen Intellektuellen, der auf Äußerlichkeiten pfeift? Einen Anarchisten? Einen übergewichtigen, nicht sonderlich guterhaltenen Mann von 45 mit beginnender Glatze und unmodernen Kleidern?

Monika schüttelte den Kopf.

»Ich war gerade in Gedanken versunken, tut mir leid. Ich habe im Moment keine Fragen mehr, ich werde zurückkommen, sollte ich noch weitere haben. Danke.«

Das rote Lämpchen an Jiri Lepps Tür brannte nicht mehr, und er machte auf Monikas Klingeln hin sofort auf.

Er war groß, hatte kurze hellbraune Haare und dunkelblaue Augen und benahm sich wie ein höherer Polizeibeamter. Es war nicht zu übersehen, daß er der Alphamacho war, der Obermacher. Eva hatte ihn schon informiert, deshalb brauchte Monika ihm nicht ihre inzwischen wohlformulierte Erklärung für ihren Besuch zu servieren.

»Ich habe meinen Bericht für Sie kopieren lassen, hier sind Uhrzeit, unsere Versuche, eine Liste aller Wiederbelebungsanstrengungen und so weiter. Was möchten Sie sonst noch wissen?«

»Ich würde gern Ihre eigene Beschreibung der Ereignisse hören, erfahren, wie Sie sie selber erlebt haben.«

»Es fing damit an, daß Magnus und ich nach der Morgenvisite auf die Station kamen. Wie Sie gesehen haben, muß man dabei am Warte- und Stationszimmer vorbeigehen. Das Stationszimmer ist normalerweise immer besetzt, aber im Moment versuchen wir, mit knapp der Hälfte unserer normalen Personalstärke zurechtzukommen, deshalb machen alle dann Pause, wenn es sich einrichten läßt. Diesen Beschluß habe ich gefaßt, und ich übernehme die Verantwortung für alle eventuellen Probleme, die daraus entstehen können.«

Probleme wie zum Beispiel, daß Patienten unbemerkt sterben, dachte Monika, sagte jedoch nichts.

»Als wir hereinkamen, sahen wir einen kleinen Mann in einer großen Blutlache auf dem Boden liegen. Ich dachte zuerst, er sei gestürzt, und deshalb drückte ich auf den Alarmknopf, um das Personal zu holen, dann suchte ich nach dem Pulsschlag, fand aber keinen. Magnus fing sofort mit der Herzmassage an, aber dadurch verlor der Mann nur noch mehr Blut, es sah ziemlich schlimm aus, das kann ich Ihnen sagen. Wir versuchten das eine Weile, wie Sie im Bericht sehen, aber es war sinnlos.«

»Was haben die anderen gemacht?«

»Die meisten gar nichts. Eva holte ein Atemgerät, und wir haben versucht, ihn zu ventilieren, dann hat sie einen

Rolltisch kommen lassen. Sie war ganz verzweifelt, sie hielt es für ihre Schuld, fühlte sich verantwortlich für seinen Tod.«

»Und ist die Selbstanklage begründet?«

»Nicht im geringsten. Es hätte keine Rolle gespielt, wenn sie dabei gewesen wäre, aber sie ist sehr pflichtbewußt, im Gegensatz zu vielen anderen in ihrem Alter.«

»Etwas anderes. Laut Eva war Ulla, die Assistenzärztin, diejenige, die Gösta Persson gefunden hat, aber weder Sie noch Magnus haben sie erwähnt.«

»Ja, sie stand ja da, da haben Sie recht. Aber sie hat gar nichts getan, im Grunde hätte sie genausogut fehlen können.«

»Noch etwas anderes, haben Sie entschieden, den Verstorbenen in die Pathologie und nicht in die Gerichtsmedizin zu bringen?«

»Nein, das war die behandelnde Ärztin in der Chirurgie. Wir haben natürlich dort angerufen, die zuständige Frau heißt Ann Lilja. Sie schien nicht besonders überrascht davon zu sein, daß Gösta verblutet war, und sie versprach, den Totenschein auszuschreiben, also war es ja kein Problem, für uns wenigstens nicht.«

»Sie hatten keine eigenen Absichten?«

»Als Psychiater, über einen Chirurgiepatienten mit Blutungen? Nix da. Ich gehe davon aus, daß man sich an seinen eigenen Kompetenzbereich halten und froh sein soll, wenn man den beherrscht. Wenn die Chirurgie alles für in Ordnung hielt, war es nicht meine Sache, ihren Befund in Frage zu stellen.«

Er sah gereizt aus, und Monika verkniff sich weitere Fragen, sie brauchte ein wenig Zeit zum Nachdenken. Sie bedankte sich bei Jiri und bat darum, mit den anderen

Zeugen sprechen zu dürfen. Es stellte sich heraus, daß alle gerade Dienst hatten und die Auskünfte von Magnus und Jiri bestätigten.

Monika war unzufrieden mit dem Ergebnis. Sie hatte das Gefühl, nur an der Oberfläche des Geschehenen gekratzt zu haben, aber sie wußte nicht, wie sie hätte weiterkommen sollen. Eins stand jedenfalls fest, sie mußte vor der Chirurgie in die Kinderklinik. Sie hätte natürlich ausführlicher nach der Überweisung fragen müssen, aber jetzt war es zu spät.

Jiris Flurtür stand offen, und er kam noch einmal heraus, als er sie vorübergehen sah.

»Es gibt übrigens noch eine Person, die ich zu erwähnen vergessen habe, es ist wahrscheinlich nicht von Bedeutung, aber es war noch eine Putzhilfe dabei, ein Typ, Afrikaner ... jaa ... dunkel, Sie wissen schon.«

Die unsichtbare Putzkraft könnte in der Geschichte der Kriminalliteratur ein Kapitel für sich ergeben, dachte Monika. Hatte nicht Sherlock Holmes einmal einen Fall, wo der Postbote, eine weitere unsichtbare Person, das Verbrechen begangen hatte, obwohl das Haus bewacht wurde?

Jiri fuhr fort: »Es sah ja, wie gesagt, ziemlich scheußlich aus, und wir hatten Angst, irgendein Patient könnte vorbeikommen; deshalb mußte die Putzhilfe einspringen, das hat er übrigens gut gemacht, aber danach scheint er verschwunden zu sein, und heute ist er auch nicht wieder aufgetaucht.«

»Er ist verschwunden?«

Hier tauchte der »verschwundene Zeuge« auf. Die Wirklichkeit begann einem Krimi gefährlich zu ähneln, und Monika versuchte, diesen Gedanken zu verdrängen, das »Verschwinden« würde sich wohl als recht harmlos entpuppen.

»Wir können ja Eva fragen, die kümmert sich um so was.«

Sie gingen ins Stationszimmer, wo sie Eva fanden.

»Der Putzmann, ja. Das war sein erster Tag, das weiß ich noch, ich sollte ihn herumführen, aber das habe ich nicht mehr geschafft.« Sie sah unglücklich aus, und Jiri fuhr fort: »Eine Firma kümmert sich um die Reinigungsarbeiten. Wenn dich das interessiert, dann kannst du dich bei Riitta Bergmann, unserer Reinigungschefin, nach dem Jungen erkundigen. Sie hat ihr Büro unten im Keller. Soll ich anrufen und fragen, ob sie da ist?«

Monika nickte. Sie konnte genausogut gleich mit allen reden, die direkt in den Todesfall verwickelt waren, auch wenn sie bereits ein ziemlich klares Bild hatte. Neugier aus Liebe zur Neugier? Eher schon, um dem Kommissar zu beweisen, daß sie eine Voruntersuchung professionell durchziehen konnte.

Riitta war in ihrem Büro, was Monika als gutes Omen deutete. Sie verabredeten, daß Monika sie sofort aufsuchen würde.

Monika glaubte nicht, daß irgendein menschenähnliches Wesen ihr Schicksal mit Wohlwollen, Rachsucht oder anderen persönlichen Motiven lenkte, aber es kam vor, daß sie bei allzu vielen roten Ampeln den Mut verlor. Ebenso konnte ihr Selbstvertrauen durch die grüne Welle gestärkt werden, was sie in einem unvergeßlichen Fall zur Meisterschaft bei einem Wettschießen geführt hatte. Jetzt freute sie sich über die Möglichkeit, ohne Aufschub, ohne rotes Licht dieser Nebenspur zu folgen.

D-Ebene, hatte Eva gesagt. Konnte wirklich irgendwer so tief unter der Erde arbeiten? Konnte irgendwer außer der Reinigungschefin ein Büro so tief unten zugewiesen bekommen? Monika sah es vor sich. Fensterlos, mit stickiger Luft und einigen halbherzigen Versuchen, Gemütlichkeit zu schaffen: eine Blume, die aus Lichtmangel verwelkte, einige Bilder der Kinder und des Segelbootes an der Wand.

Wie so oft irrte sie sich.

Ein großes Fenster dominierte das Büro, in das sie geführt wurde, das Zimmer war hell und geräumig, und es herrschte eine peinlich genaue Ordnung.

Riitta sah das erstaunte Gesicht Monikas, trat ans Fenster und erklärte: »Das Krankenhaus steht an einem Hang. Was von vorn das Erdgeschoß ist, ist von hinten der vierte Stock. Übrigens, ich bin Riitta Bergman.«

Monika stellte sich vor, wies sich aus, erklärte sich und fragte, ob Riitta feststellen könne, wer montags in der Psychiatrie geputzt habe. Riitta nahm sich einen gelben Ordner und blätterte rasch hindurch.

»Abebe Negash. Was die wohl mit ihm angestellt haben? Der hat seit fast einem Jahr bei uns gearbeitet und wirkte einigermaßen zufrieden, aber dann rief er Montag vormittag an und kündigte. Er wollte nicht darüber reden, aber so ist es nun einmal – sie kommen und sie gehen.«

»Weißt du, wie ich ihn erreichen kann?«

»Ich habe eine Adresse in Spånga, Risingeplan, und eine Telefonnummer, bei der du's versuchen kannst. Darf ich fragen, was passiert ist?«

Monika gab vor, Riittas Frage nicht gehört zu haben, und fuhr fort: »Kannst du mir etwas über den Jungen erzählen – was war er für eine Art Mensch?«

»War? Ist ihm etwas passiert?«

»Das glauben wir nicht. Ich hätte ›ist‹ sagen sollen.«

Riitta sah nun wachsamer aus. Sie dachte kurz nach und antwortete dann: »Wie er ist? Tja, von unserem Standpunkt aus recht tüchtig. Hat schnell gearbeitet, kam immer pünktlich, war nie krank. Aber es fällt ja schwer, Putzjobs anzunehmen, wenn man eine andere Ausbildung hat, vor allem, wenn man zu dem Glauben erzogen ist, daß man es niemals nötig haben wird, putzen zu gehen, sei das nun zu Hause oder anderswo, wenn du verstehst. Abebe sagte, er wäre Ingenieur, aber wenn wir allen glauben, dann haben wir nur Ärzte und Ingenieure unter unserem Personal. Nein, froh war er nicht, aber er wirkte auch nicht wie kurz vor dem Zusammenbruch, die wenigen Male, die ich ihn gesehen habe. Du machst mir wirklich angst, was ist denn passiert? Etwas mußt du doch sagen können.«

»Wir wissen das nicht so recht. Er scheint Zeuge bei einem Todesfall geworden zu sein, über den wir ermitteln, und deshalb möchte ich mit ihm reden. Es gibt keinen Grund zur Besorgnis.« Monika merkte, daß Riitta, effektiv und mütterlich, sie dazu brachte, sich auszudrücken, als ob Abebe ein Angehöriger wäre und kein Angestellter. Riitta hatte bereits Abebes Namen und Adresse aufgeschrieben, als Monika zu ihrem Block griff, steckte den Zettel in einen Briefumschlag und reichte ihn Monika.

»Grüß von mir, wenn du ihn antriffst.«

Spånga. Noch ein Anhaltspunkt, falls es Zeit und Mühe wert war, sich einen Zeugen anzuhören, der vermutlich nicht mehr und nicht weniger gesehen hatte als die, mit denen sie schon gesprochen hatte. Andererseits war sie mit ihren Gesprächen unzufrieden, und ihr würden sich vielleicht bessere Fragen stellen, wenn sie alles an diesem Tag Gehörte durchdacht hatte. Sie beschloß, den verschwundenen Abebe dingfest zu machen, wenn sich das ohne allzu große Anstrengungen machen ließe. Jetzt stand jedenfalls die Kinderklinik auf dem Programm, und da war ihr die

Fragestellung klar: Wie in aller Welt war Gösta Persson, kinderloser Mann von 48 Jahren mit Halluzinationen, auf die Kindernotstation gekommen; und was war während des Transports geschehen?

Sie fuhr mit dem Fahrstuhl nach oben und ließ sich den Weg von derselben kompetenten jungen Frau beschreiben, die ihr den Weg in die Pathologie erklärt hatte – war das wirklich noch keine vierundzwanzig Stunden her? Diesmal waren die Instruktionen etwas komplizierter, und Monika nahm an, daß sie unterwegs noch irgend jemanden würde fragen müssen.

8

Gösta kann nicht besonders klar im Kopf gewesen sein, als er sich schlecht fühlte und zur Kinderklinik ging, überlegte Monika, während sie auf die Silhouette eines flacheren Hausrumpfes zuging, den sie durch den leichten Regen erkennen konnte. Der Regen war schlimmer als der Nebel. Das Krankenhaus war ursprünglich für tuberkulosekranke Arme der Stadt erbaut worden, und aus dieser Zeit gab es noch ein langes Gebäude mit großen Veranden nach Süden. Der ursprüngliche Rumpf war seither ausgebaut worden, und deshalb konnte das Krankenhausgelände den Besuchern mittlerweile einen Überblick über zweihundertfünfzig Jahre Krankenhausarchitektur bieten. Der Regen hielt sie davon ab, sich in architektonische Betrachtungen zu verlieren, sie sah nicht viel mehr als die rote Backsteinwand, der sie folgte, sie tippte, daß die aus den 50er Jahren stammte. Überraschenderweise schien sie auf dem richtigen Weg zu sein: Vorbei an der Frauenklinik, war ihr gesagt worden, und der Eingang der Frauenklinik tauchte in der Verlängerung der Backsteinwand auf.

Plötzlich stand sie vor der Kinderklinik, der automatische Türöffner reagierte auf ihre Anwesenheit, und sie brauchte nur noch einzutreten. Sie betrat den Raum, der dem Foyer einer Bank ähnelte. Auf der einen Seite die Allgemeinheit, die als gefährlich eingestuft werden konnte; auf der anderen Seite, hinter dickem Glas und Holztäfelung, das Personal. Das Personal bestand in diesem Fall aus einer einsamen, übergewichtigen Frau mit zu engem Rock und schlampig hochgesteckten blonden Haaren. Hierher also war Gösta früh am Montag morgen gekommen. Monika fragte die Frau am Schalter, ob sie am Vortag Dienst gehabt habe. Das hatte sie nicht. Sie wußte auch nicht, wer dagewesen war, und hatte keine Ahnung, wie man das herausfinden könnte.

Monika zuckte mit den Schultern und begab sich in die eigentliche Notaufnahme. Im Wartezimmer schien ein Kindergarten zu Besuch zu sein, und kerngesunde Geschwister der kleinen Kranken rannten durch den Flur und gingen auf Entdeckungsreise. Sie suchte nach der Stationsschwester und hatte Glück. Schwester Elisabeth hatte am Vortag Dienst gehabt, sie konnte sich sehr gut an Gösta Persson erinnern und fragte, was aus ihm geworden sei. Außerdem wußte sie, daß Joanna am Schalter gesessen hatte.

»Es war ein seltsames Erlebnis«, berichtete Elisabeth. »Plötzlich stand er vor mir auf dem Flur, total durchnäßt, und das einzige, was er herausbrachte, war: ›Er ist so krank.‹ Er hielt eine Decke im Arm, als ob er ein sehr kleines Kind hineingewickelt hätte, und da er richtig geschockt aussah, benachrichtigte ich den wachhabenden Arzt und nahm ihn sofort auf. Stell dir unsere Verblüffung vor, als wir die Decke auseinanderwickeln – und sehen, daß sie leer ist!«

Monika spürte, wie ihr eine Gänsehaut über den Rücken lief. »Wie scheußlich!«

»Ja, genau das war es. Der Mann war also ein Fall für die Psychiatrie, deshalb schrieb unser Arzt eine Überweisung, und dann schickten wir ihn weiter. Was ist aus ihm geworden?«

»Er ist im Warteraum bei der Erwachsenenpsychiatrie gestorben.«

»Er ist gestorben? Woran ist er gestorben?«

»An einer Magenblutung, wenn ich richtig verstanden habe.«

»Deshalb war er also so blaß! Es war ja klar, daß er nicht gesund war ... aber das ist ja entsetzlich!«

Elisabeth war die erste, die auf Göstas Tod ungefähr so reagierte, wie Monika es bei plötzlichen Todesfällen für angebracht hielt.

»Ja, und bei der Obduktion haben sich einige Unklarheiten ergeben, deshalb bin ich heute hier. Vor allem wüßte ich gern, wieso er überhaupt hierhergekommen ist.«

»Er sagte, er habe ein krankes, kleines Kind, er glaubte wohl selber, in seiner weichen Decke ein Kind zu haben, also wirkte das doch ziemlich logisch. Normalerweise wäre er schon vorn am Eingang aufgehalten worden, aber Joanna war wohl gerade rausgegangen. Sie ist im dritten Monat schwanger, und sie kann fast kein Essen bei sich behalten, aber ihr Arzt hält es offenbar für ganz normal, daß es ihr so schlecht geht, er weigert sich jedenfalls, sie krankzuschreiben. Jedenfalls ist der Schalter draußen oft ziemlich lange leer, und deshalb konnte er mit seinem Bündelchen gleich zu uns weitergehen. Ich bekam einen Schrecken, als ich ihn sah, er hatte diesen Ausdruck, fast des Entsetzens, den man an Menschen sieht, die Katastrophen durchgemacht haben.

Ich wagte fast nicht hinzusehen, als er anfing, seine kleine Decke auseinanderzuwickeln – und dann war nichts darin. Der von mir alarmierte Notarzt kam herbeigestürzt, ich hatte ihn ja alarmiert, und er war außer sich und ziemlich böse, glaube ich. Wie gesagt, er schrieb eine Überweisung an die Erwachsenenpsychiatrie für den kleinen Mann, der übrigens jetzt viel ruhiger war, er saß auf einem Stuhl und sah sich um, wollte aber keine Fragen beantworten. Wenn er seine Brieftasche nicht bei sich gehabt hätte, hätten wir ihn nicht einmal identifizieren können.«

»Ich möchte nachher gern mit dem Arzt sprechen. Hat sonst noch jemand von euch Gösta Persson gesehen?«

»Nein.«

»Wie ist er in die Psychiatrie gebracht worden?«

»Vom Hausmeister, wie üblich.«

»Habt ihr auch Hausmeisterinnen?«

»Nicht, daß ich wüßte – wieso?«

»Eine junge Frau, eine verängstigte junge Frau, hat ihn dort abgeliefert.«

Elisabeth schlug sich an die Stirn.

»Ich habe eine von den Lernschwestern gebeten, anzurufen und den Transport in die Wege zu leiten, ich hätte mir doch denken können, daß das schiefgehen würde.«

»Mit ihr möchte ich auch reden, am liebsten sofort, wenn das geht.«

Elisabeth packte Monika plötzlich am Arm, eine spontane, angenehme Berührung. Sie führte Monika durch den Flur.

»Sieh mal, Dr. Carlqvist hat gerade Sprechstunde, du solltest lieber jetzt mit ihm reden, sonst kann es noch eine Weile dauern, bis du wieder eine Möglichkeit findest.«

Schwester Elisabeth schien Kriminalinspektorinnen auf

eine Stufe mit Patienten zu stellen, und ehe Monika protestieren konnte, stand sie schon in dem Sprechzimmer.

Dr. Carlqvist sah jung und gestreßt aus, und die äußeren Anzeichen für Streß nahmen nur noch zu, als Monika ihren Spruch aufsagte.

»Das ist nicht möglich! Ich habe mich für Kindermedizin entschieden, um den Zicken der Erwachsenen zu entgehen. Bei meinem Praktikum in der Psychiatrie habe ich gedacht, ich würde selber noch durchdrehen, aber zum Glück habe ich mir noch rechtzeitig den Fuß gebrochen. Und dann taucht dieser Patient hier auf, und damit nicht genug, jetzt kommt auch noch die Kriminalpolizei und behauptet, er wäre tot. Ich habe nichts zu sagen. Schwester Elisabeth hat mich alarmiert, und dann ist immer höchste Eile geboten, und dann steht vor mir dieser Irre mit seiner karierten Decke, in der es kein Kind gibt. Ich habe eine ganz kurze Überweisung geschrieben und bin abgehauen.«

»Sie haben nicht daran gedacht, daß er medizinische Behandlung benötigen könnte?«

»Hier ist die Kinderstation. Und wenn man fünfzig Jahre alt ist und ein nicht vorhandenes Kind anschleppt, dann wird man nicht untersucht, dann wird man normalerweise nicht einmal eingelassen. Schwester Elisabeth hat vorgeschlagen, ihn in die Psychiatrie zu schicken. Um die Wahrheit zu sagen, sie hat die Tür versperrt und mich erst hinausgelassen, als ich einige Zeilen geschrieben hatte, aber das hat sie wohl schon erzählt. Mehr kann ich Ihnen auch nicht sagen. Es ist einfach nicht möglich!«

»Wieso nicht möglich?«

»Daß ich solches Pech haben kann. Teufel auch!«

Monika fand ja, daß Gösta von den beiden das größere Pech gehabt hatte. Ehe sie etwas sagen konnte, fuhr Dr.

Carlqvist, der jetzt sehr jung und verletzlich aussah, fort: »Normalerweise ist der überweisende Arzt, in diesem Falle ich, verantwortlich, bis der nächste Arzt übernommen hat. Verdammte Pest, Entschuldigung. Aber der Patient war hier ja nicht einmal eingewiesen, im Grunde war er gar kein Patient, und ich hatte ihn auch nicht untersucht . . . was ist das hier überhaupt für ein Gespräch? Sie platzen hier bei mir herein und machen mich fast für einen Todesfall verantwortlich, der nichts mit mir zu tun hat, wie ich gerade erklärt habe. Ich habe nichts hinzuzufügen. Wenn irgendwer mich anzeigen will, dann bitte sehr, dann werden wir ja sehen, wer recht hat. Und jetzt muß ich wirklich weiterarbeiten.«

Er war blaß und schien kurz vor einer Ohnmacht zu stehen, als er zur Tür ging und sie öffnete. Monika spürte, daß sie gern etwas Nettes gesagt hätte, etwas Beruhigendes, was sie bei einem Arbeitskollegen gemacht hätte, aber es war zu spät, ihr fiel nichts ein, und seine Geste machte klar, daß er sie so schnell wie möglich loswerden wollte.

Dr. Carlqvist hatte Gösta vielleicht nicht mit besonders glücklicher Hand behandelt, aber er konnte wohl kaum etwas mit der möglichen Vergiftung oder den unerklärlichen blauen Flecken zu tun haben.

Monikas weitere Überlegungen wurden von Schwester Elisabeth unterbrochen, die vor der Tür wartete. Hinter ihr stand ein birnenförmiges Mädchen mit runden Wangen und schlechter Haut, das als Sara vorgestellt wurde.

Elisabeth flüsterte ziemlich laut in Monikas Ohr.

»Du gehst doch wohl nett mit ihr um?«

»Wie meinst du das?«

»Das merkst du schon.«

Elisabeth wandte sich an Sara.

»Sara, das hier ist eine Kriminalpolizistin, die mit allen sprechen möchte, die das nette Männlein getroffen haben, das wir gestern hier hatten. Du brauchst dir keine Sorgen zu machen, beantworte einfach alle Fragen, so gut du kannst. Ihr könnt euch in das andere Sprechzimmer setzen, das ist zufällig gerade leer.«

Wie alt Sara wohl sein mochte? Elisabeth behandelte sie wie ein Kind, aber Monika hielt sie für über zwanzig. Als Monika näher an sie herantrat, spürte sie einen schwachen, aber unverkennbaren Haschduft, und sie sah, daß Sara Angst hatte, so sehr, daß sie buchstäblich bebte.

Monikas Herz schlug schneller. Es war klar, daß Sara etwas wußte, etwas erlebt hatte, das ihr Angst eingejagt hatte. Monika glaubte, sich der Lösung wenigstens eines ihrer Probleme zu nähern: Etwas war mit Gösta passiert, und Sara wußte, was.

Sie setzten sich, und Monika überlegte einen Moment lang, ob Elisabeth sie zuerst zu dem armen Arzt geschickt hatte, um selbst mit Sara reden zu können. Dann fragte sie sich, ob alle, die mit ungeklärten Todesfällen zu tun hatten, so übertrieben mißtrauisch wurden.

Sie zogen sich Stühle herbei und setzten sich.

»Sara, ich heiße Monika. Ich versuche herauszufinden, was vor seinem Tod mit Gösta Persson passiert ist. Ich möchte, daß du mir erzählst, ganz ruhig und in deinem eigenen Tempo, was du gestern mit ihm erlebt hast.«

Sara starrte immer noch den Fußboden an. Als sie anfing zu sprechen, geschah das mit einem kaum hörbaren Kinderstimmchen.

»Elisabeth bat mich, den Hausmeister anzurufen und den Transport in die Wege zu leiten, aber der Hausmeister hat mich ausgelacht, er sagte, die Psychiatrie wäre bloß eine

Treppe tiefer, und er könnte für so einen Kleinkram nicht quer durchs ganze Krankenhaus rennen. Er sagte, es würde viel schneller gehen, wenn ich selber ginge.«

»Was hast du dann gemacht?«

»Einen Rollstuhl geholt, aber der war zu klein, und der Alte hatte nicht genug Platz, wir haben hier doch bloß Kinderkram, und deshalb wußte ich nicht, was ich machen sollte.«

»Du hast Gösta nicht etwa fallen lassen, als ihr mit dem Stuhl gekämpft habt? Und er ist auch nicht darin steckengeblieben?«

Sara blickte Monika zum erstenmal ins Gesicht.

»Nein, nein, glaub das bloß nicht! Er hat mir wirklich ziemlich gut geholfen.«

Sie schwiegen.

»Und was hast du dann gemacht?«

»Ich wußte doch nicht, woher ich einen größeren Rollstuhl nehmen sollte, und ich hatte Angst, Elisabeth könnte kommen und fragen, warum ich den Transport immer noch nicht organisiert hätte, und deshalb bin ich einen Stock höher zu den Orthopäden gefahren und habe mir da einen Rollstuhl geholt, aber dann schrie mich so eine alte Kuh an, das wäre ihr Rollstuhl, und sie schrie und zeterte immer weiter, und dann kam das Personal und hielt mich für einen Dieb, aber am Ende durfte ich einen anderen Rollstuhl leihen, als ich ihnen alles erklärt und versprochen hatte, ihn in zehn Minuten zurückzubringen, aber als ich mit dem Alten in die Psychiatrie kam, war ich an der falschen Adresse, es war die Kinderpsychiatrie, und er sollte doch zu den Erwachsenen, und das war schrecklich weit weg, und ich habe mich verirrt und hatte schreckliche Angst, die Orthopädie könnte sich bei Elisabeth beschweren, weil ich den

Rollstuhl nicht zurückgebracht hatte ...« Sara fing an zu weinen, erst leise, dann immer unkontrollierter.

»Sara, hör mir mal zu. Niemand wirft dir irgendwas vor. Du hast dir doch alle Mühe gegeben, oder?«

Sara nickte, aber ihre Schultern bebten noch immer.

»Sara, ist unterwegs irgendwas passiert? Denk mal genau nach.«

»Ich brauche nicht nachzudenken, nichts ist passiert.«

»Gut. Noch etwas, Sara: Weißt du, was man immer tun kann, wenn alles so über einem zusammenbricht wie gestern bei dir? Man kann fragen, und man kann um Hilfe bitten. Du scheinst zu glauben, du müßtest alles selber schaffen, aber versuch doch mal zu sagen, was wirklich ist, zum Beispiel, daß der Hausmeister zu schlaff zum Kommen war, das kann ja wohl nicht dein Fehler sein. Dann hätte Elisabeth angerufen und ihn herbeizitiert, und du brauchtest dich deshalb jetzt nicht unglücklich zu fühlen. Verstehst du, was ich meine?«

Sara nickte. »Darf ich jetzt gehen?«

»Tu das. Und paß auf dich auf.«

Monika hätte eine ziemlich hohe Wette darauf abgeschlossen, daß Sara die Wahrheit gesagt hatte, falls irgendwer die Gegenwette übernommen hätte, aber ihre Aussage mußte doch noch überprüft werden. Sie spielte erst mit dem Gedanken, den Hausmeister anzurufen, beschloß dann aber, lieber bei ihm vorbeizuschauen.

Sie bedankte sich bei Schwester Elisabeth, ließ sich den Weg beschreiben und stand kurz darauf vor der halbgeöffneten Tür des Hausmeisters.

Drinnen lief das Radio, und ein Mann von etwa fünfzig Jahren saß zurückgelehnt auf seinem Stuhl. Seine Jacke war aufgeknöpft, und sein enges Hemd klaffte über dem aufgequollenen Bauch. Im Spalt war der Nabel zu sehen, eine dunkle, fast obszöne Vertiefung in der schlaffen weißen Haut, und Monika hatte die Vision, er säße da und wartete auf eine Nabelschnur, die ihn wieder mit irgendeiner ursprünglichen Quelle verbinden könnte, wie ein Auto, das durch einen kräftigen, leicht pulsierenden Schlauch vollgetankt wird.

Sie klopfte an die Tür und sagte mit lauter Stimme »Polizei!«

Der Hausmeister zuckte zusammen und blickte sich aufmerksam um.

»Es geht um ein Telefongespräch gestern, wegen eines Transports aus der Kinderklinik.«

Er schien Probleme damit zu haben, geradeaus zu schauen, sein Blick pendelte langsam zwischen Monikas Gesicht und ihrem Dienstausweis hin und her.

»Ich kriege jeden Tag Hunderte von Anrufen wegen Transporten, ich kann mich nicht an alle erinnern, und außerdem sind wir zu mehreren.«

»Versuchen Sie's mal damit: Verängstigtes Mädchenstimmchen bittet um einen Transport zur Psychiatrie.«

»Ja, ja, die brauchte bloß mit dem Fahrstuhl einen Stock tiefer, und der Patient war weder schwer noch widerspenstig.« Er lachte und strich sich mit den Händen über die Seiten. »Die Kleine, ja. Hörte sich selber an wie ein Kind . . . Kleines, sagte ich, Kleines, weißt du, wo der hinmuß? Nein, das wußte sie ja nicht. Eine Treppe tiefer, sagte ich, das schaffst du in zwei Minuten, und ich brauche zwanzig . . .«

»Nun war es nur so, daß sie durchaus nicht zur Kinderpsychiatrie sollte, sondern zu den Erwachsenen, also quer durchs ganze Krankenhausgelände. Sie mußte sich allein den Weg suchen, mit einem sterbenden Patienten.«

»Niemand hat mir was davon gesagt, daß es dem Patienten nicht gut ging«, sein Lachen war in aggressive Abwehr umgeschlagen, »und kranke Patienten gehören auch nicht zu den Psychos.«

»Ich überprüfe nur die Auskünfte, die ich erhalten habe. Ihren Namen und Ihre Adresse bitte.«

Sie notierte beides mit übertriebener Sorgfalt, obwohl sie schon langsam genervt von sich selber war. Wann würde sie lernen, Ruhe zu bewahren und ihre Gespräche nicht von ihren Gefühlen stören zu lassen?

Jetzt hatte sie jedenfalls in der Kinderklinik alles erledigt. Ihre Fragen waren beantwortet worden, und im Grunde war es gutgegangen.

Der nächste Programmpunkt würde wohl schwieriger werden – die Chirurgie, die Menschen, die ihn gekannt hatten, die sich während seiner letzten Krankheit um ihn gekümmert hatten. Die Ärztin Ann Lilja, deren Stimme sie vom Video kannte, vielleicht Mitpatienten, mit denen er sich abends im Raucherzimmer unterhalten hatte. Sie wünschte, sie hätte Zeit genug, um ins Polizeigebäude zurückzukehren und den Bericht zu schreiben. Sie hätte gern nachgedacht. Jetzt wußte sie nur, daß sie weitere Informationen über Göstas Blutungen benötigte und daß sie sich erkundigen wollte, ob er Todeswünsche geäußert hatte. Darüber hinaus würde sie improvisieren müssen, Tatsachen sammeln und sehen, was sie herausfinden könnte.

Als sie mit dem Fahrstuhl nach oben fuhr, versuchte sie, das Positive an der Situation zu sehen. Es ist immer noch besser so, als mit vorgefaßten Meinungen zu kommen. Sie hatte ein ziemlich gutes Gefühl.

9

Die Chirurgie, wo Gösta behandelt worden war, wirkte im Vergleich zur Kinderstation fast unnatürlich ruhig. Die Korridore waren leer, abgesehen von einigen herumstehenden Betten und einem Mann mittleren Alters, der in einem gestreiften Morgenrock hin und her lief.

An der offenen Tür der Station hing ein handgeschriebenes Schild, auf dem darum gebeten wurde, die Besuchszeiten zu respektieren. Monika schaute auf ihre Uhr; noch zwei Stunden bis der Strom von Angehörigen und Bekannten anschwoll, dem sie sich hätte anschließen können, wenn sie die Station ansehen wollte, ohne sich zu erkennen zu geben. Sie hätte diese Variante vorgezogen, konnte aber nicht so lange warten und ging deshalb hinein. Noch immer war niemand außer dem Mann, der im Flur hin und her lief und ihr gerade den Rücken zukehrte, zu sehen. Monika dachte einen Moment nach, dann verschwand sie aufs Geratewohl in einem Zimmer. Es entpuppte sich als Vierbettzimmer, mit drei leeren Betten und einer sehr alten Frau im vierten.

»Guten Tag«, sagte Monika und schloß die Tür hinter sich. Sie wußte nicht, wonach sie suchte, aber sie wollte sich umsehen, die Umgebung, in der sich ein Schlüssel zu Göstas Tod verstecken konnte, mit eigenen Augen sehen, ganz allein. Gleich darauf öffnete sich die Zimmertür, langsam, und eine sehr alte Frau kam herein. Monika, die darauf wartete, jeden Moment von irgendwem angesprochen zu werden, der wissen wollte, wer sie war, atmete erleichtert auf.

Die neu Hinzugekommene war blaß und krumm, sie trug

einen Krankenhauskittel, Strümpfe, die sich aufgerollt hatten, und braune, zu große Pantoffeln. Sie schlurfte zum nächsten Nachttisch, auf dem ein kleiner Plastikbecher mit drei Tabletten stand. »Meine Medizin, die nehmen mir meine Medizin weg«, murmelte sie und blickte mißtrauisch in den Becher. Ihre schütteren weißen Haare fielen nach vorn und verdeckten teilweise ihr Gesicht. Rasch blickte sie sich um, setzte dann den Becher an die Lippen und versuchte, die Tabletten in ihren Mund zu kippen. Bei zwei davon gelang es ihr, die dritte fiel auf den Boden. Gleich darauf wurde wieder die Tür aufgerissen. Niemand schien auf dieser Station je anzuklopfen. Eine langbeinige, pickelige, junge Frau kam herein.

»Edith! Was hast du jetzt wieder angerichtet!« Die junge Frau entdeckte den Plastikbecher in der Hand der Alten und griff sich an die Stirn.

»Ausspucken. Sofort!«

Die Alte kniff die Lippen zusammen und schüttelte den Kopf. Die Junge packte das Kinn der Alten mit einer Hand, während der Zeigefinger der anderen die Prothese herausfischte. Das Ganze erinnerte an eine energische junge Reiterin, die einem widerspenstigen Pferd mit der Trense kommt. An der Prothese klebte die eine Tablette.

»Mund auf jetzt.«

Die Alte gab auf und riß den Mund auf. Die junge Frau fischte ihr die andere Tablette aus dem Mund und stopfte die Prothese wieder hinein.

»Die nehmen mir meine Medizin weg«, sagte die Alte zu Monika, als sie hinausgeführt wurde. Ihr Kommentar bewies ihr, daß sie nicht plötzlich unsichtbar geworden war.

Während Monika noch gedankenverloren das soeben Erlebte bedachte, kam die langbeinige Frau wieder zurück.

Sie brachte einen neuen Plastikbecher mit drei Tabletten, den sie auf den Nachttisch stellte.

»Eine ist ihr auf den Boden gefallen«, sagte Monika, die Kontakt zu jemandem vom Personal aufnehmen wollte.

»Danke.« Sie hob die weiße, längliche Tablette auf, auf die Monika gezeigt hatte. »Es ist hoffnungslos. Man braucht ihnen nur für eine Sekunde den Rücken zuzudrehen, und schon stellen sie irgendwas an. Eigentlich gehört sie in die Kinderklinik.«

Ehe Monika dazu etwas sagen konnte, lief die andere wieder aus dem Zimmer.

Sie sah sich noch einmal im Zimmer um, fand nichts, was ihr bemerkenswert vorgekommen wäre, und machte sich auf die Suche nach Dr. Ann Lilja, die so rasch bereit gewesen war, das erwartete und natürliche Eintreten des Todes zu bescheinigen. Im Stationszimmer stand eine Frau von vielleicht fünfzig. Überraschend alt für ein Stockholmer Krankenhaus, wo viele Krankenschwestern wie Wegwerfartikel behandelt werden und folglich erschöpft kündigen. Monika erklärte, sie komme von der Kriminalpolizei und ermittle Gösta Perssons Tod. Die Krankenschwester musterte Monika wie eine neue und nicht besonders vielversprechende Schwesternschülerin. Sie stellte sich kurz als Schwester Annika vor.

Sie fragte, ob Monika einen Termin abgemacht habe, und schüttelte den Kopf, als Monika verneinte. Annika glaubte nicht, daß Dr. Lilja sie empfangen könne, aber sie wolle anrufen und sich erkundigen. Zu Schwester Annikas sichtlichem Ärger war Ann Lilja sofort bereit, Monika zu treffen, und Monika wurde in ihr Zimmer geführt.

Langsam wurde sie zur Expertin für Sprechzimmer, und dieses hier war das bisher gemütlichste. Es war hell eingerichtet und wies eine stark feminine Prägung auf. Ann Lilja entpuppte sich als Frau in den Dreißigern und wirkte etwas größer, als Monika sich das von ihrer Stimme auf dem Video her vorgestellt hatte. Alles an ihr wirkte eine Spur überdeutlich, sie war groß, ziemlich kräftig gebaut, ohne dick zu sein, ihr Gesicht war breit, die Züge kräftig markiert. Monika hatte das Gefühl, sie schon einmal gesehen zu haben, ihr fiel jedoch nicht ein, in welchem Zusammenhang. Es war ein seltsames Aussehen für eine Chirurgin, und ehe sie sich's versah, hatte sie das auch schon gesagt.

Ann, die seit vielen Jahren ähnliches wohl immer wieder gehört hatte, nickte und lachte mit perfekten Zähnen.

»Stimmt«, sagte sie, »die meisten Chirurgen sehen nicht aus wie ich, aber das spielt faktisch keine Rolle.«

Großzügige Antwort, fand Monika, die immer verletzt war und wütend wurde, wenn über sie entsprechende Kommentare abgelassen wurden. Allerdings fanden die, die behaupteten, Monika sehe nicht aus wie eine Polizistin, sie eher zu klein und unansehnlich, und das war vielleicht doch ein Unterschied.

Ann Lilja wiederholte, was sie bereits im Video während der Obduktion berichtet hatte: Göstas Alkoholmißbrauch, seine früheren Blutungen und die letzte Behandlungsrunde.

Monika stellte ihre eine vorbereitete Frage: »Ich habe mir das Video angesehen, und einiges habe ich nicht verstanden. Zuerst möchte ich wissen, warum alle Tests normal waren, obwohl er doch geblutet hat. Stimmte mit dem Blut etwas nicht? Verstehen Sie, was ich meine?«

»Sicher. Sie können ja bluten, wenn Sie zum Beispiel einen Bruch in der Speiseröhre haben, wie beim erstenmal, oder ein blutendes Magengeschwür, wie beim zweiten- und jetzt beim letztenmal. Dann bluten Sie genau da, wo die

Verletzung sitzt, und Sie bluten, egal, wie Ihr Blut aussieht. Genauso, wenn Sie sich in den Finger schneiden. Was jetzt aber passiert ist, war, daß sein Blut nicht mehr gerinnen konnte, und das Ergebnis haben Sie gesehen: Blutungen überall. Das Magengeschwür war ja sogar verheilt, wie Sie auch gesehen haben.«

»Danke. Jetzt verstehe ich besser. Auf dem Band ist ja nicht viel zu sehen. Sie meinen also, daß diese Blutungen in keinem Zusammenhang standen, er hatte zwei verschiedene Arten von Blutungen, und die letzte hat zu seinem Tode geführt.«

»Ich habe mich ja schon einmal geirrt, deshalb sollte ich vielleicht nichts sagen, ehe die Gerichtsmedizin ihr Urteil gesprochen hat, aber so sieht es aus.«

»Danke. Das hilft mir weiter. Können Sie mir mehr über seine Behandlung erzählen, es handelte sich doch um ein Experiment oder so?«

Ann Lilja nickte und fing an zu erklären: »Als er zum erstenmal zu uns kam, vor ungefähr anderthalb Jahren, hatten wir gerade einen Doppelblind-Versuch mit einem neuen Präparat begonnen, mit Lonidrosic, und Gösta war einer der ersten, der in diese Studie einbezogen wurde. Es ging ihm so schlecht, daß wir davon überzeugt waren, er würde bald sterben, aber er erholte sich auf fast wunderbare Weise. Bei einigen anderen war es ähnlich, und da mußten wir den Code brechen. Wenn das Präparat so effektiv war, dann wäre es doch falsch, es nicht allen zu geben. Deshalb bekam er das Mittel auch beim zweitenmal, als es ihm wieder sehr schlecht ging. Beim letztenmal stand es nicht ganz so schlecht um ihn, es war schon überraschend, daß er dann so schnell gestorben ist, aber andererseits hing sein Leben immer am seidenen Faden, und ich war absolut bereit, seinen Totenschein auszustellen, als die Psychiatrie mich angerufen hat.«

»Ich muß schon noch mehr über diese Untersuchung wissen. Ist Ihnen klar, daß ich kaum die Hälfte von dem verstanden habe, was Sie gesagt haben?«

Ann schüttelte den Kopf.

»Entschuldigung. Wir befinden uns im letzten Teststadium eines neuen Medikaments gegen Magen-Darm-Blutungen. Ich möchte Sie nicht damit langweilen, daß ich Ihnen die Wirkung in allen Einzelheiten erzähle. Wichtig ist, daß dieses Mittel offenbar an Stellen Blutungen verhindern kann, wo sie unerwünscht sind, ohne ansonsten das Blut zu beeinflussen. Um zu überprüfen, ob das Mittel wirklich wie gewünscht funktioniert, testen wir es an Patienten. Bei diesem Test wissen weder wir noch die Patienten, ob sie dieses Mittel bekommen. Wir wollen verhindern, daß wir von dem beeinflußt werden, was wir glauben oder glauben wollen.«

»Es hört sich ziemlich schwer an, den Leuten Medizin zu geben, ohne daß die oder Sie davon etwas wissen.«

Wieder lachte Ann. »Wenn Sie das so ausdrücken, dann wirkt es undurchführbar. Aber im Grunde ist es nicht so kompliziert. Die Firma liefert uns einerseits Tabletten, die die besagten Wirkstoffe enthalten, und andererseits Tabletten, die genauso aussehen, aber nur Zucker und Bindemittel enthalten. Die klassischen Placebos also.«

»Und wie halten Sie die Tabletten auseinander?«

»Der Witz an der Sache ist, daß das nicht geht. Sie sollen sich so ähnlich sehen, daß die Krankenpflegerinnen, die die Tabletten austeilen, nicht wissen, wer was bekommt. Jeder Patient, der an dieser Studie teilnimmt, erhält eine Nummer, und für jede Nummer gibt es einen Becher mit Tabletten.

Patient Nr. 1 bekommt seine Medikamente aus Becher 1, Patient Nr. 2 aus Becher Nr. 2 und so weiter. Dieses Verfahren nennen wir Doppelblind, da weder die Patienten noch wir selber wissen können, wer was bekommt. Einfachblind bedeutet, daß das Personal Bescheid weiß, die Patienten aber nicht, allerdings hat sich herausgestellt, daß es dann sehr schwer ist, beide Gruppen gleich zu behandeln. Könnten Sie einem Patienten, von dem Sie wissen, daß er Placebos bekommt, sagen, daß es ungeheuer wichtig ist, daß er seine Medizin nimmt, auch wenn es ihm schlecht geht und er nur mit Mühe schlucken kann?«

Monika überlegte kurz. »Nein, das wäre schwierig.«

»Genau. Also haben wir nun dreißig numerierte Becher, die eine Hälfte enthält das wirksame Mittel, die andere Placebos, und nur die Arzneimittelfirma weiß, was was ist.«

»Gösta war also einer der ersten, an dem Sie dieses Mittel ausprobiert haben, wenn ich das richtig verstanden habe?«

»Er war Nr. 2, später kam er dann als Nr. 14 wieder. Aber beim zweitenmal hatten wir den Code bereits gebrochen.«

»So weit waren Sie schon mit Ihrer Erklärung.«

»Ja, da also niemand weiß, was passieren kann, wenn Menschen ein neues Präparat schlucken, wird so ein Versuch sorgfältig überwacht. Im Grunde gibt es ja nur drei Möglichkeiten: Entweder ist das Mittel wertlos, und dann passiert überhaupt nichts, oder es ist lebensgefährlich, und dann geht es der Hälfte der Patienten schlechter als erwartet, oder bestenfalls funktioniert es, und dann geht es der Hälfte der Patienten besser, als erwartet. Das war bei unserem Versuch der Fall, es ging ihnen sogar sehr viel besser. Deshalb baten wir darum, den Code brechen zu dürfen, das heißt zu erfahren, in welchen Bechern sich die Medizin befand. Es stellte sich heraus, daß die, denen es besser ging, sie bekommen hatten. Und wenn man so weit ist, dann fängt man an, alle mit richtigen Tabletten zu behandeln.«

»Dafür sind sie sicher dankbar.«

»Beim letztenmal haben wir Gösta wie üblich behandelt, die Blutung hörte auf, und deshalb habe ich ihn entlassen.«

»War er denn ganz gesund?«

»Gesund? Kommt darauf an, was Sie darunter verstehen. Um ihn ganz gesund zu machen, hätte man wohl das meiste in ihm austauschen müssen, aber er blutete jedenfalls nicht.«

»Wie krank war er?«

»Krank und krank. Seine Leber war am Ende, wenn ich das mal so sagen darf, die Bauchspeicheldrüse war kurz vorm Abgang, er war leicht zuckerkrank und hielt seine Diät nicht ein. Ein typischer Alkoholiker mit anderen Worten. Er hatte noch weitere alkoholbedingte Leiden, Hämorrhoiden, die oft bluteten, Juckreiz, Schlafprobleme, Übelkeit am Morgen – reicht das, oder möchten Sie noch mehr hören?«

»Das reicht. Ich kenne diese Jungs ja auch. Ich weiß, wie es ihnen geht, auch wenn ich erst durch das Video von Hayakawas Obduktion erfahren habe, wie sie von innen aussehen.«

Monika kam eine Idee: »Gösta kann wohl nicht durch ein Versehen die übriggebliebenen Placebotabletten genommen haben? Denn dann hätte er doch wohl verbluten können?«

»Unmöglich. Zum einen haben wir sie an die Firma zurückgeschickt, sowie die das Doppelblind-Schema abgesetzt hatten, zum anderen hätte dann ja das Magengeschwür bluten müssen. Das Ganze ist wirklich rätselhaft!«

»Könnte er etwas anderes genommen haben, das zu solchen Blutungen führt, wie er sie am Ende hatte?«

»Ja, sicher. Vor allem Waran, ein Mittel, das das Gerinnungsvermögen des Blutes senkt, damit werden zum Beispiel Blutgerinsel behandelt. Es gibt viele Präparate, die man nicht einnehmen soll, wenn man blutet oder kürzlich geblutet hat. So vielleicht an die fünfzig, auch normale Kopfschmerztabletten.«

»Könnte Gösta hier auf der Station irgendwelche fremden Medikamente eingenommen haben? Und könnten die ihm so sehr geschadet haben, daß er verblutet ist?«

»Das ist immerhin ein Gedanke. Da wir uns hier aber in der Chirurgie befinden, haben wir keinen sehr großen Zugang zu dieser Art von Präparat, nicht einmal unsere alten Damen bekommen besonders viele Medikamente, wir haben ja einen Überschuß an alten Damen, die nicht allein zurechtkommen, und viel zu wenig Pflegeplätze, aber das wissen Sie ja sicher. Gösta hat sicher nicht so genau darauf geachtet, was er einnahm; wenn man ihm die Medikamente seines Bettnachbarn serviert hätte, dann hätte er die auch geschluckt, nehme ich an. Aber es fällt mir doch schwer zu glauben, daß das mehr als nur ein einziges Mal vorkommen könnte. Außerdem teilte Gösta sein Zimmer mit einem verrückten Finnen, der von einem Dach gesprungen war, weil er dachte, er könnte fliegen, und der bekam nur Spritzen. Jedenfalls glaube ich nicht, daß Gösta hier bei uns lebensgefährlich hohe Dosen von irgendeiner Medizin bekommen haben kann. Was immer er auch angestellt haben mag. Sie sollten sich eigentlich bei Schwester Peter* erkundigen, der eine Art Statistik über den Medizinverbrauch erstellt, er kann sicher genau sagen, wie Göstas Mitpatienten behandelt worden sind.«

* Auf schwedisch heißt auch das männliche Pflegepersonal »Schwester«. A. d. Ü.

»Danke. Nächste Frage. Hatten Sie oder sonstwer je den Eindruck, daß Gösta mit dem Gedanken an Selbstmord spielte?«

»Selbstmord? Nein, auf diesen Gedanken bin ich nie gekommen, und ich habe auch nie gehört, daß irgendwer anders diesen Eindruck gehabt haben könnte. Er war ziemlich gelassen, dachte vor allem an naheliegende und kleine Details, wann er wieder rauchen dürfte, ob er bequem lag und so.«

»Na gut. Ich möchte auch mit demjenigen Personal sprechen, das am meisten mit ihm zu tun hatte, und mit eventuellen Mitpatienten, mit denen er vielleicht gesprochen hat, wenn davon noch welche da sind.«

»Mit Mitpatienten und Personal sprechen? Meinen Sie, wir sitzen auf irgendeinem düsteren Geheimnis?«

»Ich muß alle Möglichkeiten offenhalten.«

»Verzeihung, ich wollte das nicht herunterspielen. Mir ist klar, daß Sie sich fragen, was passiert ist. Es kann ja sein, daß wir auf irgendeine Weise verwickelt sind. Nur ist mir unser Gespräch gar nicht wie ein Polizeiverhör vorgekommen.«

Die meisten, mit denen sie sprach, hatten Schwierigkeiten, sie als »richtige« Polizistin aufzufassen. In Uniform wäre es sicherlich anders gelaufen, da die 95 Prozent ihres Körpers, die von Kleidern bedeckt waren, dann vorschriftsmäßig aussahen. In Zivil war es schwieriger, ernst genommen zu werden. Monika überlegte, ob es von Vorteil sein könnte, daß die, die sie verhörte, ihre Polizeizugehörigkeit vergaßen. So verstummten sie jedenfalls nicht vor Angst.

»Ist sein Bettnachbar noch hier?«

»Nein, der ist vor kurzem in ein Krankenhaus in Finnland verlegt worden.«

»Schade. Gibt es andere, mit denen Gösta zu tun hatte?«

»Im Grunde glaube ich nicht, daß wir aus seinem Bettnachbarn viel herausbekommen hätten, nicht einmal der Dolmetscher konnte mit ihm ein vernünftiges Gespräch führen. Sonst weiß ich nicht, ob er noch Kontakt hatte, Gösta war nicht sehr sozial, blieb meistens auf seinem Zimmer. Die Schwesternhelferinnen können das sicher besser beantworten, sie haben ihn öfter gesehen als ich.«

»Vielen Dank für Ihre Hilfe. Dann werde ich mich mit ihnen und Schwester Peter unterhalten.«

Ann erhob sich und fragte nachdenklich: »Haben Sie mit dem Chef gesprochen?«

»Mit meinem Chef?«

»Nein, mit meinem. Mit Professor Albinsson.«

»Nein. Sollte ich das?«

»Der wird wahnsinnig, wenn auf seiner Station etwas passiert, wovon er nichts weiß, und Gösta gehörte ja zu seinem Material, deshalb wäre es wohl ganz gut.«

Gut für wen, fragte Monika sich, für Ann, der sonst vorgeworfen würde, sie habe hinter dem Rücken des Chefs mit der Polizei gesprochen? Für die Ermittlungen? Für Albinsson selber?

»Was bedeutet das, daß Gösta zu seinem Material gehörte?«

»Es geht um die Studie. Die Arzneimittelfirma, die Lonidrosic entwickelt hat, hat die Genehmigung, dieses Präparat an Patienten auszuprobieren, und das geschieht in Zusammenarbeit mit uns und mit der Chirurgie in Malmö und in Hässleholm. Alle Patienten, die am Test teilnehmen, werden Material genannt; dieses Material ist das, was wir der Firma anbieten können.«

»Und was kann die euch anbieten?«

Ann sah verlegen aus.

»Danach müßten Sie den Chef fragen, ich selber habe keinen Überblick.«

Im Stationszimmer saß Schwester Annika und schrieb. Sie sah nicht sehr zugänglich aus, aber Monika beschloß, einen Versuch zu wagen.

»Haben Sie ein paar Minuten Zeit?«

Annika hörte auf zu schreiben und blickte auf.

»Vor allem wüßte ich gern, ob Sie meinen, Gösta könnte Selbstmord begangen haben, Sie hatten doch sicher oft mit ihm zu tun?«

»Selbstmord? Der nicht. Er hatte Angst um seine Haut, geriet in Panik, sowie er sich schlecht fühlte.«

»Nicht in so große Panik, daß er sich deshalb das Leben genommen haben könnte? Weil er das nicht ertragen hat?«

»Nein. So wichtig war ihm das nicht.«

»Wenn er sich nun nicht absichtlich vergiftet hat, hätte das unabsichtlich geschehen können? Könnte er zum Beispiel aus Versehen die falsche Medizin erwischt haben?«

Monika sah, wie Annika tief Luft holte, sie schien die Augen verdrehen zu wollen, ein wortloser Kommentar zu Monikas mangelnder Kenntnis der Krankenhausroutine. Die Vorlesung begann:

»Hier, auf unserer Station, ja überhaupt auf allen Stationen, werden Medikamente unter unerhört genau festgelegten Formen ausgegeben, und . . .«

Monika fiel ihr ins Wort: »Vor etwa einer halben Stunde habe ich gesehen, wie eine Patientin um ein Haar die Medikamente einer anderen Patientin genommen hätte. Könnte Gösta das auch getan haben?«

»Was sagen Sie da? Sie kommen nicht an fremde Medikamente heran. Wir geben jedem Patienten mehrmals täglich die richtige Medizin, und alles wird doppelt kontrolliert. Ich will Ihnen erklären ...«

»Ich halte das nicht für notwendig. Eine alte Dame namens Edith ging in Zimmer 7 und versuchte, Tabletten zu schlucken, die auf einem Nachttisch standen. Eine Frau mit langen Beinen konnte sie gerade noch daran hindern. Wenn Gösta das auch getan hätte, hätte er sich dadurch vergiften können?«

»Edith. Wissen Sie, warum die hier ist?«

»Nein.«

»Sie ist hier, weil sie nichts hat, wo sie sonst sein könnte. Sie ist alt, sie ist verwirrt, sie kann nicht mehr allein leben, wie Sie sehen. Sie steht auf der Warteliste für einen Pflegeplatz, aber die Heime wollen sie auch nicht, weil sie immer wegläuft, und in die Psychiatrie kommt sie nicht, weil sie dort, psychisch gesehen, für zu gesund gehalten wird. Also ist sie bei uns und bedeutet eine Gefahr für sich und für andere. Und ich muß dafür die Verantwortung tragen. Das nennt sich dann Solidarität in der Behandlung. Alle Stationen im Krankenhaus müssen solche alten Damen aufnehmen, die nur darauf warten, bis zu ihrem Tod irgendwo untergebracht zu werden, und deshalb ...«

»Das ist bestimmt hart für Sie ...« Monika fiel nichts Besseres ein, um dieses Klagelied, das sehr lang zu werden drohte, abzubrechen. »Und nun wüßte ich gern, ob auch Gösta zusätzliche Medizin geschluckt haben kann.«

Schwester Annikas Lippen wurden noch schmaler. »Ich habe doch schon gesagt, daß das nicht möglich ist.«

»Ich habe eben nur von Edith erzählt, um zu beweisen, daß das sehr wohl möglich ist. Und ich wüßte gern, ob auch Gösta verwirrt war, ob er Tabletten gern mochte, ob es vorstellbar ist, daß er von seinen Mitpatienten Tabletten geliehen, gestohlen oder gekauft hat, und ob das, wenn ja, für ihn gefährlich hätte werden können.«

Die Vorstellung von einer Station, wo die sorgfältig zugewiesenen Tabletten getauscht, verliehen oder sogar verkauft wurden, war zuviel für Schwester Annika.

»Sie wissen nicht, wovon Sie reden. Gösta war vielleicht nicht immer zuverlässig, aber er hat niemandem Tabletten gestohlen. Er war ein freundlicher, rücksichtsvoller Mann, wenn alle hier so wären, dann ginge es uns gut.«

»Wer hat übrigens den Schlüssel zum Medizinschrank?«

»Nur die Schwestern.« Die Frage schien der letzte Tropfen für Schwester Annika gewesen zu sein, die sich nun abwandte und sagte: »Jetzt muß ich weiterarbeiten.«

»Nur noch eine Frage: Wissen Sie, wo ich Schwester Peter finde?«

Schwester Annika zeigte auf eine angelehnte Tür, ohne von ihren Papieren aufzublicken.

Schwester Peter. Monika hatte das Bild eines schmächtigen jungen Mannes mit Brille und sanftem Auftreten im Kopf. Sie klopfte an die Tür, schaute hinein und sah einen jungen Mann, der auf einem hohen Hocker saß und mit einer schönen Asiatin von vielleicht dreißig Jahren sprach. Ihr erster Eindruck war der von Muskeln. Keine überdimensionalen Gewichthebermuskeln, die die Proportionen des Körpers verschoben, sondern eine skulpturenhafte harmonische Muskelmasse, die sie an einen starken Tiger denken ließ. Sie sah, zuerst schräg von hinten, einen muskulösen, aber nicht groben Oberschenkel, abgewinkelt vom Rumpf, Schultern, die den weißen Kittel spannten, eine moderne Kurzhaarfrisur. Eine Lederjacke mit Seidenfutter lag zu seinen Füßen.

Langsam drehte er sich um. Sein Namensschild war groß

und leicht lesbar. SCHWESTER PETER. Sein Blick wanderte von ihren Haaren und ihrem Gesicht hinunter zu ihrer Brust, ihrer Taille, den Hüften und Beinen. Der kleine Funke von Mann-trifft-Frau verlosch, und er murmelte: »Kann ich irgendwie behilflich sein?«

Die Zurückweisung war so total und so unerwartet, daß es Monika fast den Atem verschlagen hatte. Sie mußte sich beherrschen, um nicht zu überprüfen, ob ihre Kleider noch vorhanden waren, so intensiv hatte er jede Einzelheit ihres Körpers gemustert. Er hatte sie taxiert wie ein Preisrichter auf einer Katzenausstellung, oder, warum nicht, bei einer Stutenschau, und sie war für zu leicht befunden worden. Sie könne von seiner Seite kein Interesse erwarten, signalisierte er, ob bewußt, konnte Monika nicht entscheiden.

»Monika Pedersen, Kriminalpolizei«, stellte sie sich vor – inzwischen kam ihr das ganz normal vor – und sah befriedigt, daß er reagierte, umbewertete, aufmerksamer wurde. »Und du bist Schwester Peter.«

Die schöne Frau glitt lächelnd aus dem Zimmer und hinterließ den diskretesten Parfümduft, den man sich vorstellen konnte.

»Ja, das bin ich.« Die Stimme klang wie die Imitation eines Nachrichtensprechers im Fernsehen. Tief, sachlich, wohlartikuliert, aber nicht ganz überzeugend. Monika war gespannt zu hören, wie diese Stimme sich veränderte, wenn er sich erregte. Sie selber mußte sich alle Mühe geben, um nicht auf eine kleine, gekränkte Backfischstimme zurückzugreifen.

»Ich ermittle über Gösta Perssons Tod, und Ann Lilja hat vorgeschlagen, ich sollte mich bei dir nach den Medikamenten erkundigen, die auf der Station in Umlauf gewesen sein können. Wir wüßten gern, ob er vielleicht andere

Medizin bekommen hat, als für ihn vorgesehen gewesen war.«

»Gösta ist tot?«

Echte oder gespielte Überraschung? Monika konnte sich nicht entscheiden.

»Er ist gestern früh in der Psychiatrie im Wartezimmer verblutet, und jetzt müssen wir wissen, welche Medikamente ausgegeben worden sind, als er hier war.«

Peter schien sich ihretwegen nicht anstrengen zu wollen.

»Kannst du das jetzt herausfinden?«

»Jetzt gleich?«

Peter sah genervt aus, als ob er es mit einer zudringlichen Tussi in der Disko zu tun hätte.

»Ja, das muß möglich sein. Ich habe gerade angefangen, alle Daten über Medikamente einzugeben.«

Noch immer hatte er sich nicht von der Stelle gerührt, aber dann streckte er seine langen Beine aus, und mit einer geschmeidigen, katzenhaften Bewegung sprang er vom Hocker und setzte sich an den Computer. Seine Seglerschuhe waren ein Markenprodukt, sah Monika, und sein Pullover ebenso.

»An welchen Tagen?«

»Er ist vorvorigen Freitag entlassen worden, wir können jeden Tag nehmen, nein, eigentlich wäre es gut, alle Tage dieser Woche zu haben.«

»Willst du jede Tablette ausgedruckt haben, die wir verteilt haben? Dann wird das so dick wie ein Telefonbuch.«

Peters braune Hände bewegten sich zögernd über der Tastatur, aber nach einigen Minuten erwachte der Drucker zum Leben und lieferte eine Liste mit Ziffern, Medikamentennamen und weiteren Ziffern.

»Hier hast du zuerst die Patientennummer, 12: 1 war

Gösta Persson. Dann kommen die Namen der Medikamente, ihre Stärke und ihre Dosierung. Lonidrosic 500 mg 1 + 1 + 1 bedeutet also, daß die Tablette fünfhundert Milligramm hatte, und daß er drei pro Tag genommen hat. Ist das alles?«

»Nein. Hast du mit Gösta gesprochen?«

»Beim letztenmal nicht, außer, daß wir uns gegrüßt haben, wenn wir uns auf dem Gang begegnet sind, ich bin beurlaubt, um das hier zu machen«, er zeigte auf die Stapel von Krankenberichten, die auf dem kleinen Tisch lagen. »Forschungsgelder«, fuhr er mit zufriedener Miene fort. »Und sonst das dahinten«, er zeigte auf einen metallenen Aktenschrank. »Arzneimittelforschung.«

»Aber vorher? Früher?« Peter blätterte jetzt in einem Ordner und schien Monikas Frage kaum gehört zu haben.

»Ja, letztes Mal, aber nicht sehr viel.«

Weiterzumachen wirkte zwecklos. Monika spürte den Zorn, der in ihr anstieg, und verließ rückwärts das Zimmer, ehe aus ihr herausplatzte, was sie empfand.

Sie dachte an Mikael: Monika Pedersen, junges aufstrebendes Genie der Kripo, hat es nun geschafft, sich mit einer Schwester zu zerstreiten und von der anderen abgewiesen zu werden. Brillant, wie soll es jetzt weitergehen?

Sie beruhigte sich und ging zu einer großen Pinnwand, an die das Personal miese Schnappschüsse gepinnt hatte. Sinikka, die Schwester mit den roten Pupillen; Annika und Peter; Ann und ein kurzer, rundlicher, älterer Mann mit grauem Schnurrbart; Rosie, ausgemergelte und bleiche Schwesternhelferin; Nejet, ein verschwommenes Bild von einer dunklen Frau, auch sie Schwesternhelferin; das Nachtpersonal, die Krankengymnastin, die Sozialarbeiterin . . . Es würde zeitraubend sein, mit allen zu reden.

»Das ist nicht mehr besonders aktuell.«

Annika war aus ihrem Zimmer gekommen, jetzt in weitaus besserer Laune. Vielleicht tut es ihr auch leid, daß sie aufgebraust ist, dachte Monika.

»Hatte hier irgendwer besonders guten Kontakt zu Gösta?«

»Höchstens Leute von der zwölf. Anders oder vielleicht Eleonora. Sie sind beide im Moment krank.«

»Dann komme ich später noch mal.«

Monika klopfte noch einmal bei Ann Lilja an, und zusammen gingen sie die Medizinlisten durch. Es ging schneller, als Monika erwartet hatte.

»Nix, niemand mit Waran oder ähnlichem. Wie gut.«

Ann wandte Monika ihr großes, ungewöhnlich symmetrisches Gesicht zu und fuhr fort: »Meinen Sie, es könnten noch andere ermordet worden sein, von denen wir nichts wissen? Seltsamerweise denken wir hier nicht oft an diese Möglichkeit, obwohl wir das vielleicht tun sollten.«

Sie erwartete keine Antwort, sondern bot Monika ihr Telefon an, einerseits, um einen Termin mit Professor Albinsson abzumachen, andererseits, um ein Taxi zu bestellen. Monika rief zuerst die Nummer an, die sie von Riitta erhalten hatte, um sich zu erkundigen, ob Abebe möglicherweise zu Hause war. Das war er, und sie verabredeten sich für den nächsten Morgen. Für Donnerstag verabredete sie sich mit dem Professor und landete dann in der Warteschleife der Taxizentrale, wo eine sachliche Männerstimme immerfort wiederholte, daß viele anriefen und daß sie bald an die Reihe kommen würde. Sie wartete ungeduldig, es wurde langsam spät, wenn sie sich noch mit Greta Persson treffen wollte, Göstas Schwester und einziger Angehöriger.

10

Greta Persson wohnte in Vällingby, drei Treppen hoch in einem niedrigen grauen Mietshaus. Es muß Tausende, vielleicht Zehntausende von solchen Häusern geben, dachte Monika, Häuser, die sicher ihre Funktion erfüllen – den Menschen ein Dach über dem Kopf, Wärme und eine Tür für ihr Namensschild geben –, aber die nicht gebaut sind, um mehr als nur das Allernötigste zu bieten. Monika betrachtete die kompromißlose Kastenform des Hauses mit einem kleinen unbehaglichen Gefühl der Illoyalität ihrem Vater gegenüber. Das Haus, in dem sie aufgewachsen war und in dem ihr Vater noch immer wohnte, sah nicht viel anders aus. Vielleicht hatte Monikas Mutter ihr Haus so gesehen: billig, Serienbauweise, charakterlos. Sie war bitter gewesen, wenn sie klagte, sie wolle umziehen, wolle fort. Für sie war es ein Mißerfolg, so wohnen zu müssen, das sagte sie, wenn sie Monikas Vater beschimpfte, oder vielleicht beschimpfte sie auch das Leben, das sie so gründlich enttäuscht hatte; das ihr soviel versprochen hatte, aus dem nie etwas geworden war. Monika hatte immer Partei für ihren Vater ergriffen: Sie wohnten gut, die Wohnung war klug geplant, leicht in Ordnung zu halten, hell; die Aussicht war schön, die U-Bahn in der Nähe. Aber vor allem – sie war ihr Zuhause. Monika hatte so nach und nach das gemacht, woran ihre Mutter nie gedacht hatte: in die Blumenkästen auf dem Balkon Blumen gepflanzt, alles schön gemacht, Gardinen gewechselt. Sie hatte sich wohl gefühlt und nie darüber nachgedacht, wie es wohl wäre, anderswo zu wohnen.

Mikael hatte ihr beigebracht, Häuser mit anderen Augen

zu betrachten. Sie war überrascht gewesen, als sie feststellte, was sich an einer Hausfassade alles ablesen läßt, jedes Jahrzehnt und gewisse Architekten haben eine so deutliche Handschrift, daß sie sofort zu erkennen sind. Mikael hatte ihr gezeigt, wie man Häuser mit Architektenaugen betrachten kann: Warum dieses Türmchen nicht in die Mitte setzen? Wie kann man das Haus in diesen Steilhang einfügen? Wie groß sollen die Fenster sein? Ein Gedankenspiel, das nie aufhörte, sie zu überraschen und zu amüsieren, obwohl sie früher Häuser eher wie Felsen und Bäume betrachtet hatte – unveränderliche Gegenstände, die es einfach gab.

Monika trödelte noch eine Weile auf der Straße herum. Greta war die erste Person bisher, die wahrscheinlich trauerte, vielleicht die einzige, deren Welt kleiner und ärmer geworden war durch Göstas Tod. Gemeinsame Kindheitserinnerungen, Erlebnisse, die nur Geschwister teilen, mußte Greta nun allein tragen, und sie würden schneller verwittern, weil es niemanden gab, der sich auch daran erinnern konnte. Monika hatte keine Angst vor der Trauer, den Schmerzen der anderen, aber sie war nicht daran gewöhnt, die engsten Angehörigen verhören zu müssen. Andererseits wußte sie, daß ihre noch immer kindliche Romantik hier herumspukte: Ihr war klar, daß es Geschwister gab, die keine Gemeinsamkeiten zu haben glaubten, die einander nicht einmal leiden mochten. Greta war vielleicht nur auf dem Papier seine Schwester und schien außerdem um einiges älter zu sein als Gösta. Das wird sich herausstellen, dachte sie und zog den Zettel mit dem Türöffnungscode aus der Tasche.

Auch jetzt wußte sie nicht, was sie eigentlich fragen sollte. Sie hoffte, daß Gösta Persson, seine einzigartigen

Eigenschaften endlich zum Vorschein kommen würden. Sie hoffte, daß Greta und er guten Kontakt gehabt hatten, daß Greta seine Gedanken kannte, wußte, wie er sein Leben sah, welche Bekannten er traf. Greta Perssons Tür war aus demselben abgenutzten dunkelbraunen Holz wie die Tür zu Hause bei Monika, und Greta machte auf, als Monika noch kaum die Klingel berührt hatte. Sicher hatte sie die Schritte auf der Treppe gehört.

Monika grüßte, entschuldigte sich, weil sie so kurz nach dem Todesfall kommen mußte, und trat ein. Greta hatte grauweiße, kurze Dauerwellen und trug einen dunkelblauen Faltenrock und eine weißblaue Synthetikbluse. Ihre Nase war spitz, ihr Kinn fast nicht vorhanden. Sie war blaß, und die Furchen in ihrem Gesicht schienen eher der Unruhe als dem Lachen zu verdanken zu sein. Sie war wohl nie schön gewesen.

Die Umgebung wirkte bekannt. Ungefähr so hatte es auch bei Monikas Nachbarn und Schulfreunden ausgesehen. Die Wohnung war einfach und ohne Effekthascherei möbliert, mit praktischen, unansehnlichen Möbeln. Greta interessierte sich entweder nicht für ihre Umgebung, oder es fehlten ihr die finanziellen Möglichkeiten, ihr Heim zu verschönern. Seltsamerweise schimmerte ein wunderschönes schwarzrotes Ballkleid an einem Kleiderständer im Wohnzimmer. Greta bemerkte Monikas erstaunten Blick, ging hinüber und strich mit der Hand leicht über das glänzende, steife Kleid.

»Ist das nicht schön? Ich arbeite ein bißchen zusätzlich für eine Boutique in Östermalm, helfe ihnen bei komplizierteren Änderungen.«

Nein, Greta war nicht unempfindlich für Schönheit, sie hatte sicher kein Geld gehabt, um sich Möbel, Teppiche,

Bilder, Ziergegenstände zu kaufen, oder hatte sie vielleicht anderes wichtiger gefunden?

»Kann ich Ihnen eine Tasse Kaffee anbieten?«

Monika wollte gern einen Kaffee. Einerseits hatte sie großen Hunger, sie hatte das Mittagessen ausgelassen, andererseits hätte sie gern gewußt, wie Greta hier leben und zufrieden sein konnte. Wie sie sich über die schönen Kleider anderer Frauen freuen konnte, ohne Neid, Trauer, Bitterkeit zu verspüren. Wie sie geschafft hatte, was Monikas Mutter mißlungen war. Aber deshalb war sie nicht hier. Sie mußte ihre eigenen Fragen beiseite schieben und daran denken, daß die Untersuchung Göstas Tod galt, nicht ihrer Mutter.

Monika fiel plötzlich ein, daß Greta noch immer auf ihre Antwort wartete.

»Verzeihung. Ja, bitte, eine Tasse Kaffee wäre schön, wenn das nicht zu große Mühe macht.«

»Aber nicht doch.«

Greta ging in die Küche, und Monika, die sich wie zu Hause fühlte, ging hinterher. Der Kaffee war schon fertig, und zwei dünne geblümte Kaffeetassen mit dazugehörigen Untertassen standen bereit. Eine Kuchenschüssel mit einem halb aufgeschnittenen Zimtkranz und einigen Pfefferkuchen stand auf der Anrichte.

Gemeinsam trugen sie Tassen und Kaffee ins Wohnzimmer, setzten sich auf ein verschlissenes braungestreiftes Sofa, und zum erstenmal seit Beginn der Untersuchung führte Monika das Gespräch, ohne daß ihr Gegenüber versucht hätte, die Leitung zu übernehmen.

»Ich wüßte gern mehr über Gösta. In seinen Krankenhauspapieren sind Sie als nächste Angehörige verzeichnet. War Gösta nie verheiratet?«

Greta schüttelte den Kopf.

»Nein, er hielt nicht viel von Ordnung. Es gab immer Frauen in seinem Leben, er sah ja gut aus und war nett, aber dabei ist nie was herausgekommen.«

»Ich werde vielleicht ein bißchen seltsame Fragen stellen, aber das liegt daran, daß ich seine Krankenhauspapiere gelesen habe, darüber hinaus weiß ich noch so gut wie nichts. Wie Sie vielleicht schon gehört haben, gibt es einige Fragezeichen hinter Göstas Tod, der Tod scheint nicht so natürlich gewesen zu sein, wie es zuerst ausgesehen hat.«

»Davon wußte ich nichts.« Greta blickte erst in ihre Tasse, wie um sich zu sammeln, dann wandte sie Monika ihr ausdrucksloses Gesicht zu. »Wie meinen Sie das?«

»Es sieht so aus, als wäre er vielleicht an einer Vergiftung gestorben.«

»Vergiftung? Aber er hatte doch eine neue Blutung, hat mir das Krankenhaus gesagt.«

Greta sah Monika mißtrauisch an.

»Gerade gewisse Vergiftungen führen eben zu Blutungen. Klingt das so unglaublich?«

»Nee ... in ... er war so schlampig in allem, er war der Typ, der ins Unglück rennt.«

»Dann sollte es Sie doch nicht so sehr überraschen, wenn wir recht hätten?«

»Ich weiß nicht, was ich sagen soll. Irgendwie ist es immer wieder von neuem überraschend, daß Gösta, der so ein liebes Kind war, ein so munterer Mensch, so geworden ist, wie er nun mal war. In den ersten Jahren habe ich es einfach nicht glauben können, ich dachte, es würde vorübergehen, aber so langsam habe ich auf Anrufe vom Krankenhaus, von der Polizei, von alten Freunden gewartet. Du mußt etwas tun, haben sie gesagt, aber was sollte ich tun?

Nein, es würde mich nicht unbedingt überraschen, wenn er sich vergiftet hätte.«

»Absichtlich?«

»Meinen Sie, daß er sich umgebracht hat? Nie im Leben. Wenigstens glaube ich das nicht. Er hatte noch nicht aufgegeben, er glaubte noch immer, daß am Ende alles in Ordnung kommen würde. Tatsache ist, daß er in der letzten Zeit besser auf sich aufgepaßt hat, so kam es mir jedenfalls vor. Außerdem glaube ich nicht, daß er sich das getraut hätte. Warum glauben Sie an Selbstmord?«

»Das tun wir nicht, es ist nur eine der Möglichkeiten, die wir untersuchen.«

Sie schwiegen und dachten über Leben nach, die gut anfangen, dann aber zu vergeudeten Möglichkeiten zerfallen, zu ungenutzten Chancen.

Monika brach das Schweigen. »Das scheint eine traurige Geschichte zu sein.«

»Ist es auch, aber man gewöhnt sich an alles.«

Greta wollte nicht weiter über den jungen Gösta reden, über Gösta, der auf die schiefe Bahn geraten war.

Monika änderte den Kurs: »Ein praktisches Detail: Wer beerbt ihn, und was gibt es zu erben?«

Die Frage hörte sich absurd an, wie ein überdeutlicher Wunsch, ein klares, schönes Mordmotiv serviert zu bekommen. Greta schien nicht auf das Klischee zu reagieren, sondern antwortete ohne zu zögern: »Meine Tochter Rose-Marie erbt ein paar hunderttausend Kronen und die Wohnung, die zwar nicht sehr groß ist, aber sie ist doch durchaus im Preis gestiegen, seit mein Vater sie für Gösta gekauft hat.«

Monika hoffte, Greta würde erzählen, woher das Geld stammte. »Mein Vater war Flugzeugmechaniker und erfand eine Möglichkeit, um etwas am Motor zu verbessern. Er ließ sich seine Erfindung glücklicherweise patentieren und wurde dadurch ziemlich reich. Da Gösta schon recht früh ein kleiner Liederjan war, hinterließ mein Vater mir die Hälfte seines Geldes, während Gösta nur den Pflichtteil bekam, der Rest wurde in einen Fonds investiert, und er bekam regelmäßig die Zinsen ausbezahlt. Das war klug, und es wäre besser gewesen, wenn mein Vater das auch mit meinem Geld gemacht hätte.«

Monika blickte Greta fragend an, und Greta fuhr fort:

»Die Mädchen in meiner Generation hatten doch keine Ahnung. Ich lernte einen Mann kennen und verliebte mich in ihn. Er brauchte Geld, um eine Firma zu gründen. Ja, und dann kam es, wie es kommen mußte, und als mein Geld verschwunden war, verschwand auch er. Das einzige, was er mir hinterließ, war Rose-Marie.«

»Haben Sie ihn nicht angezeigt?«

»Das machte man damals nicht, ich wollte nicht auffallen. Ich war froh darüber, daß ich meine Tochter behalten konnte. Ich bekam keine weiteren Kinder, und weil Gösta auch keine hatte, fanden wir beide, daß Rose-Marie Gösta beerben sollte, obwohl ich ja eigentlich die nächste Erbin war. Aber man braucht doch Geld, wenn man jung ist.«

»Was tut Ihre Tochter, und wie alt ist sie?«

»Sie wird dieses Jahr dreißig. Sie ist Musikerin.«

Musikerin. Monika sah vor sich ein schlichtes schwarzes Kleid, glänzende, hochgesteckte Haare, ein Cello. Ihr fiel ein, wie sie mit dreizehn mit der Schule das Konzerthaus besucht und plötzlich erkannt hatte, daß es eine Alternative zur Art ihrer Mutter gab, die Weiblichkeit zu betonen. Sie war fasziniert gewesen von den eleganten Bewegungen einer Cellistin, ihrem langen schmalen Hals, ihrer femininen

Ausstrahlung, die nicht auf Schminke oder engen Kleidern beruhte.

»Was spielt sie?«

»Sie spielt kein Instrument, sie singt bei Broken Rose, das ist ihre eigene Band. Ich finde den Namen ja komisch, aber so ist es heutzutage eben.«

Greta schien davon auszugehen, daß Monika Broken Rose und die dazugehörige Sängerin kannte. Monika nickte und beschloß, sich so bald wie möglich über diese Band zu informieren.

»Ich verstehe. Wo kann ich Rose-Marie finden?«

»Sie hat ziemlich unregelmäßige Zeiten, ich gebe Ihnen ihre Telefonnummer, sie hat eine Einzimmerwohnung gleich hier in der Nähe, aber da ist sie schwer zu erreichen. Sie können es auch in Hantverkargatan 59 in Kungsholmen versuchen, da übt die Band dienstags und donnerstags.«

»Danke.«

Sie schwiegen eine Weile, dann fragte Monika: »Haben Sie wohl ein Bild von Gösta? Ich würde gern sehen, wie er ausgesehen hat, wie er war.«

Greta stand auf, langsam und steif. Sie leidet, dachte Monika und wußte nicht, wie sie diese Schlußfolgerung deuten sollte.

Das Foto, das Greta ihr reichte, steckte in einem billigen Rahmen, es war ein verblichenes Amateurfoto eines jungen Mannes, der an einem Zaun lehnte, auf dem Land oder im Freilichtmuseum. Er blickte aus zusammengekniffenen Augen zur Sonne hoch und lachte, ein warmes Lachen, ganz ohne übertriebenes Selbstbewußtsein, obwohl er mit seinen halblangen Haaren und seinen Trompetenhosen doch gewußt haben mußte, daß er voll im Trend lag. Monika sah sich das Foto genauer an. Ein schmales Gesicht, eine große, gerade Nase, das unübertroffene Selbstvertrauen eines Neunzehnjährigen. Ein Mensch, mit dem man gut zusammensein könnte. Ein Junge zum Verlieben.

Gretas Augen waren feucht, als Monika ihr das Foto zurückgab, und plötzlich verstand Monika, daß Greta vor allem um Göstas verschwendetes Leben und nicht so sehr um seinen Tod trauerte. Der Tod war erwartet gewesen, in düsteren Momenten vielleicht sogar erwünscht, aber sein verfehltes Leben war parallel zu ihrem gelaufen und hatte sie in chronische Trauer gesperrt. Vermutlich hatte sie ihn geliebt. Monika wußte nicht, was sie sagen sollte, aber Greta brachte das Gespräch zurück in die Wirklichkeit.

»Ich bin am Montag abend in die Psychiatrie gefahren, um zu fragen, was passiert war, alles klang so verwirrend, und da wollte ich mit einer Ärztin sprechen, aber die kam mir ganz seltsam vor, zuerst grüßte sie und sah fast aus, als ob sie mich wiedererkannt hätte, dann fiel ihr plötzlich ein, daß sie keine Zeit hatte, und stürzte davon. Am Ende kam eine nette Krankenschwester und erzählte mir alles, was passiert war und was noch passieren würde. Sie hat mich auch darauf vorbereitet, daß die Polizei wohl von sich hören lassen würde.«

Monika seufzte: »Und nun noch eins. Ich müßte mir Göstas Wohnung ansehen.«

»Ja, ich habe einen Ersatzschlüssel. Allerdings war die Haushaltshilfe schon zum Putzen da, aber vielleicht wollen Sie trotzdem noch hin.«

Wie als Antwort auf Monikas Gesichtsausdruck fügte sie hinzu: »Wir hatten doch keine Ahnung, daß der Fall die Polizei interessieren könnte, sein Tod kam doch nicht unerwartet.«

Nicht unerwartet. Wie oft sie diese Worte in den letzten

Tagen wohl gehört hatte? Göstas Tod war nicht unerwartet gekommen. Er war unterwegs gewesen, kurz davor, von selber zu sterben, aber jemand hatte nicht warten wollen oder können. Das perfekte Mordopfer, das stirbt, ohne daß Ärzte oder Familie auch nur im geringsten überrascht sind.

»War außer der Haushaltshilfe noch jemand dort?«

»Nicht, daß ich wüßte, aber bei Gösta war ja ein gewisser Betrieb, also sind vielleicht weitere Schlüssel im Umlauf. Einige von seinen Bekannten waren vielleicht da, aber das werden Sie dann sehen.«

Sie gab Monika die Schlüssel, einen für die Haus- und einen für die Wohnungstür sowie Namen und Telefonnummer der Haushaltshilfe.

Monika rief von Greta aus zuerst bei der Tochter an, erreichte sie jedoch nicht. Dann rief sie die Haushaltshilfe an und erfuhr vom Anrufbeantworter, daß Birgitta erst Donnerstag abend spät zurückkommen würde. Sie hinterließ die Nachricht, daß sie Birgitta am Freitag aufsuchen würde. Dann bestellte sie wieder ein Taxi, das fast augenblicklich eintraf.

Sie verabschiedete sich von Greta, dankte für den Kaffee und winkte, als ob sie alte Freundinnen wären.

Der Taxifahrer schien über einen Röntgenblick zu verfügen: Er fuhr trotz der schlechten Sicht viel schneller, als Monika es sich getraut hätte. Aber nach einigen Minuten legte sich ihre Nervosität, und sie ließ ihren Gedanken freien Lauf. Eins hatte sie jedenfalls herausgefunden: Göstas Bekannte glaubten nicht an Selbstmord. Und dann fiel ihr ein afrikanisches Sprichwort ein, das sie einmal gehört hatte: Die Wahrheit ist wie ein großer zerbrochener Spiegel, und alle, die eine kleine Scherbe finden, glauben, alles zu wissen. Sie hatte das Gefühl, im Laufe dieses Tages sehr viele Scherben gefunden zu haben, Scherben allerdings, die sich nicht zu einem zusammenhängenden Bild zusammenpuzzeln ließen. Sie freute sich auf Allan Larsson, den bisher einzigen unter ihren Kollegen, der bereit war, mit ihr zusammenzuarbeiten. Sie war in Göstas Wohnung mit ihm verabredet.

11

Das Taxi schlängelte sich durch Fredhälls kurvige Straßen in Richtung Atterbomsvägen, wo Gösta gewohnt hatte und, wie es aussah, ums Leben gebracht worden war. Plötzlich bog die Straße nach links ab, es wurde heller, auf der rechten Straßenseite verlief nun nur noch eine Steinmauer vor einem zarten, grauweißen Hintergrund. Bei klarem Wetter konnte man sicher sehr weit sehen.

Gösta hatte in Nr. 97 gewohnt, und das Taxi setzte sie genau vor der Haustür ab. Das Haus kehrte der Straße seine Querseite zu, eines unter vielen freistehenden rechteckigen Häusern aus den dreißiger Jahren, die langsam wieder sehr begehrt waren. Es hatte vier Stockwerke und schien die unumgängliche Fassadenaufbesserung noch vor sich zu haben, es zeigte noch immer den alten braungrauen Verputz mit Rußablagerungen und anderen dunklen Verfärbungen unter den Fenstern. In der Mitte klebten drei dunkelbraune Balkons mit Wasserschäden im Boden. Während Monika sich das Haus ansah, bemerkte sie ein schwaches, andauerndes Rauschen im Hintergrund, wie ein Wasserfall. Sie drehte sich um und stellte fest, daß irgendwo da unten die Autobahn verlaufen mußte.

Es gab keine Gegensprechanlage, und die Tür war unverschlossen, deshalb konnte sie gleich ein hohes und schmales Treppenhaus aus schönem grünlichen Stein betreten. Sie wünschte, sie wüßte, was das für eine Sorte war. Sie ging langsam und versuchte, Göstas Nähe zu beschwören. Hier war er Hunderte, nein Tausende von Malen gegangen. Irgend etwas von ihm mußte doch noch vorhanden sein? Aber die blanken Wände verrieten nichts. Eine Stufe höher fanden sich die Namensschilder, überraschend vielen Wohnungen bot dieses Haus Platz. Gösta wohnte drei Treppen höher, und sie ging die Treppe hinauf, die sich in harmonischem Bogen um den Fahrstuhlschacht schlang. Oben schienen einige größere Wohnungen Blick aufs Wasser zu haben. Sie fand Göstas Wohnungstür, sie lag gleich rechts neben dem Müllschacht.

Es war fast vier Uhr, deshalb wollte sie sich zuerst die Wohnung ansehen und dann erst mit den Nachbarn sprechen.

Das Holz um das Schloß zeugte von vielen Versuchen, mit zitternden Händen aufzuschließen, aber der Schlüssel ließ sich problemlos herumdrehen. Monika klingelte sicherheitshalber kurz, ehe sie die Tür vorsichtig öffnete. Die Post, zumeist Reklame, raschelte, als sie eintrat. Sie hatte ein ungutes Gefühl, geprägt durch ihre vielen Jahre als Polizistin.

Nimm dich zusammen, ermahnte sie sich, hier kann es keine unangenehmen Überraschungen geben, außer der, daß die Wohnung mit all ihren möglichen Spuren von einer perfektionistischen Putzfrau chemisch gereinigt worden ist. Aber was ist, wenn der Mörder auch einen Schlüssel hatte, korrigierte sie sich selber. Vielleicht ist er gekommen, so wie ich, um nachzusehen, ob irgend etwas hier ihn mit dem Mord in Verbindung bringen könnte. Monika fragte sich, warum sie ihre Waffe im Polizeigebäude gelassen hatte, sie würde sich jetzt viel sicherer fühlen, wenn sie eine in der Hand hätte. Warum hatte sie nicht auf Allan Larsson gewartet?

Sie rief: »Hier ist die Polizei! Ist da jemand?«

Nichts rührte sich, es hallte nicht einmal, obwohl die Wohnung schon ziemlich ausgeräumt wirkte. Sie beschloß, sich umzusehen, vor allem weil sie ihrer Angst nicht nachgeben wollte.

Gösta hatte fast dreißig Jahre in dieser kleinen Zweizimmerwohnung gelebt, und er schien sie nicht besonders fürsorglich behandelt zu haben. Obwohl alles sauber war, war die Atmosphäre unverkennbar: Die Möbel hatten einiges durchgemacht, die Standardtapeten waren verschmutzt, die wenigen Ziergegenstände schienen willkürlich zusammengerafft und verrieten kaum etwas über Göstas Geschmack. Die Tür zum engen Schlafzimmer stand offen, und sie sah das Bett mit der fleckigen Matratze, zwei malerische Dekken und ein klumpiges altes Kissen.

Monika fühlte sich etwas ruhiger, sie ging in die winzige Küche, in der ebenfalls saubergemacht worden war, der Spülstein war leer und der kleine Kühlschrank abgetaut, seine Tür stand offen. Von Gösta war hier nicht viel zu spüren, sie hatte das Gefühl, eine Schatztruhe geöffnet zu haben, die sich als leer entpuppte. Sie hatte gehofft, wenn schon keine brauchbaren Spuren in bezug auf Göstas Tod zu finden waren, doch wenigstens einen Einblick in sein Leben, seinen Alltag zu gewinnen. Hier schien weder das eine noch das andere möglich zu sein.

»Hallo, jemand da?«

Das war Allans Stimme, und sofort fühlte sie sich besser. Er entpuppte sich als breiter und kräftiger Mann von Mitte vierzig mit riesigen sommersprossigen Händen und warmem Lächeln.

»Herrgott, was ist denn hier passiert? Eine Reinigungsfirma?«

»Eine Haushaltshilfe.«

»Ja, wenn's nicht das eine ist, dann das andere. Aber eine kleine Abwechslung ist ja auch mal nett.«

Monika lächelte ihm entgegen. Hier war jemand, der sich nicht beklagen wollte, der seine mögliche Enttäuschung über weggewischte Spuren nicht an anderen ausließ. Es war außerdem beruhigend, endlich einen Kollegen zu treffen, der sie ernst nahm, der sie für eine kompetente und sympathische Kollegin zu halten schien.

Sie diskutierten, was sich hier machen ließ. Allan fragte, ob sie schon mehr herausgefunden habe, und sie berichtete kurz von den Gesprächen des Tages, während er Kamera, Fingerabdruckausrüstung und anderes, was er vielleicht brauchen würde, auspackte. Sie frage nach der Botschaftsbesetzung und erfuhr, daß die Lage in der Botschaft unverändert, im Polizeigebäude dagegen immer verzweifelter war. Schön, da mal wegzukommen, sagte Allan, und es hörte sich an, als ob Monika ihm einen Gefallen erweise, nicht umgekehrt. Monika wäre am liebsten geblieben, um ihm bei der Arbeit zuzusehen, es wäre bestimmt lehrreich gewesen, aber sie mußte auch noch mit den Nachbarn reden, deshalb gab sie ihm den Schlüssel, und sie verabredeten, am nächsten Vormittag zu telefonieren.

Auf der ersten Tür stand Alanen. Niemand öffnete auf ihr Klingeln hin, aber die Türschelle führte drinnen zu einem wütenden Gebell. Es hörte sich an wie ein sehr großer, sehr wütender Hund. Außer ihm schien niemand zu Hause zu sein. Sicher hatte dieser Nachbar von Einbrechern nichts zu befürchten, aber Monika litt mit allen eingesperrten sogenannten Gesellschaftshunden, die ihre Tage ohne Gesellschaft zubringen mußten.

»Keine Panik, du Vieh, alles ganz ungefährlich.« Sie redete ebenso sehr sich gut zu wie dem Hund.

Bei der nächsten Tür hatte sie mehr Glück. Hinter dem Spion war bereits ein Auge, als sie auf die Klingel drückte, der Hund hatte das halbe, wenn nicht das ganze Haus darüber informiert, daß etwas Ungewöhnliches passiert war. Sie hörte, wie die Sicherheitskette vorgelegt wurde, dann wurde die Tür einen schmalen Spaltbreit geöffnet.

»Ja?«

Eine merkwürdig tiefe Stimme für ein so kleines, zerfurchtes Gesicht mit wachen braunen Augen, die Monika mißtrauisch musterten.

»Ich komme von der Polizei.«

Monika hielt ihren Dienstausweis hin.

»Ich würde gern mit Ihnen über Ihren Nachbarn Gösta Persson sprechen.«

Die Frau, Morelid hieß sie, wenn das Namensschild stimmte, schien nicht so recht zu wissen, ob sie aufschließen sollte.

»Hat das denn noch Sinn, jetzt zu kommen, wo er tot ist? Vorher hätten wir euch gebraucht, aber da hattet ihr ja keine Zeit.«

»Ich muß mit Ihnen sprechen, darf ich hineinkommen?«

Langsam öffnete sich die Tür, als ob Frau Morelid betonen wollte, daß sie wider besseres Wissen handelte.

Monika trat ein und stellte sich vor, woraufhin sie erfuhr, daß sie sich bei Sybil Morelid befand, Frührentnerin wegen eines Rückenschadens, den sie sich in ihrem Pflegeberuf zugezogen hatte. Die Wohnung war wie Göstas aufgeteilt, nur spiegelverkehrt. Aber das war auch das einzig Gemeinsame. Sybil Morelids Wohnung roch nach Möbelpolitur und Stärke. Sie hatte für ihre Fenster weiße Gardinen gehäkelt, und Keramiktiere standen auf gehäkelten Decken auf einer Anzahl von kleinen Tischen in der ganzen Wohnung. Die Möbel wirkten unbenutzt, ganz, als ob Sybils leichter Körper keine Wirkung auf die Materie ausübe, und es gab nichts, das etwas über ihr Leben, ihre Freunde oder ihre Angehörigen verraten hätte.

Monika fragte sich, wo sie sitzen sollten, Sybils Möbel flößten ihr das Gefühl ein, sie müsse um ein Handtuch bitten, um es über den Stuhl zu legen, ehe sie sich setzen könnte. Sie sah jetzt, daß viele Stühle gestickte Sitzflächen hatten – dunkle Motive mit Blumen und irgendwelchen schwer erkennbaren Tieren, Elchen, Pferden oder Hirschen.

Nach reiflicher Überlegung bat Sybil Monika in ihre kleine Küche. Auch die war tadellos sauber und möbliert mit einem Tischchen und zwei Hockern.

»Jetzt werden wir hier endlich ein wenig Ruhe im Haus haben.« Monika hatte gelernt, von dem zu reden, was die Zeugen selber zur Sprache brachten.

»Es war oft ein bißchen laut, nehme ich an.«

»Ein Höllenlärm.« Sybils brauner Blick war intensiv und leicht unangenehm. »Ein Höllenlärm«, wiederholte sie, »manchmal wochenlang, die Leute kamen und gingen mitten in der Nacht und schlugen einen Krach, daß andere kein Auge zutun konnten. Aber da konntet ihr ja nicht kommen. Jetzt soll er tot sein, da wird es hier hoffentlich ruhiger.«

»Wie war es in der letzten Zeit?«

»Nicht mehr so schlimm eigentlich, er war krank und mußte wohl etwas kürzer treten. Aber mit den Mädels war alles wie vorher.«

»Mit welchen Mädels?«

»Was haben wir in diesem Land eigentlich für eine Polizei? Ich habe mehrmals angerufen und gesagt, daß er sehr oft Besuch von jungen Mädels hatte, die mit leeren Händen hingingen und eine Flasche bei sich hatten, wenn sie wieder aus seiner Wohnung kamen, aber das hat niemanden interessiert, und Sie haben nicht einmal davon gehört. Bei euch interessiert sich doch niemand dafür, wenn alte Frauen anrufen.«

Sybil glotzte Monika an, als ob sie persönlich Sybils Tips verschmäht hätte.

»Er hat heimlich Alkohol verkauft, meinen Sie?«

»Ja, was soll ich denn sonst meinen? Wenn man krank ist wie ich und den ganzen Tag zu Hause bleiben muß, sieht man ja schließlich allerlei.«

»Ich bin offenbar zur Richtigen gekommen.« Monika beugte sich weiter vor, worauf Sybil dasselbe tat. »Also, hören Sie zu: Es ist möglich, daß Gösta keines natürlichen Todes gestorben ist, und wir wüßten gern, wer ihn besucht hat, ob er Feinde hatte und überhaupt.«

»Feinde! Den hätte ich wirklich selber gern umgebracht, wenn ich den Mut und die Kraft dazu gehabt hätte. Und vielen hier geht es genauso, das weiß ich. Mehr weiß ich nicht, seine sogenannten Freunde, andere alte Suffköppe und eine fette blondgefärbte Alte, wollten ihn wohl lieber am Leben haben, stelle ich mir vor.«

»Versuchen Sie bitte, sich zu erinnern, ob während der letzten zehn Tage irgendwann abends oder nachts bei Gösta Krach war.«

»War nicht. Das weiß ich, ich schreibe das alles in meinem Tagebuch auf.«

»Haben Gösta noch andere besucht?«

»Seine Haushaltshilfe, und ab und zu seine Nichte. Sie war ein süßes Kind, aber jetzt sieht sie einfach unmöglich aus.«

»Sie wohnen hier offenbar schon lange.«

»Seit Anfang der sechziger Jahre.«

»Ungefähr ebensolang wie Gösta.«

»Ja.«

»Können Sie nicht erzählen, wie er damals war?«

Sybil zögerte, sah zu Monikas Überraschung etwas sanfter aus. »Er war fröhlich. Es gab keine Probleme, er nahm nichts ernst, nahm niemanden ernst, und es war wirklich schade, daß es so mit ihm gekommen ist. In den letzten Jahren haben wir uns nicht einmal mehr guten Tag gesagt.«

Und vorher, fragte sich Monika, was hatte eine junge Sybil für eine Beziehung zu einem fröhlichen und charmanten Gösta, der außerdem noch gut aussah?

»Sie haben in der letzten Zeit also nichts Ungewöhnliches beobachtet. Sie kennen außer irritierten Nachbarn niemanden, der mit Gösta zerstritten war, und Sie sind sicher, daß es keinen größeren Lärm gegeben hat. Ist das richtig?«

Sybil nickte.

»Wann haben Sie Gösta zuletzt gesehen?«

»Irgendwann gegen Ende der Woche. Er ging nicht mehr so oft aus dem Haus, und ich sehe ja nicht alles, was passiert. Er war in der letzten Zeit geschrumpft, war seit Beginn seiner Krankheit klein und grau geworden, aber ansonsten sah er aus wie immer.« Monika fühlte sich langsam dermaßen überladen von Informationen, daß sie keine weiteren Fragen mehr stellen, nichts mehr wissen wollte. Sie bedankte sich bei Sybil, ging vorsichtig hinaus und fragte sich, wie sie noch zwanzig Gespräche dieser Art durchstehen sollte.

Ihre Sorge erwies sich als unbegründet, in den anderen Wohnungen schien niemand zu Hause zu sein.

Ganz oben aber hatte sie Glück, »Beckman« stand in zierlicher Schrift auf einer gut polierten ovalen Messingplatte. Sie ließ die Klingel einmal schrillen, hörte langsame Schritte und dann eine ältliche, schadenfrohe Stimme:

»O nein, mich kriegt ihr nicht dazu, aufzumachen.«

»Hier ist die Polizei!«

»Darauf fall ich nicht rein! Geht doch eine andere wehrlose alte Frau beklauen, mir könnt ihr so nicht kommen. Schämt euch was!«

12

Als Monika Mikaels warme Wohnung betrat und es wunderbar nach sorgfältig zubereitetem Essen duftete, merkte sie, daß sie es nicht geschafft hatte, zu frühstücken oder Mittag zu essen. Sie war schon ganz schwach vor Hunger.

»Das riecht ja vielleicht gut! Ich bin am Verhungern. Deine Aufgabe in diesem Fall ist, mich am Leben zu erhalten. Wer hat sich um Sherlock gekümmert?«

»Fang jetzt nicht schon wieder mit deiner Watsoniade an. Bestimmt war das irgendeine Frau, die nie erwähnt wird. Das Essen ist fertig.«

Sie setzten sich, und Mikael holte einen gußeisernen Kochtopf, der Gulasch enthielt. Brot und Salat standen schon auf dem Tisch.

Mikael konnte seine den ganzen Tag über zurückgehaltene Ungeduld nicht mehr verbergen: »Du hast offenbar deine Untersuchung fortsetzen können, also kann ich vergessen, was ich eigentlich über Kommissar Ek sagen wollte. Warst du zuerst bei der Psychiatrie, wie du vorhattest? Ich will Tatsachen, nicht deine Bewertungen«, drohte er lächelnd.

»Ja, und ich habe mit allen gesprochen, die am Montag da waren, oder wenigstens so gut wie mit allen. Sie waren nett und hilfsbereit, sie antworteten bereitwillig, und ich habe das Gefühl, überhaupt kein bißchen weitergekommen zu sein.«

»Was hast du denn nicht herausbekommen?«

»Genauso kluge Frage, wie eine, die ihre Brieftasche sucht, zu fragen, wo sie sie hingelegt hat. Ich weiß nicht, was ich nicht herausbekommen habe, das ist ja das Problem.«

»Dann drehen wir die Sache um, was hast du herausbekommen?«

»Das wichtigste ist vielleicht, daß das, was ich gehört habe, gegen Selbstmord und Schlamperei im Krankenhaus spricht, also haben wir es vielleicht wirklich mit einem Mordfall zu tun. Ich weiß, was am Montag morgen mit ihm im Krankenhaus passiert ist, und ich war in der Chirurgie, wo er behandelt worden ist.«

Monika beschrieb Mikael ihre Gespräche im Krankenhaus, sie versuchte sich an die Einzelheiten zu erinnern, wie die Menschen ausgesehen hatten, als sie mit ihr sprachen, wie sich die Stimmungen geändert hatten.

Mikael schwieg eine Weile, seine Aufmerksamkeit war auf seine Gedanken gerichtet, sein lebhaftes Gesicht still, dann sagte er:

»Diese Chirurgin scheint dich becirct zu haben.«

»Ann Lilja?«

»Hast du noch mit einer anderen Chirurgin geredet? Wenn du andere zitierst, dann fragst du dich, was wohl stimmt und was sie weggelassen haben, aber bei ihr scheint es sich für dich um die Stimme Gottes zu handeln.«

»Sie wußte einiges, was ich nicht wußte ...«

»Und deshalb hatte sie die Überhand? Ich verstehe. Siehst du nicht, wie verdächtig sie ist? Erst verspricht sie, den Totenschein auszustellen, was im Normalfall das Ende der Geschichte bedeutet hätte. Dann wird Gösta durch einen Zufall obduziert, und danach überzeugt sie dich davon, daß es unmöglich ist, daß in ihrer Abteilung ein Fehler passieren könnte. Sie gibt dir sogar einen Computerausdruck, der beweist, daß sie recht hat, und das muß wirklich als Versuch von Bauernfängerei betrachtet werden. Als ob etwas wahrer würde, bloß weil es durch einen Computer gelaufen ist. Was aber kann sie verstecken wollen?«

»Behandlungsfehler?«

»Zum Beispiel. Wenn er die falschen Medikamente bekommen hat, braucht das nicht in irgendeiner Computerliste aufzutauchen, die ja per definitionem die Medikamente enthält, die er hätte bekommen müssen. Daß sie immer wieder betonen, wie sehr sie die Medikamentenausgabe kontrollieren, wirkt verdächtig, finde ich, man geht doch wohl im Normalfall davon aus, daß kein Fehler vorkommt. Schließlich dürfen wir diese Arzneimittelfirma nicht vergessen. Haben sie Ann Lilja in der Hand, und können sie irgendein Interesse daran haben, die wahre Todesursache zu verschweigen?«

Es fiel Monika schwer, den Salat hinunterzuschlucken. »Nebenwirkungen! Wenn Gösta an Nebenwirkungen gestorben ist und die Arzneimittelfirma um jeden Preis verhindern will, daß das herauskommt ... Du hast recht, du bist nicht Watson. Ich bin hier Watson und Archie und alle anderen, die nicht sehen können, was direkt vor ihrer Nase liegt!«

»Quatsch, vier Augen sehen eben mehr als zwei. Wenn

du wüßtest, wieviel besser ich mich fühle, würdest du einige Minuten Watsoniade für einen sehr geringen Preis halten.«

»Ich werde sehen, ob ich am Donnerstag von diesem Professor mehr erfahren kann.«

»Gut so. Und der Rest, so, wie du ihn berichtet hast, hört sich plausibel an. Seltsam übrigens, daß die mitten in der Grippeepidemie alles weiterlaufen lassen können. Sonst noch was?«

»Ja, dann waren da noch die Nachbarinnen. Bei denen sind etwas interessantere Dinge herausgekommen, zum Beispiel, daß Gösta weniger unschuldig war, als wir gedacht hatten: Er hat seine Finanzen durch Alkoholverkauf an kleine Mädchen aufgebessert.«

»Mit Schnaps hat er gehandelt? Das macht ihn irgendwie ein bißchen wirklicher, er hat sich zu unschuldig für ein Mordopfer angehört. Wie kann es sein, daß deine Intuition dir nicht gesagt hat, was für ein zwielichtiger Knabe er war?«

»Ich bin jetzt nicht in der Stimmung, um mich zu streiten. Meinst du, das ist wichtig für den Mord?«

»Was antwortet man, wenn der Meisterdetektiv soeben erfahren hat, daß das Mordopfer einer der Berufsgruppen mit dem größten Risiko, liquidiert zu werden, angehört hat, und dann fragt, ob das vielleicht etwas mit dem Mord zu tun gehabt haben kann?«

»Gösta hat kleinen Mädels Alkohol verkauft, dafür wird man ja wohl kaum liquidiert.«

»Punkt eins: Woher weißt du, daß er sich auf kleine Mädels und Handelsware beschränkt hat? Punkt zwei: Ist es ganz unvorstellbar, daß irgendwelche verzweifelten Eltern auf eine radikale Lösung für das Problem ihrer Tochter verfallen sind?«

»Wenn ich mit Punkt eins anfangen soll, dann fällt es mir schwer, Gösta als Drogendealer oder irgendwas in der Richtung zu sehen.«

»Hältst du das für eine angemessene Antwort auf meine Frage?« Monika konnte nur zugeben, daß sie Menschen oft falsch beurteilte. Mikael schlug vor, Monikas Überzeugung von Göstas Schuld als sicheres Zeichen dafür zu betrachten, daß er viel brisantere Geschäfte betrieben habe, aber da biß sie nicht an.

Mikael wandte sich nun wieder den möglichen Mördern zu:

»Eltern also. Diese Nachbarin schien ja stocksauer zu sein, aber das hätte sie wahrscheinlich verborgen, wenn sie ihn abgemurkst hätte.« Mikael dachte einen Moment lang nach, dann fuhr er fort: »Falls sie nicht so ein ganz gerissener Typ war, die Sorte, die sagt, sie hätte ihn gern umgebracht, damit du ja nicht glaubst, daß sie es wirklich war?«

»Also, mir kam sie vor, als ob sie nur ...« begann Monika, überlegte es sich dann aber anders und stand auf. »Es hat einfach keinen Zweck, dir das zu erzählen, du glaubst mir ja doch kein Wort.«

»Setz dich, du erzählst ganz ausgezeichnet, du beobachtest gut, du stellst die richtigen Fragen. Ist es mein Fehler, wenn du manchmal über andere Menschen zu vorschnellen Urteilen kommst?«

»Mach ich das? Du behauptest doch immer, daß es reicht, eine Person aus zehn Meter Entfernung zu sehen, um fast alles über sie zu wissen.«

»Ich ziehe rasche Schlüsse. Sie sind meistens richtig. Du ziehst übereilte Schlüsse. Die sind meistens falsch. Das ist der Unterschied zwischen uns!«

»Ich habe doch schon gesagt, daß ich nicht in Boxlaune

bin. Könnten wirklich irgendwelche Eltern von Gösta ausreichend provoziert gewesen sein, um ihn zu ermorden?«

»Das weiß ich nicht, aber ich weiß noch, daß meine Mutter, als sie mit drogensüchtigen Jugendlichen gearbeitet hat, bereit zu sein schien, die Dealer mit eigenen Händen zu erwürgen, wenn sie diese nur erwischt hätte.«

»Habe ich dich richtig verstanden? Wir sollen alle Eltern der Gegend mit Problemtöchtern verdächtigen, zusammen mit dem Personal der Sozialberatung? Soll ich vielleicht morgen hingehen und die Alibis überprüfen? Oder glaubst du vielleicht, A. A. hätte eine videoinspirierte Rächergruppe in die Welt gesetzt, die durch die Stadt schleicht und die Dealer vergiftet? Ich brauche wirklich keine Wahnsinnsideen, was mir fehlt, ist eine vernünftige Person zum Reden. Bilde ich mir das ein, oder kannst du wirklich nicht im geringsten watsonhaft sein?«

»Ich habe mich doch nie dazu bereit erklärt, Watson zu sein. Gesprächspartner vom Typ Watson sind zusammen mit den Ganztagshausfrauen verschwunden. Dir wird nie mehr jemand begegnen, der keine eigenen Ideen hat und nur sagt, was du hören willst, wenn du dir keinen Gesprächstermin bei einem Psychiater oder Psychologen kaufst. Und die können dir bestimmt bei weitem nicht so gut helfen wie ich ...«

»Davon bin ich noch längst nicht überzeugt«, antwortete Monika leicht, aber nicht übermäßig genervt, da sie wußte, daß er recht hatte. Jemanden zum Reden zu haben, der einen versteht, ist neben denen nach Luft, Essen und Wasser das wichtigste Grundbedürfnis. Monika fragte sich, ob Mikael wohl wußte, welche Bedeutung die Gespräche mit ihm hatten. Für ihn war es anders – er hatte sein ganzes Leben lang Schwestern gehabt, die dieselbe Sprache sprachen wie er. Sie interessierte sich nicht für Mikaels diverse romantische Kontakte, aber sie beneidete ihn und seine Schwestern um ihre Mitteilungen im Telegrammstil und ihre deutliche äußerliche Ähnlichkeit, die ganz klar bewies, daß sie zusammengehörten.

»Okay, du hast recht, du bist im Moment das Beste, was ich an Land ziehen kann, aber kannst du nicht versuchen, ein bißchen ernster zu sein? Ich möchte wissen, wie in aller Welt ich das herausfinden soll.«

»Hast du mal nachgesehen, ob Gösta in unseren Papieren auftaucht? Wenn er in der Drogenbranche tätig war, dann müßte er bei uns doch bekannt sein.«

»Machst du Witze? Mein friedlicher Versuch, Informationen zu erlangen, ist ganz unten im Stapel gelandet. Die Botschaftsbande macht ein Theater, als ob alle Mittel nur für sie zur Verfügung stünden, und die einzige Hilfe, die ich jetzt habe, ist Vivianne. Die hört sich auch nicht besonders gesund an, aber sie hat versprochen, nachzusehen, sowie sie die Zeit findet. Bis jetzt hat sie sie noch nicht gefunden.«

Mikael legte den Kopf schräg, fuhr aber fort: »Na gut, warten wir's ab. Die Eltern können wir sicher überspringen, es kommt unerhört selten vor, daß sogenannte normale Menschen ihre Probleme durch einen Mord lösen, auch wenn der wie die effektivste Lösung aussehen kann. Die Sozialberatung streichen wir auch – wenn die einen Klienten loswerden wollten, dann würden sie sich sicher einen viel schlimmeren Fall als Gösta aussuchen, und außerdem gehören die Leute in den Sozialberufen zu den am wenigsten aggressiven Typen; frag mich, ich weiß es.«

»Aber sind es nicht gerade die Stillen und Zurückhaltenden, die so viel Wut anhäufen, daß sie am Ende hochgehen und irgendwen umbringen?«

»Vielleicht, aber Gösta ist ja nicht durch eine Explosion gestorben, er wurde vergiftet, kalt und berechnend. Glauben wir, bis das Gegenteil bewiesen ist.«

»Ich habe übrigens noch zwei Neuigkeiten. Die eine ist, daß seine Nichte Rose-Marie ihn beerbt, sie ist Sängerin in einer Band namens Broken Rose. Hast du schon von denen gehört?«

»Nein, aber das hört sich ja auch an wie Hard Rock, nicht meine Lieblingsmusik. Macht sie das als Profi?«

Monika wußte, was Mikael meinte. Sie kannten beide genügend Leute, die als Hobby Rockmusik machten.

»Ich habe versucht, sie anzurufen, aber sie war nicht zu Hause. Ich will nachher noch bei ihrem Übungsraum vorbeigehen, sie proben oder trainieren, oder wie das nun heißt, in einem Luftschutzkeller in der Hantverkargatan, und da ist sie wohl am leichtesten zu erwischen.«

»Üben heißt das, Monika, üben. Warum heißt das sonst wohl Übungsraum?«

»Willst du nicht nach der zweiten Neuigkeit fragen?«

»Wie lautet die zweite, Sherlock?«

»Die zweite, die im Grunde noch seltsamer ist, lautet, daß Gösta Geld hatte, obwohl der Vater seinen Sohn offenbar durchschaut hatte, deshalb hat er das Vermögen fest angelegt – klingt doch toll –, damit Gösta es nicht einfach so verplempern konnte.«

»Wieviel?«

»Greta, seine Schwester, die ihren Anteil übrigens an einen Heiratsschwindler verloren hat, der außerdem Rose-Maries Vater ist, wußte es nicht genau, nahm aber an, daß es sich um etliche Hunderttausend handeln könnte.«

»Fesches Motiv! Oder vielleicht auch nicht, wirkt das nicht ein wenig banal und einfach?«

»Werden wir ja sehen. Ich wollte ein bißchen profimäßig sein und auf das Motiv pfeifen, bis wir festgestellt hätten, wann, wo und wie, aber ich werde mir doch heute abend ein wenig Extramühe geben, sie zu erwischen.«

»Wenn du in dem Tempo weitermachst, dann ist übermorgen alles aufgeklärt. Willst du nicht ein bißchen kürzer treten, du siehst müde aus?«

»Ist doch klar, daß ich müde aussehe. Ich bin müde. Ich weiß aber auch, daß etliche normale Kripoleute zu Hause liegen und nur darauf warten, gesund zu werden, und wenn die auftauchen, ist Schluß für mich. Ich muß mich sehr beeilen, ich will nicht, daß sie sich an mich erinnern als an die verängstigte Kleine, die eine ergebnislose kleine Voruntersuchung angeleiert hat, weil sie sonst zu nichts zu gebrauchen war.«

»Du hast recht. Klar mußt du ranklotzen. Schade, daß du den Chirurgieprofessor erst übermorgen treffen kannst. Was hast du für morgen vor?«

»Ich möchte zuerst feststellen, ob ich einen Chef habe, wenn das so weitergeht, bin ich wahrscheinlich bald allein in der Sektion. Ich habe einen Besuch verabredet, der wahrscheinlich ganz sinnlos ist, bei dieser Putzhilfe, die aus der Psychiatrie verschwunden ist, und danach werde ich einen ordentlichen Bericht schreiben und alles ein wenig sacken lassen. Ich rufe vielleicht Cramer in der Gerichtsmedizin an und erkundige mich, was er herausgefunden hat.«

»Sei heute abend vorsichtig mit der Erbin. Wenn sie es war, dann kommt sie vielleicht auf den Gedanken, auch dich aus dem Weg zu räumen. Und vergiß nicht, morgen wieder in Andreens Stadtteilkneipe einzukehren, besonders geschätzte Gäste dürfen in der Küche am Tisch des Kochs speisen.«

Monika lachte, aufgemuntert durch das Gespräch, belebt vom Essen. Sie umarmte Mikael und ging.

13

Die schmutzige Tür von Nummer 59 wurde durch eine zwischen Tür und Rahmen geklemmte Zeitung offen gehalten, und das war Glück, denn ohne Türcode wäre sie sonst nicht hineingelangt. Das Haus machte einen verlassenen Eindruck, mit leeren, düsteren Fenstern. Bürohaus? Abbruchbude? Schwer, das in der Dunkelheit zu sagen. Die Tür ließ eher auf einen Lagerraum schließen, aber vielleicht gab es anderswo noch einen repräsentativeren Eingang. Dieser hier schien jedenfalls der richtige für Monika zu sein, sie öffnete die Tür vorsichtig, betrat einen nur spärlich beleuchteten Flur und klemmte die Zeitung wieder in den Türspalt. Wie ein Spürhund, der der Witterung seiner Beute folgt, folgte sie dem Geräusch der eintönig wiederholten Trommelwirbel tiefer und weiter ins Haus hinein. Sie schien unterwegs zu einem Luftschutzraum zu sein, und die letzte Tür war wirklich eine große, massive Stahltür, die von außen mit zwei Schieberiegeln verschlossen werden konnte. Jetzt war sie angelehnt, und von drinnen hörte sie den ohrenbetäubenden Lärm des Schlagzeugers, der offenbar in Ekstase seine Schießbude bearbeitete.

Monika öffnete vorsichtig die Tür. Das Zimmer war halbdunkel und verraucht, ein riesiges Schlagzeug stand auf einem nachlässig zusammengenagelten Podest vor der hinteren Querwand, und mittendrin war eine blonde Mähne zu sehen, die rhythmisch hin- und herflog. Als nächstes sah Monika Müll. Der Raum schien übersät zu sein von zerknüllten Zigarettenpäckchen, Bierdosen, allerlei Abfall. An den Wänden hingen an die zwanzig Exemplare ein und desselben konventionellen Plakates, das im grellen weißen Gegenlicht eine dünne Sängerin, extravagant geschminkt, und hinter ihr drei junge Männer in schwarzer Lederbekleidung und mit Dauerwellen zeigte. Der Text »Broken Rose« war in bluttriefenden Buchstaben geschrieben. Vier Gesichter, vier wirklich existierende Menschen, mit denen sie nun sprechen mußte. Sie fand, daß sie anmaßend und verletzlich aussahen, und sie fragte sich, ob das bedeutete, daß sie nun langsam zu alt für diese Art von Musik war.

Ein neues Geräusch unterbrach die eintönige Wiederholung der kurzen Schlagzeugsequenz: ein schwacher Akkord auf der Gitarre, eine kleine Melodieschleife, drei, vier neue Akkorde in voller Kraft. Monika entdeckte den Gitarristen, der in der dunkelsten Ecke des Raumes saß. Er stimmte seine Gitarre. Niemand schien Monika zu bemerken, obwohl sie vor dem beleuchteten Kellereingang in der Türöffnung ziemlich deutlich zu sehen sein mußte.

Sie fragte sich, ob die Jungs sie vielleicht für eine Art Groupie hielten. Die durch die Zeitung offen gehaltene Tür war vielleicht der Eingang zum Spinnennetz, vielleicht sollten romantische Fünfzehnjährige überrascht und überglücklich sein, wenn sie entdeckten, daß sie hineingehen und ihren Idolen zusehen konnten? War das Ganze eine einfache Methode, um sich Teenies zu krallen, und spielten sie jetzt ihretwegen Theater? In diesem Fall stand den Spinnen ein überraschender Fang bevor. Irgendwo muß es doch einen Lichtschalter geben, dachte Monika; sie tastete links neben der Tür und fand ihn. Sie drehte ihn um, und plötzlich war das ganze Zimmer so hell, daß es in ihren Augen weh tat, die sich schon an die Dunkelheit gewöhnt hatten.

»Was zum Henker!«

Das war der Gitarrist, ein langer schmaler Standardrocker, komplett mit zerfetzten und reich mit Nieten besetzten Kleidern. Er blickte Monika verständnislos an.

Ich bin zu alt und spreche ihre Sprache nicht, dachte Monika und bezweifelte langsam, daß dieser Besuch zu einem brauchbaren Ergebnis führen könnte. Andererseits hatte es Maigret nie Probleme gemacht, mit seinen jungen Zeugen zu sprechen, obwohl er viel älter war und durchaus nichts von dem wußte, was aus kommerziellem Interesse als »Jugendkultur« bezeichnet wird. Diese Knaben hier müssen mit mir reden können, sie haben Freunde und Familie, mit denen sie doch sicher auch sprechen, argumentierte sie, um etwas mutiger zu werden. Sie bahnte sich einen Weg durch den Abfall, zeigte ihren Ausweis und setzte sich auf den nächststehenden Stuhl. Als sie den Gitarristen nun aus der Nähe sah, wurde er mehr zu einer wirklichen Person und ähnelte weniger einem Klischee.

»Henke«, stellte er sich vor und überraschte Monika, indem er ihr die Hand hinhielt. Sie nahm sie. Unter den vorschriftsmäßig langen Haaren sah er frisch aus, er hatte einen wachen Gesichtsausdruck und lachte freundlich, als er sie begrüßte, als ob die Polizei jeden zweiten Abend auf einen Besuch vorbeischaute.

»Hallo, Henke. Ich würde gern ein bißchen mit dir über die Band reden.«

Henke nickte. Es schien ihn nicht zu beunruhigen, keine halbvergessenen Sünden schienen sich plötzlich klar in seiner Erinnerung abzuzeichnen, nicht einmal Neugier schien er zu empfinden. Er stellte die Gitarre beiseite und wartete auf Monikas nächsten Zug.

»Kannst du mir ein paar Hintergrundinfos geben, wer bei

euch mitmacht, wie lange ihr schon zusammenspielt, wie das so läuft . . .«

»Über den eigentlichen Anfang kann ich dir nicht soviel sagen, da mußt du die anderen fragen, die Band wurde wohl vor gut zwei Jahren langsam bekannt, aber da war ich noch nicht dabei. Die erste LP, ›Rotting Rose‹, ist vor anderthalb Jahren erschienen, zu der Zeit bin ich auch eingestiegen, und ein paar Monate später kam Tommy dahinten. Jose ist fast von Anfang an dabeigewesen, und ja, dann gibt's ja noch die Chefin.« Er zeigte auf die magere, schwer geschminkte Sängerin auf dem Plakat.

»Rose-Marie Persson?« Monika wollte sichergehen.

»Echt, Rose-Marie Persson heißt sie? Wenn ich dir einen guten Rat geben soll, dann tu so, als wüßtest du das nicht, verrat jedenfalls nicht, daß du das irgendwem gesagt hast. Rose-Marie Persson!«

Monika beschloß, mit den Details zu warten, solange das Gespräch so gut lief.

»Und wie läuft der Laden für euch?«

Henke zuckte die Schultern. »Die LP war okay, aber danach hat es eigentlich kaum mehr als leere Versprechungen gegeben.«

»Versprechungen?«

»Es kommt schon in Ordnung, bald tauschen wir dieses Gerümpel aus«, er versetzte einem verstaubten schwarzen Kasten einen leichten Tritt, eine Geste, die alles, was sich im Raum befand, einschloß. »Bald geht's aufwärts, bald können wir uns neue Sachen kaufen, neue Klamotten. Bald, es kann jederzeit soweit sein, bald. Und dann kämpft man weiter, solange man überhaupt nur kann. Allerdings scheint jetzt alles in Gang zu kommen, so richtig, meine ich.«

»Wer verspricht das alles?«

»Die Chefin.«

»Seit wann redet Rose-Marie schon davon, daß sich die Zeiten bald bessern werden?«

»Seit ich eingestiegen bin. Unter anderem habe ich ihr Angebot deshalb angenommen. Ich hätte auch zu einer anderen, ziemlich bekannten Band gehen können, aber diese hier schien schon auf dem Weg nach oben zu sein, und es ist doch geil, von Anfang an mitzumachen.«

»Erzähl ein bißchen von ihr, ist sie eine gute Sängerin?«

Henke lachte. »Wir sind hier ja nun nicht gerade in der Oper. Sie singt, aber es geht doch vor allem darum, daß man eine Art Image hat oder so. Sie ist gar nicht so blöd für ihr Alter.«

Ja, ja. Rose-Marie war an die dreißig, Henke und die anderen Bandmitglieder konnten nicht über fünfundzwanzig sein. In ihren Augen war sie schon alt.

Es brummte schwach in Monikas Ohren, und plötzlich merkte sie, daß der Schlagzeuger aufgehört hatte. Er stellte sich zu ihnen, und Monika registrierte schmutzige Kleider, einen untersetzten Körper und rotgeränderte Augen. Er hatte denselben Gang wie die Obermacker in der Stadt, und er trommelte mit der rechten Hand weiterhin gegen seinen Oberschenkel. Sie merkte, daß ihr Körper sich auf möglichen Ärger vorbereitete. »Solln der Scheiß?«

Die Hand schlug ihre raschen, planlosen Stöße gegen das Bein. Das störte Monika mehr als vorher der gesamte Lärm des Schlagzeugs.

»Wassnlos?«

Tommy sah Monika an, als ob er nicht begreifen könne, was sie in ihrem Übungsraum zu suchen hatte.

Ehe Monika sich erklären konnte, war Henke aufgesprungen, hatte Tommy den Arm um die Schultern gelegt, ihn umgedreht, einige Worte gesagt, und Tommy war wieder unterwegs zu seinem Schlagzeug.

»Hat nicht viel Zweck, mit ihm zu reden, wenn er so ist«, entschuldigte Henke sich, als er zurückkam. Gleich darauf brach der Lärm wieder los, und Monika mußte einfach fragen:

»Könnt ihr euch das leisten?«

»Eigentlich nicht, aber hier bestimmt die Chefin. Wir müssen sehen, wie jetzt alles läuft, wir werden endlich eine neue Platte herausbringen, und da spitzt sich ja immer alles zu.«

Die nächste Frage hatte primär nichts mit der Ermittlung zu tun. Monika war eher neugierig.

»Und wie bist du in diese Szene hineingeraten?«

Wieder lachte Henke. »Ehrgeiz. Will mir nicht mit fünfundvierzig im Ausverkauf einen Wintermantel suchen müssen, wie mein Alter. Ich glaube, ich kann mehr.«

»Was macht dein Vater?«

»Kleinbürokrat. Meine Mutter ist Grundschullehrerin, falls dich das interessiert.«

»Und warum gerade Hardrock?«

»Da kann es so schnell gehen, wenn es gut geht . . .«

»Und das tut es?«

»Glaub' schon. Jetzt können wir diese Scheibe einspielen, und die Chefin kennt einen Heini bei EMI, der versprochen hat, beim Vertrieb zu helfen. Das ist das Problem, wenn du deine Platten selber machst und keine Vertriebskanäle hast.«

Monika wollte gerade um eine Erklärung bitten, als eine heisere Stimme von der Tür her Henke zusammenzucken ließ.

»Haben wir Besuch?«

Henke schien aufzugehen, daß er vielleicht nicht mit Monika hätte reden sollen, daß er seine Worte vielleicht unvorsichtig gewählt hatte, und er errötete wie ein kleines Kind.

Die schwarzgekleidete Frau in der Tür wühlte in ihrer großen Tasche herum, nahm eine riesige Sonnenbrille heraus und setzte sie auf. Sie fuhr sich mit den Fingern durch die nicht ganz neuen schwarzen Dauerwellen und kam auf Monika zu.

Monika zeigte ihren Dienstausweis, erklärte, daß sie erfolglos versucht hatte anzurufen, und fragte, ob sie irgendwo ungestört reden könnten.

»Hier, Henke, nimm Tommy mit und verschwinde. Kommt in einer halben Stunde zurück. Nehmt auch Jose mit, wenn der euch übern Weg läuft.«

Tommy und Henke taten, wie ihnen geheißen, sofort und ohne Widerspruch.

Rose-Marie Persson, Gretas Tochter, Göstas Erbin, war sauer. Sie war sehr mager – Schlankheitskur? Magersucht? Rauschgift? Krankheit? – und sehr sauer.

»Was zum Teufel soll der Scheiß? Wir haben so verdammt viel zu tun, um fertig zu werden, wir haben nur ein paar Abende in der Woche zum Üben, und genau dann kommt ihr. Wenn die Typen zurückkommen, ist unsere Unterhaltung beendet.«

Monika bat um Entschuldigung, sie griff auf ihre Fähigkeit zurück, sich klein zu machen, eine Strategie, die viele Angriffe abgewehrt hatte, und Rose-Marie entspannte sich ein wenig. Monika stellte dieselben Fragen, die sie vorhin, zu Beginn ihres Gesprächs, Henke gestellt hatte.

Rose-Marie reckte sich ein wenig, sie sprach gern über ihre Band.

»Vom ursprünglichen line-up ist nur noch Jose übrig, er ist ein kleiner Teufel, der eine ganze Show durchziehen kann, meine Fresse, was kann der herumtoben. Tommy am Schlagzeug hast du gesehen, in dem Kerl steckt Dynamit. Hat wegen Körperverletzung gesessen. Und dann Henke, unser kleiner Irrwisch, versucht, hart zu sein, ist aber im Grunde ein Dussel, obwohl er gut spielt.«

Sie lehnte sich zurück und warf ihre Haare in den Nakken. »Ich habe versucht, eure Platte zu besorgen«, log Monika.

»›Rotting Rose‹. Die hat sich 8000mal verkauft und hätte bestimmt das Doppelte geschafft, wenn wir nicht diesen grenzdebilen Produzenten und das miese Studio gehabt hätten. Die investieren nichts in neue Bands, die Divas von den Plattenfirmen machen bloß für die Etablierten die Beine breit.«

»Dann geht's diesmal sicher besser, ihr seid doch keine Neulinge mehr.«

»Die nächste Scheibe machen wir selber.« Rose-Marie sah Monika an, als ob sie auf einen Einwand wartete. »Mit den Divas von der Plattenfirma kannst du einfach nicht arbeiten. Erst kommen sie mit Vorschlägen, auf die wir hören, dann behaupten sie, das Ergebnis sei nicht gut genug, nicht genügend verbessert, und lehnen ab. Scheißdivas. Jetzt greifen wir auf unser Originalkonzept zurück und schmeißen den ganzen Laden selber. Die Firma bringt nichts, die sollten ja helfen, denkst du, aber scheiß drauf. Wie im Sommer, da wollten sie uns bei einer Tournee helfen, sie fragen, wie wir die Light-Show wollen, was wir brauchen, damit alles gut läuft, behandeln uns wie die Stars, und dann sitzen wir da mit einer schweineteuren Ausrüstung, und es regnet. Es kommt natürlich kein Schwein, und wir sacken nicht halb soviel Kohle ein, wie die Plattenfirma und wir erwartet hatten. Fast ein halbes Jahr später kommt dann eine Rechnung über 34 000 Kronen. Kapierst du? 34 000 Kronen sollen wir löhnen, weil das Wetter so schlecht war. Ich dachte, das sollte ein Witz sein, aber es war keiner, und wir mußten Geld aufnehmen und Rückzahlungspläne aufstellen und so weiter. Verdammte Scheiße, mit denen wollen wir nicht mehr arbeiten. Jetzt machen wir das selber.«

»Und das wird natürlich teuer?«

»Klar wird das teuer. Allein schon ein gutes Studio zu mieten kostet ein Vermögen. Aber scheiß drauf, sag mir mal, was du ohne Startkapital zustande bringen kannst! Natürlich kommt die Kohle wie gerufen, das wolltest du doch fragen, was? Und wenn wir nichts gesagt hätten, hättest du es doch irgendwie rausgekriegt, oder was? Nein, ich vermisse meinen Onkel nicht, er war feige und faul, und ich wollte als Kind nur noch sterben, wenn ich ihm begegnet bin und er besoffen war. Ich weiß immer noch, wie das war, hab' übrigens ein Lied darüber geschrieben, ›I wish I were invisible‹, das ist auf ›Rotting Rose‹. Ich hatte dauernd Angst, er könnte vor der Schule auftauchen, die anderen Kinder machten ihn immer nach, um mich aufzuziehen, das war übel. Jetzt ist er tot, ich freue mich über die Kohle, und komm jetzt bloß nicht und verlange, ich sollte ihn betrauern. Sonst noch was?«

»Vielleicht nur noch eine Kleinigkeit. Wieso bist du hier die Chefin?«

Die Frage sollte provozieren, und das tat sie auch.

»Wieso ich hier die Chefin bin? *Ich* hab' die Band gegründet, *ich* schreibe die Texte, *mir* gehört die Ausrüstung, und deshalb bestimme *ich*. So einfach ist das, und wer das nicht kapiert, soll sich doch verpissen.«

Monika hätte gern noch mehr gefragt, es fiel ihr nur einfach nicht mehr ein, was. Sie notierte Namen und Adressen der Bandmitglieder, aber die Frage, diese wichtige Frage, die fiel ihr nicht ein.

Sie bedankte sich und suchte sich den Rückweg durch den Keller. Der Flur teilte sich immer wieder in neue Gänge auf, sie ging dem Gefühl nach, aber sie merkte nach einer Weile, daß sie sich verlaufen hatte. Sie machte kehrt und war erst wenige Schritte gegangen, als das Licht verlosch. Sie blieb stehen und suchte vergeblich nach einem Lichtschalter. Es war stockfinster, und sie tastete sich vorsichtig weiter. Plötzlich leuchtete das Licht wieder auf, und ganz hinten im Flur sah sie Tommy, Henke und einen großen schokoladenfarbenen jungen Mann, den sie vom Plakat her kannte.

»Ja, Scheiße, schleicht die sich hier im Dunkeln rum? Scheiß-Bullerei!« Tommys Gebrüll erfüllte den engen Flur. Monika spürte, wie sie unter Druck geriet, und sie fragte sich kurz, wie viele Polizisten Tommy wohl auf sich zukommen sah.

»José!« Das war Henke.

Jetzt stand José genau hinter Tommy; ob sie wohl beide zu Boden werfen könnte?

Ehe sie ihre Verteidigung planen konnte, sah sie, wie sich Josés lange braune Arme um Tommys Hals schlangen, wie seine rechte Hand Tommys linken Unterarm packte, wie Tommys Stiernacken dermaßen zusammengeklemmt wurde, daß sein Gesicht zuerst leer vor Überraschung wurde, danach aber immer blauer.

José ließ ein wenig nach und redete Tommy zu wie einem Kind: »Jetzt hör mal zu. Was passiert, wenn du Bullen umhaust? Dann kannst du nicht mitmachen, wenn wir die Scheibe einspielen, du kannst nicht mit auf die nächste

Tournee kommen. Reg dich ab, wir üben gleich weiter, immer mit der Ruhe. Jetzt geht es nur um die Platte, und da können wir uns keinen solchen Scheiß erlauben. Kapiert?«

Tommy schien zu nicken, und José ließ ihn vorsichtig los. Ohne Monika anzusehen, drehte er sich um und trottete auf Henke zu, der in sicherer Entfernung gewartet hatte.

José breitete die Arme aus.

»Wie können wir um Entschuldigung bitten? Geht's dir gut? Du hast dich bestimmt erschrocken, so ein Pech, es ist so leicht, sich hier unten zu verirren, ich zeige dir den Weg. Tut mir leid, er ist im Moment nicht ganz er selber, es war soviel los.«

Monika war noch immer außer sich.

»Der Junge ist doch lebensgefährlich! Wenn er ein Hund wäre, dann dürftest du ihn nicht behalten. Aber du wirst ihn auch nicht mehr lange behalten, wenn du mit dieser Art Nackengriff herumspielst.«

»Ich weiß, aber es war doch brandeilig.« José lachte, und es war schwer, seinem Lachen zu widerstehen.

Monika lachte auch.

»Auf jeden Fall danke für deine Hilfe.«

Er zeigte ihr, unentwegt plaudernd, den Weg hinaus.

14

Am nächsten Morgen fühlte Monika sich wie gerädert, aber trotzdem stand sie früh auf. Sie wußte, daß sie viel zu tun hatte, und sie wagte es nicht, ihre Zeit zu vertrödeln. Sie beschloß, auf jeden Fall zuerst im Polizeigebäude vorbeizuschauen.

In der Gewaltsektion war alles unverändert. Sie spielte

mit dem Gedanken, ihren Namen auf Klebeband zu schreiben und damit das Namensschild an der Tür zu überkleben, aber dann ließ sie es sein. Es könnte als Größenwahn aufgefaßt werden, und außerdem konnte Hans ja jeden Moment wieder gesund sein. Sie hoffte aus vollem Herzen, daß er sich noch etwas Zeit lassen würde.

Auf dem Tisch lag eine Mitteilung von einem Professor Ekdal, der um Rückruf bat. Erst nach einem Moment fiel Monika ein, wer er war: der Pathologe, der sich am Montag nicht wohl gefühlt hatte. Sie rief die angegebene Nummer an, bekam jedoch keine Antwort. Sie rechnete auch heute wieder automatisch mit Verspätungen, und ging gleich wieder zur U-Bahn.

Sie hatte Glück und brauchte nur zwanzig Minuten auf den Zug nach Tensta zu warten. Abebe wohnte in Bahnhofsnähe.

Wer immer versucht hatte, Abebes Namen einigermaßen korrekt zu buchstabieren, hatte dabei versagt. Als die Tür von einem mittelgroßen braunen Mann in Jeans und T-Shirt geöffnet wurde, sah Monika auf ihren Zettel nach und fragte:

»Guten Tag, sind Sie Abebe Negash?«

»Ich heiße Abebe Negash.«

Es klang angenehm, wie er das sagte, aber so anders als bei Monika, daß sie ihm sicherheitshalber den Zettel hinhielt. Er las, nickte und sah sie fragend an.

»Ich habe gestern angerufen.« Sie zeigte ihren Dienstausweis. »Ich würde gern kurz mit Ihnen reden.«

Er zuckte leicht mit den Schultern, öffnete die Tür, ließ Monika eintreten und blieb dann stehen, still und stumm, als ob er betonen wollte, daß Monika nicht sein Gast war, daß er ihr nichts schuldete, daß sie ungebeten gekommen war. Das machte auf Monika keinen Eindruck, da sie daran gewöhnt war, mit Menschen umzugehen, die nicht wußten, wie sie sich ihr gegenüber verhalten sollten. Sie reichte ihm die Hand, begrüßte ihn richtig, sagte ein paar Worte darüber, wie froh sie war, ihn anzutreffen, und bedankte sich im voraus für seine Hilfe. Abebe hörte wortlos zu, sie standen noch immer in seiner kleinen Diele, in der er plötzlich größer wirkte als auf den ersten Blick. Im Halbdunkel schien er mit den dunklen Schatten zu verschmelzen. Monika ging einen Schritt auf eine helle Türöffnung zu, die in ein Wohnzimmer zu führen schien.

»Können wir hier hinein gehen?«

Sie hätte Abebe wohl besser ins Polizeigebäude bestellt. Sein stummer Widerstand verhieß nichts Gutes für eine mögliche Zusammenarbeit.

Das Wohnzimmer war sauber, fast staubfrei, es wirkte wie eine Reklameanzeige aus einem Möbelkatalog. Über dem Fernseher hingen ein großes Kreuz aus grob verarbeitetem Silber und einige Bilder mit religiösen Motiven. Monika ertappte sich dabei, überrascht zu sein, daß er offenbar Christ war, aus irgendeinem Grund hatte sie ihn für einen Moslem gehalten.

Die Bilder erinnerten an die sentimentalen Darstellungen, die sie in katholischen Häusern gesehen hatte, und nicht an die recht abstrakten Bilder voller Licht, die den lutheranischen Glauben ihres Vaters widerspiegelten. Sie widerstand der Versuchung, sich die Bilder genauer anzusehen.

»Setzen wir uns doch«, schlug Monika vor. »Es geht um den Mann, der am Montag in der psychiatrischen Klinik gestorben ist.«

Abebe nickte.

»Können Sie mir erzählen, was passiert ist?

Abebe saß sehr still da und antwortete nach kurzem Schweigen: »Ich habe Freunde aus Chile, die haben mir erzählt, daß das bei euch so läuft. Bei uns werden die Leute einfach so erschossen, hier verschwinden sie zuerst, dann sterben sie. Es kam mir eigenartig vor, daß die Tür zur Station abgeschlossen war und sich die Fenster nicht öffnen ließen. In einem Krankenhaus braucht man die Kranken doch nicht einzusperren. So was läßt sich doch nur mit Wissen der Polizei durchführen. Warum fragen Sie mich also? Fragen Sie die, die dort arbeiten. Fragen Sie Riitta. Wenn ich Ihre Fragen beantworte, kommt morgen vielleicht ein anderer Polizist und will wissen, warum. Ich arbeite nicht mehr da, ich will diese Probleme nicht haben.«

Bei der Vision der Psychiatrie als Hinrichtungsinstanz, gut verborgen im Massenbetrieb des Krankenhauses, schwindelte es Monika. Von Abebes Standpunkt aus war diese Schlußfolgerung vielleicht möglich. Sie hatte Lust, ihn aufzuklären, daß alles ein großes Mißverständnis sei, aber sie ließ es sein, einerseits, weil er ihr doch nicht geglaubt hätte – als Polizistin verfügte sie in seinen Augen wahrscheinlich über keine nennenswerte Glaubwürdigkeit – andererseits, weil sie das bißchen Kontakt, das sie immerhin hatte aufbauen können, nicht aufs Spiel setzen wollte. Wichtig war vor allem seine Version des Todesfalles, und das Geheimnis seines plötzlichen Verschwindens war gelöst – Monika würde auch nicht auf einer Hinrichtungsstation putzen wollen.

Vorsichtig sagte sie: »Im Moment ermittele nur ich über den Tod dieses Mannes. Wenn Sie mit anderen Probleme bekommen sollten, verweisen Sie die einfach an mich.«

Sie wünschte, sie könnte mehr Autorität ausstrahlen, damit ihre Versicherung sich glaubwürdiger angehört hätte.

»Ich kann eine Bestätigung schreiben, wenn Sie wollen, mit Stempeln«, fügte sie hinzu, als ob die Stärke, die ihrem persönlichen Auftreten fehlte, durch das geschriebene Wort verstärkt werden könnte, von schwarz auf weiß, vom offiziellen Apparat, dessen Stempel sie benutzen durfte.

Er schüttelte den Kopf und machte eine kleine, abwehrende Handbewegung. Monika wünschte, nicht von Papieren und Stempeln gesprochen zu haben. Sicher hatte ihn das beleidigt, sie hätte einem zögernden schwedischen Zeugen doch nie im Leben so ein Papier angeboten. Sie sah sich sein Gesicht genauer an, inzwischen konnte sie seine Züge besser erkennen, jetzt, da sie sich an seine Hautfarbe gewöhnt hatte. Er hatte große Augen in einem langen, schmalen Gesicht, eine dünne und leicht gebogene Nase, einen schmalen Mund mit Lippen wie eine griechische Statue. Abgesehen von Haut- und Haarfarbe hätte dieses Gesicht einem im 18. Jahrhundert gemalten schwedischen Edelmann gehören können.

»Ich möchte nur wissen, was am Montag morgen passiert ist. Ich will wissen, was Sie gesehen haben, was Sie gehört haben, was passiert ist.«

»Was passiert ist? Sie hatten eben Probleme, irgendwas hat nicht funktioniert. Der Mann ist im Wartezimmer gestorben, das war ein Irrtum, alle waren nervös – schnell saubermachen, wegwischen, dem Mann Atem einhauchen, obwohl er tot war, schnell, schnell.«

»Sind Sie sicher, daß der Mann tot war?«

»Ich war im Krieg und habe viele Tote gesehen ... Weiß oder schwarz, das spielt keine Rolle, sie sehen alle gleich aus.«

»So habe ich das nicht gemeint.« Monika verlor den Faden. Sie versuchte, sich zu erinnern, was er gesagt hatte.

»Haben Sie gesagt, es sei ein Irrtum gewesen?«

Abebe sah sie an, ohne auf irgendeine Weise seine Gedanken zu verraten. Er schwieg noch eine Weile, dann sagte er widerwillig: »Ich verstehe nicht, warum Sie das alles wissen wollen. Mein Kumpel aus Chile hat gesagt: ›Hau ab, so schnell du kannst, sie wollen keine Zeugen, du bist der nächste.‹ Ich wollte das auch tun, aber dann dachte ich, wir sind doch in Schweden, und nun kommen Sie und wollen wissen, was ich gesehen habe, was ich getan habe. Ich antworte vielleicht: Ich habe nichts gesehen, ich habe nichts gehört.«

»Es war wichtig, daß Sie geblieben sind, bitte, helfen Sie mir jetzt.« Wie sollte sie den brüchigen Faden, ihr zu vertrauen, stärken? »Ihr Kumpel aus Chile irrt sich, es ist nicht gefährlich, bei uns als Zeuge aufzutreten, jedenfalls nicht bei dieser Art von Ermittlung. Der Mann kann ermordet worden sein, deshalb bin ich hier.«

»Alle wissen doch, daß er ermordet worden ist.«

»Wieso glauben Sie das?«

»Wieso? Weil der Mörder das gesagt hat.«

Monika kam nur schwer mit. »Moment. Was sagen Sie da? Hat irgendwer gesagt, der Mann sei ermordet worden?«

Abebe musterte sie mit langem, wachsamem Blick. »Er hat gesagt: ›Ich habe ihn umgebracht, ich habe ihn ermordet.‹«

»Wer hat das gesagt?«

»Ich weiß nicht, wer er ist, er lief fast in mich hinein, als ich auf dem Weg nach draußen war, ich dachte zuerst, er redet mit mir, aber er schien mich überhaupt nicht zu sehen. Ihm ging es wirklich nicht gut.«

War das möglich? Monika kannte diese Strategie aus vielen Krimis: Eine scheinbar unwichtige Spur führt zum

Durchbruch, eine Routineuntersuchung, die um ein Haar nicht zustande kommt, löst am Ende das Rätsel. Sie fragte sich, ob Abebe wohl wußte, wie erstaunlich seine Auskünfte waren, seine Körpersprache verriet noch immer nichts.

»Abebe, wie sah er aus?«

»Lange, blonde Haare, kleine Nase. Er sah aus wie ihr alle. Ziemlich jung.«

Monika ging in Gedanken alle durch, die bei Göstas Tod anwesend waren. Jiri war groß, aber dunkel. Blond waren nur Ulla und Eva, aber die waren Frauen. Magnus war zwar ein Mann, aber ziemlich kurz und ziemlich kahl. Sie fragte: »Es kann keine Frau gewesen sein?«

Abebe seufzte, wie ein Lehrer, dem es nicht gelingt, einer schwerfälligen Schülerin etwas ganz Einfaches zu erklären. »Ich bin weder taub noch blind. Es war ein Mann, er war größer als ich. Warum fragen Sie mich, wenn Sie mir nicht glauben?«

»Würden Sie ihn wiedererkennen?«

»Ja.«

»Dann muß ich mich vielleicht wieder bei Ihnen melden. Abebe, bitte, machen Sie sich keine Gedanken. Danke, daß Sie mit mir gesprochen haben, danke für Ihre Aussage, und ich bitte um Verzeihung für die Störung.«

Auch Abebe war aufgestanden, aber er blieb neben seinem Sessel stehen. »Darf ich eine Frage stellen?«

»Aber sicher. Was möchten Sie wissen?«

»Wer war der Mann, der gestorben ist?«

»Ein alter Alki – Alkoholiker«, erklärte Monika.

Abebe schien damit nicht zufrieden zu sein. »War er eine bekannte Person?«

Monika schüttelte den Kopf.

»Warum wollen Sie dann so viel über seinen Tod wissen?«

»Er ist vielleicht ermordet worden.«

»Er war also keine wichtige Person?«

Monika schüttelte wieder den Kopf, sie begriff nicht, worauf Abebe hinauswollte. Plötzlich lachte er und zuckte mit den Schultern. »Ihr habt viel Geld hier in Schweden.«

Genau gegenüber der U-Bahn gab es einen Lebensmittelladen, und Monika fragte dort nach Milch. Es gab Milch, seltsamerweise, und Monika kaufte sicherheitshalber zwei Liter. In der Schlange an der Kasse wartete sie hinter einer Frau, die wie eine feminine Variante von Abebe aussah. Sie war mittelgroß, grazil, mit dünnen Handgelenken und langen Fingern, und ihre Haltung und ihr Gesicht erinnerten an seines. Monika fand, daß sie eine der schönsten Frauen war, die sie je gesehen hatte, mit ihrer Würde, ihrer stillen und selbstverständlichen Schönheit.

Ob sie vielleicht Abebes Frau war, seine Geliebte, seine Schwester? Sie mußte ihre Überlegungen unterbrechen, als sie an die Reihe kam, sie bezahlte und überlegte sich dann, was sie als nächstes erledigen sollte.

Es ließ sich wohl nicht vermeiden, zur Psychiatrie zurückzugehen und zu versuchen, Klarheit in Abebes seltsamen Bericht zu bringen. Er konnte sich ja verhört haben, aber der Unbekannte hatte offenbar mehrmals wiederholt, er habe Gösta umgebracht. Mit einem sprachlichen Mißverständnis konnte sie auch nicht rechnen, Abebe sprach gut schwedisch. Konnten der Todesfall und dann seine Deutung der Ereignisse Abebe so geschockt haben, daß er sich das Ganze eingebildet hatte? Schwer zu glauben. Er hatte Monika vielmehr Ruhe vermittelt, eine Art Stille, die sie immer noch mit sich trug, als ob ein Teil seines Wesens in ihr einen bleibenden Abdruck hinterlassen hätte.

15

Es war erst elf Uhr, als Monika wieder vor dem Krankenhaus stand. Sie fragte sich, ob die ganze Psychiatrie verabredet haben könnte, über den blonden jungen Mann dichtzuhalten. Das wäre jedenfalls zum Scheitern verurteilt, aber hätte es denn überhaupt bis jetzt funktionieren können? Monika glaubte das nicht. Sie glaubte auch nicht, daß Abebe alles erfunden haben könnte, aber auf irgendeine Weise mußte doch alles zusammenpassen.

Schwester Eva saß auf ihrem gewohnten Platz, sie sah ruhig und zufrieden aus, wie ein Mensch, dem es gelungen ist, den Stromschnellen im Leben, an denen andere schmerzvoll zugrunde gehen, auszuweichen.

Eva lächelte, als sie Monika sah und überraschte sie mit der Frage, wie es ihr ginge und wie die Ermittlung liefe.

»Gut, danke, kann nicht klagen. Und wie geht's dir?«

Eva schien ihrerseits überrascht zu sein, und Monika fiel ein, daß keine von ihnen daran gewöhnt war, die 1-:-1-Regel in der Arbeitswelt anzuwenden, die Regel, die fast bei jeder menschlichen Kommunikation gilt: Wenn du meinen Leiden zuhörst, dann höre ich deinen zu; wenn du mich fragst, wie es mir geht, dann frage ich dich auch, wenn du gegeben hast, erwartest du, bald nehmen zu können.

Monika beschloß, sich der Frage nach dem jungen Mann vorsichtig zu nähern. »Ich möchte noch einmal das durchgehen, was am Montag passiert ist, und dann wüßte ich gern, ob du weißt, ob Ulla am Montag nachmittag mit Greta Persson gesprochen hat.«

Eva nickte. »Das hat sie, Greta kam kurz vor fünf, um zu erfahren, was passiert war.«

»Wie ist sie dir vorgekommen?«

»Greta oder Ulla? Greta ist ein seltsames kleines Frauchen, blaß, beherrscht, wollte nur wissen, wie es zu diesem Todesfall gekommen war. Ulla hat zuerst mit Greta gesprochen, aber dann fiel ihr ein, daß sie einen wichtigen Termin vergessen hatte, und sie ist davongestürzt.«

»Mitten im Gespräch davongestürzt?«

»Nein, das nicht, zuerst habe ich mit Greta gesprochen, ich habe sie gefragt, ob sie mit einem Arzt oder einer Ärztin sprechen wollte, und das wollte sie gern. Dann habe ich Ulla gefragt, ob sie das übernehmen könnte. Ulla kam aus ihrem Zimmer und schien überrascht über Gretas Anblick, aber Greta begriff überhaupt nichts, man kann also sagen, daß Ulla von Anfang an alles durcheinandergeraten ist. Nach einigen Minuten kam Ulla mit Greta im Schlepptau zurück und fragte, ob ich das Gespräch übernehmen könnte, weil sie gesehen hatte, wie spät es schon war. Und dann stürzte sie davon wie der Blitz.«

»Hat Greta erzählt, worüber sie und Ulla gesprochen hatten?«

»Nein, sie sagte nur, Ulla wäre ihr komisch vorgekommen. Wir sprachen ein bißchen über Gösta, ich habe erzählt, was passiert war, sie schwieg meistens, aber ich glaube, sie war am Ende zufrieden.«

»Du sagst, Ulla hätte von Gretas Anblick überrascht gewirkt. Glaubst du, sie kannte sie?«

»Ja, bestimmt. Ich habe gesehen, wie sie fast gestutzt hat, als sie Greta sah.«

»Aber Greta schien sie nicht zu kennen?«

»Nein, sah nicht so aus.«

»Danach muß ich Ulla noch fragen. Ist sie in ihrem Zimmer?«

»Nein, sie ist noch nicht gekommen. Autopanne, oder vielleicht hat sie jetzt auch die Grippe.«

»Danke. Das war das eine. Das andere ist also der Montag morgen. Kannst du bitte noch einmal alles erzählen, es gibt noch einige Einzelheiten, bei denen ich mir unsicher bin.«

Eva nickte, ohne auf irgendeine Weise anzudeuten, daß sie das sinnlos fand, weil Monika doch alles schon mehrmals gehört hatte. Sie blätterte in dem großen Hauptbuch, das vor ihr lag, einige Seiten zurück. »Wollen mal sehen. Gösta ist kurz nach acht hergekommen, da machen die Ärzte gerade ihre Morgenvisite. Die dauert meistens bis neun, dann gehen alle bis auf einen nach unten zur Krankenhausbesprechung. Vorgestern hatte Ulla Dienst, und deshalb habe ich ihren Namen auf die Karte geschrieben. Er war der einzige Patient, und ich dachte, mit dem müßte sie in einer Stunde fertig werden können.«

Monika zögerte, sie wußte nicht, ob sie zuerst fragen sollte, was Eva mit ihrem Kommentar zu Ulla meinte, oder ob sie sich erkundigen sollte, von was für einer Karte hier die Rede war. Sie entschied sich für letzteres.

»Auf welche Karte?«

»Ja, hier muß irgendwo eine Pflegekarte liegen, hast du sie vorgestern nicht gesehen?«

»Niemand hat mir etwas von einer Pflegekarte erzählt. Ich weiß nicht einmal, was eine Pflegekarte ist.«

»Entschuldigung. Wir haben zusätzliche Pflegeberichte, die aus irgendeinem Grund das Format A 5 haben, deshalb nennen wir sie Pflegekarten. Darauf steht, wann der Patient eingewiesen worden ist, was passiert ist, wie es dem Patienten geht und so. Ich weiß, daß ich eine für Gösta angelegt habe, sie muß hier irgendwo sein.«

Eva begann, in den vielen Fächern und Schubladen im

Zimmer zu suchen. Plötzlich fand sie die Karte in einem mit einem Kreuz gekennzeichneten Kasten und reichte sie Monika, die an einen dressierten Hund denken mußte, der einen schwierigen Gegenstand apportiert. Natürlich wollte Eva nicht zum Dank gestreichelt werden oder ein Stück Zucker bekommen, aber irgendeine Form von Anerkennung erwartete sie schon.

»Danke«, sagte Monika mit breitem Lächeln.

Sie las die Karte: Darauf standen handgeschrieben Göstas Name und Personennummer. Das stimmte. Darunter hatte irgendwer, noch immer mit der Hand, geschrieben: Überwiesen von Dr. Carlqvist, Kind. med. Laut beil. Überw. suchte Pat. in Kind. med. Hilfe für ein nicht vorhandenes Kind, Überw. mit Frage n. Halluz.«

Darunter stand nur noch etwas in der Rubrik: Behandelnder Arzt/Ärztin, wo zu Monikas Überraschung M. K. Rydström aufgeführt war. War das nur nachlässig geschrieben? Nein, die Schrift war klar und deutlich und schien – aus einem Grund, den Monika nicht erklären konnte – einem Mann zu gehören.

»Warum steht hier M. K. Rydström, wenn Ulla doch zuständig war?« fragte Monika.

Eva griff sich an die Stirn.

»Das war ja der Student! Das war ein Student, der Gösta kurz bevor all das hier passierte, gesehen hatte! Wie konnte ich den bloß vergessen! Ja, Mikael Rydström heißt er.«

Außerdem hatte die Wirklichkeit soeben eine unerwartete Wendung genommen.

»Meinst du, daß es einen Zeugen gibt, der Gösta unmittelbar vor seinem Tod gesehen hat – und der vielleicht sogar beim Todesfall anwesend war –, und daß alle vergessen haben, mir davon zu erzählen, bis ich es selber herausfinde?«

Eva sah unglücklich aus. »Seltsamerweise passiert das oft mit Studenten. Sie sind so leicht zu vergessen. Aber es ist wirklich seltsam, daß niemand an ihn gedacht hat, da hast du wirklich recht.«

Bestand die Möglichkeit, daß alle, mit denen sie gesprochen hatte, die letzte Person vergessen hatten, die Gösta in seinem Leben gesehen hatte? Und hatte Abebe vielleicht recht gehabt? War es möglich, daß ein junger Student Gösta auf irgendeine Weise ums Leben gebracht hatte? Aus Schlamperei? Unwissenheit? Und wollten die anderen auf der Station das vertuschen? Oder übertrieb sie es langsam mit ihrem Mißtrauen? Etwas von dem, was sie dachte, mußte man ihr ansehen können, denn Eva fuhr ganz von selber fort:

»Mikael hat ungefähr eine Viertelstunde im Studentenzimmer mit Gösta gesprochen. Dann kamen sie wieder heraus, und Mikael wollte dann wohl Ulla holen.«

Monika hörte in Gedanken Abebes Stimme: Lange blonde Haare, kleine Nase.

Sie fragte: »Und wie sieht dieser Mikael aus?«

»Nett. Er sieht gesund aus, wenn du verstehst, was ich meine.«

»Ich meine Größe, Haarfarbe und so.«

»Ach so. Ein bißchen wie Robert Redford, nur nicht so künstlich.«

»Lang und blond also. Wo ist er jetzt?«

Eva überhörte diese Frage und nahm ein Foto von der Pinnwand. »Hier ist ein Foto, da kannst du ihn selber sehen.«

Es sollte nicht schwerfallen, den neuen (Schlüssel-)Zeugen zu finden, aber Monika war daran gewöhnt, daß Leute in solchen Situationen verschwanden, und dann konnte es nur gut sein, ein Foto zu haben. Sie ging um den Schreibtisch herum und trat hinter Eva. Der Fotograf schien es eilig gehabt zu haben – er hatte die 21 Studenten nebeneinander aufgereiht, grob sortiert nach Größe, und dann abgedrückt. Das Ergebnis war, daß eine Anzahl Gesichter von vorn zu sehen waren, mindestens ebenso viele aber zum Teil versteckt, im Profil gezeigt oder auf andere Weise schwer zu identifizieren waren. Aber zumindest war das Foto mit Namen und Stationen versehen. Nr. 12, Mikael, wirkte wie der Clown der Gruppe. Er lachte mit übertriebener Mimik wie ein Fernsehkomiker aus den USA und schien gerade seine Nachbarin anstupsen zu wollen, eine kleine dunkle Frau. Eva bot an, seine Station anzurufen und ihn herkommen zu lassen, als ob sie Monika für die vorenthaltene oder vergessene Information entschädigen wollte, indem sie besonders hilfsbereit war.

Monika überlegte sich, wie sie das Gespräch anlegen sollte. Warum wollten seine Kollegen ihn decken? Warum hatte er sich nicht selber gemeldet, er mußte doch wissen, daß die Polizei über Göstas Tod ermittelte? Wie sehr wagte sie, ihn unter Druck zu setzen? Hatte er wirklich herumerzählt, er habe Gösta umgebracht? Und aus welchem Grund sollte Abebe das erfinden, wenn es nicht die Wahrheit war? Warum hatte sonst niemand Mikaels Geständnis gehört, wenn es denn nun eines gewesen war? Oder hielten auch darüber alle dicht?

Polizeikommissar Dalgliesh sagte immer, es gebe Dinge, über die die Zeugen nicht reden wollten, die sie so lange wie möglich geheimhalten würden. Offenbar waren die Menschen in der Krankenhauswelt keine Ausnahme. Monika mußte ihren ersten Eindruck der Weißkittel revidieren, sie waren offenbar nicht so aufrichtig, wie sie vorgaben. Vielleicht gehörte es zu ihrem Beruf, scheinbar mehr zu geben, als wirklich der Fall war, genau wie in anderen Berufen, bei denen ein großes Maß an Schauspielerei dazugehörte.

Eva hatte Mikael auf seiner Station erwischt und fragte in Zeichensprache, ob Monika ihn sofort sprechen wolle. Monika nickte, und als Eva das Telefongespräch beendet hatte, fragte Monika, ob sie sich solange in Evas Zimmer setzen dürfe. Eva nickte.

Mikael sah in Wirklichkeit sympathischer aus als auf dem Foto. Seine Haare hatten einen Stich ins Rötliche, und er sah wirklich sehr gesund aus. Er wirkte gesund an Leib und Seele. Und er wirkte munter und entspannt. Monika hatte Angst in mehr oder minder sichtbarer Form erwartet, deshalb war sie nicht auf das sorglose Lächeln vorbereitet, mit dem Mikael sie grüßte. Ihr fiel nur eine Gruppe von Zeugen ein, die so auftrat: gewisse Profidiebe, die von ihrer Überlegenheit überzeugt und erfüllt von Verachtung für die anderen waren, vor allem für die Polizei, ganz besonders, wenn es sich bei der Polizei um eine Polizistin handelte.

Sie entschied sich für die Schocktechnik.

»Ich komme, wie gesagt, von der Kriminalpolizei. Hast du direkt nach dem Todesfall behauptet, Gösta Persson umgebracht zu haben?«

Falls sie eine dramatische Reaktion erwartet hatte, so wurde sie enttäuscht. Mikael hielt ihrem Blick stand und antwortete ruhig: »Ja. Das war das Schlimmste, was ich je erlebt habe.«

»Was denn? Ihn umzubringen?« Monika merkte, daß ihr das Gespräch entglitt, aber sie wußte nicht, wie sie wieder in die richtige Fahrrinne kommen sollte.

»Nein, natürlich nicht, aber für einen Moment, oder eher

minutenlang dachte ich, es wäre mein Fehler, daß er gestorben ist.«

»Und das glaubst du jetzt offenbar nicht mehr. Aber wieso konntest du als bald fertiger Arzt dich so irren? Wenn überhaupt irgendwer, dann solltest du doch wissen, was du tust.« Monika hatte dieses absurde Gespräch noch immer nicht unter Kontrolle.

»Unterlassungssünde«, antwortete Mikael. »Nicht das, was ich getan habe, sondern das, was ich nicht getan habe, war mein Problem. Ich habe mit ihm geredet, aber ich konnte das Gespräch nicht in die Gänge bringen, und das hat mich so beschäftigt, daß ich ihn nicht untersucht habe. Und danach habe ich mir eingeredet, er wäre nicht gestorben, wenn ich begriffen hätte, daß er an Blutungen litt. Ich stellte mir vor, ich hätte irgendeine Rettungsaktion wie aus einem Abenteuerbuch für Jungs durchziehen können, mit ihm zur Chirurgie rennen oder so.«

»Dann sind wir schon zwei, die kein Gespräch in die Gänge bringen können«, sagte Monika. »Ich bitte um Verzeihung, daß ich dich am Anfang so angefaucht habe, es hat mich ein bißchen verwirrt, daß du so unberührt warst. Könnten wir noch mal von vorn anfangen?«

Mikael lächelte, ein offenes und warmes Lächeln, und nickte. »So müßte das immer sein! Man müßte immer umdrehen und alles noch mal machen können. Clever! Bist du von selber darauf gekommen? Machst du das öfter so?«

»Nein, ehrlich gesagt, noch nie, aber jetzt erzähl, was passiert ist.«

Es stellte sich heraus, daß Mikael glaubte, in der Notaufnahme das meiste zu lernen, und am Montag war er für eine kranke Kommilitonin eingesprungen. Deshalb hatte er Dienst zusammen mit Helena Albinsson, die nach Mikaels

Auffassung ziemlich tranig war und lieber Zeitschriften las, als sich um die Patienten zu kümmern, und deshalb hat er sich bei Gösta nicht vordrängeln müssen. Mikael hatte die Überweisung gelesen, sie mies gefunden und war ins Wartezimmer gegangen, um Gösta zu holen, der dort mit seiner Decke auf dem Schoß saß, ein Bild, das Monika sich weiterhin nur schwer vorstellen konnte. Mikael gab sich Mühe, alles so genau wie möglich zu erzählen, was seinen Bericht etwas langatmig ausfallen ließ.

»Schon da hätte mir aufgehen müssen, daß hier etwas nicht stimmte. Er ging unsicher, obwohl er nüchtern war und nicht unter Einfluß von Medikamenten zu stehen schien. Aber so weit dachte ich nicht, ich stützte ihn nur und war zufrieden, weil ich seinen Unterarm profihaft im Griff hatte. Als er dann saß, versuchte ich, mit ihm zu reden, aber das ging nicht, zuerst antwortete er nicht auf meine Fragen, und dann sagte er plötzlich, ich sei sein Sohn. Das Unheimliche an der Sache war, daß er so normal aussah, er hatte ein sympathisches Gesicht, er war sauber und roch gut, aber er hielt mich für seinen Sohn. Ich geriet fast in Panik, weil ich nicht wußte, was ich antworten, was ich tun sollte. Ich weiß noch, daß ich mir gewünscht habe, das Telefon würde klingeln oder der Feueralarm losgehen, aber das passierte natürlich nicht. Das Ganze endete damit, daß ich ihn wieder ins Wartezimmer setzte und sagte, wir müßten auf den Arzt warten. Und in dieser ganzen Zeit dachte ich nicht daran, wie weißgelb sein Gesicht war, daß seine Halluzinationen ungewöhnlich wirkten, daß er müde, erschöpft und schwindlig war. Die kleinen Warnlampen, die hätten losblinken müssen, blieben dunkel. Da saß ich einem Mann gegenüber, der gerade verblutete, und ich war in einer solchen Panik, daß ich nicht wußte, wie ich auf seine Vorstellung reagieren sollte, daß ich sein Sohn sei. Auf jeden Fall ging ich dann Ulla suchen, fand sie und trottete ins Kaffeezimmer, um Helena Gesellschaft zu leisten. Als nächstes rannten die Leute durch den Flur, wir liefen hinaus, um zu sehen, was passiert war, und da lag er, Jiri machte Wiederbelebungsversuche.«

Mikael holte tief Luft.

»Als ich versuchte zu begreifen, was passiert war, ging mir plötzlich auf, daß er an einer Blutung gestorben war, die ich nicht erkannt hatte. Das war sehr seltsam – mein Körper und meine Seele oder mein Bewußtsein, wie du willst, schienen nicht mehr zusammenzuhängen. Mein Körper stand da und keuchte, und mir war schwindlig, und ich hatte das Gefühl, mein Kopf könnte wie ein Ballon davonfliegen, und daneben stand ich, oder meine Seele, und war von einem gewaltigen Gedanken erfüllt: Ich habe diesen kleinen Mann umgebracht, ich habe ihn ermordet. Mein ganzes Leben schien zusammenzubrechen, ich konnte die Schlagzeilen sehen: Unfähiger Student schuld an Patiententod. Mit einem Bild von mir und einem von ihm. Das war entsetzlich.«

»Weißt du, ob du diesen Gedanken laut ausgesprochen hast?«

»Muß ich ja wohl, wenn jemand das gehört hat. Ich weiß nicht mehr sehr viel, ich weiß zum Beispiel immer noch nicht, wie lange das alles gedauert hat.«

»Was ist denn passiert?«

»Plötzlich spürte ich eine Hand auf meiner Schulter, und dann flog die Seele zurück in meinen Körper.« Mikael unterbrach sich kopfschüttelnd.

»Wenn du wüßtest, wie unwahrscheinlich es noch vor einer Woche gewesen wäre, mich so reden zu hören. Meine

Freunde juxen ja immer, mir fehlten Tiefe und Phantasie, und ich verstünde deshalb nur die Hälfte von dem, was um mich herum passiert . . . Aber egal, es war Jiri, der Oberarzt. Er führte mich in sein Büro, mopste für mich in der Patientenküche eine Tasse Kaffee, und ich begriff, daß er mich nicht für einen Mörder hielt, und da fühlte ich mich langsam besser. Jiri erklärte mir, was passiert war, mit dem Alten und mit mir, und half mir, alles besser zu überblicken. Er war ganz toll. Weißt du, man kann im Schlußstadium von Leberkrankheiten bizarre und atypische Halluzinationen haben – Jiri erzählte, daß das vermutlich mit den Giftstoffen zu tun hat, die sich im Körper anhäufen und das zentrale Nervensystem beeinflussen. Er hatte nie von Göstas spezieller Variante gehört, dem kleinen kranken Kind, erzählte aber von anderen, die er miterlebt hatte. Wenn mir dieses Phänomen also je wieder begegnet, werde ich es sicher erkennen.« Monika, halb verstummt durch diesen Bericht, hatte keine weiteren Fragen.

Sie fühlte sich betrogen. Der Morgen, der so gut angefangen hatte, hatte keine besondere Ausbeute erbracht, abgesehen von dem seltsamen Detail, daß Ulla Greta offenbar erkannt hatte. Monika verabschiedete sich von Eva und fuhr mit dem Fahrstuhl nach unten. Sie konnte die Graffiti im Fahrstuhl schon auswendig, sie waren größtenteils phantasielos, aber ihr gefielen: »Wieso ist noch soviel Monat übrig, wo das Geld zu Ende ist?« und »Was du heute kannst verschieben, das verschiebe nicht erst morgen«. Apropos verschieben, ihr ging auf, daß sie genausogut jetzt gleich bei Professor Ekdal in der Pathologie vorbeischauen konnte, er hatte versucht, sie zu erreichen, vielleicht war ihm etwas Wichtiges eingefallen.

16

Monika hatte wenig Lust, Bo Ekdal zu treffen, ihre Einstellung zu Menschen, die freiwillig mit Leichen arbeiteten, war immer zurückhaltend gewesen, und Obduzent zu werden – wie die Presse das nannte – erschien ihr eine seltsame Berufswahl, eine Auffassung, die sich durch die Mordprozesse, die sie miterlebte, verstärkt hatte. Sie war angenehm überrascht, als die Sekretärin sie in Bos leeres Arbeitszimmer führte und ihr versicherte, er werde in wenigen Minuten zurück sein. Das Zimmer sah aus wie jedes beliebige Arbeitszimmer: Die üblichen Möbel, einige Bilder, die offenbar wegen ihrer Harmlosigkeit ausgesucht worden waren – Monika fragte sich, was es wohl für die Künstler bedeutete zu wissen, daß die großen Aufkäufer vor allem Bilder suchten, die sich überall aufhängen ließen, ohne daß Klagen kamen. Abgesehen von diesen Bildern war das Zimmer nicht dekoriert. Ein männliches Zimmer, von der anonymen Sorte. Das einzig Persönliche, was sie sehen konnte, war ein Sommerfoto von einigen munteren Teenies auf einem Steg. Es gab keine Kranien oder Totenschädel, wie es in der Boulevardpresse hieß, nichts, was andeutete, daß es die Hauptaufgabe des Zimmerbenutzers war, Leichen zu untersuchen.

Als Bo Ekdal eintrat, dachte Monika, daß das Zimmer wirklich paßte: Auf den ersten Blick sah auch er recht undekoriert aus. Er war ein Mann, der möglicherweise im Spiegel kontrollierte, daß er sich ordentlich gekämmt hatte, aber ihm fehlte jegliche Spur von äußerlicher Eitelkeit. Er hatte einen warmen und sympathischen Blick, und er lächelte Monika freundlich an, worauf sie gereizt bemerkte, daß ihr erster Eindruck von Bo der einer netten und ziemlich normalen Person war.

Bo tat dasselbe wie alle anderen Ärzte – er ergriff sofort das Kommando über das Gespräch, obwohl doch Monika die Fragen stellen sollte. Er bot ihr einen Stuhl an und setzte sich hinter seinen Schreibtisch.

»Ja«, sagte er, »jetzt treffen wir uns endlich persönlich. Ich habe all unsere Papiere herausgesucht, und hier ist auch eine Kopie von Professor Hayakawas Kommentaren. Sie sind so ausführlich wie nur möglich. Der Mann kann wirklich was.«

»Ehe wir anfangen, möchte ich vorschlagen, daß wir uns an den anderen Tisch setzen. Ich bin jünger als Sie, ich bin eine Frau, ich bin klein, und ich weiß sehr wenig über Pathologie. Und wenn ich außerdem noch an der Ecke Ihres Schreibtisches sitzen muß und Sie dahinter, dann werden wir wohl nicht besonders effektiv arbeiten können.«

Das wirkte. Bo lachte und erhob sich.

»Tut mir leid, gedankenlos von mir. Die jüngeren Kollegen sitzen immer da, deshalb kam mir das ganz normal vor. Daß ich ein Mann bin, groß und Pathologe, kann ich dagegen nicht ändern.«

Monika mußte fast lachen, aber dann ging ihr auf, daß dieser große Mann hier wahrscheinlich nicht einmal besonders viel zu sagen hatte. Er war davon ausgegangen, daß Monika mit ihm sprechen wollte, also hatte er sie bestellt, wie ein Taxi. Er lehnte sich bequem zurück und warf Monika einen aufmunternden Blick zu, als ob er glaubte, sie brauche grünes Licht, um in Gang zu kommen.

»Was möchten Sie wissen?«

Seine Haltung signalisierte, daß er, der alles wußte, gern etwaige Unklarheiten erklärte, als ob Monika eine seiner

Studentinnen sei oder eine junge und ehrgeizige Journalistin, die eine nette Reportage für die Personalzeitschrift verfassen wollte.

Monika spürte eine fast physische Kraft, die sie in dem unausgesprochenen Machtkampf, der die Formen der Kommunikation bestimmt, nach unten zog. Sie erkannte das, was hier geschah, und sie wußte, welche uralte Machtsprache er sprach: Der Mann hat die Macht über die Frau, der Ältere über den Jüngeren, der mit sechs Jahren Ausbildung bestimmt über den mit drei Jahren, wer Sekretärinnen und ein großes Büro hat, kann dem, dem beides fehlt, Befehle erteilen, wer oben auf seinem eigenen kleinen Berg angekommen ist, benimmt sich so, als ob ihm die ganze Welt zu Füßen läge. Monika fühlte sich durch diese lächelnde Überlegenheit mehr gekränkt als durch die spöttischen Kommentare, die pubertierende Bengel bei ihrem Anblick von sich geben konnten. Sie wurde langsam so wütend, daß es ihr schwerfiel, eine neutrale Miene beizubehalten. Aber sie war nicht wehrlos. Sie konnte dieses Spiel auch spielen. Sie wollte ihn in die äußere Wirklichkeit zwingen, die, die nicht von Hierarchien, Regeln, Routinen und Wahrheiten seines Institutes bestimmt wurde. Sie beschloß, sofort in die Offensive zu gehen. Sie spürte plötzlich gewaltigen Hunger und dachte daran, daß sie jetzt in der Kantine hätte sitzen können, wenn sie nicht diesen Umweg gemacht hätte:

»Wenn ich das richtig verstanden habe, dann kann der überweisende Arzt für den Todesfall zur Verantwortung gezogen werden.«

Bo ließ sich nicht aus der Ruhe bringen.

»Darüber habe ich schon mit unserer juristischen Abteilung gesprochen. Die meinen, daß wir keinen Fehler gemacht haben, aber natürlich kann man bei all den neuen Regeln und Verordnungen auch mal unsicher werden.«

Monikas Trumpfkarte war so wenig wert, daß er ohne sichtliche Anstrengung eine höhere ausspielen konnte. Oder vielleicht nicht?

»Warum haben Sie die juristische Abteilung angerufen?«

Noch immer dieselbe Ruhe, dieselbe klare Überzeugung, auf derselben Seite zu stehen wie die Polizei, nur auf höherem Niveau.

»Ich habe mich gefragt, ob ich von der Chirurgie eine schriftliche Meldung hätte verlangen sollen, was den Totenschein angeht, meine ich, ehe wir losgelegt haben, aber die Juristen finden unser Vorgehen zufriedenstellend. Ich kann Ihnen Namen und Durchwahl des Zuständigen geben, der kann die Details erklären.«

Noch ein gut ausgebildeter Mann mittleren Alters, der alles erklären würde, was sie nicht wissen konnte, was sie aber vermutlich begreifen könnte, wenn irgendwer es nur pädagogisch genug erklärte. Monika fand Bo Ekdal langsam ziemlich widerlich, diesen Leichenexperten.

Er redete weiter und ahnte scheinbar nichts von den Reaktionen, die er bei seiner Zuhörerin auslöste.

»Ich wollte Sie nur ein wenig über das Institut informieren ...« Das paßte genau zu Monikas Bild von ihm. Jetzt glaubte er, sie würde brav zuhören, wie er seine Tätigkeit beschrieb, als wäre sie eine Tischdame bei einer Gesellschaft, die nicht entkommen konnte. Sie wollte ihn gerade unterbrechen, als er trotz allem ihr Interesse weckte:

»Die Obduktionen sind ja, wie Sie sicher wissen, nicht unsere wichtigste Arbeit, wir befassen uns vor allem damit, Operationsproben zu untersuchen, wenn zum Beispiel ein Knoten in einer Brust operiert werden muß, dann wird uns während der Operation eine Probe aus diesem Tumor gebracht, wir untersuchen sie dann direkt, und wenn sie sich als gutartig erweist, braucht nicht viel aus der Brust herausgeschnitten zu werden. Die Obduktionen sind vor allem eine Art Service für die Ärzte, die vielleicht zu Lebzeiten der Patienten keine Diagnose stellen konnten, bestenfalls lernen sie dann etwas aus ihren Fehlern. Aber jetzt, während der Grippeepidemie, haben wir sowenig Leute, daß wir in den letzten Wochen gar nicht mehr obduziert haben.«

»Aber was war dann mit Gösta Persson?«

»Das war reiner Zufall. Professor Hayakawa wollte eine Demonstrationsobduktion machen, er wollte einen mageren Patienten, am liebsten einen mit Magenblutungen, und deshalb haben wir uns für Gösta Persson entschieden. Er hatte sich vor seinem Tod schriftlich zu einer Obduktion bereit erklärt.«

»Kommt das oft vor?«

»Nein, aber alle, die an Professor Albinssons Studie teilnehmen, müssen so eine Erklärung unterschreiben, sonst dürfen sie nicht mitmachen. Ich möchte übrigens wissen, was er jetzt sagen wird, er war schon einige Tage vorher an die Decke gegangen, als wir einen seiner Patienten nicht obduzieren konnten.«

»Noch einen Forschungspatienten?«

»Ja.«

»Und warum war das so wichtig?«

»Professor Albinsson hält immer das, woran er gerade arbeitet, für überaus wichtig, und diese Studie ist da keine Ausnahme, er wollte sogar selber die Obduktion vornehmen ... seltsamer Mensch. Haben Sie schon mit ihm gesprochen?«

»Ich sehe ihn morgen.«

Monika antwortete höflich. Sie wurde hier geführt, statt zu führen, beantwortete Fragen, statt welche zu stellen. Und dennoch ahnte sie, daß Bo etwas verschwieg, daß er einen Teil der Ereignisse übersprang, aber sie konnte den Bruch in der Logik, das Loch in seiner Darstellung nicht entdecken. Sie fragte, warum Bo sich gerade Gösta ausgesucht habe, aber Bo behielt seine provozierende Ruhe bei:

»Man kann das ja so sagen: Das Krankenhaus hat zwei Eingänge und zwei Ausgänge. Sie kommen durch die Notaufnahme oder durch den Haupteingang herein. Wenn alles gut läuft, dann verlassen Sie danach das Krankenhaus durch den Haupteingang, aber wenn Sie sterben, dann bleibt Ihnen nur der Ausgang durch die Pathologie, ob Sie nun obduziert werden oder nicht. Haben Sie diesen Ausgang gesehen? Er ist speziell für Leichenwagen konstruiert, und wir haben so viele Nadelbäume davor angepflanzt, daß er fast schon militärisch kamoufliert ist.« Er lachte, als ob sie sich beide zusammen ein wenig über anderer Leute unlogisches Betragen amüsieren könnten, und fügte hinzu: »Seltsamerweise soll der Tod in einem Krankenhaus unbemerkt bleiben, obwohl alle wissen, daß die meisten Menschen im Krankenhaus sterben. Aber das Image soll beibehalten werden, daß alle als geheilt entlassen werden. Ich gebe ja zu, daß es ein seltsames Gefühl wäre, einem Leichenwagen zu begegnen, wenn man selber an seinen Segelfliegerohren operiert werden soll, aber es könnte uns das Leben auch in anderer Perspektive sehen lassen.«

Seine Sekretärin, die hereinschaute, unterbrach ihn.

»Entschuldige die Störung. Ich habe Professor Hayakawas Sekretärin am Apparat. Sie möchte wissen, ob Ann Lilja, die du offenbar kennst, verheiratet ist, und wenn nicht, dann bittet er um ihre Adresse. Was soll ich machen?«

»Ann Lilja? Keine Ahnung. Schick sie zu den Chirurgen, die wissen das bestimmt. Und vergiß nicht, ihr meine wärmsten Grüße an ihren Chef aufzutragen. Danke.«

Bo wandte sich wieder Monika zu und runzelte die Stirn.

»Entschuldigung, ich habe ganz und gar den Faden verloren. Was hatten Sie noch gefragt?«

»Wieso haben Sie gerade Gösta für diese Obduktion ausgesucht?«

»Ja, genau. Die Leichen kommen, wie gesagt, auf jeden Fall zu uns, und deshalb brauchten wir nur eine auszusuchen, bei der keine Obduktionshindernisse bestanden.«

Er war noch immer ganz ruhig, das Problem mußte anderswo liegen.

»Dieser Hayakawa, hatte er überhaupt die Erlaubnis, in Schweden zu obduzieren?«

Noch immer keine Reaktion.

»Nicht allein, und nicht gegen Bezahlung, aber in diesem Fall war ich verantwortlich, und er erhielt auch kein Honorar, deshalb war das kein Problem.«

Monika fand, daß er langsam Ähnlichkeit mit einem Roboter in einem Zeichentrickfilm annahm. Mit einem kühlen und lachenden Roboter, der aussieht wie ein Mensch, dessen Haut aber die Laserstrahlen abstößt. Mit einem unverwundbaren Roboter, auf den man schießen kann, soviel man will.

»Ich habe keine Fragen mehr.« Sie konnte einfach nur aufgeben. Sie nahm die Kopien an sich, die sie für ihren Bericht brauchte, bedankte sich für die Hilfe und ging hinaus, begleitet von Bo Ekdals freundlichem, aber leicht geistesabwesendem Lächeln.

Vor den Fahrstühlen versetzt sie der Wand einen Tritt, und ihr Fuß tat ihr weh. »Scheißkerl!«

Sie sah sich um. Keine Zuschauer, Gott sei Dank.

17

Auf dem Flur im Polizeipräsidium hörte sie schon das Telefon in ihrem Zimmer klingeln. Sie rannte die letzten Treppenstufen hoch, riß die Tür auf und fiel über das Telefon her, halb überzeugt davon, daß der Anrufer schon aufgelegt hatte. Das war aber nicht der Fall; es war Derek Cramer von der Gerichtsmedizin. Er hörte sich noch immer froh und munter an.

»Hallo, Monika!« Das sprach er aus wie Monnika. »Wir haben die Analysen fertig, und sie zeigen ungefähr das, was Hayakawa gesagt hat. Dein Patient hat mit größter Sicherheit ein Antikoagulans bekommen ...«

»Was hat er bekommen?«

»Am einfachsten ausgedrückt: Rattengift.«

»Rattengift?«

»Ja, jedenfalls denselben Wirkstoff. Er heißt Warfarin, er senkt das Gerinnungsvermögen des Blutes. Die Ratten sterben auf genau dieselbe Weise wie in unserem Fall der Patient, aber in kleinen Dosen läßt sich dieses Mittel als Medizin verwenden, um Blutgerinnsel zu verhindern. Es gibt keine spezifische Analyse für diesen Wirkstoff, aber alles andere war negativ, und deshalb kommen wir zu dieser Ausschlußdiagnose.«

»Ist das etwas, das man versehentlich nehmen kann?«

»Die kommerzielle Ausführung, die für Ratten gedacht ist, ist lila, damit Kinder sie nicht essen. Wie sie schmeckt, weiß ich nicht, aber die Ratten lieben sie ja, ganz unmöglich kann es also nicht sein, sie hinunterzubekommen, aber es ist nicht besonders wahrscheinlich, daß irgendein Mensch Warfarin in dieser Form zu sich nehmen würde. Ich habe jedenfalls nie davon gehört. Das Medikament wird vermutlich in Tablettenform verabreicht, ich arbeite schon seit langem nicht mehr mit Medikamenten, und die könnte man wohl sicher verwechseln. Ich schicke einen Bericht, wenn alles fertig ist, aber ich habe angenommen, daß du alles sofort erfahren willst.«

»Herzlichen Dank, das gibt mir festeren Boden unter den Füßen. Wie heißt das Mittel noch, kannst du das buchstabieren?«

»W-a-r-f-a-r-i-n.«

Monika notierte und fügte hinzu: Bei Anticimex überprüfen.

»Und wie läuft die Untersuchung so?« Derek schien nicht nur aus Höflichkeit zu fragen.

»Um diesen kleinen Mann gibt es einen erstaunlichen Wirbel, obwohl er mit seinem Leben nichts Besonderes angefangen hat. Im Moment ertrinke ich in Informationen, aber ich habe noch kein richtiges System für sie gefunden.«

»Das bedeutet zumeist, daß man auf dem richtigen Weg ist. Good luck! Das schaffst du sicher!«

18

Auf dem Zettel, auf den Monika WARFARIN geschrieben hatte, befand sich eine Mitteilung, die sie in der Eile übersehen hatte, obwohl EILIG darüber stand. Monika Pedersen, so bald wie möglich Linus Eriksson bei der Polizei anrufen, daneben eine Telefonnummer. Sie wählte die Nummer und hatte ihn direkt an der Strippe.

»Kennen Sie Ulla Sandberg?« fragte er.

»Ja. Wieso?«

»Ich glaube, wir haben hier eventuell einen Fehlgriff getan. Sie ist heute morgen tot aufgefunden worden, eine Nachbarin hat uns verständigt. Sie hatte einen Abschiedsbrief geschrieben, hatte dafür gesorgt, daß ihr Kind beim Vater übernachtete, ja, es sah alles ganz klar aus. Tabletten, sie war Ärztin, aber das wissen Sie ja schon, und deshalb stimmte die Dosierung. Sie hatte Führerschein und Personalausweis in der Tasche, die Bilder stimmten, kein Zweifel daran, daß sie es wirklich war. Jetzt bin ich mit der Leiche im Leichenschauhaus, und da ruft die Nachbarin wieder an, ihr ist plötzlich eingefallen, daß sie noch erzählen mußte, daß Ulla Sandberg im Zusammenhang mit einer MorderMittlung mit euch zu tun hatte. Das tut mir wirklich schrecklich leid, aber wir hatten doch nicht die geringste Ahnung, daß sie bei euch aktuell war, sonst hätten wir nichts getan, ohne euch zu informieren, aber wir wußten ja wie gesagt gar nichts.«

Wir. Linus hörte sich jung an, und Monika überlegte, wieso gerade er die unangenehme Aufgabe erwischt hatte, bei der Kripo anzurufen und um Entschuldigung zu bitten.

»Können Sie mir Schritt für Schritt erzählen, was passiert ist?« Monika machte sich Notizen, während er berichtete.

Es stellte sich heraus, daß die Nachbarin um halb neun Uhr morgens angerufen hatte, nachdem sie Ulla Sandberg leblos in ihrer Wohnung aufgefunden hatte. Linus war hingeschickt und ein Krankenwagen, der sich gerade in der Nähe befand, war alarmiert worden. Als Linus ankam, stand die Krankenwagenbesatzung im Flur und rauchte.

Nach ihrer Ansicht bestand kein Zweifel daran, daß Ulla tot war, und sie war beim Eintreffen der Polizei sofort wieder gefahren. Linus war auch ihrer Ansicht gewesen, er hatte die Wohnung mit aller Sorgfalt untersucht, er hatte mit der Nachbarin gesprochen, die erzählte, Ulla habe sie gebeten, morgens die Post durchzusehen, was die Nachbarin seltsam gefunden, aber getan hatte. Linus hatte nicht weniger als vier Abschiedsbriefe gefunden, einen an die Nachbarin, in dem Ulla um Entschuldigung bat und erklärte, daß sie von keinem anderen Menschen gefunden werden wollte, einen an Ullas geschiedenen Mann, einen an ihre Tochter Johanna und einen an ihre Eltern. Linus war in der Wohnung nichts aufgefallen. Er hatte einige leere Tablettenröhrchen an sich genommen, alle von Ulla Sandberg für Ulla Sandberg verschrieben, und sie waren am Dienstag aus der Apotheke geholt worden, an ihrem Todestag also. Linus hatte auch ihren Körper auf äußerliche Anzeichen von Gewalt hin untersucht, hatte aber nichts gefunden. Danach hatte er bei der Polizei einen Wagen bestellt, um die Tote ins Leichenschauhaus zu bringen und Ullas Exmann angerufen, an den der zweite Abschiedsbrief gerichtet war. Der wohnte in der Nähe und war bereit, sofort in die Wohnung zu kommen. Linus hatte abgeschlossen und war ins Leichenschauhaus gefahren, um die Leichenschau in die Wege zu leiten, und dann hatte die Nachbarin angerufen und die unwillkommene Nachricht vorgebracht, daß Ulla von der Kripo verhört worden war. Und jetzt wußte Linus nicht, was er machen sollte.

Monika dachte an ihre kümmerliche, lustlose Unterhaltung mit Ulla. Verhör? Ja, vielleicht.

Im Moment ließ sich nicht viel machen.

»Schicken Sie mir eine Kopie von Ihrem Bericht, schreiben Sie wie üblich Ihr Protokoll für die Gerichtsmedizin, aber fügen Sie hinzu, daß eine so schnelle Erledigung wie möglich angebracht wäre, da Ulla ja auch bei uns aktuell ist.«

»Das mache ich.«

»Können Sie mir Namen und Adresse von ihrem Verflossenen und der Nachbarin sagen, außerdem Namen und Stärke der Tabletten, die sie wahrscheinlich genommen hat, und eine Nummer, wo ich Sie erreichen kann, wenn ich Sie brauche? Dann findet sich alles, Sie werden schon sehen.«

»Danke.« Linus schien erleichtert zu sein. »Vielen Dank.« Monika versank tiefer in ihrem Sessel.

Ulla war tot. Ulla, der sie keine besondere Aufmerksamkeit gewidmet hatte, Ulla, die nicht besonders viel zu sagen zu haben schien. Hatte Ulla wirklich am Tag nach ihrer Begegnung Selbstmord begangen? Plötzlich befand Monika sich in derselben Situation wie ihre Zeugen, sie mußte sich überlegen, ob sie Ullas eventuelle Selbstmordpläne mißverstanden oder vielleicht übersehen hatte, denn es läßt sich doch wohl nicht verbergen, wenn man vorhat, innerhalb der nächsten Stunden Selbstmord zu begehen? Schwer zu sagen, Gösta hatte doch im Mittelpunkt der Unterhaltung gestanden, nicht Ulla. Sicher hatte Ulla erschöpft ausgesehen, aber Monika war daran gewöhnt, daß Frauen erschöpft aussahen. Aber da war noch etwas anderes gewesen, eine Abwehr, eine Teilnahmslosigkeit, aber Monika wußte nicht, wie sie die deuten sollte, wußte nicht, ob sie von Bedeutung war.

Eine andere Möglichkeit war natürlich, daß nach ihrem Gespräch etwas passiert war.

Aber vielleicht hatte Ulla auch keine Selbstmordgedanken gehegt, weder während ihres Gespräches mit Monika noch später. Hatte sie für die Menschen, die Gösta ermordet hatten, eine Bedrohung dargestellt? Konnte auch sie ermordet worden sein? Unwahrscheinlich. Es gibt allerlei Kniffe, einen Menschen dazu zu bringen, daß er etwas schreibt, das sich als Abschiedsbrief auslegen läßt, aber bei vier Briefen scheint es doch unwahrscheinlich. Die Medikamente, die laut Etikett Ulla sich selber verschrieben hatte, konnte die ein anderer in ihrem Namen verschrieben haben? Dann jedenfalls ein Arzt oder sogar eine Ärztin, falls das Rezept telefonisch durchgegeben worden war. Aber Monika konnte sich nicht vorstellen, wie ein Mensch einen anderen zwingen konnte, Mengen von Medizin einzunehmen. Wenn die Analysen ergaben, daß Ulla den Inhalt der Tablettenröhrchen geschluckt hatte, dann konnte ihr Tod wohl kaum etwas anderes sein als der Selbstmord, als der er erschien.

Sie mußte jedenfalls mehr über Ulla und ihre letzten Tage herausfinden. Das wichtigste war jetzt, ihre Bekannten zu finden, jemanden, mit dem sie am Montag oder am Dienstag vielleicht gesprochen hatte. Monika wollte auch Greta anrufen, sie hätte zu gern gewußt, was zwischen den beiden passiert war. Ulla hatte Greta wiedererkannt, da war Schwester Eva sich sicher, und Monika verließ sich auf Evas Fähigkeit, den Gesichtsausdruck anderer zu deuten. Greta hatte Ulla nicht erkannt oder nicht erkennen wollen, und ihr Gespräch hatte ein abruptes Ende genommen.

Sie betrachtete die Nummern, die Linus ihr gegeben hatte, und rief als erste Ullas Nachbarin an. Keine Antwort.

Als nächstes versuchte sie es bei Ullas geschiedenem Mann, Erik Sandberg, und dort hatte sie mehr Glück. Sie bat um Entschuldigung, weil sie so kurz nach dem Todesfall schon anrief, erklärte, worum es ging, und überredete ihn, sich für vier Uhr mit ihr zu verabreden.

Als sie den Hörer wieder auflegte, schwankte der Schreibtisch ein wenig, und auch die Rückwand des Zimmers schien sich leicht zu bewegen. Monika war schwindelig, und sie spürte ihren Hunger. Sie hielt sich am Schreibtisch fest und erhob sich vorsichtig. Das ging gut, Zimmer und Möbel hielten still, und sie griff zu ihrem Portemonnaie, um sich davon zu überzeugen, daß sie genug Geld für ein Mittagessen bei sich hatte.

19

Es wurde langsam schon zu spät für eine warme Mahlzeit, aber ein Brot mit Frikadelle konnte sie in der Cafeteria immer noch bekommen. Sie hatte gerade die Tür erreicht, als das Telefon wieder klingelte. Sie nahm ab, und ehe sie etwas sagen konnte, hörte sie:

»Ekdal, Pathologie.«

»Pedersen, Kripo«, konterte Monika.

»Hallo, gut, daß ich Sie erwische. Ja, ich wüßte gern, was wir mit Gösta Perssons Kleidern machen sollen. Habe ich schon erzählt, daß er noch angezogen war, als er aus der Psychiatrie gekommen ist? Das kommt sonst so gut wie nie vor. Wir haben ihn selber ausgezogen, und dann war soviel los, ja, Sie wissen ja, und deshalb haben wir die Kleider total vergessen. Jetzt haben wir sie aber wiedergefunden. Wollen Sie sie haben, oder was sollen wir damit anfangen? Offenbar gibt es keine Angehörigen, die Wert auf den Kram legen.«

»Haben Sie die Taschen durchgesehen?«

»Nein. Sollen wir das tun?«

»Nein, rühren Sie nichts an. Ich oder irgendwer sonst

kommt so bald wie möglich vorbei, um sie zu holen. Wo sind die Kleider jetzt?«

»In meinem Sprechzimmer. Sie lagen in unserem Magazin, waren also sicher verwahrt.«

Monika fragte sich, wie es mit dieser überzeugten Darstellung aussehen würde, wenn jemand versuchte, den Professor unter Druck zu setzen. Wer hatte das Magazin abgeschlossen? Wann? Gab es nur einen Schlüssel? Hatte Bo Ekdal oder sonstwer den Schlüssel aus der Hand gegeben?

Und hatte Bo Ekdal das Sprechzimmer nicht verlassen, seitdem die Kleider dorthin gebracht worden waren? Und wenn doch, hatte er abgeschlossen? Wie lange arbeitete seine Sekretärin schon für ihn? Diese letzte Frage war zweischneidig. Wenn sie schon seit zwanzig Jahren für ihn arbeitete, dann war sie wahrscheinlich dermaßen mit ihm verbunden, daß sie nicht als glaubwürdig gelten konnte, und wenn sie neu eingestellt war, dann hatte auch das seine Nachteile. Es war unbegreiflich, daß sie selbst noch nicht an die Kleider gedacht hatte. Sie fragte sich, ob Bo bei ihrem Gespräch dem Thema »Göstas Kleider« ausgewichen war. Hatte er sie aus irgendeinem Grunde erwähnen wollen, bevor sie danach fragte? Ob er vielleicht Albinsson schützen wollte? Sie schienen zwar keine besonders guten Freunde zu sein, aber Bo konnte sicher sehr überzeugend bluffen, und vielleicht war es bei Professoren so wie bei vielen anderen Berufsgruppen, und sie schlossen vor Angriffen von außen die Reihen.

Sie hatte niemanden, den sie ins Krankenhaus schicken konnte, und deshalb zog Monika ihre Jacke wieder an. Sie gestattete sich keine Pause, da es möglich war, daß Göstas Kleider wichtige Spuren enthielten. Sie spürte, wie gereizt sie auf Bo Ekdal reagierte, und beschloß, erst bei Anticimex anzurufen, um herauszufinden, ob Gösta das Gift schlichtweg in Form von Rattengift verabreicht worden sein könnte. Vielleicht führte sie das ganze Krankenhaus auf eine riesige Irrfährte. Sie wollte sich mit dem Anruf auch selber klarmachen, daß sie, und nicht Bo, ihre Arbeit bestimmte. Sie rief in der Zentrale von Anticimex an.

»Hallo. Kriminalpolizei, ich würde gern mit jemandem sprechen, der sich in Sachen Rattengift auskennt.«

»Von der Polizei? Haben Sie eine Kundennummer?«

»Das weiß ich nicht. Wir haben jedenfalls keine Rattenprobleme, ich brauche nur einige Auskünfte. Über Rattengift.«

Sie wurde durchgestellt.

»Hallo, Kriminalinspektorin Pedersen hier, ich brauche jemanden, der sich mit Rattengift auskennt, bin ich an der richtigen Stelle gelandet?«

»Theo Åkerlind, und das ärgste ist, daß wir im Moment überhaupt keine Einsätze starten können, wie akut der Fall auch sein mag, wir sind nur noch zwei Personen in der ganzen Abteilung ...«

Monika fiel ihm ins Wort:

»Ich habe nur einige Fragen zum Thema Rattengift.«

»Ach so.« Die Erleichterung war deutlich zu hören. »Was möchten Sie wissen?«

»Erstens wüßte ich gern, ob es stimmt, daß Warfarin als Rattengift benutzt wird.«

»Das stimmt – es wirkt erst nach so langer Zeit, daß Ratten, die ansonsten solchen Mitteln mit großem Geschick aus dem Weg gehen, nicht begreifen, daß ihnen von diesem Zeug so schlecht wird.«

»Nächste Frage: Wie schmeckt das?«

»Wie, wie das schmeckt?«

»Ja, könnte man es zum Beispiel ins Essen mischen oder in den Kaffee, ohne daß es auffiele?«

Der Mann am anderen Ende der Leitung lachte:

»Ich schicke Ihnen ein Warenmuster, dann sehen Sie's ja selber. Unser üblichstes Präparat besteht aus Haferflocken, Zucker und Mehl, im Kaffee wäre das also nicht zu empfehlen, während es mit Kefir sehr gut schmeckt. Warfarin an sich ist geschmacksfrei. Aber verzeihen Sie, daß ich gelacht habe. Haben Sie den Verdacht, daß sich irgendwer mit unserem Rattengift vergiftet hat?«

»Könnte man das absichtlich tun?«

»Tja, wie Sie vielleicht wissen, werden diese Mittel nach Körpergewicht dosiert, und die Menge, die nötig ist, um eine Ratte umzubringen, ist ja recht klein, verglichen mit der, die für einen Menschen ausreicht. Lassen Sie mich einen Moment nachdenken, man brauchte wohl drei Kilo, das wäre dann eine ausreichende Menge . . . Soweit ich weiß, ist das noch nie vorgekommen, aber ganz unmöglich wäre es vielleicht nicht, wenn man die Dosis über mehrere Tage verteilt.«

»Wie lange behält das Gift seine Wirkung?«

»Bei trockenem Wetter etwa ein Jahr.«

»Haben Sie ein Monopol auf Rattengift?«

»Nein, leider nicht. Spaß beiseite, man kann in fast allen Warenhäusern Rattengift kaufen, aber es wird effektiver, wenn wir es auslegen.«

»Eine letzte Frage: Wieviel legen Sie in einem Haus aus, das gesäubert werden soll?«

»Kommt drauf an. Wir nehmen dreihundert Gramm für jede Wohneinheit, manchmal aber auch nur zwei oder drei, in einem kleinen Einfamilienhaus zum Beispiel, und manchmal auch sehr viel mehr.«

»Danke, Sie waren mir eine große Hilfe.«

»Sie können gern wieder anrufen.«

Ob Theo auf neue Kundschaft hoffte? Oder sollte das ein kleiner Flirt sein? Monika legte lächelnd den Hörer auf. Er hatte sich nett angehört, und außerdem konnte Monika kommerzielles Rattengift als Warfarinquelle nun von ihrer Liste streichen, drei Kilo trockene Haferflocken, Mehl und Zucker hätte Gösta weder absichtlich noch aus Versehen herunterbringen können. In leicht gebesserter Laune ging sie zum Krankenhaus.

Diesmal war Bo in seinem Arbeitszimmer, er öffnete sofort, lächelte unverbindlich und zeigte auf einen kleinen unordentlichen Haufen an der Wand:

»Da sind sie.«

Göstas Kleider steckten in zwei dünnen weißen Plastiktüten, vermutlich solchen, die in Papierkörben verwendet werden. Daneben stand ein Paar braune Schuhe, zu dünn für das Märzwetter. Auf den Tüten lag ein zusammengeknüllter karierter Mantel. Die Kleider – karierter Hut, karierte Jacke und karierte Hose – waren sauberer, als Monika erwartet hatte, abgesehen von einem dunkelbraunen Fleck auf der rechten Vorderseite der Jacke. Das Hemd wies am Kragen und am rechten Unterarm ähnliche Flekken auf.

Sie sah die Taschen vorsichtig durch. In einer Hosentasche machte sie den erwarteten Fund: einige Tegretoltabletten, zwei Rohypnol und eine sehr kleine runde Tablette mit Kerben, um sie zu vierteln. Sie war seltsamerweise blau. Monika konnte sich nicht erinnern, jemals blaue Tabletten gesehen zu haben. Sie überlegte, ob sie ein ausländisches Fabrikat sein könnte oder ob die blaue Farbe etwas Besonderes zu bedeuten hätte.

»Haben Sie was gefunden?« fragte Bo.

»Er hatte seine Brieftasche in der Jacke, darin steckten aber nur Geldscheine und ein Zettel, auf dem offenbar Türcodes vermerkt waren. In den übrigen Taschen hatte er Münzen, eine halbe Packung Zigaretten, Streichhölzer, Schlüssel, eine Briefmarke, einige Straßenbahnfahrkarten und sechs Tabletten.«

»Tabletten?«

»Die üblichen. Das heißt, Tegretol, das erkenne ich, und das hier sieht aus wie Rohypnol. Das erste wirkt krampflösend, und Krämpfe kriegen diese Burschen ja oft, das andere ist ein beliebtes Schlafmittel, teuer auf dem schwarzen Markt. Die blauen hier, kennen Sie die?«

Bo Ekdal betrachtete die kleine blaue Tablette und schüttelte den Kopf.

»Keine Ahnung, Sie sollten eine Schwester fragen, die wissen, wie die Medikamente aussehen. Zudem sieht diese ziemlich verschmutzt aus!«

»So sehen sie halt aus, wenn sie schon tagelang in einer Tasche gelegen haben. Das spricht jedenfalls dagegen, daß irgendwer sie nach seinem Tod in die Tasche gesteckt haben könnte.«

»Nach seinem Tod? Warum sollte irgendwer das tun?«

Bo sah sie überrascht an. Monika spürte, daß sie nicht mehr verspannt war, sie war sichtlich befreit, ohne so recht zu wissen, wie das gekommen war. Sie zuckte mit den Schultern und antwortete:

»Tja, zum Beispiel, damit wir in dem Glauben belassen werden, daß Gösta die Tabletten selber genommen hat oder daß er eben an diesen Tabletten gestorben ist, obwohl sein Tod auf ganz andere Weise eingetreten ist.«

»Sie gehen also von der Theorie aus, daß er wirklich

ermordet worden ist.« Bo schien immer noch nicht begriffen zu haben, daß er selber zu denen gehörte, die die Möglichkeit gehabt hatten, sich an Göstas Taschen zu schaffen zu machen. Er dachte kurz nach, und dann schien es ihm aufzugehen:

»Meinen Sie, daß jemand aus dem Krankenhaus damit zu tun haben kann? Aber das kann doch nicht sein! Haben Sie einen bestimmten Verdacht? Sie verdächtigen doch wohl nicht mich?« Gleich zur Sache jedenfalls.

»Im Moment versuche ich nur festzustellen, was passiert ist. Danach müssen wir sehen, wie alles zusammenpaßt. Schade, daß Allan Larsson von der Technik die Kleider nicht schon am Montag mitnehmen konnte, aber daran läßt sich jetzt nichts mehr ändern. Ich hätte gern eine schriftliche Erklärung darüber, wo die Kleider aufbewahrt worden sind, wer Zugang zu ihnen hatte und wer Ihr Zimmer betreten konnte. Ich habe ja heute morgen gesehen, daß Ihre Sekretärin Besucher ins Zimmer läßt, auch wenn Sie nicht da sind.«

Bo sah genervt aus, und Monika ahnte, daß sie sich jetzt dem Punkt näherte, dem Bo ausgewichen war, dem Punkt, auf den sie vorher nicht gekommen war.

»Da haben wir ein kleines Problem.« Er drehte und wand sich auf seinem Stuhl. »Verstehen Sie, unser Hausmeister, Affe, der mit bei der Obduktion geholfen hat, ja, es ist peinlich, aber formell, oder in der Praxis, oder wie ich das ausdrücken soll, streikt er. Er hat die Kleider eingeschlossen.«

Gott sei Dank, daß nicht noch eine weitere verwirrende Spur auftauchte. Bos Geheimnis hatte offenbar nichts mit Gösta zu tun. Sie war erleichtert und kam sich großzügig vor.

»Die Geschichte braucht wohl nicht erwähnt zu werden, obwohl ich vielleicht noch mit ihm reden muß.«

»Danke. Das ist nett. Ich wollte es schon heute morgen erzählen, aber Sie wirkten so aggressiv, entschuldigen Sie, daß ich das sage, aber deshalb bin ich in die Defensive gegangen, blöd von mir.«

Monika bat, telefonieren zu dürfen, und wählte die Nummer der Psychiatrie.

»Hallo, Eva, hier ist Monika ... ja, ich habe das mit Ulla gehört, ich komme morgen vorbei, aber jetzt eine ganz andere Frage: Wie sehen Warfarintabletten aus?«

»Warfarin? Du meinst Waran, ja, so heißt das Medikament. Klein und rund und eingekerbt, wird oft in zwei Hälften dosiert.«

»Welche Farbe?«

»Blau, wieso?«

»Gibt es noch andere Tabletten, die so aussehen?«

»Nein, der Hersteller will versehentliche Unglücksfälle vermeiden, und deshalb sehen einige von den gefährlicheren Tabletten so auffällig aus.«

»Danke, Eva. Übrigens, ist dieses Medikament rezeptpflichtig?«

»O ja. Hast du etwas entdeckt?«

»Vielleicht. Ich kann jetzt nicht darüber reden. Ich komme morgen vormittag vorbei, bis dann.«

Sie wandte sich an Bo, der noch auf seinem Stuhl saß:

»Diese kleine blaue hier scheint eine Warantablette zu sein, und die Gerichtsmediziner nehmen an, daß er mit diesem Medikament vergiftet worden ist.«

Bo lachte nicht mehr. Endlich war es Monika gelungen, ihn in Bahnen denken zu lassen, die außerhalb seiner eng umrissenen Alltagstätigkeit verliefen.

»Es ist schwer zu verstehen, daß so etwas passiert.« Plötzlich lächelte er wieder. »Aber eigentlich handelt ja die klassische Literatur von Leben und Tod, von Macht über Leben und Tod, von der Macht über das eigene Leben und den Tod der anderen.«

Er sah so zufrieden aus, daß Monika begriff: Er glaubte, etwas Kluges gesagt zu haben, und auf diese Weise war er mit sich und der Welt wieder im reinen. Monika beneidete ihn deshalb nicht, sie nahm Göstas Kleider, bedankte sich und ging.

Langsam hatte sie das Gefühl, daß sich alles klärte; sie konnte jetzt drei Stränge erkennen. Erstens gab es da Professor Albinsson und den Arzneimittelversuch mit der Tatsache, daß noch ein weiterer Patient kürzlich verstorben war, Albinssons Wut über die ausgefallenen Obduktionen, und die Mühe, die sich die Station gab, sie davon zu überzeugen, daß nichts schiefgehen konnte. Zweitens Ulla Sandbergs Tod und Gretas Beziehung zu Ulla. Unwahrscheinlich, daß diese beiden Todesfälle nichts miteinander zu tun haben sollten. Schließlich und drittens hatte sie noch die Erbin, Rose-Marie Persson, die wie viele andere in verzweifelten Geldnöten steckte.

Dieser Tag, der so zäh begonnen hatte, hatte die Wendung gebracht. Monika glaubte so langsam, daß sie die Puzzleteile zusammenlegen und herausfinden könnte, wer Gösta auf dem Gewissen hatte.

Jetzt stand ihr noch die Unterredung mit Erik Sandberg bevor, dem Mann, mit dem Ulla verheiratet gewesen war. Er müßte wissen, ob ihr möglicher Selbstmord vielleicht eine Erklärung hatte, die weit entfernt von der Notaufnahme der Psychiatrie zu suchen war, eine, die überhaupt nichts mit Göstas Tod zu tun hatte.

20

Auf Erik Sandbergs Briefkasten, standen zwei Namen: Erik und Yvonne, also waren Erik und Ulla der statistischen Wahrscheinlichkeit gefolgt: Er hatte sich wieder gebunden, sie nicht. Solche Beispiele erweckten den Verdacht, daß die Ehe, oder Beziehungen überhaupt, mehr den Männern nützten als Frauen. Sie erinnerte sich an Untersuchungen, die besagten, daß verheiratete Männer weniger oft an Depressionen litten als alleinstehende, während es bei Frauen umgekehrt war, und sie hatte kürzlich erst gelesen, daß verheiratete Männer und ledige Frauen mit ihrem Leben am zufriedensten zu sein behaupteten. Monika, alleinstehend, alleinwohnend, machte sich keinerlei Illusionen über ihre derzeitige Situation. Sie sehnte sich nach der erstrebenswerten Zweisamkeit, die ihr als natürlicher Zustand der Menschen erschien, während ihr gleichzeitig klar war, daß eine solche Veränderung auch Einschränkungen und Pflichten mit sich bringen würde, die dem eigenen Ego zuwiderlaufen.

Ob sie dann wohl auch in so einer Reihenhausgegend landen würde? Es schien Hunderte von diesen Häusern zu geben, billig und massenproduziert, Reihe um Reihe. Mikael redete nie über kleine Häuser, deshalb fiel es ihr schwer, das zu interpretieren, was sie sah. Frühe siebziger Jahre vielleicht, eng, sehr viel dunkelbraunes Holz. Notlösung, strahlten die Häuser aus, bis wir uns etwas Besseres leisten können. Aber die Autos, die Monika sah, kamen ihr teuer vor, und sie fragte sich, ob sie die Gegend vielleicht falsch beurteilte.

Sie schellte an der dunkelbraunen, leicht verblaßten

Haustür um Punkt vier, und stand plötzlich vor einem dunkelhaarigen Mann in den Vierzigern. Im ersten Moment strahlte er die Makellosigkeit der Light-Margarine-Reklame aus, aber seine rundlichen Konturen wiesen eher auf Lebenslust und Vitalität hin. Er war muskulös und hatte gepflegte Hände. Der Typ Mann, zu dem sich Monika immer hingezogen fühlte, wenn auch hier in Luxusausstattung.

Erik Sandberg sah genervt und ein wenig mitgenommen aus, aber Monika ahnte, daß das nur äußerlich war. Eine Nacht mit ungestörtem Schlaf würde sein normales Aussehen wiederherstellen.

Monika fand ihn sofort anziehend, und gleichzeitig spürte sie, wie so oft, daß sich dieser kräftige und dynamische Mann wohl kaum für sie interessieren würde. Diese Überlegung wurde durch Yvonne, seine neue Frau, bestätigt, die sich von einem niedrigen Ledersofa erhob, um sie zu begrüßen: Yvonne war groß, Monika klein; dunkel, wo Monika hell war; kurvig, wo Monika das nicht war; modern frisiert und gekleidet.

Yvonne ergriff als erste das Wort:

»Ist das denn wirklich nötig? Wir haben doch schon mit der Polizei gesprochen, wir haben alles gesagt, was wir wissen, und das ist nicht sehr viel, und es wird langsam spät.«

Erik erwiderte gereizt:

»Das ist nicht dieselbe Polizei, es geht um etwas ganz anderes. Bitte, bring Johanna nach oben.«

Monika sah jetzt, daß noch jemand auf dem Sofa saß. Ein schmächtiges blondes Mädchen von vier oder fünf Jahren war in einer Sofaecke zusammengekrochen. Sie hatte schulterlange glänzende Haare und schmutzige Kleider, und sie lutschte intensiv am linken Daumen. In der rechten Hand hielt sie ein Stückchen weißes Fell, das sie immer wieder drehte. Sie schien in ihre eigene Welt versunken zu sein, und sie reagierte kaum, als Yvonne sie hochhob und die offene Holztreppe hinauf ins Obergeschoß brachte.

»Euer kleines Mädchen«; Monika, selber mutterloses Kind, glaubte, selten etwas so Trauriges gesehen zu haben wie dieses verletzliche kleine Geschöpf, das so abrupt weggeschafft worden war. »Wie geht es ihr?«

»Johanna?« Erik schien von dieser Frage überrascht zu sein. »Wie immer, glaube ich, sie ist ja daran gewöhnt, hier zu sein, und wir haben ihr noch nichts gesagt. Es ist nicht so leicht zu sagen, wieviel sie in diesem Alter verstehen.« Er schien das Thema für erledigt zu halten, denn er setzte sich, bot Monika mit einer Handbewegung den Platz neben sich an und fuhr fort: »Diese Geschichte ist wirklich nicht lustig. Ich habe einige Fragen und hoffe, du kannst sie beantworten, ich begreife wirklich nicht, wie das passieren konnte.«

»Ich habe auch einige Fragen. Können wir mit Ulla anfangen, seit wann kennt ihr euch, wann habt ihr geheiratet, wann habt ihr euch scheiden lassen?«

»Das habe ich deinem Kollegen doch schon erzählt ...« Er sah Monika auffordernd an, als ob er glaube, sie werde die Frage nun zurückziehen.

Sie gab keine Antwort, und er fuhr schließlich ungeduldig fort: »Ich habe Ulla kennengelernt, als sie zweiundzwanzig war, zwei Jahre später haben wir geheiratet, weitere zehn Jahre später haben wir uns scheiden lassen. Ich frage mich, in was für Geschichten sie verwickelt war. Kann sie deshalb Tabletten genommen haben?«

»Dazu kommen wir noch, und wir kommen schneller dahin, wenn du zuerst meine Fragen beantwortest. Was hat

Ulla gemacht, als ihr euch kennengelernt habt? Wie war sie?«

Erik ließ sich auf dem Sofa zurücksinken, er schien zu akzeptieren, daß Monika das Kommando übernahm.

»Sie war lustig. Lustig und süß und sexy, so war sie damals. Sie arbeitete als Sekretärin in einer Anwaltskanzlei.«

Sein Gesicht veränderte sich, es sah wehrlos, traurig und verblüfft aus, als könne er noch immer nicht begreifen, was mit ihrer Beziehung passiert war.

»Und dann fing sie an zu studieren, wir hatten nur noch wenig Geld, sie wich mir aus, verschwand hinter ihren Büchern, an den Abenden, an den Wochenenden . . . sie kümmerte sich nicht mehr um ihr Aussehen, behauptete, sie hätte kein Geld, um sich einen Lippenstift zu kaufen«, er zuckte mit den Schultern, »und dann kam Johanna, ungeplant. Ulla wollte das Kind unbedingt, obwohl mir klar war, daß uns das überfordern würde, aber Ulla interessierte sich nicht dafür, was ich sagte oder dachte oder fühlte, und es wurde wirklich die Hölle. Kolik, Ekzeme, es ging nicht. Also sind wir auseinandergezogen, aber es gab trotzdem genausoviel Krach. Sie hatte keine Zeit für das Kind, wollte immer, daß ich mich darum kümmerte, aber ich hatte doch nicht um das Kind gebeten. Es war für uns beide eine schlimme Zeit, wir glitten immer weiter auseinander, und am Ende ließen wir uns scheiden. Traurige kleine Geschichte, und für uns beide nicht besonders schmeichelhaft, aber so ist es eben. Bringt dich das bei deiner Untersuchung weiter?«

»Wie war in der letzten Zeit euer Kontakt?«

»Nicht sehr gut. Ich glaube, sie war komischerweise eifersüchtig auf Yvonne, obwohl sie selber mich doch nicht mehr wollte. Es ging vielleicht auch um Johanna. Yvonne macht es keinen Spaß, die Mama zu spielen, sie wird nicht gern daran erinnert, daß ich schon einmal verheiratet war, und ich kann ja nicht verlangen, daß sie die Verantwortung für das Kind einer anderen übernimmt; deshalb habe ich mich weniger um Johanna kümmern können als früher. Weiß der Teufel, was jetzt werden soll, Yvonne will kein Kind, und schon gar nicht auf diese Weise.«

»Hast du in den letzten Tagen mit Ulla gesprochen?«

»Am Montag, und danach wollte ich dich fragen. Sie rief spätabends an, das machte sie manchmal in Krisensituationen, wir kannten uns ja trotz allem sehr gut. Auf jeden Fall, sie rief an und war total aufgelöst, sie war offenbar allein auf der Station gewesen, und jemand war gestorben, und sie hatte nicht gewußt, was sie tun sollte. Sie schien völlig niedergeschmettert zu sein, sagte, sie segle unter falscher Flagge, unter der Aufschrift ›Doktor‹, wo sie doch gar keine Ärztin sei, da sie nicht gewußt habe, wie sie den Patienten helfen sollte. Danach war ihr zu allem Überfluß auch noch ihre Tante begegnet, ihre Geheimtante, hatte aber kein Glück mit ihr gehabt.«

Monika unterbrach ihn:

»Ihre Geheimtante?«

»Damit machte sie immer ihre Scherze. Das ist ein Lerntrick: Wenn man sich vorstellt, daß eine bestimmte Person diese Krankheit hat, dann kann man das offenbar leichter lernen. Ihre Kommilitonen dachten an Marilyn Monroe und so, aber Ulla stellte sich eine liebe kleine Tante vor. Ich habe sie ab und zu abgehört, das war richtig lustig. Ulla wollte sich um alle kümmern, sagte sie, auch kleine Tanten, die offenbar nicht so hoch im Kurs stehen. Daß sie es nicht schaffte, sich um mich oder Johanna zu kümmern, war ihr egal, aber den kleinen Tanten wollte sie ihre Liebe schenken. Also, jedenfalls tauchte diese kleine Tante auf, die Schwester des gestorbenen Mannes, wenn ich das richtig verstanden habe, und Ulla fing an, mit ihr zu reden, aber sie hatte vergessen, daß es schon sehr spät war. Letzte Woche war sie zweimal zu spät zum Kindergarten gekommen, beim zweitenmal hatten Johanna und eine wütende Praktikantin in der Kälte auf der Treppe gesessen. Sie saßen schon seit einer halben Stunde da, und das reguläre Personal war nach Hause gegangen. Ulla rief danach an und weinte, aber Herrgott, so ist es eben, wenn man Kinder hat, das hatte ich doch gleich gesagt; jedenfalls hatte sie versprochen, diese Woche immer pünktlich zu sein. Und nun hatte sie gerade angefangen, mit ihrer kleinen Tante zu sprechen, die endlich leibhaftig aufgetaucht war, als sie plötzlich merkte, daß es schon spät war, sie mußte davonstürzen, um Johanna zu holen, aber sie kam trotzdem zu spät, weil sie in diesem Nebel nur im Kriechgang fahren konnte. Am Ende heulte sie los und sagte etwas von einer Bibliothek, redete von Affenjungen und von Johanna, und die ganze Zeit saß Yvonne auf dem Sofa und sah aus wie eine Zeitzünderbombe, sie kann es nicht ertragen, daß ich mit Ulla rede. Ich war wohl nicht die Stütze, die Ulla gebraucht hätte. Am Dienstag abend rief sie dann nur an und sagte, sie sei von der Polizei verhört worden, und sie würde Johanna rüberbringen. Sie hörte sich nicht ganz so an wie sonst, aber ich dachte, das hinge mit der Sache zusammen, die am Montag passiert war. Hast du an dem Tag mit ihr geredet?«

»Ja.«

»Aha ... und hattet ihr sie auf irgendeine Weise im Verdacht? Hatte sie wirklich bei dem Toten einen Fehler begangen?«

»Ulla? Nein, überhaupt nicht.« Der Gedanke erschreckte Monika. »Kann es ihr so vorgekommen sein?«

»Schwer zu sagen. Das ist vielleicht feige, aber man möchte ja gern eine andere Erklärung finden als die, daß man selber verantwortlich ist, ja, du weißt sicher, wie die Leute in solchen Situationen reagieren.«

»Ja, es ist leicht, sich schuldig zu fühlen. Du sagst, sie sei ziemlich aufgelöst gewesen, als sie anrief, kannst du das ein bißchen genauer erklären?«

»Ich weiß nicht, wie ich das beschreiben soll – sie hat geweint, aber das macht sie oft, nur ist es dann immer dieses Einsame-Mutter-Gequengel, du weißt schon, Geld, Kleider, die fehlen, Transportprobleme, Elternberatung, zu der ich mitkommen sollte, Arbeitszeiten, die nicht hinkamen, der ganze Kram. Diesmal ging es um ihren heiligen Job als Wohltäterin der Menschheit; das war neu, aber ansonsten klang sie wie immer. Sie hat nichts von irgendwelchen Selbstmordabsichten oder so gesagt, aber das wäre auch nicht ihr Stil gewesen, Ulla ist, oder war, sehr resolut.«

»Sie hatte früher nie mit Selbstmord gedroht?«

»Das hielt sie für einen billigen und gemeinen Dreh, und so was lag ihr nicht. Außerdem war sie im Grunde zufrieden, oder ich habe jedenfalls geglaubt, es wäre so.«

Monika war überrascht, als sie sah, daß eine Träne langsam über seine glatte, gut rasierte Wange kullerte, vorsichtig und zögernd bahnte sie sich ihren Weg nach unten. Erik machte sich nicht die Mühe, sie wegzuwischen.

»Du hast ja keine Ahnung, was Ulla für eine tolle Frau war. Sie hat sich immer an mich gewandt, wenn sie Hilfe brauchte, aber diesmal habe ich nicht richtig zugehört, ich habe zu viel an Yvonne gedacht, die zu jung ist, um solche Dinge zu verstehen.«

»Du hast vorhin gesagt, daß sie keinerlei Selbstmordabsichten angedeutet hat und daß ihr außerdem ziemlichen Krach darüber hattet, wieviel du ihr helfen solltest, also versuch deine Rolle in der richtigen Perspektive zu sehen und erzähl, was du eventuell ausgelassen hast.«

Monika wußte nicht, ob sie in die teilnahmsvolle Fürsorglichkeit fallen sollte, die ihr so gut lag, oder ob sie Eriks Trauer und Bestürzung ausnutzen sollte, um mehr Informationen aus ihm herauszuholen. Sie war verwirrt, und das führte dazu, daß ihr beides nicht gelang.

Er blickte sie überrascht an, sie hatte nicht die erwartete Antwort geliefert.

»Ich habe nichts Wichtiges ausgelassen, und du hast natürlich recht, vielleicht übertreibe ich meine Wichtigkeit und meinen guten Willen. Aber es ist so schwer zu verstehen, daß sie nicht mehr da ist, und ich kann mich nicht von dem Gedanken befreien, daß ich das vielleicht irgendwie hätte verhindern können.«

Monika empfand ein erstes kleines Mitgefühl für Yvonne. Erik hatte den Traum von Ulla nicht aufgegeben, die Sehnsucht nach dem Leben, das sie einmal gehabt hatten. Kein Wunder, daß es Yvonne nicht gefiel, wenn Ulla anrief, und es war nun vielleicht etwas leichter, ihre Zurückweisung des blonden Kindes zu begreifen, das mehr an seine Mutter erinnerte als an seinen Vater.

»Ich weiß nicht, ob ich noch weitere Fragen habe. Doch, hat Ulla irgendwelche Medikamente genommen?«

»Sie doch nicht. Nicht einmal ein Aspirin, sie dachte, wenn der Körper heiß war, dann, um ein Virus zu töten, und wenn man nicht schlafen konnte, dann hatte das Unterbewußtsein eine wichtige Mitteilung zu machen, ja, du kennst das ja.«

»Noch etwas. Hast du irgend etwas über Affenjunge gesagt?«

»Ja, das habe ich nicht richtig verstanden, es ging um irgendwelche kleinen Affen in einer Bibliothek, was immer das bedeuten soll, die sie noch verzweifelter gemacht hätten. Glaube ich, ich kann mich irren, ich habe leider nur halb zugehört.«

»Ich verstehe. Danke, daß ich kommen durfte.«

»Danke, daß du dich für Ulla interessierst. Ich muß erfahren, was passiert ist, wie das so kommen konnte.« Er sah noch immer wehrlos aus, fast kindlich vertrauensvoll. »Du sagst mir doch, was du herausfindest, was passiert ist?«

Als sie aufstand, wurde ihr wieder schwindlig, der Blutdruck schien ohne Zufuhr von Brennstoff, mit anderen Worten, von Essen, nicht zu funktionieren. Sie wartete einen Moment, bis der Schwindel sich legte, dann bat sie, telefonieren zu dürfen, und bestellte ein Taxi. Das kam erst nach einer Weile, aber sie konnte nicht mehr mit Erik reden, denn Yvonne kam herunter, sowie sie aufgestanden waren. Sie hat bestimmt gelauscht, dachte Monika. Ihr fiel nichts mehr ein, und nachdem sie zu lange in immer drückenderem Schweigen dagestanden hatten, beschloß Monika schließlich, draußen auf das Taxi zu warten. Das Kind sah sie nicht noch einmal.

21

Jaktvarvsplan sah wie immer sympathisch aus, obwohl das Wetter wirklich keine Hilfe war. Monika hatte einen skizzierten Bericht über die Ereignisse des Tages geschrieben, was länger gedauert hatte, als geplant, aber nun war sie endlich unterwegs zum Abendessen.

Mikaels Küchenfenster leuchtete warm zum Willkommen, und Monika entspannte sich und begegnete der Kälte, gegen die sie vorher angekämpft hatte. Es war ein Moment der totalen Befriedigung, hier, in einer der schönsten Wohngegenden von Kungsholmen war sie zu Hause. Sie hatte einen Freund, zu dem sie gehen konnte, sie bekam die Ermittlung langsam in den Griff. Bei Mikael duftete es nach Knoblauch und Gewürzen.

»Hallo. Willkommen. Zur Feier des Tages habe ich eine Pestosoße hergestellt, und dazu bekommst du Tagliatelle verde. Wenn du meine Anstrengungen nicht zu schätzen weißt, dann verweise ich dich auf die nächstgelegene Pizzeria. Spaß beiseite ich bin ganz ungeduldig und will hören, was du gemacht hast. Du hast ja keine Ahnung, wie lang der Tag für die untätige Hälfte dieser Untersuchung gewesen ist.«

Mikael bewegte sich geschmeidig, katzenhafter als sonst. Monika musterte ihn argwöhnisch. Seine Lippen schienen leicht geschwollen zu sein, sie dominierten sein Gesicht mehr als sonst, und er hatte einen kaum bemerkbaren kleinen hellroten Fleck am Hals.

»Du lügst so gut, daß du gleich morgen in der Schauspielschule anfangen könntest. Lang war der Tag also? Und du hast auf glühenden Kohlen gesessen? Warst untätig? Wenn du auf Sympathie und Mitleid wartest, dann vergiß es. Es steht dir doch ins Gesicht geschrieben, daß dein Tag von deiner Lieblingsbeschäftigung Sex erfüllt war, Blödmann. Wie macht man das übrigens, wenn man so von Kopf bis Fuß eingegipst ist?«

»Kein Problem, Sherlock. Der Gegenspieler, oder besser

gesagt, der Mitspieler, kann sich ja bewegen. Aber zur Sache, wie ist es gelaufen?«

Mehr würde sie nicht erfahren. Manchmal erzählte er im besten Willie-Garvin-Stil, und sie lachte sich kringelig und unterstellte ihm, alles erfunden zu haben, aber oft sagte er nichts, und dann halfen auch keine Fragen.

Sie versuchte, den fremden Duft zu identifizieren – jung? alt? Frau? Mann? –, aber die schwachen Spuren gingen in den Küchendüften unter. Ein dumpfer Schmerz in der Magenpartie erinnerte sie daran, daß sie ausgehungert war.

»Hilfe, ich hab' solchen Hunger, daß es mir schon gar nicht mehr wie Hunger vorkommt, ich war den ganzen Tag voll in Fahrt. Können wir gleich essen?«

Sie setzten sich. Monika aß zwei Scheiben Brot mit Butter, was gegen die Leere half, und danach sagte sie:

»Außerdem ist mir auch ein toller Typ begegnet.« Mikaels Miene ließ sie protestieren:

»Du solltest nicht alle nach dir selber beurteilen. Ich habe ihn gesehen und mit ihm gesprochen, das ist alles. Außerdem wohnt er schon mit einer Illustriertenfrau zusammen, aber er scheint noch immer an seiner Verflossenen zu hängen, die tot ist.«

»Und damit ist er disqualifiziert, oder wie meinst du das? Wie soll dein Märchenprinz aussehen? Richtig wie im Märchen, wie Dornröschen für hundert Jahre eingeschlossen, bis du ihn endlich findest?«

»Ich meine nur, daß er schon besetzt ist, aber darüber wollten wir doch gar nicht diskutieren.«

»Jetzt weich nicht aus. Du hast wirklich bei Männern eine Siegereinstellung. Er liebt seine Mitbewohnerin nicht, seine Frau ist tot, aber trotzdem ist es keine gute Idee ...«

»Mikael, hör zu. Ulla, die Assistenzärztin bei den Psychos, ist gestern nacht gestorben. Sie war mit einem sehr attraktiven, aber vielleicht ein wenig unreifen Mann verheiratet, ihre Beziehung hat ihr Studium und ihre kleine Tochter nicht überlebt. Ich habe keine Lust, Witze über ihn zu machen. Ich mußte mich einfach ein bißchen aufspielen, das war blöd und geschmacklos, aber ich begreife einfach nicht, wieso ich niemanden finden kann, obwohl ich suche, während du die Liebschaften nur so von den Bäumen schüttelst. Das ist ungerecht.«

»Das liegt daran, daß ich weniger wählerisch bin als du, und an meinem Charme, der sehr viel äußerlicher ist. Aber was sagst du da, gibt es noch eine Tote? Ulla, das war die erschöpfte und resignierte Ärztin, mit der du geredet hast?«

»Das erzähle ich dir alles, aber zuerst, Sherlock, will ich wissen, was du glaubst, was gestern noch passiert ist, nachdem ich einsam in der Finsternis verschwunden bin, auf der Suche nach Broken Rose.«

»Da tippe ich, daß die entweder aufgrund von Krankheit oder Nebel oder beidem ihr Üben eingestellt hatten, und deshalb mußtest du unverrichteter Dinge wieder nach Hause gehen, oder sie waren öde, uninteressant und während der gesamten fraglichen Zeit verreist.«

»Ganz falsch, du wirst wohl wieder Watson spielen müssen. In Wirklichkeit wurde der Abend fast gewalttätig und dramatisch. Zuerst hätte ich um ein Haar nicht nur eine Frau, sondern auch ihren kleinen Hund zu Tode erschreckt, dann wurde ich von einem schwergewichtigen Schlagzeuger mit riesigen Muskeln und Vorstrafen wegen Körperverletzung angegriffen, und dann dauerte es noch eine Ewigkeit, bis ich zu Hause war, und die ganze Zeit hatte ich den Eindruck, der Typ wäre hinter mir her, und ich bin bei jedem Geräusch hochgefahren und hatte fast schon Halluzinationen, das war wirklich ziemlich ungeil.«

»Ziemlich ungeil. Darf man fragen, was nötig ist, damit du etwas beeindruckter bist? Oder sogar die Situation als unheimlich, schrecklich oder so was bezeichnest?«

»Dazu gehört mehr, als daß ich vor Schatten Angst habe, aber der Besuch hat jedenfalls was gebracht. Ich weiß jetzt, daß die Band dringend Geld brauchte, und ich habe mit Rose-Marie gesprochen, die offenbar seit langem schon versprochen hat, daß sich die Finanzen bessern würden.«

»Daß die Band Geld braucht, ist ja nicht so überraschend, das geht wohl allen Bands ähnlich, und daß Rose-Marie, jedesmal wenn es Gösta schlechtging, auf sein Geld spekuliert hat, ist wohl auch natürlich.«

»Das schon. Aber das für natürlich zu halten, ist eine Sache, und es sicher zu wissen, eine andere. Jetzt wissen wir es sicher. Und jetzt erzähle ich dir den Rest.«

Sie führte sich eine Riesenportion Pasta zu Gemüte und erzählte kauend von dem, was sie erlebt hatte.

»Also sind wir im Grunde wieder da, wo wir gestern waren: Die Unklarheiten gehen von unserem Professor Albinsson aus, nichts, was heute passiert ist, hat daran etwas geändert.«

»Abgesehen möglicherweise von Derek Cramers Annahme, daß Gösta Waran bekommen hat, und der Tablette in seiner Tasche.«

»Derek Cramer hat aber gesagt, daß es keine Analysemethode gibt, um Warfarin im Körper nachzuweisen, oder nicht? Wenn diese Medizin, die sie in der Chirurgie ausprobieren, auf gewisse Patienten eine warfarinähnliche Wirkung hat, dann wird eine fusselige Warantablette zu einer hervorragenden kleinen Irrfährte, was wiederum bedeutet, daß Bo Ekdal auf irgendeine Weise in die Sache verwickelt ist.«

»Wenn wir diese Gedanken für einen Moment beiseite lassen und versuchen, uns vorzustellen, wie zum Teufel Gösta auf andere Weise an Warantabletten gekommen sein soll, hast du dann einen Vorschlag?«

»Dieses Medikament ist verschreibungspflichtig. Das heißt, daß man ein von einem Arzt ausgestelltes Rezept haben muß, um es kaufen zu können. Und damit kommen wir zu dem interessanten, aber unrealistischen Schluß, daß deine liebe Dr. Lilja das schicksalhafte Rezept ausgeschrieben hat, als Gösta das Krankenhaus verließ, daß er dann zur Apotheke gewandert ist, seine sechzig Ecken, oder was das nun kostet, bezahlt hat und nach Hause gegangen ist, seine Tabletten gefressen hat und gestorben ist.«

»Dem Krankenbericht zufolge hat er nur Lonidrosic und Vitamine bekommen, als er entlassen wurde.«

»Kann er mit der Behandlung im Krankenhaus unzufrieden gewesen sein und irgendeinen anderen Arzt aufgesucht haben, der aus irgendeinem Grunde geglaubt hat, ihm mit Waran helfen zu können?«

»Das klingt unwahrscheinlich, aber vielleicht nicht unmöglich. Wie könnten wir das in Erfahrung bringen?«

»Wir müssen das Tablettenröhrchen finden. Es muß doch irgendwo sein, mit dem Namen des verschreibenden Arztes und dem Datum des Verschreibungstages.«

»In der Wohnung ist es jedenfalls nicht. Allan Larsson hat keine einzige Tablette gefunden, und das ist übrigens ziemlich erstaunlich. Gösta müßte doch zumindest die hinterlassen haben, die er bei seiner Entlassung bekommen hat.«

»Dann haben wir zwei andere Fragen. Wenn nun Gösta

nicht bei sich gewohnt hat, sondern bei dieser Blondine, die die Nachbarin erwähnt hat, oder wenn nun jemand in seiner Wohnung war und die Medikamente beiseite geschafft hat?«

»Sybil hätte sicher gewußt, daß Gösta nicht zu Hause wohnte, aber davon hat sie nichts gesagt. Und es scheint unnötig zu sein, alle Medikamente mitzunehmen, wenn man nur vertuschen will, daß er eine Packung Waran hatte. Außerdem glaube ich nicht, daß er die Tablette in der Tasche gehabt hätte, wenn sie ihm ganz normal verschrieben worden wären.«

Monika gähnte, und plötzlich spürte sie die Schwere ihres Körpers, verursacht durch eine tiefe Müdigkeit.

»Aber verzeih mir, daß ich dich so in Anspruch nehme, du bist ja todmüde. Ich schlage vor, du schläfst hier auf dem Sofa. Ein Mann von Welt hätte dir natürlich das Bett angeboten, aber mit dem Gips geht das nicht, das Sofa ist zu kurz.«

Monika zögerte nur einen Moment, dann nahm sie dankend an. »Wann willst du geweckt werden?«

»Um sechs«, antwortete Monika heroisch.

Sie hatte schon öfter auf Mikaels Sofa geschlafen, immer tief und ungestört, aber diesmal fiel es ihr schwer, einzuschlafen.

22

Bestimmt würden Meteorologen ausrechnen, daß heute der nebligste Märztag seit vielleicht 1903 war. Monika hatte sich daran gewöhnt, sie ging langsam im Strandvägen auf und ab und wartete auf den Bus.

Sie versuchte, sich einen Arbeitsplan für diesen Tag zurechtzulegen. Sie wollte mehr über Ulla wissen, sie war noch immer nicht ganz zufrieden, und es würde gut sein, noch einmal mit den Leuten in der Psychiatrie zu reden. Sie hatte Zeit, da sie erst für elf Uhr mit Professor Albinsson verabredet war. Ihre Unterredung mit Albinsson kam ihr zusehends wichtiger vor, sie war überzeugt davon, daß irgendwo bei ihm der Schlüssel zu den Ereignissen lag. Einer der wenigen verkehrenden Busse kam vorbei, und dankbar stieg sie ein. Später stieg sie in die U-Bahn um, und deren unbesetzte Sperre und die überquellenden Papierkörbe ließen sie an miese Horrorfilme denken.

In der Notaufnahme der psychiatrischen Klinik war immer noch alles ruhig. Im Wartezimmer saß eine einsame, blasse, ausdruckslose junge Rothaarige und starrte zur Decke. Schwester Eva saß auf ihrem üblichen Platz, und Monika war überrascht darüber, wie müde und traurig sie aussah.

»Hallo, Monika, wir können einfach nicht begreifen, daß Ulla wirklich tot ist, und es tut uns so leid, daß wir uns nicht besser um sie gekümmert haben.«

»Hattet ihr irgendeinen Grund zu der Annahme, daß ihr euch um sie kümmern müßtet?«

»Das muß doch der Fall gewesen sein, sonst wäre das hier nicht passiert, und wir hätten es sicher ahnen können, aber es war schwer zu fragen, wo sie doch fünfzehn Jahre älter war als ich.«

»Du hast dir nicht überlegt, ob sie vielleicht gar keinen Selbstmord begangen hat?«

Eva sah Monika verwirrt an.

»Wie meinst du das?«

»Ich überlege nur, du scheinst davon auszugehen, daß es

Selbstmord war. Könntest du dir keine andere Erklärung vorstellen?«

»Bei Ulla? Nein, sie wollte wohl nicht mehr mitmachen, glaube ich, sie hatte es hier oben nicht gut, und woanders wäre es wohl auch nicht besser geworden. Aber es ist hier wirklich besonders übel, unsere Aufgabe ist doch, dafür zu sorgen, daß niemand Selbstmord begeht, und dann können wir uns nicht einmal um unsere eigene Kollegin kümmern.«

Eva teilte also die allgemeine Einschätzung, daß Ulla sterben wollte, und das hatte Monika in Erfahrung bringen wollen.

Monika dachte an Eriks Äußerung über Affenjunge. Sie fragte Eva, ob das Krankenhaus eine Bibliothek hätte. Die hatte es, eine Treppe tiefer. Ulla hatte natürlich von einer anderen Bibliothek sprechen können, aber es war nur schwer vorstellbar, daß sie genug Zeit oder Kraft gehabt haben könnte, eine Bibliothek aufzusuchen, die eine Extraanstrengung verlangt hätte. Monika beschloß spontan, einen Blick in die Bibliothek zu werfen, ehe sie mit Magnus und Jiri sprach.

Der Weg zur Bibliothek war gut ausgeschildert, sie hatte sie in wenigen Minuten erreicht. Die Bibliothek war geöffnet, und zu ihrer Freude sah Monika, daß die kleine Bibliothek auch eine Bibliothekarin hatte, wenn Monika die Frau, die sich über ein Register beugte, nicht falsch einschätzte. Sie glich fast schon übertrieben dem allgemein verbreiteten Bild einer Bibliothekarin. Sie war um die Fünfundvierzig und schien seit dreißig Jahren ihre Frisur nicht geändert zu haben: Ihre graumelierten Haare fielen in einer Art Pagenfrisur mit Pony auf ihre Schultern. Sie trug eine Brille und weite Baumwollkleidungsstücke, die von Gudrun Sjödén stammen konnten.

Sie ging zum Schreibtisch und sagte leise:

»Monika Pedersen, Kriminalpolizei. Ich müßte kurz mit Ihnen reden.«

Monika sah, daß sie richtig geraten hatte, auf dem Namensschild, das als Brosche oder Sicherheitsnadel verwendet wurde, um die Weste zusammenzuhalten, stand: Ing-Marie Andersson-Bougina, Bibliothekarin.

Ing-Marie machte ein erschrockenes Gesicht.

»Sind Sie von der Polizei? Was ist passiert?«

Sie sah so ängstlich aus, daß Monika zu dem Schluß kam, daß sie einen eigenen Grund zur Unruhe haben mußte, was Monika überraschte, denn sie hatte das Bild eines ruhigen und gelassenen intellektuellen Lebens abgegeben.

»Bestimmt nichts, worüber Sie sich beunruhigen müßten, nichts, was mit Ihnen persönlich zu tun hat.« Sie merkte, daß sie sich ungeschickt ausdrückte, aber sie erzielte die gewünschte Wirkung. Ing-Marie atmete auf.

Sie begann, ihre Fragen zu stellen, und erfuhr, daß Ing-Marie eine Dreiviertelstelle in der großen Fachbibliothek des Krankenhauses hatte und daß sie zwei Nachmittage pro Woche hier in der Psychiatrie arbeitete. Alle üblichen Schlüssel paßten auch für die Bibliothek, wer ein Buch ausleihen oder etwas nachschlagen wollte, konnte also jederzeit hinein, aber wer qualifizierte Hilfe brauchte, mußte entweder die große Bibliothek im zweiten Stock aufsuchen oder warten, bis Ing-Marie hier Dienst hatte.

»Wissen sie, ob eine Assistenzärztin namens Ulla Sandberg hier gewesen ist?«

»Ich kann mir einfach nicht alle Namen merken, ich kann mich nicht an sie erinnern, aber wir können ja nachsehen, ob sie etwas ausgeliehen hat. Haben Sie Sandberg gesagt?«

Monika nickte, und Ing-Marie blätterte in einem kleinen Karteikasten auf dem »Ausleihe« stand.

»Nein. Sie hat jedenfalls keinen Zettel hinterlassen.«

»Ist irgendein Buch verschwunden?«

»Nein, das glaube ich nicht. Wenn sie hier etwas nachgeschlagen hat, das sie wissen wollte, wie ist sie dann vorgegangen?«

»Ja, entweder hat sie sich das Buch aus dem Schrank genommen, das sie brauchte, oder sie hat gefragt, falls ich hier war.«

»Sie waren in den letzten Monaten im Dienst?«

»Ja.«

»Können Sie sich erinnern, ob eine Assistenzärztin von vielleicht vierzig, blaß und blond, Sie um Hilfe gebeten hat?«

»Wissen Sie, wofür sie sich interessierte?«

»Das klingt vielleicht seltsam, und vielleicht irre ich mich, aber es kann mit Affenjungen zu tun gehabt haben.«

»Mit Affenjungen? Ja, daran erinnere ich mich. Irgendwer hatte ihr erzählt, wie kleine Affen innerlich zerstört werden, wenn man sie von ihren Müttern trennt, und das wollte sie nachlesen.«

»Aber sie hat nichts ausgeliehen?«

»Nein, wir haben das in einem Nachschlagewerk gefunden, das nicht ausgeliehen wird. Sie hat hier gelesen, dann ging sie. Ich habe sie gefragt, ob sie das Kapitel kopieren wollte, aber das wollte sie nicht.«

»Was machte sie für einen Eindruck?«

»Keinen besonderen, soweit ich mich erinnere. Sie war ziemlich schweigsam, und sie war blaß, wie Sie gesagt haben.«

»Sie haben über nichts sonst gesprochen?«

»Nein.«

»Dann würde ich gern das Buch sehen, für das sie sich interessiert hat.«

Ing-Marie erhob sich und griff zu einem riesigen Buch. »Amerikanisches Standardwerk«, erklärte sie.

Sie legte das Buch an einen Leseplatz und schlug die fragliche Seite auf. Dann setzte sie sich wieder an ihren Schreibtisch und sortierte ihre Karten.

Monika konzentrierte sich auf den Text. Er war auf englisch und sehr klein gedruckt, aber sie beschloß, trotzdem ihr Glück zu versuchen. Offenbar war untersucht worden, was passiert, wenn kleine Affen von ihren Müttern getrennt werden. Mit wachsendem Erstaunen und Zorn las sie, daß die kleinen Affen anfangs mit Verzweiflung reagierten, sie schrien, rannten herum und suchten nach ihrer Mutter, sie suchten und riefen. Ja, verdammt, sagte Monika halblaut zu sich selber. Wenn nichts half, versanken die kleinen Affen schließlich in, wie der Autor es darstellte, eine Art tiefster Verzweiflung. Sie bewegten sich nicht mehr, aßen nicht mehr, versuchten, die Arme ihrer Mutter dadurch zu ersetzen, daß sie sich selber umklammerten. Als Monika die Seite umblätterte, sah sie in zwei dunkle und hoffnungslose Augen, die einem sehr kleinen, schmächtigen Affenjungen gehörten. Es saß zusammengekrümmt da und lutschte an seinem Penis, während Blicke und Körperhaltung eine Verzweiflung und eine Hoffnungslosigkeit zum Ausdruck brachten, die nicht mißverstanden werden konnten.

Monikas Augen füllten sich mit Tränen, und sie las die Bildunterschrift, obwohl sie es fast nicht ertragen konnte. Dort stand kurz und trocken, daß Affenjunge, die isoliert gehalten werden, fast ausnahmslos an irgendeinem Körperteil lutschen und daß dieses Verhalten bei Affenkindern, die bei ihren Müttern leben, nie zu beobachten ist.

Plötzlich sah Monika die kleine Johanna vor sich, zusammengekrochen in der Sofaecke, mit leerem Blick und mit dem Stückchen Kaninchenfell, das sie immer wieder drehte. Monika würde das nie sicher wissen, aber Ulla hatte wahrscheinlich dieselbe Assoziation gehabt wie sie. Es gab eine unheimliche Ähnlichkeit, ob das nun Hoffnungslosigkeit war oder eine Abwehr, die gegen neue Schmerzen schützen sollte, auf jeden Fall war es etwas, das das kleine Mädchen und der kleine Affe gemeinsam hatten.

Monika klappte das Buch zu.

»Das hier gehört in den Giftschrank.« Sie sprach zu laut. Ing-Marie blickte auf.

»Jetzt weiß ich übrigens, was die andere Frau gesagt hat, als sie mit Lesen fertig war: ›Sie werden nie wieder normal.‹«

»Himmel. Aber ich hätte gern eine Kopie von dem Artikel, wenn das geht.«

»Sicher.«

Ing-Marie nahm das Buch und ging zum Kopierer. Wenn sie sich über das Interesse der Kriminalpolizei an mißhandelten Affenjungen wunderte, so stellte sie doch keine Fragen. Sie wartete offenbar ungeduldig darauf, daß Monika wieder ging, als ob sie sich in so engem Kontakt mit der Polizei nicht wohl in ihrer Haut fühlte.

Monika nahm ihre Papiere und ging.

Konnte ein Buch einen Selbstmord verursachen? Ihr fiel ein Dozent ein, der von einem Buch von Goethe erzählt hatte, das unter jungen Männern eine Selbstmordepidemie ausgelöst hatte. Oder war das Kapitel in dem riesengroßen Lehrbuch nur einer von vielen Unglücksfaktoren in Ullas Leben gewesen?

Langsam konnte sie ein wenig nachempfinden, wie Ulla zumute gewesen sein mußte, und ihre Überzeugung wuchs, daß Ulla wirklich Selbstmord begangen hatte.

Auf dem Weg zurück in die Psychiatrie fragte sie sich plötzlich, wer Ulla wohl zum erstenmal von den unglückseligen kleinen Affen erzählt haben konnte. Sie überlegte sich, ob nicht alle erschöpften Eltern das Bild des endgültig abgewiesenen kleinen Wesens wie einen Messerstich ins Herz empfinden mußten. Sie selber hatte nur Wut und Trauer verspürt, aber Eltern würden den Schuldgefühlen bestimmt nicht ausweichen können. Und Schuld und Selbstmord hingen zusammen, das behaupteten zumindest die Bücher. Danach konnte sie Magnus und Jiri befragen.

Magnus sah aus wie bei ihrer letzten Begegnung. Er telefonierte gerade, winkte Monika aber herein und zeigte auf einen Stuhl. Monika setzte sich. Magnus schien irgendwen beim Fernmeldeamt davon überzeugen zu wollen, daß eines ihrer Fahrzeuge einen Gartenweg beschädigt hatte, aber sein Gesprächspartner war offenbar anderer Ansicht. Gleichzeitig blätterte Magnus in einem Papierstapel, und Monika sah sich noch einmal im Zimmer um. Es war ebenso vollgestopft wie beim letztenmal, und Monika nahm zerstreut ein Buch vom nächstgelegenen Stapel, ein Buch mit einem schönen Umschlag. Es handelte vom Symbolismus in der Kunst. Sie schlug es auf und fand zu ihrer Überraschung und Bestürzung das große Preisschild des Buchladens.

»Interessiert die Mordkommission sich auch für kleinen Diebstahl?«

Psychiater, ebenso wie Polizisten, behielten offenbar ihre Besucher auch dann im Auge, wenn sie anderweitig beschäftigt waren. Monika warf noch einen Blick auf den

Buchumschlag, um ihre Gedanken zu ordnen. Magnus beendete sein Gespräch. Schließlich antwortete sie:

»Ob wir uns dafür interessieren? Ich kann und will Sie nicht wegen Ladendiebstahls vor Gericht zerren, aber es wäre falsch zu sagen, daß mich das nicht interessiert. In Ihrem Fall wirkt es außerdem ziemlich sinnlos und blödsinnig, eine Strafanzeige zu riskieren, statt das Buch zu bezahlen.«

»Sie meinen, daß jemand, dem es so gutgeht wie mir, nicht auf solch lächerlichen Zeitvertreib verfallen sollte? Oder meinen Sie, daß mein unbefleckter Name so wichtig für mich ist, daß ich ihn nicht für so ein Buch aufs Spiel setzen sollte?«

Ohne auf Monikas Antwort zu warten, fuhr er fort:

»Ich kann mir dieses Buch nicht leisten. Also habe ich es gestohlen. Und das lohnt sich für mich mehr als für die meisten anderen: Nach einer betrüblichen Scheidung vor acht Jahren geht fast mein ganzes Geld für Tilgungszinsen, Zinsen, Ratenzahlungen, Rückzahlungen und Unterhalt drauf. Ich habe hier eine ganze Stelle, zwei Abende die Woche arbeite ich in einer Ambulanz für Alkoholiker, und privat jobbe ich auch noch, um zu Bargeld zu kommen, aber das ist wie ein teuflisches Spiel – je schneller ich laufe, um so schneller werde ich zurückgezogen. Wenn ich ein Buch für dreihundert Kronen klaue, dann bedeutet das, daß ich dabei an die neunhundertfünfzig gespart habe, so viel hätte ich nämlich verdienen müssen, um es mir kaufen zu können. Verstehen Sie? Und dann behaupten Sie, das sei sinnlos!«

Monika war sprachlos. Magnus fuhr fort:

»Wissen Sie was? Ich bedauere es sogar, daß ich meine Exfrau nicht umgebracht habe, statt zuzulassen, daß sie dieses wahnwitzige finanzielle Karussell in Gang gesetzt hat. Dann wäre ich schon längst wieder auf freiem Fuß, während ich jetzt zu lebenslänglicher Schuldknechtschaft verurteilt bin. Und ich rede hier wirklich von lebenslänglich, ja, sogar nach dem Tod wird die Strafe weitergehen, mit meinem Nachlaß wird es vermutlich traurig aussehen. Das ist dann schade, für den Jungen, nicht für mich. Können Sie sich vorstellen, was das für ein Gefühl ist, zehn Jahre alte Kleider zu tragen, nicht, weil Sie das wollen, sondern weil Sie müssen? Das Lächerliche ist, daß es irgendwie dieselbe Art von Wahnsinn ist, das glaube ich wenigstens, die einen Menschen zu Mord oder zu ökonomischem Harakiri treibt. Habe ich Sie geschockt? Ich kann übrigens nicht behaupten, daß ich es als brennende Pflicht empfinde, Ihnen dabei zu helfen, denjenigen, der eventuell Gösta aus dem Weg geräumt hat, hopszunehmen, aus meiner Sicht war das schon fast eine gute Tat, er hat schließlich Kinder mit Schnaps und anderen Waren versorgt, und da ist es gut, ihn los zu sein.«

»Moment mal. Woher wissen Sie das?«

»Aha, das haben Sie also auch herausbekommen. Ich wohne doch in der Gegend, und ich arbeite mit Kindern mit Suchtproblemen, also wußte ich Bescheid über Gösta.«

»Warum haben Sie am Montag nichts davon gesagt?«

»Sie haben mich nicht gefragt.«

Das stimmte ja auch.

»Aber jetzt frage ich: Wissen Sie mehr über ihn? Und erzählen Sie mir diesmal alles.«

»Tja, er war offenbar anfangs Millionär, aber dann hat er mit Hilfe guter Freunde sein Geld verjuxt, er wohnte allein, schien aber reiche Verwandte zu haben, denn er war nie richtig pleite. Hat als Dealer dazuverdient, war nett, sagen die Mädels, wollte wirklich nichts anderes von ihnen als Geld. Sah ziemlich sympathisch aus, war aber wohl ein bißchen schlaff, ob sein Leben deshalb so geworden ist, oder ob das Leben ihn schlaff gemacht hat, kann ich nicht sagen. Viel mehr weiß ich nicht, außer, daß seine Gesundheit in der letzten Zeit ziemlich schlecht war.«

Monika fragte:

»Wissen Sie, warum er gestorben ist, ja, wieso er diese Blutungen hatte?«

»Nein. Haben Sie das herausgefunden?«

»Irgendwer scheint ihm Warantabletten gegeben zu haben.«

»O verdammt! Dann kann es also Mord gewesen sein. Ehrlich gesagt, ich dachte, Sie reden Blödsinn, es kam ja nicht gerade unerwartet, daß er dieses Ende genommen hat. Was wohl bedeutet, daß gute Arbeit geleistet worden ist, was den Mord angeht, nehme ich an.«

»Sie sind also nie auf die Idee gekommen, er könnte vergiftet worden sein?«

»Absolut nicht. Alles sah doch ganz normal aus.«

»Das Blut, das er erbrochen hat, war offenbar nicht geronnen, fanden Sie das nicht seltsam?«

Magnus hatte sich verändert. Er saß gerade da und hörte ihr zu. »Nein, aber solche Details wären mir wohl auch nicht aufgefallen, ich wollte doch versuchen, ihn wieder zum Leben zu bringen.«

»Aber Sie haben der Putzhilfe befohlen, das Blut so rasch wie möglich wegzuwischen?«

»Ja, aber ich hoffe, Sie glauben jetzt nicht, ich hätte etwas beiseite schaffen wollen, das etwas über seinen Tod verraten konnte, ich wollte nur nicht, daß die nächsten Patienten das Gefühl haben müßten, auf einem Schlachtfeld gelandet zu sein. Es sah einfach scheußlich aus. Ich habe nicht weiter darauf geachtet, wie das Blut aussah.«

»Und auch sonst hat niemand darauf reagiert oder angedeutet, daß dieser Todesfall ungewöhnlich oder verdächtig wirkte?«

»Nicht, daß ich wüßte.«

»Auch Ulla nicht?«

»Ach, Ulla. Sind Sie deshalb heute gekommen? Sie glauben doch wohl nicht an einen Zusammenhang? Daß Ulla etwas gesehen haben könnte, was sonst niemand gesehen hat, und daß das der Grund für ihren Selbstmord war? Oder daß sie vielleicht auch ermordet wurde, wie in einem nicht besonders raffinierten Krimi? Nein, Ulla konnte nicht mehr, das war alles.«

»Halten Sie das für eine zufriedenstellende Zusammenfassung des eventuellen Selbstmordes einer Kollegin? Vier Wörter: Sie konnte nicht mehr. Und damit ist der Fall erledigt. Ich gehe davon aus, daß Sie sich bei einer Patientin nicht so ausgedrückt hätten. Können Sie versuchen, etwas mehr zu erzählen? Was konnte Ulla Ihrer Ansicht nach nicht mehr? Und warum konnte sie nicht mehr? Halten Sie es für wahrscheinlich, daß sie Selbstmord begangen hat, und warum haben Sie nichts dagegen unternommen?«

»Soll ich auf alle Fragen gleichzeitig antworten? Ulla konnte fast gar nichts, verdammt noch mal. Sie hatte kein Selbstvertrauen, sie kam hier nur schwer zurecht, und dann ist es schwer, durchzuhalten, wenn man nicht munter und psychopathisch ist, was sie nicht war. Warum ich nichts unternommen habe? Sie haben es ja selbst gesagt, sie war nicht meine Patientin.«

»Sie war Ihre Kollegin. Helfen Sie einander nicht, wenn es Probleme gibt?«

»Sie war seit drei Wochen hier, sie hatte noch zwei Wochen vor sich. Die meisten in ihrer Situation beißen die

Zähne zusammen, es ist doch nur für kurze Zeit. Was soll man machen, ich hatte nicht die Zeit, ihr alles beizubringen, was sie schon am ersten Tag hier hätte können müssen. Ich komme meistens nicht mal dazu, Mittag zu essen, ich muß mich um meine Arbeit kümmern. Demnächst schicken sie uns wahrscheinlich auch noch junge Ärzte, die nicht lesen können, in der Hoffnung, daß sie motiviert werden, wenn sie erst einmal mit der Wirklichkeit konfrontiert werden, und dann müssen wir morgens eine Stunde früher anfangen, um das Alphabet zu exerzieren.«

Monika kannte diese Klage schon von der Polizeischule.

»Meinen Sie, sie wurde mit der Arbeit nicht fertig?«

»Ja, das meine ich. Wir haben ihr die leichtesten Fälle gegeben, unsere vortreffliche Schwester Eva sortiert mit salomonischer Weisheit, und dann versuchen wir, die Probleme von Fall zu Fall zu klären. Aber was weiß ich, meistens liegt doch der Grund für einen Selbstmord auf persönlicherer Ebene, wie Lawrence Durrell sagt: Nobody commits suicide for official reasons. Und das stimmt auch, wenn wir gewisse Japaner ausnehmen. Habt ihr ihre Familiensituation untersucht?«

»Wissen Sie etwas darüber?«

»Kein bißchen. Ich habe nicht viel mit ihr geredet, eigentlich nur, wenn sie mit einem Patienten nicht fertig wurde, und dann stellte sie die unglaublichsten Fragen.«

»Sie haben nie zusammen Mittag gegessen?«

»Nein.«

»Mit wem hat sie gegessen?«

»Das weiß ich nicht.«

»Hat sie sich mit irgendwem auf der Station angefreundet?«

»Das glaube ich nicht.«

»Jetzt frage ich Sie als Psychiater. Sie haben Ulla am Montag und am Dienstag gesehen. Am Dienstag abend scheint sie Selbstmord begangen zu haben. Gab es etwas in ihrem Verhalten, etwas, das sie getan oder nicht getan hat, das auf ihre Absicht, sich das Leben zu nehmen, hinweisen konnte?«

Magnus dachte lange nach.

»Sie wirkte etwas deprimiert, klinisch deprimiert, meine ich. Sie sah meistens niedergeschlagen aus, alles ging langsam bei ihr, sie hat nie gelacht. Sie wirkte müde. Es fiel ihr schwer, einen Entschluß zu fassen. Aber das geht ja wohl vielen so. Sie können auf jede Station in jedem Krankenhaus gehen und Leute finden, denen es genauso geht, aber niemand glaubt, daß sie deshalb Selbstmord begehen werden.«

»Was hätten Sie gemacht, wenn sie Ihre Patientin gewesen wäre?«

»Gefragt.«

»Was gefragt?«

»Wie es ihr ging, ob sie Selbstmordabsichten hegte.«

»Und bei Kolleginnen machen Sie das nicht?«

»Wenn sie nach einer argen Krise ausgesehen hätte, aber sie war doch immer so, ja, schon die ganze Zeit.«

»Können wir das, was Sie gesagt haben, so zusammenfassen: Bei Göstas Tod ist Ihnen nichts Besonderes aufgefallen. Sie halten es für unwahrscheinlich, daß Ulla etwas gesehen haben könnte, das bei den Ermittlungen wichtig gewesen wäre. Ulla wirkte deprimiert, aber nicht so extrem, daß Sie das Gefühl gehabt hätten, eingreifen zu müssen. Sie halten es auch nicht für unwahrscheinlich, daß sie Selbstmord begangen haben kann. Sie wissen nicht, mit wem sie hier auf der Station geredet hat. Habe ich das richtig verstanden?«

»Ja, das muß ich schon sagen. Komische Situation, wirklich.«

»Wenn Ihnen noch etwas einfallen sollte, dann rufen Sie mich an. Oder wenn Sie etwas hören sollten, das mit Ulla oder Gösta zu tun hat. In den nächsten Tagen wird es sicher recht viel Gerede geben.«

Monika spürte, wie sie sich streckte. Sie hörte selber, daß sie energisch, ruhig und kompetent klang. Sie hatte eine Art gefunden, um Hilfe und Zusammenarbeit zu bitten, die sich weder albern noch hochnäsig anhörte.

Jetzt war nur noch Jiri an der Reihe.

»Sie haben sich um den Studenten Mikael Soundso gekümmert, warum haben Sie nie mit Ulla geredet?«

Jiri sah irritiert aus.

»Sie meinen offenbar, ich hätte mich für sie einsetzen sollen.«

»Und stimmt das nicht?«

»Ich gehe davon aus, daß ihr bei Katastrophen nach denselben Prinzipien arbeitet wie wir. Die Leute werden in drei Gruppen eingeteilt: Die, die ohnehin sterben, die, die mit Hilfe überleben, und die, die sowieso überleben. Pfeifen wir auf die Gruppen eins und drei und kümmern uns um zwei. Ist das so?«

»Mm. Und was wollen Sie damit sagen?«

»Der Student war eine Zwei. Ulla eine Eins.« Monika starrte ihn an.

»Was sagen Sie da?«

»Ich sage, daß sie ein hoffnungsloser Fall war. Ich sage, daß ich mir eine halbe Stunde Unterhaltung mit dem Jungen leisten konnte, weil nicht mehr nötig war. Sie hätte Stunden, Tage, Wochen gebraucht – es hätte nie ein Ende genommen. Ich sage, daß ich nicht alles in Ordnung bringen kann, was auf dieser Welt nicht stimmt, daß ich pro Tag nur vierundzwanzig Stunden habe, wie alle anderen auch.«

»Wie können Sie sie als hoffnungslosen Fall bezeichnen? Sie war gesund, wenn auch müde. Erschöpft durch Scheidung und schlaflose Nächte. Aber sie war natürlich im falschen Alter, um Ihr Interesse zu wecken, und hatte sicher auch das falsche Geschlecht.«

»Sie konnte nichts. Das war ihr Problem, und ich war nicht der Richtige, um das in Ordnung zu bringen.« Jiri setzte sich. »Ich kann ja verstehen, daß Sie empört sind, aber Sie müssen begreifen, daß ich für sie nicht mehr tun konnte, als zu versuchen, dafür zu sorgen, daß es hier oben nicht zu schlimm für sie war, und das habe ich gemacht. Sie hätte eine andere Art von Hilfe gebraucht. Sie hätte zum Beispiel eine Bibliothek mit Kinderbetreuung gebraucht. Man kann einige Stunden gratis Kinderbetreuung bekommen, wenn man Möbel kaufen will, aber nicht, um für ein Examen zu lernen. Sie hätte jemanden gebraucht, der sich an den Wochenenden um das Kind kümmern konnte, dann kommt man doch zum Lernen. Sie hätte ein System gebraucht, das die Leute durchfallen läßt, die nicht genug gelernt haben. Über all das habe ich keine Kontrolle. Das, was passiert ist, tut mir aufrichtig leid, ich finde es eine Schande, daß es Menschen so schlechtgehen kann wie ihr, aber wir sehen hier so viel anderes, was genauso schändlich ist für eine angeblich reiche Gesellschaft, und das wissen Sie wahrscheinlich besser als ich.«

»Dann habe ich noch eine Frage. Hatten Sie mit Ulla über die Experimente mit kleinen Affen gesprochen, die ihren Müttern weggenommen werden?«

»Das wäre ja wohl das letzte, worüber ich mit ihr gesprochen hätte. Ich habe schon verstanden, daß Sie nicht viel von meiner Ethik halten, aber warum wollen Sie das wissen?«

»Ein Punkt in den Ermittlungen. Vielen Dank noch einmal für Ihre Hilfe.«

Alles sprach für Selbstmord.

Es wurde langsam Zeit, in die Chirurgie zu gehen.

23

Professor Albinsson hatte ein großes Eckzimmer im vierten Stock. Es machte einen hellen Eindruck, obwohl es draußen trübe war. Er hatte seinen Schreibtisch mitten ins Zimmer gestellt und gerahmte Diplome an die Wände gehängt. Ansonsten waren die Wände von Bücherregalen und einigen Schaubildern bedeckt, die verschiedene Teile des Magen-Darm-Traktes zeigten, wie sie in geschminktem und herausgeputztem Zustand wohl aussehen mochten. Sie erinnerten nicht im geringsten an die entsprechenden Teile von Gösta, die Monika in der Pathologie gesehen hatte.

Monika setzte sich, aus Erfahrung weise geworden, an einen kleinen Tisch am Fenster. Es klappte, Albinsson kam hinterher und setzte sich auf den anderen Stuhl.

»Ich habe noch einige Fragen zu Gösta Perssons Tod. Er wurde vor seinem Tod hier auf dieser Station behandelt, und Sie trugen die medizinische Verantwortung für seine Behandlung, wenn ich das richtig verstanden habe.«

Professor Albinsson nickte.

»Ich habe auch einige Fragen im Zusammenhang mit dem Arzneimittelversuch. Dr. Lilja hat mir erzählt, daß Gösta als Versuchskaninchen fungiert hat, und sie hat mich für genauere Auskünfte an Sie verwiesen.«

»Versuchskaninchen ist vielleicht ein wenig zu hart ausgedrückt, aber er hat wirklich an einer Studie teilgenommen. Was für ein Glück für ihn, kann man wohl sagen.«

»Ja, ich habe gehört, daß es ihm bei den ersten beiden Malen viel besser ging, bei der letzten Behandlung ist er dann aber unerwartet gestorben. Was ich als erstes wissen möchte, ist: Kann es einem Patienten durch diese Behandlung schlechter gehen?«

»Das ist nur schwer vorstellbar, aber es sind schon seltsamere Dinge vorgekommen. Das wäre jedenfalls der Todesstoß für Lonidrosic.«

»Auf jeden Fall war es für Gösta der Todesstoß, und wenn ich richtig verstanden habe, könnte es das noch für etliche andere werden. Hat niemand vor Beginn des Versuches diese Möglichkeit zur Sprache gebracht?«

Ruhig, dachte Monika, ruhig. Du gewinnst nichts, wenn du wütend wirst, wenn du jedes Wort auf die Goldwaage legst, wenn du rechthaberisch und aggressiv auftrittst. Immer mit der Ruhe. Nicht provozieren. Reiß dich zusammen.

Aber Professor Albinsson schien sich nicht provoziert zu fühlen. »Wenn ich diese Frage mit ja beantworte, dann lande ich wohl wegen Mordes oder Todschlags oder so hinter Gittern, da ich die medizinische Verantwortung für den Versuch trage. Natürlich haben wir uns darüber Gedanken gemacht. Gerade deshalb werden doch Studien wie diese durchgeführt, und deshalb ist es so wichtig zu wissen, warum genau irgendein Patient stirbt. Aber zuerst hat die Firma sich natürlich wegen der Möglichkeit Sorgen gemacht, daß das Blut auch dort gerinnen könnte, wo es gefährlich für den Patienten war, daß es zu Blutgerinnseln kommen könnte, die dann wiederum zu Herz- und Gehirninfarkten führen müßten, was die logische Nebenwirkung wäre, wenn man so will. Es hat ausgiebige Tierversuche gegeben, und kein Anzeichen sprach für gefährliche Nebenwirkungen. Vor allem schien es nicht zu vermehrten Blutungen zu kommen, aber Ratten sind eben doch nur Ratten, und alles ist möglich, wenn man es bei Menschen probiert. Leider sind nun zwei Patienten, die an der Studie beteiligt waren, gestorben, ohne daß wir sie obduzieren konnten, und deshalb ist es schwierig, das Resultat auszuwerten. Gösta Persson, nach dem Sie fragen, war übrigens einer davon. Ich habe mit allen Mitteln versucht, Ekdal, den Pathologieprofessor, dazu zu bringen, mir vor einigen Wochen zu helfen, als ein anderer Patient gestorben ist, aber er führte sich auf wie ein Politiker, mußte an die Lebenden denken, Prioritäten setzen. Er hatte alle Obduktionen verboten, bis wieder genug Leute im Dienst wären. Ich habe sogar angeboten, die Obduktion selber durchzuführen, aber das wollte er auch nicht. Zu allem Überfluß legte er dann auch noch einfach den Hörer auf, als ich ihm erzählen wollte, was ich von seiner Amtsführung hielt. Ich war so unglaublich wütend, daß ich leider einen Stuhl kaputtgetreten und einen Blumentopf geworfen habe, der fast Rosie, eine unserer Aushilfen, am Kopf getroffen hätte. Ein Glück, daß Ekdal nicht dabei war, denn dann hätten Sie mich wahrscheinlich wegen Körperverletzung oder so was vor Gericht stellen müssen, oder wie das heißt.«

»Festnehmen«, sagte Monika automatisch. »Die Polizei nimmt fest, die Staatsanwaltschaft stellt vor Gericht, und das urteilt.«

»Aha, ach so.« Albinsson musterte Monika verwundert.

»Übrigens wurde Gösta Persson am Montag obduziert.«

Als Professor Albinsson begriffen hatte, daß das kein Witz sein sollte, wurde sein Gesicht erst hell-, dann dunkelrot. Er brüllte: »Wie zum Teufel war das denn möglich?«

Er sprang von seinem Stuhl auf, rannte mit verblüffender Geschwindigkeit durchs Zimmer, riß die Tür auf und schrie seine Sekretärin an:

»Ruf sofort in der Pathologie und hol Professor Ekdal an den Apparat.«

Er schien sich etwas zu beruhigen, sah aber immer noch erschreckend aus, als er Monika etwas leiser, aber immer noch sehr laut fragte:

»Woher wissen Sie das? Wissen Sie, wer ihn obduziert hat und warum? Was zum Henker ist denn bloß los in diesem Krankenhaus?«

Nach einer kurzen Pause starrte er Monika mißtrauisch an und fragte:

»Und wieso sind Sie überhaupt hier?«

Sie erwartete fast, von ihm am Kragen gepackt und geschüttelt zu werden.

»Ich bin hier, weil Gösta Perssons Tod Anlaß zu einer Voruntersuchung gegeben hat. Bei der Obduktion, die von einem Professor Hayakawa aus den USA durchgeführt wurde, ist der Verdacht aufgekommen, daß Gösta keines natürlichen Todes gestorben ist.«

»Und was meint Hayakawa?«

»Daß Gösta Perssons Blut nicht richtig geronnen ist und daß es dafür keine plausible Erklärung gibt.«

»Koagulationsdefekt. Und daran soll Lonidrosic schuld sein, wie könnte das denn möglich sein?«

Schweigend dachte Professor Albinsson ein Weilchen nach – er hatte sich so schnell wieder beruhigt, wie er aufgebraust war –, dann schüttelte er den Kopf.

»Was für ein unerhörtes Glück, daß wir das gemerkt

haben. Aber ich wüßte gern, wie in aller Welt das möglich sein kann.« Zu Monikas Enttäuschung schien den Professor der Gedanke, Lonidrosic könnte vielleicht solch dramatische Nebenwirkungen haben, daß die Patienten daran starben, nicht sonderlich zu bedrücken.

»Was würde das für den Versuch bedeuten?«

»Für den Versuch? Den müßten wir vermutlich abbrechen, wenn es Grund zu der Annahme gäbe, daß die Lonidrosicbehandlung hier der Schurke ist. Wir können doch keine Medikamente haben, die die einen heilen und die anderen umbringen.«

»Was würde die Firma dann sagen? Das wäre doch, rein finanziell, für sie ein großer Verlust?«

»Sie setzen nicht nur auf dieses eine Pferd, was sie vor allem vermeiden wollen, ist der Skandal, zu dem es kommen würde, wenn sie ihr Präparat auf den Markt und scharenweise ziemlich gesunde Menschen ums Leben brächten.«

»Heißt das, daß man kein so großes Interesse daran hat, eventuelle ernsthafte Nebenwirkungen in einer solchen Studie zu verschweigen?«

»Genau das. Die Studie soll sie doch ermitteln, deswegen braucht sich niemand zu schämen. Peinlich dagegen ist es, wenn man sie übersieht.«

Monika konnte nur feststellen, daß ihre Annahme, Albinsson könnte sie in bezug auf die Todesursache in die Irre leiten, nicht überzeugend war.

Es klopfte an die Tür, und die Sekretärin, scheinbar ungerührt, steckte den Kopf herein.

»Ich suche Ekdal, aber im Moment habe ich jemanden aus Boston an der Strippe. Eine Sekretärin von Professor Hawasaki oder so. Sie wollen wissen, ob Ann Lilja verheiratet ist, und wenn nicht, möchten sie ihre Adresse, was soll ich machen?«

»Hält er die Chirurgie für eine Heiratsvermittlung? Sag ihr, er soll sich zum Teufel scheren. Oder nein, stell sie zu Ann durch, dann kann sie selber antworten.«

Es fiel ihm offensichtlich schwer, nicht loszuprusten. Monika nahm den Faden von vorhin wieder auf.

»Was zahlen die Arzneimittelfirmen dafür, daß Sie die Präparate ausprobieren?«

Albinsson sah sie nachdenklich an.

»Sie bezahlen gar nichts, offiziell zumindest nicht. Aber man kann immer damit rechnen, eine Reise zu einem Kongreß bezahlt zu bekommen oder einen kleinen Zuschuß zu irgendeiner Arbeit, an der man gerade sitzt, zu erhalten.«

Plötzlich brach er in lautes, polterndes Gelächter aus:

»Sie meinen, hier stimmt etwas nicht, was? Daß sich der miese, fiese Arzneimittelriese in Gösta Perssons Tod eingemischt hat. Daß sie mein Schweigen oder meine Mitwirkung für zehntausend Kronen für eine Reise nach Brüssel gekauft haben. Haben Sie zu viele Krimis gelesen?«

Er lachte wieder, und Monika fühlte sich total entwaffnet. Er durchschaute ihre Überlegungen und lachte so sehr darüber, daß er kaum sprechen konnte. Außerdem stimmte es sicher, daß sie zu viele Krimis gelesen hatte.

»Spaß beiseite«, fuhr er fort, »die Arzneimittelfirma kann nur verlieren, wenn sie in diesem ersten Versuchsabschnitt die Nebenwirkungen verschweigt. Wenn Sie wissen, daß einer unter zehn Millionen stirbt, dann können Sie vielleicht einen Todesfall vertuschen und weitermachen, aber wenn es einer von zehn ist, dann ist die Katastrophe da.«

»Ich verstehe. Noch eine Frage, Schwester Peter ist doch für die Dokumentation zuständig, wer bezahlt ihn?«

»Die halbe Stelle bezahlt der Staat, die andere Hälfte wird aus Forschungsmitteln bestritten, er hilft, die Medizinausgabe auf der Station zu inventarisieren.«

»Verdient er mehr als eine normale Krankenschwester?«

»Nein, er verdient dasselbe.«

Monika kam ein gemeiner Gedanke. Schwester Eva, die sie am Telefon nach der Tablette in Göstas Tasche gefragt hatte, hatte noch nie eine Lonidrosic-Tablette gesehen, da sie ja noch nicht in allgemeinem Gebrauch war – wenn dieses Medikament nun klein und blau war?«

»Wie sehen diese Lonidrosic-Tabletten eigentlich aus?«

»Weiß, oval, ziemlich unscheinbar, warum?«

Monika machte sich nicht die Mühe zu antworten, sondern fragte weiter:

»Wenn Sie irgendeine Tablette benötigten, während Sie auf der Station wären, was würden Sie dann tun?«

»Eine Tablette benötigen?« Albinsson sah aus, als ob er die Frage nicht verstanden hätte.

»Ja, für einen Patienten oder für Sie selber.«

»Ich nehme niemals so etwas, aber falls ich ein Medikament benötigen sollte, dann würde ich es wie alle anderen in der Apotheke kaufen. Wenn meine Patienten Medikamente brauchen, dann verschreibe ich sie, und die Schwestern geben sie aus.«

»Sie haben also keinen Schlüssel zum Medizinschrank?«

»Nein, den hat kein Arzt. Warum?«

Monika brauchte nicht zu antworten, denn in diesem Moment wurde zweimal hart an die Tür geklopft, die sogleich aufgerissen wurde, während eine kleine dunkle Frau mit wilder Lockenpracht hereingestürzt kam.

»Jetzt habe ich zum letztenmal wildfremden Leuten den Finger in den Arsch gesteckt! Ich springe ab, höre auf, weigere mich, weiter an dieser Gehirnwäsche teilzunehmen, und es ist mir scheißegal, was du dazu sagst. Der Tote hat mich diese Maskerade zum erstenmal klar sehen lassen.«

Professor Albinsson musterte sie mit gerunzelter Stirn, legte den Kopf schräg und sagte nach kurzem Schweigen:

»Was für eine entsetzliche Frisur. Aber Helena, das hier ist...«, er suchte vergeblich nach Monikas Namen und endete leicht lahm mit, »... das ist die Kriminalinspektorin, die über den Todesfall ermittelt, von dem du sprichst.« Er wandte sich an Monika: »Das ist meine Tochter Helena, die gerade ihre chirurgische Ausbildung macht.«

»Du hörst nie das, was du nicht hören willst. Aber jetzt, Professor Higgins, ist Schluß. Deine Eliza steigt aus, und glaub ja nicht, du könntest daran etwas ändern.«

Helena schien es nicht im geringsten zu stören, daß sie eine Zuschauerin hatte.

Wieder wurde geklopft. Ob Helena ihre Abrechnung mit dem Vater vor dem größtmöglichen Publikum durchziehen will, fragte sich Monika, die ein wenig erschüttert war von Familie Albinssons hemmungslosen Ausbrüchen. Sie selber war dazu erzogen, niemals Familienangelegenheiten vor Fremden zur Sprache zu bringen, und es war ihr peinlich, etwas mitzuerleben, das sie für eine Privatsache hielt. Aber die Tür wurde nur einen Spaltbreit geöffnet, es war die Sekretärin, die Bo Ekdal am Apparat hatte.

»Entschuldige mich einen Moment, Helena, du kannst erzählen, was in der Psychiatrie passiert ist, du warst doch dabei, als Gösta Persson gestorben ist, das interessiert die Polizei bestimmt. Das Gespräch mit Ekdal dauert nicht lange.«

Helena ließ sich auf den Stuhl fallen, den er soeben freigemacht hatte. Sie hatte die Gesichtsform und die braunen Augen ihres Vaters, sie sah jung und mürrisch aus, und sie schien gern im Mittelpunkt der Ereignisse zu stehen.

»Du bist die andere Studentin, du warst mit Mikael Rydström zusammen, oder?«

Helena nickte.

»Ich habe dich nicht angerufen, weil alle behauptet haben, du hättest während der gesamten fraglichen Zeit im Kaffeezimmer Zeitung gelesen.«

»Das ist fast richtig, ich bin hinausgegangen, um zu sehen, was los war, aber ich stand ganz weit hinten, und deshalb hat mich niemand bemerkt. Im Grunde war es nicht der arme Alte, der mir klargemacht hat, daß ich etwas Dramatisches unternehmen muß, ich habe ihn ja kaum gesehen, es war die arme Ulla, die mich einsehen ließ, daß ich abspringen muß, wenn mir mein Leben lieb ist.«

»Ach, und wie das?«

»Ulla ist ja kein Star, das merkt man sofort, aber ich hätte es doch nicht für möglich gehalten, daß man sich solchen Ärger aufhalsen kann wie sie.«

Helena schien nichts von Ullas Tod gehört zu haben.

»Es war wirklich schrecklich, da draußen im Kaffeezimmer. Allein das schon – stell dir vor, du sollst deinen großen tragischen Monolog halten, und dann stehst du im schäbigen Personalzimmer der Landesklinik!«

Monika fragte, ob Helena noch wisse, was Ulla gesagt habe.

»Ich werde diese halbe Stunde, oder wie lange das war, wohl nie vergessen, und ich kann das, was sie gesagt hat, so einigermaßen korrekt wiedergeben – das gehört zu unserer Ausbildung, das weißt du sicher, genauso wie zu eurer, nehme ich an. Ich saß also im Kaffeezimmer und zerbrach mir den Kopf darüber, was passiert wäre, wenn ich mit dem

Patienten geredet hätte und nicht Mikael. Auf irgendeine seltsame Weise fragte ich mich, ob das mein Leben etwas wirklicher gemacht hätte, anders als dieses Theater, das mein Vater inszeniert. Aber das hätte wohl keine Rolle gespielt, ich hätte schon längst einsehen müssen, wie falsch das alles war, aber es braucht wohl seine Zeit, sich loszureißen, wenn man in Beton feststeckt, oder was?«

Ohne auf Antwort zu warten, fuhr Helena fort:

»Aber egal, jedenfalls saß ich da, und dann kam plötzlich Ulla herein. Sie war blasser als sonst, und sie setzte sich aufs Sofa und redete einfach so drauflos. Ich weiß noch immer nicht, ob sie mich gesehen hat oder nicht, aber sie sprach so laut, als ob ich das hören sollte. Willst du es auch hören?«

»Ja, bitte, so genau wie möglich.«

»Es war ein bißchen unzusammenhängend, aber es ging ungefähr so: ›Ich habe nicht gewußt, was ich tun sollte, ich kann das nicht. Ich habe geglaubt, ich könnte lernen, ich weiß nicht, wie man sieht, daß jemand tot ist, wie kann man für eine Station die Verantwortung tragen und nicht einmal einen Todesfall feststellen können, und wenn er nicht tot gewesen wäre, dann hätte ich trotzdem nicht gewußt, was ich tun sollte . . .‹ Sie war so blaß, daß ich Angst hatte, sie könnte in Ohnmacht fallen, aber das passierte dann doch nicht. Sie schien leicht unter Schock zu stehen, und deshalb habe ich ihr eine Tasse starken Tee mit viel Zucker gemacht, sie hat getrunken, wirkte aber immer noch arg weggetreten.«

»Was hat sie gemeint?«

»Gemeint? Das ist doch wohl klar. Die Arme wußte nicht, was sie in einer Krisensituation zu tun hatte, und sie hatte wohl gedacht, die Krisen würden darauf Rücksicht nehmen. Leute wie sie gibt es in jedem Kurs, aber sie wirkte noch hilfloser als die meisten.«

»Du weißt noch nicht, was danach passiert ist?« fragte Monika. »Nein, was denn?«

»Ulla ist tot. Sie scheint Selbstmord begangen zu haben.«

»Und das sagst du erst jetzt? Wenn ich das gewußt hätte, dann ... doch, ich verstehe. Deshalb sagt du das erst jetzt. Was ist passiert?«

»Überdosis Schlafmittel. Effektiv durchgeführt.«

»Das hier ist ein schrecklicher Beruf. Er frißt die auf, die sich damit beschäftigen. Sie hat eine schlechte Wahl getroffen.«

»Als sie die Tabletten genommen hat?«

»Nein, als sie umgesattelt hat. Das muß sie doch gemacht haben, sonst wäre sie in ihrem Alter keine Assistenzärztin mehr gewesen. Weißt du, was sie vor ihrem Medizinstudium gemacht hat?«

»Sie war Sekretärin in einer Anwaltskanzlei.«

»Dann weiß ich den Rest. Sie war kompetent, wurde geschätzt, war munter und harmonisch. Plötzlich setzt der Druck von außen ein: Eine so begabte und ehrgeizige Frau will ihr Leben doch wohl nicht als Sekretärin beenden? Dazu kommt der innere: Was soll ich aus meinem Leben machen? Wie soll ich das Beste aus meinen Fähigkeiten machen? Antwort: Ärztin werden. Und dann mußte sie sich abmühen, um den Studienplatz zu bekommen, und sie hat sicher gedacht, daß das Leben jetzt richtig anfangen würde; statt dessen hörte es auf. Ich glaube wirklich, ich rette mein eigenes Leben, wenn ich abspringe. Außerdem ...«

Helena wurde von ihrem zurückkehrenden Vater unterbrochen. »Ekdal schickt das Obduktionsprotokoll, das Magengeschwür war offenbar ganz verheilt, das ist ja hervorragend! Die Gerichtsmedizin hat außerdem Rückenmarksproben entnommen, und deshalb können wir herausfinden, ob Lonidrosic irgend etwas mit dem Tod zu tun hat.«

Er kniff die Augen zusammen, als habe er eine ersehnte und erfreuliche Nachricht gehört, und lächelte Monika und Helena glücklich an. Monika fragte sich langsam, ob er verrückt sei. Aber verrückt oder nicht, jedenfalls schien er kein Motiv zu haben, Gösta umzubringen oder die Todesursache zu verschweigen. Monika stand auf und versuchte, sich zu bedanken, aber Vater und Tochter waren erneut in eine so lautstarke Diskussion geraten, daß sie ihren Aufbruch nicht einmal bemerkten. Sie mußten alle beide verrückt sein.

Also hatte ihre Hauptspur ein schmähliches Ende genommen. Vor der Tür blieb sie stehen, schloß die Augen und versuchte, sich an etwas zu erinnern, was sie übersehen, was sie vergessen haben konnte. Das Gespräch ist zu schnell gegangen, dachte sie, ich hatte es nicht unter Kontrolle. Und sie konnte sich nicht erinnern, was sie anders hätte machen sollen. Ihr Körper fühlte sich schwer an vor Enttäuschung. Dieses Gespräch hatte der Wendepunkt in ihrer Ermittlung werden sollen, und es hatte nichts gebracht. Sie ging langsam und nachdenklich aufs Treppenhaus zu.

24

Im Fahrstuhl fiel ihr plötzlich ein, was sie am Dienstag während ihres Gesprächs mit Schwester Peter gestört hatte. Sie beschloß nachzuhaken, getrieben von dem Willen, jeden Hinweis auf eine Lösung in ihrer Untersuchung auszuloten.

Sie sah die Szene wieder vor sich: Schwester Peter von hinten, ein Paar teure Timberlandschuhe und eine weiche Lederjacke von exklusivem Schnitt.

Sie fuhr mit dem Fahrstuhl nach oben und ging sofort zu Peters kleinem Arbeitszimmer. Sie klopfte an, ging hinein und fragte sich, wie so oft, wie es wohl wäre, schön zu sein, Männern wie Peter von gleich zu gleich gegenübertreten zu können.

Er saß am Computer und tippte zögernd auf die Tasten, offenbar, ohne das gewünschte Ergebnis zu erlangen. Er reagierte nicht weiter auf ihr Eintreten, nach kurzem Blick und kurzem Nicken machte er sich wieder an den Versuch, sein Computerproblem zu lösen.

»Hallo. Heute möchte ich dich um vollständigere Auskünfte bitten.«

Endlich fand sie eine Anwendungsmöglichkeit für das kleine Tonbandgerät, das sie seit Beginn der Ermittlung nutzlos mit sich herumgeschleppt hatte. Sie stellte es auf den Tisch und setzte sich.

»Du mußt schon für eine Weile damit aufhören.«

Peter drehte seinen Stuhl zu Monika um und betrachtete das Tonbandgerät ohne Interesse.

»Kannst du damit anfangen, wie du heißt, wo du wohnst und wann du geboren bist?«

Peter gehorchte. Danach mußte er erzählen, wie lange er schon im Krankenhaus angestellt war, worin seine Aufgaben bestanden und was er verdiente.

Monika fuhr fort:

»Hast du reiche Eltern?«

Das war unwahrscheinlich, das wußte sie. Söhne reicher Eltern wurden nur selten Krankenschwester, aber irgendwo mußte sie ja anfangen.

Peter, immer noch überlegen und gleichgültig, schüttelte den Kopf.

»Darf ich dich bitten, laut und deutlich zu antworten?«

»Nein, ich habe keine reichen Eltern.«

»Ich wüßte gern, wer deine Kleider bezahlt. Interessant für die Polizei, wenn Ausgaben und Einkünfte nicht übereinzustimmen scheinen.«

Jetzt hatte Monika endlich Peters ungeteilte Aufmerksamkeit. »Wieso?«

Keine tolle Antwort, dachte Monika. Der Vorteil, aus einer unterlegenen Situation heraus zuzuschlagen, besteht darin, daß die anderen überrumpelt werden und sich nicht so gut wehren können. Sie erklärte:

»Woher kommt dein Geld? Nicht vom Staat, das wissen wir beide. Nicht aus Forschungsgeldern. Nicht von zu Hause, wenn du vorhin nicht gelogen hast, aber das können wir überprüfen.« Peter wirkte jetzt ein bißchen blaß unter seiner Sonnenbräune, und er schob die Schulter vor, um sich kleiner zu machen. Gar kein so harter Bursche im Grunde, oder war seine Blässe einfach nur Resultat ihres Wunschdenkens? Sie fuhr fort:

»Du hast Nebeneinkünfte, oder nicht?«

Er starrte sie kurz an, als ob er seinen Ohren nicht traute, blickte sich dann im Zimmer um, als ob sich an einer Wand eine passende Antwort offenbaren könnte, dann schlug er die Augen nieder, und Monika sagte:

»Ich kenne dich nicht. Kann sein, daß das für mich von Interesse ist, kann auch nicht sein. Wenn du deine Einkünfte versteuerst, dann können wir das sofort herausfinden, wenn sie schwarz sind, dauert es etwas länger. Für uns beide ist es besser, wenn du uns diese Mühe ersparst.«

Schlechte Wortwahl. Jetzt hörte es sich an, als ob sie ihn

um einen Gefallen bäte, als ob sie hier die Unterlegene wäre. Peter überraschte sie dadurch, daß er mit den Schultern zuckte und antwortete:

»Ich bekomme etwas Geld, ganz legal, von Curo AB.«

»Und was hast du Curo AB zu bieten?«

Peter starrte immer noch nach unten, auf seine verräterischen Schuhe.

»Informationen.«

»Über?«

»Den Test. Curo arbeitet an einem ähnlichen Präparat wie Lonidrosic, und sie möchten wissen, wie es hier läuft.«

»Du verkaufst also die Forschungsresultate, die du hüten sollst. Bravo. Sie werden aus Sicherheitsgründen hinter Schloß und Riegel aufbewahrt, aber das ist nicht nötig, oder was?«

Diese Frage brauchte keine Antwort, und sie schwiegen beide eine Weile. Plötzlich spürte Monika eine fast physische Denkarbeit, Zahnräder schienen ineinanderzugreifen, ein zusammenhängendes Bild drängte sich durch die lose vor ihr liegenden Fragmente. Sie wandte sich abermals Peter zu und sagte schnell und mit sicherer Stimme:

»Wenn es nun so ist, Peter, daß du bereit bist, deine Kollegen auszuspionieren, wenn du ihre Forschungsresultate für Geld stiehlst, obwohl du doch jeden Tag mit ihnen Kaffee trinken kannst – dann bringt es dir wohl einen Kick, ein anderer zu sein, als sie glauben, die ganze Bande zu leimen. Und kann es dir da nicht einen noch größeren Kick bringen zu entscheiden, wie der Test ausfällt? Wäre es nicht eine Stärkung für dein Selbstbewußtsein zu wissen, daß du und sonst keiner das Ritual unter ständiger vollständiger Kontrolle hast? Hier und dort kurz etwas hinzugefügt, und schon zeigt das Ergebnis in die gewünschte Richtung.

Oder – wenn es deiner Firma soviel wert ist zu erfahren, wie der Test läuft, dann wäre es ihr wahrscheinlich noch wichtiger, daß das Ergebnis nicht allzugut ausfällt. Ein Todesfall oder zwei wären dann vielleicht nicht unwillkommen? Dann wird Lonidrosic auf Eis gelegt, und deine Firma kann in aller Ruhe weiter an ihrem Präparat arbeiten.«

»Meinst du, ich sollte einen Patienten umgebracht haben, um die Statistik aufzubessern? Spinnst du denn total?«

»Verschlechtern, nicht verbessern. Zeit, wenn ich richtig verstanden habe, ist Geld in einem solchen Zusammenhang, und beim geringsten Verdacht auf gefährliche Nebenwirkungen werden Versuche und Vermarktung abgeblasen, und inzwischen kommt der Konkurrent mit einem vergleichbaren Mittel heraus.«

»Du meinst doch wohl nicht, ich hätte ihn ermordet?«

»Warum nicht? Statistisch gesehen war er so gut wie tot, es wäre also einfach gewesen. Irgendwer hat ihm Waran gegeben, deshalb ist er verblutet. Du hättest die Tabletten bloß in seinen Medikamentenbecher zu stopfen brauchen, oder vielleicht wäre es besser gewesen, in seinem Zimmer vorbeizuschauen, als er allein war, und ihm mitzuteilen, daß er jetzt noch eine kleine Zusatzmedizin bekommen würde. Bitte sehr, schlucken. Du weißt doch, wie man dabei vorgeht, wie und wann es gegeben wird, oder? Außerdem mußten wir uns ja überlegen, wer überhaupt Zugang zur Medizin hatte. Sie war verschreibungspflichtig, es gibt sie nicht auf dem schwarzen Markt, weil sie drogenmäßig nicht zu brauchen ist, in Gösta Perssons Kreisen ist sie nicht verbreitet. Wir mußten also nach einem Arzt, der sie verschreiben, einer Krankenschwester, die sie aus dem Medizinschrank nehmen, oder irgendwem suchen, der sie selber gegen Blutgerinnsel bekommen hat, nicht wahr?«

Peter schüttelte einfach nur den Kopf.

»Wenn ich das gemacht hätte, dann wäre er noch bei uns gestorben. Waran wirkt zwar nicht gerade sehr schnell, aber länger als vier Tage dauert es normalerweise nicht. Er muß die Tabletten zu Hause genommen haben.«

»Ihr habt ihm kein Tütchen mit nach Hause gegeben?«

»Als kleine Zeitzünderbombe? Das hätte vielleicht bei einer anderen Sorte Patient geklappt, aber nicht bei Gösta, der hätte die Tabletten keine Woche liegen lassen.«

Peter blickte Monika ins Gesicht.

»Es wird unglaublich viel Lärm um den Test geben, aber du mußt mir glauben, daß ich niemals etwas tun würde, das einem Patienten schadet, für den ich verantwortlich bin.« Peter schüttelte nur den Kopf. »Alle jammern darüber, daß wir im Krankenhauswesen von den Krankheiten der anderen fett werden – aber das stimmt nicht, wir bilden ja fast schon ein eigenes Proletariat, falls es dieses Wort in unserer Sprache noch gibt. Nein, wer hier fett wird, sind die Arzneimittelfirmen, und ich finde es ganz richtig, ihnen etwas von ihrem Geld abzuknöpfen.«

»Was erzählst du mir da? Du bist Robin Hood, die Reichen sind die Firmen und die Armen die Krankenhausangestellten. Spar dir deine moralisch-ethischen Überlegungen für die Zukunft auf, deinen Anwalt wird das sicher sehr interessieren. Was mich mehr interessiert, ist, daß du Gösta Persson zu dem aktuellen Zeitpunkt kein Waran hättest geben können. Außerdem muß man ja sagen, daß es für dich besser gewesen wäre, er wäre nicht gestorben – wenn er dir nicht auf die Schliche gekommen war, meine ich.«

»Gösta?«

»Keine belauschten Gespräche, heimlich gelesenen Briefe, zufälligen Begegnungen? Wir wissen, daß er sich gern was dazuverdiente, wenn er konnte, er hat dich nicht zufällig angerufen, um sich mit dir zu verabreden, dir dann eine Kopie deiner Einkünfte von der anderen Firma gezeigt und um einen kleinen Vorschuß gebeten, ein kleines Darlehen ... Du hast keine schönen neuen Tabletten mitgenommen ... nein, kein Erpresser ist wohl so blauäugig, daß er nach Hause geht und die Tabletten schluckt, die er von seinem Opfer bekommen hat.«

Monika war bereit, Peter zu glauben, wenn aus keinem anderen Grund, dann doch immerhin, weil ihm der Mut zu fehlen schien, einen Mord durchzuführen, auf jeden Fall einen Mord auf Bestellung mit all seinen Konsequenzen. Sie würde natürlich seine Auskünfte überprüfen, aber sie glaubte schon, daß die sich als korrekt herausstellen würden.

»Und was hast du jetzt vor?« fragte Peter mit einer Stimme, die sich höher anhörte und seine Herkunft aus Dalarna verriet.

»Ich werde einen Bericht schreiben. Du solltest dich erkundigen, ob Curo einen Ganztagsjob für dich hat, vielleicht übertragen sie dir die Verantwortung für ihr neues Präparat oder einen anderen wichtigen Posten. Professor Albinsson muß entscheiden, ob er dich verklagt oder nicht. Ich ermittle über Gösta Perssons Tod, nicht wegen Bruch der Schweigepflicht, Verrat von Dienstgeheimnissen oder was immer auf dich zutreffen kann. Du wirst wohl mit ihm reden müssen, das kannst du auch jetzt gleich tun, vor einer halben Stunde war er noch auf seinem Zimmer.«

Monika nahm ihr Tonbandgerät und ging.

Sie blieb vor der Pinnwand mit den Bildern des Stationspersonals stehen. Sie brauchte eine kleine Pause. Sie hatte eine Art Rache an Peter genommen und war zu ehrlich, um nicht zuzugeben, daß sie sich die gewünscht hatte, der

Nachgeschmack jedoch war bitter. Er beurteilte Menschen nach ihrem Äußeren, was sie verachtete, warum also hatte sie sich dann so verletzt gefühlt, so beleidigt? Sie wies ihn ab, da mußte er ja wohl dasselbe Recht haben. Sie hoffte, daß sie sich bald ihrer Weiblichkeit sicherer fühlen würde, es bald ertragen könnte, in Frage gestellt zu werden, ohne sich gleich vernichtet zu fühlen.

Sie sah sich das Bild von Nejet, dieser dunklen Frau, näher an. Sie erinnerte ein wenig an Abebe mit ihrem ovalen Gesicht und ihren fein geschnittenen Zügen. Neben ihr Rosie, die fast einen Blumentopf an den Kopf bekommen hatte, als Albinsson nicht obduzieren durfte.

Sie fragte sich, wie Albinsson wohl auf Peter und seine Versuche reagieren würde, seinen Konsumspielraum zu erweitern, um wie ein Porschefredi auszusehen, zumindest an den Füßen. Eigentlich war es erbärmlich, aber sie verspürte kein Mitleid.

Sie war trotz allem froh darüber, daß sie sich jetzt wieder an ihren Bericht setzen mußte, an die große, lange Darstellung all ihrer Anstrengungen, die fast zu nichts geführt hatten. Sie war müde.

Sie würde jedenfalls einige Stunden schreiben können, ehe sie zum Essen zu Mikael ging.

25

Aus Mikaels Wohnung war Mick Jaggers vieldeutige, unendlich verheißungsvolle Stimme zu hören: »T-i-i me is on my side, yes it is . . .«

Mikael öffnete und sah für einen Moment aus wie eine blondere, jüngere Ausgabe des Rockgiganten.

»Könntest du nicht eine etwas weniger deprimierende Musik auflegen? Die Zeit ist gegen uns, und du und ich, wir haben sie dermaßen gegen uns, daß ich glaube, wir müssen aufgeben. Ulla hat sich umgebracht, also gibt es da keine Spuren, auf die wir hoffen könnten; Schwester Peter hat sich mit medizinischer Industriespionage beschäftigt, aber nicht, wie es aussieht, mit Mord; Professor Albinsson und Ann Lilja hätten nichts zu gewinnen, wenn sie die Nebenwirkungen verschweigen würden, ganz im Gegenteil, und ich kann mir einfach nicht denken, wie Gösta an die Tabletten gekommen sein soll oder warum Bo Ekdal oder sonstwer versuchen sollte, uns auf eine falsche Spur zu locken, indem er die Tablette in seine Tasche gesteckt hat. Wir haben wohl unsere Fähigkeiten überschätzt, lieber Kollege von der Streife. Wir sind für Fußstreife geschaffen, das ist die düstere Wahrheit.«

»Gegen KOBs ist wohl nichts zu sagen, und ich glaube auch nicht, daß wir dümmer sind als irgendwer sonst, aber wirfst du nicht ein bißchen zu früh die Flinte ins Korn? Setz dich, entspann dich, und erzähl Papa Sherlock alles. Danach machen wir eine Liste: Senkrecht kommen die Verdächtigen; Motiv, Gelegenheit, Mittel waagerecht. Dann brauchen wir nur anzukreuzen. Der erste, der drei Kreuze in einer Reihe bekommt, hat verloren. Genial, was?«

»Idiot«, sagte Monika freundlich. »Aber du hast recht. Ich werde mich konzentrieren, das ist vielleicht unsere letzte Chance, das Puzzlespiel zusammenzulegen. Die Botschaftsbesetzung hat fast das ganze Stockwerk in Atem gehalten, aber jetzt, wo alles vorbei ist, werden sie wohl nach neuen Aufgaben suchen, und dann bin ich fällig. Was servierst du übrigens heute, ich bin offenbar in dem Stadium angelangt, wo das die allerinteressanteste Frage ist.«

»Fischpudding mit zerlassener Butter. Meine Mutter war hier und hat die Vorräte aufgefüllt, sie meint wohl, ich müßte verhungern, wenn sie mich nicht mit Essen versorgt. Was gibt's Neues?«

Monika erzählte von ihren Gesprächen. Nach einer leicht parodistischen Beschreibung der Überlegungen des Unterarztes Magnus Barkeryd darüber, daß es vernünftiger sei, seine Partnerin umzubringen, als sich finanziell ruinieren zu lassen, zögerte sie kurz und sagte dann:

»Weißt du noch, daß du gesagt hast, daß die Leute von der Sozialberatung rein psychisch gesehen nicht die Typen sind, die einen Mord begehen? Was sagst du dann zu Magnus? Ich habe herausgefunden, daß einige Mädels, die Kundinnen bei Gösta waren, von ihm behandelt werden. Und wenn wir Göstas Dealerei als Mordmotiv betrachten, dann haben wir hier eine Person, die einerseits ein Motiv hat und andererseits die Möglichkeit. Und ein innerer Zwang, die Gesetze einzuhalten, scheint ihn nicht gerade zu quälen.«

»Oi. Mir war nicht klar, wie verzweifelt die Lage ist. Wenn du auf solche Ideen kommst, mußt du kurz vor dem Ende sein, aber sprich lieber weiter, es muß doch einfach irgendein Korn geben, das du übersehen hast.«

Als Monika ihren Bericht beendet und gleichzeitig ihren Hunger gestillt hatte, seufzte Mikael: »Ja, verdammt und zugenäht. Haben wir uns wirklich so geirrt, das kann ich nicht glauben. Laß uns noch mal von vorn anfangen. Wer hat ein Motiv, oder wer hat das stärkste Motiv?«

»Auf jeden Fall Rose-Marie; sie braucht Geld, und das Geld ist seit anderthalb Jahren fast in Reichweite. Aber es gibt ja massenhaft Menschen, die Geld brauchen, ohne deshalb ihre reichen Verwandten umzubringen. An und für sich wirkte Rose-Maries Geldnot ungewöhnlich akut, auch sie hat die Zeit nicht auf ihrer Seite. Die Band ist bei der letzten Tournee im vergangenen Jahr durchgefallen, und sie müssen ihre nächste Platte so bald wie möglich herausbringen.«

»Haben wir noch andere stichhaltige Motive?«

»Schwer zu sagen. Wenn Albinsson und Ekdal und Schwester Peter und noch andere die Wahrheit sagen, dann hat sonst niemand ein Motiv, aber sie können ja gelogen haben. Mir hat die Idee gefallen, daß Gösta versucht hat, Peter zu erpressen, aber ich halte es nicht für sehr wahrscheinlich, daß Gösta, der kaum einen Fuß vor die Tür gesetzt hat, genug brauchbare Informationen über Peter auftreiben konnte. Nein, es sieht schlecht aus mit den Motiven. Wir können zusammenfassen: Rose-Marie hat ein Motiv, aber keine Mittel, und alle anderen haben Mittel; das heißt, sie hätten sich die Tabletten besorgen können, aber sie haben kein Motiv, und wahrscheinlich hätten sie auch keine Gelegenheit gehabt. Seltsam.«

Mikael kratzte sich am Kopf, ein sicheres Zeichen dafür, daß er genervt war.

»Erzähl mir noch mal von dieser Pinnwand, mit der stimmt irgendwas nicht.«

Monika ließ noch einmal die Bilder von der Pinnwand, die sie gespeichert hatte, die Unterschriften, die Fotos, an sich vorbeiziehen.

Plötzlich hob Mikael die Hand. »Sag das noch mal.«

»Rosie, das war die, nach der Albinsson einen Blumentopf geworfen hat, ich hoffe, es war ein Plastiktopf, sonst sollte man ihn anzeigen, er scheint seine Gefühlsausbrüche nicht im mindesten unter Kontrolle zu haben. Was passiert, wenn er mitten in einer Operation wütend oder glücklich oder sonstwas wird?«

»Beschreib sie noch mal.« Mikaels Augen waren vor Konzentration ganz schmal.

»Erinnert dich das an etwas?« fragte er dann.

»Rose-Marie! Himmel! Rose-Marie und Rosie müssen dieselbe Person sein! Deshalb trug sie im Übungsraum eine Brille, und deshalb hat sich sich so aufgespielt. Und jetzt fällt mir auch ein, was ich sie zu fragen vergessen habe: wovon sie lebt! Henke hat ja gesagt, daß sie alle arbeiten, weil sie nicht von der Musik leben können, aber nach Rosies Arbeit habe ich nicht gefragt, und Greta hat mir auch nichts erzählt.«

»Immer mit der Ruhe. Das beweist noch nicht, daß unsere Vermutung stichhaltig ist. Wie können wir das überprüfen?«

»Ganz einfach. Ich rufe auf der Station an und frage zuerst, ob sie da ist, und wenn nicht, dann erkundigen wir uns, ob irgendwer weiß, daß sie nebenbei Rockmusikerin ist, das braucht ja kein Geheimnis zu sein.«

Die Spannung stellte sich wieder ein, und Monika drückte abergläubisch Däumchen, während sie die Nummer des Krankenhauses wählte. Die Zentrale stellte sie kommentarlos weiter durch.

Schwester Annika nahm ab. Sie erkannte Monika sofort und grüßte kurz. Monika bat, mit Rosie sprechen zu dürfen.

»Mit Rosie?« Annikas Stimme wies einen Unterton von Neugier oder vielleicht auch Schadenfreude auf.

»Ja, die Frau auf dem Foto an der Pinnwand.«

»Sie ist seit über einer Woche mit Grippe krank geschrieben.« Annikas Betonung von krank geschrieben vermittelte deutlich, was sie von Rosies Gesundheitszustand hielt.

»Wie schade. Ich wüßte gern etwas mehr über sie –

vielleicht können Sie mir helfen, Sie kennen sie doch sicher schon recht lange.«

»Kennen ist vielleicht nicht ganz das richtige Wort.«

Monika spürte, wie Annika von ihrer Neugierde und ihrer Abneigung gegen Monika hin und her gerissen wurde. Die Neugier siegte, und sie fuhr fort: »Sie arbeitet seit Jahren ab und zu mal hier. Anfangs protzte sie ziemlich herum – redete gern darüber, daß diese Arbeit nur eine Notlösung wäre, daß sie bald mit ihrer Band groß rauskommen würde, daß sie sich an uns erinnern würde, wenn sie berühmt wäre, aber die Zeit verging, und einige hier waren ziemlich gemein zu ihr, deshalb hat sie in letzter Zeit den Mund gehalten. Allerdings hat sie uns vor einiger Zeit wirklich eine Platte gezeigt, die sie aufgenommen hatte. Da sprach sie auch von einer Tournee, und jetzt hörten die anderen ihr eher zu, man kann schon sagen, daß sie auf der Station einen gewissen Status erreichte. Aber nach der Tournee war sie wieder da, nichts stand in den Zeitungen, also war es vielleicht kein Erfolg, ich weiß nicht. In der letzten Zeit hat sie sich jedenfalls etwas mehr für die Arbeit interessiert, sie hat sich manchmal erkundigt, was die Patienten für Medikamente bekommen, und einmal hat sie sogar eine Fachzeitschrift gelesen. Ich dachte, vielleicht gibt sie ihre Teenagerträume langsam auf und sieht das Leben etwas realistischer.«

»Alles klar.« Während des Gesprächs war Monikas Antipathie gegen Annika fortwährend gewachsen, und nur mit Mühe konnte sie es sich verkneifen, »du alte Kuh« hinzuzufügen. Sie bedankte sich für die Hilfe und machte Mikael ein Siegeszeichen.

»Sie war's, es stimmt, du bist ein Genie! Phantastisch. Ich werde dich nie, nie mehr Watson nennen.«

»Jetzt behalten wir die Ruhe und sehen, wo wir stehen. Wir haben das Motiv: Geld, was banal ist, aber gerade weil es so oft vorkommt, ist es ja banal. Die Gelegenheit haben wir auch: Rose-Marie konnte zu Gösta nach Hause gehen und ihm jederzeit die Tabletten geben. Sie mußte so ungefähr wissen, wie dieses Medikament wirkt, das hat sie in der Fachzeitschrift gelesen. Außerdem war sie bei dem großen Ausbruch des Oberchirurgen anwesend, als er herumgewütet hat, weil die Pathologie in den kommenden Wochen nicht mehr obduzieren konnte, das hat die ganze Abteilung gehört. Wir sollten vielleicht die Ermittlungen ausdehnen – wer weiß, wer sonst noch auf dieselbe Idee gekommen sein kann?«

»Die Wahrheit ist wohl leider, daß sie alles bis auf das Mittel hat, sie kann ja wohl kaum an die Medikamente herangekommen sein. Ich habe gesehen, daß Schwester Annika ihren Medizinschrank wie ein Habicht bewacht, und Rose-Marie konnte wohl kaum ein Blutgerinnsel simulieren, um sich auf diese Weise die Tabletten zu verschaffen. Es hilft nichts, es geht nicht auf, egal, wie viele Sherlocks wir auch sein mögen.«

»Um das Thema zu wechseln, warum müssen wir Sherlocks sein, hast du Vorurteile gegen dein eigenes Geschlecht? Warum willst du nicht Miss Marple sein? Warum will ich nicht Miss Marple sein?«

Monika schrie auf:

»Miss Marple! Da haben wir's, man soll die kleinen Tanten nicht vergessen, wie Agatha Christie so richtig festgestellt hat. Was bin ich doch bescheuert! Ich habe ja gesehen, wie das passiert ist. Edith. Edith, die arme alte Dame, die nach den vermeintlich gestohlenen Medikamenten gesucht hat – sie hat die von einer anderen genommen, und daraufhin ging die Schwesternhelferin zur Schwester und bekam eine neue Ladung. Rosie alias Rose-Marie hat auf einer chirurgischen Station gearbeitet, sie hat wissen müssen, welche Medikamente für jemanden, der blutet, schädlich oder sogar lebensgefährlich sind. Sie kann sich jede Menge Tabletten besorgt haben, wenn sie nur behauptet hat, Edith habe in einem unbewachten Moment die Medizin einer anderen ausgekippt oder geschluckt.«

»Aber der nächste Schritt, Miss Marple? Wie hat sie Gösta dazu gebracht, die Tabletten zu nehmen?«

»Wahrscheinlich auf die allereinfachste Weise. Sie hat ihm sicher einfach welche gegeben und gesagt, die würden ihm helfen.«

»Und Gösta soll sie geschluckt haben, ohne sich was Böses dabei zu denken?« Mikael sah nicht ganz überzeugt aus.

»Das glaube ich. Rose-Marie arbeitete doch schon lange im Krankenhaus, sicher haben ihre Angehörigen sie immer um Rat gefragt, wenn sie krank waren. Gösta hat sich bestimmt auf sie verlassen, medizinisch und persönlich. Da haben wir's. Nicht schön, aber plausibel. Her mit dem Sekt!«

»Vergiß das nächste kleine Problem nicht. Wenn man andere davon überzeugen will, daß man die richtige Lösung gefunden hat, dann braucht man doch irgendeinen Beweis, eine Stütze für diese Behauptung.«

»Wenn wir wissen, was passiert ist, müssen wir doch einen Beweis finden können.«

»Was zum Beispiel?«

Monika schwieg eine Weile, dann zischte sie:

»Es ist doch nicht möglich, daß wir die Lösung gefunden haben und trotzdem nicht weiterkommen. Das will ich einfach nicht einsehen.«

Mikael breitete die Arme aus und verdrehte die Augen, und Monika mußte lachen. Er sagte:

»Ich begreife nicht, was du hier rummeckerst. Du wolltest das Rätsel lösen, und das hast du getan. Du solltest froh sein, daß dir das Problem erspart bleibt.«

»Welches Problem?«

»Denk an alle Krimis, die du gelesen hast. Die Autoren haben die Hölle, wenn sie beschreiben sollen, wie ihre sympathischen Detektive irgendwen wegen Mordes hopsnehmen. Lord Peter Wimsey, diese widerliche männliche Pin-up-Puppe, bricht zusammen und erweckt in der Leserin mütterliche Gefühle. Der Mann ist eine groteske Mißgeburt der Phantasie ... Wo war ich? Denk an alle Bücher, die damit enden, daß der Mörder sich in die Bibliothek zurückzieht und sich erschießt, vor allem, um die Empfindungen des Detektivs zu schonen. Vielleicht ist es so wie bei uns am besten.«

Monika lachte nicht mehr.

»Seit wann hältst du mich für sentimental? Ganz im Gegenteil. Wenn ich mir vorstelle, wie sie Göstas Vertrauen mißbraucht haben muß, sehne ich mich danach, sie zur Verantwortung zu ziehen. Ich habe mir diese Arbeit nicht ausgesucht, weil ich es okay finde, das Leben anderer dem eigenen Vorteil oder dem eigenen Ruhm zu opfern.«

Mikael war wieder ernst.

»Das weiß ich, und du weißt, daß ich genauso denke. Wir sollten die Sache überschlafen. Was hast du morgen noch vor?«

»Mich mit Göstas Haushaltshilfe treffen. Ich habe noch nicht aufgegeben. Vielleicht sollte ich auch noch einmal mit Greta reden, wir werden sehen. Jetzt gehe ich und versuche, mich in eine der wenigen U-Bahnen zu quetschen, die im

Moment fahren. Ich habe das Gefühl, schon eine Woche nicht mehr zu Hause gewesen zu sein.« Sie sah Mikael lange an. »Es ist seltsam, daß ein so schöner Mensch so gut Morde aufklären kann. Danke für den heutigen Abend, und denk morgen an mich. Ich rufe an, sowie etwas passiert.«

Nach einer langen Umarmung machte sie sich auf den Heimweg.

26

Am nächsten Morgen wurde Monika von einem ungewohnten Licht im Zimmer geweckt. Sie sprang auf, ging ans Fenster und schaute hinaus: Sie sah einen gewaltigen blauen Himmel, der sich über der Stadt wölbte, zerteilt von einem Kondensstreifen, der aussah wie ein Riesengraffito. Eine blasse Sonne beschien vorsichtig die feuchten Häuserwände, und für einen kurzen Moment sehnte Monika sich zurück nach dem verschleiernden Nebel, aber dann riß sie das Fenster weit auf und holte tief Luft. Sie fühlte sich gut in Form und erfüllt von einem Optimismus, den sie selber für gänzlich unbegründet hielt.

Sie mußte natürlich noch einmal mit Greta reden. Mit der mütterlichen, entsagungsvollen Greta, die die menschliche Verbindung zwischen Rose-Marie und Gösta darstellte. Sie wollte sich auch erkundigen, ob die Haushaltshilfe ihre Nachricht erhalten hatte, aber das mußte noch bis nach acht Uhr warten.

Sie machte sich ohne Frühstück auf den Weg, weil sie zu ungeduldig war, um zu Hause zu frühstücken. Die Zeitung, die wieder ihren normalen Umfang zu haben schien, klemmte sie sich unter den Arm.

Sie sah sich die Titelseite mit einem groß aufgemachten Bericht über das Ende der Besetzung an, als sie die Sperre in der U-Bahn passierte. Plötzlich hörte sie eine Stimme, eine laute Stimme, die ihr zurief:

»Hallo! Die Fahrkarte!«

Die Sperre war wieder besetzt. Sie sah den Kontrolleur überrascht an, fand aber sofort ihre Monatskarte und lächelte entschuldigend, ehe sie die Rolltreppe hinunterlief. Der Bahnsteig sah nun auch wieder aus wie sonst, und es waren dieselben Gesichter wie immer um diese Zeit. Monikas Optimismus begann zu versiegen. Es kam ihr plötzlich nicht richtig vor, daß sie zur Kripo unterwegs war, eigentlich müßte sie jetzt nach Skärholmen fahren, wie an allen gewöhnlichen Tagen, und dieser Freitag schien genau das zu sein: ein gewöhnlicher Tag. Monika erwartete nun schon die Normalität, und deshalb überraschte es sie nicht, als die U-Bahn ganz pünktlich eintraf.

In dem bleichen Sonnenschein sah das Polizeigebäude noch abschreckender aus, und Monika fiel auf, daß irgendwer die Türklinken poliert hatte, so daß die linke, die, die aussah wie eine Frau, etwas von ihrem dunklen Belag eingebüßt hatte.

Sie gab sich Mühe, niemandem zu begegnen, der vielleicht etwas daran auszusetzen haben könnte, wie sie ihren Tag verbrachte. Sie lief auf ihr Zimmer und rief Göstas Haushaltshilfe an, die ihre Nachricht erhalten hatte. Monika war jederzeit willkommen, Birgitta war den ganzen Vormittag zu Hause. Dann rief Monika bei Greta an und fragte, ob sie gleich vorbeikommen könne. Greta klang nicht begeistert, aber sie konnte ja nicht gut nein sagen.

Jetzt gab es laut Journal mehrere freie Wagen. Monika nahm sich den erstbesten Schlüsselbund, trug die Nummer ein und unterschrieb, die ganze Zeit mit einem wachsamen Blick zur Tür für den Fall, daß Jens oder, schrecklicher Gedanke, der unangenehme Kommissar Ek des Weges käme und sie entdeckte.

Sie holte sich den Wagen aus der Garage und fuhr über feuchte Straßen nach Vällingby.

Greta trug dieselben Kleider wie beim letztenmal und zeigte dieselbe leicht verschlossene Miene.

Aber etwas an der Stimmung hatte sich verändert. Monika hatte nicht mehr das Gefühl, daß die Wohnung sie ohne Vorbehalte aufnahm.

Sie merkte, daß sie Greta gegenüber weniger herzlich war, und Greta sagte nichts von Kaffee.

Sie setzten sich aufs selbe Sofa wie beim letztenmal, und Greta sah Monika ausdruckslos an. Sie hatte offenbar nicht vor, etwas zu sagen. Monika mußte versuchen, eine brauchbare Einleitung zu finden.

»Ich habe noch ein paar Fragen wegen Rose-Marie.«

Greta schien noch etwas mehr zu erstarren, sagte aber nichts.

»Ich weiß jetzt, daß sie auf der Station arbeitet, wo Gösta behandelt wurde, es wäre gut gewesen, das zu erfahren.«

Greta schwieg noch immer. Monika bereute den Tonfall ihrer letzten Frage, sie hatte wie eine Anklage geklungen. Sie mußte Greta zum Reden bringen, sie fischte und hoffte nur, daß sich irgend etwas im Netz fangen würde, aber die erste Voraussetzung dafür war, daß Greta sich am Gespräch beteiligte. Sie begriff plötzlich, daß sie und Greta jetzt Feindinnen waren, daß sie nicht nur versuchte, Rose-Marie zu stellen, sondern daß sie auch Greta in die Falle locken und etwas aus ihr herausholen wollte, das sich als Beweis gegen die eigene Tochter verwenden lassen würde. Sie wußte, daß Mütter ihre Kinder bis zum äußersten verteidigen. Sie wußte auch, daß Rose-Marie Gretas größte, einzige Investition war. Greta hatte Rose-Marie allein versorgt, als die Tochter klein und anspruchsvoll war. Sie hatte sie großgezogen, sich um sie gekümmert und sich selber zurückgenommen. Das Geld, das sonst für Möbel ausgegeben worden wäre, war wahrscheinlich für Bühnenkleidung, Schlagzeug und so weiter aufgebraucht worden. Und Monika hatte geglaubt, sie könnte einfach hier hereinspazieren, Pfefferkuchen essen und die entsprechenden Auskünfte erhalten. Sie sah ein, daß sie sich in eine unmögliche Situation manövriert hatte.

Greta sah zwar alles andere als streitlustig aus, aber Monika wußte, daß passiver Widerstand eine ebenso effektive Waffe war wie jede andere.

Greta brach das Schweigen, ihre Stimme zitterte leicht, aber sie war stark und deutlich:

»Gestern ist die Nachbarin gestorben. Sie war sechsundachtzig Jahre alt und ist in ihrer Küche gestorben, gefallen, ohne wieder hochzukommen. Sie haben sie vorgestern gefunden, aber da hatte sie schon zu lange gelegen. Seit einer Woche hatte niemand sie besucht, alle vom Betreuungsdienst waren krank. Meinen Sie, das interessiert irgendwen? Meinen Sie, irgendwer wird sich schuldig fühlen? Meinen Sie, die Polizei wird eingeschaltet? Nein. Aber wenn Gösta stirbt, Gösta, der kränker war als sie, dann ist die Hölle los. Dann ist es plötzlich unerhört wichtig, jemanden zur Verantwortung zu ziehen.« Greta blickte Monika nun in die Augen, und ihr Gesicht hatte einen anderen Ausdruck, der ungewohnt für ihre Züge wirkte, was die erschreckende Wirkung noch verstärkte. Sie sprach wütend, fast schon haßerfüllt: »Wenn man jung ist, braucht man Geld, dann kann es das Leben vielleicht verändern, besser machen. Gösta hatte seine Chance, aber er hat sie nie wahrgenommen. Und wer hatte überhaupt irgendwen gebeten, ihm diese Wundermedizin zu geben? Er war so gut wie tot, aber sie haben ihn retten können. Sie haben es gesagt, als ob sie einen neuen Rekord aufgestellt oder etwas Großes geleistet hätten. Wer hatte sie darum gebeten? Rose-Marie hat ihr ganzes Leben für etwas büßen müssen, wofür sie nichts konnte: daß ihr Vater weder von mir noch von ihr etwas wissen wollte. Daß sie nie genug Geld gehabt hat, um so zu leben wie ihre Freundinnen. Wir haben in unserer Familie schon zu viele vergeudete Leben.«

Greta klappte den Mund zu, als ob sie jetzt gesagt hätte, was zu sagen war. Monika begriff, daß das Gespräch beendet war, und stand auf.

Ehe Greta die Wohnungstür hinter ihr schloß, sagte sie noch: »Glauben Sie ja nicht, daß ich das noch einmal wiederhole, und Sie können mich nicht zwingen, gegen meine eigene Tochter auszusagen.«

Vor dem Haus versuchte Monika, Ordnung in ihre Gedanken zu bringen. Greta wußte oder ahnte also, was passiert war, stellte sich aber hinter Rose-Marie. Das war vielleicht logisch, aber empörend und kaum akzeptabel für Monika, die sich danach gesehnt hatte, Greta wiederzusehen, weil sie die Mütterlichkeit besaß, nach der Monika schon so lange hungerte. Mit dieser Seite der Mütterlichkeit hatte sie nicht gerechnet. Ihre Laune verschlechterte sich einerseits, weil das Gespräch einen weißen Fleck in ihrem Verständnis für andere aufgedeckt hatte, andererseits, weil sie jetzt mit leeren Händen aus ihrer vorletzten Gelegenheit hervorging, etwas Brauchbares über Göstas Tod in Erfahrung zu bringen. Fast mit leeren Händen, denn Greta hatte auf ihre Weise ja trotz allem Monikas Schlußfolgerung in bezug auf Rose-Maries Schuld bestätigt.

Es war eine Erleichterung, wieder im Auto zu sitzen, als ob der Wagen sie vor allen Gefühlen schützen könnte, die Greta geweckt hatte. Sie fuhr los, schneller als sonst, und wie immer beruhigte es sie zu merken, daß sie die vollständige Kontrolle über Weg und Geschwindigkeit hatte. Sie dachte nur an Konkretes, Praktisches. Sie freute sich darüber, daß die Haushaltshilfe, Birgitta Ström, in Alvik wohnte, das auf dem Weg zurück in die Stadt lag. Jetzt wollte sie das nur hinter sich bringen, ob es nun ein Erfolg oder ein Mißerfolg würde. Das Leben war ansonsten zur Normalität zurückgekehrt, und sie allein war im Ausnahmezustand hängengeblieben. Sie kam sich vor wie aus der Bahn geraten, und das wollte sie ändern.

27

Alvik entpuppte sich als ein Vorort aus den dreißiger Jahren, der in Würde gealtert war. Die Häuser waren geschickt in das hügelige Terrain eingelassen, inmitten von hohen Kiefern, die damals hatten überleben dürfen oder seitdem so hoch gewachsen waren. Noch immer wohnten hier viele Frauen, die mit ihren Familien hergezogen waren, als der Ort noch neu war. Jetzt waren die Kinder weggezogen und die Männer gestorben, sie selber waren alt, und ein Generationswechsel fand statt. Junge Familien und immer häufiger alleinstehende Menschen, die ruhig, aber in Stadtnähe wohnen wollten, zogen ein, schliffen die Fußböden ab, rissen Wände ein und installierten Küchen, die mehr kosteten als einst der Bau des gesamten Hauses. Birgitta Ström wohnte ganz oben in einem Vierparteienhaus im Hunnebergsvägen, und Monika, die noch nie ein Haus in dieser Gegend betreten hatte, freute sich auf den Besuch.

Als Polizistin kam sie vor allem in die Wohnungen von Menschen, die tranken, sich prügelten, Ärger machten und die Nachbarn störten. Es hatte sie überrascht, wie sich die Innenausstattungen der Wohnungen ähnelten: Ihre Stammkundschaft verwandte nicht viel Energie auf die Einrichtung ihrer Häuser. Die Wohnungen in Östermalm sahen aus wie in Fittja, nicht weil Junkies einen gemeinsamen Geschmack haben, sondern weil ein Zuhause, ebenso wie ein Garten, seinen Charakter verliert, wenn niemand sich darum kümmert. Am Ende bleibt nur noch die Unordnung, und die ist überall gleich.

Birgitta Ström war um die Dreißig, sie war klein und schmächtig und hatte dichte braune Haare, die ihr als glänzende Mähne über die Schulter hingen. Sie trug ein großes, schwarzes, mit Farben bekleckstes T-Shirt und eine weite schwarze Hose, die zehn Zentimeter unter dem Knie endete. Ihre nackten Füße waren auffällig schön, wie Monika bemerkte.

»Komm rein.«

Sie lächelte, ihre Zähne waren klein und sehr weiß.

Monika betrat eine gut beleuchtete mittelgroße Diele, die nebenbei als Büro zu dienen schien. Sie stellte ihre Stiefel neben der Tür ab, hängte ihre Jacke an einen Garderobenständer und sah sich um. Die Diele war weiß gestrichen, zwei große Pinnwände bedeckten die eine Wand, an der sich ein schmaler weißer Schreibtisch entlangzog. Im Zimmer befanden sich ungezählte kleine Gegenstände, aber der erste Eindruck war doch, daß es schön, der zweite, daß es außerordentlich gut organisiert war. Der Parkettboden war abgeschliffen und lackiert oder gebohnert – er glänzte in einem warmen Braunton, der dazu einlud, die Strümpfe auszuziehen und wie Birgitta barfuß zu laufen.

Es war wirklich eine neue Welt, die Monika da betrat, und sie blickte sich mit derselben Erwartung und Entdekkerfreude um wie eine Völkerkundlerin, die gerade ein bisher unbekanntes Stammesvolk entdeckt hat. Die Wohnungseinrichtung war so fremd für Monika, daß sie auf der Schwelle zum großen Zimmer stehen blieb. Birgitta lachte und fragte Monika, ob sie sich nicht umsehen wollte, während sie selber Kaffee oder Tee machte.

Mitten im Zimmer hatte Birgitta einen großen, gut beleuchteten Zeichentisch stehen.

An der einen Wand stand eine Vitrine. Monika ging hinüber und stellte fest, daß Birgitta dort offenbar alles aufbewahrte, was ihre Phantasie anregte. Es gab nur einen Gegenstand, den Monika in einer solchen Vitrine vermutet hätte: einen kleinen Behälter, vielleicht eine Schnupftabakdose, die mit kleinen Blumen aus eingelegten Steinen und Silberfiligranarbeit verziert war. Ansonsten fand sich hier der Schmuck der Natur: aufgesteckte Schmetterlinge und Käfer, eine Sammlung von exotischen Schneckenhäusern. Monika fragte sich, ob alle Schneckenhäuser so schön waren oder ob Birgitta Hunderte untersucht und die vollkommensten ausgewählt hatte. Neben den Schnecken lagen ein gesprenkeltes Vogelei, schöne Steine, Samenkapseln und gepreßte Blumen, ein kleines Teesieb, einige Spielzeugtiere, Federn und Tannenzapfen. In einem Karton würden sie vermutlich aussehen wie Abfall, aber Birgitta hatte sie so arrangiert, daß Monika sie stundenlang hätte betrachten können.

Vor die andere Wand hatte Birgitta ein kleines niedriges

Tischchen und drei Sessel im Stil der dreißiger Jahre gestellt. Neben der kleinen Sitzgruppe wuchs eine Papyruspflanze mit ihren langen grünen Stengeln aus einer Keramikvase, die ähnlich aussah wie die in der Diele.

Birgitta kam herein und stellte zwei schwarze Keramiktassen, Teebeutel und Nescafé auf das Tischchen. Die Tassen erweiterten sich oben, wurden nach unten hin schmal und endeten in einem kräftigen Fuß. Monika hob ihre hoch, um sie sich näher anzusehen, und entdeckte, daß sie innen wie das Meer grün, türkis und blau schimmerte. Unter dem Rand gab es einen kleinen schwarzen Rhombus, wie beim Pik-As.

Monika setzte sie vorsichtig wieder hin und sagte:

»Aus einer so schönen Tasse habe ich noch nie Kaffee getrunken.«

»Ja, die sind wirklich schön. Eine Freundin von mir hat sie gemacht, ich trinke daraus auch Wein. Aber darüber wolltest du doch nicht mit mir reden?«

»Ja, über Gösta Persson. Wann hast du von seinem Tod erfahren?«

»Montag nachmittag. Greta, seine Schwester, hat mich angerufen, sowie sie das gehört hatte. Sie mußte wohl mit irgendwem reden, obwohl sie ja wußte, daß es jederzeit so weit sein konnte, und sie fand wohl auch, ich müßte es wissen, wo ich doch nachmittags bei ihm Dienst hatte.«

»Wie kam sie dir vor?«

»Ziemlich ruhig, aber sie wollte doch gern wissen, was passiert war, sie hatten ihr am Telefon wohl nicht sehr viel gesagt. Ich habe vorgeschlagen, sie sollte ins Krankenhaus gehen und sich erkundigen, so was ist ja leichter, wenn man sieht, mit wem man redet.«

»Habt ihr für den Nachmittag irgendwas ausgemacht?«

Monika überlegte, ob es vielleicht besser gewesen wäre, mit dieser Frage zu warten, aber Birgitta antwortete, ohne zu zögern: »Sie hat gefragt, ob ich mal in der Wohnung nachsehen könnte, Gösta veranstaltete in seinen schlechten Perioden ja immer ein schreckliches Chaos, und er war in der letzten Zeit wohl nicht besonders gut in Form. Wir hatten doch alle geglaubt, sie würden ihn viel länger im Krankenhaus behalten. Er hatte abgebaut, geistig und körperlich. Es kam wohl auch darauf an, mit wem er zusammen war, einige von seinen Freunden schienen ihn in eine schlechte Phase hineinziehen zu können, oder was weiß ich, vielleicht waren diese Phasen für ihn auch auf irgendeine Weise gut. Jedenfalls sollte ich mal nachsehen und ein bißchen Ordnung schaffen. Warst du in seiner Wohnung?«

Monika nickte, und Birgitta fuhr fort:

»Es ist eine ziemlich schöne Wohnung, die Miete wird vom Amt bezahlt, allerdings von Göstas eigenem Geld, das sie verwalten. Wurde bezahlt, meine ich.«

»Wie sah die Wohnung an diesem Nachmittag aus?«

»So na ja. Ich hatte ja saubergemacht, als er im Krankenhaus lag, aber in den letzten Tagen hatte er doch ganz gut herumgesaut. Ich wollte Greta ersparen, sich mit diesem Elend befassen zu müssen, also habe ich Ordnung geschafft, obwohl ich eigentlich nicht bei Toten arbeiten soll.«

»Ich habe gesehen, daß du aufgeräumt hast. Es sah fast unbewohnt aus, als wir da waren.«

»Ich wußte ja nicht, daß es eine polizeiliche Untersuchung geben würde. Habe ich dir die Arbeit schwerer gemacht?«

Monika hätte aggressiv reagieren können, aber sie begnügte sich mit:

»Vielleicht. Wir wissen ja nicht, ob du eine wichtige Spur

weggeputzt hast, ob es zum Beispiel Fingerabdrücke gegeben hat, die von Interesse gewesen wären.«

»Meinst du, daß er zu Hause vergiftet worden ist oder sich vergiftet hat?«

»Er war jedenfalls vor seinem Tod dort.«

»Stimmt, es tut mir wirklich leid, aber sein Tod kam so erwartet, daß weder ich noch Greta auf die Idee gekommen sind, uns wie im Film zu benehmen – du weißt schon, die Tür mit einem Taschentuch öffnen, einen Zeugen mitnehmen, wenn man hingeht. Läuft das übrigens wirklich so?«

»Ja, ungefähr.«

»Wenn das ein Trost ist, dann gab es nichts Unerwartetes oder Außergewöhnliches. Ich habe ein gutes Gedächtnis, und alles Verdächtige wäre mir sicher aufgefallen. Aber da fällt mir ein, ich bin sicher irgendwie auch verdächtig. Ich hätte natürlich hinstürzen und Beweise beiseite schaffen – heißt das nicht so – und dann behaupten können, alles wäre wie immer gewesen.« Sie sah Monika aus ihren großen graubraunen Augen verwundert an.

»Du hast ja vielleicht einen harten Job. Immer mußt du damit rechnen, daß deine Gesprächspartner dich anlügen. Das muß ein komisches Gefühl sein.«

Monika lächelte. Wenn Birgittas Welt für Monika neu war, so war Monikas Welt für Birgitta offenbar ebenso unbekannt.

»Kannst du genau beschreiben, was du gemacht hast?«

»Ich glaube schon. Zuerst habe ich alle Fenster aufgemacht, es roch ziemlich schlecht. Aber dabei kann ich dir wenigstens nichts vermasselt haben, da die Wohnung so hoch liegt, daß ich nicht annehme, du glaubst, irgendwer wäre durchs Fenster eingestiegen. Danach habe ich Abfall aufgesammelt – Bierdosen, leere Flaschen, alte Essensreste,

Kippen … ach, dabei kann bestimmt allerlei für dich gewesen sein, aber ich habe leider alles in den Müllschacht geworfen, und die Müllabfuhr hat es am nächsten Morgen abgeholt. Ich habe staubgesaugt, Laken, Bettwäsche, Kleider und Handtücher in die Waschmaschine gesteckt, staubgewischt, gespült. Es klingt blöd, wenn ich dir das jetzt erzähle, aber ich habe vor allem an Greta gedacht.«

Monika versuchte, bei ihrer Rolle zu bleiben:

»Hat es ausgesehen, als ob er Besuch gehabt hätte?«

»Schwer zu sagen. Es standen keine zwei Gläser auf einem Tisch, von denen das eine Lippenstiftspuren aufwies, wenn du so was meinst. Es gab fast sicher keine Kippen außer Göstas eigenen, er hat John Silver ohne Filter geraucht. Aber wenn er Leute zu Besuch hatte, dann bot er immer seine Zigaretten an, das sagt also auch nicht viel. Meinst du, daß irgendein Bekannter ihn besucht und dann vergiftet hat?«

»Diese Möglichkeit läßt sich nicht ausschließen. Wäre das leicht gewesen, was meinst du? Wenn du Gösta Medizin gegeben hättest, die er noch nicht kannte, meinst du, er hätte sie genommen?«

»Ich glaube schon. Kann ich davon ausgehen, daß das eine rhetorische Frage war, oder stehe ich unter Verdacht? Falls du wissen möchtest, ob ich es gewesen sein kann, dann kann ich mich sofort reinwaschen: Ich war die ganze Woche über in Falsterbo und bin erst Sonntag abend wieder nach Hause gekommen. Wenn du Namen und Telefonnummer der Freunde willst, die ich besucht habe, dann kann ich sie dir sofort geben.«

Monika schüttelte den Kopf.

Wie lange brauche ich wohl, um zu lernen, vorsichtig vorzugehen? Ein Jäger, der im Wald herumlärmt, ohne seine weiteren Schritte durchdacht zu haben, wird sein Wild wohl kaum erlegen, und Monika hatte das Gefühl, wirklich herumgelärmt zu haben. »Ich habe mich blöd ausgedrückt, ich wollte dich nicht verdächtigen. Ich habe diese Frage gestellt, weil du ihn gekannt hast, und ich versuche, mir ein Bild von Gösta zu machen. Wenn wir einen Moment lang auf seine Wohnung zurückkommen, dann hat es mich überrascht, daß es dort keine Medikamente gab. Weißt du, wo die geblieben sein können, er müßte doch zumindest die gehabt haben, die das Krankenhaus ihm verschrieben hatte. Falls er sich die Mühe gemacht hat, das Rezept einzulösen.«

Monika sah Birgitta aufmerksam an, aber die reagierte nicht wesentlich.

»Das habe ich vergessen. Er hatte seine ganzen Medikamente in einem Schuhkarton, den er überall in der Wohnung mit sich herumschleppte, als ob er den in seiner Nähe haben müßte. Und wenn er ein Rezept bekommen hat, dann war die Apotheke bestimmt sein nächstes Ziel, er war doch von der Rezeptgebühr befreit, oder wie das heißt, also kostete es ihn nichts. Er war richtig fixiert auf seine Tabletten, ich habe den Karton ab und zu saubergemacht, habe Mittel herausgenommen, die er von anderen bekommen oder sogar geklaut hatte. Ich habe ihn immer davor gewarnt, fremde Medikamente zu nehmen, und er sagte, ja, ja, aber eine Woche später war alles wieder beim alten.«

Monika hätte schreien können:

»ABER WAS HAST DU MIT SEINEN MEDIKAMENTEN GEMACHT? WO SIND SIE?«

Gleichzeitig wollte sie nicht hören, daß sie auch verschwunden waren, daß ihre letzte Chance zu erfahren, welche Medikamente Gösta genommen hatte, im wahrsten Sinne des Wortes weggewischt worden war. Sie wartete, während

Birgitta weiterberichtete, plötzlich wollte sie den Augenblick hinauszögern, in dem sie erfahren würde, daß sie so nahe daran gewesen war, daß es nun aber zu spät war.

»Ich hatte Angst, irgendwer von seinen Kumpels könnte auftauchen, einige haben ja einen Wohnungsschlüssel, und dann könnten sie auf die Idee kommen, an den Medikamenten zu naschen, deshalb habe ich den Karton in einen Kasten gepackt. Niemand anders hatte doch etwas davon, ja, ich weiß ja nicht, ob Gösta soviel davon gehabt hat, der pfiff ja auf alle Anordnungen und warf eine Tablette nach der anderen ein.«

Monika konnte nichts dazu sagen, sie nickte und Birgitta steuerte weiter auf die entscheidende Auskunft zu.

»Ich wundere mich manchmal, ja, das weißt du ja selber, wie das sein kann, daß Medizin für viel Geld einfach nutzlos herumliegt. Das war eine der Überraschungen bei dieser Arbeit. Es hat ja keinen Zweck, unsere Ideen und Wertmaßstäbe auf die Alten zu übertragen, aber ich bin manchmal mit Plastiktüten voller Medikamente, die zu alt waren, die nicht mehr gebraucht wurden oder die die Alten aus irgendeinem Grund nicht nehmen wollten, in die Apotheke gegangen.«

Monika hatte langsam ein Gefühl der Unwirklichkeit. Offenbar hatte Birgitta Göstas Medikamente in der Apotheke abgegeben, offenbar lagen sie nun wild durcheinander mit Mengen von ähnlichen übriggebliebenen Medizinpakkungen, die vernichtet werden sollten, ob geöffnet oder nicht. Göstas konnten sicher leicht ausfindig gemacht werden, wenn sie nicht vernichtet oder zerstampft worden waren, oder wie immer ihr letztes Schicksal nun aussehen mochte, aber die interessante Packung, die, die er geliehen oder bekommen hatte, eine mit tödlichem Inhalt, würde sich nicht identifizieren lassen, da niemand wußte, wem sie ursprünglich verschrieben worden war.

Ob sich die Namen von Göstas Bekannten besorgen ließen und ob danach untersucht werden könnte, ob ein Röhrchen Waran Göstas Fingerabdrücke aufwies? Das war unwahrscheinlich, vor allem, da zirkulierenden Tablettendosen fast immer irgendein kleines Mißgeschick widerfährt, wodurch die Namen des verschreibenden Arztes und des Patienten verwischt werden. Sie sah vor ihrem inneren Auge einen Container voller Medizinpackungen, unterwegs zur Vernichtung, und bei allem fragte sie sich auch noch, was Abebe von diesem Verfahren halten würde, er, dessen Volk an banalen Krankheiten starb, da sich dort niemand die nötigen Medikamente leisten konnte. Es war vielleicht trotz allem nicht unmöglich, dieser Spur zu folgen.

Sie hatten beide eine Weile geschwiegen, jede in Gedanken verloren.

Birgitta schien nicht zu begreifen, wie wichtig Göstas Medikamente waren, oder wollte sie Zeit schinden? Vielleicht hatte sie absichtlich die Spur zerstört, die Monika brauchte, und vielleicht wußte sie nicht so recht, wie sie das vertuschen sollte? Feilte sie an einer Lüge herum, während sie über den pharmakologischen Ausgleich redete, den die Gesellschaft für ihre weniger erfolgreichen Mitglieder bereithielt?

»Ich weiß ja, ich hätte nichts aus der Wohnung wegnehmen dürfen, aber ich hatte morgens mit Greta über die Medikamente gesprochen, und die sagte, sie wäre mir dankbar, wenn ich ihr den Weg zur Apotheke ersparen würde. Du verdächtigst doch hoffentlich nicht Greta? Das kannst du vergessen, sie hatte schon längst aufgehört, sich wegen Gösta herumzuquälen.«

»Was hast du mit den Medikamenten gemacht?« Monika konnte sich nicht mehr beherrschen, sie hörte sich ernst und nicht besonders freundlich an.

Birgitta machte wieder ein überraschtes Gesicht.

»Mit den Medikamenten? Meinst du, er hat vielleicht die falschen erwischt? Die können doch wohl nicht gefährlich gewesen sein, und soviel ich weiß, ist es ihm früher nie schlechter gegangen, wenn er die mehrfache Dosis genommen hatte.«

»Was hast du damit gemacht?«

»Nichts. Ich wollte sie ja in die Apotheke bringen, aber ich war so spät dran, daß ich sie erst mal mit nach Hause genommen habe. Und dann hatte ich es schrecklich eilig, ich wollte doch verreisen, und deshalb habe ich das nicht mehr geschafft. Die stehen immer noch dahinten im Schrank.«

Sie stand auf und holte eine Plastiktüte aus einem Schrank in der Diele. Monikas Herz hämmerte dermaßen, daß sie sich fragte, ob Birgitta das wohl hören könnte. Birgitta steckte die Hand in die Tüte, um den Karton herauszunehmen, wurde aber von Monika daran gehindert:

»Nichts anfassen!«

Birgitta zog die Hand wieder aus der Tüte.

»Du bist ja wirklich von den Bullen.«

»Ich habe dir ja meinen Dienstausweis gezeigt. Jetzt muß ich nur noch ein paar kurze Fragen stellen. Wo stand der Karton, als du ihn gefunden hast?«

»Am Bett, wie üblich.«

»Hast du etwas herausgenommen oder hineingelegt?«

»Nein, ich habe ihn so mitgenommen, wie er war.«

»Hast du eine Medizindose berührt?«

»Ich glaube nicht.«

»Gab es in der Wohnung außer in diesem Karton noch andere Medikamente?«

»Nein, doch! Ich habe eine große, geöffnete Dose auf dem Sofa gefunden, und die habe ich in den Karton gelegt, ehe ich mit Aufräumen angefangen habe.«

»Danke. Ich werde dich noch bitten, zur Polizei zu kommen und deine Aussage zu unterschreiben, wann und wo du die Medizin gefunden und wo du sie aufbewahrt hast.«

Birgitta war jetzt verschlossen, sie hatte die Füße hochgezogen und sah wachsam aus. Monika fragte sich, ob sie zu schroff oder bei ihrem ersten Kontakt mit Birgitta zu unprofessionell gewesen sein könnte. Ansonsten war es ihr Ziel, den Mord aufzuklären, und nicht, alle Zeugen dazu zu bringen, sie zu mögen oder ihre Arbeitsmethoden zu schätzen.

Zum erstenmal wünschte sie sich, einen Kollegen bei sich zu haben, jemanden, der sie unterstützte und sie und andere daran erinnerte, wer sie war und warum sie hier war.

Plötzlich lachte Birgitta.

»Es ist ungewohnt, verhört zu werden, aber ich habe Gösta gemocht, und ich hoffe, du findest den Mörder. Möchtest du die Adresse von Jeanna, die die Tassen gemacht hat? Ich weiß nicht, ob sie noch welche hat, aber wenn es dich interessiert, kannst du ja bei ihr vorbeischauen.«

»Das möchte ich gern. Danke für den Kaffee; mach dir keine Sorgen wegen der Putzerei, die spielt sicher keine Rolle.«

Die Plastiktüte, die vielleicht die Lösung des Problems, schlagende Beweise, enthielt, schien zu wertvoll, um einfach so weggetragen zu werden. Aber andererseits enthielt sie ja vielleicht nichts von Interesse. Monika traute sich nicht hineinzuschauen. Solange die Tüte so war wie jetzt, ungeöffnet, nicht inventarisiert, waren noch alle Möglichkeiten offen.

Sie bat um eine weitere Tüte, um sie zu verstauen, verabschiedete sich und ging hinaus in die klare Luft, hinunter zum Parkplatz.

28

Sie erreichte das Polizeigebäude ohne Zwischenfälle, rannte hinauf zu ihrem Zimmer und drückte dabei die Tüte an ihre Brust. Sie glaubte zuerst, sich verlaufen zu haben. Am Schreibtisch saß ein großer, blasser junger Mann, der überrascht zu ihr hochblickte.

»Hallo«, sagte er und schien zu meinen, damit seine Pflicht getan zu haben. Er hatte dichte, blonde, eine Spur fettige Haare und Wangen voller Aknenarben.

Plötzlich wußte Monika, wer er sein mußte.

»Bist du Hans Eriksson?«

»Ja, das steht an der Tür.«

»Ich weiß, was an der Tür steht, ich habe dich während deiner Krankheit vertreten. Monika Pedersen heiße ich. Selber hallo.« »Ich nehme an, du bist mit meinen Fällen nicht weit gekommen?«

Es war eine bekümmerte Feststellung von Tatsachen, keine Frage.

»Wenn du etwas klarere Instruktionen hinterlassen hättest, wäre das leichter gewesen.«

»Ich weiß.«

Er blätterte resigniert in den Mappen auf dem Tisch. Hatte er gehofft, alles würde weg sein, gelöst, abschließend berichtet, wenn er zurückkam? Hatte er geglaubt, einen reinen Schreibtisch vorzufinden, einen neuen Anfang? Er blickte wieder auf und schien von einer Erkenntnis getroffen zu sein.

»Vielleicht brauchst du den Schreibtisch noch einen Moment, ich wollte sowieso gerade essen gehen, und danach muß ich außer Haus etwas erledigen, also kannst du ihn den Nachmittag über noch haben. Bleibst du noch lange hier?«

»Ich nehme an, heute ist mein letzter Tag.«

»Aha. Ja, dann mach's gut. Wiedersehen.«

Endlich ging er, und Monika stellte den Karton auf den Schreibtisch. Sie setzte sich und mußte zuerst den Stuhl, den Hans hochgedreht hatte, wieder senken. Sie zögerte. Vielleicht brauchte sie einen Zeugen. Aber wenn ihr kein Vertrauen geschenkt wurde, dann half es auch nichts, daß irgend jemand anders zusah, wie sie Göstas Medizinvorrat aus der Tüte nahm. Als erstes zog sie die Plastiktüte vom staatlichen Alkoholladen, die Birgitta vielleicht bei Gösta gefunden hatte, hervor. Die sah nicht weiter bemerkenswert aus, aber sie starrte sie doch an, als ob sie wichtige Spuren aufweisen könnte, die Monika auf keinen Fall übersehen durfte. Danach holte sie tief Luft, öffnete die Tüte und steckte ihre Hand hinein. Plötzlich fielen ihr die Fingerabdrücke ein, und sie zog die Hand rasch zurück, als ob sie sich verbrannt hätte. Sie hätte fast einen »Blackout-Fehler« begangen, einen unbegreiflichen, unerklärlichen Patzer. Ihr Herz hämmerte los. Sie lehnte sich im Stuhl zurück und überlegte, ob sie lieber gleich mit der Tüte zu Allan Larsson gehen sollte. Aber diesen Gedanken verwarf sie sofort wieder. Es war von Anfang an ihre Ermittlung gewesen, und sie wollte den spannenden Schluß nicht hergeben, wollte sich nicht abgeplackt haben, um danach Allan übernehmen zu lassen, weil sie sich nicht traute. Sie hielt sich nicht für einen Menschen, der sich nicht traut, zum Ziel zu kommen, und sie wollte sich jetzt auch nicht so benehmen.

Sie suchte in Hans' verdächtig leeren Schubladen nach dünnen Gummihandschuhen, fand jedoch keine. Sie mußte welche suchen. Sie spielte mit dem Gedanken, die Tüte mitzunehmen, entschied sich aber dagegen, nicht zuletzt, weil es schwer wäre, einigermaßen würdevoll eine schmutzige Schnapsladentüte durch die Gegend zu tragen.

Sie klopfte bei ihrem Nachbarn.

»Come in.«

Im Nebenzimmer saß ein Engländer, ein langer Mann in den Dreißigern mit braunen Haaren und schmalen Augen. Er lachte wie ein Cowboy, und er prustete los, als Monika erklärte, daß sie in seinen Schubladen nach Gummihandschuhen suchen wollte. Sie suchten gemeinsam, fanden aber keine.

»Wait a sec.«

Er nahm eine riesige Tasche vom Boden auf und wühlte darin herum, bis er mit triumphierender Miene ein Paket Chirurgenhandschuhe hochhob. Er überreichte sie mit eleganter Verbeugung. Monika bedankte sich, nahm die Handschuhe und atmete auf, als sie wieder in ihrem Zimmer war und sah, daß die Tüte noch dort stand.

Die Handschuhe waren zu groß, aber das störte sie nicht. Sie hob vorsichtig einen abgenutzten Schuhkarton aus der Tüte, der bis zum Rand mit Medikamenten und Salben und zwei Packungen Zigaretten gefüllt war. Sie kippte den Inhalt des Kartons auf ihren Schreibtisch.

Braune Glasflaschen, weiße Plastikdosen, eingeschweißte Tabletten, die ganze moderne Magie in all ihrer Dürftigkeit lag wirkungslos vor ihr. Dann entdeckte sie die kleine weiße Plastikdose, und ihr Herz setzte einen Schlag aus, genau wie es in den Romanen steht. Sie sah sofort, daß der Inhalt blau war, blau wie die kleine Tablette aus Göstas Tasche. Sie fand außerdem einen kleinen handgeschriebenen Zettel, der durch die verschmutzte Plastikmasse nicht zu lesen war. Sie wagte nicht, die Dose zu berühren, aus Angst, etwaige Fingerabdrücke zu zerstören.

Nun rief sie Allan an. Er war da, als ob sie das geahnt hätte, sie schrieb ihm die Eigenschaft zu, dazusein, wenn er gebraucht wurde, und bisher hatte das ja auch gestimmt.

Sie erklärte die Lage und merkte, daß sie fast atemlos vor Spannung war.

»Komm sofort mit der Tüte her, dann werden wir ja sehen. Faß sie nicht an, sondern schieb ein Stück Pappe darunter und komm.«

Monika tat wie ihr geheißen. Auf dem Weg aus dem Zimmer sah sie sich selber im Spiegel. Ihr sonst farbloses Gesicht hatte nun rote Wagen, und die Augen leuchteten, sie erkannte sich kaum wieder.

Auf dem Flur begegnete ihr wieder der Engländer, er fragte, ob die Handschuhe ihr halfen, und sie demonstrierte das, indem sie eine Hand hochhielt und er sehen konnte, wie groß sie waren. Wieder lachten sie gemeinsam. Er zeigte auf Monikas Plastiktüte, die sie wie eine Trophäe trug:

»Evidence?«

Sie nickte.

»Murder case.«

Er sah gebührend beeindruckt aus und machte kehrt, um sie durch den Flur zu begleiten und die Tür für sie zu öffnen.

Auf den ersten Anblick herrschte in der Technik eine angenehmere Atmosphäre als in der »Gewalt«, fand Monika. Es war heller, es gab mehr Dekorationsgegenstände, obwohl die vor allem aus Schwarzweißfotos entweder von Katastrophen oder riesigen Fingerabdrücken bestanden.

Allan Larson kam ihr entgegen.

»Also, zeig her.«

Sie gingen durch den Flur, vorbei an einem Zimmer, wo probeweise eine Pistole nach der anderen abgefeuert wurde.

Allan führte sie in ein Zimmer, das aussah wie ein Chemiesaal in der Schule, ein Zimmer mit seltsamen Flecken auf dem Boden, Rolltischen und Regalen mit Chemikalien. Er öffnete zuerst vorsichtig mit zwei Pinzetten die Dose. Dann überführte er die Tabletten in eine Plastiktüte und glättete vorsichtig den Zettel, der dabeigelegen hatte.

»4 Tabletten dreimal täglich«, stand darauf in runder, unreifer Handschrift.

Monika konnte nicht stillstehen. Allan wirkte heute auf unerklärliche Weise jünger, er erinnerte weniger an Monikas Vater, und das schien neue Möglichkeiten zu eröffnen. Er blickte zu ihr hoch und sagte:

»Keine Panik. Das bringt uns weit genug, auch wenn wir keine Abdrücke finden.«

Sein Blick ruhte länger als nötig auf ihr, und sie entdeckte, daß sie das nicht in Panik versetzte.

Er nahm sich die Nihydrinlösung, goß die klare gelbe Flüssigkeit in ein Gefäß auf dem Rolltisch und schaltete den Ventilator ein.

»Wir fangen mit der Dose an.«

Wieder blickte er Monika an, ein Blick, dem sie normalerweise ausgewichen wäre, dem sie jetzt aber standhielt.

Die folgenden Minuten zählten zu den längsten, die sie je erlebt hatte, obwohl sie versuchte, die Zeit schneller zu überbrücken, indem sie über ihren Verdacht gegen Rose-Marie erzählte. Langsam wurde ein Abdruck sichtbar, violette Parallellinien, die in weichen Wellen über die Plastikdose liefen. Monika blickte Allan ängstlich ins Gesicht. War der Abdruck wohl deutlich genug? Komplett genug?

»Das wird schon gehen. Erst sehen wir hier nach.«

Er nahm sich einen Satz Fingerabdrücke, der auf dem Tisch gelegen hatte.

»Göstas«, sagte er. »Und das ist auch der Finger auf der Dose, schau her, der linke Zeigefinger. Also machen wir weiter.«

Er hörte sich an, als ob sie noch massenhaft Material hätten, nicht nur ein Zettelchen, das in seinen breiten Händen geschrumpft zu sein schien. Monika fiel plötzlich sein Ehering auf, eine Entdeckung, die sie beruhigend fand.

Allan arbeitete vorsichtig mit dem Zettelchen, genauso wie zuvor mit der Plastikdose, und auch dort begann nach einer Ewigkeit, ein Muster heranzuwachsen.

»Hervorragender Finger, und diesmal ist es nicht Göstas.«

Monika beugte sich vor. Sie roch noch den Duft von Allans sauberen Haaren, von seinem Rasierwasser, eine spannende männliche Kombination. Auf dem tödlichen Zettel wirkte der Abdruck ungewöhnlich deutlich, und er konnte keinem anderen gehören als dem Menschen, der Gösta ermordet hatte. Als ob Allan ihre Gedanken lesen könnte, sagte er:

»Damit kriegen wir sie.« Er fuhr fort: »Wir müssen auch die Graphologen in Linköping einen Blick darauf werfen lassen. Du kannst unten sagen, daß wir bereit sind und jederzeit ausrücken können. Es wäre ja gut, wenn wir so bald wie möglich ihre Wohnung durchsuchen können.«

Sie hatte es geschafft! Und ihr kleiner Flirt mit Allan hatte nichts Gefährliches an sich, sie hatte auch das gewagt und geschafft. Jetzt mußte sie nur noch mit dem Kommissar sprechen. Monika hatte das Gefühl, Berge versetzen zu können, halb hüpfte und halb rannte sie die Treppe hinunter. Sie klopfte an die halboffene Tür des Kommissars.

»Ja«, rief jemand drinnen genervt, als ob sie zum zehntenmal anklopfte.

Es war Kommissar Ek, noch immer blaß, und er schien sich ebensowenig über ihren Anblick zu freuen wie sonst.

»Sind Sie noch hier? Hans ist doch wieder da.«

»Ich muß wohl ab morgen wieder weg. Ich muß nur wissen, wem ich Bericht erstatten soll.«

»Es reicht wohl, wenn Sie Hans einen Zettel schreiben oder mit ihm reden.«

»Aber es ist so, daß der Mann, wegen dem das Krankenhaus angerufen hat, tatsächlich ermordet worden ist, und ich habe einen überzeugenden Beweis gegen die Mörderin. Allan Larsson möchte sie gern so schnell wie möglich festnehmen, er ist bereit zur Hausdurchsuchung und allem anderen. Hans ist heute nachmittag leider nicht im Haus.«

»Was sagen Sie da?« Er sah sie an, als ob er sie zum erstenmal erblickte. »Kommen Sie mit Ihren Papieren her und berichten Sie. Das ist ja verrückt.«

Eine halbe Stunde später holte Monika ihre Sachen aus Hans' Zimmer. Sie fühlte sich rehabilitiert und zufrieden. Sie hatte schon in Skärholmen angerufen und mitgeteilt, daß sie jetzt zurückkäme, hatte aber erfahren, daß sie erst für Dienstag wieder eingeplant war. Vor ihr lagen drei freie Tage.

Sie setzte sich ein letztesmal auf den Schreibtischstuhl und rief Mikael an, er war sofort am Apparat.

»Mikael, es hat geklappt.«

»Magst du erzählen?«

Sie erzählte. Mikael hörte ihre Müdigkeit, noch ehe sie sie selber entdeckt hatte, und er schlug vor, am Sonntag abend ein Detektivjubiläumsfest zu feiern. Sie protestierte, daß ein Detektivpremierenfest doch eher angebracht sei, und er stimmte zu.

»Und hier sitze ich und heimse alle Ehre ein, obwohl das Verdienst doch mindestens zur Hälfte dir zukommt.«

»Ehre! Was ist die schon im Vergleich zur Gesundheit? Ich wäre vor Langeweile und Frust doch eingegangen, wenn du nicht gewesen wärst. Das nächstemal arbeiten wir offiziell zusammen, und dann kannst du meine brillanten Schlußfolgerungen in deinen Bericht aufnehmen. See you sunday!«

Sie lachte. Als sie ihre letzten Sachen in die Tasche packte, klopfte es an ihre Tür. Es war wieder der englische Nachbar. Er fragte, ob sie am Samstag abend wohl mit ihm essen wollte, und sie nahm dankend an.

29

Monika war so überrascht über sich, daß sie so glatt und leicht und ohne zu zögern zugesagt hatte, daß sie sich wieder setzte und die Tür anstarrte, die der Engländer gerade hinter sich geschlossen hatte. Sie kannte sich nicht so recht wieder, war aber nicht unzufrieden damit. Während sie noch dasaß, wurde die Tür wieder geöffnet, aber diesmal trat der Kommissar ins Zimmer.

Sie fragte sich, ob sie, das häßliche Entlein, plötzlich unwiderstehlich geworden war, aber der Kommissar dachte an etwas ganz anderes.

»Monika, könnten Sie zur Festnahme mitfahren? Das

wäre gut, Sie wissen doch, wie sie aussieht. Zwei Jungs warten mit einem Wagen. Ihr müßt es in der Wohnung versuchen, wir haben im Krankenhaus angerufen, aber die haben sie nicht mehr gesehen, seit sie sich krank gemeldet hat.«

»Sicher.« Sie sagte rasch zu, um es sich unmöglich zu machen, das Für und Wider abzuwägen.

Im Auto bereute sie ihre schnelle Entscheidung und antwortete so wortkarg auf die Fragen der jungen Polizisten, daß auch die verstummten, ein Schweigen, das erst vor Rose-Maries Tür gebrochen wurde.

»Wer soll klingeln?«

Sie wandten sich an Monika wie an eine Vorgesetzte.

»Egal, wer. Ich soll doch nur darauf achten, daß ihr die richtige Braut heimführt. Macht es wie immer.«

Sie klingelten, erst ein kurzes Signal, dann noch eins, dann mehrmals und immer länger.

Nichts passierte.

»Sie ist wohl durchgegangen, wann ist sie überhaupt zuletzt gesehen worden?«

Monika kam sich vor wie eine Gedankenleserin, so deutlich war die Frage des jungen Polizisten: Konnte auch Rose-Marie tot in ihrer Wohnung liegen?

Aber nun hörten sie Schritte, und die Tür wurde einen Spaltbreit aufgemacht.

»Was?«

Rose-Marie kniff unter zerlegenen und zerzausten Haaren im hellen Licht die Augen zusammen, sah die uniformierten Polizisten, erkannte Monika.

»Was ist denn jetzt schon wieder?«

»Dürfen wir reinkommen?« Ohne auf Antwort zu warten, öffneten sie die Tür und drängten sich an Rose-Marie, die nur mit mit einem großen, schmutzigen T-Shirt bekleidet war, vorbei.

Einer der jungen Polizisten setzte zu einer Erklärung an und bat Rose-Marie, sich anzuziehen.

Sie fragte:

»Aber was ist passiert?«

Monika antwortete:

»Wir haben die Tabletten gefunden.«

Rose-Marie sah sie argwöhnisch an:

»Welche Tabletten? Wovon redest du?«

»Von den Tabletten, die Gösta bekommen hat, die er genommen hat und an denen er gestorben ist. Von *den* Tabletten rede ich.«

»Das ist nicht mein Bier. Außerdem bluffst du, ich hätte wirklich nicht gedacht, daß die Bullerei so was wirklich macht. Soll ich jetzt zusammenbrechen und alles zugeben? Erstens fall' ich nicht drauf rein, die Putzsklavin hat doch schon saubergemacht und nichts in der Wohnung gefunden, und zweitens war ich das nicht.«

»Nein, sie waren nicht in Göstas Wohnung, sie waren in ihrer. Sie hatte es noch nicht geschafft, sie in die Apotheke zu bringen. Und die Fingerabdrücke auf dem Zettel mit der Einnahmeanweisung sind nicht von Gösta, und seine Schrift ist es auch nicht.«

Rose-Marie sah aus wie ein verlebtes, quengeliges Kind, eine seltsame Kombination.

»Aha. Und was passiert jetzt?«

»Jetzt kommst du mit uns, sowie du dich angezogen und eine Zahnbürste und so zusammengepackt hast.«

Monika blickte sich in dem kahlen, unordentlichen Zimmer um, und Rose-Marie entschuldigte sich:

»Das ist der reine Zufall«, erklärte sie, als ob die Anklage behauptete, sie kümmere sich nicht um ihre Wohnung, und nicht, sie habe Gösta umgebracht. »Und bilde dir ja nicht ein, daß ich mich vor den Voyeuren da umziehe«, raunzte sie Monika an.

»Ich komme mit, dann können die Jungs hier draußen warten.« Das Schlafzimmer, das Monika nun betrat, roch muffig, nach kaltem Zigarettenrauch und ungewaschener Haut. Sogar die Wände schienen dringend eine Wäsche zu benötigen. Rose-Marie glitt aus ihrem T-Shirt und wandte Monika ihren knochigen Rücken zu, wühlte die Kleider durch, die auf dem Boden herumlagen, und fand ein schwarzes Polo-Hemd, einen Schlüpfer, der arg benutzt aussah, und eine schwarze Lederhose. Sie zog sich ohne Eile an und trat dann vor den Spiegel, um das Ergebnis zu überprüfen.

»Beeil dich, die anderen warten.«

»Ich muß erst noch mein Gesicht in Ordnung bringen.«

Sie setzte sich vor den Spiegel und machte sich an einem hellroten Haarband zu schaffen.

Monika konnte den Mund nicht halten:

»Wie hast du ihn dazu gebracht, die Tabletten zu nehmen?« Rose-Marie antwortete brav:

»Der Idiot ist doch auf alles reingefallen. Meine Fresse, was war ich wütend auf ihn.«

»Wegen dem, was er dir angetan hat, als du klein warst?«

»Als ich klein war? Nein, aber er hätte fast meine ganze Karriere ruiniert, alle meine Chancen, richtig groß zu werden, ehe es zu spät ist.«

»Er hat deine Karriere ruiniert, weil er nicht gestorben ist, meinst du das?«

Rose-Marie nickte leicht und griff zum Kajalstift. Sie musterte ihr Gesicht in totaler Konzentration.

»Und das hast du korrigiert, leicht und geschickt.«

»So leicht doch nicht.« Sie hörte sich fast vorwurfsvoll an. »Erst, als der alte Albinsson mich mit seinem verdammten Blumentopf fast k. o. geschlagen hatte, ging mir auf, daß jetzt grünes Licht war, ganz plötzlich, wegen der Grippe. Die kam wie bestellt.«

Sie konnte nicht weiterreden, weil sie ihren Mund schminken wollte.

»Niemand sollte obduziert werden, ja, fast hätte es geklappt. Ist dir klar, daß du keinen Öre kriegst? Man kann sich kein Erbe herbeimorden.«

Rose-Marie blickte auf, ein rascher, testender Blick. Dann zuckte sie mit den Schultern.

»Werden sehen, du hast überhaupt kein Recht, mich so anzusehen. Dein Beruf ist doch, Leute zu erschießen. Ist das vielleicht besser?«

Monika hatte diese Diskussion satt, sie hatte sie schon zu oft geführt, zumeist mit Menschen, die nur Streit suchten.

»Du weißt, daß es bei meinem Beruf nicht darum geht, irgendwen zu erschießen, und wenn es doch mal passiert, dann nicht, um sich zu bereichern.«

»Du bereicherst dich nicht daran? Du wirst doch dafür bezahlt, oder was? Damit bezahlst du dein Auto und dein Haus und die neuen Winterstiefel.«

»Nein. Bezahlt werden wir für die andere Arbeit.« Sie fuhr fort, obwohl sie einsah, wie sinnlos das war: »Wann hast du zuletzt gehört, daß ein Polizist irgendwen erschossen hätte? Das kommt so gut wie nie vor.«

Aber Rose-Marie hörte schon nicht mehr zu, die Zukunft interessierte sie mehr als die Vergangenheit.

»Dürfen die Fotografen in den Knast kommen? Ich müßte vielleicht dafür sorgen, daß Fotos zugänglich sind, ich muß noch kurz telefonieren, ehe wir gehen.«

Monika packte Rose-Maries dünne Schulter mit festem Griff und lotste sie zur Tür. »Zum Henker, du wirst das hier nicht zu einem Reklamegag machen. Du rufst niemanden an und verteilst auch keine Bilder.«

Sie hatte sich einen Moment gehenlassen, aus Wut, sie hatte kein Recht, Rose-Marie daran zu hindern anzurufen, wen sie wollte, aber Rose-Marie ließ sich brav aus der Wohnung führen. Ein Polizist schloß ab, steckte die Schlüssel in eine Tüte und versiegelte die Tür bis zu Allan Larssons Besuch. Rose-Marie sah interessiert zu, fuhr sich mit den Fingern durch die Haare und schien fast schon für ein Starfoto zu posieren. Monika konnte sich nur schwer vorstellen, daß irgendwer es Spitze und spannend finden konnte, zu Hause verhaftet zu werden, aber anders ließ sich Rose-Maries Benehmen nicht deuten.

Draußen in der kalten Luft wirkte plötzlich alles fremd: die beiden jungen Polizisten, die sie nicht kannte und die sie nicht mehr brauchten; Rose-Maries schmale schwarze Beine und ihre selbstbewußte Haltung; Vällingbys graue Häuser als neutraler Hintergrund. Das Trio ging auf den Streifenwagen zu, und Monika stand wie auf einem Bahnsteig, von dem der Zug abfährt. Sie sah nach, ob sie alles bei sich hatte, und rief:

»Ich komme allein nach Hause. Macht's gut und danke.«

Rose-Marie drehte sich nicht um, aber die Polizisten grüßten zurück.

Monika dachte an das Schaumbad, in dem sie zu Hause versinken wollte, an die ungelesenen Zeitungen und an den Engländer im Nebenzimmer. Sie fröstelte leicht wegen der Kälte, der Müdigkeit, der nachlassenden Anspannung, klappte den Kragen ihrer Jacke hoch und machte sich auf den Weg zur U-Bahn-Station.

Epilog

Das Grippevirus machte weiter wie bisher, kombinierte auf Biegen und Brechen seine Anlagen, aber es fiel ihm immer schwerer, Gastgeber zu finden, und deshalb verbreitete es sich immer langsamer. Das Virus hatte während einiger Monate eine unbedeutende Bremse für das Wachstum der Menschheit bedeutet, jetzt setzte das Wachstum wieder richtig ein.

Rose-Marie wurde ausgiebig auf ihren Geisteszustand hin untersucht und nahm an, daß sie, wie die meisten Mörder, psychiatrisch behandelt werden würde. Der Gerichtspsychiater war jedoch anderer Ansicht und meinte, sie sollte für das Verbrechen verurteilt werden, das sie begangen hatte. Während dieser Zeit erlebte die LP »Rotting Rose« einen neuen Verkaufsboom, und die Band bekam mit ihrer neuen Sängerin einige Auftritte. Die Neue war besser als Rose-Marie, aber was half das schon, wenn das Publikum Rose-Marie sehen wollte.

Rose-Marie legte ein vollständiges Geständnis ab, und der Prozeß erlebte eine Riesenpublicity. Welcher Journalist kann schon einer Geschichte über eine sehr fotogene Hardrocksängerin widerstehen, die mit Rattengift einen Verwandten ermordet, um ihrer Kunst nachgehen zu können? Von Kulturpolitik war die Rede, davon, wie viele Millionen an die Oper gehen und wie wenig an experimentelle junge Musiker. Der Verteidiger betonte Rose-Maries frühere Unbescholtenheit, das heißt, daß sie nicht vorbestraft war, ihre harte Kindheit und daß ein weiteres Verbrechen äußerst unwahrscheinlich sei. Er verbreitete sich ausgiebig darüber, wie schlimm die Untersuchungshaft für sie gewesen sei. Trotz seiner schwülstigen Reden aber wurde sie zu acht Jahren Gefängnis verurteilt, was in Wirklichkeit vier Jahre bedeutete, wegen vorsätzlichen Mordes an ihrem Onkel Gösta Persson. Gösta gehörte damit zur Mehrzahl von Mordopfern, die von Familienmitgliedern beiseite geräumt werden.

Rose-Marie wurde von der Untersuchungshaft ins Gefängnis von Hinseberg überführt, wo sie lange Gespräche mit Psychologen und Sozialhelfern hatte. Alle kamen überein, daß das Rückfallrisiko gering sei, und sie ging selber davon aus, daß sie bald die Erlaubnis bekommen würde, mit dem weiterzumachen, was ihrem Leben Inhalt und Sinn gab und damit die einzige Möglichkeit zur Rehabilitierung darstellte.

Nach und nach stellte sich heraus, daß das festangelegte Geld, rein juristisch gesehen, gar nicht Gösta gehört hatte und daß es deshalb für Rose-Marie kein Erbhindernis gab.

Die Schallplattenfirma veröffentlichte eine Presseerklärung, daß sie ihrer Künstlerin in dieser tragischen Situation natürlich zur Seite stehen werde, was die Band so verstand, daß »Doomed Rose« nun doch noch erscheinen würde.

Rivalinnen

Prolog

Der Oberarzt fuhr sich mit der Hand über das Gesicht.

»Noch einmal, bitte.«

»Der Mann ist tot. Todesursache war ein schwerer Infarkt. Und wir haben damit einige Probleme: Zum einen wissen wir nicht, wer er ist. Zum anderen hat er vor seinem Tod eine hohe Dosis Viagra eingenommen, zugleich aber hatte er Betablocker geschluckt, was möglicherweise zum Infarkt geführt hat. Und drittens hat einer von Ihren Ärzten die Betablocker verschrieben. Vorgestern.«

Der Oberarzt brauchte Zeit zum Nachdenken. Deshalb wandte er sich zunächst der Frage zu, die nichts mit ihm zu tun hatte.

»Wieso wissen Sie nicht, wer er ist?«

»Was mit dem Rezept ist, meinen Sie? Die Person, als die er sich ausgegeben hat, existiert nicht. Er hatte drei Pässe, von denen einer mit seinem Personalausweis übereinstimmt. Und jetzt ist er tot, und wir wissen nicht einmal, welche Botschaft wir informieren müssen.«

»Botschaft?«

»Bei uns hat er sich als Grieche mit schwedischer Staatsbürgerschaft ausgegeben. Das steht auch in seinem Ausweis, der jedoch gefälscht ist. Ansonsten hat er einen libanesischen Pass, der zweite ist aus Costa Rica, und dem dritten zufolge ist er Belgier.«

»Und wir haben ihm die Betablocker verschrieben?«

»Falls das Rezept nicht auch gefälscht ist, ja.«

»Und die Viagra?«

»Die hatte er offenbar schon vorher bei sich. Die Packung ist auf Portugiesisch beschriftet.«

»Geben Sie mir bitte seine Personenkennnummer, dann sehe ich in seiner Krankengeschichte nach. Ich bin gleich wieder da.«

Der Oberarzt stellte fest, dass er wirklich Angst hatte, so große Angst wie schon seit sehr langer Zeit nicht mehr.

1

»Heute haben wir einen Fall, der Schlagzeilen machen wird.«

Gruppenleiterin Daga Eriksson von der Kriminalpolizei City ließ ihren Blick über die bleiche Runde schweifen und legte eine Kunstpause ein.

Es war Montagmorgen an einem der dunkelsten Tage des Jahres, und als ob das nicht schon ausreichte, war die Temperatur über Nacht auch noch dramatisch gesunken. Polizeiinspektorin Monika Pedersen nahm an, dass ihre Chefin gerne in interessierte und gespannte Gesichter gesehen hätte, unternahm aber nicht einmal den Versuch, diesen Erwartungen zu entsprechen. Es war der schlimmste Herbst gewesen, den sie je erlebt hatte: viele schreckliche Verbrechen, resignierte Stimmung auf der Wache, Konflikte im Kollegenkreis. Zu allem Überfluss fror sie außerdem noch immer von ihrem Weg von der U-Bahn hierher in die Bergsgata – vierzehn Grad unter Null wären im Januar und Februar ebenfalls schlimm gewesen, doch jetzt im Dezember sorgte die Kälte dafür, dass sie sich regelrecht betrogen fühlte.

Diese Gedanken gingen ihr durch den Kopf, während sie darauf wartete, dass Daga weiterredete.

Schlagzeilen.

Das bedeutete vermutlich, dass irgendwer sich auf eine so ungewöhnliche oder entsetzliche Weise an jemand anderem vergriffen hatte, dass die Presse mit hohen Verkaufszahlen rechnen konnte. Es konnte auch bedeuten, dass es sich um keines der üblichen Opfer handelte, sondern vielleicht sogar um ein Kind. Oder um einen Prominenten, zu dem einige Millionen Menschen ein pseudo-intimes Verhältnis hatten. Keine dieser Alternativen sprach Monika an. Sie hatte nie einen Hang zum Bizarren oder Scheußlichen gehabt, und sie hatte niemals Prominente als Ersatzgeschwister oder -freunde betrachtet. Wenn sie – und das war nur selten der Fall gewesen – auf ein Gesicht gestoßen war, das sie aus dem Kino oder dem Fernsehen kannte, hatten diese Leute dermaßen selbstsicher und gelassen gewirkt, dass Monika sich noch unansehnlicher als sonst gefühlt hatte. Zu diesen Menschen wollte sie einfach keinen engeren Kontakt haben.

Dieser Montag, der so übel angefangen hatte, schien seinen Tiefpunkt noch längst nicht erreicht zu haben.

Schließlich senkte Daga ihren Blick auf die Protokolle der vergangenen Nacht.

»Heute Morgen um Viertel nach fünf hat ein Mann beim Notruf angerufen und mitgeteilt, dass unten bei Kungsholms Strand auf der Igeldammsgata eine Frau liegt«, sagte sie.

Es war also eine Frau. Monikas Stimmung sank noch weiter in den Keller. Sie hatte sich nie daran gewöhnen können, dass Frauen fast routinemäßig ermordet wurden. Sie hatte sich nie mit der Ohnmacht anfreunden können, die ein kleiner Mensch angesichts eines viel größeren empfindet, und außerdem wusste sie, dass es nicht ausreichte, Frau zu sein und ermordet zu werden, um Schlagzeilen zu machen. Es würde noch schlimmer kommen. Es war jedenfalls die falsche Jahreszeit für impulsive Vergewaltigungen unter freiem Himmel – Winterkleidung war gar kein schlechter Schutz, und bei vierzehn Grad unter Null versagte sogar die härteste Erektion. Monika war nun doch neugierig darauf, was eigentlich passiert war.

Daga jedoch schien noch immer auf irgendeine Pointe loszusteuern.

»Ein Krankenwagen wurde hingeschickt, aber die Jungs konnten nur feststellen, dass die Frau tot war, vermutlich schon seit Stunden. Bei dieser Kälte lässt sich das ja nicht so leicht sagen. Das meinen auch unsere lieben Ärzte.«

Daga zog eine Grimasse, was die ganze Runde nachahmte – die Ärzte, die durch die Gegend fuhren und Todesfälle registrierten, waren nicht besonders beliebt, da sie oft nicht wussten, wie man sich an einem Tatort zu verhalten hat, was der Polizei dann allerlei Probleme bescherte. Außerdem wurden sie viel zu gut bezahlt, zumindest sah die Polizei das so, für die einfache und ungefährliche Arbeit, die sie da verrichteten.

»Die Frau hatte eine Handtasche mit Brieftasche, Ausweis und jede Menge Kram. Und es handelt sich um Lottie Hagman.«

Das war also die Pointe, und jetzt reagierten alle. Monika sah die wechselnden Gefühle in den Gesichtern der anderen – Neugier, Trauer, Zweifel. Sogar die Kriminalpolizei kann von einem unerwarteten Todesfall schockiert sein, wenn sie zu dem oder der Toten irgendeine Beziehung hat.

Lottie Hagman gehörte der Generation von Prominenten an, die das ganze Land kannte. Sie hatte seit ihrem Debüt als – selbstverständlich strahlend schöner – Backfisch Theater gespielt und war in zahllosen Filmen aufgetreten. Und sie war immer den aktuellen Trends gefolgt und allen anderen um den berühmten Schritt vorausgewesen. Sie hatte ihr Leben praktisch vor dem Vorhang geführt, hatte auf allen Bildern immer gleich gut ausgesehen und war eine zuverlässige Vertreterin des jeweiligen Zeitgeistes gewesen. Und jetzt war sie plötzlich tot. Überrascht stellte Monika fest, dass sie eine gewisse Trauer empfand, obwohl sie Lottie nie begegnet war und sie auch nicht sonderlich geschätzt hatte.

Daga hatte nun immerhin die Aufmerksamkeit aller Anwesenden geweckt: Nicht einmal Lottie Hagman würde hier bei der Kripo diskutiert werden, wenn sie zum Beispiel einem Herzinfarkt erlegen wäre.

Daga hatte wie üblich keine Hemmungen damit, das zu sagen, was ohnehin auf der Hand lag.

»Ihr möchtet jetzt sicher wissen, was wir damit zu tun haben.«

Natürlich sagte niemand etwas dazu.

»Also, vor einer halben Stunde hat Derek Cremer von der Gerichtsmedizin angerufen und erzählt, dass der Arzt, der sich die in der Nacht eingelieferten Leichen angesehen hat, die Verletzungen an dem Leichnam seltsam fand. Lottie ist auf einer Treppe im Freien gefunden worden, und die beiden Kollegen, die als Erste beim Tatort waren, und die Ärzte glaubten zuerst, sie sei gestürzt und mit dem Kopf aufgeschlagen, entweder auf das eiserne Geländer oder auf eine Treppenstufe. Ungefähr auf der Höhe der rechten Augenbraue ist die Haut zerfetzt, und die darunter liegenden Knochen sind verletzt. Sie hatte außerdem auf der rechten Wange, mit der sie auf der Treppe lag, eine große und frische Schürfwunde. Die anderen dachten, sie sei einfach ausgerutscht oder hätte einen Infarkt erlitten, einen epileptischen Anfall oder etwas Ähnliches, und sei dabei gestürzt. Später aber hat der Techniker dann auch auf der anderen Kopfseite eine schwere Verletzung entdeckt – es sieht aus wie eine Impressionsfraktur, also eine Eindellung der Schädelknochen, ungefähr so wie ein eingedrücktes Ei. Derek schlägt vor, dass wir morgen bei der Obduktion zusehen; er kann natürlich noch nicht viel sagen, aber diese Befunde geben ihm doch reichlich zu denken.«

Sie legte eine Pause ein.

»Mehr wissen wir noch nicht«, sagte sie dann. »Aber – soweit die Technik das sehen konnte, sind ihre Kleider unversehrt, nichts weist auf einen sexuellen Übergriff oder anderweitige Gewaltanwendung hin. Wir haben zwei Kollegen in die Igeldammsgata geschickt, um den Tatort abzusperren. Und jetzt möchte ich …«

Daga schaute sich im Zimmer um. Nun würde sie entscheiden, auf welchem ohnehin schon überfüllten Schreibtisch dieser Fall landen würde.

»Monika geht zur Obduktion. Und Idriss. Idriss Al-Khalili hat heute seinen ersten Tag bei uns, was euch sicher allen schon aufgefallen ist. Idriss, würdest du dich bitte kurz vorstellen?« Das war wieder eine von Dagas rhetorischen Fragen.

Monika versuchte, ihren Blick einzufangen, was ihr jedoch nicht gelang.

Verdammt.

Sie bereute jetzt schon, an diesem Morgen überhaupt das Bett verlassen zu haben. Sie hatte keine Zeit für die Ermittlung in einem Mordfall, ihre anderen Fälle würden sie die nächsten Tage über voll in Anspruch nehmen, und war zu müde, um irgendwelche Energie in die Bekanntschaft mit einem neuen Kollegen zu investieren, solange es andere gab, mit denen sich die Zusammenarbeit bereits eingespielt hatte. Und dann noch mit einem Araber! Was dachte Daga sich bloß dabei? Und was hatte Monika verbrochen? Zuerst Lottie Hagman und die Schlagzeilen. Und als ob das nicht schon ausreichte, nun auch noch Idriss Al-Khalili.

Idriss war im Rahmen einer Kampagne rekrutiert worden, deren Ziel es war, die Polizeischule mit Leuten zu bevölkern, die nicht Anders Larsson oder so ähnlich hießen. Die Kampagne war nicht von langer Dauer gewesen, aber immerhin waren Idriss und noch einige andere aufgenommen und ausgebildet worden und sollten jetzt in den regulären Dienst integriert werden.

Monika hatte schon allerlei Klatsch über ihn gehört, war ihm jedoch noch nie begegnet – er galt als tüchtig, sollte eine ungeheuer schöne Frau haben und ansonsten den Einzelgänger spielen. Sie sah ihn sich genauer an – schließlich ist es gestattet, jemanden anzustarren, der sich gerade vorstellt. Er war hochgewachsen und gut gebaut und trug einen Anzug, der besser saß als die Kleidungsstücke, die Polizisten sich normalerweise leisten können. Die Kombination aus dem Anzug, den schwarzen Haaren und den dunkelbraunen Augen ließ ihn völlig anders aussehen als einen normalen schwedischen Polizisten. Aber genau aus diesem Grund war er aufgenommen worden, und vielleicht hatte ihm seine Kleidung sogar noch Pluspunkte eingebracht.

Monikas erster Eindruck war nicht gerade positiv.

Er stellte sich kurz vor, berichtete nur, er habe bisher bei der Ausländerpolizei gearbeitet und freue sich nun auf die Zusammenarbeit mit den neuen Kolleginnen und Kollegen. Er sagte weder etwas über seine Herkunft noch über sein Heimatland, Monika nahm jedoch an, dass er aus dem Iran oder dem Irak stammte, Länder, die sie ohnehin nur mit Mühe auseinander halten konnte. Zu ihrer Erleichterung sprach er immerhin tadellos Schwedisch, abgesehen davon, dass bestimmte Vokale ihm leichte Probleme zu bereiten schienen.

Monika wusste auf jeden Fall, dass er seine Versetzung aus der Ausländerabteilung beantragt hatte. Das hatte viele überrascht, doch Monika konnte ihn verstehen – immerhin bestand kein Grund zu der Annahme, dass er für Ausländerfragen größeres Interesse oder besondere Neigungen haben könnte, bloß weil er Al-Khalili hieß, ebenso wenig wie Monika besonders geeignet für die Arbeit an Fällen war, die von oder an Frauen begangen wurden, nur weil sie selbst eine Frau war.

Sie wusste auch, dass Daga ihn nur ungern übernommen hatte. Kann er denn überhaupt mit Frauen zusammenarbeiten, hatte sie gefragt. Kann er sich von einer Frau Befehle erteilen lassen? Sonst nehme ich ihn nicht, Multikulti hin oder her.

Die Lage war, fachlich, politisch und psychologisch betrachtet, nicht leicht gewesen, und Daga hatte für Idriss eine Art Probezeit erwirkt. In einer von Einsparungen, Neuregelungen und großer fachlicher Unzufriedenheit geprägten Zeit hatte Idriss ein kleineres Problem dargestellt, aber Daga, die Problemen niemals aus dem Weg ging, wollte ihn offenbar sofort auf die Probe stellen. Er sollte direkt unter Daga und zusammen mit Monika arbeiten. Dabei würde sich auf jeden Fall herausstellen, ob er mit Kolleginnen und weiblichen Vorgesetzten umgehen konnte.

Und Monika sollte eine Mischung aus Versuchskaninchen, Anleiterin und sogar Spitzel sein, wenn Daga ihre Ansicht über Idriss hören wollte – dies alles zusätzlich zu ihrer normalen Arbeit und ohne weitere Vergütung. Sie versank noch tiefer in ihrem Sessel.

»Ehe wir zum Ende kommen, habe ich noch eine Bitte.«

Das war Anders Lindqvist von der Informationsabteilung, der bisher stumm an seiner üblichen Tischecke gesessen hatte. Anders war so sympathisch und hatte eine dermaßen perfekte Telefonstimme, dass Monika sich manchmal fragte, ob er nicht in Wirklichkeit Schauspieler war, der angestellt worden war, um die Polizei gegenüber der Außenwelt zu vertreten. Andere aber, die ihn länger kannten, beteuerten, er sei ein echter Polizist.

»Die Zeitungen wissen, dass wir bei Kungsholms Strand

eine Leiche gefunden haben. Sie wissen, dass es sich um eine Frau handelt, und sie kennen ihr ungefähres Alter. Wir haben die Angehörigen informiert, zwei Töchter, die wir sofort erreicht haben. Sie werden nicht mit der Presse sprechen – und bitte, bitte – sorgt dafür, dass wir Lotties Identität so lange wie möglich geheim halten können, damit Daga, Monika und Idriss genügend Ruhe für ihre Arbeit haben.«

Alle nickten, wohl wissend, dass es nur eine Frage von Stunden war, bis die Zeitungen wussten, wer dort in der Dunkelheit gelegen hatte. Ihnen war jedoch auch klar, dass eine Frist von einigen Stunden für die Ermittlungen sehr viel bedeuten konnte.

Daga ging noch einige andere Fälle durch, doch Monika hörte nicht mehr zu. Sie dachte darüber nach, dass es einigermaßen unwahrscheinlich war, dass sie zu Weihnachten Überstunden machen müsste, dass eine Zusammenarbeit mit Idriss vermutlich unmöglich war und was sie dem Leiter des Västra Sjukhus sagen sollte, der ungeduldig darauf wartete, dass sie sich mit einer Anklage befasste, bei der es um einen Vorfall auf einer der Stationen des Krankenhauses ging. Dabei hätte sie doch eigentlich an Lottie denken müssen. An Lottie, die unter freiem Himmel tot aufgefunden worden war, gefunden wie ein verlorener Handschuh vom erstbesten Menschen, der gerade vorbeigekommen war. Wieso hatte ihr Leben auf diese Weise geendet? War sie auf dem Heimweg gewesen und vor ihrer Haustür niedergeschlagen worden, ein zufällig ausgewähltes Opfer? Hatten sie vielleicht nur wenige Meter oder Sekunden von der Sicherheit ihres Hauses getrennt? Oder war sie einfach ausgerutscht und hatte dabei ungewöhnliche Verletzungen davongetragen? Sie hatte vielleicht kalkarme, brüchige Knochen, die dem Aufprall auf den harten Boden nicht hatten widerstehen können. Oder sollten sie glauben, dass sie wirklich ermordet worden war, dass jemand gewollt hatte, dass sie gerade dort den Tod fand? Das war vielleicht statistisch gesehen die unwahrscheinlichste Alternative. Monika fühlte sich plötzlich noch müder.

Dann war die Besprechung zu Ende, und alle machten sich an die Arbeit dieser Woche, der letzten hektischen Woche vor Weihnachten. Sie waren schweigsam und antriebslos. Monika wusste, dass sie unaufgeklärte Morde und Misshandlungsfälle hinter sich herschleppten wie ein schlechtes Gewissen und dass in jeder Woche neue Fälle dazukamen.

Daga trat neben Monika, die noch immer zusammengesunken in ihrem Sessel saß. Dagas 182 Zentimeter kamen ihr noch überwältigender vor, und ihre eisblauen, mit blauer Wimperntusche umrandeten Augen sahen noch gebieterischer aus.

»Ich weiß, wie nervig dieser neue Fall ist, aber du kannst zwei von deinen anderen Fällen Janne überlassen, sein Vaterschaftsurlaub geht doch heute zu Ende – eigentlich müsste er schon hier sein, ich möchte ja wissen, wo er steckt. Das wird dich vielleicht ein wenig entlasten. Ich sage ihm, dass er sich bei dir melden soll, sobald er hier eintrifft. Ich muss noch ein paar Anrufe erledigen, das dauert höchstens eine halbe Stunde, und danach fahren wir in die Igeldammsgata. Ihr könnt inzwischen ja das Wenige lesen, was wir schon haben.«

Sie reichte Monika einen schmalen Ordner und verließ das Zimmer.

Idriss, der neben seinem Sessel gestanden hatte, während die anderen an ihm vorüberdefilierten, kam jetzt auf Monika zu und streckte ihr die Hand hin.

»Wir sollten uns vielleicht richtig miteinander bekannt machen. Idriss.«

Seine Hand war groß, verriet keinerlei Nervosität, und sein Handgriff war perfekt – fest und weder zu lang noch zu kurz.

»Monika. Pedersen. Dänische Abstammung väterlicherseits, daher der Name.«

Idriss sah sie verständnislos an.

»Pedersen. Das ist ein dänischer Name. In Schweden heißen die Leute Pettersson oder Persson oder so.«

»Al-Khalili ist ein irakischer Name, die Familie meines Vaters kommt von dort.«

Danach schwiegen beide, und Monika hätte gern die Zeit zurückgedreht und noch einmal von vorn angefangen. Warum hatte sie ihm von der Herkunft ihres Vaters erzählt, und warum hatte sie sich dabei angehört wie eine Grundschullehrerin? Gleich darauf ärgerte sie sich wieder – sie hatte weder die Zeit noch die Energie für derartige Komplikationen. Wenn sie den neuen Kollegen nicht einmal begrüßen konnte, ohne dass Probleme entstanden, wie sollten sie dann jemals zusammen einen Fall aufklären können? Sie wandte sich den praktischen Angelegenheiten zu.

»Wir können zu mir gehen und dort alles lesen. Daga holt uns sicher bald ab.«

Idriss nickte und schloss sich ihr an. Er ging dicht hinter ihr, und diese Nähe machte ihr zu schaffen, er war so groß, er trug so teure Schuhe, er kam ihr einfach nicht vor wie »einer von uns«, sondern wie »einer von denen«. Sie fühlte sich bedrängt, aber da er sie nicht berührte, konnte sie ihn nicht bitten vorzugehen.

Sie setzten sich einander gegenüber an ihren Schreibtisch, und sie gab ihm drei der sechs Unterlagen, die sie von Daga erhalten hatte, dann rief sie im Västra Sjukhuset an. Sie wollte mit Håkan Götsten sprechen, dem Leiter der Orthopädie, wo eine Nachtschwester behauptet hatte, einen

Pfleger in einer verfänglichen Situation mit einer bewusstlosen jungen Patientin ertappt zu haben. Die Schwester hatte keinen Zweifel daran gehabt, was vor sich gegangen war: Der Mann hatte eine Hand auf die nackte Brust der Patientin gelegt, während die andere, wie sie sagte, »sein erigiertes Geschlechtsorgan« umschlossen hatte. Der Mann stritt diese Vorwürfe empört ab. Er bezeichnete die Schwester als frustrierte Zicke in den Wechseljahren, die ihn niemals habe leiden können, und die jetzt einfach eine neue Schikane ausprobieren wolle. Er erinnerte daran, dass er seit zehn Jahren Dienst tat und dass es noch niemals irgendwelche Klagen über ihn gegeben hatte, was auch zutraf. Das übrige Personal teilte sich in zwei Fraktionen, die eine verlangte seine sofortige Entlassung, die andere hielt dies aufgrund der unbewiesenen Behauptungen für einen Verstoß gegen Demokratie und Arbeitsrecht. Der Betriebsrat vertrat ebenfalls letztere Ansicht. Der Krankenhausleiter hatte angerufen und Monika angefleht, diesen Fall vorzuziehen, da die Station wie gelähmt war, solange Aussage gegen Aussage stand.

Monika lauschte dem Klingeln und überflog ihren Teil der vorhandenen Informationen über die tote Lottie Hagman.

Sie lasen schweigend, und Monika sehnte sich plötzlich mit einer Intensität, die ihr Angst machte, nach Mikael, ihrem Kollegen und besten Freund. Er arbeitete jetzt auf der Polizeihochschule, und seit etwas mehr als sechs Wochen war ihr früher so enger Kontakt wirklich abgekühlt – Mikael hatte sich verliebt und setzte jetzt andere Prioritäten. Seine Abwesenheit wurde durch Idriss' Anwesenheit auf seltsame Weise noch verstärkt. Idriss saß vollkommen still da, er las und dominierte trotzdem das Zimmer – sogar die Luft füllte er mit dem schwachen Duft von Rasierwasser oder Parfüm.

Monika fühlte sich bedrängt, obwohl sie sich in ihrem eigenen Revier aufhielten, und kam sich auf merkwürdige Weise wehrlos vor.

Sie versuchte sich zu konzentrieren, obwohl sie instinktiv am liebsten die Flucht oder vielleicht auch einen Streit begonnen hätte: sie könnte das Zimmer verlassen oder den Eindringling vor die Tür setzen. Da beides jedoch nicht ging, wandte sie sich wieder den kurz gefassten Berichten zu. Das Krankenhaus hatte gerade mitgeteilt, dass alle Leitungen besetzt seien, dass sie aber bald an der Reihe sein werde.

Einar Jakobeus, wohnhaft Kungsholms Strand 173, hatte Lottie gefunden, als er gegen fünf Uhr morgens seinen kleinen Hund Gassi geführt hatte. Er hatte zuerst versucht ihr auf die Beine zu helfen, hatte aber kein Lebenszeichen entdecken können. Er hatte Angst bekommen und war in seine Wohnung gelaufen, um einen Krankenwagen zu alarmieren. Er hatte sie offenbar nicht erkannt. Sein Anruf war um Viertel nach fünf registriert worden, zehn Minuten später hatte der Krankenwagen den Unfallort erreicht. Der Leichnam war bereits starr, es waren keine Lebenszeichen mehr vorhanden gewesen, deshalb hatte die Besatzung des Krankenwagens die Polizei verständigt statt Lottie ins Krankenhaus zu bringen. Die Polizei hatte die Verletzungen im Gesicht entdeckt, nicht aber die am Hinterkopf, sie hatten das Gelände abgesperrt, den Tod festgestellt und die Zentrale gebeten eventuelle Angehörige ausfindig zu machen und diese zu benachrichtigen.

Alles schien also seine Ordnung zu haben, doch Monikas Erfahrung mit Situationen, in denen alles in Ordnung zu sein schien, war kein Grund zur Beruhigung. Sie wusste, dass eine genauere Untersuchung sehr leicht ergeben könnte, dass Einar Jakobeus Lottie durchaus nicht als Erster gefunden hatte, dass Einar ganz andere Dinge unternommen hatte als den Versuch, ihr auf die Beine zu helfen, dass der Leichnam durchaus nicht so steif gewesen sein musste, wie die Krankenwagenbesatzung es in ihrem Bericht schrieb, dass der Tatort zu spät abgeriegelt worden war und so weiter.

Über das alles hätte sie mit Mikael zusammen ihre Witze machen können, was die Aufgabe überschaubarer gemacht hätte, aber ihre Zusammenarbeit mit Idriss konnte doch nicht damit anfangen, dass sie die polizeilichen Vorgehensweisen in Frage stellte. Sie wünschte sich, dass er aufstand und das Zimmer verließ, und sei es nur für einige Minuten, damit sie ein wenig Atem holen könnte, doch er rührte sich nicht. Sie las weiter.

Die Mitteilungen des Einwohnermeldeamtes waren immerhin schlicht und klar. Lottie wohnte nicht in Kungsholmen, sondern in Östermalm, genauer gesagt in der Storgata. Dort lebte auch eine der beiden Töchter, die andere war in Söder gemeldet. Die Namen der beiden sagten ihr nicht viel. Jenny und Pernilla. Zwei Menschen, über die Monika bald viel zu viel wissen würde. Und am Ende würden sie aus ihrem Leben wieder verschwinden und einen kleinen Teil von Monikas Kraft und Engagement mitnehmen.

Auch Idriss hatte jetzt alles gelesen und schien darauf zu warten, dass sie etwas sagte. Er sah sie aus seinen dunklen Augen unergründlich an. Was dachte er? Wo sollte sie anfangen? Könnte sie ihn fragen, ob er Lottie kannte? Wenn er einigermaßen assimiliert war, könnte ihn eine derartige Frage beleidigen, wenn nicht, dann ärgerte er sich vielleicht, weil er sie nicht beantworten konnte. Monika verabscheute den so schnell einsetzenden Machozorn angesichts von wirklichen oder eingebildeten Beleidigungen und nahm an, dass eine Provokation jede weitere Zusammenarbeit unmöglich machen könnte. Ohne große Begeisterung suchte sie nach einem weniger persönlichen Einstieg in ein Gespräch, doch leider fiel ihr keiner ein.

Sie hoffte so sehr auf die Erkenntnis, dass Lottie doch einen Herzinfarkt erlitten hatte oder einfach ausgerutscht und dabei umgekommen war. Sie wollte nicht mit Idriss zusammenarbeiten, und die Tatsache, dass Idriss ihr nicht einmal etwas getan hatte, verstärkte ihr Unbehagen nur noch.

Dann meldete sich endlich das Västra Sjukhus. Monika wurde mit Håkon Götstens Zimmer verbunden, wo er allerdings nicht erreichbar war. Was um Viertel vor neun an einem Montagmorgen nicht wirklich überraschend kam.

Ehe das Gespräch auf seinen Europieper gelegt werden konnte, wurden sie von Daga abgeholt.

2

Wer die Tiefgarage der Polizei in Kungsholm verlässt, gelangt nicht in eine kleinen Seitenstraße, sondern direkt auf die eine Querseite des Fridhemsplans. Zentraler geht es eigentlich nicht, und Monika kam sich auf dieser Fahrt immer wichtig vor, zumindest beruflich gesehen. In der letzten Zeit hatte es an professionellen Erfolgserlebnissen gefehlt, deshalb genoss sie diese Momente ganz besonders. In gewisser Hinsicht war es schön, an einem solchen Tag keine weiten Strecken zurücklegen zu müssen, zugleich aber war es ein wenig beunruhigend, dass ein Unglücks- oder Tatort nur fünf Minuten von der Wache entfernt war.

Daga saß hinter dem Lenkrad, Idriss neben ihr, und Monika hatte auf dem Rücksitz Platz nehmen müssen. Sie betrachtete Idriss' gepflegten Hinterkopf. Sie hatte schon häufiger erlebt, wie Männer, die ungefähr so aussahen wie er, zuerst nichts begriffen, dann empört waren und schließlich in Panik gerieten, wenn ihnen aufging, dass Monika fahren würde. Sie hatte festgestellt, dass sie das unverhohlene Unbehagen dieser Männer genoss und dass sie sich ihrer Rachsucht nicht schämte, so sehr provozierte diese Haltung sie. Sie nahm an, dass diese Männer vermutlich mit dem Hinweis auf kulturelle Unterschiede verlangen könnten, von einem Mann gefahren zu werden, aber sie hatte dieses Thema nie mit Leuten besprochen, die dieser Frage auf den Grund gehen wollten. Idriss schien jedenfalls nichts dagegen zu haben, dass Daga fuhr, denn er saß gelassen und entspannt neben ihr.

Igeldammsgata.

Wenn Mikael jetzt hier wäre, würden sie über die Blutegel reden, denen die Straße ihren Namen verdankte, und darüber, welche Bedeutung die Nähe eines Krankenhauses für Straßennamen haben konnte. Sie hätten über die Häuser gesprochen. Doch nun saß Monika stumm da und betrachtete die vertraute Umgebung, die sich doch jedes Mal, wenn sie vorbeikam, verändert zu haben schien. Es war der erste richtige Wintertag, inzwischen war es halb zehn, und die Sonne war vor einer guten Stunde über den Horizont geklettert, beschrieb aber ihren flachen Winterbogen und hing noch immer so tief, dass das Licht indirekt zu sein schien.

Monika hatte eine regelrechte Liebesbeziehung zu Kungsholmen. Immerhin gab es doch einen Ort auf der Welt, an dem sie sich zu Hause fühlte, wo Boden und Bebauung ihr freundlich gesinnt zu sein schienen. Jetzt würde sie ein weiteres Haus hier kennen lernen, Igeldammsgata 32. Sie wusste nicht genau, welches Haus das war, aber die Straße war kurz, und sie war an vielen Abenden und Wochenenden hier unterwegs gewesen, mit und ohne Mikael. Jetzt würde eines dieser Häuser aus dem privaten in den beruflichen Teil ihres Lebens übersiedeln, genau wie Lottie das auch gerade machte.

Sie hatten das Ende der Fleminggata erreicht. Auf der rechten Seite führte nun die Igeldammsgata zum Kungsholms Strand hinunter. Eigentlich müsste die Straße Igeldammshang heißen, dachte Monika, als sie abwärts fuhren, oder Igeldammsabgrund oder Igeldammsschlucht. Links lagen der Felshang, rechts die individuell dem Terrain angepassten Häuser aus Monikas Lieblingsarchitekturperiode, dem Beginn des 20. Jahrhunderts.

Sie brauchten die Hausnummern nicht zu lesen, um die richtige Stelle zu finden, denn die Streifenwagen und Absperrbänder waren schon von weitem zu sehen.

Nummer 32 entpuppte sich als schmales Haus mit nur vier Fenstern nebeneinander und war etwas niedriger als das fünfstöckige Nachbarhaus. Monika tippte auf ein Baujahr um 1920 – das Haus wirkte solide und harmonisch proportioniert, ohne auffällige Verzierungen. Gestrichen war es in dem derzeit so beliebten orangeroten Farbton, der gut zu der strengen Form passte. Es hätte als ganz normales Haus seiner Epoche durchgehen können, wenn es nicht eine sehr ungewöhnliche Eigenheit aufgewiesen hätte: Dort, wo eigentlich ein Eingang zu erwarten gewesen wäre, führte eine Art Tunnel durch das Haus schräg nach unten. Heutzutage hätte man zuerst den Boden eingeebnet und dann ein kastenförmiges Haus errichtet, damals jedoch hatte man das Haus dem Boden angepasst. Von der Igeldammsgata aus schlängelte sich eine Treppe durch das Haus, über einen langen, schmalen Hof und durch das nächste mit Tunnel versehene Haus, dessen Front dem Kungsholms Strand zugekehrt war. Monika war schon oft über diese Treppe gegangen, und nicht einmal Mikael hatte erklären können, wie jemand auf die Idee gekommen war, auf diese Weise zu bauen.

Das Haus war, ebenso wie Lottie, bekannt, jedenfalls in der Umgebung.

Daga hatte es offenbar noch nie gesehen, denn sie wirkte ehrlich erstaunt.

»Aber was ist das denn hier? Eine Abkürzung zum Strand? Mitten durch das Haus?«

Monika nickte. Es war wie so oft eine Frage, die nicht beantwortet zu werden brauchte.

Sie gingen zu dem Hof weiter, der als Durchgang benutzt wurde. Die Treppe endete an einem kahlen, verschneiten Hangstück, wo es nicht mehr ganz so steil war. Das Ganze sah aus wie ein Stillleben in weiß, schwarz und braun, ein Stillleben, bei dem der Künstler impulsiv ein wenig Farbe hatte einbringen wollen und deshalb zwei Treppenstufen mit großen hellroten Flecken versehen hatte. Neben diesen Flecken standen zwei junge Polizisten mit vor Kälte weißen Gesichtern. Monika hatte den Eindruck, dass die beiden wider besseren Wissens darauf warteten nach Hause geschickt zu werden.

Es stellte sich heraus, dass sie nicht viel zu sagen hatten, da sie erst angekommen waren, nachdem Lotties Leichnam bereits abgeholt worden war. Die Kollegen, die als Erste an den Tatort gerufen worden waren, hatten für diesen Tag ihren Dienst bereits beendet.

Lottie hatte, wenn die beiden Polizisten das richtig verstanden hatten, ausgesehen, als sei sie auf der Treppe gestolpert. Am besten wusste das sicher Einar Jakobeus, der Mann, der sie gefunden hatte und zu Hause bereits auf den Besuch der Polizei wartete. Er wohnte in einem der Häuser am Kungsholms Strand.

Daga schaute sich auf dem kahlen Hof um. Dann fragte sie den einen der halb erfrorenen Kollegen:

»Und was habt ihr gefunden?«

»Nicht viel«, antwortete der junge Mann gleichgültig. »Keine Fußspuren – die Treppe war doch freigeschaufelt und mit Sand bestreut worden, wir können also nicht einmal mit Sicherheit sagen, ob die Tote selbst hergekommen ist. Es gibt auch sonst keine Fußspuren, wie ihr ja selbst seht.«

Monika, Daga und Idriss sahen sich um. Der Schnee war beiseite geräumt worden, als er noch weich gewesen war, und war inzwischen zu Eis gefroren. Die Treppe war schneefrei und mit Sand bestreut. Die einzigen Fußspuren, die zu erkennen waren, stammten von Hunden.

»Wir müssen feststellen, wer für das Schneeräumen und das Streuen zuständig ist und wann das gemacht worden ist.«

Daga schrieb, während sie das sagte; zum Ärger vieler Kollegen verteilte sie inzwischen die Aufgaben in schriftlicher Form.

»Wir müssen außerdem feststellen, wann genau das Wetter umgeschlagen ist und wie lange es gedauert haben kann, bis der Schnee gefroren war. Die Leute von der Technik können jeden Moment hier sein. Wenn sie kommen, könnt ihr beide die Nachbarschaft abklappern und fragen, ob jemand etwas gehört oder gesehen hat.«

Sie schauten zu den Häusern hinauf – zu der unteren Reihe, die auf den Kanal hinausging, und zur oberen an der Igeldammsgata. Die Häuser stammten zumeist aus derselben Epoche, hatten fünf oder sechs Etagen, waren gut erhalten und in verschiedenen sanften Farben angestrichen – hellgelb, ein etwas dunkleres Gelb, hellgrün. Sämtliche Fenster schauten wie Augen auf den Hof – Lottie war nicht an einem abgelegenen Ort ums Leben gekommen, und mit etwas Glück müssten sie einen oder mehrere Menschen ausfindig machen können, die im richtigen Moment aus dem Fenster gesehen hatten. Wenn Monika nicht so müde gewesen wäre, hätte sie einen leichten Neid verspürt, sie hatte immer gern solche Befragungen durchgeführt, im Moment jedoch war sie froh darüber, dass es ihr erspart blieb. Hier in dieser Gegend wohnten vor allem jüngere berufstätige Menschen, die jetzt ihre Arbeitsplätze in der ganzen Stadt oder im Umland bevölkerten. Es würde seine Zeit brauchen, bis sie mit allen gesprochen hatten, sie konnten schließlich auch nach Uppsala oder Enköping pendeln oder ihre Zeit zwischen Stockholm, London und Singapur teilen.

Daga beschloss, auf die Technik zu warten und wandte sich an Monika.

»Ihr könnt doch schon mal mit Jakobeus reden, er wohnt Kungsholms Strand 173, angeblich gleich hinter der Ecke da unten. Und danach wäre es gut, wenn ihr euch noch einmal mit den Töchtern unterhalten könntet, wir müssen wissen, was Lottie gestern gemacht hat. Am besten nehmt ihr das Auto.«

Sie reichte Monika die Schlüssel.

Monika nickte und ging gemeinsam mit Idriss die Treppe hinunter und durch das nächste Haus, wo sie für einen Moment stehen blieb. Unmittelbar vor ihnen lag der Karlsbergskanal, dessen Oberfläche zu einer ersten dünnen Eisschicht erstarrt war, und dahinter stand das am Ufer errichtete Schloss Karlsberg.

Gleich links lag eine Wayne's Bakery, wo es caffè latte und Möhrentorte gab. Rechts befand sich eine traditionellere Variante, eine Kaffeestube mit Weihnachtsdekoration im Fenster, wo Kaffee und Zimtbrötchen oder Bratwurst mit Makkaroni serviert wurden. Monika spürte, wie sie hier im wahrsten Sinne des Wortes zwischen dem Alten und dem Neuen stand, und fragte sich, ob es illoyal war, Wayne's mit dem Duft von Kaffee und Croissants dem von Tabakrauch und Essensgerüchen erfüllten anderen Lokal vorzuziehen.

Die Restaurants zogen ihre Aufmerksamkeit auf sich, ebenso wie das Schloss, alles schien plötzlich viel wichtiger als der Gedanke an die Arbeit. Sie fragte sich besorgt, wie sie diesen Tag überstehen sollte – sie spürte, dass sie einfach nicht an das denken wollte, woran sie denken musste. Für den Moment löste Idriss das Problem für sie, indem er hustete, die Sorte Husten, mit der man sein Glück versucht, wenn man vorher vergeblich an eine Tür geklopft hat.

»173, stimmt das?«

Monika nickte und riss sich zusammen. Immerhin schien Idriss Taktgefühl zu haben. Einar Jakobeus, der Lottie gefunden hatte, wohnte im ersten Haus auf der rechten Seite. Auch dieses Haus war gut in Schuss, die Fassade war frisch renoviert und die Diele in Marmor gehalten.

Einar wohnte im fünften Stock und öffnete gleich nach dem ersten Klingeln. Er war ein kleiner Mann von vielleicht vierzig, der dennoch schon alt aussah; ein unauffälliger Mann, der offenbar auf seinen Platz im Leben gestellt und dann vergessen worden war, dachte Monika.

Sie betraten eine enge Diele, deren Möbel ebenso müde und resigniert aussahen wie ihr Besitzer, die dann aber plötzlich von einem gefleckten Hundebaby aufgemuntert wurde, das zielstrebig angewackelt kam und die Fußmatte beschnupperte. Einar machte ein stolzes Gesicht.

»Das ist Klara, sie ist zehn Wochen alt, und ich habe sie seit zehn Tagen. Mein erster Hund.«

Er bückte sich ein wenig ungeschickt, um Klara zu streicheln, worauf sie ihn in die Hand biss. Mit leicht enttäuschter Miene richtete er sich wieder auf.

»Wir müssen einander noch richtig kennen lernen. Kommen Sie herein!«

Aus der kleinen Diele gelangten sie in ein Wohnzimmer, das ebenso trist möbliert war, jedoch einen prachtvollen

Blick auf den Kanal und auf das Schloss bot, das in dem kalten, sonnigen Tag funkelte wie ein Palast aus Eis und Schnee.

Monika stellte zuerst sich und dann Idriss vor. Einar nickte zerstreut, während er zu verhindern versuchte, dass Klara ein Sofabein annagte, das schon von schmalen spitzen Bissspuren übersät war. Dass Idriss ein etwas ungewöhnlicher Polizist war, schien ihn nicht weiter zu irritieren.

Am Ende machte Klara sich über einen der vielen Plastikknochen her, die überall auf dem Boden herumlagen, und Einar widmete sich seinen Gästen.

»Nehmen Sie Platz.«

Er hatte auf dem schmutzigen Couchtisch bereits staubige Kaffeetassen und eine Thermoskanne bereitgestellt. Die meisten Menschen, die Monika zu Hause aufsuchte, boten etwas an, Kaffee zumeist, und sie lehnte fast nie ab. Sie wusste, wie viel leichter es ist, ungewohnte Situationen mit einer Kaffeetasse in der Hand zu überstehen, wie beruhigend es auf die Leute wirkte, im eigenen Heim als Gastgeber oder Gastgeberin auftreten zu können, auch dann, wenn die Gäste ungebeten auftauchen.

Einar öffnete die Thermoskanne und Monika hielt ihm ihre Tasse hin. Sie war schon längst zu dem Schluss gekommen, dass Kaffee Bakterien tötet – sie hatte schon aus so vielen schlecht gespülten Tassen getrunken, war aber niemals krank geworden.

Idriss ließ sich in einen weichen Sessel sinken, der eine Staubwolke abgab, als er sich setzte. Klara fand das interessant, lief zu ihm und ließ sich zu seinen Füßen auf den Rücken fallen. Monika hatte fast damit gerechnet, dass er Angst vor Hunden hätte, doch er streichelte mit seinen Fingerknöcheln Klaras weichen runden Bauch. Klara schaute eine Weile forschend zu ihm hoch, dann schlug sie plötzlich ihre nadelspitzen Zähnchen in seine Hand. Idriss zog die Hand nicht zurück, sondern beugte sich über sie, runzelte drohend die Stirn und knurrte mit tiefer Stimme:

»Noooo. Bad Dog, off.«

Klara ließ sofort seine Hand los und kehrte ihm wieder den Bauch zu.

Einar schien beeindruckt zu sein.

»Wie haben Sie das gemacht? Was haben Sie zu ihr gesagt?«

Idriss lachte zum ersten Mal an diesem Tag.

»Was man sagt, spielt keine Rolle, es kommt darauf an, wie man es sagt. Man muss sich böse anhören, das verstehen alle Hunde.«

Einar schien von dieser Lösung nicht gerade angetan.

»Ich will aber nicht böse auf sie sein, sie ist doch noch so klein. Trotzdem achtet sie überhaupt nicht darauf, was ich ihr sage.«

»Sie sollen sich böse anhören«, sagte Idriss freundlich, »nicht böse sein.«

Einar dachte eine Weile darüber nach, dann nickte er nachdenklich. Auf diesen Gedanken schien er noch nicht gekommen zu sein.

Monika ärgerte sich schon wieder. Sie waren nicht hier, um Einar gute Ratschläge über Hundeerziehung zu erteilen, sondern um sich ein Bild von den nächtlichen Ereignissen zu machen. Andererseits aber schärfte sie jungen Kollegen immer wieder ein, wie wichtig es war, einen guten Kontakt zu den Zeugen zu bekommen, ehe man sie befragte, und Idriss war das zweifelsohne gelungen. Das überraschte sie. Und es ärgerte sie, dass es sie überraschte.

Was für ein Elend!

Sie übernahm wieder das Kommando.

»Also, Herr Jakobeus, Sie sind ein wichtiger Zeuge für

uns, und wir möchten Sie bitten, uns genau zu erzählen, was heute Morgen passiert ist.«

Einar setzte sich ein wenig auf, als mache die Aufmerksamkeit der beiden Gäste ihn in seinen eigenen Augen ein wenig größer.

»Klara hat mich gegen fünf geweckt, sie musste raus, und deshalb habe ich mir einen Trainingsanzug über meinen Schlafanzug gezogen.« Er sprach jetzt mit einer Stimme, die er wohl für diese Gelegenheit als angemessen erachtete, die ihn jedoch wie eine Parodie auf einen Nachrichtensprecher klingen ließ. »Ich wusste nicht, dass es so kalt geworden war, wir bekamen beide fast einen Schock, als wir nach draußen kamen, den ersten, aber nicht den letzten. Es war natürlich noch dunkel, aber die Straßenlaternen hier sind jetzt wirklich ziemlich hell. Ich gehe immer mit ihr auf den Hof hinter der Nummer 175, die Nachbarn wollen nicht, dass Hunde das auf unserem Hof machen, der andere gilt irgendwie eher wie ein Ort für die Allgemeinheit.«

Er legte eine besorgte Pause ein, so als fürchte er Monikas und Idriss' Kommentar zu der Frage, wo sein Hund nachts pissen durfte.

»Ich habe sie – Klara, meine ich – um die Ecke auf den Hof getragen. Sie war verwirrt von der Kälte, glaube ich, und stand einfach nur zitternd neben mir. Sie hat ja noch kein dickes Fell, das muss doch so sein, als wäre sie nackt unterwegs.«

Noch eine Pause. Monika zählte in Gedanken bis zehn, ihr war klar, dass Einar aller Wahrscheinlichkeit zu der Sorte Zeugen gehörte, die in ihrem eigenen Tempo erzählen mussten, und dass alles noch viel länger dauern würde, wenn sie ihn bedrängte. Zugleich war sie zu müde und genervt, um seine Umständlichkeit ertragen zu können. Er sollte so schnell wie möglich alles erzählen, doch das tat er nicht. Sie war bis sieben gekommen, als er weitersprach:

»Dann bin ich ein Stück weitergegangen, die Treppe hinauf, und da lag sie dann.«

»Würden Sie uns bitte genau beschreiben, was Sie gesehen haben?«

»Ich habe nur mitten auf der oberen Treppe etwas Dunkles gesehen. Zuerst wusste ich nicht, was es sein könnte, aber dann habe ich gesehen, dass es ein Mensch war, der mit den Füßen nach oben lag, so als sei er vornüber gekippt.«

Er erschauderte ein wenig theatralisch und zugleich ein wenig wollüstig und verstummte.

Monika hielt es nicht mehr aus und versuchte, das Tempo zu steigern.

»Und was haben Sie dann gemacht?«

Er blickte sie vorwurfsvoll an.

»Das kommt gleich, ich muss nur zuerst nachdenken, damit ich nichts Falsches erzähle.«

Es folgte eine weitere und längere Pause, genau wie Monika befürchtet hatte. Sie holte tief Luft und verfluchte ihre Ungeduld. Sie hatte sich gerade zur Gelassenheit ermahnt, als er endlich weiterredete.

»Also, ich dachte, sie könnte doch gestolpert oder krank sein oder so. Ich habe Klara auf den Arm genommen und bin hinaufgegangen, das war nur ungefähr ein Dutzend Meter. Beim Näherkommen habe ich gesehen, dass es eine Frau war. Sie lag auf dem Bauch, einen Arm unter dem Körper, sie trug so einen gefütterten Regenmantel mit Kapuze und hatte ziemlich kleine Füße.«

Einar wurde plötzlich blass und schien kurz vor einer Ohnmacht zu stehen.

»Klara wollte nicht mehr getragen werden, deshalb habe ich sie auf den Boden gesetzt. Dann bin ich zu der Frau gegangen und habe gefragt, was los ist, was passiert ist, aber sie gab keine Antwort, sie lag einfach nur da. Ich hätte ihr so gern geholfen.«

Um für einen Tag oder eine Woche als Held zu gelten, dachte Monika und staunte wieder über ihre Gehässigkeit. Normalerweise hätte Einars klares Bedürfnis nach Aufmerksamkeit an ihr Mitgefühl appelliert, aber an diesem Tag war alles anders, ein solches Engagement hätte sie mehr psychische Energie gekostet als sie im Augenblick aufbrachte. Sie ärgerte sich sogar über seine kleinen rosa Hände, die sie an Mäusepfoten erinnerten, als er seine Tasse vor sich hielt.

Jetzt begann Einars Stimme zu zittern.

»Ich wusste nicht, was ich tun sollte, deshalb habe ich ein wenig ihre Schulter geschüttelt. Darauf hat sie auch nicht reagiert, deshalb dachte ich, sie hätte vielleicht zu viel getrunken und das Bewusstsein verloren, aber sie roch nicht nach Alkohol. Ich bin also auf ihre andere Seite gegangen, um ihr Gesicht sehen zu können.«

Er kniff die Augen zusammen und schlug die Hände vors Gesicht. »Ich sehe das alles noch vor mir, das werde ich nie wieder vergessen. Ihr linkes Auge sah mich an, es war weit offen und wütend und …«, seine Stimme war kaum noch zu hören. »Das rechte war verschwunden, da gab es nur noch ein blutiges Loch, wer kann so etwas tun? Und das andere Auge starrte mich nur an, klar und unbeweglich.«

Monika bildete sich plötzlich ein, seinen raschen Herzschlag sehen zu können – sein schmächtiger Leib schien zu beben, als er diesen schrecklichen Moment noch einmal durchlebte.

»Und dann, dann kam Klara, und sie …«

Plötzlich stürzte er aus dem Zimmer, und gleich darauf hörten Monika und Idriss die Geräusche eines leeren Magens, der trotzdem verzweifelt versuchte, seinen Inhalt von sich zu geben.

Was da wohl passiert war? Was hatte Klara getan? Was macht ein Hundebaby, das ein herausgerissenes Auge findet? Monika sah Klara an und stellte fest, dass auch ihr mit einem Mal schlecht zu werden drohte.

Erst nach einigen Minuten kam Einar mit feuchtem Gesicht und Händen wieder zurück.

»Verzeihen Sie. Es war nur so schrecklich und so unerwartet, und dass Klara sich dann nicht zusammenreißen konnte.«

Monika schauderte wieder und fragte sich, ob auch sie sich gleich übergeben würde.

»Was genau hat sie gemacht?«

»Gemacht? Herumgeschnuppert, sie wollte spielen.«

»Hat sie nichts mit dem Auge gemacht?«

»Mit dem Auge? Es gab doch kein Auge. Das war ja gerade das Schreckliche.«

»Entschuldigung. Ich dachte, sie hätte das Auge gefunden …« Monikas Stimme versagte, teilweise aus Erleichterung.

»Ich bitte um Verzeihung, das war ein unnötiges Missverständnis.«

Einar holte einige Male tief Luft und fuhr mit zitternder Stimme fort:

»Viel mehr ist dann nicht mehr passiert – ich habe mir Klara geschnappt und bin so schnell wie möglich in meine Wohnung gerannt, ich habe so stark gezittert, dass ich kaum die Nummer wählen konnte, aber dann habe ich es ja doch geschafft, und sie haben einen Krankenwagen geschickt.«

»Wissen Sie noch, ob Sie sonst irgendjemanden gesehen haben?«

»Nein. Die Gegend war menschenleer, das ist um diese

Zeit immer so, das weiß ich, ich war jetzt ja seit zehn Tagen immer so früh draußen. Übrigens, ein paar Mal habe ich eine Frau mit einem Einkaufswagen gesehen.«

»Auch heute Morgen?«

»Nein.«

Er hatte sich jetzt einigermaßen gefasst und schien mit seiner Leistung zufrieden zu sein, sich in seiner Rolle als Actionheld fast schon zu bewundern. Monika hatte plötzlich Lust aufzuspringen und Bu! zu rufen.

»Sagen Sie – haben Sie in der Nähe der Toten irgendeinen Gegenstand gesehen?«, fragte sie stattdessen freundlich.

»Nein. Ich habe nichts gesehen, ich glaube nicht, dass dort etwas lag, aber ganz sicher bin ich nicht, ihr schreckliches Gesicht hat irgendwie alles andere ausgelöscht. Hätte ich etwas sehen sollen?«

In ihr keimte der Verdacht, wenn sie nach einer blauen Bowlingkugel gefragt hätte, dann wäre ihm bestimmt eingefallen, dass eine neben Lotties Kopf gelegen hatte. Sie war froh darüber, dass sie mit ihm gesprochen hatten, ehe er zu viele Veränderungen an seinem Erinnerungsbild vornehmen konnte.

»Jetzt habe ich nur noch ein paar Fragen, Einar. Haben Sie Handschuhe getragen?«

»Nein, wieso denn?«, fragte er überrascht.

»Sie haben gesagt, dass Sie die Tote ein wenig an der Schulter gerüttelt haben – würden Sie uns das bitte vorführen?«

Einar berührte mit den Fingerspitzen ein verschlissenes braunmeliertes Kissen und drückte einige Male zu.

»Ungefähr so. Ihre linke Schulter oder eigentlich eher ihren Rücken.«

»Haben Sie den Leichnam oder die Kleider sonst noch berührt?«

»Nein. Nein, wirklich nicht. Warum wollen Sie das wissen? Ich habe nur das getan, was ich Ihnen erzählt habe, Sie glauben doch wohl nicht, ich hätte ihr etwas getan?«

Plötzlich hatte sich seine Heldenhaftigkeit in Luft aufgelöst, und er sah aus, als würde ihm gleich wieder übel.

»Wir glauben noch gar nichts, wir versuchen nur herauszufinden, was passiert ist. Und es war uns eine große Hilfe, mit Ihnen zu sprechen.« Monika fügte diese letzte Bemerkung als eine Art Entschuldigung dafür hinzu, dass sie in Gedanken so viel Kritik an diesem kleinen Mann geübt hatte, der nicht einmal mit einem zehn Wochen alten Hundebaby fertig wurde.

Dann standen sie auf und gingen. Monika hätte gern gewusst, ob irgendein Grund bestand, Einar zu verdächtigen – ob er wohl imstande wäre, jemanden zu ermorden, um dann die Leiche zu finden und von der Polizei befragt zu werden. Der Mann hatte Angst, aber das war ja nicht schwer zu verstehen, er hatte schließlich allerhand mitgemacht. Aber diese banale Erklärung konnte vielleicht einen anderen Grund für seine Angst verdecken. Nicht zum ersten Mal wäre ein scheinbar unwahrscheinlicher Täter als Zeuge aufgetreten. Es konnte sich aber auch um eine Variante des irrationalen Schuldbewusstseins handeln, das viele Menschen überkommt, wenn die Polizei ihnen gegenübersteht. Und dann würde seine Angst sich sicher bald legen.

Im Fahrstuhl dachte Monika vor allem über die Sache mit dem Auge nach. Warum hatte Daga nichts davon gesagt? Wenn ein Auge aus der Augenhöhle gerissen worden war, konnte doch niemand mehr von einem Unfall ausgehen? Das Letzte, was sie sich wünschte, war eine Konfrontation mit einem schwachen Mann und seinem so großen Wunsch nach Macht über andere, dass er zum Mörder wurde und groteske und symbolische Verletzungen hinterließ. An diesem Morgen stellte die Vorstellung eines solchen Täters keine Motivation, sondern nur einen Grund dar, sich ernsthaft nach einem anderen Job umzusehen.

Sie sehnte sich nach Mikael. Was sie über ihre Arbeit dachte und empfand, machte ihr Angst, es war so, als hätte sie plötzlich einen Menschen, mit dem sie seit vielen Jahren zusammenlebte, angesehen und erkannt, dass sie nicht wusste, ob sie dieses Zusammenleben fortsetzen sollte. Sie musste mit jemandem sprechen, doch sie hatte niemanden. Sie musste einfach versuchen, auf irgendeine Weise diesen Tag zu überleben.

Trotz aller Unklarheiten mussten sie sich jetzt mit denen befassen, die von Lotties Tod vermutlich am schwersten betroffen waren, ihren beiden Töchtern.

Erkundigt euch, was Lottie am Sonntagnachmittag gemacht hat, hatte Daga gesagt, als sei das ganz einfach, als müssten sie dafür nicht mit zwei jungen Frauen sprechen, die nachmittags noch eine gesunde, schöne, arbeitsfähige Mutter und jetzt gar keine mehr hatten. Monika konnte sich nicht erinnern, dass die Arbeit ihr jemals so schwer gefallen wäre. Es war doch ein Routineeinsatz, aber gerade an diesem Tag kam er ihr fast unüberwindlich schwierig vor.

3

Der Verkehr in der Fleminggata war dichter geworden, weshalb sie mit dem Auto kaum schneller vorankamen, als wenn sie zu Fuß gegangen wären. Diese Langsamkeit schien das Schweigen, das zwischen Monika und Idriss herrschte, noch um einiges belastender zu machen. Am Ende sagte sie, vor allem, um überhaupt etwas zu sagen: »Ob die wohl wissen, dass wir kommen? Wir sollten vielleicht mal nachfragen.«

Sie wollte schon nach dem Telefon greifen, überlegte es sich dann jedoch anders. Wenn sie mit Mikael oder einem anderen Kollegen unterwegs gewesen wäre, hätte sie den gebeten, den Anruf zu erledigen. Und es gab keinen Grund, Idriss anders zu behandeln.

»Mach du das doch bitte.«

Jetzt würde es sich ja herausstellen, ob er Befehle von einer Frau entgegennehmen könnte. Monika wusste nicht genau, was sie tun würde, wenn er sich weigerte, aber diese Entscheidung wurde ihr abgenommen, da er einfach nickte und auf der Wache anrief, wobei er wie ein ganz normaler Kollege klang. Sie hörte trotzdem aufmerksam zu, während sie Meter um Meter weiterschlichen. Sie fragte sich, ob sie vielleicht lächeln und aufmunternd nicken sollte – aber das könnte er ja auch als Beleidigung auffassen – oder ob sie überhaupt keine Reaktion zeigen und damit vielleicht unfreundlich wirken könnte. Am Ende fühlte sie sich dermaßen unbehaglich, dass sie sich fragte, wie sie wohl von außen wirkte: wie eine kleine bleiche Frau mit unbeholfener Körpersprache, die verkrampft am Steuer saß, ein passiver Mensch, der aus einer quälenden Situation einfach keinen Ausweg fand. Sie warf einen Rat suchenden Blick in den Rückspiegel und blickte in ihre wie immer neutral wirkenden Augen, die weder blau noch wirklich grau waren, sie sah ihr wie immer ausdrucksloses Gesicht und dieselben öden blonden, halblangen Haare. Dieser Anblick konnte wirklich nicht zur Verbesserung der Lage beitragen.

Sie nahm an, dass sie Mitleid mit ihm haben und deshalb besonders freundlich sein müsste – sie müsste Mitleid mit ihm haben, weil er dunkelbraune Augen hatte, keine blauen, weil er nicht in Schweden geboren war und weil seine Eltern aus dem Irak stammten. Doch sie hatte kein Mitleid mit ihm, wer ihr hier Leid tat, war sie selbst, und deshalb packte sie das Lenkrad mit noch festerem Griff. Sie hoffte wider besseres Wissen, dass die Kollegen von der Wache sie zurückrufen und sagen würden, es sei alles ein Irrtum gewesen, die Ermittlungen seien abgeblasen. Aber nein, sie mussten sich anhören, dass niemand auf die Idee gekommen war, die Töchter zu informieren. Doch das sollte aber sofort geschehen, damit sie nicht unerwartet hereinplatzten. Wie gut, dass mir das eingefallen ist, dachte sie.

Idriss sprach ihre Gedanken laut aus.

»Danke. Es wäre sicher nicht so gut, unangemeldet dort aufzutauchen.«

Danke? Bedankte er sich bei ihr, weil sie ihre Arbeit tat? Wollte er hier entscheiden, was gut oder schlecht war, richtig oder falsch? Glaubte er, er könne ihren Einsatz bewerten und sie dann nach Lust und Laune belohnen? Oder wollte er vielleicht nur höflich sein oder sich vielleicht sogar einschmeicheln? Sie wusste nicht, was sie glauben sollte, deshalb konnte sie sich auch für keine Reaktion entscheiden und nickte einfach nur stumm.

Dann schwiegen sie wieder.

Der Weihnachtsverkehr schien in der Hamngata, wo eine dicht gedrängte Menschenmenge langsam durch die Straßen und über die Zebrastreifen kroch, seinen Höhepunkt zu erreichen. Menschen, die sonst bei Rot immer stehen blieben, ließen sich nun von der Masse leiten und wurden in einem kompakten Strom vorangetrieben, der nicht auf den Versuch der Autos achtete, sich einen Weg zu bahnen. Die Fußgänger betrachteten die Autofahrer mit freundlicher Nachsicht und einer gewissen Schadenfreude – heute sind wir an der Reihe, heute haben wir die Übermacht, heute musst du einfach warten! Die Autofahrer schienen die

Lage zu akzeptieren, sie hupten nicht und drängelten auch nicht.

Das Schweigen steigerte Monikas Anspannung noch. Sie brauchte ohnehin immer lange, um sich an neue Menschen zu gewöhnen, und Idriss gegenüber fühlte sie sich so unsicher, wie ihr das schon lange nicht mehr passiert war. Weshalb sie sich dummerweise noch mehr über ihn ärgerte. Es half auch nichts, dass sie einsah, wie unsinnig sie sich verhielt.

Endlich lag das ärgste Gedränge hinter ihnen. Sie fuhr durch den Strandväg und versuchte durch das Betrachten der Häuser auf andere Gedanken zu kommen.

Östermalm war der Teil der Innenstadt, der sie am wenigsten interessierte. Sie fand die Straßen zu breit und zu leer, die Häuser zu aufdringlich, die Mehrzahl der Verbrechen zu ausgefeilt. Sie konnte kaum verstehen und noch weniger verzeihen, dass Gewerkschaftsbonzen und Künstler plötzlich, wenn sie zu Geld kamen, in eine so genannte bezaubernde Jugendstilwohnung in Östermalm zogen, als weise ihr bisheriges Wohnviertel irgendeinen Makel auf, weshalb man von dort fortzog, sobald man es sich leisten konnte. Monika selbst wäre natürlich gern aus ihrem Vorort nach Kungsholmen gezogen, aber sie empfand das nicht als illoyal, da sie Zeit genug gehabt hatte, um diesen Stadtteil sehr genau kennen zu lernen.

Sie fand den Weg zur Storgata ohne Probleme. Nummer 12 erwies sich als prachtvolles, ansprechend hell gehaltenes Eckhaus, von dem sie trotz seiner Lage einfach hingerissen war, und obwohl es von allem ein wenig zu viel hatte, wie eine Zwölfjährige, die eben anfängt, sich zu schminken.

Sie stellten den Wagen vor dem 7-Eleven-Kiosk gegenüber ab. Wäre Mikael dagewesen, hätte Monika gesagt, dass bald jeder Winkel in der Stadt einen rund um die Uhr geöffneten Kiosk haben würde, wo man Kaffee, Schnellmahlzeiten und Grundnahrungsmittel zu einem übertriebenen Preis kaufen konnte, jetzt aber fürchtete sie, dass sie sich übellaunig und quengelig anhören könnte, und deshalb schwieg sie auch weiterhin.

Die Haustür war nicht ganz so reich verziert wie das übrige Haus. Es war eine solide Tür aus dunklem Holz mit großen, geschliffenen Glasfenstern. An der Wand gegenüber war eine kleine Tafel angebracht, die die Gäste darüber informierte, dass das Haus in den Jahren 1905 bis 1906 errichtet und vom Architekten Sam Kjellberg entworfen worden war. Diesen Namen kannte Monika, und sie fragte sich, ob Sam noch weitere Häuser hinterlassen hatte, die so strikt gegen das Gebot, nur ja nie aufzufallen, verstießen wie dieses hier.

Durch die Glasscheiben war eine leere und einfarbige Eingangshalle mit zwei weiteren Türen zu sehen, die wie die elegantere Antwort auf die Haustür wirkten. Sie gaben den Türcode ein, durchquerten die Eingangshalle und erreichten einen der scheußlichsten Fahrstühle, die Monika seit langem gesehen hatte. Ein grüner Blechkasten, der offenbar als Notlösung während einer akuten Fahrstuhlkrise aufgebaut und niemals wieder ersetzt worden war. Monikas Laune wurde noch schlechter. War auch das hier ein Haus, das in den siebziger Jahren politisch unkorrekt gewesen war und sich deshalb diesen Fahrstuhl zugelegt hatte? Waren wohl gleichzeitig Kachelöfen, geschnitzte Verzierungen, Parkett und Stuck herausgerissen worden?

Der Fahrstuhl war von innen ebenso deprimierend wie von außen, brachte sie jedoch ohne zu murren in den vierten Stock hinauf.

Die Tür zu Lotties Wohnung bestand aus demselben dunklen Holz wie die Haustür und war mit zwei selbst gemachten Namensschildern sowie einem aus Messing dekoriert, auf dem einfach nur »Hagman« stand. Auf dem einen der beiden Schilder stand »Hier wohnt Pernilla«, das andere zeigte eine rote und rosa Collage zum Thema Dahlien. Ein Stück weiter unten war mit Klebestreifen eine Visitenkarte angebracht, auf der der Name Sara Gottman geschrieben stand.

Monika fühlte sich ein wenig besser. Sie hatte immer schon gern die Wohnungen anderer Menschen besucht, wo sie häufig das Gefühl hatte, die Gedanken der Menschen vor sich sehen zu können – wer sie sein wollten, wie sie sich selber sahen.

Aber das war auch der einzige Pluspunkt. An Minuspunkten dagegen hatte sie eine reiche Auswahl. Menschen zu treffen, die eben erst einen nahen Angehörigen verloren haben, ist immer schrecklich, und gerade an diesem Morgen wusste Monika nicht, woher sie die Kraft nehmen sollte, diese Begegnung durchzustehen. Außerdem machte ihr Einars überraschende Mitteilung zu schaffen, dass Lottie ein Auge fehle. Sie hatte nicht vor, den Töchtern davon zu erzählen, doch ihr Unbehagen wurde durch dieses Wissen noch vergrößert. Und zu allem Überfluss war da ja noch ihr unwillkommener irakischer Schatten.

Sie drückte auf den Klingelknopf.

Jetzt würde sie auf jeden Fall erfahren, wie Lottie ihre Umgebung gestaltet hatte.

Eine bleiche junge Frau mit verweinten Augen trat zur Seite, um sie eintreten zu lassen. Warme Luft, die nach Duftölen, Tee, Toast und Parfüm roch, strömte ihnen entgegen. Die junge Frau hatte sich in einen viel zu großen Morgenrock gehüllt und erwiderte ihre Blicke nicht, schien sich auf diese Weise gegen ihre unerwünschte Anwesenheit schützen zu wollen. Sie erschauderte ein wenig, vielleicht wegen der Kälte, die mit den Gästen in die Wohnung eindrang.

Die Diele hätte als geräumige Einzimmerwohnung genutzt werden können – das Bett hätte bequem an die linke Wand gestellt werden können, rechts eine Kochnische, und trotzdem wäre noch immer genug Platz für ein kleines Sofa, einen Tisch und zwei Sessel gewesen. Die Diele war jedoch nicht als Wohnung eingerichtet, sondern eben als Diele, als Übergang zwischen der Außenwelt und dem Inneren der Wohnung, und bot ausreichend Platz für die große Menge an Mänteln, die hier aufbewahrt wurden. Und das alles ließ auf die Ausmaße der restlichen Wohnung schließen.

»Legen Sie ab.« Die Stimme klang leise und ausdruckslos. »Ich bin Pernilla. Die jüngste Tochter.«

Monika wollte sich und Idriss vorstellen, doch Pernilla hatte ihnen schon den Rücken gekehrt. Sie führte die Gäste durch einen Bogengang in einen für Monikas Maßstäbe riesigen Raum, in dem es von Möbeln, Katzen und Menschen nur so zu wimmeln schien.

»Da sind sie.« Mit diesen Worten schien Pernilla ihre Pflichten als erfüllt zu betrachten. Sie lief zwischen Stühlen, Hockern, niedrigen Tischen und hohen Kissen umher, bevor sie sich auf die Ecke eines großen roten, abgenutzten Ledersofas sinken ließ.

Bei genauerem Hinsehen stellte es sich heraus, dass sich nur drei weitere Personen in dem Zimmer aufhielten, zwei junge Frauen und ein etwas älterer Mann. Dazu kamen eine lebendige Katze und einige Dutzend aus Ton oder Stoff. Der Eindruck von Gewimmel entstand dadurch, dass die Wände von Plakaten, Portraits und Fotos bedeckt waren, die allesamt Menschen zeigten. Auf dem Couchtisch und dem Flügel standen zahlreiche gerahmte Fotos, zwei Büsten, eine aus Gips und eine aus Ton, flankierten den Bogengang. Die eine stellte vermutlich Lottie im Alter von fünfundzwanzig dar. Es war eines der ungewöhnlichsten und schönsten Zimmer, die Monika je gesehen hatte.

Die eine Frau erhob sich und kam ihnen entgegen. Ihre Kleidung sorgte dafür, dass man zuerst ihren Körper ansah – groß, durchtrainiert und nahezu ohne Hüften oder Brüste. Als Nächstes fielen die Haare mit ihrem modischen Schnitt und die schmale schwarze Brille mit den dicken Bügeln auf.

»Hallo. Jenny Hagman. Könnten Sie uns sagen, was eigentlich los ist? Zuerst stehen Sie um sechs Uhr morgens vor der Tür und behaupten, meine Mutter sei aller Wahrscheinlichkeit nach schnell und schmerzlos gestorben, dann ruft jemand an und sagt, wir müssten einige Fragen beantworten, und gleich darauf kommen dann Sie.«

Plötzlich erkannte Monika, wen sie vor sich hatte. Jenny Hagman entwarf kühle und nüchterne Kleidungsstücke für kühle und nüchterne Zwanzigjährige, und zwar mit großem Erfolg.

Jetzt war es wohl angebracht, sich endlich vorzustellen.

»Hallo. Polizeiinspektorin Monika Pedersen und Polizeiinspektor Idriss Al-Khalili von der Kriminalpolizei City.«

Monika hasste ihren Titel. Sie wollte Kriminalkommissarin sein, Polizeiinspektorin klang wie etwas ganz anderes, wie Ladenkontrolleurin oder Warenprüferin. Dieser Titel ließ sie kleiner werden. Sie war umklassifiziert worden, ohne dass jemand sie gefragt hätte, was ihr wie eine halbe Kündigung erschien.

Jenny starrte sie noch immer an, deshalb fuhr Monika fort: »Ja, es tut mir Leid, dass wir Sie gerade jetzt stören müssen, wo Sie natürlich in Ruhe gelassen werden wollen, und wir möchten Ihnen unser Beileid aussprechen. Aber wir sind gekommen, um Ihnen zu helfen.«

Sie berichtete kurz über die Ergebnisse der gerichtsmedizinischen Untersuchung und sagte, dass sie mehr Informationen über Lottie brauchte. Die Sache mit dem Auge ließ sie unerwähnt.

»Sie wissen also nicht, was passiert ist«, sagte Jenny herausfordernd.

»Wir wissen, dass ein einfacher Sturz höchstwahrscheinlich nicht zu diesen Verletzungen geführt haben könnte. Deshalb sind wir hier.«

»Unwahrscheinliche Dinge können aber trotzdem passieren. Hätten Sie nicht warten können, bis Sie sicher sind, falls Sie das überhaupt jemals sein werden? Ich kann mir einfach nicht vorstellen, dass jemand, der sie gekannt hat, sie ermordet haben könnte, und wenn es jemand war, der sie nicht kannte, dann können wir Ihnen auch nichts sagen, das weiterhilft.«

Kühle Logik, und interessant. Sie hatte nicht das Übliche gesagt, nämlich, dass niemand Lottie etwas angetan haben könnte, dass sie der liebste Mensch auf der ganzen Welt gewesen sei.

Monika fragte sich, wie sie hier irgendeine Form von Zusammenarbeit entwickeln sollte. Die kleine Menschengruppe in diesem Zimmer hatte sich gegen die Eindringlinge zusammengeschlossen und kam ihr alles andere als hilfsbereit vor. Ein misstrauischeres Gemüt hätte vielleicht angenommen, dass sie etwas zu verbergen hatten, aber Monika konnte sich noch allerlei andere Gründe vorstellen, aus denen sie nichts mit ihr zu tun haben wollten.

Jenny stand noch immer vor Monika, und dieses Mal ergriff Idriss die Initiative – er ging ganz einfach um sie herum und begrüßte die übrigen Anwesenden. Er reichte zuerst Pernilla die Hand, danach dem kräftigen Mann von etwa Mitte dreißig, der auf der anderen Seite des Sofas saß und sich als Johan vorstellte, dann wandte er sich der schmächtigen dunkelhaarigen jungen Frau mit den violetten Augen zu, die unter einer Decke auf einem breiten schwarzweißgestreiften Hocker mit krummen Beinen aus Weißmetall mehr lag als saß. Sie hieß Dahlia, wie das Schild an der Tür schon hatte vermuten lassen. Monika folgte Idriss und ließ sich rasch und ungebeten in einen zum Sofa passenden Sessel sinken. Die Katze, die auf der Armlehne gesessen hatte, sprang mit einer fließenden, kurzen Bewegung auf den Boden. Sie war klein und kohlschwarz, und Monika hielt sie für irgendeine Rassekatze, da sie aussah wie die Antwort der Katzenwelt auf ein Vollblutpferd.

Jenny stand noch immer schräg hinter Monika, doch Monika beschloss, sich nicht um diese stumme Aufforderung, so schnell wie möglich wieder zu verschwinden, zu kümmern.

Sie wandte sich Dahlia zu, da sie nicht davon ausgehen konnte, dass Lotties Töchter Antworten liefern würden.

»Wir brauchen ein paar Hintergrundinformationen. Sie wohnen hier, wenn ich das richtig verstanden habe.«

»Ja. Seit einem Jahr. Damals habe ich die Theaterschule verlassen und zugleich meine Wohnung verloren – und da hat Lottie mir angeboten, hier ein Zimmer zu mieten. Sie hat manchmal an der Schule unterrichtet, und so habe ich sie kennen gelernt.« Dahlias Augen füllten sich mit Tränen. »Sie war ein großzügiger Mensch, niemand hätte ihr etwas angetan, da können Sie sicher sein. Ich kann nicht begreifen, dass sie nicht mehr da ist.« Jetzt strömten ihr die Tränen über die Wangen. »Wir haben zusammen gefrühstückt, das machen wir nicht immer, hier essen alle, wenn sie Hunger haben. Wir sind beide erst spät aufgestanden, so gegen zwölf. Sie hatte nachmittags eine Vorstellung, weil Sonntag war. Sie war so wie immer – las die Zeitung, plauderte ein wenig. Ich bin sicher, dass sie keine Ahnung davon hatte, dass das ihr letztes Frühstück war, das hätte ich gemerkt.«

»Natürlich hatte sie keine Ahnung davon, dass das ihr letztes Frühstück war, kein Mensch glaubt ja wohl, dass sie sich selber umgebracht hat«, warf Jenny gereizt ein.

Dahlia setzte sich auf und zog die Decke über ihren schmalen Schultern zusammen.

»Ich verstehe dich nicht, Jenny. Die Polizei ist hier. Sie arbeiten für dich, aber du bist ihnen nicht im Geringsten behilflich. Setz dich und benimm dich anständig. Lottie zuliebe, wenn schon aus keinem anderen Grund.«

Aber Jenny blieb stehen, und die Kälte in ihrer Stimme ließ Monika zusammenzucken.

»Es ist nicht deine Mutter, die hier gestorben ist und an der alle einen Anteil zu besitzen glauben. Niemand hat sich in dein Zuhause gedrängt. Also solltest du die Klappe halten!«

Monika hatte noch nie einen weniger gelungenen ersten Kontakt mit Hinterbliebenen erlebt. Sie beschloss, nicht auf Jenny zu achten und hoffte, dass Dahlia ihrem Beispiel folgen würde.

»Also, hier in Lotties Wohnung leben Dahlia und Pernilla. An der Tür steht noch ein dritter Name, wer ist das?«

»Sara, Sara Gottman.« Dahlia hatte sich von Jennys Ausbruch nicht ins Bockshorn jagen lassen. »Sie will auch Schauspielerin werden. Sie ist in Indien und kommt erst nach Weihnachten zurück.«

Monika hörte Idriss' Füllfederhalter kratzen. Sie hatten nicht über die Arbeitsverteilung gesprochen, aber er hatte offenbar die Protokollführung übernommen.

Monika wandte sich dem Mann zu, der stumm und aufmerksam, aber seltsam distanziert dasaß wie ein offizieller Beobachter oder Diplomat, den die Geschehnisse jedoch persönlich nicht betrafen. Er war untersetzt und grob gebaut, wenn auch nicht dick, hatte ein viereckiges Gesicht und dunkle Locken. Seine Augen waren hellbraun und in romantischen Situationen sicher brauchbar. Er beantwortete ihre stumme Frage: »Johan Lindén, Freund der Familie. Ich habe heute hier übernachtet, habe Lottie aber nicht gesehen. Das kommt häufiger vor. Kam häufiger vor.«

Monika hätte gern gewusst, ob er mit Pernilla oder mit Dahlia zusammen gewesen war, doch deren Verhalten gab keinerlei Hinweis darauf. Sie verkniff sich die Frage – den minimalen Kontakt, den sie bisher aufgebaut hatte, wollte sie nicht durch Fragen zerstören, die unnötig persönlich wirken könnten. Im Laufe der Zeit würde sie schon alles in Erfahrung bringen, wenn es von Bedeutung für den Fall war.

»Na gut. Dann möchte ich vor allem wissen, ob Lottie Ihres Wissens nach jemals bedroht worden ist.«

Alle, die Monika sehen konnte, schüttelten den Kopf. Sie sahen verängstigt und ein wenig verständnislos aus, als könnten sie noch immer nicht glauben, dass das hier wirklich passierte.

»Aber was ist das denn für ein Unsinn! Niemand hat Lottie bedroht!«, protestierte Jenny.

»Woher wissen Sie das?«

»Das hätte sie auf jeden Fall aller Welt erzählt, aber sie hat kein Wort gesagt.«

Die anderen nickten zustimmend.

»Wissen Sie, was sie in Kungsholmen wollte?«

Niemand wusste eine Antwort.

»Was machte sie sonst nach den Nachmittagsvorstellungen?«

Nach einer ziemlich langen Pause sagte Johan zögernd, das sei ganz unterschiedlich gewesen. Manchmal sei sie nach Hause gekommen, manchmal hätte sie aber auch ihre

vielen Bekannten besucht oder sei mit Kolleginnen oder Kollegen essen gegangen.

»Wissen Sie, was sie gestern gemacht hat?«

Das wusste niemand, oder sie verschwiegen es, falls sie es wussten. Sie hatten sich jedenfalls keine Sorgen gemacht, als sie abends nicht nach Hause gekommen war, sie waren an Lotties unregelmäßige Lebensführung gewohnt und deshalb wie sonst schlafen gegangen.

»Können Sie mir sagen, woran Lottie im Moment gearbeitet hat? Sie haben das Theater erwähnt, aber sie wirkte ja offenbar auch in einer Fernsehserie mit?«

Jenny gab nach und ließ sich zwischen Pernilla und Johan auf das Sofa sinken, sodass sie Monikas Blick erwidern konnte.

»Sie hatte viele Eisen im Feuer. Da war das Theater, die Revue im Maximtheater, gleich hier in der Nähe. Und dann ›Unsere verrückte Familie‹, eine Seifenoper, wo sie eine Großmutter spielte, die sich immer wieder in das Leben der anderen einmischte, Sie haben sicher einige Folgen gesehen, die Serie läuft schon seit einer Ewigkeit. Soviel wir wissen, hatte sie keine Feinde, sie hatte weder mit Drogenhandel noch mit Erpressung oder anderen Dingen zu tun, die auf die Dauer gefährlich werden können. Sie fürchtete sich vor nichts und niemandem. Ich hoffe, Sie sind jetzt zufrieden, denn damit ist dieses Gespräch beendet.«

Jenny sprang wieder auf, und dieses Mal folgte Monika ihrem Beispiel. Sie nahm an, dass sie hier nicht weiterkommen würden. Und da noch immer nicht feststand, ob Lottie wirklich ermordet worden war, gab es auch keinen Grund, auf der Fortsetzung des Gesprächs zu bestehen und sich den trauernden Töchtern noch länger aufzudrängen.

Doch zugleich fragte Monika sich, wen Jenny zu beschützen versuchte. Sich selbst, vor Trauer und Schock? Pernilla, die in ihrer Sofaecke wie ein verzweifeltes Kind in sich zusammenkroch? Lotties eventuelle Geheimnisse? Wenn Lottie wirklich ermordet worden war, dann würden sie bald ihre Wohnung auf den Kopf stellen, doch bis dahin sollten die Töchter ihre Ruhe haben. Oder vielleicht hatte Jenny einfach seit ihrer Kindheit um ihr Privatleben kämpfen müssen. Sie war vielleicht diejenige gewesen, die Grenzen zog, die einen ständigen Kampf darum ausfocht, einen kleinen Teil von Lotties öffentlich geführtem Leben zu behalten. Vielleicht hatte sie Pernilla schützen müssen, weil Lottie das nicht tat. Zum ersten Mal seit sie diese Wohnung betreten hatte, empfand Monika eine gewisse Sympathie, stellte sich plötzlich die vielen Fragen vor, die neugierigen Blicke, die vielen Eindringlinge ins Familienleben, mit denen Lotties Kinder hatten leben müssen. Das könnte durchaus erklären, dass weder Jenny noch Pernilla das Bedürfnis zeigten, ihr Leben, die Ereignisse und ihre Reaktionen genau zu beschreiben, wie es Monika so oft bei Angehörigen begegnet war.

Eine andere Erklärung war natürlich, dass die Polizei nun zu der Feindin geworden war, die um keinen Preis die Wahrheit über Lotties Tod in Erfahrung bringen durfte.

Sie hatten den Bogengang schon fast durchquert, als Jenny noch hinzufügte: »Wenn Sie schon jemanden schikanieren wollen, dann versuchen Sie es doch bei Eva-Maria, unserer Halbschwester. Die wohnt übrigens dort in der Gegend.«

»Wir wussten nicht, dass es noch eine Schwester gibt. Ist sie schon unterrichtet worden?«, fragte Idriss.

Jenny schüttelte den Kopf.

»Von uns jedenfalls nicht. Wir haben keinen Kontakt zueinander.«

»Aber dann weiß sie vermutlich noch nicht einmal, dass

ihre Mutter nicht mehr lebt. Sicher hat sie ihren Namen geändert und ist uns deshalb nicht aufgefallen.«

»Sie ist mit einem Marokkaner verheiratet. Er heißt Mossati, Mossa… so was in der Art. Aber das ist doch egal – für sie ist Lottie seit über zwanzig Jahren tot.«

Am Ende war es Johan, der anbot nach dem Namen und der Adresse zu suchen. Die anderen schienen sich nicht im Mindesten daran zu stoßen, dass er, der Gast, Lotties Habseligkeiten durchsuchte, oder genauer gesagt, ihren Nachlass.

»Hier ist es«, rief Johan aus dem Inneren der Wohnung. Seine Stimme schien von weither zu kommen. Er hielt ein kleines, abgegriffenes Notizbuch und ein Telefonbuch in der Hand, als er zurückkam.

»Ich habe auch eine Nummer, aber keine Adresse. Ich sehe mal im Telefonbuch nach.«

Er fing an zu blättern. Monika notierte inzwischen die Nummer.

»Moussaoui. Moussawi. Die Franzosen sind schuld daran, dass dieser Name M-o-u-s-s-a-o-u-i geschrieben wird. Wenn Marokko eine englische Kolonie gewesen wäre, dann würde es M-o-o-s-a-w-e-e geschrieben. Ein Buchstabe weniger!«

Idriss war der Einzige, der lachte.

»Hier. Kassem und Eva-Maria.«

Er verstummte plötzlich und sah peinlich berührt aus.

»Seltsam. Sie wohnen in der Igeldammsgata 26. Das muss doch ganz in der Nähe sein.«

Monika sah Jenny und Pernilla an. Wollten sie ihr wirklich einreden, sie wüssten den Namen und die Adresse ihrer Schwester nicht? Oder war es einfach so, dass kein warmes Zimmer, kein Erfolg, keine Begabung vor den Kräften schützt, die die Bindungen zwischen Frauen mit derselben Mutter, zwischen Mutter und Tochter zerreißen können?

»Wollen Sie Eva-Maria anrufen oder sollen wir das übernehmen?«

»Ich glaube, Sie haben mich nicht verstanden – wir kennen sie nicht, wir hatten noch nie Kontakt, und es gibt wohl keinen Grund, jetzt damit anzufangen«, sagte Jenny sofort.

Monika verkniff sich die Bemerkung, dass der Tod eines Menschen die Hinterbliebenen oft in Kontakt miteinander bringt. Unbekannte Kinder, entlaufene Ehemänner, Geschwister, die abgeschrieben wurden oder verschwunden sind.

»Könnte Lottie nicht trotzdem auf dem Weg von oder zu Eva-Maria gewesen sein? Früher oder später versöhnen sich die meisten doch wieder, und zwanzig Jahre sind eine lange Zeit.«

»Eva-Maria hat Lottie gehasst«, sagte Jenny, bevor sie etwas leiser fortfuhr. »Und Lottie wäre niemals zu ihr gegangen.«

Monika wartete vergeblich auf eine Erklärung.

»Dann werden wir sie verständigen. Ja, und wir möchten die Presse so lange wie möglich aus der Sache heraushalten. Würden Sie uns dabei behilflich sein?«

»Wir werden alle dichthalten.« Dahlia hatte sich zur Sprecherin der Gruppe erhoben, und Monika hoffte, dass Jenny nicht sofort aus Protest bei irgendeiner Abendzeitung anrufen würde.

Sie gab sich alle Mühe, das Gespräch auf freundliche Weise zu beenden. Menschen, die gerade erst einen nahen Angehörigen verloren haben, setzen schließlich andere Prioritäten als die Zusammenarbeit mit der Polizei. Idriss notierte Adressen und Telefonnummern, während Monika den Anwesenden die Hand gab und nach ein paar freundlichen Worten suchte. »Wir melden uns, wenn wir mehr wissen«, schloss sie.

Jenny reichte ihr eine Visitenkarte, als sie die Wohnung schon fast verlassen hatten. »Rufen Sie diese Nummer an – das ist Lotties Geheimnummer für wichtige berufliche Verbindungen und gute Freunde. Wir haben den Stecker des anderen Anschlusses herausgezogen.«

Die Visitenkarte ließ Monika erschaudern – Lottie hatte ihre Augen, die großen violetten Augen, als Hintergrund gewählt. Sie schienen sie anzusehen, und Monika wollte lieber nicht daran denken, was mit dem einen geschehen war. Aber daran musste nicht unbedingt der Täter schuld sein, in der Stadt wimmelte es doch von hungrigen kleinen Tieren, und sie wusste, was Ratten oder Krähen einem Leichnam antun konnten. Die weichen Augen verschwinden meistens als Erstes.

Dieser Fall kam ihr aus so vielen Gründen seltsam und bedrohlich vor, dass sie sie gar nicht alle aufzählen konnte.

Im Fahrstuhl spielte Monika mit dem Gedanken, jemand anderen zu Eva-Maria schicken zu lassen, beschloss dann aber, sie doch selbst aufzusuchen. Die Reaktion auf die Todesnachricht konnte von großer Bedeutung sein, deshalb sah sie sie lieber mit eigenen Augen. Aber das brachte sie zum nächsten Problem: sie wusste nicht, was sie zu Idriss sagen sollte.

Im Fahrstuhl hatte sie ihm den Rücken zugekehrt, um keine Kommentare abgeben zu müssen. Der Fahrstuhl kam ihr ungewöhnlich langsam vor, und am Ende fühlte sie sich zu irgendeiner Bemerkung gezwungen, also drehte sie sich zu Idriss um, der jedoch völlig in Gedanken versunken zu sein schien. Schweigend gingen sie auf die Haustür zu.

Als sie die Straße betraten, sahen sie als Erstes eine junge Frau, die vor dem Kiosk Zeitungsplakate aufhängte. Sie trug keinen Mantel, hob die Schultern und spannte ihren ganzen Körper an, um sich vor der Kälte zu schützen. Ihr Atem gefror zu Eis und hing wie eine leere Sprechblase vor ihrem Gesicht, während sie mit schnellen, ruckartigen Bewegungen arbeitete. Das Plakat, das sie aufhängte, machte Monika und Idriss bewusst, dass ihnen noch weniger Zeit blieb, als sie erwartet hatten.

Die Zeitung *Expressen* hatte den Wettlauf gewonnen. Ein dicker schwarzer Rahmen umgab Lotties Gesicht, und die Schlagzeile fragte kurz und bündig: »Lottie Hagman tot – Mord?«

Aftonbladet hatte sich mit dem Wetter begnügen müssen, und die Schlagzeile »–14, wir frieren«, stellte keinerlei Konkurrenz dar.

Verdammt!

4

Verdammt. Verdammt. Verdammt, dachte Monika. Seit sie mit einem Pietisten aus Jonköping zusammengearbeitet hatte, fluchte sie nicht mehr laut.

Von dem Kiosk her lächelten nun drei Ausgaben einer etwa dreißigjährigen Lottie verführerisch und in makaberem Kontrast zu den dicken Trauerrändern zu ihnen herüber.

Verdammte Hölle, dachte Monika.

Sie wusste wirklich nicht, ob Idriss Einwände erheben würde, nicht einmal, ob die Hölle zum muslimischen Weltbild dazu gehörte, und wenn ja, ob es verboten war, dieses Wort auszusprechen.

Idriss blieb stehen und schaute Lottie ins Gesicht. Ein Gesicht mit heruntergezogenem Hut und sichtbarem Atem, eins mit in der Sonne leuchtenden Haaren, die im Wind eines vergangenen Sommers wehten.

»Verflucht«, sagte er nachdrücklich und fügte dann eilig hinzu: »Oder, Verzeihung… vielleicht bist du ja religiös?«

Monika prustete los, ihre erste spontane Reaktion seit diesem Morgen. Es war befreiend.

»Nein, aber ich dachte, du vielleicht, und deshalb habe ich nicht gewagt meine Gedanken laut auszusprechen. Wie, zum Teufel, konnte das nur passieren? Wir – wir müssen eine Zeitung kaufen, und dann können wir auch gleich einen Happen essen. Ich hoffe, Eva-Maria muss das nicht lesen, ehe ich sie erreicht habe – aber woher weiß die Zeitung jetzt schon, dass es Lottie war? Und sie müssen doch auch noch die Zeit gehabt haben, den Text zu schreiben, Bilder herauszusuchen und all das.«

Obwohl sie nur einige Minuten im Freien verbracht hatten, drang die Kälte bereits durch ihre Kleidung und die Schuhsohlen, sodass sie dankbar den warmen Kiosk betraten. Sie kauften eine Zeitung, zwei überteuerte belegte Brote und Kaffee.

Monika zog ihr Telefon hervor und wählte Eva-Marias Nummer, ohne jedoch damit zu rechnen, jemanden anzutreffen. Eva-Maria war sicher bei der Arbeit, und Monika wusste nicht, wo das war.

Sie fuhr leicht zusammen, als gleich nach dem ersten Klingeln eine Stimme sagte: »Moussaoui.«

Die Stimme klang müde und so traurig, dass Monika sich fragte, ob sie wohl schon Bescheid wusste. Bestimmt hatten irgendwelche Bekannten die Schlagzeilen gesehen und sofort angerufen.

»Hier spricht Polizeiinspektorin Monika Pedersen von der Kriminalpolizei City. Ich würde mich gern sofort mit Ihnen treffen.«

Ein solcher Gesprächsanfang konnte anderen Menschen

eine Heidenangst einjagen, doch Eva-Maria stellte nicht einmal eine Frage.

»Es geht um Ihre Mutter, Lottie Hagman«, sagte Monika. »Wir können in einer guten halben Stunde bei Ihnen sein, ist Ihnen das recht?«

Das war ihr recht, und Monika dachte kurz nach. Sie konnten die Brote im Auto essen, aber sie wollte noch den Artikel über Lottie lesen, und das ging nicht, wenn sie fahren musste. Sie beschloss eine Pause einzulegen, sich an einen der kleinen Tische zu setzen und das Brot zu essen, während sie sich einen Überblick über Lotties Leben verschaffte. Sie hoffte, dass sie diesen Entschluss nicht bereuen würde.

Auf der Vorderseite der Zeitung war dasselbe Bild zu sehen wie auf den Plakaten. Mangels einer besseren Erklärung hatte die Zeitung beschlossen, dass Lottie vermutlich der blinden Gewalt zum Opfer gefallen war, es war vage die Rede von Bandenbildung, abwesenden Vätern und testosteronverstärkter Aggression. Das Textproblem war dadurch gelöst worden, dass es fast keinen gab, stattdessen hatte man systematisch das Bildarchiv geplündert. Die Zeitung brachte Bilder aus Filmen und aus ihrem Privatleben, falls in Lotties Fall überhaupt von einem Privatleben die Rede sein konnte – Szenen aus Lotties erstem Film, in dem sie als unschuldiges Opfer in einem Psychothriller sämtliche Herzen betört hatte. Etwas weiter unten tauchte das erste und einzige Bild von Eva-Maria auf. Es handelte sich um eine professionelle Aufnahme, die an einem Strand gemacht worden war, auf der Lottie einen äußerst knappen Badeanzug trug und einladend lächelte, während hinter ihr, nicht ganz deutlich zu erkennen, Eva-Maria mit einem abwartenden Ausdruck in ihrem alltäglichen Gesichtchen stand. Sie sah aus wie eine etwa dreijährige sommerblonde Statistin im Leben ihrer schönen Mutter.

Monikas Mutter hatte ihre Enttäuschung darüber nie verbergen können, dass sie keine schöne Tochter bekommen hatte, eine langbeinige attraktive Tochter, die Geld und Ansehen erheiraten konnte. War Lottie ebenso enttäuscht gewesen wie Eva-Maria? Diese Frage war in ihr Bewusstsein gedrungen, ehe Monika sie abwehren konnte, doch sie verwarf sie sofort wieder. Sie hatte nicht vor, sich von diesen Menschen berühren zu lassen, sie hatte nicht vor – sie hasste diesen Ausdruck –, sich selbst als Instrument zu benutzen. Normale, banale, nicht-introspektive Polizeiarbeit, dafür wurde sie bezahlt, und an diesem Tag wollte sie nicht mehr leisten als das.

Sie versuchte, in dem verschlossenen Kindergesicht auf dem Bild eine Auskunft zu finden, doch es gelang ihr nicht.

»Wie kann eine den Kontakt zu Mutter und Schwestern verlieren, die in derselben Stadt leben? Wie können sie einander einfach fallen lassen?«, fragte sie sich leise.

Idriss, der ihr gegenüber saß, schien sich angesprochen zu fühlen und blickte von seiner Zeitung auf: »Das kommt sicher häufiger vor. Denk doch an all die Teenys und an die verschuldeten Familienväter, die abgetaucht sind, an die Frauen, die Männern aus dem Weg gehen müssen, wenn diese Männer nicht begreifen, dass die Beziehung zu Ende ist.«

»Ich kann mir Lottie einfach nicht als eine so erbärmliche Mutter vorstellen. Und deine anderen Beispiele sind für unseren Fall sicher nicht relevant.«

Was sie gemeint hatte, war die Tatsache, dass Töchter oft Familien verlassen, in denen sie schlecht behandelt werden, doch sie hatte nicht beabsichtigt, sich so unfreundlich anzuhören. Sie hatte mit Klagen über die schwedische Gesellschaft gerechnet, über die Kälte, mit der die Menschen in Schweden einander behandelten, und sie hatte zum Gegenschlag ausgeholt, obwohl der erwartete Angriff ausgeblieben war. Es war ihr unangenehm, dass sie seine Reaktionen nicht vorausgesehen hatte.

Sie wäre gern nach Hause gegangen, um sich ins Bett zu legen und diesen Tag zu vergessen, am liebsten hätte sie die Zeit ein Stück vorgespult. Sie wollte Idriss vergessen. Wollte Lottie vergessen, die staatliche Verschuldung, die Rentenreform (die bedeutete, dass ihre Rente niedriger ausfallen würde als vor der Reform). Wollte Håkon Götsten von der Orthopädie und seinen Pfleger mit dem – noch unbewiesenen – Hang zu bewusstlosen jungen Frauen vergessen.

Die Forderungen, die die Gemeinschaft an sie stellte, kamen ihr plötzlich unüberwindlich vor.

Trotz allem aber hätte sie sich wegen Idriss vielleicht keine Sorgen zu machen brauchen, denn er sagte nur freundlich:

»In zwanzig Jahren kann viel passieren. Es wird interessant sein, diese Tochter kennen zu lernen.«

Er hatte Recht. Sogar an diesem kalten und anstrengenden Tag wollte sie gern wissen, was aus dem kleinen Mädchen am Strand geworden war, das jetzt zum zweiten Mal in seinem Leben die Mutter verloren zu haben schien. Das jetzt die Möglichkeit verloren hatte, das wieder gutzumachen, was zwischen ihnen vorgefallen war. Die junge Frau, die, wenn Jenny die Wahrheit sagte, Lottie gehasst hatte.

Reine Routinearbeit, schärfte Monika sich ein, in diesem Fall gibt es nur einen Routineeinsatz. Nicht vergessen, dass du jetzt keine Reserven hast, nichts, worauf du im Notfall zurückgreifen könntest.

Sie schaute sich um, um sich abzulenken. Neben ihnen saß ein Mann von Mitte vierzig, der zu viel gegessen, zu viel getrunken und zu viel geraucht hatte, sie brauchte nicht Sherlock Holmes zu sein, um das zu sehen. Seine dicken nikotingelben Finger spielten an einer leeren Kaffeetasse herum, und seine wässrigen Augen waren auf Lotties Haustür gerichtet. Sein verschlissener grauer Kaschmirmantel zeugte von besseren Zeiten, sein gelber Schal von einer gewissen Eitelkeit und die Flecken darauf von der verlorenen Kontrolle über den Lauf der Dinge. Monika sah ein Leben, das ausgelöscht wurde, ein Leben, das in den Fugen ächzte, ein Leben, in dem ein verängstigter Mensch sich fragte, wieso er eine dermaßen falsche Richtung eingeschlagen hatte. Sie nahm an, dass er auf Geld wartete, nicht auf Liebe, vielleicht wollte er eine Schuld eintreiben oder jemanden anpumpen, der ihn noch immer nicht satt hatte. Vielleicht würde er demnächst Gesellschaft von einem Polizisten bekommen, der dann ebenfalls Lotties Haustür anstarren würde.

Sie erhob sich, sie gingen zum Auto und fuhren nach Norden.

»Das war kein leichtes Gespräch.« Mit irgendetwas musste sie schließlich anfangen, und ihr fiel auf, wie defensiv sie klang. »Aber so ist das manchmal.«

»Unter diesen Umständen haben wir eine Menge herausbekommen, finde ich.« Idriss schien wunderbarerweise noch immer guter Laune zu sein. »Wir können schließlich nichts dafür, dass den Töchtern zuerst etwas Falsches erzählt worden ist und dass sie sich nicht sofort mit der neuen Situation und den Ergebnissen der Gerichtsmedizin abfinden konnten. Kein Mensch wünscht sich doch, dass seine Mutter ermordet wird, und es ist bestimmt schwer, etwas zu glauben, das man einfach nicht wahrhaben will. – Außerdem«, fügte er hinzu, »haben wir im Grunde zwei Möglichkeiten. Entweder haben sie die Wahrheit gesagt. Dann wissen wir erstens, dass Lottie keine Feinde hatte, niemanden, vor dem sie sich fürchtete, zweitens, dass etwas zwischen ihr und ihrer ältesten Tochter passiert ist, was sie nicht wieder gutmachen konnten, und drittens, dass die jüngeren Schwestern in diesem Konflikt auf Lotties Seite standen. Wir können davon ausgehen, dass Lottie in Kungsholmen etwas vorhatte, wovon sie ihren Töchtern nichts erzählt hat. Die andere Möglichkeit ist, dass sie lügen, oder sagen wir, dass Jenny lügt und Pernilla und die anderen sie durch ihr Schweigen unterstützen. Und dann wissen sie vielleicht, wer Lottie ermordet haben könnte, und dann werden wir das bei unserem nächsten oder übernächsten Treffen herausbekommen.«

Die ausgebliebene Kritik milderte Monikas Anspannung ein wenig.

Idriss spekulierte munter weiter:

»Ich möchte wissen, was Johan Lindén dort macht – er wohnt in der Brahegata, nur ein paar Blocks von Lottie entfernt. Ich hatte nicht den Eindruck, dass er die Nacht mit Pernilla oder Dahlia verbracht hat, und wenn er Lotties Liebhaber war, dann hätte er sich doch bestimmt Sorgen gemacht, als sie nicht nach Hause kam. Falls es nicht normal war, dass Lottie irgendwo anders schlief, aber das hätte sie sicher nicht gemacht, wenn ihr Liebhaber zu Besuch war. Es sei denn, sie hätten sich an diesem Abend gestritten. Aber dann wäre doch wohl eher er gegangen. Und wenn er bei einer der anderen übernachtet hat, dann kann es doch nicht schwer sein, das herauszufinden. Lottie hat ihre Wohnung mit drei jungen Frauen geteilt, viele Geheimnisse kann es da nicht gegeben haben. Wenn sie sich mit Johan oder sonst jemandem zerstritten hatte, dann müssten wir, wenn wir kein allzu großes Pech haben, gleich mehrere Zeuginnen für einen heftigen Wortwechsel oder was auch immer zur Auswahl haben.«

Falls wir es schaffen, diese möglichen Zeuginnen zum Reden zu bringen, dachte Monika.

Sein Engagement wollte sich nicht auf sie übertragen, lockerte die Stimmung im Wagen jedoch zumindest ein wenig auf. Der Valhallaväg erwies sich außerdem als kluge Wahl, der Verkehr verlief dort praktisch normal, und danach erreichten sie verhältnismäßig leicht den Sankt Eriksplan und von dort die Igeldammsgata.

Es war vielleicht auch gut, dass sie nicht mit Idriss reden konnte, sie hatte keine Lust, sich mit verlorenen Geschwistern, toten Müttern, Hass und Streit zu befassen. Doch gleichzeitig waren sie unterwegs zu einer Tochter, deren Mutter aller Wahrscheinlichkeit nach ermordet worden war, einer Tochter, die Grund hatte, böse auf ihre Mutter zu sein, falls auf Jennys Aussagen Verlass war, und deshalb blieb für Monika nur eine kurze Galgenfrist.

5

Zum zweiten Mal an diesem Tag sahen sie die Fleminggata unterhalb der Igeldammsgata auftauchen. Das Licht war beim ersten Mal milder gewesen, und die Straße kam ihnen jetzt ein wenig normaler vor, ein wenig härter in den Konturen. Die Nummern 24 bis 28 gehörten zu einem langen Haus mit Betonbalkons über die gesamte Fassade; soweit Monika sehen konnte, handelte es sich um das einzige Haus in der Straße, das aus den sechziger Jahren stammte. Lottie war an diesem Morgen oberhalb der Nummer 32 gefunden worden, eine Nummer 30 gab es offenbar nicht. Monika schüttelte den Kopf.

»Das kann einfach kein Zufall sein.«

Das hätte ihr eigentlich eher zusagen müssen. Wenn Lotties älteste Tochter jetzt mit einem blutigen Baseballschläger in der Hand in ihrer Wohnung saß und sich danach sehnte, alles gestehen zu dürfen, dann wäre der Fall gelöst und würde bald aus der Welt sein. Monika könnte sich wieder ihrer normalen Arbeit widmen und die Verantwortung für Idriss jemand anderem überlassen, eine einfache und arbeitssparende Lösung. Überrascht stellte Monika fest, dass sie hoffte, es werde doch nicht ganz so einfach sein. Plötzlich wollte sie nicht, dass sich das am wenigsten geliebte Kind gerächt hatte, dass ein Keim, der in der Kindheit gepflanzt worden war, am Ende zu Lotties eingeschlagenem Schädel geführt hatte. Wie sollte man sich in einer solchen Welt denn sonst jemals sicher fühlen können?

Idriss schien ähnlichen Gedanken nachgehangen zu haben, denn er sagte leise: »Kann man wirklich plötzlich von einem Hass überwältigt werden, den man schon so lange mit sich herumschleppt? Ich habe das einmal nachgerechnet: wenn Eva-Maria auf dem Foto in der Zeitung drei war, dann ist sie jetzt Anfang vierzig. Jenny sagt, dass Eva-Maria Lottie immer noch hasste, aber wie wollte Jenny das wissen, wenn sie doch keinen Kontakt zueinander hatten? Und was bedeutet das überhaupt? Wir sehr können wir unsere Eltern hassen?«

»Genug, um sie zu töten, das solltest du doch wissen. Und es braucht kein Grund von früher zu sein, der hier herumspukt, Lottie kann diesen Grund dafür, dass jemand ihr den Tod gewünscht hat, auch erst vor kurzem geliefert haben.«

Sie hielten am Bürgersteig an und stellten den Wagen vor dem Hauseingang ab, der auch hier aus einer Art Tunnel bestand, nur war dieser gerade und rechteckig, genau wie das übrige Haus, und besaß eine Einfahrt für Autos und einen Fußweg. Die eine Mauer war grau gefliest, unter der Decke hingen Neonröhren. Den Architekten der sechziger Jahre hatte es an Selbstvertrauen jedenfalls nicht gefehlt – das Haus war entworfen und gebaut worden, als bestünde nicht der geringste Grund, auf irgendjemanden oder irgendetwas in der Umgebung Rücksicht zu nehmen. Es war in einer Zeit entstanden, in der Schweden zu den reichsten Ländern der Welt gehört hatte, in einer Zeit ohne Staatsverschuldung, einer Zeit, in der die Bevölkerung glauben konnte, dass das Land im Gegensatz zu den meisten anderen nicht zu Rassismus oder Fremdenfeindlichkeit neigte. Einer Zeit, als Reihen von identischen eckigen Betonhäusern auf frisch asphaltierte Felder gesetzt wurden und alle das so in Ordnung fanden. Auf einem Feld wäre es vielleicht logisch erschienen, die Balkons auf der einen und die Eingänge auf der anderen Seite anzulegen. Heute jedoch wirkte es alles andere als selbstverständlich, zuerst durch das Haus gehen zu müssen, ehe man es betreten konnte, doch da die Querseiten mit denen der Nachbarhäuser zusammengebaut waren, blieb keine andere Wahl.

Links, vor Eva-Marias Haus, verlief ein Straßenende, das in einer etwas breiteren Fläche endete, die von einem Schild als Wendehammer deklariert wurde und von einigen Rhododendronbüschen umgeben war, deren dunkle Blätter sich in der Kälte aufgerollt hatten. Dahinter verlief eine niedrige Betonmauer mit schwarzem Eisengeländer. Monika ging am Haus entlang, zwängte sich dann durch die Büsche und beugte sich vor, um festzustellen, ob es einen Durchgang zum Hinterhof von Nummer 32 gab. Dabei erkannte sie, dass sie auf einem Absatz stand, der schräg oberhalb vom eventuellen Tatort lag. Unter sich sah sie die Treppe mit dem hellroten Blutfleck und die Kollegen von der Technik sowie einen jungen Schäferhund, die systematisch den Hof durchsuchten. Der Hund schien als Einziger mit Freude und Enthusiasmus an der Arbeit zu sein.

Es waren bestimmt sieben oder acht Meter bis nach unten, und es gab keine Treppe. Es war offenbar nicht möglich, von Eva-Marias Hinterhof in den der Nummer 32 zu gelangen, solange man sich nicht abseilte. Vermutlich war das alles nicht wichtig, dennoch war es ein befriedigendes Gefühl, etwas Konkretes zu wissen – als Gegenstück zu den Grübeleien über Lottie und ihre Familie, die der Besuch bei den jüngeren Töchtern ausgelöst hatte.

Sie gingen am Haus vorbei zu Eva-Marias Eingang. Moussaoui, K., wohnte im zweiten Stock. Monika klingelte, und sie wurden sofort eingelassen.

Als sie oben ankamen, stand die Wohnungstür bereits offen. Die Frau sah wesentlich älter aus, als Monika erwartet hatte, deshalb hielt sie sie zuerst für eine Freundin oder eine Nachbarin.

»Eva-Maria Moussaoui.«

Sie sprach ihren Namen fast tonlos aus, als habe sie kaum noch Herrschaft über ihre Stimme. Lotties älteste Tochter trug eine alte Trainingshose, die immer schon von schlechter Qualität gewesen war, ein verschlissenes T-Shirt und ein Paar Frotteesocken, die in der Wäsche Farbe und Form eingebüßt hatten. Ihre hellbraunen Haare wiesen bereits graue Strähnen auf, und ihre nachlässige Frisur verstärkte den Eindruck von Müdigkeit und Resignation noch. Monikas erster Gedanke war, dass diese Frau einfach nicht genug Energie besitzen konnte, um einen Mord zu begehen.

Sie stellten sich vor, und Eva-Maria führte sie durch eine enge Diele und einen schmalen Gang in ein Wohnzimmer, das noch kleiner war als erwartet. Vielleicht sah es auch nur so klein aus, weil zwei riesige Sofas fast beinahe den gesamten Raum einnahmen. Oder weil Lotties Wohnung so riesig gewesen war. Es roch nach kaltem Zigarettenrauch und Staub.

Sie setzten sich. Eva-Maria bot ihnen nichts zu trinken an.

»Sind Sie allein zu Hause?«, fragte Monika.

»Ja. Mein Mann ist bei der Arbeit, und mein Sohn besucht einen Freund. Wieso?«

»Wir bringen leider sehr schlechte Nachrichten. Und in einer solchen Situation ist es oft besser, sich auf einen lieben Menschen stützen zu können.«

Abgenutzte Worte.

Früher waren sie ihr wichtig erschienen, bedeutungsschwer, und sie auf die richtige Weise vorzubringen, hatte für sie als berufliche Herausforderung gegolten. Auch so schwierige Situationen wie diese hatte sie gemeistert. Es hatte einen Teil ihres Berufsstolzes ausgemacht.

Heute klangen sie nur dürftig. Solche Nachrichten dürften nicht von unbekannten Staatsdienern vorgebracht werden. Nicht einmal dann, wenn es nach allen künstlichen Regeln der Kunst geschah.

Eva-Maria zeigte keine nennenswerte Reaktion, sondern starrte lediglich einen kleinen Perlenteppich auf dem Tisch an. Monika wusste genau, dass es nichts zu bedeuten hatte, dass Eva-Maria im Augenblick keine Fragen stellte, doch sie wunderte sich dennoch darüber. Eva-Maria wusste vielleicht schon mehr als Monika selbst, sie konnte ihnen vielleicht erzählen, wie, wann, von wem und warum. Oder sie wusste nichts, obwohl Lottie nur einen Steinwurf von ihrer Wohnung entfernt zu Tode gekommen war, schräg gegenüber von ihrem Hinterhof.

Am Ende sagte Eva-Maria ohne aufzublicken: »Das spielt keine Rolle. Sagen Sie, was Sie zu sagen haben.«

»Wir wissen nicht sehr viel. Heute Morgen, gegen fünf, kam eine Meldung über die Notrufnummer. Auf der Treppe zwischen der Igeldammsgata und dem Kungsholms Strand war eine Frau gefunden worden. Sie war tot«, sagte Monika so freundlich wie möglich.

Sie legte eine Pause ein.

»Es war Lottie Hagman, Ihre Mutter. Es tut uns Leid.«

Noch immer schwieg Eva-Maria und starrte die Perlen an.

Als Eva-Maria endlich etwas sagte, schien sie beinahe mit sich selbst zu sprechen.

»Offenbar kommt aller Dreck an diese Adresse hier. Aller verdammter Dreck auf der Welt.« Danach schaute sie Monika zum ersten Mal ins Gesicht: »Wie ist sie gestorben?«

»Das wissen wir noch nicht genau. Sie lag auf der Treppe, als sei sie gestürzt. Sie hatte eine Kopfverletzung. Wir glauben, dass es sehr schnell gegangen ist, aber wir wissen nicht, wie.«

Eva-Maria schaute sie verständnislos an. »Wie meinen Sie das? Was wissen Sie nicht?«

»Es ist möglich, dass es sich nicht um einen natürlichen Tod oder einen Unfall handelt.«

Eva-Maria setzte sich plötzlich auf und blickte Monika trotzig an. »Deshalb kommen Sie also gleich zu zweit, und auch nicht mit Anfängern. Sie vermuten, dass jemand sie ermordet hat, und da denken Sie an mich. Oder an meinen marokkanischen Mann.« Ihre Stimme wurde schriller, wenn auch nicht wesentlich lauter. »Ich kann mir schon denken, dass irgendein armer Teufel, der ihr zu nahe gekommen ist, die Nerven verloren hat. Aber wenn Sie glauben, wir hätten sie hergelockt und sie dann vor unserem eigenen Haus erschossen, dann irren Sie sich.« Dann brach sie plötzlich in Tränen aus, lehnte ihren Kopf an den Sofarücken und weinte leise vor sich hin.

Nach einer Weile verstummte sie schließlich und murmelte: »Gibt es denn gar nichts, woran nicht ich schuld sein soll?«

»Wie meinen Sie das?«

»Das Personal in meinem Kinderhort kündigt – und ich soll daran schuld sein, obwohl niemand mich gefragt hat, als der neue Dienstplan festgelegt wurde. Für die Kinder sind die neuen Großgruppen nicht gut, ich soll etwas unternehmen, ich bin dafür verantwortlich. Neulich bin ich mit meinem Sohn im Fahrstuhl gefahren, und da sind zwei Typen von vielleicht zwanzig gekommen und haben mich an die Wand gedrückt. Sie wollten wissen, ob schwedische Kinder nicht gut genug für mich seien. Jetzt stirbt Lottie, und auch daran soll ich schuld sein, nur weil sie in der Wahl ihres Todesortes genauso rücksichtslos war wie in jeder anderen Hinsicht.« Jetzt weinte sie. »Begreifen Sie das nicht? Ich hatte keinen Kontakt zu ihr. Ich weiß nichts über ihr Leben oder ihren Tod. Ich will meine Ruhe haben.«

Monika hätte sie gern getröstet, ihr gesagt, dass sie sie durchaus nicht für die Zustände in ihrem Kinderhort oder für Lotties Tod verantwortlich machten, aber da das ja streng genommen nicht gestimmt hätte, schwieg sie lieber. Sie hätte gern gefragt, warum Eva-Maria und Lottie den Kontakt zueinander abgebrochen oder verloren hatten, aber es schien dafür einfach nicht der richtige Moment zu sein.

Sie begnügte sich mit der Mitteilung: »Eine Untersuchung eines ungeklärten Todesfalls ist immer eine große Belastung für die Angehörigen, für alle Beteiligten. Sie hätten natürlich schon früher unterrichtet werden müssen, aber wir hatten Ihre Telefonnummer nicht. Ich kann verstehen, wie sehr Ihnen das zu schaffen macht. Wir können später wiederkommen, wenn Sie möchten.«

»Nein, das ist nicht nötig. Aber ich habe nichts zu sagen. Ich weiß sicher weniger über Lotties Leben als die meisten anderen. Ich lese keine Illustrierten. Wie gesagt, wir hatten keinen Kontakt. Sie hat sich nicht einmal für meinen Sohn interessiert, obwohl er ihr einziges Enkelkind ist. Er hat nie etwas zu Weihnachten von ihr bekommen, nie ein Geburtstagsgeschenk.«

»Das muss für Sie und für ihn sehr hart gewesen sein.«

»Er kann ja nichts vermissen, was er nie gehabt hat. Für mich war es schlimmer. Sie war in vieler Hinsicht ein böser Mensch, aber ich habe sie nicht umgebracht.«

»Wie stand Ihr Mann zu all dem?«

»Was glauben Sie wohl? Er hält sie für eine unnatürliche Mutter. Seine Eltern sind arm und können kaum lesen und schreiben, aber sie kümmern sich mehr um meinen Sohn als sie, und dabei haben sie an die dreißig Enkelkinder.«

Inzwischen war sie etwas weniger apathisch.

»Er hatte keine Möglichkeit sie umzubringen. Sie sind sich nur einmal begegnet, er ist zu ihr gegangen, weil sie wissen sollte, mit wem ihre Tochter verheiratet ist.«

»Und was ist passiert?«

»Sie konnte Araber nicht leiden, sie konnte Menschen, die nicht schön sind, überhaupt nicht leiden, und außerdem legte sie großen Wert auf Geld. Sie hat ihm deutlich gemacht, was mit ihm alles nicht stimmte. Aber das ist lange her.«

»Wann ist er am Sonntag nach Hause gekommen?«

»Er ist U-Bahnführer, sonntags kommt er um Punkt 10. Er kommt immer sofort nach Hause, damit wir uns keine Sorgen machen. Er steigt an der Station Stadshagen aus und geht dann zu Fuß durch die Igeldammsgata.«

»Wir werden vielleicht auch noch mit ihm sprechen müssen, würden Sie ihn bitte darauf vorbereiten?«

»Das wird ihm gar nicht gefallen. Als ich ihn kennen gelernt habe, war er illegal hier im Land, und damals hat er keinen guten Eindruck von der Polizei bekommen, und seither hat sich seine Ansicht kaum verbessert.«

Die Wohnungstür wurde geöffnet, und Eva-Maria rief mit einer plötzlichen Wärme in der Stimme:

»Hallo, Liebling, wir haben Besuch!«

Ein Junge von etwa zehn Jahren kam hereingerannt. Er war schlank und hatte dunkle Locken, und er musterte Monika und Idriss aus großen neugierigen Augen, die so dunkel waren, dass die Pupille kaum zu erkennen war.

»Hallo. Ich bin Murad.«

Er betonte seinen Namen auf der ersten Silbe, nicht wie den des napoleonischen Marschalls.

Seine kleine Hand lag eiskalt in Monikas.

Sein Kommen bildete einen natürlichen Abschluss für das Gespräch. Sie verabschiedeten sich von Eva-Maria und ihrem Sohn und versprachen, sich am nächsten Tag zu melden.

Dann versanken Monika und Idriss wieder in Schweigen. Sie hätte gern gewusst, was er dachte. Eva-Maria hatte sicher nicht Unrecht – wenn Kassem Engländer oder Belgier gewesen wäre, hätte Lottie ihn vielleicht eher akzeptieren können. Monika hatte keine Ahnung, wie sie mit Idriss darüber reden sollte. Sie wusste ja nicht einmal, ob Iraker sich selber als Araber betrachten. Aber sie musste mit ihm reden, wo sie doch zusammenarbeiten sollten.

Doch sie sollte nie erfahren, was Idriss gedacht hatte.

»Ich frage mich, woher sie so genau weiß, dass ihr Sohn Lotties einziges Enkelkind war, wenn sie zu ihrer Familie keinen Kontakt hatte«, sagte er nur.

Dazu fiel Monika nichts ein.

Sie glaubte plötzlich nicht mehr, dass sie diesen Fall klären würde.

6

Der Spiralblock hatte A5-Format, auf der Vorderseite war eine beruhigende japanische Illustration, eine Chrysantheme in allerlei diskreten Rosatönen, aber im Augenblick schien der gefährliche Inhalt des Blocks diesen regelrecht zum Glühen zu bringen.

Gerd wusste, dass sie sich des Blocks entledigen musste und stellte sich allerlei Möglichkeiten vor: ihn verbrennen. Unmöglich, sie hatte keinen offenen Kamin und verspürte keinerlei Lust, die engbeschriebenen Seiten nacheinander über dem Spülbecken abzufackeln. Wegwerfen? Ihn zusammenknüllen und in den Müll werfen, die Tüte verknoten und weg damit. Sie war davon überzeugt, dass die Tüte platzen und der Block gefunden würde, er schien ja auf dem kleinen Dielentisch, wo er nun schon die ganze Zeit gelegen hatte, fast schon zu leuchten.

Ihn zur Polizei zu bringen wäre natürlich auch eine Möglichkeit, aber eine so unangenehme, dass sie sie einfach nicht in Betracht ziehen wollte.

Sie könnte den Block nicht ins Wasser werfen, da alles gefroren war, und ihn vergraben ging auch nicht, da sie die gefrorene Erde nicht würde lockern können.

»Das geht sehr gut«, hatte sie zu Lottie gesagt. »Ich höre, wenn sie kommt, und ich höre, wenn sie geht. Der Block liegt gleich neben der Tür, und ich schreibe sofort alles auf. Sie merkt nicht, dass ich sie beobachte, von draußen ist das nicht zu sehen.«

Lottie hatte sie mit einem Lächeln belohnt, das sich über ihr ganzes Gesicht gezogen hatte. Ein Lächeln, für das ich sterben könnte, hatte sie gedacht, und diese Erinnerung machte ihr jetzt eine Gänsehaut.

Sie wollte nicht sterben. Nicht für Lottie, nicht für deren Lächeln, nein, überhaupt nicht.

Und deshalb musste sie sich von diesem Block befreien.

Sie war davon überzeugt, dass Lotties Tod kein Zufall sein konnte. Und sie war davon überzeugt, dass sie in derselben Gefahr schwebte wie Lottie. Der Unterschied war nur, dass sie den Mund halten konnte. Sie war diskret und anonym. Wenn der Block erst verschwunden wäre, dann wäre nichts geschehen und sie hätte nichts gesehen.

Ohne den Block konnte sie behaupten, dass sie nichts gesehen hätte, dass sie die Falsche fragten.

Der Fahrstuhl setzte sich in Bewegung, und ihre Angst war so groß, dass sie einen Moment lang glaubte, gleich sterben zu müssen. Sie glaubte, ihr Herz würde aufhören zu schlagen. Dass sie glaubte, ihr Herz werde anhalten. Doch der Fahrstuhl fuhr nur in den zweiten Stock, und als sie Erik Janssons abgehackten Husten hörte, konnte sie wieder atmen.

So konnte das nicht weitergehen. Sie brauchte Schutz. Besser, alles auf sich zu nehmen, die eigene Schuld einzugestehen, als zu sterben. Sie musste zur Polizei gehen. So gefährlich konnte es doch nicht sein, die Katholiken machten das jede Woche, und ein Geistlicher und ein Polizist waren ja ungefähr dasselbe. Beide waren an solche Geständnisse gewöhnt. Sie nahm ein Taxi. Die Zeit drängte.

7

Sie hatten die Bergsgata fast schon wieder erreicht, als bei Monika ein Anruf von der Wache einging, wo sich ein Zeuge gemeldet hatte. Ein Flieger namens Erik Olsson.

Endlich! Wenn Lottie wirklich ermordet worden war,

dann konnte ein zuverlässiger Zeuge beide Probleme lösen; die Frage nach Lotties Tod und die nach Idriss. In ruhigeren Zeiten hatte Monika Zeugen bisweilen als zu leichte Lösung betrachtet, als Pfusch sozusagen. Jetzt aber hoffte sie nur, dass sie bald in Erfahrung bringen würde, wie Lottie ums Leben gekommen war und wer dafür die Verantwortung trug. Sie nahm an, dass die von Tür zu Tür gehenden jungen Kollegen den Zeugen gefunden hatten und bedachte sie mit einem freundlichen Gedanken.

Der Zeuge war jetzt wichtiger als der Anrufbeantworter mit seinen vorwurfsvollen roten Augen und die Briefstapel. Sie bat Idriss, die Gespräche dieses Tages zusammenzufassen.

Erik Olsson entpuppte sich als hilfsbereiter Mann von Mitte 30 mit frischgebügeltem Hemd und frischgeschnittenen Haaren.

»Ja, also, der erste Polizist, mit dem ich gesprochen habe, hat gesagt, ich sollte mich an Sie wenden wegen etwas, das am Donnerstag passiert ist.«

»Am Donnerstag? In der Igeldammsgata?«

»In der Igeldammsgata?«, wiederholte der Mann verwirrt.

Erik Olsson war offenbar nicht der Zeuge, auf den Monika gehofft hatte. Sie fragte sich, warum David ihn an sie verwiesen hatte, doch da David niemand war, der Aufgaben weiterreichte, um sich damit selbst Ruhe zu verschaffen, musste Erik Olsson ihr doch etwas Wichtiges zu berichten haben.

Sie führte ihn in ein kleines Besprechungszimmer und setzte sich auf einen der unbequemen Stühle.

»So, und nun erzählen Sie mir bitte, was am Donnerstag passiert ist.«

»Also, ich wollte nach Hause gehen, genauer gesagt, ich wollte zum Bus, ich wohne in Jakobsberg, und da habe ich etwas gesehen, was mir keine Ruhe lässt…«

Monika begann, in Gedanken zu zählen. Eins, zwei, drei …

»Zuerst zwei Brüste, die gegen das Glasfenster in einer Haustür gepresst wurden.«

Er wand sich sichtlich.

»Ich war auf dem Weg nach Hause zu meiner Frau und meinen beiden kleinen Töchtern. Es war … sie waren …« Er errötete, verstummte und sagte dann unsicher: »Irgendwie … ästhetisch.«

Monika versuchte es ihm ein wenig einfacher zu machen.

»Es wäre sicher unnatürlich, nicht stehen zu bleiben, wenn man durch eine einsame dunkle Straße geht und hinter einer Glasscheibe zwei ästhetische Brüste sieht.«

Er nickte dankbar.

»Ja, und dann wurde der Oberkörper einige Male sehr viel härter gegen das Glas gepresst. Es war so eine Tür, wo das obere Drittel aus einem Fenster besteht.«

Dann verstummte er wieder und starrte auf den Boden.

»Dann ist die Person hinter der Tür nach unten gesunken, mit Brust und allem, sie hatte lange dunkle Haare, und danach war das Fenster leer.

Als ich meiner Frau am nächsten Morgen zum Abschied einen Kuss gegeben habe, musste ich wieder an das Mädchen hinter der Tür denken – ich konnte nicht begreifen, wie ihre Brust in Fensterhöhe sein konnte. Wenn meine Frau dort gestanden hätte, wäre höchstens ihr Gesicht zu sehen gewesen.«

Jetzt hatte er den peinlichen Teil hinter sich und sein Redefluss stockte nicht mehr ganz so sehr. »Ich dachte, dass sie vielleicht auf einem Hocker gestanden hat und heruntergerutscht war, oder dass jemand sie hochgehoben und dann fallen gelassen hatte, aber das kann nicht stimmen. Sie fiel so glatt zu Boden, und das tut man doch nicht, wenn man das Gesicht einer Wand oder einer Tür zukehrt – dann fällt man rückwärts oder zur Seite.«

Er blickte Monika mit hilfloser Miene an.

»Und ich glaube, dass sie vielleicht Blutspuren am Fenster hinterlassen hat. Deshalb habe ich mich die ganze Zeit gefragt, ob ich die Sache melden sollte. Aber vielleicht habe ich mir das meiste ja nur eingebildet. Auf alle Fälle konnte ich seitdem nicht schlafen.«

Monika hatte das Gefühl, nur eine bleiche Kopie ihrer üblichen freundlichen Miene liefern zu können. Sie sagte: »Was Sie da erzählen, passt genau zu einem Fall, den wir gerade untersuchen. Sie haben eine Misshandlung gesehen, und es ist sehr gut, dass Sie hergekommen sind. Für uns ist das eine große Hilfe.«

»Wie geht es ihr?«

»Sie hat schwere Verletzungen, aber keine lebensgefährlichen. Wissen Sie noch, welches Haus das war?«

»Ja, hier ist die Adresse.«

Die Adresse war sorgfältig auf dem Briefpapier einer Fluggesellschaft notiert, außerdem waren dort der Name des Mannes und seine Telefonnummer angegeben.

»Danke. Ein Kollege, Janne Larsson, wird diesen Fall übernehmen. Er meldet sich bei Ihnen. Danke für Ihren Besuch.«

Erik Olsson wirkte jetzt so entspannt, als sei soeben das größte Problem seines Lebens gelöst worden. Als er zur Tür ging, sah er aus, als hätte er aus purer Erleichterung am liebsten zu pfeifen angefangen.

Monika steckte den Zettel in ihre Tasche. Sie hatte zwanzig Minuten verloren, aber das konnte sie Janne zuliebe ja bestimmt verkraften.

Der Mann mit den Brüsten war bewusstlos, nackt und mehr mit Blut verschmiert, als sie es je für möglich gehalten hatten, vor dem Västra Sjukhus gefunden worden. Der Dienst habende Chirurg hatte eine gerichtsmedizinische Untersuchung vorgenommen, Polaroidfotos angefertigt und danach die Polizei verständigt. Er erklärte, dass er sich Sorgen um die Sicherheit des Patienten mache, es liege ein Fall von grober Misshandlung vor, und er wolle auf seiner Station keine Gewalttätigkeiten erleben müssen. Nebenbei erwähnte er, dass den muskulösen Rücken des jungen Mannes zwei formvollendete Brüste zierten. Monika hatte sofort am nächsten Morgen vorbeigeschaut.

Der Mann mit den Brüsten war bei Bewusstsein, als sie kam. Er war schwer verletzt, wollte aber keine Anzeige erstatten, obwohl er den Täter kennen musste. Er glaubte nicht, dass er noch in Gefahr schwebte. Es sei ein Unfall gewesen, sagte er, sein Beruf, so wie ihrer, bringe eben Risiken mit sich. Sein Lächeln war überzeugend gewesen, trotz seiner geplatzten Lippe, als er ihre Frage nach seinen Brüsten mit einem Scherz abgetan hatte. »Die? Die sind total gefühllos und damit einer meiner wenigen Körperteile, die mir im Moment keine Probleme machen.«

Als Polizistin fühlte sie sich manchmal nicht nur den Tätern gegenüber hilflos, bisweilen war es fast schlimmer, wenn das Opfer die Zusammenarbeit verweigerte. Wenn sie Hilfe und Schutz anbot und dann abgewiesen wurde.

Aber jetzt musste eben Janne sehen, wie er mit der Sache fertig wurde.

Sie ging ihre Post holen. Das Fach war fast voll, was sie so schrecklich fand, dass sie am liebsten alles liegen gelassen hätte. Sie wusste ungefähr, was sich in diesem Stapel versteckte – vor allem Mitteilungen von Menschen, die von ihr Dinge verlangten, für die ihre Zeit einfach nicht ausreichte.

Sie schleppte den Poststapel in ihr Zimmer. Einen Augenblick lang fühlte sie sich versucht, alles ungelesen in den einladenden blauen Papiercontainer zu stopfen, riss sich aber zusammen.

Ganz oben lag ein Fax von Håkan Götsten, Orthopädie, Västra Sjukhuset.

EILT SEHR.

Ruf! Mich! An!

Er hatte die Nummer seines Büros, seines Mobiltelefons und seines Europiepers hinterlegt. Sie schob die Unterlagen, die sie aussortiert hatte, in eine gelbe Plastikmappe, legte das Fax dazu und schrieb in großen Buchstaben: »DRINGEND!« darauf. Dann rief sie Håkan Götstens Mobilbox an und informierte ihn, dass ein tüchtiger Kollege namens Janne Larsson den Fall übernommen habe, er sei eben erst aus dem Erziehungsurlaub zurückgekehrt und werde sich sicher sehr bald melden.

Sie versuchte noch einmal Janne anzurufen, der jedoch nicht an seinem Platz war, wie sie besorgt feststellte.

Danach suchte sie sich die Unterlagen über den Mann mit den Brüsten heraus, zog Erik Olssons Zettel aus der Tasche und legte ihn dazu. Danach fühlte sie sich ein wenig besser, sie hatte Angst gehabt, ihn zu vergessen und ihn als gewaschenen und geschleuderten Papierklumpen in ihrer Hosentasche zu finden, wenn sie die Hose zum nächsten Mal anzog. Sie schrieb einige erklärende Zeilen und endete mit einem PS: Stell fest, ob der Mann mit den Brüsten Abzüge der Polaroidfotos hat – besteht das Risiko, dass er sich als Erpresser versucht?

Schön. Zwei Sachen fast aus der Welt.

Sie fing an ihren Poststapel zu sortieren. Alles durchzuarbeiten, würde fast einen ganzen Tag in Anspruch nehmen. Danach wären die Unterlagen gelesen, die Briefe beantwortet, die Telefongespräche geführt und die Berichte geschrieben gewesen. Außerdem wären die Zeugen verhört und die Hintergrundinformationen überprüft worden. Das Fach wäre wieder leer gewesen, und Daga hätte sich Kommentare zu ihren Vorschlägen für weiter gehende Effektivierung der Tagesabläufe anhören müssen. Die Kollegen von der Wache Norrmalm hätten eine Unterschrift auf eine Liste bekommen, in der die Wiedereinstellung bestimmter ziviler Mitarbeiter gefordert wurde, und Monika hätte sich Zeit nehmen können, um die Personalzeitung zu lesen.

Das meiste aber würde sie niemals schaffen. Die Personalzeitung landete gleich im Papierkorb. Alles, was nicht dringend war, legte sie auf einen der wachsenden Papierstapel auf ihrem Schreibtisch. Was sofort erledigt werden musste, kam auf einen anderen Stapel, mit dem sie nach besten Kräften arbeiten musste. Vielleicht könnte sie Daga dazu überreden, Janne noch einen oder zwei Fälle zu übertragen, damit Monika sich auf Lottie konzentrieren könnte, sollte sich das alles nun tatsächlich als Mordfall erweisen.

Die Stapel schienen ihr sämtliche Energie zu rauben – es schien keinerlei Sinn zu haben, irgendetwas anzufangen, sie würde ja ohnehin nicht einmal das Wichtigste schaffen.

Sie wünschte sich jemanden, mit dem sie reden könnte. Und weil sie niemanden hatte, versuchte sie es mit sich selbst.

»Etwas ist immer besser als nichts. Besser ein Drittel zu schaffen als ein Zehntel, ich kann nur einen Schritt nach dem anderen machen, eine Aufgabe nach der anderen erledigen. Also los!«

Sie begann mit einer Sache, die eigentlich schon längst hätte abgeschlossen sein sollen. Es ging um einen Russen, der sehr schnell eine Schwedin geheiratet hatte, deren Schwangerschaft ungefähr ebenso alt war wie die Bekanntschaft der beiden. Die Eheschließung und das erwartete Kind hatten die Ausweisung verhindert, weshalb der Mann jetzt ein Problem für die schwedische Justiz statt für die russische darstellte. Monika fand, dass seine neue Frau auf irgendeine Weise zur Rechenschaft gezogen werden müsste. Sie versuchte, das letzte Gerichtsprotokoll noch einmal zu lesen, verlor dabei aber immer wieder den Faden.

Als an die Tür geklopft wurde, war sie froh über diese Unterbrechung.

»Monika, hier ist eine Zeugin für dich.«

»Das geht nicht. Ich muss all das hier erledigen. Außerdem soll ich mich auf Lottie Hagman konzentrieren.«

»Diese Zeugin will über Lottie Hagman reden. Sie ist außer sich vor Panik.«

»Hat sie etwas gesehen?«

»Das musst du sie selbst fragen – ich weiß nur, dass sie glaubt, sie könnte eine ungeheuer wichtige Aussage machen, und dass sie Angst hat.«

Die Zeugin entpuppte sich als eine große Frau von Mitte siebzig, die wirklich verängstigt aussah, trotz ihrer trüben Blicke und der leicht verlangsamten Bewegungen, die Monika zu der Annahme brachten, dass eine Durchsuchung der Taschen dieser Frau mindestens eine Flasche mit Beruhigungsmitteln zu Tage fördern würde.

Die Frau reichte ihr zu ihrer Überraschung als Erstes einen in mehrere Plastiktüten gewickelten Gegenstand.

Monika nahm das Paket – ein Buch? – entgegen und stellte sich vor.

»Ich heiße Gerd Hellsing. Ich wohne im Kattgränd 6, in Söder, und ich muss ein Geständnis machen.«

Monika warf einen geschulten Blick auf die Unterarme der Frau. Runzlige weiße Haut hing locker über der wenigen noch vorhandenen Muskelmasse. Ihre Kraft reichte zweifellos aus, um eine Kaffeetasse zu heben, aber nie im Leben für den Mord an Lottie. Schade.

»Ja?«

»Ich habe überwacht, oder vielleicht sollten wir sagen, spioniert. Es steht alles in dem Buch. Ich brauche Schutz.«

»Vor wem?«

»Vor denen da draußen.« Sie beugte sich zu Monika vor. »Die Lottie umgebracht haben.«

»Wissen Sie, wer das war?«

»Die, die nicht wollten, dass alles herauskommt.«

»Was denn?«

»Die Wahrheit über Jennys Liebhaber.«

»Und die steht hier in diesem Buch?«

Gerd nickte.

Monika spielte mit dem Gedanken, einfach aufzustehen und das Zimmer zu verlassen. Diese Oma hier war ein Fall für den Psychiater, aber wenn die Adresse stimmte, dann wohnte sie immerhin im selben Haus wie Jenny. Außerdem war die Alternative – Monikas überladener Schreibtisch – auch nicht gerade verlockend.

Sie wickelte die Plastiktüten auseinander, bis sie auf einen Spiralblock stieß, in den täglich Zeiten und kurze Kommentare mit umständlicher, steifer Handschrift eingetragen worden waren. Die Handschrift war umständlich und starr. Monika schlug die letzte Seite auf. Unter dem Datum vom Sonntag fand sie drei Vermerke:

09.30: Geht. Aktentasche.

18.30: Kommt nach Hause, zusammen mit M.

23.30: M. geht. J. badet.

Monika schaute in die graublauen Augen, die sie unsicher anblickten.

»Haben Sie Buch über Jenny Hagmans Tagesablauf und über ihre Besucher geführt?«

»Lottie brauchte Hilfe. Jenny war keine einfache Tochter. Erzählte nichts.«

»Und deshalb haben Sie sie Lottie zuliebe im Auge behalten?«

Die Frau nickte. Sie sieht aus wie ein Gespenst, dachte Monika, fast blutleer mit ihrer weißen Haut, fast nicht mehr menschlich mit ihrem starren Gesicht.

»Wir wohnen ganz oben im Haus, und ich habe einen Türspion. Ich kann den Fahrstuhl und Jennys Tür sehen.«

»Und warum glauben Sie, dass jemand Lottie ermorden würde, um diesen Block an sich zu bringen?«

»Weil er Macht hat. Ich brauche Schutz.«

»Wer hat Macht?«

»Der Mann, der Jenny besucht. Er hat Kontakte. Er ist verheiratet.«

»Und Sie glauben, dass seine Kontakte Lottie umgebracht haben, weil Sie ihr erzählt haben, dass er sich mit Jenny trifft?«

»Ja. Wie werden Sie mich vor ihm schützen?«

»Weiß Jenny, dass Sie über sie Buch führen?«

»Nein.«

»Woher kann der Mann, den Sie im Verdacht haben, es dann wissen?«

»Sicher hat Lottie es verraten. Eine andere Möglichkeit gibt es nicht. Vielleicht hat sie meinen Namen erwähnt.«

»Sind Sie sicher, dass die Zeiten am Sonntagabend stimmen?«

Gerd nickte.

»Und Sie haben wirklich Jenny und denselben Mann wie vorher gesehen?«

»Die beiden kann man nicht verwechseln. Ich traue mich kaum noch allein zu sein.«

»Wenn Sie uns den Block überlassen könnten, dann bitten wir die Kollegen in Söder, Ihr Haus besonders gut im

Auge zu behalten. Und Sie können jederzeit anrufen. Sind Sie damit zufrieden?«

Gerd machte ein skeptisches Gesicht, vermutlich wären ihr zwei uniformierte Polizisten, die rund um die Uhr vor ihrer Tür Wache standen, lieber gewesen. Am Ende nickte sie jedoch, und Monika sah, dass sie ungeheuer müde wirkte, ihre Kräfte waren jetzt wohl wirklich aufgezehrt. Vermutlich konnte sie sich nicht vorstellen, dass die Polizei lügen könnte. Monika hatte keineswegs vor, die Kollegen in Södermalm zu verständigen.

Als die alte Dame gegangen war, fragte Monika sich, ob sie sich wohl jemals daran gewöhnen könnte, nicht mehr alles mit Mikael zu besprechen. Sie hätte ihn gern gefragt, was er von einer Mutter hielt, die ihre Tochter überwachen ließ, ob er Gerds Geschichte für wahr hielt oder nicht, ob er glaubte, dass auf die Beobachtungen der alten Frau Verlass sei. Ob er glaubte, dass manche ihre Strafe sofort bekamen.

Sie hatte ihn schon länger nicht mehr angerufen, weil sie sich vor Patriks Reaktion fürchtete. Sie wollte nicht aufdringlich oder eifersüchtig wirken, und deshalb rief sie überhaupt nicht an. Und da sie ihn auch nicht im Dienst stören wollte, hatten sie seit mehreren Tagen nichts mehr voneinander gehört.

Plötzlich fiel ihr auf, dass sie den Anrufbeantworter nicht ausgeschaltet hatte. Sie drückte auf den Knopf, und sofort klingelte das Telefon.

Es war Mikael. Ihr Herz machte einen vertrauten kleinen Freudensprung.

»Hallo, Monika, wie geht's?«

Er klang hektisch und redete sofort weiter, ohne ihre Antwort abzuwarten:

»Ich brauche deine Hilfe – könntest du heute Abend zwei Stunden Zeit erübrigen?«

Sie wusste, dass sie ablehnen sollte, da sie ohnehin Überstunden machen musste, um wenigstens die wichtigsten Dinge zu erledigen. Sie wusste auch, dass sie ja sagen sollte – auch das Privatleben muss behütet werden, vor allem jetzt, wo nur noch so wenig davon übrig war.

»Sicher. Für dich immer. Was soll ich tun?«

»Das erfährst du dann, wenn du dort bist – ich kann dir nur sagen, dass du improvisieren und kreativ sein musst.«

»Wird das ein lustiger Abend? Das würde mir gut tun.«

»Sehr lustig. Und für dich ist es eine Abwechslung. Entspannung. Du musst um sieben im Karlaväg 85 sein. Vierter Stock. Der Türcode lautet 2001. Danke. Kuss!«

Sie hätte gern gesagt, »wann können wir uns sehen«, oder »du fehlst mir«, aber das hätte sich dumm angehört, fand sie. Sie fragte sich, warum sie je geglaubt hatte, Freundschaft sei weniger kompliziert als Liebe. Sie versuchte sich einzureden, dass sie für diesen Abend wirklich einige entspannende Stunden brauchte. Dass es vielleicht trotz allem richtig wäre, unbezahlte Überstunden zu verweigern. Jedenfalls ab und zu.

Doch die Papierstapel auf ihrem Schreibtisch sandten andere Signale aus: du musst mehr arbeiten. Schneller. Jetzt. Das rote Lämpchen des Anrufbeantworters blinkte fordernd.

Es beunruhigte sie, dass sie Janne nicht erreichen konnte. Sie unternahm noch einen Versuch, doch er nahm noch immer nicht ab. Der Gedanke an Håkan Götsten und den Mann mit den Brüsten ließ ihr keine Ruhe. Sie beschloss, den Anrufbeantworter noch nicht abzuhören, um zumindest die Unterlagen über den Russen in Ruhe bearbeiten zu können.

Etwas später brachte Idriss die Zusammenfassung der Gespräche dieses Tages. Er hatte außerdem die Bilderfolge durchgesehen, die *Expressen* über Lotties Leben gebracht hatte, und hatte alle Personen notiert, die mit auf den Bildern zu sehen waren. Auch dem Artikel hatte er noch allerlei entnehmen können, zum Beispiel, dass Jenny und Pernilla denselben Vater hatten, einen ebenfalls bekannten Schauspieler.

Monika erzählte, was sich inzwischen bei ihr ergeben hatte.

»Ich habe Neuigkeiten über mögliche Feinde von Lottie. Sie hatte eine Nachbarin überredet, über Jennys Unternehmungen Buch zu führen. Die Nachbarin hat aufgeschrieben, wann Jenny kam und ging. Wer sie besucht hat. Wenn diese Notizen stimmen, dann können weder Jenny noch ihr Bekannter um zehn Uhr in Kungsholmen gewesen sein. Dieses Großmütterchen glaubt ansonsten, dass Lottie vom Geheimdienst ermordet worden ist oder so, um irgendeinen Skandal zu verhindern, und dass auch ihr die Liquidierung droht.«

Idriss lachte.

Wieder klingelte das Telefon. Die Gefahr war groß, dass es Håkan Götsten war, doch dann hörte sie eine dünne verängstigte Frauenstimme.

»Spreche ich mit Monika Pettersson von der Polizei?«

»Pedersen«, korrigierte Monika automatisch. »Ja, am Apparat. Wer spricht da?«

»Pernilla … Hagman. Sie waren heute Morgen bei uns. Es ist etwas Seltsames passiert …« Die Stimme zitterte. »Es ist so schrecklich ….«

Monikas erster Gedanke war, dass noch jemand tot sein, dass ihr misslungenes Gespräch mit den Töchtern eine weitere Katastrophe ausgelöst haben könnte. Sie spürte, wie ihr Herz zu hämmern begann. Sie war wirklich nicht in Form.

»Auf Mamas Schreibtisch liegen Drohbriefe. Gemeine, widerliche Briefe. Was soll ich tun?«

»Ganz ruhig bleiben.« Monika empfand ihre eigene

Stimme nicht als beruhigend – sie klang schrill, und sie redete viel zu schnell. »Ist das Zimmer offen?«

Pernilla schluchzte auf. »Ja.«

»Dann schließen Sie die Tür. Fassen Sie nichts an. Schließen Sie ab, wenn das möglich ist. Wenn wir morgen mehr darüber wissen, wie Lottie gestorben ist, dann werden wir uns die Briefe ansehen. Schließen Sie jetzt die Tür, ich bleibe so lange dran.«

Nach einer Weile war Pernilla wieder am Apparat.

»Jetzt habe ich abgeschlossen. Was soll ich mit dem Schlüssel machen?«

»Behalten. Und sprechen Sie mit den anderen nicht über die Briefe.«

Damit hätte sie das Gespräch beenden müssen, aber sie konnte sich eine Frage nicht verkneifen. »Haben Sie eine Ahnung, wer diese Briefe geschrieben haben kann?«

Pernilla schluchzte noch einmal auf, dann sagte sie: »Das ist das Seltsamste daran – das war sie selbst.«

»Sie selbst? Sind Sie sich da sicher?«

»Ja. Sie hat, hatte, eine ganz besondere Schrift. Ich kenne sonst niemanden, der so schreibt. Was kann das bedeuten?«

»Das müssen wir erst noch herausfinden. Wie geht es Ihnen sonst?«

»Wir haben wohl noch immer nicht richtig verstanden, dass sie nie wieder nach Hause kommen wird. Jetzt sind gerade Bekannte hier, wir reden über alles, es ist fast unwirklich.«

Sie verabschiedeten sich, und Monika stützte den Kopf in die Hände.

»Zuerst lebensgefährliche geheime Liebhaber und jetzt Drohbriefe. Das war Pernilla, sie hatte sie auf Lotties Schreibtisch gefunden. Sie glaubt, dass Lottie sie selbst geschrieben hat.«

»Fahren wir heute Abend hin?«

Er schien es kaum erwarten zu können, und Monika fand es immerhin positiv, dass er sich für die Arbeit interessierte, statt einfach nur nach Hause zu wollen.

»Ich muss leider zu einem Familienessen. Wir müssen das auf morgen verschieben, nach der Obduktion. Lotties Zimmer ist jetzt abgeschlossen, deshalb ist es nicht ganz so eilig.«

Sie wusste nicht, warum sie Idriss belogen hatte, und vielleicht hätte sie auch nicht vorgeben sollen, dass sie alles unter Kontrolle hatten, aber er nickte nur und erklärte, er werde auch bald nach Hause gehen. Aus der Türöffnung winkte er ihr freundlich zu.

»Wir sehen uns morgen.«

Die Worte klangen in Monikas Ohren fast wie eine Drohung.

8

Der Karlaväg. Eine Prachtstraße, einst als Boulevard geplant, und eine Adresse für Menschen, die sich ihren Wohnort aussuchen können. Als sie in der U-Bahnhaltestelle auf der Rolltreppe stand, fluchte Monika stumm und wenig kreativ. Sie hätte jetzt in der Storgata die Drohbriefe durchsehen müssen, die Pernilla gefunden hatte, und wenn das nicht möglich gewesen wäre, weiterhin auf der Wache sitzen und die Ereignisse des Tages durchgehen, Notizen lesen, aus Gedanken und Tatsachen ein Fundament bauen sollen, auf dem die Arbeit des kommenden Tages aufbauen könnte. Stattdessen war sie unterwegs zu einem völlig nebulösen Termin, der zwei Stunden von ihrer ohnehin schon knappen Zeit verschlingen würde. Es machte ihr Angst, dass sie bereit war ihre Arbeit zu opfern, um das Gefühl zu haben, noch immer ein wenig an Mikaels Alltag teilnehmen zu dürfen.

Oben auf dem Karlaplan war es so kalt und dunkel wie in Kungsholmen, und Monika dachte mit ungewohnter Schadenfreude, dass manche sich zwar von Urin und Graffiti in der U-Bahn freikaufen konnten, nicht aber vom Klima. Sie bog nach rechts in den Karlaväg ab – Karl wie Karl XII, der Kriegerkönig, unter dessen Herrschaft sich die Anzahl der jungen schwedischen Männer um ein Drittel verringert hatte. Monika hatte nichts übrig für Karl XII, ebenso wenig wie für die schweren Steinhäuser, an denen sie jetzt vorbeikam. Sie sollten beeindruckend aussehen und Bewohnern und Bauherren Status verleihen, statt so vielen Menschen wie möglich ein möglichst billiges Dach über dem Kopf zu bieten, und an diesem Abend ärgerte sie sich ganz besonders darüber. Zu allem Überfluss hatte sie auch noch Gegenwind.

Der Karte zufolge müsste Nummer 85 das letzte Haus in der Straße sein. Ein scharfer Wind wehte, ihre Wangen brannten, und ihre Augen tränten. Sie hatte sich den Schal um das Gesicht gewickelt und hielt den Kopf gesenkt. Vor dem ersten Haus sah sie zur Hausnummer hinauf, wo sie stattdessen ein ovales Glasfenster in Brusthöhe sah, falls man eine Brust hatte, die ungefähr 165 cm über den Fußsohlen saß. Sie glaubte fast, ebenfalls die perfekten Brüste sehen zu können – die werden später wieder abgenommen, hatte der Mann mit gleichgültigem Schulterzucken gesagt, wenn das große Geld nicht mehr hereinkommt. Dabei bleiben nur zwei winzige Narben zurück.

Monika musste ihre Aufmerksamkeit ins Jetzt zurückzwingen – dieses Fenster hier war leer, Erik Olsson hatte nicht vor dieser Tür gestanden, und die Frage war jetzt nur noch, ob die Hausnummer sich als Nummer 87 erweisen würde. Auch Nummer 85 hatte ein Fenster in der Tür, das jedoch viereckig war und durch das ein großer und spärlich geschmückter Weihnachtsbaum zu sehen war. Die Christbaumkerzen erfüllten die Eingangshalle mit einem sanften Licht, das über einen langen roten Perserteppich fiel. Dieser Teppich begann an der Haustür und erweckte den Eindruck, das Haus werde nur von VIPs betreten, die gebührend empfangen werden mussten. Monika war nicht in der passenden Stimmung, um prachtvolle Eingangshallen genießen zu können, sondern gab rasch den Code ein, wobei sie beinahe damit rechnete, dass sie den falschen hatte.

Zu ihrer Überraschung und Erleichterung hörte sie sofort ein leises Klicken im Schloss, schob die schwere Eichentür auf und blieb stehen. Die Halle war nicht nur gastlich und warm, sie duftete außerdem nach Apfelsinen und Nelken.

Monika wollte schon kehrtmachen und wieder hinausgehen, folgte dann aber dem dicken Teppich zum Weihnachtsbaum, der mit duftenden Apfelsinen und geschnitzten Weihnachtsmännchen, Engeln und Schlitten fahrenden Kindern geschmückt war. Der Schmuck sah alt und teuer aus, und sie fragte sich, wie es möglich war, dass die Hausbewohner sich nicht im Vorübergehen das eine oder andere Stück in die Tasche steckten. Ihr war klar, dass dieser Baum in ihrem eigenen Treppenhaus innerhalb von wenigen Stunden kahl gewesen wäre.

Derselbe Gedanke kam ihr im Fahrstuhl, einer gepflegten Antiquität, die bestimmt annähernd hundert Jahre alt war. Irgendein wildes Kind hätte ihn innerhalb von wenigen Minuten zerstören können – die Spiegel einschlagen, den roten Samtsitz von der kleinen Bank reißen, Leisten und Täfelung verbiegen. Offenbar war während des vergangenen Jahrhunderts hier kein wildes Kind vorübergekommen.

Monikas verbrechenssoziologische Überlegungen wurden davon unterbrochen, dass der Fahrstuhl im vierten Stock anhielt und ein älterer Mann in einem dunklen Anzug die Tür öffnete. Er wollte weder nach oben noch nach unten, wie sich herausstellte, sondern schien einzig und allein aufgetaucht zu sein, um sie einige Meter über den Marmorboden und durch eine offene Tür zu geleiten.

Sie betrat eine Wohnung, die mehr Quadrat- und Kubikmeter zu umfassen schien als ein geräumiges Wohnhaus. Der Mann im Anzug führte sie in ein kleineres Zimmer, das offenbar als Garderobe diente. Vielleicht war diese Wohnung ursprünglich für Menschen gebaut worden, die häufiger dreißig oder vierzig Gäste zum Essen erwarteten.

In der Garderobe war nur eine breitschultrige Frau, die sich aus einem langhaarigen Pelz schälte. Schließlich drehte sie sich um und sagte unerwartet überschwänglich:

»Hallo! Ich bin Cilla!«

Ihr kleines, rundes Gesicht war mit roten Flecken übersät und ihre Haare waren hellbraun. Cilla kam ihr bekannt vor, und Monika versuchte sich zu erinnern, wo sie sich begegnet sein könnten. Dann ging ihr auf, dass Cilla sie an eine alte Klassenkameradin erinnerte – eine große Person ohne jeden Charme, die die tonangebende Clique in der Klasse immer begeistert begrüßt hatte, obwohl sie nur selten Antwort bekommen hatte, und die noch immer zu den Pfadfindern gegangen war, als die anderen schon längst damit aufgehört hatten. Monika hatte damals ein schlechtes Gewissen gehabt, weil sie dieses Mädchen nicht leiden konnte, und deshalb lächelte sie jetzt freundlicher, als sie es sonst getan hätte.

»Monika.«

Sie wurde ein wenig nervös, während sie sich weiterhin über diesen verlorenen Abend ärgerte. Wo war sie hier nur gelandet? Oder wobei? Sie konnte Cilla oder den Mann, der die Tür geöffnet hatte, ja wohl kaum fragen – und würde der Mann sie jetzt weiter geleiten? Oder hatte er nur verhindern wollen, dass sie den Blumenschmuck mitgehen ließ? Rasch hängte Monika ihren Mantel auf und stellte fest, dass der Mann tatsächlich als Fremdenführer diente.

Sie durchquerten das größte Wohnzimmer, das Monika je in einer Privatwohnung gesehen hatte, bevor sie ein fast ebenso großes Esszimmer erreichten. Mitten im Zimmer stand ein dunkler Holztisch, der vermutlich ideal war für intime Imbisse mit den zwanzig besten Freunden, der an diesem Abend jedoch nur acht Stühle an der einen Querseite aufwies. Sechs davon waren bereits von vier Frauen und zwei Männern besetzt.

Für Monika ergab die ganze Szene keinen Sinn – sie sah Mineralwasser, alkoholfreies Bier, Teller, kleine elegante und trendgemäß belegte Brote. Zwei Tischmikrofone waren an ein Tonbandgerät angeschlossen, wie es auch die Polizei verwendete. Eine Frau mit üppigen schwarz gefärbten Haaren, großem roten Mund und eng sitzendem blauen Kleid in Größe 44/46 erhob sich und kam auf sie zu.

»Willkommen, willkommen! Ich bin Agnes Videgård, die Gastgeberin. Bitte, nehmen Sie Platz, jetzt sind wir ja vollzählig und können anfangen, wie schön! Greifen Sie zu, wenn Sie Appetit auf einen Bissen haben oder etwas trinken möchten.«

Eine Frau reichte Teller herum, während eine andere Monika fragte, ob sie Wasser oder Bier wolle.

Monika machte sich ernsthafte Sorgen – sie wusste, dass Mikael sie nicht zu wirklich unangenehmen Dingen wie zum monatlichen Treff einer SM-Gruppe oder einem religiös geprägten Nähkränzchen schicken würde, aber sie konnte sich nicht vorstellen, was für eine Art von Treffen das hier sein sollte oder warum sie unbedingt daran teilnehmen musste.

Dann wurden die Brote herumgereicht und die Gläser gefüllt, und die Gastgeberin lächelte freundlich in die Runde.

»Danke, dass Sie heute Abend gekommen sind – ich weiß, dass Sie alle viel zu tun haben, deshalb wissen wir das ganz besonders zu schätzen. Ich weiß aber auch, dass es Ihnen wichtig ist, uns dabei zu helfen, für unsere kleinen und großen Freunde das Beste zu finden.«

Alle außer Monika schienen zu wissen, wovon hier die Rede war, und einer Meinung zu sein. Sie nickten und lächelten, und Monika ertappte sich dabei, wie sie ebenfalls nickte und lächelte.

»Ja, ich dachte, wir könnten zuerst eine Vorstellungsrunde machen und von unseren lieben Freunden erzählen.« Sie schaute einen Mann von Mitte dreißig, der rechts von ihr saß, auffordernd an.

Der Mann nickte, ein warmes, charmantes und geübtes Lächeln. Plötzlich wusste Monika, wer er war – er hatte in einer Endlosserie im Fernsehen eine Endlosrolle, allerdings nicht in der, in der Lottie die Großmutter gespielt hatte.

»Jan Andersson. Von Beruf stattlicher junger Mann, nein, Schauspieler, um korrekt zu sein. Ich wohne mit Glücksklee zusammen – ich habe ihm diesen Namen gegeben in der Hoffnung, dass er großen Reichtum mitbringen würde, was er auch getan hat, aber ich hatte dabei vor allem an materiellen gedacht, was jedoch nicht der Fall war. Er ist eine englische Bulldogge – Sie wissen sicher, wie die aussehen, kurz, breit, mit Unterbiss und phänomenaler Ausstrahlung.«

Die Gastgeberin sah entzückt in die Runde. »Glücksklee. Was für ein origineller Name. Und wie alt ist Glücksklee?«

»Er wird in ein paar Tagen vier, und dann gibt es ein Fest.«

»Danke, Jan.«

Die Gastgeberin richtete ihren Blick auf die nächste Teilnehmerin, eine kleine zarte, grauhaarige Frau. Die Frau erzählte, sie sei Richterin am Obersten Gericht und Frauchen des fünfjährigen Nestor, eines Borsoi, also eines russischen Windhundes, des edelsten und elegantesten aller Hunde.

»Und des dümmsten«, flüsterte Cilla in Monikas Ohr, als wären sie alte Freundinnen. Als habe ihr gleichzeitiges Eintreffen hier sie zu einer kleinen Gruppe innerhalb der Gruppe gemacht. Monika dachte darüber nach, ob Cilla unter dem Einfluss irgendeines Rauschmittels stand, doch dann fielen ihr die heftigen Kontaktversuche ihrer Klassenkameradin wieder ein, die dieselbe Intensität und dasselbe egozentrische Desinteresse an den Reaktionen der anderen aufgewiesen hatten.

Als Nächste stellte Cilla sich vor, aber Monika hörte kaum zu, da sie sich den Kopf darüber zerbrach, was sie selbst sagen könnte. Improvisieren, hatte Mikael gesagt. Aber wie sollte sie das anstellen? Sie hatte noch nie einen Hund besessen, und eigentlich konnte sie Hunde nicht einmal leiden.

Cilla erzählte in aller Ausführlichkeit, dass ihr Vater beim Militär gewesen war, was immer neue Schulen und immer neue Umzüge bedeutet hatte, weshalb die Dackel der Familie ihre einzige Zuflucht und ihre einzige Sicherheit gewesen seien. Sie war als Einzelkind aufgewachsen, und die Hunde hatten ihr die Geschwister ersetzt. Jetzt hatte sie wieder einen Dackel, den vermutlich kleinsten Zwergdackel Stockholms. Taxita. Sie selbst war Ärztin, klinische Physiologin.

Als Monika endlich an der Reihe war, wurde sie von der Gastgeberin unterbrochen, sobald sie ihren Namen genannt hatte.

»Monika Pedersen, haben Sie gesagt? Kann da ein Irrtum vorliegen, Sie stehen nicht auf meiner Liste …«

Improvisieren, dachte Monika. Mikael, es sollen dir alle Zähne ausfallen, und dein Gesicht soll schon als junger Mann wie das eines Greises aussehen!

»Nein, ich bin für einen guten Freund eingesprungen …«

»Patrik Löfgren«, sagte die Gastgeberin. Ihr Lächeln wurde durch eine schmale rote Linie ersetzt.

Monika nickte. Mikael, du verdammtes Arschloch! Du Süßwasserpirat!

»Naja, das spielt sicher keine große Rolle.«

Die Gastgeberin hatte Monikas Haare, ihre Kleider und die Halskette aus dem Indienladen auf eine Weise angesehen, die sagte, dass es durchaus eine große Rolle spiele, doch als formvollendete Gastgeberin durfte sie die Stimmung nicht trüben, und deshalb lächelte sie wieder, wenn auch etwas weniger herzlich, und fragte: »Und wie heißt Ihr spezieller Freund?«

Mikael, der Teufel soll dich holen. Und zwar möglichst bald!

»Faule Fia«, erwiderte Monika ohne nachzudenken und versuchte sofort mit dem Zusatz »Aber sie wird Fifi genannt« die Lage zu retten.

»Sie ist ein kleiner Pudel«, sagte sie dann, da Pudel und Schäferhunde die einzigen Hunderassen waren, die ihr auf die Schnelle einfielen, und Schäferhunde ihr noch mehr zuwider waren als Pudel. Sie hatte noch nichts über ihren Beruf gesagt, doch die Gastgeberin hatte offenbar ohnehin schon jedes Interesse an ihr verloren und ging zum Nächsten über.

Es handelte es sich um einen großen bärtigen Mann mit eigener Computerfirma, der von seinem unerhört klugen Yorkshire-Terrier erzählte. Auf ihn folgte eine sehr magere

Journalistin, deren Wangen Falten warfen, wenn sie lächelte und die von ihrer Promenadenmischung berichtete, einem wunderbaren Hund, der sich seines Wertes durchaus bewusst war. Die letzte Teilnehmerin, eine Frau mittleren Alters, sagte nur kurz, dass sie auf dem Lande lebe, zusammen mit ihrem Rhodesian Ridgeback.

Daraufhin versuchte die Gastgeberin geschickt, ein Gespräch in Gang zu bringen.

»Und jetzt würden wir gern hören, was das Besondere gerade an Ihren Hunden ist, sie sind doch so große Persönlichkeiten und so unterschiedlich wie wir Menschen selbst… und ich möchte hören, was sie gern essen.«

Mit einem Mal redeten alle, berichteten, verglichen. Monika erfuhr, dass eine Tagesstätte für Hunde fünfzehnhundert Kronen pro Monat kostete, dass Cillas Dackel Taxita sie überall hin begleitete und den Vorabend auf einem Treffen für Ärztinnen verbracht hatte, dass die Promenadenmischung Pluto in einer Krise hilfreicher war als ein Psychiater. Sie hatte sich selten so ausgeschlossen gefühlt, stellte jedoch zugleich fest, dass sie das alles durchaus interessant fand. Es brachte sie auf andere Gedanken, wie Mikael gesagt hatte. Sie hatte schon seit geraumer Zeit weder an Lottie noch an irgendwelche anderen Toten gedacht.

Die Gastgeberin lächelte strahlend und aufmunternd.

»Jetzt möchte ich ein anderes Thema ansprechen und Sie alle Folgendes fragen: Woran denken Sie, wenn von Fünf-Sterne-Gourmetkost die Rede ist?«

Na, ich denke jedenfalls nicht an Hundefutter, wollte Monika schon sagen, begnügte sich jedoch damit, sich die überwiegend positiven Assoziationen der anderen anzuhören.

Die Gastgeberin lächelte erneut aufmunternd, bevor sie fortfuhr. »Glauben Sie, ein Hundefutter namens Fünf Sterne könnte Ihnen gerade für Ihren Hund passend erscheinen?«

Monika war nicht weiter überrascht, dass wieder eine positive Reaktion folgte.

Vor der nächsten Frage ersetzte die Gastgeberin ihr überschwängliches Lächeln durch eine eher nachdenkliche Miene. Monika ahnte, was kommen würde, und das tat es auch.

»Ja, wir wissen ja alle, dass ein Fünf-Sterne-Essen in einem Restaurant mehr kostet als eine ganz und gar sternlose Pizza. Wie Sie sicher auch wissen, wird Hundefutter häufig aus Rohstoffen hergestellt, die sich auf keine andere Weise nutzen lassen. Doch Hundefutter, das nur erstklassige, frische und gesunde Zutaten enthält, muss zwangsläufig teurer werden.«

Die Gäste am Tisch nickten, um zu beweisen, dass sie für diese Logik zugänglich waren. Monika nickte in der Eile mit.

»Die Frage ist also: Würden Hundebesitzer für ein Essen von Fünfsternequalität bezahlen, oder ist ihnen die Ernährung ihres Hundes nicht wichtig?«

Die magere Journalistin kicherte.

»Ich kaufe für Pluto oft Roastbeef – er ernährt sich schon auf Fünf-Sterne-Niveau, und ich finde, das ist er wert.«

Die Frau, die auf dem Lande lebte – in einem Schloss, dachte Monika, nicht auf einem Bauernhof – schlug einen sachlichen Ton an.

»Auf die Dauer ist es doch auch finanziell vernünftig, den Hund so gut wie möglich zu ernähren, denn das spart später Tierarztkosten.«

Der Mann mit dem Yorkshire-Terrier erklärte, sein Hund fresse so wenig, dass der Futterpreis deshalb unwichtig sei, doch dass er das vielleicht anders sehen würde, wenn es sich um eine dänische Dogge handelte.

Monika erkannte plötzlich, was die anderen Gäste miteinander verband – neben den Hunden: Sie alle hatten Geld, was sich an Kleidung, Frisur, Selbstsicherheit unmissverständlich zeigte. In der Wohnung, in der sie sich vorkam wie eine Touristin bei einer Schlossführung, fühlten die anderen sich vermutlich wie zu Hause. In einer Hinsicht musste sie ihre Ansicht über Patrik zumindest ändern: Wenn diese Gruppe mit Hilfe einer Liste über allein stehende Hundehalter mit überdurchschnittlich hohem Verdienst zusammengestellt worden war, dann verdiente Patrik wesentlich viel mehr als sie vermutet hatte.

»Die Frage ist also, wie viel Ihnen die Sache wert wäre – wenn Ihr derzeitiges Futter an die fünfunddreißig Kronen pro Kilo kostet, wären Ihnen dann fünfundvierzig zu viel?«, fragte die Gastgeberin jetzt.

Die Antwort lag auf der Hand – diese Zielgruppe achtete nicht auf den Preis. Monika sagte nicht viel, sondern formulierte im Geiste amüsiert den Bericht, den die Gastgeberin ihren Auftraggebern überreichen würde: »Ja, Scheiße, nehmt tausend Kronen pro Dose und schmeißt noch Gänseleber (vitaminreich) und Trüffel (exklusiv) mit hinein. Fünf-Sterne-Hundefutter kann mit einem treuen Kundenkreis rechnen. Ich würde übrigens gern ein paar Aktien von Ihrem Unternehmen kaufen.«

Dann änderte die Gastgeberin wieder den Kurs und verwischte die Spuren der Finanzfragen, indem sie das Gespräch wieder den einzelnen Hunden zuwandte – an diesen letzten Teil sollten die Anwesenden sich später besonders gut erinnern.

Jetzt wurde es etwas persönlicher – die Möglichkeit, über sich selbst mit Menschen zu reden, die man niemals wieder sehen würde, durfte nicht ungenutzt verstreichen. Der Schauspieler bezeichnete seine Beziehung zu Glücksklee als die längste, die er je gehabt hatte, und die klapperdürre

Journalistin deutete Ernährungsprobleme an. Cilla erzählte, dass sie wohl nicht mehr sehr viel länger allein leben würde. Die Richterin bedachte sie daraufhin mit einem Blick, der anzudeuten schien, dass Cilla die gemeinsame Sache verraten hatte, und fragte, ob sie sich bereits über die Folgen für Taxita Gedanken gemacht hatte.

Die Gastgeberin setzte sofort ihr Jetzt-ist-es-aber-genug-Lächeln auf und sagte, in ihrem tiefsten Herzen wisse sie, dass bei ihnen allen Hunde an erster Stelle stünden. Jetzt, wo sie sie kannte, zweifelte sie keinen Moment mehr daran, dass sie alles tun würden, damit ihre Freunde sich wohlfühlten.

Danach dankte sie allen für Zeit und Engagement, schaltete das Tonbandgerät aus, und dann war die Sache vorbei, dreißig Sekunden früher als angekündigt. Eine professionelle Frau, dachte Monika, und fragte sich, wie hoch wohl ihr Stundenlohn war.

Monika ging als Erste, ihre Kleidung ließ sich vielleicht schneller überstreifen als die der anderen, und es überraschte sie, dass es draußen inzwischen noch kälter zu sein schien. Die Luft schnitt in ihre Nasenlöcher, und die Kälte begann auf dem kurzen Weg zur U-Bahn bereits durch ihre Stiefelsohlen zu dringen.

Als sie über den Verlauf des bisherigen Tages nachdachte, überraschte es sie nicht weiter, dass der Zug ihr vor der Nase davonfuhr. Sie rannte die letzten fünfzehn Meter, doch die Bahn fuhr davon und hinterließ nichts als einen Luftzug und das immer leiser werdende Geräusch von Metall auf Metall. Hinter ihr kam die Rolltreppe zum Stillstand, und plötzlich war sie umgeben von dem Schweigen, das in großen künstlich entstandenen Räumen immer aufkommt.

Fünfzehn Minuten bis zum nächsten Zug, verkündete die Anzeige. Fünfzehn Minuten ihres Lebens würden in einer einsamen U-Bahnstation verrinnen. Sie dachte, dass sie vielleicht die Zeit nutzen und sich wieder auf Lottie und deren Töchter konzentrieren könnte.

Plötzlich setzte die Rolltreppe sich wieder in Bewegung. Monika musste an die vielen Frauen denken, die allein in Parkhäusern, U-Bahnstationen oder einfach auf der Straße gewesen und in falsche Gesellschaft geraten waren. Frauen, die bedroht und geschlagen worden waren, denen noch Schlimmeres zugestoßen war, einfach, weil sie im falschen Moment am falschen Ort gewesen waren. In diesem Moment kam ihr der leere Bahnsteig ohne jeden Zweifel als falscher Ort vor. Monika konnte sich zwar verteidigen, aber ihre fünfundfünfzig Kilo halfen nicht viel, wenn der Gegner achtzig Kilo wog – das Gerede von der Überlegenheit der Technik über die rohe Kraft war, wie so vieles andere, eine Wahrheit, die nur bedingt zutraf. Warum mussten Boxer und Ringer sonst in Gewichtsklassen antreten?

Das Geräusch der Rolltreppe füllte das akustische Vakuum – machte sie wirklich immer solchen Lärm? Monika spürte, wie sie sich anspannte – wenn dieser Tag so enden würde, wie er angefangen hatte, dann würde auf der Rolltreppe eine Bande von jungen Männern auf der Jagd nach einer blonden Frau zum Zusammenschlagen stehen oder ein angetrunkener und wütender Fünfundzwanzigjähriger, der gerade von drei Frauen nacheinander abgewiesen worden war.

Bevor sie ihre Überlegungen fortführen konnte, hatte die Wirklichkeit sie eingeholt. Auf der Treppe erschien eine große Frau in einem hellen Pelz, die Monika an diesem Abend schon einmal gesehen hatte. Es war Cilla, die mit weit ausholenden, wenig eleganten Schritten auf Monika zukam. Nicht einmal der weite Pelz konnte ihre kantigen Bewegungen verbergen.

Noch bevor sie auf normale Hörweite herangekommen war, begann Cilla bereits zu reden.

»Hallo! Hast du die Belohnung nicht mitgenommen?«

Sie hielt eine große weiße Plastiktüte in der Hand und lachte breit und ein wenig verlegen. Monika registrierte ihre perfekten Zähne – klein, weiß und gerade, wie sie überrascht feststellte, obwohl sie sich sofort dafür schämte.

»Hundefutter für dreihundert Kronen.«

Etwas in Cillas Gesicht machte es Monika unmöglich, weiter an ihrer Lüge von vorhin festzuhalten. »Nein. Ich brauche kein Hundefutter. Ich habe gar keinen Hund. Ich habe heute Abend nur einen Bekannten vertreten, dem etwas dazwischen gekommen war«, gestand sie.

»Ach, wirklich? Gibt es keine Fifi?«

Monika schüttelte den Kopf. Sie hoffte, dass Cilla begreifen würde, dass sie keine Lust auf ein Gespräch hatte, doch Cilla schien für ihre Signale nicht aufnahmebereit zu sein.

»Das hast du aber gut gemacht. Aber vielleicht ist das ja immer so – was wir tun müssen, schaffen wir auch. Wenn es absolut nötig ist, schaffen wir wirklich alles. Wir überraschen uns damit selber.«

Wieder nickte Monika. Sie hatte sich noch nie vor den Kontaktbedürfnissen anderer Menschen schützen können, und unter ihrer wenig feinfühligen Oberfläche erschien Cilla ihr plötzlich verletzlich. Cilla redete weiter, und Monika hörte zerstreut zu. An diesem Tag schien ihr wirklich keine ruhige Minute vergönnt zu sein.

Nach einigen Minuten wurde sie von Cillas U-Bahn gerettet, glücklicherweise fuhren sie nicht in dieselbe Richtung. Einen entsetzlichen Moment lang schien Cilla mit dem Gedanken zu spielen, die nächste Bahn zu nehmen, um Monika weiter Gesellschaft leisten zu können, doch dann überlegte sie es sich anders, stieg ein und war verschwunden.

Früher hätte Monika nach diesem Abend nicht nach Hause fahren müssen, sondern hätte bei Mikael am Jaktvarvsplan übernachten und morgens den kurzen Weg zur Wache zu Fuß zurücklegen können. Aber jetzt war nichts mehr so wie früher, jetzt hatte Mikael sie Agnes Videgård und deren Marktforschungsgruppe ausgesetzt, er hatte ihren Abend geopfert, um mit Patrik zusammen sein zu können. Sie war sich sicher, dass sie ihm die Verliebtheit gönnte, wie sich das für eine gute Freundin gehörte, aber sie hatte nicht damit gerechnet, dass die Sache für sie so hart werden würde. Verdammt. Dieser Abend hatte sie zwar ein wenig auf andere Gedanken gebracht, aber doch nicht so weit, dass es die Mühe gelohnt hätte.

9

Als sie endlich nach Hause kam, war ihr Ärger in Wut umgeschlagen. In einer Notlage einzuspringen war eine Sache, es war aber eine ganz andere Sache, einen ganzen Abend zu vergeuden, weil Patrik es nicht über sich brachte, eine Gruppendiskussion über Hundefutter abzusagen. Hatten er und Mikael sich einfach nicht trennen können, und hatte Mikael als freudige und unerwartete Überraschung für einen Ersatz gesucht? Das sähe ihm ähnlich, er war umsichtig und erfinderisch, trotzdem war so etwas nur angenehm für die, die das Ziel seiner Fürsorge wurden. Sie schloss ihre Wohnungstür auf und rief sofort bei ihm an. Ihre Finger waren dermaßen erfroren, dass sie die Telefontasten nicht spürte und ihre Hand kaum gehorchen wollte.

Sie hatte nicht mit einer Antwort gerechnet, doch auch die Tatsache, dass er einen neuen Text auf seinem Anrufbeantworter hatte, überraschte sie.

»Hallo. Du bist hier bei Du-weißt-schon, und ich bin nicht Du-weißt-schon. Hinterlass eine Nachricht Du-weißt-wo, dann lasse ich von mir hören.« Im Hintergrund war etwas zu hören, das wie ein Kichern klang.

Sie legte auf. Ihre sichere Überzeugung, ein Teil seines Abends gewesen zu sein, erschien ihr plötzlich als Illusion. Er trug zwar die Verantwortung für den Verlauf, den die letzten Stunden für sie genommen hatten, doch das Gefühl von Zusammengehörigkeit und Nähe war doch einseitig gewesen und hatte damit jeden Wert verloren.

Plötzlich vermisste sie die Geschwister, die sie nie gehabt hatte, und sie vermisste ihre Mutter. Wenn sie alle da wären, müsste ich niemals in einer solchen Leere leben, dachte sie, und Patrik hätte nicht diese dramatischen Auswirkungen auf mein Leben. Falls wir uns nicht auch zerstritten hätten, falls ich nicht auch wie Eva-Maria mit einer Mutter und Schwestern geendet wäre, die in der Nähe leben, mit denen ich aber nichts zu tun haben will. Oder sie nicht mit mir. Sie nahm an, dass sie in diesem Augenblick ihre professionelle Distanz verlor, da Lottie und ihre Töchter ungeladen in ihre Gedanken drangen. Das war vermutlich eine weitere Vorwarnung, auf die sie hören sollte, der sie sich jetzt aber nicht stellen mochte.

Plötzlich ging ihr auf, dass sie Hunger hatte, und daran konnte sie doch immerhin etwas ändern. Sie ging in die Küche und hielt Ausschau nach etwas Essbarem, fand jedoch nichts. Dagegen stellte sie fest, dass der Müllsack alles andere als duftete.

Sie verknotete ihn und ging hinaus ins Treppenhaus.

Vor dem gemeinsamen Müllschacht stand Aster, ihre neue Nachbarin. Aster Gebremariam kam aus Äthiopien, sie war klein, zierlich und hatte ein Botticelli-Gesicht, nur eben in einem dunklen Braunton. Sie hatte eins der schönsten Lächeln, die Monika je gesehen hatte. »Hallo, Monika. Wie geht es dir?«, fragte sie freundlich.

»Schlecht. Ich friere und habe Hunger. Und es war ein rundum grässlicher Tag.«

Aster nahm ihre Hand. »Komm, ich habe etwas zu essen.«

»Ich wollte wirklich nicht schnorren, Aster. So dramatisch ist die Lage nicht.«

Doch sie hätte Asters Angebot nur ablehnen können, indem sie sich energisch losgerissen hätte, deshalb betrat sie die Wohnung, die Aster mit ihrer Mutter und ihren zwei Brüdern teilte. Aster führte sie in die Küche, drückte sie auf einen Stuhl und füllte einen Teller großzügig mit Reis und einer Art Geflügeleintopf. Es duftete hinreißender als alles, was Monika seit langem gegessen hatte.

»So. Jetzt noch einen Oggonblick, dann gibt's was zu trinken.«

»A-u-genblick.«

»A-u-genblick?«

»Perfekt!«

Aster hatte Monika gebeten ihre schwedische Aussprache zu korrigieren, und Monika gab sich alle Mühe. Es machte Spaß, denn sie brauchte sich nur selten zu wiederholen.

Sie aß langsam, während sie sich alles über die letzten Verwicklungen bei Asters Sprachkurs erzählen ließ. Dort waren sämtliche Teilnehmer unabhängig von ihrem Kenntnisstand gemischt worden, und es wurde nach einem pädagogischen Modell unterrichtet, das gerade voll im Trend lag. Die Extreme der Gruppe bildeten eine Tschechin, die Deutsch und Englisch studiert hatte, und zwei Türkinnen sowie eine Chinesin, die nicht einmal lesen konnten. Aster sah das Ganze mit Humor und nahm es ohne Klagen hin. Monika fand den Umgang mit ihr ungeheuer beruhigend.

Als sie wieder in ihrer Wohnung stand, starrte sie lange den kleinen Poststapel an, der vor der Tür lag. Sie war zu müde, um ihn durchzusehen, außerdem hatte sie noch keine Weihnachtskarten gekauft und brachte es nicht über sich, die Karten anderer zu öffnen und sich damit ein schlechtes Gewissen machen zu lassen.

Sie schaute auf die Uhr. Viertel nach elf. In achteinhalb Stunden sollte sie in Solna an Lotties Obduktion teilnehmen.

Sie beschloss, die Post bis zum nächsten Tag warten zu lassen, sie würde in dieser Nacht ja doch nicht mehr Schlaf genug finden.

Vor dem Einschlafen versuchte sie, Asters Beispiel zu folgen. Die Entwicklung, die der Abend genommen hatte, wies doch tatsächlich auch ein paar komische Seiten auf. Als sie einschlief, hatte sie Mikael schon verziehen.

10

Monika gefiel es absolut nicht, den Tag mit einer Obduktion zu beginnen, und sie hatte vorsichtshalber das Frühstück ausgelassen. Es gefiel ihr auch nicht, die für sie wichtigste Mahlzeit des Tages nicht zu sich nehmen zu können, da ihr Blutzucker dabei nie mitspielte. Auch dieser Tage würde wenig Anlass zur Freude bieten.

Außerdem hatte die ganze Obduktionszeremonie etwas lächerlich Westliches an sich – Tote wie Maschinen in Einzelteile zu zerlegen, um festzustellen, wo der Fehler sitzt, obwohl sie doch ohnehin nicht repariert und wieder in Gang gebracht werden können. Zugleich aber brauchte sie die Informationen, die die Mediziner einem Leichnam entnehmen können. Es war ein Dilemma.

Es war über Nacht noch kälter geworden, das Thermometer zeigte fast zwanzig Grad unter null. Im Solnaväg beleuchteten die Scheinwerfer die erste Leiche des Tages, einen Dachs, der sich den falschen Moment ausgesucht hatte, um die Straße zu überqueren. Starres graues Fell, Blut, ein formloser Körper am Straßenrand. Es würde ein harter Winter werden. Sie fuhren schweigend weiter. Idriss' Anwesenheit schien Daga ebenso zu schaffen zu machen wie Monika.

Sie waren für Viertel vor acht mit Derek Cremer verabredet, dem Leiter der Gerichtsmedizinischen Abteilung des Gerichtsmedizinischen Werks. Monika ärgerte sich noch immer über diesen Namen – ihrer Ansicht nach müsste es einen ethischen Rat für Behördennamen geben. Sie vermisste die alte Bezeichnung, Staatliche Gerichtsmedizinische Station, die über Klang und Rhythmus verfügt hatte und klar und deutlich gewesen war. Der neue Name klang nach einer weiteren anonymen und unübersichtlichen bürokratischen Organisation, die sich über die normalen Menschen erhob. Sie fühlte sich plötzlich alt, wie eine, die früher alles besser gefunden hatte.

Sie hatten für die Fahrt von der Wache hierher weniger als eine Viertelstunde gebraucht – um halb acht war der morgendliche Verkehr noch nicht richtig in Gang gekommen oder vielleicht war Stockholms Bevölkerung auch damit beschäftigt, Weihnachtssterne und anderen stimmungsvollen Schmuck aufzuhängen, sich Gedanken über Geschenke zu machen, sich mit der Verwandtschaft zu verabreden, das Weihnachtsfestmahl zu planen und sauber zu machen.

In der Gerichtsmedizin hatte man sich immerhin die Zeit genommen, mit großem Enthusiasmus und viel Geschmack die Tanne in der Eingangshalle zu schmücken, vielleicht war das besonders wichtig, wenn die Arbeit immer wieder an die Vergänglichkeit des Lebens erinnerte.

Derek Cremer kam pünktlich auf die Minute die Treppe herauf. Er machte immer den Eindruck, als fände er nicht genügend Möglichkeiten, sein enormes Energiepotenzial loszuwerden, obwohl er Treppen hinauflief, beim Reden ständig gestikulierte und mehr oder weniger die ganze Zeit über lachte. Sein Lachen irritierte manche Menschen, die das ewige Lächeln der Amerikaner als unehrlich und oberflächlich empfanden, doch Monika hielt es für echt und schätzte Dereks positive Einstellung zum Leben im Allgemeinen und im Speziellen ihrer Person gegenüber durchaus. Jetzt lächelte er besonders breit, er schien wie immer entzückt zu sein, ausgerechnet sie vor sich zu haben, und dazu noch an einem so düsteren Morgen.

»Daga! Monnicka! Schön, euch mal wieder zu sehen. Und ihr habt einen neuen Kollegen mitgebracht. Willkommen.«

Idriss stellte sich selbst vor, da Daga keinerlei Anstalten machte es zu tun und Monika es nicht für ihre Aufgabe hielt. Daga hätte das als Kritik auffassen können, deshalb entschied sie sich lieber für die Alternative – nämlich von Idriss für unhöflich gehalten zu werden. Wie bei allem, das in Zusammenhang mit Idriss stand, hatte sie auch jetzt ein unangenehmes Gefühl, aber Monika fiel auf, dass ihr Ärger sich dieses Mal gegen Daga richtete.

Sie gingen zum Obduktionssaal und Derek sparte Zeit, indem er sie unterwegs mit den Resultaten vertraut machte.

»Lottie Hagman, ja. Erstens haben wir die Testergebnisse. Ich brauche meine Unterlagen gar nicht mehr zu konsultieren – sie waren alle negativ. Das heißt, sie war nicht HIV-infiziert, weder in ihrer Vagina noch anderswo waren Spermien zu finden, und sie hatte weder Alkohol noch Drogen im Blut.«

Sie kamen an dem Saal vorbei, den Monika für den traurigsten in diesem ohnehin schon traurigen Gebäude hielt, weshalb sie ihn keines Blickes würdigte. Dort wurden die Aufgegebenen verwahrt, die Toten, um die kein lebender Mensch sich mehr kümmerte. Wie ramponierte Reisetaschen, die auf Flugplätzen und Bahnhöfen vergeblich auf ihre Besitzer warteten, lagen sie da in ihren Plastikhüllen und wurden für zwei Monate eingefroren, bevor schließlich die Behörden eingriffen und für eine Beerdigung sorgten.

Diese Dinge hatten Monika endgültig davon überzeugt, dass es doch große Unterschiede zwischen Männern und Frauen gab – es kam fast nie vor, dass eine Frau dermaßen effektiv sämtliche Verbindungen zu ihrer Umwelt durchtrennte, wohingegen Männer gleich reihenweise hier aufgebahrt lagen. Ihr Leben wirkte überhaupt gefährlicher als das der Frauen, was sich auch darin niederschlug, dass die Gerichtsmedizin zweiundzwanzig Plätze für Männer reserviert hatte, während für Frauen sechzehn ausreichten. Damit gehörte Lottie zum Geschlecht, das in der Minderheit war, ebenso wie eine Professorin oder eine Bankdirektorin.

Sie zogen Kittel und Mundschutz über und betraten den Obduktionssaal. Jetzt würden sie Lottie zum ersten und gleichzeitig zum letzten Mal sehen.

Lottie – oder ihr Leichnam, je nach Standpunkt – lag ausgestreckt auf dem rostfreien Tisch und war bereits für ihre außergewöhnliche Verabredung mit Derek, Daga, Monika und Idriss zurechtgemacht worden. Monika fiel als Erstes auf, dass beide Augen, zu ihrer Überraschung und Erleichterung, an Ort und Stelle saßen. Wie hatte Einar sich so irren können? Oder hatte er vielleicht seinen Bericht ausgeschmückt, um sich interessanter zu machen?

Es war wie eine Travestie – sicher hatte Lottie sich früher auf zahlreiche Treffen dadurch vorbereitet, dass sie sich ausgezogen und ihre Gäste frisch gebadet, weich, parfümiert und nackt empfangen hatte. Bei diesem letzten Mal machte sie seltsamerweise immer noch einen koketten Eindruck. Sie war gepflegt, durchtrainiert, und ihre Haut war vermutlich noch immer weich und parfümiert. Nackt sah sie wesentlich jünger aus als sechzig. Monika fiel vor allem auf, dass ihre Füße klein und makellos waren und frisch lackierte Nägel aufwiesen.

Das machte alles, was mit dem Gesicht passiert war, noch schlimmer, fand sie.

»Ihr Körper sieht so aus, weil sie einige Operationen hinter sich hat«, sagte Derek. »Sie sind mit großem Geschick gemacht worden, im Ausland nehme ich an. Die Brüste sind korrigiert worden, dazu Bauch, Hüften und Gesäß. Ihr Gesicht hat sie dagegen in Ruhe gelassen. Wie ihr seht, ist sie gut in Form, das wäre sie auch ohne Chirurgie gewesen – sie hat ja von ihrem Aussehen gelebt und scheint umsichtig mit ihren Ressourcen umgegangen zu sein. Sie hat keine Einstichstellen, keine Blutergüsse, keinen Hinweis auf Probleme, die körperliche Spuren hinterlassen«, sagte er, während er seine Handschuhe überzog. »So viel zum Allgemeinzustand. Und jetzt zum Gesicht.«

Er berührte leicht ihre rechte Augenbraue, die eingedrückt worden war und jetzt tiefer lag als der Augapfel.

»Hier ist sie von einem runden Gegenstand getroffen worden, der an einigen Stellen die Haut und die darunter liegenden Knochen zerstört hat. Die Abdrücke stimmen mit dem Treppengeländer am Fundort überein. Außerdem hat sie eine Schürfwunde auf der Wange, die ursprünglich kleiner war, doch auf dem Transport hierher ist ein Teil des Gewebes verloren gegangen. Die verletzte Wange war an der Unterlage angefroren, und die Krankenwagenbesatzung bekam sie wohl nicht so einfach los.«

Monika war dankbar dafür, dass sie nichts gegessen hatte. Noch immer schockierte und überraschte der Tod sie jedes Mal.

»Das alles scheint im Zusammenhang mit dem Eintritt des Todes passiert zu sein – es gibt keine Schwellung und nur eine relativ geringe Blutung, obwohl Gesichtsverletzungen meistens sehr viel Blut absondern.«

Plötzlich wusste Monika, wie Einar zu seiner makabren Vorstellung von Lotties Auge gelangt war. »Ihr habt sicher ziemlich viel Blut vom Auge abgewischt?«, fragte sie.

»Ja. Wieso?«

»Der Mann, der sie gefunden hat, glaubte, das linke Auge sei verschwunden. Sicher hat das am Blut gelegen. Gut. Ich kann einfach keine Irren ertragen.«

Derek lächelte und schien ihre Erleichterung zu teilen.

»Dann können wir immerhin sagen, dass der Täter nicht das Bedürfnis verspürt hat, die Sache noch komplizierter zu machen.« Er hob vorsichtig Lotties Kopf, als könne sie die Berührung und die Bewegung noch spüren. »Hier hinten haben wir die mutmaßliche Todesursache: einen überaus heftigen Schlag gegen den Schädel, der die Schädelknochen zerbrochen hat, wie ihr hier seht. Der Schlag wurde vermutlich mit einem glatten, abgerundeten Gegenstand ausgeführt. Was den Zeitpunkt angeht, ist der Tod wohl gegen zehn Uhr eingetreten, ungefähr zu der Zeit, als die Kältefront über die Stadt gezogen ist. Zwischen zehn und drei Uhr ist die Temperatur von null auf minus fünfzehn Grad gesunken. Normalerweise hätte die von Straßen und Häusern abgegebene Wärme die Abkühlung verlangsamt, aber der kalte Wind wehte gerade über den Karlsbergskanal und in den Hof, auf dem sie gelegen hat, wie mir gesagt worden ist – And now for the insides.« Manchmal sprach er bei der Arbeit Englisch.

Er öffnete Lotties Körper mit einem langen Schnitt und machte sich an die routinemäßige Untersuchung ihrer inneren Organe. Monika, die nicht glaubte, dass Lotties Lunge und Leber ihr viel sagen könnten, betrachtete wieder die Füße. Lottie hatte gepflegtere Füße als Monika, sie waren einfach schön, und Monika spürte ein unlogisches und verwirrendes Gefühl von Neid in sich aufsteigen. Lottie besaß so viel Schönheit, dass es ihr ungerecht erschien, dass sie sogar im Tod, sogar während der gerichtsmedizinischen Obduktion, mit ihren formvollendeten Füßen die Aufmerksamkeit anderer Menschen auf sich zog.

Aber jetzt hatte Derek etwas gefunden, das wichtig sein könnte.

»In ihrem Magen haben wir etwas, das aussieht wie Nussplätzchen, die sie kurz vor ihrem Tod gegessen hat.«

Nussplätzchen? Wo kann man an einem Sonntagabend Nussplätzchen auftreiben?, dachte Monika reflexartig.

»Aber, Moment, hier ist noch etwas.« Dereks Tonfall veränderte sich, und dieses Mal schaute er nicht in Richtung seines Publikums. Sein Gesicht verriet höchste Konzentration, während er seine Hand hinter Lotties Schambein legte. Er schob das Gedärm zur Seite und sah in den Beckenraum. »Mit der Gebärmutter scheint etwas nicht zu stimmen – wartet einen Moment!«

Er schnitt, trennte, schnitt wieder und zog dann einen formlosen Klumpen etwa von der Größe einer Grapefruit heraus, eine Prozedur, die Monika an einen Kaiserschnitt denken ließ, den sie einmal in einem Film gesehen hatte.

»Seht mal!«

Alle starrten auf den Klumpen, ohne jedoch zu begreifen, was sie da sahen. Nichts von den Dingen, mit denen die Polizisten vertraut waren – Einschusslöcher, Messerstiche und Ähnliches –, war vorhanden.

Derek ging zum Waschbecken und spülte das Blut von seinem Fundstück, worum auch immer es sich dabei handeln mochte.

Als er zurückkam, sahen sie einen knotigen Gegenstand, der von einer glatten, glänzenden Schleimhaut bedeckt war, ungefähr wie das Innere einer Wange. Vorsichtig drehte er den Klumpen um. Auf der Rückseite hatte eine andere Gewebeart die glänzende Schleimhaut durchbrochen – Haut mit kleinen Knoten, wie eine riesige Himbeere mit einigen Partien, die irgendwie überreif und verdorben aussahen. Das Ganze hatte keinerlei Ähnlichkeit mit einem Organ, das Monika schon einmal gesehen hatte.

»Das ist ein Tumor, ein ziemlich großer Gebärmuttertumor.« Dereks Lächeln war noch immer nicht zurückgekehrt. »An sich dürfte ihre Gebärmutter nur so groß sein.« Er deutete die Größe mit Zeige- und Mittelfinger an.

Er legte den Tumor auf die Waage und griff wieder in Lotties Becken. »Und hier haben wir auch suspekte Lymphdrüsen.«

Er trat einen kleinen Schritt zurück und schaute auf Lottie hinab, noch immer wie ein normaler Arzt mit einer normalen Patientin. »Ja, das ist dir immerhin erspart geblieben, arme Kleine«, sagte er.

Monika kam die ganze Szene völlig unwirklich vor. Zum einen, weil sie noch nie eine Gebärmutter gesehen hatte, und eine geschwollene und von einem Tumor entstellte war nicht gerade ein guter Einstieg. Zum anderen, weil sie sich darüber ärgerte, dass Lottie ihre Fähigkeit, bei Männern Beschützerinstinkte zu wecken, noch immer nicht eingebüßt hatte, obwohl sie sechzig Jahre alt und überdies tot war. Arme Kleine? So hatte sie Derek noch nie über eine erwachsene Frau sprechen hören.

Dagas Gedanken gingen in eine ganz andere Richtung.

»Soll das heißen, dass sie schwer krank war?«

»Ja. Und Krankheit und Behandlung hätten große Schmerzen für sie bedeutet. Die Prognose wäre nicht gut gewesen, das heißt, ihre Chancen auf Genesung minimal. Mit so etwas lebt keine mehr lange.«

Monika betrachtete den Klumpen, der noch immer auf der Waage lag, und war erneut froh darüber, dass sie nichts gegessen hatte. Sie war an die Verletzungen gewöhnt, die Menschen einander absichtlich zufügten, an Blut und zerfetzte Haut. Aber ein Tumor war etwas anderes – ein Angriff aus dem Hinterhalt sozusagen. Sie erschauderte, während sie das Gefühl hatte, als ziehe sich ihre eigene Gebärmutter ängstlich zusammen. Lottie hatte immerhin gute Arbeit geleistet. Würde Monikas jemals die Gelegenheit dazu bekommen?

»Dann hätte ihr Gynäkologe immerhin ein Mordmotiv«, sagte Idriss. »Wenn er diesen Tumor übersehen hat.«

Derek blickte ihn fragend an. »Bist du auch an amerikanische Verhältnisse gewöhnt?«

»Ja. Meine Eltern haben einige Jahre in Chicago gelebt.«

»Dann verstehst du, warum ich frage. Mit dem richtigen Anwalt könntest du in den USA diesen Arzt ruinieren, aber als Mordmotiv ist es doch etwas weit hergeholt. Du müsstest den Leichnam außerdem verschwinden lassen, damit dein Irrtum niemandem auffällt.«

Als Nächstes widmete sich Derek den Kopfverletzungen von innen her, und Monika trat einen Schritt zurück. Das Gehirn war ihr immer als der privateste Körperteil erschienen, deshalb verabscheute sie diesen Teil der Obduktion.

Derek zog ein weiteres Skalpell hervor und machte damit einen Schnitt über Lotties Kopf vom einen Ohr zum anderen. Er löste die Haut ab und zog sie so weit nach vorn, dass das Gesicht von umgestülpter Haut und Haaren bedeckt war. Die Haut war vorn und hinten von den Blutungen verfärbt – große rotschwarze Flecken deuteten an, wo der Schlag Lottie getroffen hatte.

Der Schädel sah in diesem entblößten Zustand noch zerstörter aus und erschien Monika pathetisch klein und zerbrechlich. Derek fuhr vorsichtig mit den Fingern über den zerbrochenen Knochen.

»Hier haben wir ein ziemlich typisches Verletzungsbild: wir sehen ein verzweigtes System von Rissen im Nackenknochen. Hier haben wir ein dreieckiges Bruchfragment, das die Hirnrinde und das äußere Gehirn zerfetzt hat.«

Sein Zeigefinger folgte den Konturen eines Knochenstückes, das ins Schädelinnere gedrückt worden war.

Er rief einen Techniker, um den Schädel zu öffnen. Monika ging nach draußen, bis die Säge aufgehört hatte zu heulen. Als sie wieder hereinkam, war der obere Teil von Lotties Schädel abgenommen worden. Der Techniker hatte eine Art Deckel abgesägt, sodass sie auf Lotties misshandeltes Gehirn hinabblicken konnten. Man brauchte kein Pathologe zu sein, um zu verstehen, dass sie übel zugerichtet worden war.

Das Ganze sah aus wie eine Illustration der klassischen Frage der Coup-Contrecoup-Verletzungen. Bei diesen französischen Begriffen musste Monika immer ans Fechten denken, und sie erinnerte sich noch an die Figur, die sie bei ihrer Abschlussprüfung gezeichnet hatte: dabei war der Schlag auf den Hinterkopf erfolgt, die Coupschäden hatten die Stirnlappen umfasst, während die Contrecoupschäden den hinteren Teil des Gehirns getroffen hatten, als es zum Nackenknochen zurückgeschleudert wurde, nachdem es zuerst von Stirnknochen gebremst worden war.

Vorsichtig hob Derek das Gehirn heraus wie bei einem

Puzzlespiel, das er niemals wieder zusammenlegen würde. Er legte es behutsam auf ein rostfreies Tablett und schnitt es dann in gerade, gleichmäßig dicke Scheiben, die er nebeneinander legte.

Er wusste, dass diese anatomischen Details für die anderen nicht so interessant waren, zeigte aber trotzdem darauf.

»Hier, eine Abnutzung in Nähe der Pons. Das muss den Organismus zum Stillstand gebracht haben, Herz, Atem, alles, was zum Überleben unerlässlich ist. Das hier ist die unmittelbare Todesursache, die von dem Schlag gegen ihren Hinterkopf ausgelöst wurde. Und seht euch nur diese Halswirbel an.« Vorsichtig löste er das Gewebe um die Wirbel und fand, was er vermutet hatte. »Genau. Eine Überdehnung zwischen dem fünften und dem sechsten Wirbel, dazwischen fehlt eine Bandscheibe!«

Er trat einen Schritt von Lottie weg und streckte sich, eine kleine Bewegung, die seine inneren Batterien wieder aufzuladen schien. Er lächelte die anderen freundlich an und fasste zusammen:

»Sie wurde von einem runden Gegenstand mit einem harten Schlag am Hinterkopf getroffen, ist vorwärts gefallen, mit der Augenregion auf das Treppengeländer aufgeschlagen und mit der Wange auf einer harten, kalten Unterlage liegen geblieben. Die unmittelbare Todesursache war eine Gehirnstammverletzung, die zu Herz- und Atemstillstand geführt hat, der Tod ist vermutlich fast augenblicklich eingetreten. Außerdem haben wir einen großen Tumor in der Gebärmutter. Der Schlag hat den Hinterkopf mit großer Wucht getroffen, es kann sich nicht um einen normalen Sturz handeln. Ich gehe davon aus, dass es Mord war. Habt ihr die Tatwaffe gefunden?«

Daga schüttelte den Kopf. Sie schien zu resignieren, und Monika ging auf, dass auch Daga wider besseres Wissen auf einen natürlichen Tod gehofft hatte, mit dem sie sich nicht weiter zu befassen brauchten.

»Ihr müsst noch einmal mit Familie und Kollegen sprechen. Wenn irgend jemand Lottie genug gehasst hat, um sie umzubringen, dann dauern die Ermittlungen vielleicht nicht allzu lange.« Dagas Worte, die sie an Idriss und Monika richtete, waren wesentlich optimistischer als ihr Tonfall.

»Ich rufe die Töchter an und versuche, es ihnen schonend beizubringen.« Idriss ergriff die Initiative. »An wen im Theater soll ich mich wenden?«

»An den Direktor.« Daga war immer über solche Dinge informiert.

Idriss verließ den Raum, während Monika und Daga nachdenklich zurück blieben.

Monika sah Derek an, der sich die Handschuhe abstreifte. Er zeigte nichts von der Erschöpfung und der Reizbarkeit, die seit einiger Zeit ihren eigenen Arbeitsplatz prägte. Vielleicht sollte sie es mit einer Umschulung versuchen und sich bei Derek um eine Stelle bewerben?

Diese Stimmung war ein überdeutlicher Hinweis darauf, dass die Zustände auf der Wache alles andere als gut waren. Im vergangenen Jahr hatte sie immer wieder mit dem Gedanken an andere Arbeitsmöglichkeiten gespielt.

Derek machte Anstalten, sich zu verabschieden.

»Es tut mir Leid«, sagte er, obwohl er nicht danach aussah. »Wenn ihr diesen Fall löst, dann jedenfalls nicht durch meine Hilfe. Das hier war ein Mord mit einfacher Technologie, wenn ihr so wollt. Ein Mord, der weder ausgefeilte Werkzeuge noch avanciertes Wissen oder besondere physische Kraft verlangte. Ein Mord ohne Finesse, wie ich es sehe. Was eure Arbeit wohl erschwert, denke ich mir – der typische Allerweltsmord. Ich glaube, es wird ein interessanter Fall.«

Diese Voraussage schien Daga nicht aufmuntern zu können, und Monika fragte sich, ob auch sie sich wünschte, weit weg von all dem zu sein. Noch vor wenigen Jahren hätten ihre Augen gefunkelt, wenn ein Fall eine so unerwartete Wendung genommen oder sich als mehr als nur eine tragische, aber vorhersehbare Konfliktlösung zwischen impulsiven und bewaffneten Individuen erwiesen hätte.

Sie bedankten sich, wünschten Derek noch einen guten Tag und gingen hinaus in die trockene Luft, die ihre Wangen in Sekundenschnelle abkühlte – ohne ihre dicken Mäntel hätten sie an diesem düsteren Morgen nicht lange überlebt. Monika musste an die Obdachlosen denken und daran, dass die Stadt sich in dieser Nacht vermutlich von weiteren Drogensüchtigen und chronisch Kranken selbst befreit hatte.

Im Wagen war es ebenfalls eiskalt, als sie die Wache erreichten, und ihr Atem gefror an den Fensterscheiben zu Eis.

11

Monika saß wieder hinten auf dem Rücksitz, und Daga fuhr.

»Wir haben es also mit einem Mord zu tun. Der Leiter der Mordkommission ist bis Freitag auf einer Tagung. Danach ist Weihnachten. Lauter Urlaubstage«, bemerkte Daga, bevor ihr plötzlich aufzufallen schien, dass Monika und Idriss weder für die Dienstpläne noch für die Zeiteinteilung von Kommissionsleitern verantwortlich waren. Sie machte einen erneuten Versuch.

»Na gut. Ihr müsst feststellen, wie sie sich mit Angehörigen und Freunden verstanden hat. Und erkundigt euch, wer erbt und wer Geld braucht.«

Das, dachte Monika, wären die wahrscheinlichsten Motive. Wenn Lottie aus Hass, Eifersucht oder ähnlichen Gründen ermordet worden ist, dann von einer Person, die ihr nahe stand. Wenn Geld oder andere materielle Dinge dahinterstecken, was häufiger vorkommt, dann dürfte die Sache auch nicht so schwer sein. Legales Geld geht seinen festgelegten Weg, eventuelle schwarze Gelder hinterlassen zumeist auch Spuren, auch wenn es manchmal länger dauert, die zu finden.

»Vor allem müssen wir feststellen, was sie nachmittags und abends gemacht hat«, sagte Daga. »Wenn sie die Plätzchen mit jemandem zusammen gegessen hat, dann müssen wir feststellen, wer das war.«

Idriss zog ein kleines Notizbuch hervor.

»Um zehn Uhr waren die beiden Lokale unten am Kungsholms Strand schon seit mehreren Stunden geschlossen, also kann sie die Plätzchen dort nicht hergehabt haben. Was den Sonntagnachmittag angeht, wussten die Leute, mit denen wir gestern gesprochen haben, allesamt nicht, wo Lottie ihn verbracht hat. Oder sie wollten es uns nicht verraten.«

Er schien immerhin bereit zu ernsthafter Arbeit zu sein.

»Vielleicht hatte sie einfach immer Plätzchen in der Manteltasche«, schlug Monika vor.

Alle drei wussten, was die Leute üblicherweise in ihren Taschen aufbewahrten: Tabletten, Flachmänner aus Plastik, Rasierklingen oder was immer nötig war, um ihre Angst in Schach zu halten. Plätzchen oder Schokolade. Und in diesem Fall könnten die verzehrten Plätzchen vielleicht bedeuten, dass etwas Lottie Angst eingejagt, sie nervös oder unruhig gemacht hatte.

Sie schwiegen, deshalb begann Daga weitere Fragen nach der Arbeit des Vortages zu stellen. Es war ein schlecht getarntes Verhör, doch Idriss antwortete ruhig und sachlich. Er schien am vergangenen Abend seine Notizen ausgewertet zu haben, denn er hatte die Details gut im Griff.

Sie waren ziemlich spät dran, und als sie auf der Wache eintrafen, wurden sie bereits von Allan Larsson von der Technik und von einem jungen, ebenfalls rothaarigen Polizisten erwartet.

Monika freute sich wie immer darüber, Allan zu sehen, er war einer ihrer Lieblingskollegen, aber an diesem Tag sah selbst er leicht demoralisiert aus, wie ein Mitglied einer urbanen Terrorgruppe, das endlich einsieht, dass der Heilige Kampf niemals Früchte tragen wird.

Dieses Mal stellte Daga Idriss vor, offenbar war er in ihrer Achtung ein wenig gestiegen, dann sagte sie, dass Fredrik zusätzlich zu der kleinen Gruppe stoßen sollte, die im Mordfall Lottie ermittelte. Fredrik hatte die für Rothaarige typische helle Haut, und er errötete ein wenig, als alle ihn anschauten.

»Es war Mord.« Daga sprach als Erste die drei Wörter, die die Arbeit der nächsten Tage prägen würden, die drei Wörter, die ihnen eine äußerst wichtige Aufgabe zuteilten.

Zuerst wollte Daga von Allan wissen, was er aus der Igeldammsgata zu berichten hatte. Seine Stimme wies noch einen leichten ländlichen Akzent auf, der seine Aussagen für Monikas Ohren besonders glaubwürdig klingen ließ.

»Wir haben keine Fotos des Opfers, denn sie war ja schon in Solna, als wir geholt wurden.« Er sprach ruhig und konzentriert. »Aller Wahrscheinlichkeit nach ist sie an der Fundstätte auch zu Tode gekommen. Was die Verletzung am Hinterkopf angeht, so haben wir keinen Gegenstand gefunden, der sie hervorgerufen haben könnte. Der Mörder muss die Mordwaffe also am Tatort entdeckt, benutzt und dann entfernt oder sie schon bei sich gehabt haben, als er in der Igeldammsgata angekommen ist. Wir haben keine Fußspuren gefunden, leider ist die Treppe gegen neun freigeschaufelt und mit Sand bestreut worden.«

Allan hatte einige große Fotos mitgebracht, Farb- und Schwarzweißaufnahmen, die er nun herumreichte. Monika starrte sie an, als könnten sie ihr mehr verraten, als sie selbst am Tatort gesehen hatte. Doch sie entdeckte nichts Neues. Zwei Bilder erinnerten sie an ein Pfadfinderhandbuch – Hunde hatten im aufgeweichten Boden neben der Treppe deutliche Spuren hinterlassen, die der plötzlich einsetzende Frost dann konserviert hatte. Allan sah, dass sie die Pfotenabdrücke musterte.

»Hunde gehen offenbar lieber neben dem Weg«, sagte er. »Schade, dass der Täter das nicht auch getan hat. Das Opfer hat wohl keinen Wetterbericht gehört. Sie trug eine dünne Regenjacke mit Kapuze, die bei Null Grad vielleicht warm genug gewesen wäre, nicht aber bei minus fünfzehn Grad. An der Jacke haben wir Fingerabdrücke gefunden, teilweise von dem Typen, der sie gefunden hat, genau an der Stelle, wo er gesagt hat, aber es gab auch welche auf der Kapuze – innen von einem Daumen und außen von einem Zeigefinger, so als hätte irgend jemand sie hochgehoben, um ihr ins Gesicht zu sehen. Die Krankenwagenbesatzung hat am Telefon versichert, dass sie Handschuhe getragen haben, aber wir haben sicherheitshalber auch von ihnen Abdrücke genommen. Das Personal von der Gerichtsmedizin trägt immer Handschuhe, die können es also nicht gewesen sein. Die Abdrücke stammen von einer rechten Hand, die aller Wahrscheinlichkeit nach einem Mann gehört, einem, der an den Fingerspitzen keine Narben oder sonstigen besonderen Kennzeichen aufweist und nicht bei uns registriert ist.« Er lachte kurz. »Nicht besonders brauchbar als Steckbrief für einen Mörder, fürchte ich.«

Daga dachte kurz nach.

»Klingt das wahrscheinlich? Jemanden mit einem heftigen Schlag von hinten zu töten und dann nachzusehen, wen man da eigentlich erwischt hat? Wenn jemand Lottie aus persönlichen Gründen ermordet hat, dann muss er gewusst haben, dass sie es war, und wenn sie einfach so niedergeschlagen wurde, dann kann ihre Identität doch keine Rolle gespielt haben.«

Fredrik schien das Gefühl zu haben, dringend etwas sagen zu müssen. Er konzentrierte sich, errötete leicht und meinte: »Vielleicht wollte er sich davon überzeugen, dass sie wirklich tot war.«

Monika versuchte, sich die Szene vorzustellen. Man hebt die Kapuze mit der rechten Hand, wenn man Rechtshänder ist, doch dann muss man die andere Hand zu Hilfe nehmen, wenn man nach dem Puls sucht, das macht man doch sicher mit der linken Hand. Das Opfer sieht übel aus, es ist mit dem Gesicht auf dem Geländer aufgeschlagen und blutet. Fredriks Idee kam ihr in vieler Hinsicht unbrauchbar vor, aber sie wollte ihre Zusammenarbeit nicht mit diesem Hinweis beginnen.

»Hast du dir schon überlegt, dass *Expressen* schon am frühen Montagmorgen von Lotties Tod gewusst haben muss?«, nahm Idriss den Faden wieder auf. »Entweder hat jemand von uns nicht dichtgehalten, oder irgendein Pressemensch hatte ein Riesenglück.«

Daga nickte und berichtete dann von den Befragungen, die am Vortag in den benachbarten Häusern vorgenommen worden waren. Offenbar war keine Gruppe von Jugendlichen – ob nun in friedlicher Absicht oder nicht – am fraglichen Abend durch die Gegend gezogen. Niemand von den

Anwohnern hatte irgendetwas gesehen, was seltsam erschien, schließlich gingen doch sehr viele Fenster auf diesen Hinterhof. Dann ging sie zur Obduktion über, die an diesem Morgen stattgefunden hatte.

»Lottie wurde durch einen Schlag auf den Hinterkopf getötet. Wir wissen nicht, mit welcher Waffe, aber auf jeden Fall war sie abgerundet und vermutlich ziemlich schwer. Für diesen Schlag war keine sonderliche Kraft erforderlich, sagt Derek, wir müssen es also nicht unbedingt mit einem Mann zu tun haben. Ansonsten litt sie an einem ziemlich weit fortgeschrittenen Gebärmuttertumor. Er hat jedoch vermutlich nichts mit dem Mord zu tun, es gibt Grund zu der Annahme, dass sie selbst nichts davon gewusst hat. Derek hat uns außerdem erzählt, dass sie unmittelbar vor ihrem Tod Plätzchen gegessen hatte, Nussplätzchen. Monika und Idriss haben gestern mit der Familie gesprochen, es gibt drei Töchter. Zwei, mit denen Lottie sich gut verstanden hat, zumindest sieht es so aus, und eine, zu der sie schon lange keinen Kontakt mehr hatte. Wir wissen aber nicht, warum. Diese Tochter lebt seltsamerweise in der Igeldammsgata in unmittelbarer Nähe des Tatorts. Idriss, würdest du für Allan und Fredrik kurz zusammenfassen, worüber wir im Auto gesprochen haben?«

Idriss hatte seine Notizen vor sich liegen, würdigte sie jedoch keines Blickes.

»Lottie Hagman war bei ihrem Tod sechzig Jahre alt. Ihre Eltern sind gestorben, als sie fünf war, danach wurde sie von einer Tante adoptiert. Sie hat drei Töchter, geboren 1954, 1968 und 1974. Sie war nie verheiratet, hatte aber etliche längere Beziehungen, unter anderem zum Vater der beiden jüngeren Töchter. Er ist vor einem knappen Jahr gestorben. Wir wissen nicht genau, ob sie derzeit eine Beziehung mit jemandem hatte. Sie lebte in einer sehr großen Wohnung in Östermalm, zusammen mit der jüngsten Tochter und zwei jungen Untermieterinnen. Sie hatten einen Gast, einen Mann, der von Sonntag auf Montag dort übernachtet hat, wir wissen jedoch nicht, warum, da er nur einige Blocks entfernt in der Brahegata wohnt.«

»Er war sicher mit einer der Mieterinnen oder der Tochter zusammen«, meinte Daga.

»Vielleicht. Genau wissen wir das noch nicht. Lottie hat für das Maximtheater gearbeitet und in einer Fernsehserie mitgewirkt. Wir treffen uns heute um zwei mit ihren Kollegen im Theater. Was ihre finanzielle Lage angeht, so werden wir mit ihrem Steuerberater sprechen.«

Monika fragte sich, warum ihr das mit dem Steuerberater nicht selbst eingefallen war, während sie sich über Idriss' Tatkraft einerseits freute und andererseits ärgerte.

Daga strich sich mit den Fingern über ihren Pony.

»Statistisch gesehen müssten wir in der engsten Verwandtschaft suchen, aber Töchter bringen ihre Eltern nur äußerst selten um. Und wenn Söhne das tun, dann ist meistens ein gewalttätiger Vater das Opfer. Meint ihr wirklich, dass Lottie Hagman zur Zeit keinen …«, sie suchte das passende Wort, »Partner hatte? Kommt euch das nicht unwahrscheinlich vor?«

Monika schwieg. Wie sollte sie beurteilen können, ob das unwahrscheinlich war oder nicht? Sie selbst hatte derzeit auch keinen Partner, in der Stadt wimmelte es von Frauen, die keinen offiziellen Partner hatten – von partnerinnenlosen Männern einmal ganz abgesehen. Bei manchen änderte sich das nie, während andere, wie Lottie Hagman, einen Partner nach dem anderen hatten. War es denn unwahrscheinlich, dass Lottie im Alter von sechzig Jahren gerade keine Romanze hatte? Monika hatte keine Ahnung.

Jetzt ergriff Allan wieder das Wort.

»Wir sind ihren Terminkalender durchgegangen, der unberührt in ihrer Tasche steckte. Darin hat sie genau notiert, was sie vorhatte, Arbeit, allerlei Termine und Verabredungen. Am Sonntag war nur die Nachmittagsvorstellung zwischen drei und halb sechs Uhr notiert. Darunter stand nichts mehr. Wir haben eine Liste der Personen angefertigt, deren Namen und Adressen in dem Buch stehen, ihr könnt Kopien davon haben. Sie hatte viele Bekannte, von denen allerdings niemand in der Igeldammsgata oder am Kungsholms Strand wohnt.«

Monika erzählte von Pernillas Anruf und den Drohbriefen, die auf Lotties Arbeitstisch gelegen hatten, sie waren nicht adressiert und wiesen keinen Absender auf, und Pernilla schien sicher zu sein, dass Lottie sie geschrieben hatte. Pernilla hatte große Angst gehabt, als könnten die unerklärlichen Briefe düstere Wahrheiten über Lottie ans Tageslicht bringen und zu unangenehmeren Fragen und Antworten führen, als sie erwartet hatte.

Daga schaute auf.

»Sag das noch mal. Hatte sie jemanden bedroht? Aber womit?«

»Wir haben die Briefe noch nicht gesehen, deshalb wissen wir das noch nicht. Mit Informationen vielleicht, eine Frau von sechzig droht ja wohl kaum mit Gewalt. Wir wissen auch nicht, für wen diese Briefe bestimmt waren. Wenn wir Jennys Nachbarin glauben wollen, dann wusste Lottie gern über das Treiben anderer Leute Bescheid. Jenny war vielleicht nicht die Einzige, über die sie Informationen gesammelt hat. Und das könnte doch zu Briefen dieser Art führen.«

Daga musterte sie misstrauisch.

»Wer anonyme Drohbriefe schreibt, bewahrt sie sicher an seltsamen Orten auf, aber bestimmt nicht mitten auf dem

Schreibtisch. Entweder hat jemand sie dort hingelegt, um uns zu helfen oder um uns in die Irre zu führen. Oder wir müssen einfach umdenken. Ich bin gespannt darauf, was Allan mit diesen Briefen anfangen kann und was die Familie zu erzählen hat. Sonst noch etwas?«

Monika griff nach Gerds Notizblock.

»Hier ist die Übersicht der Nachbarin über alle, die bei Jenny ein- und ausgegangen sind, inklusive der Zeiten. Wenn das hier stimmt, dann waren nicht nur Jenny, sondern auch dieser Mann zwischen halb sieben und halb zwölf Uhr in ihrer Wohnung. Die Nachbarin glaubt, dass Lottie ermordet worden ist, weil sie herausgefunden hatte, wer dieser Mann war. Sie nimmt an, dass Lottie darüber mit jemandem gesprochen hatte, der dann seinerseits nicht dichtgehalten hat. Ich habe mich schon gefragt, ob Jenny das vielleicht alles so inszeniert haben könnte, um sich ein Alibi zu verschaffen, aber die alte Frau hat wirklich Angst, und der Block sieht auch aus, als hätte sie ihn erst nach und nach beschrieben. Seht ihn euch selber an.«

»Und wer ist dieser Mann?«

Als Monika den Namen nannte, nickte Daga nachdenklich.

»Er ist heute Morgen nach China geflogen, wenn auf meine Zeitung Verlass ist. Wir werden mit ihm sprechen, wenn er wieder hier ist. Ihr habt im Moment dringendere Dinge zu tun. Ihr drei fahrt jetzt wieder in die Wohnung, und Fredrik kann sich vielleicht mit dem Steuerberater unterhalten.«

Das war ein verantwortungsvoller Auftrag und Fredrik strahlte.

Monika hatte noch einen letzten Punkt.

»Ehe wir aufhören, wollte ich mich noch nach Janne erkundigen, er sollte doch einige meiner anderen Fällen übernehmen. Aber ich konnte ihn gestern einfach nicht erreichen.«

Daga seufzte.

»Er hat gekündigt. Er will zu einer Versicherungsgesellschaft wechseln. Er sagt, dass er dort immerhin genug Zeit hat, um sich um seine Fälle zu kümmern, dass er einfach nicht mehr mit ansehen kann, dass Verbrecher frei herumlaufen, nur weil er seine Arbeit nicht schafft.«

Monika interessierte sich nicht für den Widerspruch zwischen Jannes Ehrgeiz und der tatsächlichen Möglichkeit, die anfallende Arbeit zu erledigen, vielmehr war sie besorgt über ihre eigene Situation.

»Heißt das, er kommt überhaupt nicht zurück? Was soll ich denn mit meinen aktuellen Fällen machen?«, fragte sie.

»Er hat drei Monate Kündigungsfrist, deshalb kommt er noch, ich glaube, gestern war das Kind krank, aber heute müsste er hier sein.«

»Ich lege die Ordner in sein Postfach, dann kann er sich sofort an die Arbeit machen, wenn er kommt.«

Daga nickte zerstreut. »Ja, tu das.«

Sie beschlossen, zwanzig Minuten später loszufahren und sich mit Allan in der Garage zu treffen.

Monika und Idriss gingen in Monikas Zimmer, wo sie die Unterlagen über den Mann mit den Brüsten und den Pfleger in der Orthopädie heraussuchte. Es würde wunderbar sein, davon befreit zu werden. Wieder versuchte sie ihrem Anrufbeantworter keine Beachtung zu schenken, sondern ging ins Postzimmer und beschloss ihren eigenen Poststapel noch ein wenig liegen zu lassen. Die Erleichterung, als die Ordner in Jannes Fach verschwanden, war genauso groß, wie sie erwartet hatte.

Als sie in ihr Zimmer zurückkam, saß Idriss am Schreibtisch und schrieb. Er schaute auf.

»Also. Jetzt geht's wirklich los. Ich frage mich gerade, was wir eigentlich herausfinden sollen.«

»Das Übliche. Was wissen sie über die Briefe, wo haben sie alle den Sonntagabend verbracht, wer erbt, mit wem war Lottie befreundet. Was hat sie gemacht, wenn sie nicht arbeiten musste, wo war sie in den Stunden vor ihrem Tod. Wer konnte sie nicht leiden.«

Idriss nickte und schrieb weiter, wie Monika verärgert zur Kenntnis nahm. Sie wechselte das Thema.

»Wie lange hast du eigentlich in Chicago gelebt?«

»Drei Jahre. Ich habe dort die High School besucht, zwischen fünfzehn und achtzehn.«

»Warum das denn?«

»Weil meine Eltern dort gelebt haben.«

Er schien nicht mehr erzählen zu wollen, und Monika wollte ihn nicht bedrängen. Die Tatsache, dass er in den USA gelebt hatte, ließ ihn verändert erscheinen, und es überraschte sie, wie sehr. Sie fühlte sich plötzlich in seiner Gesellschaft weniger wohl, als hätten die USA ihn begreiflicher, vorhersehbarer gemacht. Und das, obwohl sie niemals dort gewesen war und auch keine besonders guten amerikanischen Bekannten hatte. Das Ganze war also ziemlich rätselhaft.

»Ist es nicht seltsam, dass sie erst so spät gefunden worden ist? Über diese Treppe müssen doch haufenweise Leute gegangen sein. Kann sie wirklich sieben Stunden dort gelegen haben, ohne dass irgendjemand reagiert hat?«, fragte er plötzlich.

»Natürlich ist das seltsam. Aber alle scheinen davon überzeugt zu sein, dass sie genau dort ermordet worden ist.«

Es schien ihr nicht die allerdringlichste Frage zu sein, aber seltsam war es durchaus. Oder beunruhigend als Perspektive, falls wirklich Leute dort vorübergekommen und einfach weitergegangen waren, aus Angst, in irgendetwas hineingezogen zu werden. Eine einfachere Erklärung wäre vielleicht, dass die Bevölkerung Stockholms sich daran gewöhnt hatte, dass Menschen in der Gegend herumlagen – halb bewusstlose Alkoholiker und Drogensüchtige waren an den seltsamsten Stellen anzutreffen, und die meisten schienen sie als typische Erscheinung im Straßenbild zu akzeptieren. Monika warf nicht im Glashaus mit Steinen um sich, eines Abends wäre sie selbst auf dem Heimweg fast auf einen vollgedröhnten Mann unbestimmbaren Alters getreten. Sie hatte sich davon überzeugt, dass er nach Schnaps stank und dass er sich lange nicht mehr gewaschen hatte. Dann hatte sie gedacht, dass sie nicht im Dienst war und dass andere sich um ihn kümmern sollten. Ohne Gewissensbisse war sie weitergegangen. Und das hatte ihr Angst gemacht.

Aber nun war es Zeit zum Aufbruch.

12

Ihre Bekanntschaft mit dem Haus in der Storgata kam ihr länger vor als die vierundzwanzig Stunden, die seit ihrem ersten Besuch vergangen waren. Lottie sah noch immer von den Zeitungsreklamen auf sie herab, wenn auch von neuen Bildern – an Material fehlte es schließlich nicht. Monika fuhr zusammen, als plötzlich das Bild von Lotties Gesicht, wie sie es an diesem Morgen gesehen hatten, vor ihrem inneren Auge auftauchte, und offenbar ging es Idriss nicht anders.

»In solchen Situationen versteht man fast, warum in so vielen Kulturen Obduktionen untersagt sind«, sagte er.

Sie gingen rasch, einerseits, weil es so kalt war, andererseits, weil sie jetzt wussten, dass sie es mit einem Mord zu tun hatten, was ihre Position dem Haus und dessen Bewohnerinnen gegenüber stärkte. Außerdem waren sie jetzt, mit Allan, zu dritt, und die Masse macht stark, das kann jedes Bandenmitglied bestätigen.

Jenny, die öffnete, begrüßte sie ohne jede Feindseligkeit, was Monika überraschte. Sie standen noch vor der Garderobe, als Dahlia in die Diele gestürzt kam. Ihr Gesicht war weiß, und sie schien nur mühsam einen Schrei zu unterdrücken.

»Habt ihr Lottie wirklich obduziert?«

»Ja. Nicht wir persönlich, natürlich, sondern der Gerichtsmediziner«, antwortete Monika. »Deshalb sind wir wieder hier, das haben wir ja schon am Telefon erklärt. Sie wissen sicher bereits, dass es sich bei Lotties Tod nicht um einen Unfall handelt?«

Dahlia holte Luft und schien etwas sagen zu wollen, wurde aber von Jenny daran gehindert, die vortrat, Dahlias schmale Schultern mit festem Griff packte und sie zu sich umdrehte, sodass sie ihr ins Gesicht sehen konnte.

»Hör gut zu. Wenn du jetzt nicht den Mund hältst, dann fliegst du raus, und zwar sofort. Du hast keinen Grund, in diesem Haus hier Szenen zu machen. Ich bin überzeugt davon, dass die Polizei mit dir genauso sprechen wird wie mit allen anderen, und bis dahin hältst du bitte die Klappe.« Jenny ließ Dahlia los, drehte sich zu den leicht verdutzten Gästen um und sagte: »Verzeihen Sie, aber manchmal habe ich diese vielen Theaterleute, die nicht wissen, wann sie auf der Bühne stehen und wann nicht, einfach satt.«

Dahlia blieb vollkommen reglos stehen, und Monika rechnete mit einer empörten Erwiderung, die jedoch ausblieb. Stattdessen schüttelte Dahlia einfach nur Jennys Hände ab. So eine Untermieterin hat es sicher nicht leicht, dachte Monika.

Das große Zimmer war unverändert. Monika und Idriss berichteten von den Ergebnissen, zu denen Derek gelangt war, und erzählten, was als Nächstes passieren würde. Allan würde sich um die Briefe kümmern und Lotties Zimmer durchsuchen, während Monika und Idriss mit allen Bewohnerinnen nacheinander sprachen. Alle nickten, diese Szene hatten sie schon viele hundert Male im Kino und im Fernsehen gesehen.

Monika schlug vor, mit den Briefen anzufangen und bat alle in Lotties Zimmer. Pernilla führte sie durch die Diele und dann durch einen langen Gang, bevor sie schließlich eine auf der linken Seite gelegene Tür aufschloss.

Lotties Arbeitszimmer war eine Überraschung. Es war zu klein für eine Wohnung von ansonsten derart extravaganten Proportionen, und es war fast überhaupt nicht ausgeschmückt. Weiße Wände, ein schlichter Schreibtisch, ein Bürostuhl, Bücherregale und Ordner. In dem Zimmer schien minutiöse Ordnung zu herrschen. Ein Briefkorb war beschriftet mit »Bezahlen«, ein anderer mit »Einkünfte«. Auf dem Schreibtisch lagen einige ungefaltete und unbeschriebene Blätter und zwei Zettel, die offenbar aus einem billigen Schreibblock gerissen worden waren. Jemand hatte sie mit großen, fließenden Buchstaben beschriftet, einer Schrift, die Monikas Unwillen erregte. Sie konnte sich vorstellen, dass diese Schrift erarbeitet worden war, um interessant und dramatisch auszusehen. Ungefähr so hatte ihre eigene Mutter geschrieben – auf diese Weise hatte sie versucht, interessanter zu erscheinen, als ihr Leben das erahnen ließ. Lottie hätte das doch nicht nötig gehabt, dachte Monika.

Aller Augen wanderten zum Schreibtisch, und Allan, der ihm am nächsten stand, las laut, ohne etwas zu berühren.

»Du musst einsehen, dass andere nicht nur deinetwegen existieren, dass auch andere ein Leben haben können, woran du sie nicht aus Selbstsucht hindern darfst.«

Dann kam die Stelle, die Pernilla am Telefon zitiert hatte.

»Du schlägst deine Vampirkrallen in sein Herz und erdrückst sein Leben. Du bist schlecht. Aber ich werde dafür sorgen, dass du uns nicht schaden kannst.«

Monika versuchte, in den Gesichtern der anderen zu lesen. Jenny und Johan hörten aufmerksam zu, ohne irgendwelche Gefühle zu zeigen. Pernilla kämpfte mit den Tränen, und Dahlia war weiterhin bleich und angespannt.

»Wissen Sie etwas, das uns hier weiterhelfen kann?«, fragte sie.

Die anderen tauschten Hilfe suchende Blicke, eine Antwort jedoch schien niemand von ihnen bieten zu können.

»Das sind doch keine Briefe.« Jennys Stimme klang mühsam beherrscht. »Das sind kurze Mitteilungen, und das Papier ist so gefaltet, als hätte es in einem Umschlag gesteckt. Aber sie kann das alles ja auch an sich selbst geschickt haben. Ich begreife das alles nicht. Das ist auf jeden Fall ihre Handschrift.«

»Sie hat nichts von Drohbriefen erwähnt?«, fragte Monika. »Sie hat nicht erzählt, dass sie einen oder mehrere bekommen hatte oder dass sie wütend genug war, um selbst welche zu verschicken?«

Erneut verwirrte Mienen und ein stummes »Nein«.

Jenny wirkte fast gereizt.

»Sie konnte zwar durchaus jähzornig sein, aber sie stauchte immer nur Menschen zusammen, die vor ihr standen. Sie hätte nie im Leben anonyme Briefe verschickt, da bin ich mir sicher. Feige war sie nicht.«

»Es scheint um einen Mann zu gehen, jedenfalls in dem einen Brief. Irgendjemand wollte einen Mann ersticken. Irgendjemand hat nur an sich selbst gedacht.«

Aber auch das brachte die anderen nicht weiter.

»Seltsam ist auch das Papier«, sagte Johan nachdenklich. »Sie hat immer auf teurem, dicken Büttenpapier geschrieben. Ihre Briefe sollten elegant sein, ästhetisch. Sie hätte niemals einen linierten Block genommen.«

Aber diese Zettel lagen zusammengefaltet auf ihrem Schreibtisch, das Ganze muss also einen Sinn haben, dachte Monika. Ihr nächster Gedanke war, dass ihr das alles zu viel war, dass ihr die Kraft dafür fehlte, die Zusammenhänge aufzudecken, die dennoch vorhanden sein mussten. Ihre Erschöpfung drohte sie regelrecht zu überwältigen.

Jenny streckte ihre schmale Hand aus, um sich die Briefe genauer anzusehen, doch Allan hielt sie zurück.

»Darauf sind sicher schon Fingerabdrücke genug.«

Pernilla schluchzte laut auf. »So war das nicht gemeint. Das schwöre ich. Sie müssen mir glauben. Ich weiß nichts!«

Monika erwartete, dass Jenny versuchen würde, Pernilla zu trösten oder zu beruhigen, aber sie fauchte nur: »Reiß dich zusammen! Niemand macht dir irgendwelche Vorwürfe. Du bist keine zwölf mehr, also hör auf.«

Plötzlich klingelte das Telefon auf dem Schreibtisch, ein so unerwartetes Geräusch, dass Monika zusammenzuckte und dachte, dass hier jemand noch nichts von Lotties Tod wusste. Doch dann musste dieser Jemand blind und taub sein, war ihr nächster Gedanke.

Niemand schien an den Apparat gehen zu wollen, doch schließlich streckte Pernilla die Hand nach dem Hörer aus.

»Wenn das für mich ist, dann bin ich nicht hier«, meldete Johan sich zu Wort.

Pernillas Empfindungen schienen intensiv, aber kurzlebig zu sein. »Im Gegensatz zu allen anderen in diesem Haus bin ich nun wirklich keine Schauspielerin. Also nimm dein verdammtes Gespräch gefälligst selbst an«, fauchte sie und ließ sich schulterzuckend wie ein trotziger Teenager auf Lotties Schreibtischsessel fallen. »Du bist so verdammt feige!«

Das Telefon klingelte noch immer. Am Ende nahm Dahlia den Hörer ab, nachdem sie Allan fragend angeschaut hatte.

»Nein, er ist nicht hier … macht doch nichts … Wiederhören.«

»Du und deine Hemmungen«, fuhr Pernilla Johan an. »Pathetisch!«

Johan gab keine Antwort, sondern wandte sich nur zu Dahlia um und hauchte einen Kuss in ihre Richtung.

»Ich bin dir ewig dankbar.«

Dann schwiegen sie wieder alle und standen einen Moment lang unentschlossen da, wie Gäste, die von ihrer Gastgeberin verlassen worden sind und nicht so recht wissen, wie sie sich verhalten sollen.

»Wir lassen Allan hier besser weitermachen. Jetzt wollen wir mit Ihnen reden«, sagte Monika schließlich.

Sie ging zurück in den großen Raum, und alle anderen folgten.

»Wenn es um unsere Alibis geht, dann kann ich Ihnen die Mühe abnehmen. Ich habe keins für den Abend der Tat«, sagte Jenny, als sie sich gesetzt hatten.

»Dazu kommen wir gleich. Erst möchte ich wissen, ob Sie inzwischen wissen, was Lottie am Sonntag in Kungsholmen wollte.« Das wussten sie nicht.

»Dann möchte ich wissen, ob Lottie gern Süßigkeiten gegessen hat. Kam es zum Beispiel vor, dass sie sich Plätzchen gekauft und sie aufgegessen hat, wenn sie Hunger hatte?«

»Plätzchen? Nein, Lottie doch nicht«, sagte Jenny kurz. »Sie hat immer dankend abgelehnt und darauf hingewiesen, dass sie sich das nicht leisten könnte. Zuzunehmen, meine ich.«

»Aber wenn sie angespannt war, nervös oder so – hat sie dann gegessen, um sich zu beruhigen?«

»Nein. Eher im Gegenteil – sie konnte kaum etwas herunterbringen, wenn sie gestresst war. Warum wollen Sie das wissen?«

»Kurz vor ihrem Tod hatte sie Plätzchen gegessen. Und wir wüssten gern, wo und mit wem.«

Die Stimmung im Raum veränderte sich, als die Töchter, Johan und Dahlia begriffen, was Monika gerade gesagt hatte. Eine Obduktion ist etwas Abstraktes, ein Mageninhalt dagegen durchaus konkret. Erst jetzt schien ihnen wirklich aufzugehen, dass Lottie aufgeschnitten, dass ihre innersten Winkel untersucht worden waren und ihr Körper seine Geheimnisse hatte preisgeben müssen.

Bisher hatten die Plätzchen banal gewirkt, doch nun waren sie mit einem Mal zu einem weiteren Mysterium geworden. Warum hatte Derek Nussplätzchen gefunden, wenn Lottie doch nie welche aß? Das durfte nicht so weitergehen – Monika wollte Antworten, keine weiteren Fragen. »Wissen Sie, wie es mit ihrer Gesundheit aussah?«, erkundigte sie sich.

Vier verständnislose Gesichter wandten sich ihr zu. Diese Frage kam definitiv unerwartet.

»Lottie war der gesündeste Mensch, den man sich vorstellen kann.« Pernillas schwache Stimme. »Ich kann mich nicht daran erinnern, dass sie jemals wegen einer Krankheit nicht zur Arbeit gehen konnte. Sie hat so etwas nie erwähnt. Wenn es einen Gegensatz zu einer Hypochondrin gibt, dann war das Lottie. Heißt das vielleicht Hyperchondrin? Eingebildete Gesunde?«

»Es sieht so aus, als sei sie trotzdem nicht ganz gesund gewesen, und in einer solchen Situation will eine Kranke vielleicht ihr Leben in Ordnung bringen, Dinge erledigen, die sie bisher aufgeschoben hat…«

Als sie die fragenden Gesichter der anderen sah, hätte sie am liebsten gesagt: Und das, ihr Trottel, kann dazu führen, dass diese Kranke plötzlich heiratet oder alles Geld verschenkt oder irgendetwas anderes tut, was sie zu einem Mordopfer macht. Los, aufwachen!

»War sie krank? Ernsthaft?«, fragte Jenny.

»Sie hatte einen Tumor. In der Gebärmutter. Sind Sie sicher, dass sie das nicht wusste?«

Das waren unwillkommene Neuigkeiten. Sogar Johan, der bisher so ungerührt gewirkt hatte, wurde blass, aber niemand hatte etwas dazu zu sagen. Monika fragte sich, wie viel sie noch ertragen könnten – es wäre vermutlich besser gewesen, Obduktion und Tumor erst am Ende des Gesprächs zu erwähnen. Wenn sie nicht so müde gewesen wäre, hätte sie sich das wahrscheinlich vorher überlegt.

Sie ging zum nächsten Punkt über.

»Wir werden mit ihrem Steuerberater sprechen, aber Sie könnten uns vielleicht etwas über Lotties finanzielle Situation erzählen.«

»Ich glaube, die war gut.« Jenny war noch immer Sprecherin der Gruppe. »Wir haben nie über solche Dinge geredet, aber es hat nie an Geld gefehlt, wenn wir welches gebraucht haben.«

»Hat sie ein Testament gemacht?«

»Das glaube ich nicht. Ich glaube, sie wollte noch sehr viel länger leben.«

»Dann erben die drei Töchter.«

»Vermutlich.«

Geld wird wie Gene von einer Generation an die nächste weitergereicht, zum Nutzen oder zum Verderben derer, die es bekommen. Monika hatte sich oft gefragt, wie ihr eigenes Leben aussehen würde, wenn sie plötzlich eine Menge Geld in der Hand hätte. Wenn sie sich eine Wohnung kaufen könnte, wie sie sie sich wünschte, wenn sie sich lange genug von der Arbeit freinehmen könnte, um wieder zu Atem zu kommen. Zugleich war ihr klar, dass diese Überlegungen rein hypothetischer Natur waren, sie konnte nicht mit einer Erbschaft rechnen.

Sie hatte auch fragen wollen, ob Lottie einen Partner gehabt habe, beschloss aber, damit zu warten. Sie wusste nicht, wie sie Johans Rolle sehen sollte, und würde vielleicht leichter eine Antwort bekommen, wenn sie unter vier Augen mit ihnen sprach.

»Dann würden wir jetzt gern einzeln mit Ihnen sprechen. Wir fangen mit Jenny an, dann kommt Pernilla, nach ihr Johan und schließlich Dahlia.«

13

Jenny schlug das Fernsehzimmer vor, was sich als gute Wahl erwies. Die Türen waren schallisoliert, es schien das am wenigsten hellhörige Zimmer zu sein, das Monika je gesehen hatte. Die Möbel waren bequem, der Fernseher groß und flach, eines der neuesten Modelle von Bang-Olufsen.

Jenny ließ sich in einen weichen Ledersessel sinken.

»Zuerst möchten wir uns noch einmal dafür entschuldigen, dass das alles so kurz nach dem Tod Ihrer Mutter sein muss«, sagte Monika einleitend.

»Es wäre schlimmer, wenn Sie sich nicht für Lotties Tod interessierten – für den Mord an Lottie, es fällt mir schwer, das zu sagen. Jetzt, wo ich weiß, dass diese Fragen sein müssen, helfe ich gern.«

Sie hatte also geglaubt, sie seien beim ersten Mal aus Sensationslust gekommen, hätten die Gelegenheit nutzen wollen, einen Blick auf Lotties Wohnung, ihre Kinder und deren Trauer zu werfen. Das war ungerecht, aber Monika konnte nichts daran ändern.

»Wir könnten vielleicht mit ganz konkreten Dingen anfangen. Den Finanzen.«

»Danach haben Sie schon gefragt. Aber sie waren offenbar kein Problem.«

»Sie war also nicht geizig?«

»Lottie war der Ansicht, dass alle Geld haben sollten, wenn sie es brauchten. Wir konnten immer welches von ihr bekommen oder etwas leihen, wenn es sich um große Summen handelte. Wenn Sie also glauben, Pernilla oder ich hätten sie wegen der Erbschaft umgebracht, dann irren Sie sich, das wäre nicht nötig gewesen. Außerdem ist keine von uns derzeit in Geldnöten, ich jedenfalls nicht. Im Gegenteil, ich verdiene besser denn je. Pernilla hat nicht so viel, aber sie gibt auch nichts aus. Sie wohnt und isst gratis, Kleider bekommt sie von mir, und ansonsten hat sie noch ihr Studiendarlehen.«

»Und was ist mit Eva-Maria?«

»Ich habe keine Ahnung. Ich habe sie zuletzt gesehen, als ich noch ein kleines Kind war.«

»Warum?«

»Sie war kein Mensch, mit dem man gern zusammen war.«

»Woher wissen Sie das?«

»Zumindest daran kann ich mich noch erinnern, und Lottie fand das auch.«

»Wie kam es zwischen dem Bruch zwischen ihr und Lottie?«

»Das weiß ich nicht. Ich war doch noch klein, und Lottie wollte nie darüber reden.«

Monika hätte gern mehr erfahren, rechnete aber nicht mit weiteren Antworten, deshalb wandte sie sich wieder der Geldfrage zu.

»Lottie hatte also genügend Geld und hat sich durch Zimmervermietung noch etwas dazuverdient.«

»Das Vermieten war eher ein Verlustgeschäft. Dahlia und Sara bezahlen siebenhundertfünfzig Kronen im Moment. Das deckt höchstens die Nebenkosten.«

»Aber dass Lottie vermietet hat, deutet doch darauf hin, dass ihr dieser finanzielle Zuschuss gelegen kam?«

»Es deutet darauf hin, dass Lottie tief in ihrem Herzen eine kleine Sozialarbeiterin war, die sich des Elends anderer annahm. Und im Gegensatz zu einer echten Sozialarbeiterin konnte sie sich aussuchen, wen sie glücklich machen wollte. Sie hatte sicher auch mehr Erfolg – die meisten sind ja gleich viel zufriedener, wenn sie eine schöne und ungeheuer preiswerte Unterkunft in der Storgata finden.«

»Und was hatte sie davon?«

»Macht. Sie haben ja keine Ahnung, wie fügsam alle Logiergäste waren. Wie dankbar. Überwältigt von ihrer Großzügigkeit. Sie hat immer die Einsamen gefunden, die Armen, die, die allein nicht zurechtkamen.«

Monika fand diese Beschreibung für Dahlia nicht gerade zutreffend, wollte aber kein großes Aufhebens darum machen. »Ist in ihrem Leben in letzter Zeit etwas Besonderes passiert? Eine Veränderung, eine Neuerung?«, fragte sie.

»Eine Neuerung…«, wiederholte Jenny. »Wenn Sie Lottie verstehen wollen, müssen Sie ihre Beziehung zu allem Neuen begreifen.« Sie machte eine vage Handbewegung. »Sie liebte alles, was neu war. Neue Männer, neue Ernährungsgewohnheiten, neue Ideen, neue Bekanntschaften.«

»Und welche neuen Menschen oder Ideen fand sie in letzter Zeit interessant?«

»Wenn der Teufel alt wird…« Jenny rutschte in ihrem Sessel hin und her. »Lottie hat sich plötzlich für Religion interessiert. Aber das kann ja wohl kaum etwas mit ihrem Tod zu tun haben.«

Idriss beugte sich vor und stellte die Frage, auf die Monika nicht gekommen war. »Für welche Religion?«

Jenny rutschte im Sessel nach hinten und schüttelte den Kopf, als wolle sie sich von Lotties Entscheidung distanzieren.

»Für das Judentum, das war Dahlias Schuld. Wir waren immer nichtgläubige Christinnen, wenn Sie sich darunter etwas vorstellen können, wir waren getauft, ich zumindest, ich glaube, bei Pernilla hatte sie es vergessen, aber jedenfalls haben wir Ostern und Weihnachten gefeiert, und alle unsere Verwandten sind kirchlich getraut und bestattet worden. Und dann fällt es Lottie plötzlich ein, dass ihre Mutter Jüdin war, sie kam aus Österreich, war aber gestorben, als Lottie noch klein war, wie Sie sicher wissen. Und Dahlia fängt an, Lottie mit in die Synagoge zu schleifen, und Lottie kommt wie üblich zu der Erkenntnis, dass sie endlich das Richtige gefunden hat und dass das Leben jetzt einen Sinn ergibt.«

»Das muss doch für Sie auch Folgen gehabt haben«, sagte Idriss mit neutraler Stimme.

»Nein, das nicht.« Jenny hörte sich plötzlich trotzig an, was sie jünger und verletzlicher wirken ließ. »Ich hatte schon vor fünfzehn Jahren, als ich hier ausgezogen bin, Lotties Launen satt, und jetzt treffe ich meine eigenen Entscheidungen. Ich bin vielleicht zu einem Viertel Jüdin, aber mit fünfundzwanzig Prozent kommt man nicht weit, und dieses Viertel soll mein Leben auf jeden Fall nicht dominieren.«

»Wie war Ihre Beziehung zu Ihrer Mutter?«

»Wollen Sie wissen, ob ich einen Grund hatte, ihr den Tod zu wünschen? Es ist kein Geheimnis, dass unsere Beziehung nicht gerade harmonisch war, aber dieses Problem habe ich dadurch gelöst, dass wir uns nicht so oft begegnet sind.«

»Woran lag es, dass Sie sich nicht so gut verstanden haben?«

»Vielleicht vor allem daran, dass sie keinen Sinn für Privatleben hatte. Für mein Privatleben, genauer gesagt. Sie hat eine Art vollkommener Offenheit verlangt, und dann war sie aber immer ungeheuer kritisch. Jetzt wohne ich allein, bezahle meine eigenen Rechnungen, sie hatte keine Macht über mich. Ich hatte es also nicht nötig, ihr den Tod zu wünschen.«

Monika nickte und wartete einen Augenblick, bis sie ihre nächste Frage stellte.

»Kennen Sie jemanden, der vielleicht nicht gut auf sie zu sprechen war?«

»Jede Menge. Die Theaterwelt ist so, aber ich glaube nicht, dass irgendjemand aus dieser Szene sie ermordet hat. Es gibt Kolleginnen, die weniger Erfolg hatten und neidisch waren, dann sind da die Männer, die sie aus irgendeinem Grund abgewiesen hat, aber besonders viele sind das sicher nicht … nein, ich wüsste nicht, wer das sein sollte.«

»Wissen Sie, ob Ihre Mutter in letzter Zeit einen bestimmten Mann häufiger getroffen hat?«

»Sie meinen, ob sie mit jemandem zusammen war? Sie wollte ohne Beziehung leben, zumindest für eine gewisse Zeit. Das war für sie eine Premiere und kam nicht einen Tag zu früh. Mir hat sie erzählt, es sei unglaublich beruhigend, aber sie hat mir ja nicht alles gesagt. Haben Sie irgendeinen Verdacht?«

»Noch nicht. Fällt Ihnen noch irgendetwas ein, das uns vielleicht weiterhelfen kann?«

Jenny dachte kurz nach, doch dann schüttelte sie den Kopf.

»Dann machen wir weiter. Wir müssen alle fragen, wo sie zur Tatzeit waren. Sie haben gesagt, Sie waren zu Hause.«

»Ich habe gelesen. Allein. Ein Buch über die äthiopische Frühgeschichte. Ich werde nächsten Monat hinfahren. Niemand hat mich besucht, niemand hat angerufen, das müssen Sie mir einfach glauben.«

»Nein.«

Jenny sah sie verwirrt an. »Wieso nein?«

»Nein, Sie waren nicht allein. Sie sind um halb sieben zusammen mit einem Mann gekommen, mit dem Sie sich bereits seit mehr als einem Jahr treffen. Er ist bis halb zwölf Uhr geblieben, danach haben Sie gebadet. Leider ist die Ermordete nicht die Einzige, die ihre Geheimnisse nicht für sich behalten darf.«

»Haben Sie mit ihm gesprochen?«

»Noch nicht.«

Jenny schwieg, und Monika konnte fast sehen, wie sie sich den Kopf darüber zerbrach, wieso ihr Privatleben plötzlich allgemein bekannt geworden zu sein schien. Schließlich fragte sie: »Woher wissen Sie das alles?«

»Das dürfen wir Ihnen nicht sagen. Aber es stimmt, oder?«

Jenny nickte. Zum ersten Mal sah sie ein wenig besorgt aus.

»Müssen Sie mit ihm sprechen?«

»Vermutlich.«

Dem war nicht viel hinzuzufügen. Monika bat sie, Pernilla zu holen.

Pernilla hatte offenbar direkt vor der Tür gewartet, denn sie kam herein, noch bevor Monika und Idriss ein Wort wechseln konnten.

Es war seltsam, dass zwei Schwestern, die sich so ähnlich sahen, so unterschiedliche Persönlichkeiten besitzen konnten, aber vielleicht lag der Unterschied einfach in dem, was sie ertragen konnten. Pernilla war ähnlich gebaut wie Jenny, wenn auch etwas kleiner und kurviger. Sie hatte die gleichen hellbraunen Haare und die gleichen graugrünen Augen. Ihr Gesicht war länglich wie das von Jenny, ihre Nase jedoch kleiner und spitzer, und ihre Lippen schmaler.

Der Unterschied in ihrem Auftreten war dafür umso deutlicher. Während Jenny hoch erhobenen Hauptes dastand und von der Höhe ihrer 180 Zentimeter über die Welt hinwegschaute, schien Pernillas Körper aus eher biegsamem Material zu bestehen – sie neigte die Schultern leicht nach vorn, hielt den Kopf schräg und schien ständig in Bewegung zu sein. Monika fragte sich, wieso das Selbstvertrauen so ungleich zwischen den beiden verteilt worden war.

Pernilla blieb stehen, bis Idriss ihr den Sessel anbot, den Jenny kurz vorher verlassen hatte. Dann sagte Monika wieder als Erstes, wie sehr sie es bedauerten, die Familie so kurze Zeit nach Lotties Tod behelligen zu müssen.

Pernilla brach abermals in Tränen aus, ein kindliches, verzweifeltes, heiseres Weinen.

Monika wartete.

Schließlich hatte Pernilla sich ausgeweint und Monika erkundigte sich nach Lotties Geld und einem eventuellen Testament. Pernilla gab ungefähr dieselben Antworten wie Jenny, nur etwas vager. Pernilla stritt jedoch energisch ab, dass sie Geld brauchen könnte.

»Ich kann Ihnen mein Sparbuch zeigen. Ich habe in den letzten Jahren mehrere zehntausend Kronen gespart. Und das macht man nicht, wenn man schnelles Geld braucht, für Drogen oder so.«

»Pernilla, wir haben niemanden in Verdacht. Wir dürfen auf keinen Fall die Erstbeste verdächtigen. Versuchen

Sie also bitte, so klar wie möglich unsere Fragen zu beantworten.«

Doch es gelang Pernilla nicht besonders gut, Monikas Bitte zu erfüllen. Sie starrte die Gäste noch immer an, als könnten die jeden Moment ihre Waffen ziehen und sie ins Knie schießen.

Auf die Frage, ob es einen neuen Mann in Lotties Leben gegeben habe, antwortete sie mit einem energischen »Nein«.

»Na gut. Wir müssen auch über die Briefe reden, oder wie wir sie nun nennen wollen. Können Sie uns genau beschreiben, wie Sie sie gefunden haben?«

»Ich hatte solche Sehnsucht nach ihr, und in ihrem Arbeitszimmer war sie immer ganz besonders sie selbst. Als Kind habe ich mich oft dort hineingeschlichen, wenn sie nicht zu Hause war, obwohl sie das streng verboten hatte.«

Sie holte tief Luft.

»Zuerst fiel mir an den Zetteln auf ihrem Schreibtisch nichts Besonderes auf, das war nun einmal ihr Stil, ich hatte eher das Gefühl, sie hätte mir einen Zettel hinterlassen, das machte sie ja oft. Erst, als ich gelesen hatte, was darauf stand, ging mir auf, dass es sich nicht um eine Nachricht für mich handelte, und das hat mir Angst gemacht. Ich dachte, ich hätte nicht hereinkommen, den Tisch nicht anrühren dürfen, und dann, ja, dann habe ich Sie angerufen.«

»Vom Telefon im Arbeitszimmer aus?«

»Ja, das andere haben wir ausgeschaltet.«

»Haben Sie die Zettel angefasst?«

»Ja. Ich habe gar nicht weiter darüber nachgedacht. Es war so unwirklich, zuerst ihr Tod, dann die Nachricht, dass sie ermordet worden ist, und dann das hier.«

Pernilla sah verängstigt, elend und hilflos aus, was Monika durchaus verstehen konnte. Lottie war mit etwas beschäftigt gewesen, von dem Pernilla nichts gewusst hatte, und das machte Lottie fremder, unwirklicher, als sie bisher gewesen war. So will keine ihre Mutter erleben, das wusste Monika. Schon gar nicht, wenn sie gerade erst gestorben ist.

Sie sah sich außerstande, Pernilla Trost zu spenden, deshalb fuhr sie fort: »Reden wir über etwas anderes. Jenny hat erzählt, dass Lottie sich neuerdings für Religion interessiert hat. Was können Sie uns dazu sagen?«

»Ich weiß nicht. Vielleicht könnte ich das auch gebrauchen. Ordnung. Zusammenhang. Lottie hat das geglaubt.«

In bitterem Tonfall fügte sie hinzu: »Für Jenny ist alles immer ganz glatt gelaufen. Sie wusste schon als kleines Kind, was sie wollte, wer sie war, wohin sie unterwegs war. Es ist nicht schwer, Erfolg zu haben, wenn man weiß, in welche Richtung man gehen, worin man seine Energie investieren muss. Aber bei mir war das nie so.«

Monika hatte sich ihr ganzes Leben lang nach Geschwistern gesehnt, hatte sich aber nie gefragt, ob ihre Geschwister vielleicht sympathischer, tüchtiger, zielstrebiger geworden sein könnten als sie. Sie beschloss, das Thema Geschwister weiterzuverfolgen.

»Pernilla – was wissen Sie über Eva-Maria?«

»Nichts.«

»Soll ich wirklich glauben, dass Sie nur eine halbe Stunde von Ihrer älteren Schwester entfernt leben, die Sie nie gesehen haben, und dass Sie nie versucht haben, Kontakt zu ihr aufzunehmen, dass diese Schwester sich nie bei Ihnen gemeldet hat?«

»Lottie wäre außer sich vor Wut gewesen. Ich glaube, sie hatte ein bisschen Angst vor Eva-Maria. Ich weiß noch, dass ich als Kind allein schon den Namen gefährlich fand. Eva-Maria. Und dabei ist es doch ein ganz normaler Name.«

»Was ist zwischen ihr und Lottie vorgefallen?«

»Das weiß ich nicht. Früher habe ich mir oft den Kopf darüber zerbrochen.«

Verständlich, dachte Monika.

»Weil das, was ihr passiert war, auch Ihnen passieren könnte, war das der Grund dafür?«

Pernilla nickte.

»Okay, letzte Frage. Was haben Sie am Sonntagabend gemacht?«

»Ich war mit Dahlia und ein paar Bekannten von ihr im Theater. In Vallentuna. Wir sind gegen sechs hier losgefahren und waren erst nach Mitternacht wieder zu Hause.«

Plötzlich erklang aus Pernillas Tasche eine fröhliche Variante von Beethovens Fünfter, und sie fuhr zusammen, als hätte das Telefon ihr einen Stromstoß versetzt. Sie schaltete es aus, ohne nachzusehen, wer anrief.

»Wir werden Namen und Adressen dieser Bekannten brauchen. Das wäre alles.«

Als sie gegangen war, fuhr Monika sich mit den Händen übers Gesicht.

»Lieber Gott. Wie viele Menschen stehen auf der Liste der Leute, mit denen wir reden müssen?«

»Keine Ahnung«, sagte Idriss. »Mit so hohen Zahlen kann ich nicht umgehen.«

Monika musste lachen, genau das hätte auch Mikael sagen können.

Jemand klopfte an die Tür. Jenny brachte zwei Becher, eine Thermoskanne mit heißem Wasser, Teebeutel, Pulverkaffee und eine kleine Schale mit Plätzchen. Idriss und Monika machten sich eine Tasse Kaffee.

»Würdest du mit Dahlia sprechen – ich habe keine Ahnung von religiösen Fragen«, sagte Monika. Sie ertappte sich dabei, dass sie sich fast anhörte wie Daga. Es war keine Frage, sondern fast schon ein Befehl.

Idriss nickte und machte sich auf die Suche nach Lotties Logiergast. Wenn er nervös war, dann war ihm das zumindest nicht anzusehen.

14

Dahlia kam mit leisen Schritten ins Zimmer und setzte sich. Sie wandte sich Idriss zu und stellte als Erste eine Frage. »Wo kommen Sie eigentlich her?«

»Ich bin in Stockholm geboren, aber meine Eltern stammen aus dem Irak.«

In Stockholm geboren? Das machte ihn in Monikas Augen erneut zu einem anderen. Warum hatte er das nicht längst erzählt? Vielleicht, weil sie ihn nicht gefragt hatte. Aber sie konnte doch andere nicht nach deren Geburtsorten fragen, zumindest nicht, wenn diese anderen so aussahen wie Idriss.

»Sind Sie Jude?«, fragte Dahlia jetzt. »Im Irak gab es doch immer viele Juden.«

Idriss schüttelte den Kopf.

»Ich gehöre aber nicht dazu. Wir haben gehört, dass Sie mit Lottie in die Synagoge gegangen sind.«

»Ist das wichtig?«

»Das wissen wir noch nicht. Vielleicht.«

Dahlia schien einen Moment nachzudenken, bevor sie fortfuhr.

»Als ihr aufgefallen war, dass ich hingehe, hat sie erzählt, dass ihre Mutter Jüdin gewesen war, aber ihr schien nicht klar zu sein, was das bedeutete. Ihre Eltern waren im Holocaust ermordet worden, und die Familie, die sie hier in Schweden adoptiert hatte, hatte sie christlich erzogen. Das klingt ziemlich schlimm, aber vielleicht hielten sie das

Christentum für die bessere Lösung und sie hat sich einfach gefügt, was weiß ich. Egal, eines Tages kam sie jedenfalls mit in die Synagoge, und nach und nach hat sie sich dann einem Studienkreis für Erwachsene angeschlossen, die nichts über ihren jüdischen Glauben wussten. Von denen gibt es in Schweden ziemlich viele. Ich selbst stamme aus einer religiösen Familie.«

»Bei Lottie ging es doch um Wurzeln, die schon mit fünf Jahren gekappt worden waren. Das war bestimmt nicht leicht.«

»Nein, das war es auch nicht, Trauer und Freude kamen da zusammen. Aber das ist uns allen vertraut, und die Gruppe hat ihr sehr geholfen. Ich glaube, bei ihr überwog die Freude. Wir alle müssen irgendwann einmal heimfinden, und sie hatte lange damit gewartet.«

»Sie hatte heimgefunden?«

»Ja.« Dahlia klang vollkommen überzeugt. »Vergessen Sie nicht, dass ich sehr häufig mit religiösen Menschen zusammen bin. Ich weiß, was Seelenfrieden bedeutet. Sie wollte konvertieren.«

»Das ist ein großer Schritt. Was haben Jenny und Pernilla dazu gesagt?«

»Jenny war wütend, sie hielt es für eine Laune, die sich bald wieder ändern würde. Pernilla fand die Sache schon interessanter, war aber vielleicht auch beunruhigt. Sie kannte mich ja und dachte, dass sie rein technisch gesehen auch Jüdin war, da ihre Mutter und Großmutter das waren.« Sie wandte sich jetzt an Monika. »Das Judentum wird über die mütterliche Linie vererbt, wie Sie vermutlich wissen, aber Lotties Töchter sind Christinnen und waren ihr keine große Hilfe. Deshalb hat sie Sara und mir angeboten, hier zu wohnen. Wir waren eher ihre Töchter als ihre eigenen Kinder, und das war den beiden sicher nicht immer recht.«

»Wir müssen vielleicht mit dem Leiter dieses Studienkreises sprechen.«

»Sicher, das ist der Gemeindepädagoge. Björn Aronsson.«

»Würden Sie uns erzählen, wie es war, hier zu wohnen? Wie war die Stimmung im Haus?«

»Die Stimmung war so, dass alle gerne hier waren. Freunde und Bekannte gingen ein und aus, alle waren willkommen, manchmal saßen zehn Leute hier herum und redeten, tranken Tee, sahen fern, lachten. Lottie hatte ungeheuer gern Menschen um sich, und andere waren gern mit ihr zusammen. Das hier war ein Zuhause, ein richtiges Zuhause, und alle, die hierher kamen, haben das gemerkt.«

»Und am Sonntagabend?«

»Da war ich mit Pernilla und ein paar alten Bekannten von der Schauspielschule im Theater, das hat Pernilla sicher schon erzählt.«

Idriss nickte.

»Gibt es sonst etwas, das wir wissen sollten?«

Dahlia hatte nicht mehr auf dem Herzen. Sie dankten ihr, und sie ging.

Monika war überrascht von der Art, wie Idriss seine Fragen stellte. Sie hatte draufgängerische Autorität erwartet, doch er hatte die Unterhaltung mit federleichter Hand gelenkt. Sie fragte sich, ob er das immer so machte, wollte der Sache für den Moment jedoch noch nicht auf den Grund gehen. Mit dem geheimnisvollen Johan Lindén wollte sie selbst sprechen. Er passte eigentlich nicht in dieses Muster, er war ein undefinierbares Objekt in Lotties unmittelbarer Umgebung, und solche Menschen sind immer interessant.

Sie holte ihn aus dem großen Zimmer, wo er mit der Katze auf dem Schoß gewartet hatte. Seine dunklen Haare waren nach der Dusche noch immer ein wenig feucht und lockten sich hinter seinen Ohren und in seinem Nacken, und er duftete sehr sauber – sauberer Körper, saubere frische Kleidung.

»Könnten Sie als Erstes Ihre Rolle hier in der Familie beschreiben?«

»Ich bin … ich war Lotties Freund.«

»Freund in welcher Hinsicht?«

»Freund in der üblichen Hinsicht, weder Liebhaber noch Feind.«

»Sie haben die letzten Nächte hier verbracht, obwohl Sie in der Nähe wohnen. Warum?«

»Die ein wenig peinliche Wahrheit ist, dass ich lieber hier bin als zu Hause.« Er machte eine resignierte Handbewegung. »Ich bin allein stehend, das einzige Kind alter Eltern. Mein Vater ist vor vier Jahren gestorben, meine Mutter lebt im Pflegeheim. Lottie und ihre Töchter und Freunde sind für mich zu einer neuen Familie geworden, noch dazu zu einer viel besseren als die, die ich hatte. Ich fühle mich hier ganz einfach wohl.«

»Und deshalb sind Sie hier eingezogen?«

Es schien die genial einfache Lösung des Problems der Einsamkeit zu sein.

»Lottie war eben so. Hier in dieser Wohnung gibt es jede Menge Platz, sie plauderte abends gern, und sie fand es immer schrecklich, wenn die Gäste gingen. Sie schlug allen vor, hier zu übernachten.«

»Wo haben Sie geschlafen?«

»Im Gästezimmer. Einem der Gästezimmer. Allein. Immer.« Er lachte. »Für einen, dem es nicht leicht fällt, sich einen Freundeskreis aufzubauen und ihn zu behalten, ist es ein großes Erlebnis, mit vielen Menschen zusammen zu sein, die nur von einem verlangen, dass man sich ganz normal verhält. Mir wird das alles schrecklich fehlen.«

»Und Sie haben auch die Nacht von Sonntag auf Montag in diesem Gästezimmer verbracht.«

Er nickte.

»Was haben Sie an diesem Abend gemacht?«

»Für den Abend habe ich ein Alibi, und ich hoffe, dass es nicht gegen mich spricht. Ich habe den ganzen Abend mit ehemaligen Kollegen zusammen gegessen und Bridge gespielt. Ich habe Namen und Telefonnummern bereits notiert.«

Er zog einen Zettel aus der Tasche und reichte ihn Idriss.

»Wir waren in der Erik Dahlbergsallé bei dem Paar, das ganz oben auf der Liste steht, von sieben bis kurz vor eins. Ich weiß nicht, wann sie gestorben ist, aber ich nehme an, dass es während dieser Zeit war. Ansonsten bedeutet Lotties Tod für mich einen größeren Verlust, als Sie vielleicht annehmen. Sie hat mir etwas gegeben, was ich vorher nie gekannt hatte, und von dem mir nicht einmal klargewesen war, dass ich es vermisst habe. Menschen in meinem Alter. Lachen. Gesellschaft.«

Monika konnte ihn gut verstehen. Sie zweifelte auch nicht daran, dass die Gäste des Bridgeabends auf der Liste seine Aussagen bestätigten und ihn damit als möglichen Täter ausschließen würden. Es erschien ihr wie ein Schritt in die richtige Richtung.

»Fällt Ihnen sonst noch etwas ein, was wir vielleicht wissen sollten?«

Da dies nicht der Fall war, beendeten sie das Gespräch und gingen zu Allan hinüber.

Sie fanden ihn auf dem roten Sofa. Auch er war mit Kaffee und Keksen versorgt worden.

Allan sagte zu Johan: »Kommen Sie, setzen Sie sich.« Der Ausdruck auf seinem Gesicht wirkte wie der eines besorgten Polizisten, der einen ansonsten ehrlichen Menschen mit einem unwiderlegbaren Beweis dafür konfrontieren musste, dass dieser Mensch zu schnell gefahren war oder auf eine andere Weise das Gesetz übertreten hatte.

Monika trat näher. Das versprach interessant zu werden.

Johan dagegen schien die Signale nicht deuten zu können, sondern lächelte nur und nahm Platz.

»Als meine beiden Kollegen sich in den Fernsehraum zurückgezogen haben, hatten Sie es plötzlich schrecklich eilig.«

Plötzlich sah Johan aus wie ein kleines Kind, das gerade mit der Hand in der Keksdose erwischt worden ist.

»Sie sind in Lotties Badezimmer verschwunden. Als Sie wieder herauskamen, sind wir uns auf dem Flur begegnet, und seither haben Sie hier auf dem Sofa gesessen. Zeigen Sie uns bitte das, was Sie aus dem Badezimmer entfernt haben.«

Johan sah eher überrascht als schuldbewusst aus, was auch Allan nicht entging.

»Das ist ganz einfach – wir haben mehr Übung mit diesen Dingen als Sie. Deshalb können wir damit besser umgehen. Was haben Sie aus dem Badezimmer entfernt?«

Johan wandte sich ab. Er seufzte, schob die Hand zwischen Rückenpolster und Armlehne des Sofas und zog zwei weiße Tablettenröhrchen heraus. Monika tat er trotz allem Leid, es war eine ungeheuer peinliche Lage für ihn.

»Was ist das?«, fragte Allan.

»Nichts Besonderes. Östrogen.«

Allan nahm das eine Röhrchen und las das Etikett.

»Verschrieben von Johan Lindén für Lottie Hagman. Sind Sie das, oder handelt es sich um einen Namensvetter?«

»Das bin ich.«

»Sind Sie Gynäkologe?«

»Absolut nicht. Ich bin klinischer Physiologe. Genauer

gesagt, ich wollte es werden. Ich habe im Frühherbst gekündigt.«

»Aber Sie waren Lotties Arzt?«

»Herrgott, nein. Ich habe schon lange keine Patienten mehr gehabt, klinische Physiologen haben das nicht, jedenfalls nicht so wie andere Ärzte.«

»Aber Sie haben Medikamente verschrieben?«

»Lottie hatte Angst vor Arztbesuchen, deshalb war es eine Art Freundschaftsdienst. Sie hatte schwere Probleme mit den Wechseljahren gehabt.«

»Und warum sollten wir diese Röhrchen nicht finden?«

»Das war unüberlegt und dumm von mir, ich habe einfach Angst bekommen, als Sie von Lotties Krankheit erzählt haben. Sie hätte keine Östrogene nehmen dürfen, wenn sie an Gebärmutterkrebs litt.«

»Haben Sie sie nicht untersucht?«, fragte Idriss.

»Nein. Das wollte sie sich doch gerade ersparen, als sie mich um das Rezept gebeten hat.«

»Wo arbeiten Sie jetzt?«

»Nirgendwo. Ich habe nicht nur meine Stelle gekündigt, sondern auch gleich die Branche. Jetzt versuche ich zu entscheiden, was ich mit dem Rest meines Lebens anfangen will, und das wird sicher eine Weile dauern. So wie jetzt hatte ich es mir jedenfalls nicht vorgestellt.«

Er sah traurig aus, als rede er über eine Beziehung, über eine Ehe, die einfach nicht zu retten gewesen war.

»Aber bringt das denn keine Probleme mit sich, was die Lebenshaltungskosten angeht?«

»Nein. Ich hatte das Glück, genug zu erben, aus diesem Grund brauche ich also nicht zu arbeiten.«

Er hätte ebenso gut behaupten können, dass er von einem anderen Planeten stammte. Auf Monikas Planet war Arbeit eine Voraussetzung dafür, dass die Miete bezahlt werden konnte, eine Voraussetzung dafür, dass eine Tasse Kaffee in einem Lokal erschwinglich war und dass sie Lebensmittel und Kleidung hatte. Auf Monikas Planet war Arbeit ein Zwang, ein Muss, egal, was man wollte oder sich wünschte oder brauchte. Johan hatte sich einfach dagegen entscheiden können.

Klinische Physiologie. Sie versuchte sich zu erinnern, wann sie diesen Ausdruck zuletzt gehört hatte. Dann fielen ihr Cilla und die Diskussion über das Hundefutter ein. Sie fragte sich, wie viele klinische Physiologen es wohl geben könne und was sie überhaupt machten.

»Haben Sie eine Kollegin namens Cilla?«

»Die hatte ich. Ja, wir haben zusammen am Västra Sjukhus gearbeitet.«

Dafür, dass er Lottie mit Medikamenten versorgt hatte, die sie nicht hätte nehmen dürfen, und dass er soeben bei einem ungeschickten Versuch ertappt worden war, Tablettenröhrchen verschwinden zu lassen, wirkte er seltsam gelassen auf Monika.

Sie betrachtete ihn mit wachsender Neugier. Er hatte Lottie bestimmt nicht ermordet, trotzdem hatte sie das Gefühl, dass er auf irgendeine Weise einen Teil der Lösung darstellte, dass er eines der Rädchen in der Maschinerie war, die zu Lotties Tod geführt hatte. Im Lauf der Jahre hatte sie gelernt, derartige Gefühle ernst zu nehmen. Mikael betonte immer wieder, dass es sich dabei keineswegs um Gefühle handele – das Gehirn arbeite insgeheim ununterbrochen mit Teilen, zu denen unser Bewusstsein keine Verbindung hat. Wenn diese Teile dann zu irgendeinem Ergebnis kommen, teilen sie es uns ohne Erklärungen mit. Sie sind einfach vorhanden, ohne dass wir wissen, woher sie gekommen sind. Mikael war der Ansicht, dass man solche Informationen nicht durch die Bezeichnung »Gefühl« abwerten sollte.

Er fehlte ihr.

Plötzlich hörten sie aus einem anderen Zimmer einen Schrei. Den lauten Schrei einer Frau, der Monika, Idriss und Allan in die Diele und durch den Flur stürzen ließ, und der, wie sich herausstellte, aus der großen Küche kam. Pernilla stand, offenbar unverletzt, am Herd, und starrte in einen Kochtopf. Monika und Idriss erreichten sie im selben Moment. Der Topf war neu, er enthielt kochendes Wasser, und auf dem Boden lag Pernillas Mobiltelefon und wurde von den Blasen leicht hin und her getrieben.

»Es ist mir reingefallen. Ach, was bin ich doch für ein Trampel!«

»So ein Pech!«, sagte Allan ohne jede Ironie, und Monika fiel wieder ein, dass er im Grunde ein überaus freundlicher Mensch war. Sie nahm an, dass weder er noch Idriss glaubten, dass Pernilla das Telefon zufällig in den Topf gefallen war, aber sie war jung und hatte gerade erst ihre Mutter verloren, deshalb mussten sie ihr gegenüber das komplizierte Gleichgewicht zwischen Freundlichkeit und Misstrauen aufrechterhalten, zwischen Fürsorge und dem Drang, alles bloßzulegen, worüber sie nicht sprechen wollte.

Monika hätte am liebsten die Wohnung versiegelt, statt sie für alle zugänglich zu halten, die Beweise hinzufügen oder verschwinden lassen wollten. Sie wusste jedoch auch, zu welch Mitleid erregenden Schlagzeilen das führen würde: »Ausgesperrt – unter Mordverdacht?« Zu tränenreichen Bildern und Interviews mit Lotties trauernden Töchtern.

Damit endete ihr zweiter Besuch in Lotties Wohnung.

Monika und Idriss überließen Allan, der noch nicht fertig war, seinem Schicksal und gingen wieder hinaus in die Kälte. Eine knappe Stunde später hatten sie ihren Termin im Theater.

Sie gingen ins 7-Eleven und kauften Zeitungen, beschlossen aber, irgendwo anders zu Mittag zu essen. Ihren Wagen ließen sie stehen, es gab kaum Parkplätze, und das Theater war nicht weit entfernt.

Der Mann im Kaschmirmantel starrte noch immer Lotties Haustür an. Er trug dieselben Kleider wie am Vortag und hatte sich seither nicht rasiert. Sein hellgelber Schal wies jetzt einen weiteren Kaffeefleck auf. Er schien Monika und Idriss zu erkennen, und Monika war überrascht von der Schärfe seines Blickes, als er sie ansah.

15

Fredrik war recht zufrieden. Er hatte auf der morgendlichen Besprechung etwas sagen können, obwohl sein Herz gehämmert hatte, und die anderen hatten ihm zugehört. Er war zwar rot geworden, aber dann hatte er sich wieder daran erinnert, dass es sich schlimmer anfühlte als es aussah. Alle hatten ihn angesehen, Augen wie harte entlarvende Scheinwerfer hatten sich auf ihn gerichtet, und er hatte es überlebt. Idriss war auf seine Bemerkung sogar eingegangen, auf Fredriks Idee. Was Idriss gesagt hatte, war übrigens ein guter Vorschlag gewesen; wir müssen diesen Journalisten mal unter die Lupe nehmen, hatte er gesagt, vielleicht hatte er aber ja ein Riesenglück gehabt.

Fredrik schaute in der Montagsausgabe der *Expressen* nach und stellte fest, dass der Artikel über Lottie mit einem Namenskürzel versehen war. Deshalb war es nicht schwer, den Namen des Autors in Erfahrung zu bringen. Stefan Broström. Es gab sogar ein Bild dieses Mannes, er war mittleren Alters und hatte eine kräftige Kinnpartie. Das Ganze wirkte fast schon zu einfach.

Fredriks nächster Zug war ebenfalls fast genial, fand er. Clever. Er schlug im Telefonbuch unter Stefan Broström nach. Es gab mehrere Männer dieses Namens, und sein Herzschlag setzte fast aus, als er sah, dass einer davon nicht nur Journalist war, sondern noch dazu die Adresse Kungsholms Strand 175 hatte.

Er rief bei Daga an, die jedoch nicht in ihrem Büro war. Er fragte sich, ob er es wagen sollte, Stefan Broström auf eigene Faust anzusprechen. Er wagte es nicht, stattdessen versuchte er, Monika anzurufen, die sich jedoch ebenfalls nicht meldete. Er wusste nicht, wen er sonst noch fragen könnte. Nach einer Weile fiel ihm ein, dass es ein so kleiner Umweg wäre, dass er auf dem Weg vom Steuerberater problemlos bei Stefan Broström vorbeisehen könnte. Weshalb er sicher niemanden zu fragen brauchte, er machte doch nur das, was die Kollegen bei der Nachbarschaftsbefragung auch getan hatten. Dieser Gedanke dämpfte seine Hochstimmung wieder ein wenig. Sicher hatten die Kollegen schon mit Stefan gesprochen, hatten ihn gefragt, was er gesehen hatte. Trotzdem wählte er Stefans Nummer.

Eine tiefe, raue Stimme antwortete.

»Von der Polizei? Ja, hier lag ein Zettel, dass ihr euch meldet. Ich bin eben erst nach Hause gekommen. Geh heute nicht mehr weg. Kommen Sie, wann es Ihnen passt.«

Offenbar hatten die Kollegen bei der Nachbarschaftsbefragung Stefan nicht angetroffen. Das war eine gute Nachricht, also konnte er auch bei Stefan vorbeisehen, bevor er den Steuerberater aufsuchte statt erst danach.

Der Eingang zur Nummer 175 lag rechts im Durchgang. Fredrik schaute zu der Treppe hinauf, auf der Lottie tot in der Kälte gelegen hatte und die von unten noch steiler aussah. Er fragte sich, was Stefan wohl erzählen würde. Hatte er Lottie als Erster gefunden? Hatte er sie liegen lassen, um zur Redaktion zu laufen, statt Polizei und Krankenwagen zu verständigen, und würde er das überhaupt zugeben? Er freute sich darauf, Daga und die anderen so richtig überraschen zu können. Um sich so nach und nach den Ruf eines effektiven und cleveren Ermittlers zu erarbeiten.

Die Wohnung, die Fredrik betrat, sah eher aus wie eine Rumpelkammer. Eine nur halb ausgepackte Reisetasche betonte das Chaos noch, überall lagen Kleidungsstücke herum, und es hatte schon lange niemand mehr sauber gemacht.

»Verzeihen Sie die Unordnung. So wird man, wenn man meistens im Hotel wohnt. In vielerlei Hinsicht ein einfacheres Leben. Bin eigentlich Kriegsberichterstatter.« Stefan sah älter aus als auf dem Foto und roch nach frischem und altem Bier zugleich.

Er ließ seinen abschätzenden Blick über Fredrik gleiten, schien jedoch zufrieden mit dem zu sein, was er sah.

»Es geht sicher um die Nacht von Sonntag auf Montag. Konnte nicht schlafen, hatte Ärger mit meiner Bekannten. Stand hier am Fenster.«

Sie traten an ein Fenster, das den Blick auf den Hinterhof freigab. Die Aussicht war perfekt, wie von einem Wachtturm. Auf der Fensterbank lagen tote Insekten.

»Sehen Sie. Das ist der Vorteil mit Schweden, man kann einfach am Fenster stehen, ohne das Risiko erschossen zu werden…« Stefan krempelte seinen Hemdsärmel auf. »Hier, Mogadischu. Stand in der Hotelbar, und plötzlich ballert es los wie die Hölle. Schwein gehabt, dass es der Arm war und nicht irgendein wichtigerer Körperteil.« Eine längliche, etwa einen Zentimeter breite Narbe zog sich über Stefans Unterarm.

Fleischwunde, dachte Fredrik und kam sich ungeheuer cool vor. »Joi. Das hat sicher wehgetan.«

Stefan zuckte mit den Schultern. »Mit so etwas muss man wohl rechnen. Krieg ist schließlich Krieg.«

Fredrik fühlte sich plötzlich seltsam nackt. Er hatte keine kugelsichere Weste, er war nicht sicher und beschützt, nur weil er in Stockholm war. Er riskierte hier mehr als eine verirrte Kugel.

»Ich habe genau hier gestanden, ich war stocksauer, kapieren Sie, warum die Tussen nie wissen, wann es reicht, wann sie die Fresse halten sollten?«, sagte Stefan.

Fredrik wusste keine Antwort.

»In diesem Land hier spinnen die doch total. In anderen Ländern lernen die, wenigstens ein bisschen Respekt zu zeigen.«

Stefan redete sich immer mehr in Rage, und Fredrik versuchte ihn zum Thema zurückzubringen.

»Was haben Sie gesehen?«

»Also, ich steh hier und sehe diesen armseligen kleinen Mann mit seinem blöden Hund, er geht hoch und starrt etwas auf der Treppe an. Dann bricht die totale Panik aus. Er rast los wie bei einem olympischen Hundertmeterlauf.«

Stefan schüttelte den Kopf und lachte kurz. Was wohl bedeuten sollte, dass ein richtiger Mann sich anders verhalten hätte.

»Man ist doch immer wach, wenn etwas passiert. Immer wach. Bin runtergegangen, um zu sehen, was da los war. Journalistische Routine. Wollen Sie ein Bier?«

Fredrik lehnte dankend ab, und Stefan fuhr fort: »Wusste ja sofort, dass sie tot war, hab in meinem Leben schon jede Menge Leichen gesehen. Sah, wer sie war und wusste, dass der Mann mit dem Hund die Polizei rufen würde. Wär doch sinnlos gewesen dazubleiben, wusste ja nichts, bin lieber in die Redaktion gegangen.«

»Haben Sie ihre Kapuze hochgehoben?«

»Musste ich doch, um sie besser sehen zu können.«

»Hatten Sie Handschuhe an?«

»Was? O verdammt, reden Sie von Fingerabdrücken?«

Fredrik nickte.

»Daran hab ich nicht gedacht. Ist im Krieg nie so wichtig. Meine Fingerabdrücke sind sicher da. Scheiße, was war ich sauer.«

Die Vorstellung, bei der Frau, auf die Stefan so wütend gewesen war, könne es sich um Lottie gehandelt haben, stellte sich nicht langsam ein, sondern sie war plötzlich einfach da. Lottie hätte hier gewesen sein können, in dieser chaotischen Wohnung. Sie hätte verschwiegen haben können, dass sie sich mit Stefan traf, wo sie doch angekündigt hatte, dass sie bis auf Weiteres allein leben wollte. Vielleicht hatten sie sich gestritten, vielleicht war sie gegangen, vielleicht war er ihr nachgerannt. Und in diesem Fall hätte er es mit einem überaus gefährlichen Mann zu tun. Und in diesem Fall hätte er, Fredrik, die Sache gelöst. Seine Gefühle lösten einander in rascher Folge ab – Angst, Spannung, Freude, wieder Angst, Unruhe. Er stand vor einem entscheidenden Moment in seiner Laufbahn, aber er musste sich in diesem Moment richtig verhalten. Er sehnte sich nach einer kugelsicheren Weste – er war überzeugt davon, dass ein ehemaliger Kriegsberichterstatter von der Machosorte nicht unbewaffnet war. Also musste er vorsichtig sein.

»Können Sie begreifen, warum es zwei vernünftigen erwachsenen Menschen so schwer fällt, miteinander auszukommen?«, fragte Stefan. »Was wollen die eigentlich alle?«

»Haben Sie sich hier gestritten?«

»Nein, zum Teufel. Bei ihr. In Solna.«

Fredrik beschloss, ein wenig energischer vorzugehen.

Er schaute Stefan in die Augen und stellte sich aufrecht hin. »Sind Sie sicher, dass es nicht hier war?«, fragte er.

»Na, was erlaubt der Kleine sich denn da für einen Tonfall?« Stefan trat einen Schritt auf Fredrik zu und stand plötzlich so dicht vor ihm, dass Fredrik ihn entweder zurückdrängen oder selbst zurückweichen musste.

»Bedrängen Sie mich nicht so«, sagte er. Seine Worte klangen nicht überzeugend, nicht einmal in seinen eigenen Ohren. Stefan beugte sich weiter vor und drängte ihn noch ein Stück weiter zurück. Durch den Biergeruch hindurch nahm Fredrik den Gestank nach Schweiß, Rauch und ungeputzten Zähnen wahr.

»Sprich etwas lauter. Schwerhörig, der Krieg, du weißt schon.«

Am Ende musste Fredrik die Augen niederschlagen und zurückweichen.

»Gut. Man muss wissen, mit wem man es aufnehmen kann, Kleiner.«

Fredrik spürte, dass sich sein Gesicht dunkelrot verfärbte. Er war ungeheuer erleichtert darüber, dass die Kollegen ihn hier nicht sehen konnten.

Stefan sah zufrieden aus.

»Die Alte, um die es geht, war nicht Lottie Hagman, ich kann deine Gedanken lesen. Sie war zweiundzwanzig und sah gut aus. Meinst du, ich stehe auf sechzigjährige Omas?«

Fredrik fiel nichts Besseres ein, als diese Frage zu ignorieren.

»Wann sind Sie aus Solna zurückgekommen?«

Stefan hatte nichts gegen diesen Themenwechsel einzuwenden.

»Weiß nicht. Um zwei, vielleicht um drei.«

»Lag Lottie da schon auf der Treppe?«

»Hab nicht nachgesehen. Musste ein Taxi nehmen, meine Fresse, zweihundertdreißig Ecken. Scheiße.«

»Ich brauche den Namen und die Telefonnummer Ihrer

Bekannten. Und Sie müssen auf die Wache kommen, damit wir Ihre Fingerabdrücke abnehmen können.«

»Kein Problem.«

Fredrik hatte das Gefühl, dass sein ganzes Gesicht glühte, als er auf Kungsholms Strand hinaustrat. Gott sei Dank gab es für diese Szene keine Zeugen. Wie konnte etwas, das so verheißungsvoll begonnen hatte, dermaßen schief gehen?

16

Nach nur wenigen Minuten im Freien klapperte Monika bereits mit den Zähnen. Ihre normale Winterjacke war offenbar nicht für Temperaturen unter minus fünfzehn Grad gemacht.

Sie musste Ordnung in ihre Gedanken bringen – der zweite Besuch in Lotties Wohnung hatte mehr und weniger erbracht, als sie gehofft hatte. Vor allem weniger. Immerhin schien Idriss mit ihr nicht dieselben Probleme zu haben wie sie mit ihm, denn er fing sofort an, seine Gedanken in Worte zu fassen.

»Was kann Lottie in Kungsholm vorgehabt haben, worüber sie nicht reden wollte? Sie war nicht verheiratet und auf niemanden angewiesen, sie konnte machen, was sie wollte. Ihre Töchter behaupten, sie hätte niemals Plätzchen gegessen, wieso hat sie das also kurz vor ihrem Tod doch getan? Und was kann zwischen Eva-Maria und Lottie passiert sein? Am Sonntag muss irgendwas Besonderes geschehen sein, und jemand muss wissen, was das war. Die Frage ist nur, ob wir mit diesem Jemand schon gesprochen haben.«

Sie hatten die Styrmannsgata erreicht und bogen nach links ab. Nirgendwo war irgendein Lokal zu entdecken. Monika sehnte sich plötzlich danach, weit weg von der Styrmannsgata zu sein, egal wo, nur weg von der Kälte, von der Ermittlung. Von Idriss.

Wenn sich in einer Mauer ein magischer Gang aufgetan hätte, dann hätte sie sich hineingestürzt, egal wohin er geführt hätte.

Aber es tat sich kein magischer Gang auf.

Als sie das Theater fast erreicht hatten, entdeckten sie plötzlich eine Pizzeria, die sie mangels einer Alternative dankbar betraten.

Auf ihren Gesichtern brach der Schweiß aus, als sie in die warme Luft traten, und sie rieben sich die Hände und stampften mit den Füßen, um sie ebenfalls warm zu bekommen.

»Wieso bist du eigentlich in Stockholm geboren?«, fragte Monika.

»Das war ein purer Zufall. Meine Eltern konnten nicht in den Irak zurück, weil dort eine Hinrichtungswelle ausgebrochen war, die vor allem die so genannte gebildete Mittelklasse traf. Sie hatten zusammen in London studiert.«

Monika sah ihn verständnislos an. Ihr Vater war aus Dänemark nach Schweden gekommen, hatte sich hier aber noch immer nicht vollständig assimiliert. Was passieren mochte, wenn Menschen so viel häufiger und von einem so viel weiter entfernten Ort verpflanzt wurden, konnte sie sich nicht einmal annähernd vorstellen.

Sie bestellten das Tagesgericht und schlugen die Zeitungen auf. Als Erstes sah Monika eine Untersuchung über die Arbeitsbedingungen in verschiedenen Branchen. Offenbar fanden alle ihr Arbeitsklima schlechter als vor fünf Jahren: eine ärgerliche, wenn auch nicht überraschende Ausnahme stellten die Verwaltungsangestellten dar, die behaupteten, alles sei sehr viel besser geworden. Monika bereute, dass sie sich nicht auf den Artikel über Lottie beschränkt hatte, sie wollte nicht noch mehr resignieren, als sie es ohnehin schon tat.

Aftonbladet schlug mit einer Gedenkbeilage gewaltig zu, vielleicht, um den Patzer vom Vortag auszugleichen. Auf der ersten Beilagenseite waren Bilder von Lotties Kollegen und Zitate von der Sorte, »unersetzbarer Verlust für das schwedische Theater«, »eine der wirklich Großen«, »unfassbare, entsetzliche Trauer« abgedruckt. Ansonsten stand dort so ungefähr dasselbe wie am Vortag in *Expressen,* abgesehen davon, dass es mehr Text gab, zusammen mit langen Zitaten aus den zahllosen Interviews, die Lottie gegeben hatte.

Auch hier tauchte Eva-Maria auf, dieses Mal mit sieben oder acht Jahren. Seltsamerweise waren ihre Gesichtszüge dieselben wie auf dem Strandbild – verschlossen, ein wenig misstrauisch. Ihre Haare waren dünn und strähnig, und sie trug weite formlose Kleider. Das dazugehörige Zitat lautete:

»Sie ist meine kleine Anarcho-Syndikalistin – geht ihren eigenen Weg, ist ein viel zu freier Mensch, um ihr Leben in Abschnitte von fünfundvierzig Minuten einteilen zu können, um zusammen mit dreißig anderen genau dasselbe zu tun. Kinder dürfen nicht unterdrückt werden, nur weil sie klein sind, sie müssen ihr eigenes Leben leben, wir Erwachsenen müssen ihre Integrität respektieren.«

Das nächste Bild zeigte Jenny kurz nach ihrer Geburt. Das Foto zeigte Mama-Papa-Kind in der konventionellen Illustriertenpose. Dem Interviewer war es nicht ganz so gut gelungen wie dem Fotografen, Lottie an das Stereotyp anzupassen.

»Kinder zu bekommen kann eine unendliche Einschränkung bedeuten – deshalb hat Buddha seinen Sohn Kleine Fessel genannt. In dieser patriarchalischen Gesellschaft kann keine als erwachsene Frau und Mutter leben, ohne als Individuum unterzugehen, als politisches Wesen. Deshalb leben wir in einer Wohngemeinschaft. Es gibt immer einen Arm für Jenny, wenn wir ausgehen wollen, wenn ich arbeite, wenn wir uns streiten oder lieben. Auf diese Weise ist es möglich zusammenzuarbeiten, einander zu helfen und das Kind in unser Leben einzupassen, ohne menschlichen Konkurs zu erleiden, wie so viele ältere Frauen das mussten.«

Dann folgte eine Bilderserie aus den siebziger Jahren. Auf einer halben Seite, über die Monika fast lachen musste, waren eine langhaarige Lottie und ein ungeheuer gut aussehender jüngerer Mann abgebildet. Sie trugen identische weiche hellrote Overalls, die auf den ersten Blick an riesige Strampelhosen erinnerten und die zugleich die geschlechtlichen Unterschiede stärker betonten, als ein Anzug und ein Kleid das vermocht hätten. Lottie war schlank und kurvenreich zugleich, und der Overall saß fast wie angegossen. Der junge Mann hatte den Körper eines Tänzers, breite Schultern, schmale Hüften, und Lottie hielt sein Handgelenk wie das eines störrischen Kindes. Er lachte sie an, während sie in die Kamera sah.

Darunter stand:

»Die Macht sitzt in der Kleidung. Der Nadelstreifenanzug ist ein Mittel zur Unterdrückung der Frauen, und enge Kleider und hohe Absätze sind weitere Zeichen der Unfreiheit der Unterdrückten. Wer würde sich freiwillig so anziehen? Wir müssen damit aufhören, einander zu unterdrücken, und wenn wir so weit gekommen sind, werden wir uns für geschlechtsneutrale Kleidung entscheiden. Für Kleidung, die praktisch und bequem für die Menschen ist, nicht für solche, die die Ungleichheit zwischen den Geschlechtern noch steigert. Die Overalls, die wir heute tragen, sollten als Prototypen betrachtet werden, sie wurden von Sighsten Herrgård entworfen, von dem später in diesem Jahr eine neue Kollektion von Unisexkleidern vorgestellt werden wird.«

Der schöne Mann auf dem Bild hieß offenbar Richard Cox und tauchte auf vielen der folgenden Bilder wieder auf. Er war gut zehn Jahre jünger als sie und schien auf fast allen Bildern ein Stück hinter ihr zu stehen. Sie waren viele Jahre zusammen gewesen, für Lottie ein Rekord.

Für sie war es offenbar eine ideologische Frage gewesen, dass nicht nur Männer sich mit jüngeren und dekorativen Beziehungen umgeben durften.

»Es ist ein Mythos, dass nur Männer Schönheit zu schätzen wissen. Das ist ein altes Vorurteil, das uns an der Selbstverwirklichung hindert. Richard und ich sind sehr glücklich miteinander.«

Monika kommentierte: »Lottie scheint sich einen Toyboy gehalten zu haben, noch ehe es diesen Begriff überhaupt gab. Ich wüsste gern, was aus ihm geworden ist. Ich habe jedenfalls nie von ihm gehört.«

»Ich auch nicht. Armer Mann.« Idriss sprach Monikas Gedanken aus.

Monika musste plötzlich wieder an Mikael denken. Was wird aus den Menschen, mit denen wir wie in einem Puzzlespiel für einige Zeit zusammengehört haben? Wie sieht es zehn oder zwanzig Jahre später damit aus? Wie würde es bei ihr und Mikael sein? Patrik hatte das Puzzle ja offenbar bereits verändert.

War es seltsam, dass bisher niemand Richard erwähnt hatte? Kann man ganz aus dem Leben eines anderen Menschen verschwinden, wenn man so viele Jahre zusammengelebt hat? Die Antwort lautete offenbar ja, zumindest was Lotties Leben betraf. Sie hatte ihre Beziehungen wohl wechseln können wie eine Schlange ihre Häute, selbst wenn es um eine Tochter ging.

Das Tagesgericht wurde serviert, riesige Ravioli, gefüllt mit Spinat und Ricottakäse, in einer milden, sahnigen Tomatensoße.

»Wir haben jedenfalls Glück mit dem Essen«, sagte Monika. »Sollten wir Pernillas Telefon überprüfen?«

»Das ist sicher eine gute Idee. Hast du schon mal erlebt, dass jemand ein Telefon zu Tode gekocht hat?«

Monika schüttelte den Kopf. Es kam jedoch häufiger vor, dass jemand ein Mobiltelefon wegwarf, weil niemand sehen sollte, welche Nummern einprogrammiert worden waren, oder weil er glaubte, dass die Polizei den Apparat selbst brauchte, um feststellen zu können, welche Gespräche damit geführt worden waren. Konnte Pernilla so naiv sein? So impulsiv? So verängstigt? Das würden sie vermutlich bald erfahren. Die Polizei hatte mit der Telefongesellschaft vereinbart, dass Informationen über Gespräche rasch und ohne großes bürokratisches Aufsehen weitergeleitet wurden. Monika wusste, dass Teile des organisierten Verbrechens über dieselbe Möglichkeit verfügten, auch wenn das in diesem Fall wesentlich mehr kostete. Dieses Wissen entmutigte sie immer ein wenig, deshalb dachte sie nicht mehr daran; an Tagen wie diesem fehlte ihr dazu ganz einfach die Kraft.

»Hast du die Nummer?«, fragte sie.

»Ja. Ich rufe an und leite alles in die Wege.«

Er brauchte nicht zu fragen, was er zu tun hatte, auch die Ausländerabteilung hatte derartige Kontrollen durchgeführt.

Inzwischen sammelte Monika ihre Gedanken. Sie musste mit ihm über Religion sprechen, fürchtete jedoch, das Thema könnte zu brisant sein. Am Ende versuchte sie es trotzdem, obwohl es sie enorm viel Kraft kostete.

»Lottie wollte also offiziell zum Judentum übertreten. Ob das wichtig für uns ist?«

»Eigentlich wird man ja eher ermordet, wenn man eine Religion verlassen will, nicht, wenn man ihr beitritt. Aus dem Islam darf man zum Beispiel nicht austreten, aber sie war doch sicher keine heimliche Muslimin, ehe sie das Judentum entdeckt hat.«

Es war also möglich, über Religion zu sprechen, ohne sich fundamentalistischen Tiraden auszusetzen, dachte Monika erleichtert. »Wir müssen mit dem Kerl reden, der in der Synagoge Lotties Gruppe geleitet hat. Vielleicht weiß er mehr«, sagte sie.

»Ich mache mir immer noch Gedanken über Johan Lindén«, erwiderte Idriss. »Das Östrogen, das er ihr verschrieben hat, hat das Wachstum des Tumors beschleunigt. Wenn Lottie daran gestorben wäre, was ja offenbar sehr gut möglich war, wäre das dann Mord gewesen? Könnten wir sagen, dass unser Mord einen anderen Mord verhindert hat?«

»Mord ist vielleicht übertrieben. Fahrlässigkeit mit Todesfolge oder so etwas, aber das ist wohl vor allem ein Fall für die ärztlichen Ethikkommissionen.«

Sie fragte sich, wie sie jemals Ordnung in ihre Gedanken bringen sollte, wenn sie mit niemandem darüber sprechen konnte. Sie hatte Gedanken und Ideen, Tatsachen und Eindrücke, die zu einem zusammenhängenden Bild von Lottie und ihrem Leben verschmolzen werden mussten, aber sie konnte mit Idriss nicht so frei sprechen, wie es nötig gewesen wäre. Das bedeutete vermutlich, dass sie diesen Fall niemals lösen würde. Er saß vor ihr wie ein viel zu massives, viel zu dunkles Hindernis, er jagte ihr eine derartige Angst ein, dass sie sich wie gelähmt fühlte, und sie sah keinerlei Ansatz für eine Lösung dieses Problems. Sie fragte sich zum ersten Mal, ob sie Daga bitten sollte, ihr einen anderen Mitarbeiter zur Seite zu stellen.

Sie mussten gehen und weitere Informationen sammeln,

die Monika dann später würde nicht weiter verarbeiten können.

17

Das Theater war für Monika eine fremde Welt. Die Vorstellung, die sie kurz vor dem Abitur mit ihrer Klasse besucht hatte, hatte sie in der Überzeugung bestärkt, dass es sich um eine primitive und wesentlich schlechtere Variante des Fernsehens und des Kinos handelte. Die ganze Zeit derselbe Kamerawinkel, keine Großaufnahmen, über halbe Stunden hinweg dieselbe Szene und Pausen ohne Reklame, von den aufgesetzten Stimmen und den übertriebenen Gesten einmal ganz abgesehen.

Es beunruhigte sie ein wenig, dass Lotties Welt ihr dermaßen verschlossen war. Die Menschheit spielt seit Jahrtausenden Theater, es ist nicht irgendeine Beschäftigung, nicht irgendein Milieu, und deshalb fühlte sich Monika kaum im Stande, irgendetwas zu begreifen.

Es überraschte sie, dass das Theater in einem ganz normalen Mietshaus untergebracht war, einem verhältnismäßig modernen Gebäude mit kleinen quadratischen Thermofenstern in einer glatten, weißen Fassade, deren Ecken und Kanten zwar wenig Eleganz aufwiesen, dem Äußeren jedoch ein wenig Leben gaben.

Wenn das Haus an sich sie auch nicht ansprach, so waren die Theaterplakate um so auffälliger. Lottie war das Zugpferd der Revue gewesen, ihr Name stand in riesigen Lettern auf den Ankündigungen, und ihr Gesicht dominierte die Plakate. Sie trug eine üppige schwarze Perücke und zwinkerte in die Kamera. Ihre Wimpern waren lang und dicht und ihr Gesicht zeitlos.

Ein kleines handbeschriebenes Plakat an der Tür teilte mit, dass die Vorstellung ausfallen müsse.

Ein Mann, der sich Kopf und Wangen rasiert zu haben schien, trat hinter den Glastüren von einem Bein auf das andere. Er schloss auf, ließ sie herein und schloss wieder ab.

»Mårten Sund. Ich habe die zehn Leute hergebeten, die den engsten Kontakt zu Lottie hatten. Das ist wirklich eine schreckliche Geschichte. Und ein doppelter Schock – erstens, dass sie tot ist, noch dazu auf so unerwartete und scheußliche Weise, und dann, dass jemand sie offenbar ermordet hat. Es ist einfach grauenhaft!«

Der Theaterdirektor schien wirklich außer sich zu sein. Monika dachte, dass er in seiner Branche vielleicht ebenso viel mit dem Tod zu tun hatte wie sie selbst – eines der wenigen Theaterstücke, das sie kannte, war Hamlet. Sie hatte es im Kino gesehen, und kaum jemand hatte die Schlussszene überlebt. Sie fragte sich, wie es möglich sein konnte, jeden Abend von Neuem auf der Bühne zu sterben, und erinnerte sich schaudernd daran, dass Lottie das vor ihren Augen gleich zweimal getan hatte. Einmal war sie in einem politischen Film aus den siebziger Jahren, den Monika nicht verstanden hatte, von ihrem heimlichen Liebhaber erwürgt worden, das andere Mal hatte sie eine junge Mutter gespielt, die an Krebs starb.

Der Mann führte sie ins Theaterinnere.

»Sie sitzen in unserem kleinen Kaffeezimmer.« Zögernd fuhr er fort, als er weiterging: »Ich möchte nur darauf hinweisen, dass es sich um sensible Menschen handelt, die aufgewühlt und schockiert sind, vielleicht sind sie sensibler als die Menschen, mit denen Sie es sonst zu tun haben. Verzeihen Sie, dass ich das sage, aber könnten Sie ein wenig vorsichtig, ein wenig behutsam vorgehen?«

Monika fragte sich, wie er sich eine normale polizeiliche

Vernehmung wohl vorstellte und wie ein behutsames Verhör vor sich gehen sollte.

»Wir werden uns alle Mühe geben. Aber die Ermittlungen in einem Mordfall sind leider meistens nicht angenehm, für niemanden.«

»Das Problem ist, dass sie jetzt schon angespannt und hektisch sind. Sie werden von Presseleuten belagert, die ihre Gesichter auf der Titelseite haben wollen: So betrauern X oder Y ihre tote Freundin oder so.«

Das klang entmutigend.

Das Zimmer, in dem Lotties Kolleginnen und Kollegen sich versammelt hatten, war wirklich klein. Es lag hinter dem hinteren Teil der Bühne, und es gab nicht genug Sitzplätze für die zehn Menschen, die sich darin herumdrückten. Einige saßen auf einer kleinen Treppe, eine junge Frau lehnte am Spülbecken.

Aufgewühlte und sensible Menschen. Zehn Stück. Monika wäre am liebsten nach Hause gegangen.

»Als Erstes möchte ich Ihnen dafür danken, dass Sie heute hergekommen sind. Ich weiß ja, dass Sie schockiert sind und dass das alles ungeheuer schwer für Sie ist«, fing sie an, während sie sich fragte, ob diese Einleitung wohl zartfühlend genug war, bevor sie fortfuhr: »Wie Sie wissen, ist Lottie Hagman am Sonntagabend ermordet worden.«

Eine ältere Frau, deren Gesicht Monika bekannt vorkam, brach in Tränen aus, und ein hoch gewachsener Mann legte den Arm um sie.

»Wir müssen als Erstes mehr über Lottie erfahren, und wir glauben, dass Sie uns dabei helfen können. Außerdem müssen wir in Erfahrung bringen, was sie am Sonntag nach der Vorstellung gemacht hat. Vielleicht könnten wir mit dieser Frage anfangen.«

So ging Monika am liebsten vor: nach Möglichkeit immer

mit etwas Einfachem beginnen, auf jeden Fall mit etwas Konkretem.

Eine grauhaarige Frau ergriff als Erste das Wort.

»Ich heiße Elsie. Ich weiß nicht, wohin sie wollte, aber sie schien es sehr eilig zu haben, zumindest eiliger als sonst. Die Vorstellung war um halb sechs vorbei, und das Umziehen braucht ja auch seine Zeit. Sie hat nicht gesagt, wohin sie wollte.«

»Weiß das vielleicht sonst jemand?«

Die anderen schüttelten allesamt den Kopf. Deutlich. Mit Körpersprache kannte Monika sich aus.

»Schien sie Angst zu haben oder nervös zu sein?«

»Nein, eher im Gegenteil«, sagte Elsie. »Ich hatte den Eindruck, dass sie etwas Schönes vorhatte, sie wirkte ein wenig abwesend, als sei sie in Gedanken bereits dabei. Ich bin davon ausgegangen, dass es sich um einen Mann handelte, das lag bei Lottie doch nahe.«

»Wissen Sie, ob sie im Moment einen besonderen Bekannten hatte?«

»Müssen Sie uns das fragen?« Die junge Frau am Spülbecken hörte sich an, als halte sie diesen Einwurf für ausgesprochen mutig. »Es muss doch Leute geben, die sie besser gekannt haben.«

»Ihre Töchter sagen, dass Lottie, was Männer angeht, eine Pause einlegen wollte, und dass sie bisher ihres Wissens nach von diesem Entschluss nicht abgewichen war. Aber wir wissen ja auch, dass Eltern ihren Kindern nicht unbedingt alles erzählen.«

Der hoch gewachsene Mann, der noch immer den Arm um die ältere Frau gelegt hatte, deren Namen Monika einfach nicht einfallen wollte, stimmte zu.

»Das ist sicher wahr. Aber ich glaube, die Töchter haben Recht. Sie hat jedenfalls keinen Mann erwähnt.«

»Hat sie das sonst gemacht?«

Er zögerte.

»Es fällt mir so schwer darüber zu sprechen, jetzt, wo sie nicht mehr bei uns ist…«

Monika hielt es für besser, den Stier bei den Hörnern zu packen, sensible Menschen hin oder her.

»Es ist immer schwer, über Tote zu sprechen, vor allem über die Seiten, die uns nicht sonderlich zugesagt haben… aber Lottie ist nun einmal ermordet worden. Es besteht kein Grund zu der Annahme, dass sie rein zufällig zum Opfer geworden ist. Deshalb ist es ungeheuer wichtig, dass Sie uns alles über Lottie erzählen, über ihre anziehenden Seiten und über die, die für die Menschen um sie herum weniger leicht zu ertragen waren. Sie haben sie besser gekannt als die meisten anderen. War es ungewöhnlich, dass sie keine Beziehung hatte?«

Sie schien den großen Mann überzeugt zu haben, denn als er zu sprechen begann, hatte sich sein Tonfall vollkommen verändert.

»Das kann man wohl sagen. Lottie wollte einfach nie allein sein. Sie war seltsam verletzlich, und das weckte in vielen Männern den Beschützerinstinkt.«

»Noch immer?«

»Noch immer. Sie konnte charmant und ungeheuer verführerisch sein, wenn sie Lust dazu hatte, und sie sah für ihr Alter unglaublich gut aus. Sie bewegte sich noch immer wie eine Katze.«

»Wenn man Geld hat, ist das ja auch kein Problem.« Die rothaarige Frau mittleren Alters, die Monika nicht wieder erkannte, hatte eine sehr präzise Aussprache. »An meiner Figur gibt es kein Problem, das sich nicht lösen ließe, wenn ich nur hunderttausend oder so übrig hätte.«

Wirklich überaus sensibel.

Hier war jedenfalls eine, die nicht um Lottie zu trauern schien. Aber wenn sie die Mörderin wäre, dann würde sie wohl kaum auf diese Weise die Aufmerksamkeit auf sich ziehen.

»Sie war schlimmer als meine sechzehnjährige Tochter«, sagte die Frau jetzt. »Große Liebe, toller Mann, wunderbarer Liebhaber, merkwürdige Ideen, wäscht sich nicht ihr-wisst-schon wo, Trennung, Krise, Trostbedürfnis, neue große Liebe, wäscht sich überall, endlich einer, mit dem ich leben kann, trinkt vielleicht ein wenig zu viel, ja, und so weiter. Wenn ich Sie wäre, würde ich eine Liste über ihre vermeintlichen großen Lieben der letzten Jahre aufstellen. Ich wette, dass einer von denen mit ihr aneinander geraten ist, als er einen sitzen hatte und sich selber schrecklich Leid tat. Plötzlich taucht sie auf, und er schlägt zu, und dann ist sie tot. Aus Versehen – sie umgab sich ja schließlich nicht mit Mördern.«

»Sagt Ihnen der Name Johan Lindén etwas?«

Die anderen tauschten fragende Blicke und schüttelten die Köpfe. Jemand wies darauf hin, dass sie sich ja wohl nicht alle Namen merken könnten, und dass Lottie ansonsten nur selten Namen genannt hätte. »Schicker Immobilienmakler«, »totaler Pudding«, »steinharter Kerl« waren ihre Bezeichnungen gewesen, wenn sie ihre neuesten Errungenschaften erwähnt hatte.

Aus einem plötzlichen Impuls heraus fragte Monika: »Weiß irgendjemand von Ihnen, was aus Richard Cox geworden ist?«

Die Rothaarige lachte kurz und höhnisch auf.

»Sie scheinen wirklich keinerlei Menschenkenntnis zu besitzen. Ausgerechnet nach dem zu fragen! Schoßhund wäre noch eine viel zu charmante Bezeichnung für diese Amöbe. Den können Sie vergessen, und außerdem lebt er schon längst nicht mehr in Stockholm.«

Einer der Männer fügte nachdenklich hinzu: »Aber wenn sie mich so behandelt hätte wie ihn, dann hätte ich keine Hemmungen gehabt sie umzubringen.«

Elsie legte ihm die Hand auf den Arm.

»Blödsinn, sag doch so etwas nicht. Wir wissen alle, wie du dich verhalten hast, als du mit Lottie zusammen warst – du hast sie nicht ermordet, sondern auf zivilisierte Weise Schluss gemacht. Es ist ewig her, und ihr habt ohne irgendwelche Probleme zusammengearbeitet. Vergiss nicht, wir reden hier mit der Polizei.«

Er nickte, sah aber noch immer gereizt aus.

Monika wartete eine Weile – vielleicht wollte ja noch jemand etwas über Lotties Männer sagen – dann fragte sie: »Hat sie über ihre Gesundheit gesprochen?«

Erneutes Kopfschütteln.

»Anfangs war das wohl einer der Gründe, warum ihre Karriere so gut lief. Sie war immer zur Stelle, klagte nie über Kopfschmerzen, Menstruationsprobleme, Spannungen irgendwo, Schnupfen, na, Sie wissen schon. Sie war nie verkatert, fiel nie unerwartet aus. Wer sie engagierte, konnte ganz beruhigt sein«, meldete Mårten Sund sich zu Wort.

Die nächste Frage ließ sich nicht behutsam und schon gar nicht zartfühlend formulieren.

»Gab es Leute, die Lottie nicht leiden konnten?«

Abgesehen von denen, die im Augenblick hier sind, hätte sie noch hinzufügen können, unterließ es jedoch.

Auch auf diese Frage gab niemand eine Antwort. Sie wusste, dass alle, die etwas zu sagen hatten, das vermutlich später tun würden, wenn sie wieder unter sich waren.

»Werden Sie manchmal mit den Rollen verwechselt, die Sie spielen?«, fragte Idriss.

Die Frau am Spülbecken machte ein erschrockenes Gesicht. »Meinen Sie, dass vielleicht die Großmutter ermordet worden ist, nicht Lottie? Dass jemand ihre Rollenfigur aus dem Weg schaffen wollte?«

»Ich frage nur. Sie wissen doch sicher besser als ich, ob so etwas überhaupt möglich wäre.«

Sie diskutierten einen Moment lang, hielten diese Erklärung am Ende aber für kaum vorstellbar. Schauspieler, die wesentlich üblere Charaktere darstellten, spazierten unbehelligt durch die Stadt, und die Großmutter, die Lottie dargestellt hatte, war zwar eine Nervensäge, im Grunde aber herzensgut.

Der Mann, der Lottie nicht ermordet hatte, während sie zusammen waren, räusperte sich, legte seinen Arm über die Rückenlehne, ließ sich zurücksinken und streckte die Beine aus. Alle sahen ihn an, als hätte er auf einer Versammlung um das Wort gebeten.

»Sie haben gefragt, wie sie war. Sie spielte immer die Hauptrolle in ihrem eigenen Leben, das darf man nicht vergessen.«

»Das ist ja, verdammt noch mal, tausendmal besser, als im eigenen Leben eine Nebenrolle zu spielen, wie das so viele Frauen tun. Lottie hatte Selbstachtung. Und das konntest du wohl nicht ertragen«, fauchte die junge Frau am Spülbecken.

»Welche Konsequenzen hatte es, dass sie die Hauptrolle in ihrem eigenen Leben spielte«, fragte Monika.

»Dass alle anderen für sie im Grunde nur Publikum waren. Sie wollte gesehen werden, gehört, wahrgenommen, geliebt, begehrt, und der Teufel hole alle, die nicht enthusiastisch genug applaudierten.«

»Deine Worte«, sagte Elsie. »Natürlich konnte sie manchmal anstrengend sein, aber sie war nie gemein oder boshaft. Und das wusste ich sehr zu schätzen. Sicher, manchmal brauchte sie lange, bis sie erkannte, in welcher Stimmung andere Menschen gerade waren, in dieser Hinsicht war sie nicht gerade sensibel, aber wenn sie erst den Eindruck gewonnen hatte, dass etwas geschehen musste, dann geschah es auch.«

»Und was passierte dann?«, fragte Monika.

»Sie gab vernünftige Ratschläge, verlieh Geld, bot an, mit Leuten zu reden, die helfen könnten. Sie hörte zu.«

Und damit war auch diese Diskussion beendet.

Monika stellte die letzte der Fragen, die sie sich vorher überlegt hatte: »Wissen Sie irgendetwas über irgendwelche Drohbriefe?«

Sie fragte sich, ob irgendwer in einer solchen Gruppe so etwas zugeben würde. Ob jemand sagen würde: »Gut, dass Sie das erwähnen, in meinem Postfach lagen nämlich immer wieder gemeine kleine Zettel von ihr …« Doch das erschien ihr wenig wahrscheinlich. Niemand gab ihr eine Antwort, stattdessen kamen etliche Fragen.

»Hat jemand sie bedroht?«

»Hatte sie sich an die Polizei gewandt?«

Was bedeuten sollte: wusste die Polizei von den Drohungen, hat sie aber nicht beschützen können?

»Sie hatte sich nicht an uns gewandt«, antwortete Monika, »und die Kollegen von der Technik untersuchen die Briefe im Augenblick. Viel mehr wissen wir also noch nicht.«

Alle schwiegen. Die anderen schienen davon auszugehen, dass Lottie die Briefe bekommen hatte, aber Monika war überzeugt davon, dass Schauspieler gut im Bluffen waren, schließlich waren sie doch daran gewöhnt, Gestik und Mimik unter Kontrolle zu haben.

Monika hatte keine weiteren Fragen. Sie bedankte sich bei allen, bat sie sich bei ihr zu melden, wenn ihnen noch etwas einfiel, und nicht mit der Presse über die Fragen zu reden, die sie ihnen gestellt hatte.

»Die brauchen ja nicht unbedingt zu erfahren, wie wir arbeiten und was wir denken.«

Anschließend bat sie noch um ein kurzes Gespräch mit dem Theaterleiter.

Mårten Sund hatte ein Büro, das für eine Person ausreichend, für zwei Personen kaum und für drei definitiv zu wenig Platz bot, vor allem dann, wenn die dritte Person so groß war wie Idriss.

»Ich wüsste gern, wer Lotties Rolle übernehmen wird. Wir fragen uns ja immer, wer durch einen Mord einen Vorteil haben könnte, und Lottie spielte doch eine große und begehrte Rolle«, sagte Monika einleitend.

Sie dachte an die etwas älteren Frauen im Kaffeezimmer. Eine von ihnen würde vielleicht jetzt die Chance ihres Lebens bekommen, besser spät als nie. Eine von ihnen hatte diese Chance vielleicht schon am Sonntagabend ergriffen.

Doch Mårten nahm ihr diese Illusion.

»Ich glaube, niemand wird die Rolle übernehmen. Lottie war der Star, und sie kann nicht ersetzt werden. Wir werden das Stück vermutlich absetzen. Ich habe seit gestern sehr viel darüber nachgedacht. Lottie war der Publikumsmagnet. Sie hatte eine unglaubliche Bühnenwirkung. Immer.«

»Was die Rolle betrifft, stellt ihr Tod also für niemanden einen Vorteil dar?«

»Es war so, dass die Rollen Lottie auf den Leib geschrieben wurden. Keine davon könnte man so einfach auf jemand anderen übertragen. Sie hatte eine enorme Ausstrahlung«, sagte er, und in seiner Stimme lagen Wärme und Trauer zugleich.

»Wissen Sie, ob sie noch andere größere Rollen in Arbeit hatte?«

»Ich glaube nicht. Wenn ihr irgendwo eine größere Rolle angeboten worden wäre, dann hätte ich das gewusst, da alles andere mit ihren Auftritten hier koordiniert werden musste – es ist ja nicht ungewöhnlich, dass unsere Leute auch für das Radio, das Kino und die Werbung arbeiten.«

Monika wollte noch nicht aufgeben.

»Und wenn Sie das aktuelle Stück absetzen müssen, zieht daraus vielleicht jemand einen Vorteil?«

»Das ist eine entsetzliche Vorstellung, aber die Antwort lautet noch immer nein, zumindest soweit ich das beurteilen kann.«

Er blickte Monika freundlich an.

»Ich nehme an, dass die Ermittlungen in einem Mordfall von den Ermordeten beeinflusst werden. In diesem Fall können Sie mit ziemlicher Verwirrung rechnen, mit Widersprüchen und Inkonsequenzen, denn so war Lottie. Aber was das Motiv angeht, können wir Ihnen gar nichts liefern.«

»Übrigens, ist Ihnen je ein Bekannter von Lottie begegnet, der Johan Lindén hieß?«

»Großer, schwerer, leicht melancholischer Typ?«

»Ja. Wissen Sie, ob Lottie und er ein Paar waren, irgendwann einmal oder noch immer?«

»Das glaube ich nicht, jedenfalls hatte ich die wenigen Male, als wir uns gesehen haben, nicht diesen Eindruck. Obwohl Lottie ja Kraft genug für mehrere unfähige alternde Männer ohne Lebensziel gehabt hätte.«

»Sie mochten ihn nicht.«

»Nein. Ich kann Schmarotzer prinzipiell nicht leiden.« Er fügte hinzu, als sei ihm das jetzt erst eingefallen: »Aber Sie sollten mit Peder Höök sprechen, dem Drehbuchautor. Er hat sehr eng mit Lottie zusammengearbeitet und kannte sie gut, vielleicht besser als wir anderen hier. Ich habe seine Visitenkarte, hier, nehmen Sie sie.«

Monika steckte die Karte in ihre Tasche und beschloss Peder Höök so schnell wie möglich anzurufen.

Sie hatten keine weiteren Fragen, also verabschiedeten sie sich und machten sich auf den Weg zurück zur Wache.

Und nun mussten sie zurück zur Wache. Die wirklich großen Probleme schienen ein wenig in den Hintergrund zu rücken, sobald man die Wache verließ, dachte Monika. Auf diese Weise hatten die Wohnung in der Storgata und das Theater ihr durch den Tag hindurch geholfen.

Der Gedanke an das Postfach, an Daga, an den Anrufbeantworter, an Janne und an die Zukunft machte sie so müde, dass sie sich fragte, ob sie vielleicht krank wurde. Sie stiegen ins Auto und versuchten, sich einen Weg durch den dichter werdenden Nachmittagsverkehr zu bahnen.

18

Auf der Wache wählte Monika als Erstes Jannes Nummer. Sein Anrufbeantworter teilte mit, er sei dienstlich unterwegs und sie könne eine Nachricht hinterlassen. Sie sprach eine Nachricht darauf, dass sie hoffe, er habe sich schon um ihre beiden Fälle gekümmert, da die Sache eilte. Vor allem, was Håkan Götsten im Västra Sjukhus anging. Danach versuchte sie jeden Gedanken an die Orthopädie und an den Mann mit den Brüsten beiseite zu schieben.

Idriss wollte nachsehen, ob die Telefongesellschaft sich schon gemeldet hatte.

»Ist es am Anfang immer so schwer?«, hatte er auf der Rückfahrt gefragt.

»Wenn du wissen willst, ob wir immer mit einem Zeugen nach dem anderen sprechen müssen, ohne etwas von dem zu erfahren, was wir wissen müssen, dann lautet die Antwort wohl ja. Aber zu Beginn einer Ermittlung wissen wir ja auch nie so recht, was wirklich wichtig ist.«

»Und die Sache wird für dich nicht leichter dadurch, dass du mit mir zusammenarbeiten musst.«

Monika war so überrascht gewesen, dass ihr keine Erwiderung eingefallen war.

»Ich weiß, dass ihr mich nicht haben wolltet und dass Daga sich alle Mühe gegeben hat, um gerade diese Situation zu verhindern.« Er sah besorgt und konzentriert aus und schien nach den richtigen Worten zu suchen. »Ich habe nicht nachgegeben, weil ich ja wusste, dass es nicht um mich als Person ging. Ich kann nichts für meinen Namen und mein Aussehen, aber was ich beeinflussen kann – meine Art zu arbeiten, zu kommunizieren, mich zu verhalten, dass daran nichts auszusetzen ist, weiß ich. Aber langsam geht mir auf, dass das nicht reicht.«

Monikas erster Gedanke war: Das ist zu viel. Dieses Gespräch will ich nicht, schaffe ich nicht, bringe ich nicht über mich. Nicht jetzt. Vermutlich nie. Es war zu persönlich, und damit konnte sie nicht umgehen.

Idriss redete weiter. »Es fällt mir auf, dass ich dich störe. Dass ich deine Arbeit für dich schwerer mache. Ich will nicht, dass Lotties Mörder wegen meiner Prinzipien ungeschoren davonkommt.«

»Wenn das passiert, dann liegt das doch nicht nur an deinen Prinzipien, sondern auch an meinen Vorurteilen. Oder genauer gesagt, an meinen früheren Erfahrungen.« Monika war überrascht, dass sie dieses eine Mal genau das sagte, was sie dachte. »Ich habe Angst vor dir, Angst, du könntest schrecklich beleidigt wegen etwas sein, das ich ohne böse Absicht sage oder tue. Angst vor Missverständnissen. Das macht mich unsicher, und das ist eine Belastung.«

Sie hatte schon lange nicht mehr auf diese Weise über sich geredet, und sie dachte darüber nach, ob Mikaels Abwesenheit sie vielleicht für andere ein wenig zugänglicher machte. Idriss sah aus wie ein Mann, dessen Traum ihm unwillkürlich aus den Händen glitt, und plötzlich wurde ihr schmerzlich klar, in welch einer verletzlichen Lage er sich befand. Unser erster Kontakt mit anderen ist immer geprägt von deren sichtbaren Eigenschaften – Geschlecht, Alter und, besonders im Moment, ethnischer Herkunft, diesen Details im Aussehen, die etwas über unsere Vorfahren aussagen.

Sie hatte ihn angelächelt. »An sich habe ich keinen Grund, mich zu beschweren. Im Gegenteil. Vermutlich werde ich mich an alles gewöhnen, und dann wird es viel besser gehen«, hatte sie gesagt – eine Bemerkung, die sie selbst überrascht hatte.

Danach hatten sie nicht mehr viel gesprochen, aber er hatte entschieden lockerer gewirkt, und ihr war klar geworden, wie angespannt er gewesen war.

Das folgende Schweigen war nicht mehr so belastend gewesen wie die vorhergehenden.

Lottie erschien inzwischen immer mehr als logisches Mordopfer, falls der Mord an einem anderen Menschen jemals logisch erscheinen konnte, um sich selbst einen Vorteil zu verschaffen. Aber Monika wusste noch immer nicht, wie sie sich Lotties kompliziertem Leben nähern sollte, um aus den Puzzlestücken ein erkennbares Muster zusammenzusetzen, mit dessen Hilfe der Fall schließlich geklärt werden könnte.

Aus irgendeinem Grund wanderten ihre Gedanken wieder zu Richard Cox. Sie griff zum Telefonbuch und schlug unter Cox nach – wo sie tatsächlich mehrere mit diesem Namen fand, von denen jedoch keiner Richard hieß, deshalb stimmte wohl die Behauptung, er habe Stockholm verlassen. Aus einem Impuls heraus rief sie bei der Auskunft an und bat, den Namen in ganz Schweden zu suchen – vielleicht war Richard ja nach Malmö übersiedelt oder hatte sich in eine Kate in Jämtland zurückgezogen. Eine freundliche Stimme teilte ihr jedoch nach kurzer Zeit mit, dass auch an einem anderen Ort kein Richard Cox zu finden sei.

»Allerdings haben wir einen in Stockholm. In der Skeppargata.«

»Was sagen Sie da? Im Telefonbuch habe ich den nicht gefunden.«

»Das liegt daran, dass er den Anschluss erst vor zwei Wochen angemeldet hat. Wollen Sie die Nummer?«

»Ja, bitte.«

Dem Gesetz der Wahrscheinlichkeit zufolge hätte er eine Geheimnummer haben müssen, doch das war nicht der Fall. Plötzlich hielt Monika seine Telefonnummer in der Hand, eine direkte Verbindung zu dem schönen jungen Mann, der dreißig Jahre zuvor zu Lotties Füßen gesessen hatte. Und der offenbar erst vor kurzer Zeit nach Stockholm zurückgekehrt war.

Sie hatte das Gefühl, als sitze sie in einer Zeitmaschine, als werde derselbe irgendwie verloren wirkende junge Mann den Hörer abnehmen, wenn sie anrief. Sie wählte die Nummer.

»Cox.«

Sie erklärte, wer sie war und warum sie anrief. Er hörte schweigend zu, und es irritierte sie, dass sie sein Gesicht nicht sehen konnte.

»Das ist ja ein seltsamer Zufall, da bin ich ganz Ihrer Meinung«, sagte er. »Ich bin unter anderem nach Neuseeland gegangen, um von Lottie wegzukommen, aber so nach und nach habe ich dann beschlossen, in Pension zu gehen, solange ich noch Kraft und Lust habe, das Beste aus meiner Zeit zu machen. Ich gehe zurück nach Schweden, und praktisch im selben Augenblick wird sie ermordet, wenn man den Zeitungen glauben kann. Ich habe eigentlich schon mit Ihrem Anruf gerechnet. Wenn ich nicht wüsste, dass das unmöglich ist, dann würde ich davon ausgehen, dass Lottie das so gewollt hat.«

»Wir würden gern mit Ihnen sprechen. Ginge es morgen?«

»Ich habe nichts zu sagen, aber ich nehme an, dass das für Sie keine Rolle spielt. Ich nehme auch an, dass es keine Rolle spielt, ob ich mit Ihnen reden will oder nicht. Ich komme zu Ihnen, ich will keine Polizei in der Wohnung haben.«

Sie verabredeten sich für den nächsten Morgen nach der Frühbesprechung.

Es wurde leise an die Tür geklopft, und Idriss kam herein.

»Sieh mal. Das ist die Übersicht über Pernillas Anrufe.« Er hörte sich an, als hätte er die besten Neuigkeiten, die man sich überhaupt vorstellen konnte. »Sie hat Eva-Maria angerufen, genauer gesagt, irgendjemand hat das von Pernillas Handy aus getan. Ich habe hier einen Überblick über die letzten vier Wochen – in den ersten drei hat sie einmal pro Woche angerufen, dann am Sonntagabend und am Montagmorgen.«

»Eva-Maria wusste also schon von Lotties Tod, als wir bei ihr waren. Sie hat gelogen, und in der Storgata hat ebenfalls jemand gelogen, vermutlich Pernilla. Ich kann mir nicht vorstellen, dass das alles in keinem Zusammenhang mit dem Mord an Lottie stehen soll.«

»Ich glaube, wir sollten noch einmal mit ihnen sprechen.«

Monika nickte.

»Wir fangen mit Eva-Maria an, vielleicht ist sie jetzt zu Hause. Wir sollten vielleicht auch Lotties Festanschluss überprüfen. Wenn du das erledigst, dann rufe ich Eva-Maria an.«

Eva-Maria schien Monikas Anruf nicht zu überraschen.

»Hallo. Ich habe zwei Dinge auf dem Herzen. Zum einen hat sich nun leider bestätigt, dass Lottie keines natürlichen Todes gestorben ist. Zum anderen haben wir uns eine Übersicht über die Nummern besorgt, die von Pernillas Telefon aus angerufen worden sind. Offenbar hat von dort aus jemand mit Ihnen oder Ihrem Mann oder Ihrem Sohn gesprochen.«

»Ich war es.«

Ihre Stimme klang ebenso leise und monoton wie zuvor. Sie fragte nicht, auf welche Weise Lottie ums Leben gekommen war.

»Wer hat Sie angerufen?«

»Pernilla.«

»Warum haben Sie das gestern nicht gesagt?«

»Ich will in nichts hineingezogen werden. Ich kann nicht noch mehr ertragen. Ich weiß nichts über diese ganze Angelegenheit, ich will nur meine Ruhe.«

Plötzlich sah die ganze Sache aus wie eine echte Ermittlung in einem Mordfall.

»Was könnte denn sonst passieren?«

»Einfach alles.«

»Eva-Maria, so läuft das aber nicht. Sie können nicht einfach das sagen, was Ihnen gerade bequem oder ungefährlich oder praktisch erscheint. Sie müssen unsere Fragen beantworten, und wenn Sie uns weiterhin Dinge vorenthalten, die wir wissen müssen, dann machen Sie sich strafbar. Glauben Sie wirklich, es ist gefährlicher, unsere Fragen zu beantworten, als das nicht zu tun?«, fragte Monika, deren Stimme inzwischen lauter geworden war.

»Ich weiß nichts darüber, was Lottie zugestoßen ist. Aber Murad und ich müssen mit Kassem leben.« Sie sprach Murad mit Betonung auf der zweiten Silbe aus. »Kassem kann die Polizei nicht leiden, und meine Familie mag er auch nicht. Er weiß nichts von meinem Kontakt zu Pernilla. Er will auch nicht, dass ich etwas hinter seinem Rücken tue. Er wird außer sich vor Wut sein.«

»Schlägt er Sie?«

»Weil er Marokkaner ist? Fragen Sie das deshalb? Nein, stellen Sie sich vor, das tut er nicht.«

»Aber Sie haben Angst vor seinem Zorn, ist das gefährlicher für Sie, als die Polizei an ihrer Arbeit zu hindern? Gefährlicher als die Tatsache, dass wir Lotties Mörder vielleicht sonst nicht finden? Gefährlicher als die Tatsache, dass dieser Mörder vielleicht noch einmal zuschlagen kann?«

»Nein, so ist das nicht, aber ich kann nicht noch mehr Ärger … ich weiß überhaupt nicht mehr …«

Monika ließ das Thema auf sich beruhen: »Wie lange stehen Sie schon in Kontakt zu Ihren Schwestern?«

»Zu meiner Schwester. Nur zu Pernilla. Einige Jahre, zwei vielleicht.«

»Wer hat die Initiative ergriffen?«

»Sie. Wir treffen uns manchmal, telefonieren einige Male in der Woche. Am Sonntag hat sie nur angerufen, um ein wenig zu plaudern, und am Montagmorgen wollte sie mir sagen, dass Lottie tot war.«

»Was hat sie gesagt?«

»Sie hat erzählt, was passiert war, und sie wollte wissen, ob ich etwas darüber wüsste. Das war vielleicht eine ganz normale Frage, aber ich war trotzdem wütend und verletzt. Lottie hatte doch auch angerufen.«

»Was sagen Sie da? Wen hatte Lottie angerufen, Sie oder Pernilla?«

»Mich. Haben Sie das nicht gesehen?«

Offenbar glaubte Eva-Maria, die Polizei hätte auch Lotties Telefon überprüft.

»Wann?«

»Am Sonntagabend. Sie wollte sich mit mir treffen. Sofort. Aber dann ist sie nicht gekommen.«

»Von wo aus hat sie angerufen?«

»Das hat sie nicht gesagt. Ich habe keine Ahnung.«

»Aber warum in aller Welt haben Sie das nicht erzählt? Ihnen musste doch klar sein, dass das wichtig ist.«

Eva-Marias Antwort war deutlicher und energischer als alles, was sie bisher gesagt hatte.

»Was mich angeht, hat Lottie schon so viel kaputtgemacht, auf irgendeine Weise gönne ich ihr nicht die Freude, dass sie noch mehr zerstört. Und ich will nicht, dass sie mir durch ihren Tod noch mehr Schwierigkeiten macht als ohnehin schon.«

Das war auf seltsame Weise logisch, und Monikas Ärger über Eva-Marias mangelnde Hilfsbereitschaft legte sich ein wenig.

»Pernilla hat Sie um 19.04 angerufen. Und Lottie?«

»Später.«

»Wie viel später?«

»Ungefähr eine Stunde, glaube ich.«

»Wir müssen das genauer wissen.«

»Ich kann es aber nicht genauer sagen.«

»Wissen Sie noch, was gerade im Fernsehen lief?«

»Ich hatte nicht eingeschaltet.«

»Was haben Sie stattdessen gemacht?«

»Ich war auf dem Sofa eingenickt.«

Monika zwang sich langsam und tief durchzuatmen, um nicht die Beherrschung zu verlieren.

»Lottie wollte also in die Igeldammsgata kommen. Wann?«

»Viertel vor neun, neun. Ich habe gesagt, sie müsste um zehn wieder weg sein, damit sie Kassem nicht begegnet. Obwohl er es natürlich gemerkt hätte, sie benutzte ja immer so starkes Parfüm.«

»Aber sie ist nicht gekommen?«

»Nein.«

Eva-Marias Stimme klang jetzt wieder leise und monoton.

»Und Sie haben keine Ahnung, wo sie war, wer das Gespräch mitgehört haben könnte?«

»Um ihr dann zu folgen und sie vor meinem Haus zu ermorden, meinen Sie? Ich weiß nichts. Es war nur ein Telefongespräch, ein ganz normales Telefongespräch.«

Plötzlich ging ihr die Bedeutung von Monikas Fragen auf.

»Sie wussten nicht, dass sie angerufen hatte, oder? Denn dann wüssten Sie ja, von wo aus sie angerufen hat, und wann. Ich will nicht mehr mit Ihnen sprechen, Sie bringen mich immer wieder dazu, Dinge zu sagen, die ich nicht zu sagen brauche.«

»Sie haben offenbar noch immer nicht verstanden. Es geht nicht darum, was *Sie* sagen müssen, sondern darum, was *wir* wissen müssen. Wollen Sie wirklich nicht, dass wir versuchen, den Mörder Ihrer Mutter zu finden?«

»Nein. Nicht um jeden Preis.«

Diese Antwort traf Monika wie ein Schlag ins Gesicht.

Wenn nicht einmal die Angehörigen der Ermordeten die Arbeit der Polizei sinnvoll fanden, warum sollten sie dann überhaupt weitermachen? Dieser Gedanke war ein weiteres Anzeichen dafür, dass die Beziehung zwischen Monika und dem Beruf, den sie gewählt hatte, in sämtlichen Fugen ächzte – im Normalfall hätte sie Eva-Marias Reaktion einfach nur überraschend und vielleicht interessant gefunden. Sie hätte sich gefragt, welche Dinge es wohl waren, von denen Eva-Maria nicht wollte, dass sie bekannt wurden, wen sie vielleicht beschützte. Doch stattdessen empfand sie nichts als Resignation.

Sie fragte: »Worüber wollte Lottie sprechen?«.

»Das hat sie nicht gesagt, aber es war wichtig. Und eilig. Wie immer.«

»Aber was haben Sie gedacht, als sie nicht gekommen ist?«

»Als ich noch zu Hause gewohnt habe, kam sie ungefähr jedes zweite Mal, wenn wir verabredet waren. Bei den anderen Malen war etwas Wichtigeres dazwischengekommen. Damals habe ich beschlossen, nie mehr auf sie zu warten, nie mehr überrascht oder traurig zu sein, wenn sie nicht auftauchte. Oder wütend. Sie kam auch dieses Mal nicht, Murad und Kassem aber wie immer.« Sie fügte hinzu: »Um zehn, aber das habe ich Ihnen ja schon gesagt.«

»Wir müssen auch mit Ihrem Mann sprechen, das ist Ihnen sicher klar. Würden Sie ihn bitten, uns anzurufen, wenn er nach Hause kommt.« Monika nannte die Nummer und legte auf.

Idriss, der die Hälfte des Gesprächs mitgehört hatte, schien einigermaßen zufrieden.

»Jetzt nimmt die Sache doch Form an. Endlich. Lottie war in der Igeldammsgata, weil sie Eva-Maria besuchen wollte. Entweder lügt Eva-Maria noch immer, und in diesem Fall war Lottie möglicherweise bei ihr in der Wohnung. Vielleicht haben sie sich gestritten, und Eva-Maria ist hinter Lottie hergerannt und hat sie auf der Treppe niedergeschlagen. Oder Kassem ist ihr begegnet, als er nach Hause kam und sie gerade gehen wollte, vielleicht sind sie aneinander geraten und er hat sie geschlagen. Es kann aber auch sein, dass Lottie wirklich nie bei Eva-Maria war, sondern dass ihr unterwegs etwas zugestoßen ist. Sie war vielleicht so impulsiv, dass ihr plötzlich etwas Wichtigeres eingefallen ist, obwohl das seltsam wäre, wo sie ihre Tochter so viele Jahre nicht gesehen hatte.«

Monika glaubte nicht, dass sie in der Lage war, sich an ihren Schreibtisch zu setzen und die vielen losen Fragmente über Lotties Leben zusammenzustellen, die sie inzwischen gesammelt hatten. Eines wusste sie jedoch ganz genau: Sie wollte weg. Raus.

»Weißt du was? Ich glaube, ich fahre beim Krankenhaus vorbei. Ich halte es einfach nicht aus, dass ich nicht weiß, ob Janne sich um die Sache in der Orthopädie und um den Mann mit den Brüsten gekümmert hat. Und dann kann ich außerdem bei einer von Johans Kolleginnen vorbeisehen und kurz mit ihr reden, vielleicht bringt uns das weiter.«

Sie hatte das Gefühl, als würde sie hinaus in die Freiheit treten.

19

Als Pernilla endlich durch das Tor trat, hätte er sie fast nicht erkannt. Sie trug eine weite Daunenjacke, die er noch nie gesehen hatte, und hatte sich ihre Wollmütze tief in die Stirn gezogen.

Sie blieb einen Moment unschlüssig vor dem Haus stehen und schien nicht so recht zu wissen, wohin, dann kehrte sie ihm den Rücken zu und ging in Richtung Östermalmstorg. In diesem Moment erkannte er sie an ihrem Gang.

Er sprang auf und lief auf die Straße.

»Pernilla!«

Sie hörte ihn nicht.

Es war nicht leicht, sie einzuholen, denn seine Schuhe waren viel zu dünn – die Sohlen waren abgelaufen, und er hatte Mühe, das Gleichgewicht zu halten. Er versuchte, über die Stellen zu gehen, die mit Sand bestreut waren, aber in diesem Winter war man nicht gerade sorgfältig gewesen und an manchen Stellen befand sich nichts als glatter, fest zusammengepresster Schnee unter seinen Füßen, deshalb musste er balancieren wie ein Seiltänzer. Seine Kondition war zudem auch nicht mehr die beste, und laufen und rufen zugleich konnte er nicht. Er kämpfte sich weiter, während sein gelber Schal flatterte.

Sie blieb wieder stehen, als hätte sie plötzlich vergessen, wohin sie unterwegs war. Und nun konnte er sie endlich einholen.

Er packte sie am Oberarm und drehte sie zu sich um.

»Pernilla! Mein kleines Herz!«

Sie riss instinktiv ihren Arm los, trat rasch einen Schritt zurück und wandte sich ihm mit erschrockenem Gesicht zu.

Er verlor das Gleichgewicht. Sie sah fuchtelnde Arme, einen halb offenen Mund, und plötzlich erkannte sie den grauen Mantel und den gelben Schal.

Zuerst stellte sich die vertraute Mischung aus Zärtlichkeit und Verärgerung ein, dann ein anderes, schwerer zu definierendes Gefühl.

»Wo hast du die ganze Zeit gesteckt? Warum hast du nie von dir hören lassen?«

Er hatte inzwischen das Gleichgewicht wiedergefunden und ärgerte sich darüber, dass er sich sein Vorgehen in all den Stunden, während er im 7-Eleven gewartet hatte, nicht besser überlegt hatte.

»Können wir uns nicht irgendwo hinsetzen?«

»Wie konntest du mich einfach verlassen? Wo hast du gesteckt?«

»Herzchen, lass mich doch erklären. Ich kann alles erklären. Und jetzt weiß ich viel genauer als früher, wie viel du mir bedeutest und dass ich dich nie wieder verlieren will.«

Verdammt. Ohne nachzudenken hatte er plötzlich das auf den Tisch geknallt, was seine Trumpfkarte hätte sein sollen, mit der er seine Bitte um Vergebung hatte abrunden wollen.

Doch immerhin stand sie noch da, das war schon etwas.

»Pernilla, du darfst mich jetzt nicht verlassen!«

Sie starrte den Boden an.

»Du warst das doch, der mich verlassen hat. Ohne ein Wort. Begreifst du nicht, wie schrecklich das für mich war?«

»Ich weiß, und es tut mir so unsagbar Leid, aber ich war so verzweifelt; ich hatte kein Geld und wollte dich damit nicht belasten, ich wollte dich nicht in mein Unglück hineinziehen, meine Schwäche nicht zeigen …«

Das klappte sonst immer. Warum Frauen jedoch durch männliche Schwäche mild und freundlich gestimmt wurden, hatte er nie begriffen.

Pernilla blickte auf und sah ihn jetzt wirklich mütterlich und verständnisvoll an. Er hasste diesen Ausdruck in Frauengesichtern, er wünschte sich kleine harte dunkle Frauen mit kleinen spitzen weißen Zähnen und höhnischem Lachen, Frauen, die einfach zugriffen. Frauen, die ihre Männer niemals bemitleideten. Gleichzeitig aber wusste er, dass er niemals eine solche Frau finden würde – ihm fehlte die richtige Sprache, er wusste nicht, wie er vorgehen musste.

»Es war so schrecklich …«, sagte er deshalb.

»Für mich auch«, erwiderte Pernilla leise. »Aber jetzt ist so viel passiert, ich kann nicht alles gleichzeitig auf mich nehmen …«

Er änderte seine Taktik.

»Ich weiß. Als ich von Lotties Tod gehört habe, ist mir klar geworden, dass du Hilfe brauchst. Deshalb wollte ich anrufen, aber ihr hattet das Telefon ja abgestellt. Das kann ich verstehen. Dein Handy hat auch nicht funktioniert. Ich wollte nicht einfach an der Tür klingeln. Deshalb habe ich seit gestern morgen im 7-Eleven gewartet.«

»Musst du nicht arbeiten? Wie ist denn die Sache in Monaco gelaufen?«

»Das ist ja gerade das Schlimme. Ich hätte Geld gebraucht, um einige wichtige Leute zu schmieren, dann wäre jetzt alles geritzt, das steht fest. Aber der letzte Zug ist noch nicht abgefahren. Im Moment bist du wichtiger für mich. Können wir irgendwo zusammen essen, statt hier herumzustehen und zu frieren?« Er zwang sich, nicht so zu drängen, wie er das gern gewollt hätte.

»Ich habe keinen Appetit.«

»Gerade deshalb. Man muss essen, wenn man harte Zeiten überstehen will.«

Sie sagte nichts.

»Wir machen es so: wir treffen uns um sieben im 7-Eleven, und dann gehen wir in irgendein gemütliches Lokal.«

Als er sah, dass sie noch immer unschlüssig war, fügte er hinzu: »Bitte. Ich brauche es.«

Pernilla nickte, während die Frau seiner Träume ihn verächtlich ausgelacht hätte, um sich dann ihre rabenschwarze Mähne über die Schulter zu werfen und ihn stehen zu lassen.

Ab und zu fragte er sich, ob die Sache wirklich der Mühe wert war. Immer wieder die Hoffnung und die Energie aufzubringen. Aber er wollte nicht aufgeben, irgendwann würde er an die Reihe kommen, das wusste er. Doch nun galt es zuerst jemanden zu finden, der ihm ein paar blöde Hunderter lieh, mit denen er das Essen bezahlen konnte. Auch das war in letzter Zeit schwieriger geworden, aber alle diese Probleme würden bald aus der Welt sein, wenn mit Pernilla alles nach Plan lief.

20

Monika fühlte sich besser, als sie das Krankenhaus erreichte – der blaue Himmel hatte ihr Gefühl der Bedrängnis und des Eingeschlossenseins durchaus gemildert. Sie beschloss, mit Cilla anzufangen, danach wollte sie zuerst in der Orthopädie und dann bei dem Mann mit den Brüsten vorbeisehen. Die Klinische Physiologie lag im zweitobersten Stock des jüngsten Neubaus auf dem Krankenhausgelände. Es war ein achtstöckiges Haus, das Anfang der neunziger Jahre gebaut worden war und noch immer neu und interessant aussah. Es war bereits fünf Uhr, und Monika hoffte, dass Cilla noch nicht Feierabend gemacht hatte. Sie genoss es durchaus, sich an eine eigene inoffizielle Quelle wenden zu können.

Der Eingang war deutlich gekennzeichnet, und hinter der Tür sah es aus wie in allen Kliniken: ein kleines Wartezimmer, eine unbesetzte Rezeption, diskrete Farben, helle Möbel. Ein Behälter mit Wasser, Gläser und zerlesene Zeitschriften.

Eine Frau von Mitte fünfzig, deren Namensschild sie als Schwester Anita auswies, tauchte plötzlich hinter dem Glasfenster der Rezeption auf. Sie lachte freundlich. »Hallo. Kann ich Ihnen behilflich sein?«

»Jaaa ... ich suche Cilla, ich würde gern kurz mit ihr sprechen, wenn das geht ...«

Die Idee, einfach vorbeizuschauen, kam ihr plötzlich gar nicht mehr so gut vor. Cilla arbeitete, sie hatte vermutlich weder Zeit noch Lust mit jemandem zu reden, schon gar nicht mit einer Unbekannten. Doch dann fiel Monika ein, wie sehr sich Cilla am Vorabend um den Kontakt zu ihr bemüht hatte. Vielleicht würde ja doch alles gut gehen.

»Sind Sie Patientin?«

»Patientin? Nein, ich bin von der Polizei.«

Als Monika Anitas erschrockenes Gesicht sah, fügte sie hinzu: »Aber das hier ist eher ein Privatbesuch, ich war ohnehin gerade in der Nähe…«

Das klang reichlich dämlich. Man fällt nicht auf diese Weise bei Leuten ins Haus – deren Zeit gehört schließlich ihren Arbeitgebern. Anita bat sie, einen Moment zu warten und verschwand.

Zwei weiß gekleidete Frauen schoben ein Gitterbett mit einem kleinen Kind durch das Wartezimmer. Es war ein zweijähriger Junge, der völlig entspannt auf dem Rücken lag. Ein dünner Plastikschlauch führte zu einem Tropf in seiner linken Armbeuge, und Monika erkannte voller Erleichterung, dass der Junge atmete.

Dann kam Anita zurück, gefolgt von Cilla – groß und immer noch kantig in ihrem schlecht sitzenden weißen Kittel. Sie sah ängstlich und ein wenig verwirrt aus, was wahrscheinlich völlig normal war. Monika bereute, dass sie sich Anita gegenüber als Polizistin zu erkennen gegeben hatte.

Cilla blickte Monika überrascht an.

»Hallo! Was machst du denn hier?«

»Entschuldige die Störung, ich weiß, dass ich dir ungelegen komme, aber ich war gerade in der Nähe und dachte, du könntest mir vielleicht helfen, wenn du Zeit hast. Natürlich hätte ich vorher anrufen sollen…«

Cillas Miene war nur schwer zu deuten.

»Nein, nein, das ist kein Problem. Ich war einfach nur überrascht. Ich habe es nicht so eilig. Ich bleibe dienstags und donnerstags immer länger, um Unterlagen aufzuarbeiten und so.«

»Aber was ist mit deinem Hund?«

»Taxita bleibt so lange bei dem Mann, der die Tagesstätte

leitet, sie versteht sich gut mit seinem eigenen Hund. Ich hole sie auf dem Heimweg ab. Möchtest du einen Kaffee?«

»Ja, bitte.« Genau danach hatte sie sich gesehnt.

Cilla führte sie durch einen Gang, dessen Wände von Plakaten mit zahlreichen detaillierten Ausführungen zum Thema Herz geschmückt waren. Monika war überrascht, aus wie vielen dunklen Hohlräumen und sinnreichen Gewölben so ein Herz doch bestand. Endlich erreichten sie eine Kaffeeküche, und Cilla holte zwei Tassen und setzte sich auf ein helles Sofa. Sie fing nervös zu reden an, noch ehe Monika ein Wort sagen konnte.

»Das Hundeheim liegt draußen beim Schießgelände Kaknäs, wenn du weißt, wo das ist, ein kleines Stück hinter Gärdet. Die Umgebung ist wunderbar, viel Wald und Wild, du kannst lange Spaziergänge machen und fühlst dich wie mitten auf dem Land.« Sie blickte Monika unsicher an. »Aber du bist sicher nicht hergekommen, um dir das anzuhören.«

Wie am Vortag schien sie bis zum Bersten mit überschüssiger und ungenutzter Energie gefüllt zu sein. Monika fragte sich, warum das so unnatürlich wirkte.

»Nein, wirklich nicht. Ich arbeite an einem Fall, in den ein früherer Kollege von dir bis zu einem gewissen Grad verwickelt ist. Es geht um den Mord an Lottie Hagman, von dem hast du sicher gehört. Und ich dachte, du könntest mir vielleicht helfen, seine Situation ein wenig besser zu verstehen«, sagte sie.

Ihr fiel auf, dass sie Cilla einen großen Schrecken eingejagt hatte. Das hatte sie nicht gewollt, deshalb versuchte sie, etwas Beruhigendes zu sagen.

»Außerdem ist es schön, zwischendurch mal mit Leuten zu reden, die nicht direkt mit dem Fall zu tun haben.«

Die erhoffte Wirkung blieb aus. Cillas Stimme zitterte, als sie fragte: »Ihr verdächtigt ihn doch hoffentlich nicht?«

Monika fragte sich, ob sie von derselben Person redeten.

»An wen denkst du?«

Cilla sah jetzt nicht nur verängstigt, sondern zugleich verlegen aus.

»Verzeihung, das war vielleicht dumm von mir, aber von den Kollegen hat nur einer vor kurzer Zeit aufgehört, deshalb habe ich gedacht, dass du sicher ihn meinst. Johan. Johan Lindén. Ihr glaubt doch nicht, dass er mit der Sache etwas zu tun hat?«

»Er hat auf jeden Fall damit zu tun, weil er in der fraglichen Zeit bei Lottie gewohnt hat. Viel mehr darf ich dir nicht erzählen, das kannst du sicher verstehen, aber er kommt als Mörder wohl kaum in Frage. Kennst du ihn gut?«

Cilla entspannte sich sichtlich. Verständlich, wer will schon, dass gute Bekannte sich plötzlich als potenzielle Mörder herausstellen?

»Ja, ziemlich gut. Bei dieser Arbeit ist man ja über viele Stunden hinweg zusammen. Was möchtest du denn wissen?«

»Wie er ist. Warum er aufgehört hat.«

»Er ist vor allem lieb. Ruhig. Einzelkind, genau wie ich. Auf den ersten Blick charmant, umgänglich, unter dieser Oberfläche aber einsam, glaube ich. Keine Familie, nur eine alte kranke Mutter. Er ist vielleicht ein wenig unentschlossen, aber das ist ja kein Verbrechen.«

»Und wie war er rein fachlich?«

»Sehr tüchtig, wenn auch nicht sonderlich ehrgeizig. Hat eben seine Pflicht erfüllt.«

»Aber dann hat er gekündigt. Was ist passiert?«

»Gar nichts. Er hat einfach das Tempo und die Arbeitsbelastung nicht mehr ausgehalten.«

»Er ist nicht aus irgendeinem Grund gefeuert worden?«

»Nein. Das wüsste ich. Im Gegenteil, alle waren bestürzt,

und ich weiß, dass Janosch, unser Chef, ihn zum Bleiben überreden wollte, aber es ist ihm nicht gelungen.«

»Danke. Genau das wollte ich wissen. Hast du jetzt auch noch Zeit, um mir kurz zu erzählen, was ihr hier eigentlich macht? Was klinische Physiologie überhaupt ist?«

»Sicher. Die Physiologie befasst sich im Grunde mit dem Wesentlichsten: damit, wie der Körper funktioniert. Wir untersuchen beispielsweise, ob das Herz funktionsfähig ist, ob das Blut mit Sauerstoff versorgt wird und solche Dinge.«

»Und wie macht ihr das?«

Es erschien Monika ratsam, aufzupassen und einfache Fragen zu stellen.

»Wir machen alles, vom ganz normalen EKG bis zur kniffligen Katheterisierung, wenn wir schon beim Thema Herz sind.«

»Was ist eine Katheterisierung?«

»Wenn man genau wissen muss, ob das Herz seine Aufgaben erfüllen kann, dann kann man in den verschiedenen Herzkammern Messungen vornehmen. Ein Katheter ist ein langer dünner Schlauch, der durch ein Blutgefäß ins Herz eingeführt wird. Damit untersuchen wir zum Beispiel, mit welcher Stärke das Herz das Blut ins Gefäß pumpt und wie viel Sauerstoff vom Blut transportiert wird.«

»Wie stellt ihr fest, ob ihr da angekommen seid, wo ihr hinwollt?«

»Wir sehen eine Art Röntgenbild auf einem Fernsehschirm. Darauf ist der Katheter zu sehen, deshalb wissen wir, was wir tun, und vor allem, wo wir sind.«

Monika fand diese Vorstellung schrecklich.

»Das klingt gefährlich.«

»Ist es aber nicht. Schlimmstenfalls kann man dabei das elektrische Steuersystem des Herzens stören, und das führt dann zu Herzflimmern, was ja nicht so gut ist, man kann daran sterben, aber meistens können wir den richtigen Rhythmus rasch wieder herstellen.«

Plötzlich wurde die Tür aufgerissen und ein kleinwüchsiger dünner Mann mit braunen Augen und struppigen grauen Haaren kam hereingestürzt.

Er blickte Cilla und Monika forschend an, so als wolle er feststellen, welche Entwicklung deren Gespräch genommen hatte. Was er sah, schien ihn jedoch zu beruhigen, denn er blieb stehen, fuhr sich mit der Hand durch die Haare, die sich gleich danach von Neuem sträubten, und stellte sich vor.

»Guten Tag, Janosch Gaal, Oberarzt hier in der Klinphys. Wie ich höre, sind Sie von der Polizei. Sie hätten zuerst mit mir sprechen müssen, ehe Sie mein Personal befragen.«

»Monika Pedersen. Ich bitte um Verzeihung. Das hier ist kein offizieller Besuch, ich habe Cilla in einem ganz anderen Zusammenhang kennen gelernt und wollte eigentlich nur fragen, was auf dieser Station passiert.«

»Aber diese Fragen hängen doch sicher mit Ihrer Arbeit zusammen?«

Monika entschied sich für radikale Ehrlichkeit.

»Ich ermittle im Mordfall Lottie Hagman und versuche herauszufinden, was Johan Lindén damit zu tun hat.«

Janosch nickte nachdenklich. Er sah so traurig aus, dass Monika sich fragte, ob er Lottie wohl persönlich gekannt hatte.

»Lottie Hagman, ja. Erst ihre Mutter und nun sie selber.«

»Wie meinen Sie das?«

»Ihre Mutter ist doch auch ermordet worden.« Janosch zögerte kurz, bevor er fortfuhr: »Von den Deutschen. Jetzt findet Lottie zu ihrer Religion zurück und wird ebenfalls umgebracht.«

»Sehen Sie da einen Zusammenhang?«

»Sie etwa nicht? Ich habe am Sonntag die Sendung gehört und mir sofort Sorgen um ihre Sicherheit gemacht. Und da hatte sie nur noch wenige Stunden zu leben. Ist es nicht seltsam, dass Menschen so hassen können?«

»Was für eine Sendung? Von wem reden Sie?«, fragte Monika verwirrt.

»Im Radio. Wissen Sie das nicht? Sie wurde auf P 1 in der Sendung *Leben und Glaube* interviewt. Sie sprach über Religion, darüber, wie sie zu ihrem Glauben zurückgefunden hatte. Zum Judentum. Und Juden haben immer Feinde. Aber was hat unsere Klinik damit zu tun?«

Ehe Monika antworten konnte, meldete sich sein Europieper.

»Verzeihung, ich habe Dienst, ich muss antworten. Viel Glück bei Ihren Ermittlungen.«

Er verschwand ebenso schnell, wie er gekommen war.

Da war also noch etwas, was am Sonntag passiert war. *Leben und Glaube* auf P 1. Monika bereute es, dass sie nicht gefragt hatte, um welche Uhrzeit diese Sendung ausgestrahlt worden war.

Cilla ließ sich auf dem Sofa zurücksinken und holte tief Luft.

»Ist es nicht ungeheuer schwierig, etwas so Großes und Unüberschaubares zu untersuchen wie einen Mord? Wenn ich da an meine Herzuntersuchungen denke, da habe ich meinen Patienten auf der Untersuchungsbank liegen, und das Herz steckt im Patienten. Du dagegen kannst überall landen.«

Monika sah die Müdigkeit in Cillas Gesicht. Sie sah noch erschöpfter aus als in Monikas Erinnerung. »Meistens empfinde ich das als Vorteil. Aber gerade jetzt ist es eher eine Belastung, und ich weiß nicht genau, ob ich sie ertragen kann.«

Cilla nickte.

»Das kenne ich. Es ist schrecklich. Ich habe manchmal das Gefühl, als würde ich am Rand eines Abgrundes stehen und genau wissen, dass ich gleich abstürze. Und ich wünsche mir das fast auch, damit ich endlich ein wenig Ruhe habe.«

Monika nickte ebenfalls. Das hier war ein Terrain, das ihr bekannt vorkam.

Sie hätte gern noch länger mit Cilla gesprochen, aber es war fast sechs, deshalb stand sie auf.

Cilla brachte sie zur Tür. Sie kamen am Stationszimmer vorbei, wo neben dem Telefon die Dienstpläne des Personals angebracht waren. Außerdem hingen dort eine Einladung zu einem Ärztinnentreffen und ein Hinweis auf einen Tai Chi-Kurs.

Monika blieb kurz bei den Dienstplänen stehen und blätterte zurück. Tatsächlich: im Septemberplan tauchte einige Male der Name Johan Lindén auf. Jemand hatte neben seine Privatnummer mit Kugelschreiber eine weitere Telefonnummer geschrieben. Monika nahm sich einen Klebezettel vom Schreibtisch und notierte beide Nummern, vor allem, um sich später keine Vorwürfe machen zu müssen.

»Cilla!«

Anita kam auf sie zugelaufen.

»Cilla, da kam ein Anruf aus Västervik. Blau angelaufenes kleines Mädchen, gestern geboren, gerade unterwegs zu uns, zur Kardiologie. Akut, aber noch nicht lebensbedrohlich.«

»Das geht nicht. Du weißt doch, wie meine Woche aussieht.«

»Du hast am Freitag um die Mittagszeit noch eine Lücke.«

»Das ist keine Lücke, Anita. Ich muss zum Zahnarzt. Ich habe Zahnschmerzen, das muss endlich erledigt werden.«

»Aber der Zahn kann noch warten. Die kleine Camilla auch, aber wirklich nur bis Freitag.«

»Anita, du bist eine Sklaventreiberin, weißt du das? Aber du hast Recht, ich weiß. Richte der Kardiologie aus, ich nehme mir die Kleine am Freitag vor, sie sollen schon mal alles vorbereiten.«

Sie drehte sich zu Monika um.

»Verzeihung. Ich bin im Moment die Einzige hier, die Säuglinge katheterisieren kann, und wenn sie mit schweren Herzfehlern geboren werden, dann eilt es eben.«

Monika bekam eine Gänsehaut. Ihr professioneller Kontakt mit dem Tod kam ihr plötzlich weniger unangenehm vor als Cillas.

»Wird sie es schaffen?«

»Kommt auf den Fehler an. Oft geht es gut.«

»Warum bist du die Einzige, die das kann?«

»Tja, das ist eine ziemliche Fummelarbeit, dafür sind eben nicht alle geeignet. Louise, die mir alles beigebracht hat, ist schon seit einiger Zeit krankgeschrieben, sonst wären wir zu zweit.«

»Was ist denn mit ihr los?«

»Computerprobleme. Seit die Schreibkräfte eingespart worden sind und wir alles selbst in die Computer eingeben müssen. Sie hat das einfach nie geschafft. Sie geht auf die sechzig zu und hatte schließlich das Gefühl, die Zeit sei ihr davongelaufen. Sie hat ihr Selbstvertrauen verloren, hat Depressionen bekommen. Wie so ungefähr jeder zehnte praktische Arzt in der Stadt.«

Monika schüttelte den Kopf. Das war eine fast unvorstellbar hohe Zahl, und sie fragte sich, wie es wohl bei der Polizei aussah – auch dort brachen immer mehr unter den zeitweise unerträglichen Belastungen zusammen.

Keine besonders aufmunternde Vorstellung.

Sie verabschiedeten sich, und Monika ging weiter zur Chirurgie, um nach dem Mann mit den Brüsten zu sehen, stellte jedoch enttäuscht fest, dass er nicht da war. Er war zum Röntgen gebracht worden, da sein Leberriss noch einmal überprüft werden musste, doch die Augen der Krankenschwester funkelten, als sie erzählte, es gehe ihm schon besser, was sicher bedeutete, dass keine Gefahr mehr bestand. Monika fragte, ob die Polizei inzwischen mit ihm gesprochen hätte, doch das wusste die Schwester nicht.

»Dann grüßen Sie ihn von Monika Pedersen von der Kripo.«

Plötzlich war sie zu müde, um mit jemandem von der Orthopädie zu sprechen. Sie nahm an, dass Janne noch nicht dort gewesen war und dass Håkan Götsten seinen Personalkonflikt noch immer nicht hatte lösen können. Deshalb ging sie trotz der Kälte zu Fuß zurück zur Wache. Sie brauchte nur eine Viertelstunde, was ihr die bessere Alternative zu sein schien, als frierend an einer Bushaltestelle zu stehen.

Frierend an einer Bushaltestelle stehen konnte sie auch eine Stunde später, wenn sie auf dem Heimweg war.

Die U-Bahn hatte wegen der Kälte mit ihrem automatischen Leitsystem Probleme, deshalb war der Verkehr zusammengebrochen. Eine Lautsprecherstimme teilte mit, dass stattdessen Busse eingesetzt würden, die Fahrgäste sollten also wieder nach oben gehen und vor dem Haupteingang des Hotels *Amaranten* warten.

Dort oben traten schon etwa dreißig Menschen von einem Fuß auf den anderen, gingen in der Dunkelheit auf und ab wie verfluchte Geister in irgendeinem Theaterstück. Ein Mann mit asiatischem Aussehen fragte Monika auf Englisch, was nun passieren würde, ob sie etwas Neues gehört hätte. Während sie versuchte, ihm die Lage zu erklären, schloss sich ihnen ein dunkeläugiger junger Mann an und erzählte, dass er aus Argentinien kam. Er war erst seit achtundvierzig Stunden in Schweden und trug viel zu dünne Kleidung.

»Das ist unglaublich«, sagte der zähneklappernd. »Wenn ich auf jemanden zeigen wollte, dann würde mein Finger zu Eis frieren und abfallen.«

Viele versuchten, sich per Mobiltelefon ein Taxi zu organisieren, aber sie konnten nicht einmal die Zentralen erreichen.

Die Kälte kroch wie eine eiskalte Hand an Monikas Bein empor und schob sich in den Spalt zwischen Handschuh und Mantelärmel, um sich schließlich um ihren Hals zu legen. Selbst das Atmen schmerzte.

Sie sehnte sich nach Mikaels warmer Wohnung am Jaktvarvsplan, der nur wenige Blocks entfernt lag. Diese Wohnung war lange Zeit ein Zufluchtsort gewesen, an dem sie immer willkommen gewesen war, eine Öffnung in den verschlossenen Steinfassaden der Stadt. Ihre Sehnsucht erinnerte sie ein wenig an die, die sie nach dem Tod ihrer Mutter empfunden hatte, an das Gefühl, ungeschützt zu sein, dem Gutdünken der anderen ausgeliefert. Damals hatte sie Monate lang gefroren, obwohl es nicht sonderlich kalt gewesen war.

Erst nach fast einer Stunde kam ein Bus, in dem noch Platz für weitere Fahrgäste war, und in den sich nun alle hineinquetschten. Die Menschen standen so dicht beieinander, dass sie fast nicht mehr atmen konnten. Offenbar waren die Vorschriften über maximale Belastung und freien Raum vor den Türen außer Kraft gesetzt worden. Monika stand eingezwängt zwischen einem Sitz, einer alten Dame, die kurz vor einer Ohnmacht zu stehen schien, und einer Frau mittleren Alters mit aufgedunsenem Gesicht und Schnapsfahne. Die Fenster waren dermaßen beschlagen, dass sie nicht hinausblicken konnte.

Ein Steinzeitmensch musste so etwas nie ertragen, dachte sie.

21

Janosch Gaal hatte den Kopf auf die Hände gestützt. Sein Dienst war zu Ende, er dachte über seine Verantwortung nach, während er sich fragte, was er hier machte.

»Er ist gestorben, weil ich nicht die Zeit gehabt habe, mich ausreichend zu informieren. Er ist gestorben, weil ich nicht wusste, dass Viagra in Kombination mit Betablockern gefährlich sein kann. Er hat gefragt, ich habe geantwortet. Falsche Antwort«, hieß es von der Gegenseite.

»In unserem Beruf kann uns nicht alles gelingen, wir sind wie Fußballspieler, nicht jeder Schuss geht ins Tor, so gut wir auch sein mögen«, hatte Janosch zu trösten versucht.

»Es ist aber etwas anderes, wenn wir Leute töten, weil wir keine Ahnung haben. In der Ärztezeitschrift stand eine Warnung, aber die lag ungelesen auf meinem Schreibtisch. Jahrgang 9, Nummer 6. Ich hatte einfach keine Zeit.«

Und dann kamen die Worte, die Janosch nicht vergessen konnte:

»Ich komme mir vor wie der Henker der Gesundheitspolitiker. Und sag nicht, dass die an allem schuld sind. Wir tragen doch wohl auch Verantwortung?«

»Die Verantwortung, Bescheid zu sagen und sie zu informieren. Wenn sie nicht auf uns hören, dann übernehmen sie die Verantwortung. Mehr können wir nicht tun.«

»Was machen wir jetzt?«

»Nichts. Im Krankenbericht steht nur, dass du Betablocker verschrieben hast, und das war schließlich korrekt. Er hat ganz nebenbei eine Frage gestellt, du hast geantwortet, niemand weiß davon.«

»*Ich* weiß davon. *Du* weißt davon. Das muss doch angezeigt werden.«

Janoschs entsetzte Miene hatte die nächste Bemerkung provoziert, die ihn zutiefst getroffen hatte.

»Hört ihr alten Ostblockleute denn nie auf, der Obrigkeit nach dem Mund zu reden? War das alles wirklich so schrecklich, dass ihr nie aufhören könnt, euch zu fürchten, oder ist das einfach nur eine Gewohnheit? Seit wann ist es unmöglich, mehr zu tun als nur einen höflichen Brief zu schreiben, in dem man untertänigst auf die Missstände hinweist? Seit wann ist es persönliches Versagen, wenn man eine unmögliche Aufgabe nicht bewältigen kann? Seit wann musst du lächeln und dich verbeugen und sagen, dass alles auf deiner kleinen Station ja so wunderbar funktioniert, obwohl du weißt, dass alles um dich herum auseinander bricht? Du bist jetzt in Schweden, wann wirst du das endlich begreifen?«

Er hatte wirklich Angst gehabt. Zuerst vor einer Anzeige, davor, dass das Scheinwerferlicht einer offiziellen Untersuchung sich auf ihn richten könnte. Dann, weil diese Vorwürfe teilweise zutrafen. Sein erster Impuls war immer die Defensive; sich keine Blöße geben, kein Problem zugeben, niemals auch nur andeuten, dass es ihm schwer fiel, die Arbeit zu bewältigen. Er war nie auf die Idee gekommen, dass andere das für kulturell bedingt halten oder ihm gar als Schwäche anrechnen könnten, als Einwandererproblem.

Sie hatten eine Weile geschwiegen, dann hatte er leise gesagt: »Du bist aufgebracht. Beruhige dich erst einmal und denk dann nach. Niemand hat etwas davon, wenn du die Sache an die große Glocke hängst. Du hast mit mir gesprochen, und ich finde nicht, dass wir etwas unternehmen sollten. Also mach dich wieder an die Arbeit und vergiss diesen Zwischenfall.«

Plötzlich hatte er Heimweh, Sehnsucht nach Menschen, die er verstand und die ihn verstanden.

22

Monika war so durchgefroren, als sie nach Hause kam, dass Arme und Beine nicht mehr so fest mit ihrem übrigen Körper verbunden zu sein schienen wie sonst. Dieser Eindruck wurde noch dadurch verstärkt, dass ihre Füße so taub waren, dass sie den Fußboden fast nicht mehr spürte.

Sie zog ihren Mantel aus und lief hin und her, um ihren Kreislauf in Gang zu bringen. Die Wohnung kam ihr ungewöhnlich kalt und unwirtlich vor, was weder an der Temperatur noch an der Einrichtung lag, sondern daran, dass die Luft zu still stand, als könne Monika allein plötzlich ihre zweiundfünfzig Quadratmeter Wohnfläche nicht mehr ausfüllen.

Sie schüttelte den Kopf.

Was sie brauchte, war ein heißes Bad. Ein heißes Bad und eine große Tasse heißen Tee, sie musste der Kälte einen Zweifrontenkrieg liefern, Wärme von innen und Wärme von außen. Sie goss Wasser in einen Topf und stellte ihn auf den Herd, bevor sie sich auszog. Ihre Beine sahen aus wie die einer ein oder zwei Tage alten Leiche – die Haut war gelbweiß und kalt und reagierte kaum, als sie sie mit ihren etwas wärmeren Händen rieb. Sie ließ Wasser in die Wanne laufen. Normalerweise badete sie so, wie Mikael es ihr beigebracht hatte: Schaumbad mit heißem Wasser und eiskaltem Schaum, aber an diesem Tag erschien ihr einfach alles Kalte unerträglich.

Sie hielt einen Fuß ins Wasser. Es schmerzte, und sie wartete darauf, dass die Haut sich an die Wärme gewöhnte. Langsam begann sie sich zu entspannen. Das Badewasser dampfte, und ihr kleines Badezimmer kam ihr wie der reinste Luxus vor – sie dachte daran, dass die meisten ihrer Vorfahren während der letzten fünfhundert Jahre beziehungsweise überhaupt nie die Möglichkeit besessen hatten, sich in einem heißen Bad aufzuwärmen. Sie versenkte ihren Fuß noch einige Zentimeter weiter. Das Blut war in die äußeren Adern zurückgekehrt, und ihre Haut war wieder rosa. Monika spreizte die Zehen. Das Gefühl kehrte zurück, und die Nervenenden schienen Testsendungen auszustrahlen. Es brannte und kribbelte.

Endlich war dieser Tag zu Ende.

Als sie die Türklingel hörte, wollte sie sie schon ignorieren. Das konnte doch nicht wahr sein. Es konnte nicht möglich sein, dass irgendein unerwarteter Gast sie aus dem Bad holen wollte, in das sie noch gar nicht gestiegen war. Sicher handelte es sich um einen Irrtum. Oder um irgendwelche Gören, die Klinkenputzen spielten.

Doch dann läutete es noch einmal. Lange, und wer immer vor der Tür stand, hämmerte nun auch noch dagegen, um zu zeigen, wie dringend es war.

Also wollte wirklich jemand etwas von ihr. Rotzgören waren das wohl kaum. Aber wer konnte es sonst sein?

Sie zog ihren warmen Fuß aus dem Wasser und schlüpfte in ihren Bademantel.

Sie hatte bewusst darauf verzichtet, ihre Wohnung mit zusätzlichen Schlössern, Gittern oder anderen Vorrichtungen zu versehen, um Menschen auszuschließen, die vom Wohlstand anderer lebten statt sich selber welchen zu erarbeiten. Sie hielt das für die Aufgabe der Gesellschaft, der Polizei, nicht für die der einzelnen Menschen. Im Moment wäre sie jedoch froh gewesen, wenn sie wenigstens einen Türspion besessen hätte, um sehen zu können, wer an ihre Tür klopfte. Oder eine Sicherheitskette.

Sie öffnete.

Vor ihr stand Aster mit einem blutigen Handtuch um die linke Hand und Tränen in den Augen.

»Monika, Verzeihung, aber ich mich geschnitten habe.«

»Habe mich geschnitten«, korrigierte Monika automatisch. Aster schwankte, und Monika zog sie in die Wohnung. »Komm, setz dich, sonst fällst du noch in Ohnmacht.«

Sie zeigte auf einen Sessel und folgte Aster. Ihr einer Fuß war noch immer taub und eiskalt, der andere rot und heiß.

Aster sei beim Kochen das Messer ausgerutscht, erzählte sie nun. Sie war ausnahmsweise allein zu Hause und wusste nicht, was sie machen sollte.

Sie entfernte das Handtuch, um ihre Wunde zu zeigen. Es war ein langer, heftig blutender Schnitt in der Handfläche, aber Monika hielt ihn nicht für schwerwiegend genug, um einen Krankenwagen zu rufen. Vielleicht musste die Wunde genäht werden, aber das konnte sie nicht beurteilen.

Sie holte ein sauberes Handtuch und wählte die Nummer des ärztlichen Notdienstes.

Besetzt.

»Möchtest du etwas trinken? Ich rufe an und frage, was wir tun sollen. Du solltest versuchen, die Hand hochzuhalten, dann blutet es nicht so sehr.«

Aster nickte, ruhiger jetzt, wo sie nicht mehr allein war.

Monika füllte zwei Tassen mit Tee und versuchte es erneut.

Noch immer besetzt.

Sie hatte keine Lust, loszufahren und sich ins Wartezimmer eines der wenigen Krankenhäuser zu setzen, in denen es noch eine Unfallstation gab – die Warteschlangen waren oft endlos, das Personal müde und die Wartezimmer überfüllt.

Sie versuchte es in einer Privatpraxis. Der Anrufbeantworter ließ sie wissen, dass sie am nächsten Morgen ab halb acht willkommen sei und verwies für den Notfall auf den Notdienst.

Wo weiterhin besetzt war.

Sie rief im Västra Sjukhus an und bat darum, mit der Chirurgie verbunden zu werden – sie konnte ja immerhin fragen, ob dort vielleicht jemand Zeit hatte.

Nach kurzer Zeit meldete sich die Krankenhauszentrale wieder – die Chirurgie hatte ihr Telefon abgestellt, weil die Station überlastet war und niemand Zeit hatte, an den Apparat zu gehen.

»Aster – hast du einen Hausarzt? Warst du schon mal bei einem Arzt hier in der Nähe?«

Aster schüttelte den Kopf.

»Vermutlich haben wir denselben, wir wohnen doch beide hier im Haus. Ich versuche es mal.«

Auch bei ihrem Hausarzt war nur der Anrufbeantworter anzutreffen. Er bedankte sich für den Anruf und verwies auf den ärztlichen Notdienst.

Wo Monika anrief und abermals an einen Anrufbeantworter gelangte. Im Moment war niemand zu sprechen, aber Monika wurde eine Nummer genannt, bei der sie in Erfahrung bringen konnte, wann der Notdienst wieder besetzt sein würde.

Aster hob die Hand wie zu einer rituellen Geste. Das Handtuch wies bereits einen roten Fleck auf, offenbar blutete die Wunde also noch immer.

Monika fiel plötzlich ein, dass sie nicht wusste, wie viel Blut Aster schon verloren hatte, bevor sie zu ihr gekommen war. Sie wusste nicht, wie sie sich verhalten sollte, und diejenigen, die es wussten, konnten ihr nicht helfen, weil sie nicht zu erreichen waren. Sie bekam Angst.

Aber dann fiel ihr Birgitta ein, die neue Nachbarin ihres Vaters. Birgitta hatte fünfzehn Jahre mit ihrem Mann in Brüssel gelebt, doch dann hatte der Mann sich eine Jüngere gesucht, sich scheiden lassen und eine neue Familie gegründet. Birgitta war nach Schweden zurückgekehrt und hatte eine Stelle als Krankenschwester im nächstgelegenen Krankenhaus angenommen, war vor einem halben Jahr jedoch nach dem »Wer zuletzt gekommen ist, muss zuerst gehen«-Prinzip entlassen worden.

Monikas Vater hatte Birgitta in der Waschküche kennen gelernt, hatte ihr beim Anbringen von Regalen und Gardinenstangen geholfen, und Birgitta lud ihn zum Dank manchmal zum Essen ein.

Monika wählte die Nummer von Birgitta, die sofort am Apparat war. Allein das deutete Monika als gutes Omen.

Birgitta erklärte sich bereit, sich die Wunde anzusehen. Sie halte das durchaus nicht für eine Zumutung, sondern freue sich, Monika einen Gefallen tun zu können, nach allem, was Monikas Vater für sie getan hatte. Sie wusste, dass es unmöglich war, zum Notdienst durchzudringen, sie hatte eine Freundin, die dort arbeitete und die nachts oft nicht schlafen konnte, weil sie sich wegen der vielen Anrufe sorgte, die sie nicht hatte entgegennehmen können.

Sie waren jederzeit willkommen, und es war nur ein Weg von fünf Minuten.

Monika hätte nicht geglaubt, dass sie es über sich bringen würde, wieder hinaus in die Kälte zu gehen, doch Aster konnte nicht allein gehen, also musste sie sich wieder anziehen. Sie fror noch immer.

Unterwegs kam Aster ihr fast normal vor.

»Weißt du was, Monika, ich werde verheiraten.«

»Heiraten«, korrigierte Monika. »Herzlichen Glückwunsch, das ist ja toll. Wo hast du ihn gefunden?«

»Ich habe nicht gefunden, mein Vater soll finden.«

»Dein Vater soll finden…« Monika gab auf. »Das verstehe ich nicht.«

Auf Asters Gesicht breitete sich ein geheimnisvolles Lächeln aus.

»Weißt du noch, früher ich nicht wollte ver… nicht heiraten. Jetzt will ich heiraten.«

»Früher wollte ich nicht, jetzt will ich, du musst dir die richtige Reihenfolge der Wörter merken.«

Aster kicherte.

»Früher WOLLTE ICH nicht HEIRATEN, jetzt WILL ICH HEIRATEN.«

»Genau, sehr gut. Aber was sagst du da eigentlich, wie kannst du deinen Entschluss ändern, ohne jemanden kennen gelernt zu haben, den du heiraten willst?«

»Mein Vater muss einen guten Mann für mich finden. Und wenn der mir nicht…gefällt…«, Aster blickte Monika fragend an, die zustimmend nickte, »dann ich sage… SAGE ICH… nein.«

Monika musste einfach lachen, über Asters frohes Gesicht, als ihr die richtige Wortfolge gelungen war, und über diese einfache, aber unerwartete Lösung für das ewige Problem, jemanden zu finden, mit dem man sein Leben teilen mochte.

Aster lachte ebenfalls, ohne jedoch zu wissen, wie überraschend ihre Mitteilung gewesen war. Monika fragte sich plötzlich, ob vielleicht ihre eigene Kultur die Ausnahme darstellte, wenn sie es dem einzelnen Menschen überließ, selbst den passenden Partner oder die passende Partnerin zu finden. Sie fragte sich, ob sie zu einer anderen Zeit oder an einem anderen Ort automatisch einen Mann bekommen hätte. Ob sie einfach einen bekommen hätte, weil sie eine Frau war, ohne sich dafür auf dem Markt durchsetzen zu müssen. Das hörte sich gar nicht schlecht an.

Birgitta war um die fünfzig, groß und mit blonden Haaren, die langsam grau wurden. Monika war ihr nur einmal begegnet, und diese Begegnung hatte sie überrascht. Vor ihr hatte eine Frau gestanden, die ihren eigenen Beruf aufgegeben hatte, um einem Mann zu folgen, der sie nach zwanzigjähriger Ehe durch eine Jüngere ersetzt hatte. Vor ihr hatte eine Frau gestanden, die aus einer eleganten Villa in Brüssel in eine Blockwohnung in einem Stockholmer Vorort gezogen war. Eine Frau, die ihre Stelle verloren hatte, weil die Politiker Geld sparen wollten. Monika hatte Verbitterung, diffusen Hass auf alle, die es besser getroffen zu haben schienen, ein verhärmtes Gesicht erwartet. Nicht aber eine Frau, die gern lachte, die sich für andere interessierte und die nicht klagte. Monika konnte verstehen, dass ihr Vater Birgittas Gesellschaft erholsam fand – sie hatte die ständige Unzufriedenheit, die das Leben ihrer Mutter geprägt hatte, schließlich nicht vergessen.

Birgitta empfing sie wie alte Freundinnen. Birgitta fragte, was passiert sei, ob Aster alle Fingergelenke bewegen könnte, bevor sie leicht gegen Asters Fingerspitzen tippte und fragte, ob sie etwas fühlte. Aster nickte.

»Sehr gut. Keine ernsthafte Verletzung, aber du brauchst trotzdem ein paar Stiche, Wunden in der Hand heilen sonst nur langsam.«

Monika sah sofort eine unüberschaubar lange Wartezeit auf einer Unfallstation vor sich. Es war fast elf, und sie war so müde, dass sie sich große Mühe geben musste, um nicht sofort einzunicken. Mit steifen Bewegungen erhob sie sich.

»Danke. Dann versuchen wir es im Västra Sjukhus.«

»Setz dich wieder«, widersprach Birgitta. »Da könnt ihr

doch mitten in der Nacht nicht mehr hin. Und die Wunde muss so schnell wie möglich genäht werden.«

Sie verschwand und kehrte gleich darauf mit einem Handtuch, Verbandszeug und einer kleinen Zange wieder zurück. Sie faltete das Handtuch einige Male zusammen und legte es auf den Küchentisch, mitten unter die Lampe, platzierte Aster am Tisch, setzte sich ebenfalls und half ihr, die Hand so zu legen, dass sie die klaffende Öffnung in der Handfläche erreichen konnte. Dann trocknete sie die Haut, die die Wunde umgab, mit einer Kompresse ab.

»Es kann vielleicht ein bisschen wehtun.«

Aster nickte.

Birgitta zog eine dünne, krumme Nadel aus einer Folie, während Aster vollkommen reglos dasaß und die funkelnde Nadel anstarrte, die auf der einen Seite der Wunde in ihrer Haut verschwand und auf der anderen wieder zum Vorschein kam. Dann zog Birgitta den Faden an, sodass die Wundränder zusammengezogen wurden, bis sie sich berührten. Fünf rasche Stiche reichten, um die Wunde durch eine dünne blutige Linie mit grünen Fadenenden zu ersetzen.

Monikas Verblüffung war ihr offenbar deutlich anzusehen, denn Birgitta zwinkerte ihr verschwörerisch zu und erzählte, sie hätte lange in einem Flüchtlingslager in Ruanda gearbeitet, wo die Krankenschwestern die Behandlung kleinerer Wunden übernehmen mussten.

Danach klebte sie ein großes Pflaster auf ihr Werk und bat Aster, in einigen Tagen zum Nachsehen zurückzukommen.

Monika fühlte sich ungeheuer erleichtert.

Aster war versorgt, Monika würde an diesem Abend nicht mehr ausgehen müssen, sondern bald in ihrem Bett liegen und vielleicht endlich warm werden. Wenn ihr Umarmungen leicht gefallen wären, dann hätte sie Birgitta an sich gedrückt, aber so musste ein herzliches Dankeschön reichen. Aster, die ein wenig verlegen aussah, umfasste Birgittas Hand mit ihren beiden Händen, dankte ihr und verabschiedete sich.

Schweigend gingen sie nach Hause. Die Wirkung der kurzen Zuflucht vor der Kälte, die Birgittas Wohnung ihnen beschert hatte, hielt nicht lange an – der Wind riss ihnen die Wärme aus Gesicht und Beinen, und als sie ihre Haustür erreichten, war Monika so durchgefroren wie eh und je.

23

Als Monika wieder in ihrer Wohnung stand, war sie so müde, dass sie sich zum Zähneputzen regelrecht zwingen musste. Das Wasser in der Badewanne war abgekühlt, sodass sie gar nicht erst auf die Idee kam, heißes Wasser dazuzugeben und das unterbrochene Bad fortzusetzen. Als letzten Sieg dieses Tages über die Müdigkeit putzte sie sich die Zähne, bevor sie schließlich ins Bett fiel.

Noch ehe ihr Kopf das Kissen berührte, war sie eingeschlafen. Das Bett schien sich langsam zu drehen, und sie lag für einen Moment ganz still, um die Bewegung zu beenden. Ihre Augäpfel schmerzten. Sie dachte, dass sie doch schlafen musste und es immerhin auf sechseinhalb Stunden Schlaf bringen würde, wenn sie sofort einschliefe, es war erst halb zwölf.

Dann war sie eingeschlafen.

Als sie erwachte, registrierte sie zuerst, dass es dunkel war, und fürchtete sofort, zu früh aufgewacht und nicht ausgeschlafen zu sein. Dann fiel ihr ein, dass es Dezember war, weshalb die Dunkelheit nichts zu bedeuten hatte. Doch als sie dann auf die Uhr sah, bestätigten sich ihre Befürchtungen. Viertel nach eins.

Nun musste sie an Dinge denken, die sie nicht aufregten, sie musste wieder einschlafen. Sie musste still liegen und durfte sich nicht von einer Seite auf die andere wälzen.

Vor ihrem inneren Auge tauchte der Leiter der Orthopädie auf. Wenn er noch immer als solcher bezeichnet wurde. Sie glaubte sich zu erinnern, dass auch sein Posten umbenannt worden war und jetzt einen weniger klaren Namen trug.

»Versuchen Sie doch bitte, so schnell wie möglich zu kommen«, hatte er gesagt, und sein sympathisches, erschöpftes Gesicht hatte die Last der Verantwortung und die Ermüdung deutlicher gemacht, als Worte das jemals vermocht hätten.

»Ich habe es versucht, ich wollte schon am Montag kommen«, versuchte Monika sich in diesem fiktiven Dialog zu entschuldigen. »Aber Mord ist wichtiger als alles andere, und Sonntagnacht ist eine Frau ermordet worden...« Sie wusste, dass das eine schlechte Entschuldigung war. Man schafft das, was man schaffen muss. Man muss Prioritäten setzen.

In diesem Fall hatte Daga das getan – Lottie war wichtiger als der umstrittene Pfleger. Trotzdem fühlte Monika sich schuldig. Sie versuchte sich daran zu erinnern, dass sie sich alle Mühe gegeben hatte, doch es half nichts. Die Schuldgefühle machten ihr fast körperlich zu schaffen. Ihre inneren Organe fühlten sich an, als würden sie zusammengepresst, ihr Herz hatte weniger Platz zum Schlagen, ihr Magen drückte sich gegen seinen Nachbarn, wer immer das sein mochte.

Sie holte tief Atem und versuchte an etwas anderes zu denken – jetzt, mitten in der Nacht, konnte sie die Lage im Västra Sjukhus ja doch nicht ändern. Aber sie konnte sich auch nicht von den Worten des Krankenhausleiters in ihrem fiktiven Dialog befreien.

Sie dachte an die Kranken und an die Krankenhäuser, die ihnen helfen und sie beschützen sollten. An Håkan Götsten in der Orthopädie, der vielleicht vergeblich wartete. An Aster, die auch nicht das bekommen hatte, was sie brauchte.

Ihr Gefühl des Unbehagens wurde noch stärker.

Das Kollektiv schien nicht mehr auf seine Mitglieder zu hören. Nicht einmal die Notrufe drangen durch.

Sie beschloss, sich gleich am nächsten Morgen an die Krankenhausfälle zu setzen, Lottie hin oder her, doch das Unbehagen wollte nicht weichen.

Stattdessen tauchte eine andere Quelle der Schuld und der Selbstvorwürfe auf: Idriss. Ihr fiel eine junge Frau aus Sri Lanka ein, die gesagt hatte: »Ich bin ein Kokosnussmensch«, als Monika langsam und deutlich mit ihr gesprochen hatte. »Außen schwarz, innen weiß.« Sie war im Alter von wenigen Wochen adoptiert worden und war außerdem braun, nicht schwarz gewesen. Wie Idriss von innen aussah, konnte Monika sich beim besten Willen nicht vorstellen. Auf keinen Fall aber sah er so aus, wie sie sich das zuerst gedacht hatte. Trotzdem konnte sie seinem Blick nicht begegnen, ohne sich daran zu stoßen, dass seine Augen so dunkel waren – sie musste einfach daran denken, je mehr sie sich dagegen wehrte, um so unmöglicher wurde es, damit aufzuhören. Sie nahm an, dass man sich letzten Endes an eine solche Situation gewöhnte, dass man sie nicht mehr wahrnahm, und fragte sich, wie lange das dauern würde.

Noch immer erschien es ihr unmöglich, wieder einzuschlafen.

Sie versuchte die Zeit zu nutzen, um an Lottie zu denken, doch sie sah nur den Gebärmuttertumor vor sich, ekelhaft und fleischig und blutig.

Sie drehte sich auf die andere Seite, versuchte, sich bequem hinzulegen, empfand aber jede Lage gleichermaßen als unangenehm.

Die Dunkelheit schien die Anforderungen noch zu steigern, die an sie gestellt wurden, und ihr Selbstvertrauen schrumpfen zu lassen.

Sie fragte sich, was eigentlich von einer Gesellschaft zu halten sei, die ihre Ärzte und Polizisten in die Erschöpfung treibt, während Verwaltungsangestellte munter zu Protokoll geben, ihre Lebensqualität habe sich verbessert.

Sie versuchte, ihre Gedanken zu dem Mann mit den Brüsten zu lenken. In diesem Fall hatten sie doch immerhin etwas Positives in der Hand. Einen Zeugen, eine Adresse, es würde sicher nicht schwer sein, den Täter zu finden. Es musste Beweise geben, und dann würde die Sache bald erledigt sein.

Sie schlief ein.

Wenige Stunden darauf wurde sie wieder vom Gewicht der Aufgaben geweckt, die sie nicht zu Ende bringen konnte. Es war einfach ärgerlich, die albernen Lügen anderer entlarven zu müssen. Sie wünschte sich eine Aufgabe, die nur körperlichen Einsatz von ihr verlangte, hätte gern Gegenstände zusammengeschraubt oder in einem Park Beete umgegraben, statt in die schmerzhaften Beziehungen anderer Menschen hineingezogen zu werden.

Dann musste sie an Rundfunksendungen denken – daran, dass diejenigen, die dort zu Wort kamen, keine Kontrolle darüber hatten, wer ihnen zuhörte, wie diese Menschen zuhörten, wie sie reagierten. Wer außer Janosch mochte das Interview mit Lottie gehört haben? *Leben und Glaube.* Von dieser Sendung hatte sie nie gehört. Wegen einer Radiosendung wurde doch wohl niemand ermordet?

Sie schlief wieder ein und konnte dieses Mal weiterschlafen, bis um sechs Uhr der Wecker klingelte. Sie hätte mit Leichtigkeit noch sechs weitere Stunden schlafen können.

24

Die Mittwochszeitungen raubten Monika den größten Teil der wenigen Kraft, die sie während ihres abgebrochenen Schlafes hatte sammeln können. Die Schlagzeilen berichteten, dass ein Erdbeben im immer dichter bevölkerten Mittelamerika mindestens zehntausend Tote gefordert und dass eine Frau in Stavsta ihren Sicherheitsalarm ausgelöst hatte, als sie vor ihrem Haus ihren Exmann entdeckte. Als sechs Stunden später die Polizei eingetroffen war, war die Frau tot gewesen, erschlagen mit einem Hammer, und ihre vierjährige Tochter hatte versucht, das Blut vom zerfetzten Gesicht ihrer Mutter abzuwischen. Wo war die Polizei, fragte die Presse empört. Wie können sie sechs Stunden warten, statt in einer akuten Situation einzugreifen? Aus dem Artikel konnte die Leserin fast den Eindruck gewinnen, die Polizei habe sich mit »Mensch-ärger-dich-nicht«-Spielen amüsiert oder Zeitung gelesen und sei erst losgefahren, als es zu spät war. Der einzige Trost war, dass die Zeitungen noch nicht darüber lamentierten, dass Lotties Mörder sich weiterhin auf freiem Fuß befand.

Monika fühlte sich zu müde, um den Tag in Angriff zu nehmen, machte sich aber wie immer auf den Weg. Auf ihrem Schreibtisch fand sie einen großen Zettel: Eva-Maria Moussaoui anrufen/Erik.

Das konnte ja immerhin gute Neuigkeiten bedeuten. Sie wählte Eva-Marias Nummer, obwohl sie eigentlich keine Zeit hatte, und Eva-Maria meldete sich beim ersten Klingeln. Sie habe sich die Sache überlegt, sagte sie, und wolle jetzt doch mit Monika darüber sprechen, was am Sonntag passiert war. Monika versprach, nach ihrem Treffen mit Richard Cox so schnell wie möglich bei ihr vorbeizukommen.

Die Frühbesprechung fiel düster aus. Daga berichtete zuerst von der Krisensitzung über die zukünftige Organisation der Polizei, an der sie teilgenommen hatte. Es sollte noch weiter gespart und eingeschränkt werden, die Personalkosten mussten gesenkt werden. Zugleich sollten sie ihre Leistungskraft steigern und in Europa die Spitzenposition erringen. Außerdem sollten weitere Sozialarbeiter eingestellt werden.

Monika hatte den Eindruck, dass die Politiker eine Art »man-stiehlt-weil-man-kein-Brot-hat«-Vorstellung von den Ursachen der Kriminalität hatten. Aber in diesem Fall müsste die Lösung doch darin liegen, alle mit Brot zu versehen, danach würden die Diebstähle schon aufhören. Mehr Polizei war da keine Hilfe.

Manche der jungen Menschen, mit denen sie in Berührung kam, konnten wirklich Sozialfürsorge gebrauchen, und in diesen Fällen war Monika unendlich dankbar, wenn sie den Sozialarbeitern die Sache überlassen konnte. Aber nicht alle waren so. Sie fragte sich, wie die Politiker die schweren Goldketten der jungen aufstrebenden Verbrecher wegdiskutieren konnten, deren teuere Autos, ihre ständigen Besuche in exklusiven Restaurants, die doch ein Zeichen dafür sein müssten, dass sie es nicht nötig hatten, von fremdem Geld zu leben. Sie fragte sich, welche Aufgabe die Politiker den Sozialarbeitern wohl zuschrieben. Sollten sie den Menschen, die finanziell wesentlich besser gestellt waren als sie selbst, eine kleine Leibrente des schwedischen Staates anbieten, wenn sie nur versprachen, ein gesetzestreues Leben zu führen? Ihnen ein um einiges geringeres Einkommensniveau und ein anstrengendes und monotones Berufsleben schmackhaft machen?

Niemand will auf der Verliererseite stehen. Viele Verbrecher schienen besser organisiert zu sein als die Polizei, sie hatten klarere Führungsstrukturen, Verwaltung und Bürokratie blieben ihnen erspart, die Entscheidungsprozesse waren weniger zeitraubend und die Gehälter oft höher. Sie verfügten über wesentlich abschreckendere Strafen als die staatliche Justiz. Zu allem Überfluss besaßen sie außerdem bessere Waffen und mehr Zeit, um ihre Verbrechen zu planen, als die Polizei hatte, um sie daran zu hindern.

Daga war blass und sah traurig aus.

»Am Ende hatte ich diese vielen unmöglichen Vorschläge zur Entwicklung und Effektivitätssteigerung so satt, dass ich um das Wort gebeten habe. Ich habe gefragt, ob sie je auf die Idee gekommen seien, herzukommen und uns zu fragen, von welcher Art Organisation wir profitieren könnten. Welche Art Organisation uns die Arbeit erleichtern würde. Sie haben nicht einmal geantwortet, sondern meine Frage nur mit einem nachsichtigen Lächeln abgetan.«

»Das hast du gut gemacht, Chefin«, meldete Fredrik sich zu Wort. Und klatschte in die Hände.

Die anderen schauten ihn überrascht an – Applaus bei der Frühbesprechung hatten sie noch nie erlebt, aber dann schlossen sie sich alle an, auch Monika. Daga hatte wirklich etwas Wichtiges gesagt, und auch wenn niemand ihr zugehört hatte, so hatte sie doch versucht, sich für sie alle einzusetzen.

Daga sah zuerst überrascht aus, bevor sich ein verlegenes, doch gleichzeitig freudiges Lächeln auf ihrem Gesicht ausbreitete.

Monika fragte sich, warum die Politiker nicht zuhören wollten. Sie staunte über die Fähigkeit der Menschen, die Erfahrungen anderer zu leugnen. Als seien die Wahrheiten der anderen nur Abstraktionen, die kurz diskutiert und dann mit kurzen verbalen Schlägen abgetan werden konnten. Als sei Dagas Bedürfnis nach mehr Mitarbeitern nur eine Meinung unter vielen, die allesamt gleichermaßen zutrafen. Als existiere die Welt eigentlich gar nicht. Als hätte es der Frau in Stuvsta auch nicht geholfen, wenn sofort jemand gekommen wäre.

Sollen sie doch überfallen werden, dachte Monika. Soll ihnen doch ein pickliger Siebzehnjähriger mit abgekauten Nägeln und Mundgeruch sein Springmesser an die Kehle halten, sollen sie doch dem Fußvolk in der Armee der Drogenbarone in die Arme laufen. Hoffentlich ist es nächstes Mal ein Politiker oder ein Verwaltungsmensch, hoffentlich müssen sie, wenn jemand, der sie ermorden will, gerade die Tür einschlägt, auf die Polizei warten, die mit einem Einsatz beschäftigt ist, der genauso dringend ist.

Es ist schrecklich, wenn man kein Vertrauen zu denen haben kann, die die wichtigen Entschlüsse fassen.

Daga zuckte mit den Schultern und musterte ihre niedergeschlagene Truppe.

»Zeiten, in denen gespart werden muss, sind immer eine Belastung. Aber wir haben doch noch vieles, was für uns arbeitet. Wir werden gebraucht. Sämtliche Meinungsumfragen zeigen, dass die Leute uns auf den Straßen sehen wollen, sie wollen uns anrufen können, wenn sie Hilfe brauchen. Das bedeutet, dass nicht unendlich eingespart werden kann. Die Planungsgruppe tritt Anfang der Woche wieder zusammen, und ich glaube, danach erfahren wir mehr. Bis dahin arbeiten wir wie immer, liefern wie sonst auch den bestmöglichen Service.«

Daga tat Monika Leid. Sie hatte um ihre Beförderung gekämpft, hatte aber wahrscheinlich nicht voraussehen können, dass sie am Ende wie ein General mit einer demoralisierten Armee dasitzen würde, deren schwindende

Ressourcen sie immer weniger einsatzfähig machten. Dagas Situation ließ auch Monikas Zukunftspläne ins Wanken geraten – ein leitender Posten war inzwischen alles andere als erstrebenswert.

Daga wandte sich den Aufgaben dieses Tages zu, die trotz schlechter Finanzlage und Neuorganisation bewältigt werden mussten. Monika, Idriss und Fredrik waren an der Reihe.

Sich der normalen Polizeiarbeit zuzuwenden, kam Monika ein wenig vor wie das Polieren einer Messingreling auf einem Schiff mit dreißig Grad Schlagseite. Ihr brannten eine Menge Fragen unter den Nägeln: Wie sollen die Personalkosten gesenkt werden? Wer wird entlassen? Wann erfahren wir das? Wird es die Kriminalpolizei City in einem halben Jahr noch geben? Und wenn nicht, was wird aus uns? Sie glaubte nicht, dass Daga irgendeine Antwort hatte, deshalb begann sie ihre am Vortag geleistete Arbeit zusammenzufassen.

»Wir bekommen jetzt langsam einen Überblick darüber, wie Lottie den Sonntagabend verbracht hat. Sie hat an einer Sendung von P 1 teilgenommen, die zwischen sechs und sieben ausgestrahlt wurde. Ich glaube nicht, dass das eine Live-Sendung war, aber das werden wir bald wissen. Eva-Maria, die älteste Tochter, hat ihre Aussage geändert – sie behauptet jetzt, Lottie habe sie am Sonntagabend gegen acht angerufen und sich nach all den Jahren plötzlich mit ihr treffen wollen. Sie habe in die Igeldammsgata kommen wollen, sei aber nicht aufgetaucht. Außerdem hatten die Schwestern offenbar doch Kontakt. Eva-Maria und die jüngste Schwester, Pernilla, haben sich in den letzten Jahren heimlich getroffen. Keine war bisher besonders hilfsbereit, und es scheint für beide ganz normal zu sein, die Polizei anzulügen. Aber vielleicht kommt jetzt Bewegung in die Sache: Eva-Maria hat uns heute Morgen angerufen, sie will mehr über den Sonntag erzählen, und plötzlich scheint ihr die Sache wichtig zu sein. Vermutlich müssen wir danach wieder mit Pernilla reden.«

Daga sah sie interessiert an.

»Das wollen wir hoffen. Was Lottie angeht, sind viele Augen auf uns gerichtet.«

»Ehe wir zu Eva-Maria fahren, sind wir übrigens mit einem der vielen Männer in Lotties Leben verabredet, mit Richard Cox. Sie haben während der siebziger Jahre lange zusammengelebt, offenbar waren es für ihn harte Jahre, das behaupten zumindest Kollegen von Lottie, die sie damals schon gekannt haben. Er hat sich dann nach Neuseeland abgesetzt, nach seiner Aussage nur, um von ihr loszukommen. Offenbar hat er da unten ziemlich großen Erfolg gehabt, denn jetzt, mit fünfzig, hat er sich in den Ruhestand begeben und eine Wohnung in Östermalm gekauft. Seltsam ist, dass er erst vor wenigen Monaten nach Schweden zurückgekehrt ist. Er ist vielleicht jemand, der ein Motiv haben könnte, wenn auch eins mit längst überschrittenem Verfallsdatum.«

Fredrik meldete sich zu Wort.

»Aber wenn man nach vielen Jahren oder sogar Jahrzehnten einen Menschen trifft, der einen so sehr verletzt hat, kann man dann nicht feststellen, dass der Hass gewachsen ist? Kann man vielleicht daran erinnert werden, wie viel dieser Mensch zerstört hat? Und dann einfach die Nerven verlieren? Der Tochter kann das doch passiert sein, wenn sie sich wirklich getroffen haben, und vielleicht auch diesem Mann? Man schlägt zu, impulsiv.« Sein Enthusiasmus war ebenso schnell wieder verflogen, wie er aufgetaucht war. »Aber so war das ja nicht. Ihr Mörder hatte eine Mordwaffe – eine runde und ziemlich große und schwere.«

»Und normalerweise verblassen Gefühle doch mit der

Zeit«, sagte Monika, »aber natürlich kommt es vor, dass Menschen jahrzehntelang auf Rache sinnen. Eva-Maria behauptet, sie sei den ganzen Sonntagabend allein zu Hause gewesen, also hätte sie Lottie umbringen können, aber warum gerade dort? Und wie? Sie hätte Lottie durch die Igeldammsgata verfolgen und dabei eine passende Mordwaffe in der Hand haben müssen. Man kann unmöglich über den Hof laufen und jemanden auf der Treppe einholen, das habe ich überprüft. Und wenn wir annehmen, dass es Richard Cox war, dann ist die Wahl des Tatortes noch weniger plausibel.«

Daga schnitt ein anderes Thema an.

»Warten wir ab. Fredrik, was macht die finanzielle Seite?«

»Ich wünschte, ihr hättet bei diesem Steuerberater dabei sein können. Das war ein fröhlicher dicker kleiner Mann von ungefähr sechzig, der ebenfalls zu Lotties Exmännern gehört. Aber das schien ihn nicht zu stören, im Gegenteil. Er findet, dass die sechs Monate, die er mit Lottie zusammen war, sein ganzes Leben beeinflusst haben. Offenbar hat sie ihn auf Partys vorgestellt mit der Bemerkung: Seht mal! Ich habe einen Steuerberater verführt!«

Alle starrten ihn an.

»Sie waren noch immer befreundet. Er hat sich seither um ihre Finanzen gekümmert, effektiv und erfolgreich. Sie hatte ihr Geld klug angelegt und hatte keine heimlichen teuren Laster. Keine unerklärlichen Einnahmen. Sie hat ein Testament gemacht, Eva-Maria bekommt ihren Pflichtteil, der Rest geht an Jenny und Pernilla, wie es zu erwarten war. Es gibt keine überraschenden Begünstigten oder so.«

Damit war die Frage nach dem Geld erledigt, es würde Jenny zufallen, die behauptete, dass sie es nicht brauchte, und Pernilla, die offenbar ebenfalls keine Geldsorgen hatte. Alles, was Monika von Eva-Maria gesehen hatte, sprach dafür, dass bei ihr Geld auf jeden Fall willkommen und möglicherweise auch dringend nötig wäre. Lottie hatte sie offenbar so weit enterbt, wie das Gesetz es gestattete, und Murad war mit keinem Wort erwähnt worden. Was konnten Eva-Maria und Lottie einander angetan haben?

»Ich habe mit Allan gesprochen, er konnte heute nicht kommen«, sagte Fredrik. »Zum einen hatte Idriss Recht, die Fingerabdrücke auf der Kapuze gehörten dem Journalisten von *Expressen.* Er wohnt in einem der Häuser, die ein Fenster auf den Hof haben, und er hat gesehen, wie Einar Lottie gefunden hat. Er wollte wissen, warum Einar sich so gefürchtet hatte… er ist eigentlich Kriegsberichterstatter, deshalb verliert er beim Anblick einer Leiche nicht gleich die Nerven. Er hat Lottie erkannt und ist dann sofort in die Redaktion gestürzt. Er hat für den Abend ein Alibi. Seine Freundin beziehungsweise inzwischen Exfreundin und er waren zuerst in einer Kneipe und dann bis zwei Uhr morgens in Solna. Ich habe mit beiden gesprochen, und ihre Aussagen scheinen zu stimmen.«

Monika beglückwünschte sich voller Ironie. Toll. Einer der am wenigsten wahrscheinlichen Täter konnte von der Liste gestrichen werden. Einar hatte Lottie nicht getötet. Ein großer Schritt nach vorn. Und der Journalist war es auch nicht gewesen. Glückwunsch!

»Allan lässt ausrichten, dass Lottie die Drohbriefe selbst geschrieben hat und dass Fingerabdrücke von drei Personen darauf sind: von Lottie selbst, von Pernilla und von noch jemandem. Einer unbekannten Person.«

»Na gut. Irgendwelche Vorschläge, warum der Mord gerade jetzt passiert ist, abgesehen davon, dass dieser Typ aus Neuseeland zurückgekehrt ist? Sie wollte nicht heiraten oder irgendetwas unternehmen, was die Erbschaft beeinflusst hätte?«

»Nein, eher im Gegenteil. Sie hatte den Männern abgeschworen. Und war religiös geworden.«

Daga machte ein überraschtes Gesicht.

»Hatte sie sich irgendeiner Sekte angeschlossen oder so etwas?«

»Nein. Sie hat die Synagoge besucht und wollte ihren jüdischen Glauben wieder annehmen, ihre Mutter war offenbar Jüdin. Wir sind um zwei Uhr mit jemandem von der jüdischen Gemeinde verabredet.«

»Sonst noch etwas?«

»Wenn wir noch Zeit haben, wollen wir außerdem noch mit Johan Lindéns Chef reden. Johan hätte Lottie mit seinen Rezepten umbringen können, und wir wissen noch immer nicht, warum er bei Lottie war und warum er noch immer in der Wohnung haust.«

Doch Daga schien mit ihren Gedanken bereits woanders zu sein. Sie nickte zerstreut, als Monika vorschlug, dass Fredrik bei der Ärztekammer anrufen und in Erfahrung bringen könnte, ob schon einmal Klagen wegen Johan eingegangen waren, dann war die Besprechung beendet. Sie machten sich an ihr Tagewerk, ohne sich zu fragen, ob das Schiff vielleicht bereits im Sinken begriffen war. Ohne richtig zu wissen, ob diejenigen, die sie leiteten, das auch noch weiterhin tun würden.

25

Monika war neugierig auf Richard Cox, sinkende Schiffe hin oder her. War er zu einem nichts sagenden Fünfzigjährigen mit Glatze, Bierbauch und ausgebeulten Hosen geworden, oder erwartete sie vielleicht ein museales Echo seiner ehemaligen Schönheit – transplantierte Haare, glatte

Wangen mit fest gespannter Haut, mit Silikon aufgepolsterte Lippen?

Wie so oft, stimmte die Wirklichkeit nicht im Geringsten mit ihren Vorstellungen überein.

Richard Cox hatte keine Glatze und auch keinen Schmerbauch, er hatte aber auch nicht versucht, seine attraktive androgyne Erscheinung aus den siebziger Jahren zu konservieren. Seine grauen Haare waren kurz geschnitten und seine strahlend blauen Augen schauten aus einem Gesicht, das weder geliftet noch auf andere Weise verschönt worden war. Seine Kleidung war gepflegt, aber er wirkte wie ein Mensch, der sich gern gut geschnittene Kleidungsstücke von hoher Qualität zulegt, und nicht wie jemand, der seinen Körper so attraktiv wie möglich zu präsentieren versucht.

Monika ertappte sich dabei, wie sie ihn anstarrte und feststellte, dass er das nicht übel nahm. Er sah sie an und lächelte kurz.

»Ja, ich habe mich verändert. Richard Cox.«

Monika stellte sich und Idriss vor.

»Sie wollen mehr über Lottie hören, nehme ich an«, sagte Richard. »Aber dann müssen Sie wissen, dass Sie an den Falschen geraten sind. Es ist lange her, dass wir uns gekannt haben, und wenn Lottie sich seit damals ebenso sehr verändert hat wie ich, dann weiß ich nichts über sie, was Ihnen helfen könnte.« Er schaute sie mit festem Blick an. »Ich habe sie nicht umgebracht, das wollen Sie doch sicher in erster Linie wissen. Ich gebe gern zu, dass ich oft mit dem Gedanken gespielt habe, aber ich habe es dann doch nicht getan.«

Er blickte Monika und Idriss mit ernster Miene an. Er war der Erste von allen, mit denen sie bisher gesprochen hatten, der seine Aufmerksamkeit gleichmäßig zwischen ihnen aufteilte.

»Ich habe Lottie verziehen, sie war nur ein Kind ihrer Zeit. Wenn wir uns in den vierziger Jahren begegnet wären, dann hätte sie mich bewundert und für ihre ohne Eier und Butter gebackenen Kuchen Preise gewonnen. Wenn wir uns in den fünfziger Jahren kennen gelernt hätten, dann hätte sie für mich kleine raffinierte Mahlzeiten gekocht, zwei Kinder auf die Welt gebracht und in Interviews anderen Frauen Haushaltstipps erteilt. In den sechziger Jahren wäre unser Leben von diffuser Liebe und Halluzinogenen geprägt gewesen. Nun waren es eben die siebziger Jahre, und da wurde uns der Kampf der Geschlechter zugewiesen, aber ich habe ihr nicht den Tod gewünscht, ich habe eigentlich schon lange kaum mehr an sie gedacht.«

»Sind Sie ihr seit Ihrer Rückkehr begegnet?«, fragte Monika.

»Nein. Es hätte sich auf die Dauer wohl nicht vermeiden lassen, aber ich hatte es nicht eilig damit. Es ist seltsam, wenn man in eine Stadt zurückkehrt, die man so lange nicht mehr gesehen hat. Ich wollte das alles in seinem eigenen Rhythmus geschehen lassen.«

»Sie waren viele Jahre zusammen.«

»Ja. Sie war wohl im Grunde heimlich monogam, weitgehend jedenfalls. Sie wollte gern alles entscheiden. Spielt das jetzt irgendeine Rolle?«

»Wir wissen nicht, was wichtig sein könnte. Was wir wissen, ist, dass jemand sie ermordet hat, und wir wollen wissen, wer das war.«

»Finden Sie es nicht ziemlich unsinnig, nach einem einzelnen Mörder zu suchen, während die Menschen in Scharen sterben?«, fragte er leise.

Idriss blickte Richard ernst an. »Große Teile meiner Familie sind hingerichtet worden, kollektiv. Ich kann nichts daran ändern. Ich habe mich entschlossen zu tun, was ich kann, und ein aufgeklärter Mord ist besser als ein nicht aufgeklärter Mord«, gab er ebenso leise zurück.

»Das gibt Ihnen die Illusion, etwas Wichtiges zu tun, das ist alles. Angenommen, Sie finden den Mörder, einen kleinen Menschen, der sich vermutlich kaum von irgendeinem anderen unterscheidet. Was passiert dann? Dieser Mensch hatte bestimmt einen ausgezeichneten Grund, um Lottie zu ermorden, jetzt ist es geschehen, und weder Sie noch er können es ungeschehen machen.«

»Das wissen wir nicht. Außerdem gibt es in diesem Land Gesetze, die Mord verbieten. Und die müssen eingehalten werden.«

Das klang jämmerlich. Es konnte doch wohl nicht sein, dass man die Ermittlung eines Mordfalls rechtfertigen musste. Monika fragte sich, was Lottie an sich gehabt haben mochte, dass so viele von den Befragten es für unsinnig hielten, dass ihr Tod aufgeklärt wurde.

»Ich weiß«, sagte Richard. »Aber wenn ich sie nun mit zwanzig erwürgt hätte. Das wäre leicht gewesen, sie war klein und sie hatte einen langen dünnen Hals. Dann hätte ich einige Jahre gesessen, vielleicht wäre ich auch in der Psychiatrie gelandet, es wäre damals sicher schwer gewesen, jemanden zu finden, der mich für geistig gesund und ausgeglichen befunden hätte. Ich weiß nicht, ob die Welt durch Lotties Verschwinden schlechter geworden wäre. Sie hat immerhin einigen Schaden angerichtet. Aber freuen Sie sich nicht zu früh, das hier ist kein Geständnis. Und da ich weiß, dass Sie mich das gleich fragen werden, ich war am Sonntagabend zu Hause, ich hatte einen jungen Verwandten zum Essen eingeladen, den ich erst kürzlich entdeckt habe. Einen Vetter zweiten Grades. Er ist gegen sieben gekommen und gegen halb zwölf wieder gegangen, ich weiß ja nicht, ob das die für Sie interessante Zeit deckt. Aber Sie werden nicht so leicht mit ihm sprechen können – er ist heute Morgen nach Mexiko geflogen.«

Weder Monika noch Idriss hatten weitere Fragen. Richard nannte ihnen für alle Fälle den Namen und die Telefonnummer seines jungen Verwandten, bevor er langsam und nachdenklich das Zimmer verließ.

Monika ertappte sich bei dem Gedanken: da geht ein freier Mann. Fünfzig Jahre alt und mit der Freiheit, seine Zeit so zu füllen, wie er das wollte. In weniger als zwanzig Jahren würde Monika fünfzig sein, und was würde sie dann machen?

Ihr Arbeitszimmer kam ihr plötzlich vor wie ein Käfig in einem Zoo des 19. Jahrhunderts. Das dicke Eisengitter, das sie umschloss, war so greifbar, dass es sie beinahe überraschte, dass sie es nicht sehen konnte. Hinter diesem Gitter war sie zu Zwangsarbeit verdammt, vom frühen Morgen bis zum späten Nachmittag. Nur die sehr Reichen oder die sehr Begabten durften außerhalb der Gitter leben.

Sie lenkte sich mit einem Anruf bei Janosch Gaal ab, Johans ehemaligem Vorgesetzten. Als sie seine gehetzte Stimme hörte, hatte sie den Eindruck, dass auch er hinter Gittern saß.

»Ich würde Ihnen gern ein paar Fragen über Johan Lindén stellen. Wie er als Arzt war und warum er aufgehört hat.«

Janosch ließ sich Zeit mit seinen Antworten.

»Er war kompetent. Oder wäre das bald geworden, es dauert ja seine Zeit, bis man unser Fachgebiet beherrscht. Er hatte noch anderthalb Jahre seiner Fachausbildung vor sich.«

»Wussten Sie, dass er Lottie Hagman Östrogene verschrieben hatte?«

»Natürlich nicht. Woher hätte ich das wissen sollen?«

»Sie waren sein Vorgesetzter.«

»Aber meines Wissens war Lottie nicht unsere Patientin, ich kann das natürlich überprüfen, wenn Sie wollen. Wir verschreiben hier übrigens keine gynäkologischen Präparate. Was er für Lottie getan hat, hat er als Privatperson getan.«

»Er hat sie vorher offenbar nicht untersucht, und sie hatte einen Tumor in der Gebärmutter.«

»Das ist schlimm. Das kann eine überaus peinliche Situation sein.«

»Wenn man falsch behandelt wird?«

»Wenn man von Freunden und Verwandten um Hilfe gebeten wird.«

»Aber hätte ein kompetenter Arzt so etwas gemacht?«

»Das ist wohl eher eine Frage von mangelnder Zivilcourage als von Kompetenz.«

»Konnte er sich nicht wehren?«

»Er vermied gern Auseinandersetzungen, wenn man es so ausdrücken will.«

»Warum hat er aufgehört? Das ist doch sicher ungewöhnlich?«

»Früher ist das kaum vorgekommen, aber die Arbeit ist nicht mehr sonderlich verlockend und inzwischen außerdem schrecklich anstrengend. Und dann wird man müde, auch wenn man vielleicht ein Jahrzehnt und hunderttausende Kronen in die Ausbildung investiert hat. Ganz zu schweigen davon, dass diese Ausbildung die Gesellschaft eine Million oder sogar mehr gekostet hat. Johan sagte, die Arbeit mache ihn kaputt, statt dass er sich durch sie weiterentwickelte. Er wollte einfach nicht mehr so leben. Er hatte gut reden, er musste ja nicht von seinem Monatsgehalt leben, so wie wir anderen.«

Janosch hatte also auch keine Wahl. Weshalb Monika sich ihm gegenüber weniger fremd vorkam.

»Womit war er denn eigentlich so unzufrieden?«

»Mit dem Üblichen: zu viel zu tun, zu wenig Zeit. Keine Zeit, um in der Bibliothek nachzusehen, wenn man unsicher ist. Das ist wie beim Autofahren – je schneller Sie fahren, desto weniger Spielraum haben Sie. Schließlich fand er die Risiken, die er eingehen musste, zu groß.«

»Was für Risiken?«

»Denken Sie doch an den Sicherheitsabstand, wenn Sie hundert fahren. Unsere Arbeitgeber verringern den Abstand, und wir wissen, dass er zu klein ist. Die Auftraggeber dagegen sehen nur, dass es nicht sofort knallt, und deshalb glauben sie, sie hätten uns zu effektiverer Arbeit gezwungen. Was sie nicht sehen, ist, was Unsicherheit und Angst kosten. Ich habe immer wieder die Krankenhausleitung und Politiker darauf aufmerksam gemacht, aber sie haben nicht reagiert. Ich glaube übrigens, diese Frage sollte öffentlich diskutiert werden. Was wollen wir in diesem Land? Und wer soll darüber entscheiden?«

»Johan hat also aufgehört, weil er sich das leisten konnte?«

»Oder weil er es im Gegensatz zu vielen anderen nicht für seine Aufgabe hielt, den Betrieb doch funktionsfähig zu erhalten.«

»War er nicht loyal?«

»Nicht im traditionellen Sinne. Er empfand das hier nicht als seine Klinik, sein Unternehmen, aber solange er hier war, hat er seine Pflicht getan. Die Schwestern mochten ihn gern, und den Kollegen gegenüber war er immer hilfsbereit. Er ist freundlich und umgänglich, aber es fehlt ihm vielleicht an Ehrgeiz und Durchsetzungsvermögen, an Kampfeswillen. Übrigens muss ich wegen gestern um Entschuldigung bitten, ich hatte schrecklich viel zu tun und war wohl ein wenig unhöflich.«

Monika versicherte, dass sie es ihm nicht übel genommen

habe, und nach einem kurzen Austausch weiterer Höflichkeiten legten sie auf.

Sie wandte sich Idriss zu.

»Lieb, ohne Ehrgeiz, ohne Zivilcourage, aber mit Geld. Beliebt. Kompetent. Offenbar keine besonderen Vorfälle. Sollen wir Johan Lindén ad acta legen?«

Idriss wollte gerade antworten, als Fredrik hereinkam und ihnen mitteilte, dass Daga Idriss' Hilfe beim Durcharbeiten von Zeugenaussagen brauchte. Monika musste einige Stunden allein klarkommen. Das war immerhin ein kleiner Segen, und plötzlich fiel ihr das Atmen leichter, doch dieser Zustand hielt nur einige Minuten an, bis ihr einfiel, dass Idriss ihre Erleichterung vermutlich bemerkt hatte. Sie hatte das Gefühl, als hätte sie überhaupt nichts mehr unter Kontrolle. Sie wusste kaum noch, warum sie mit Eva-Maria verabredet war und was das eigentlich bringen sollte.

26

Irgendetwas hatte sich an Eva-Maria verändert. Sie hielt sich gerade und erwiderte Monikas Blick ruhig und selbstbewusst. Ihre Haare waren noch immer zerzaust, ihre Kleidung aber sauber. Zum ersten Mal konnte Monika sich vorstellen, dass sie als Chefin gute Arbeit leisten könnte.

»Kommen Sie herein.«

Monika ging ins Wohnzimmer und setzte sich auf das weiße Ledersofa.

Eva-Maria kam sofort zur Sache.

»Lottie war am Sonntag hier. Wie sie versprochen hatte und ausnahmsweise sogar pünktlich.«

Monika hätte am liebsten mit der Faust auf den Tisch geschlagen. Und zwar fest genug, um den Perlenteppich und die Vase mit den Seidenblumen in die Luft springen zu lassen. Sie hatte es satt, mit Menschen, die nach Lust und Laune logen, Blindekuh zu spielen. Sie hatte die Allgemeinheit satt – als Opfer und als Täter. Sie hatte kulturelle Unterschiede satt. Sie hatte Eva-Maria satt, die ihnen die Arbeit so viel leichter hätte machen können, wenn sie von Anfang an die Wahrheit gesagt hätte. Sie war wütend. Sie musste einen Moment lang über etwas anderes reden.

Sie holte tief Luft. »Sie kommen mir heute anders vor. Ruhiger. Was ist passiert?«, fragte sie.

»Gestern kamen die Ermittlungen mir fast wie eine Bedrohung vor, als hätte Lottie den Zorn der Götter herabgerufen. Ich hatte solche Angst vor dem, was passieren könnte. Jetzt habe ich mit Kassem gesprochen. Er weiß, dass ich mich mit Pernilla getroffen habe und dass Lottie hier war.« Eva-Marias Züge wurden weich. »Er war nicht wütend, er fand es gut so. Er konnte Lottie zwar nicht leiden, aber er hält es für wichtig, dass wir uns mit unseren Verwandten aussöhnen, egal wie die sich verhalten. Egal, was sie getan haben. Und er hat sich auch meinetwegen darüber gefreut, dass wir bei ihrem Tod nicht mehr zerstritten waren.« Sie legte eine Pause ein und wischte sich die Augen. »Und ich sehe das genauso.«

Monika versuchte nachzudenken und gleichzeitig Eva-Maria zuzuhören. Bedeutete das etwa, Kassem glaubte, dass Eva-Maria Lottie ermordet haben könnte? Und dass Eva-Maria Kassem nicht für den Mörder hielt? Konnte sie glauben, was Eva-Maria da über Kassem erzählte? Konnte sie Eva-Maria überhaupt ein Wort glauben?

Nach einer Weile hatte sie sich immerhin so weit beruhigt, dass sie weitermachen konnte.

»Erzählen Sie mir bitte von Lottie.«

Eva-Maria antwortete mit einer Gegenfrage.

»Wissen Sie, warum ich Eva-Maria heiße?«

Monika hatte keine Ahnung, was das nun wieder zu bedeuten hatte, aber sie schüttelte den Kopf. Nicht aus Interesse, sondern um irgendeine Art von Kontakt herzustellen. Trotz allem.

»Lottie war entschlossen, einen Sohn zu bekommen, der Natanael heißen sollte. Und als es dann anders kam, verlor sie das Interesse und ich bekam denselben Namen wie das Baby im Nachbarbett. Als sie am Sonntag hier war, wollte sie mit mir über meine Großmutter sprechen. Damit fing sie an. Meine Großmutter, die ich übrigens nie gekannt habe, hieß Ruth, und Lottie war plötzlich der Ansicht, ich hätte ebenfalls Ruth heißen sollen, und Maria fand sie ganz unmöglich. Sie hat sich Vorwürfe gemacht, weil sie mir den falschen Namen gegeben und mich nicht im jüdischen Glauben erzogen hat. Ihr war plötzlich aufgegangen, dass sie mir nicht genügend Traditionen vermittelt hatte.«

Eva-Maria holte tief Luft.

»Als seien jemals ein anderer Name oder irgendwelche Traditionen auf der Liste der Dinge aufgetaucht, die ich gern bekommen hätte. Ein wenig normale Rücksichtnahme hätte mir viel geholfen. Ein wenig Respekt. Ein wenig Schutz und Fürsorge. Normaler Schulbesuch. Aber jetzt war plötzlich die Rede von Sabbath und Bar Mizwah und ich weiß nicht was noch. Herrgott, ich bin aus der lutherischen Kirche ausgetreten, und ich bin verheiratet mit einem Mann, der es für verrückt hält, nicht an Gott zu glauben, der meine Überzeugungen jedoch akzeptiert. Andererseits hält er alle Israelis für seine persönlichen Feinde, und da kommt Lottie daher und redet über die Diaspora!«

Eva-Maria lachte, und zum ersten Mal wurde eine gewisse Ähnlichkeit mit ihren Schwestern sichtbar.

»Aber eigentlich war das typisch für Lottie. Neue Idee,

neuer Mann, neues Leben, und alle sollen sich umstellen, und nach einer Weile, wenn das Neue nicht mehr spannend ist, dann steigt sie eben wieder um. Doch, sie war hier. Und hat eine große Show abgezogen. Langer Monolog. Ich konnte fast sehen, wo sie sich die Kameras vorstellte, sie hatte ein Lieblingsprofil, das sie sehr gern vorgezeigt hat.«

Sie stützte wie ein Kind das Kinn auf die Hände.

»Sie müssen entschuldigen, wenn ich mich so gehässig anhöre, aber das ist alles so verrückt … sie war immer schon auf diesem Egotrip, und sie hatte sich kein bisschen verändert. Gleichzeitig war es ein Schock, sie zu sehen – sie war alt geworden, und ich habe plötzlich festgestellt, dass ich bereit war, sie so zu nehmen, wie sie war. Ich hatte ihr Plätzchen angeboten, und sie hat sogar eins gegessen, trotz ihrer Prinzipien, zur Feier des Tages. Wenn sie also schon sterben musste, dann bin ich doch froh, dass wir uns vorher noch gesehen haben. Und ich will ja auch nicht diejenige sein, die im Glashaus sitzt und mit Steinen wirft«, fuhr Eva-Maria nachdenklich fort. »Murad war nicht geplant, und ich hätte auf einem Namen wie Erik oder Axel bestehen sollen, damit er so heißt, wie die Kinder hierzulande eben heißen. Aber er ist eben so auf die Welt gekommen wie ich auch, und wie ich hat er den falschen Namen bekommen. Ich weiß allerdings nicht, ob Eva-Maria nicht doch besser ist als Ruth.«

»Wann ist Lottie weggegangen?«

»Um zehn vor zehn. Kassem kommt frühestens um Punkt zehn und spätestens um Viertel nach. Manchmal bleibt er ein bisschen länger, wenn ein Freund von ihm an der Sperre sitzt, aber er ist wirklich pünktlich, er will nicht, dass Murad und ich uns Sorgen machen. Ich wollte unbedingt verhindern, dass die beiden sich begegnen, und Lottie wollte das auch. Sie kam mir ziemlich müde vor. Wir haben die ganze

Zeit über auf die Uhr gesehen, deshalb weiß ich genau, wann sie gegangen ist.«

»Und wie war die Atmosphäre zwischen Ihnen beiden?«

»Ziemlich gut, seltsamerweise. Ich dachte, ich hätte eine völlig verrückte Mutter, aber mit der Zeit stellt man fest, dass die meisten Eltern sich doch ziemlich viel Mühe geben. Und auf irgendeine Weise hat sie ja auch mein Bestes gewollt, sie war mitten in all dem Irrsinn auch wieder rührend. Sie kam mir zufrieden vor, hatte für den Tag wohl genügend Gefühlsausbrüche erlebt.«

»Es wird heißen, dass Sie von dieser Begegnung so aufgewühlt waren, dass Sie ihr gefolgt sind und sie auf der Treppe überfallen haben.«

Es klang reichlich an den Haaren herbeigezogen, dachte Monika, als sie sich das sagen hörte.

»Aber das habe ich nicht. Ich bin nicht gewalttätig. Außerdem finde ich, dass eine lebende Mutter, sogar Lottie, einer toten in jedem Fall vorzuziehen ist. Am Ende hätte doch alles wieder in Ordnung kommen können.«

»Wenn Kassem früher als sonst nach Hause gekommen ist, könnten sie sich dann begegnet sein?«

»Nein. Lottie musste durch die Igeldammsgata, um an die Bushaltestelle von Kungsholms Strand zu kommen. Kassem kam von oben, von der U-Bahnstation.«

»Und Kassem ist kein Mann, der andere schlägt, sagen Sie.«

»Nie. Nicht einmal, wenn er angegriffen wird.«

Monika versuchte es mit einem Überraschungsangriff.

»Was war zwischen Ihnen und Lottie vorgefallen, bevor Sie den Kontakt zueinander abgebrochen haben?«

»Teenagerkram.«

»Teenagerkram hält nicht zwanzig Jahre vor.«

Monikas innerer Lügendetektor begann zu ticken.

Aber Eva-Maria wollte nicht mehr sagen, vielleicht konnte das auch bis zur offiziellen Vernehmung warten.

Monika fragte sich, ob Eva-Maria über ausreichend schauspielerische Begabung verfügen könnte, um den Eindruck zu erwecken, dass sie erleichtert und unschuldig war, während sie in Wirklichkeit Lottie getötet hatte. Monika glaubte es zwar nicht, aber im Moment hatte sie kein allzu großes Vertrauen in ihre Urteilskraft.

Sie wollte in die Storgata zurück, obwohl sie wusste, dass sie nicht ganz ehrlich zu sich selbst war, als sie beschloss, dass ein Gespräch mit Pernilla und vielleicht auch mit Johan ihre Zeit besser füllen werde als eine Rückkehr zu den Stapeln auf ihrem Schreibtisch.

Unterwegs blieb sie vor einem Zeitungskiosk stehen und kaufte ausnahmsweise ein Rubbellos. Fünfundzwanzig Kronen für eine Chance, die Art von Wahlfreiheit zu erlangen, die die Reichen immer schon genossen haben. Für eine Chance, zu Daga gehen und sagen zu können: Weißt du was, ich finde, das ergibt alles keinen Sinn mehr. Ich höre auf, oder ich nehme mir zumindest ein paar Monate frei. Soll doch jemand anders übernehmen und mit hängender Zunge hinter dem Bus herrennen.

Sie sehnte sich nach Geld, mit dem sie ihr Leben verändern könnte.

Während sie durch den Strandväg fuhr, dachte sie darüber nach, dass die Politiker sich irrten – die meisten Menschen fürchten nicht die Arbeitslosigkeit, sie haben Angst davor, dass sie ihre Einkünfte verlieren. Fünfundzwanzigtausend steuerfreie Kronen pro Monat gab es zu gewinnen oder einige Millionen bar auf die Hand. Geld ist im Leben wie eine VIP-Karte – man kann sämtliche Warteschlangen überspringen. Wenn sie gewann, würde sie sich eine Wohnung in Kungsholmen kaufen können, sie könnte sich ein

Auto zulegen, vor allem aber könnte sie sich vom Zwang freikaufen, den größten Teil ihrer Zeit, die sie im Wachzustand verbrachte, einer Aufgabe zu widmen, für die ihr mehr und mehr die Kraft fehlte. Sie könnte ruhig schlafen.

Die Vorstellung, ruhig schlafen zu können, erinnerte sie daran, dass sie noch immer nicht wusste, ob Janne im Västra Sjukhus tätig geworden war.

Sie beschloss, auf dem Rückweg dort vorbeizuschauen.

Sie ließ das Los wie einen Puffer zwischen sich und der unangenehmen Wirklichkeit, die mit Geld verdrängt werden konnte, auf dem Sitz liegen. Es war bestimmt eine Niete, aber noch bestand die Möglichkeit, dass das Los sie selbstständig und frei machen würde, doch das wollte sie noch nicht sofort wissen. Wie gewöhnlich fand sie direkt vor dem 7-Eleven einen Parkplatz.

Eine bleiche Pernilla öffnete die Tür.

Immerhin wusste Monika dieses Mal, wovor sie sich fürchtete. Sie zog ihren Mantel aus, ging durch den Bogengang und setzte sich in den Sessel, den sie inzwischen schon kannte. Im trüben Vormittagslicht sah das Zimmer lebloser und kälter aus als zuvor, vielleicht hatte aber auch Lotties Anwesenheit ihre Umgebung mit einer Energie aufgeladen, die inzwischen langsam verflog.

»Pernilla, Sie haben behauptet, dass Sie keinen Kontakt zu Eva-Maria hätten, aber das stimmt nicht. Sie haben sich ab und zu getroffen und regelmäßig miteinander telefoniert.«

Pernilla brach in Tränen aus, und Monika hätte sie am liebsten so angefaucht, wie Jenny es getan hatte. Pernilla war erwachsen und hatte die Polizei belogen.

»Ich wollte Eva-Maria nur nicht noch mehr Probleme machen. Ich hatte den Kontakt zu ihr aufgenommen, und deshalb hatte ich das Gefühl, ich sei an allem schuld. Deshalb habe ich nichts gesagt. Das war blöd von mir, ich habe einfach nicht nachgedacht. Das mit dem Handy war auch blöd, aber ich hatte solche Angst. Ich bin so dumm«, jammerte sie schließlich.

Ja, dachte Monika. Das bist du wirklich. Dumm und verwöhnt und unreif.

»Worüber haben Sie am Sonntagabend gesprochen?«

»Über nichts Besonderes.«

»Hatten Sie das Radiointerview mit Lottie gehört? Es war um sieben zu Ende, und Sie haben vier Minuten danach angerufen.«

Pernilla sah ehrlich überrascht aus.

»Welches Interview?«

»Sie war auf P 1 zu Gast, bei einer Sendung zum Thema Religion, offenbar hat sie darüber gesprochen, wie sie zu ihrem Glauben zurückgefunden hat.«

»Ach so. Nein, davon wusste ich nichts. So etwas hat sie doch dauernd gemacht.«

»Über ihren Glauben sprechen?«

»Über alles Mögliche. Wir haben vegan gelebt, wir haben meditiert, wir haben fast alles ausprobiert, und immer hat Lottie allen davon vorgeschwärmt.«

»Also hat keine von Ihnen die Sendung gehört?«

»Ich jedenfalls nicht, und Eva-Maria hat sie nicht erwähnt, sie gehört nicht zu denen, die sich freiwillig P 1 anhören.«

»Versuchen Sie sich bitte zu erinnern, worüber Sie gesprochen haben.«

Pernilla sah ein wenig übellaunig aus.

»Glauben Sie, wir haben einen Mord geplant? Ich habe in einem Bus nach Vallentuna gesessen, und Eva-Maria hatte Lottie seit ewigen Zeiten nicht mehr gesehen. Wir haben nicht über Lottie gesprochen, und wenn ich per Telefon einen

Mord planen wollte, dann würde ich es nicht in einem Bus tun, wo alle anderen mir zuhören können.«

»Wussten Sie, dass Lottie danach bei Eva-Maria angerufen hat und sich mit ihr treffen wollte?«

Pernilla riss die Augen auf.

»Tatsächlich?«

»Das sagt zumindest Eva-Maria. Und Sie haben nichts davon gewusst?«

»Nein.«

»Pernilla, Sie haben mich schon einmal belogen, und ich nehme an, Sie hätten keine Hemmungen, das wieder zu tun. Woher soll ich wissen, ob Sie nicht auch jetzt lügen?«

»Das können Sie natürlich nicht wissen, aber ich lüge wirklich nicht. Weder Lottie noch Eva-Maria haben etwas gesagt. Warum wollte sie Eva-Maria treffen? Was ist passiert?«

»Eva-Maria behauptet, Lottie wollte Frieden schließen. Lottie hat offenbar gehofft, dass Sie alle wieder vereint werden könnten, vielleicht durch die Religion.«

Pernilla brach erneut in Tränen aus.

»Dann wären wir wieder eine Familie gewesen. Wir hätten eine ganz normale Familie sein können.«

Monika nahm an, dass Pernilla diese verlorene Möglichkeit beweinte.

»Hätte irgendjemand das nicht wollen können? Oder dadurch etwas verloren?«

»Nein. Wir hätten alle gewonnen. Alle.«

Außer Dahlia, dachte Monika plötzlich. Lottie wäre Dahlia und Sara und allen anderen gegenüber vielleicht weniger zugänglich gewesen, wenn sie sich ihren eigenen Töchtern wieder genähert hätte.

»Und dann haben Sie sie am Montagmorgen wieder angerufen«, sagte sie.

»Ich habe ihr nur erzählt, was passiert war. Sie musste es doch erfahren. Und ich habe sie gefragt, ob sie etwas weiß – es kam mir so seltsam vor, dass Lottie in ihrer Nachbarschaft umgekommen ist.«

»Und was hat sie geantwortet?«

»So etwas wie ›spinnst du, denkst du, jemand von uns hat sie umgebracht?‹«

»Haben Sie das geglaubt?«

Pernilla schlug die Augen nieder.

»Ich weiß nicht. Irgendjemand muss es doch gewesen sein, und vermutlich ist es jemand, den ich kenne. Das ist eine scheußliche Vorstellung. Und Eva-Maria hatte Lottie nicht verziehen.«

»Was denn?«

»Das weiß ich nicht, wie gesagt. Danach wollte ich Eva-Maria fragen, als wir Kontakt zueinander aufgenommen haben, aber sobald ich Lottie auch nur erwähnt habe, hat sie auch schon die Stacheln ausgefahren. Sie wollte nicht darüber reden.«

»Niemand scheint darüber reden zu wollen. Ich habe noch ein paar weitere Fragen. Ich wüsste zum Beispiel gern, ob Johan Lindén mit einer von Ihnen zusammen war.«

Pernilla lachte zum ersten Mal.

»Nein. Die Leute, die herkamen, sollten allein stehend sein. Lottie wollte keine Paare, die sich miteinander beschäftigten. Und das wusste Johan. Aber ich glaube auch nicht, dass er an einer von uns Interesse hatte, ich glaube, er hat von der perfekten Frau geträumt. Sie wissen schon, von der, die sowieso nie kommt.«

Plötzlich schien so etwas wie eine Verbindung zwischen ihnen entstanden zu sein, und Monika erwiderte das Lächeln.

»Wir sieht es in der Hinsicht bei Ihnen selbst aus?«

»Im Moment gibt es niemanden.«

»Ist Johan noch hier?«

»Ich glaube schon, heute Morgen war er es zumindest noch. Wollen Sie mit ihm sprechen?«

Monika bejahte, und Pernilla machte sich auf die Suche nach ihm.

Nach einer Weile stand er schließlich im Bogengang.

Er sah so aus wie beim ersten Mal, als sei er unberührt von den kleinen alltäglichen Veränderungen in Stimmung, Kleidung, Ausstrahlung, Dingen, die die meisten von uns jeden Tag ein wenig anders prägen.

Monika beschloss, sofort zur Sache zu kommen.

»Warum sind Sie noch hier?«

Sie hatte nicht erwartet, dass er behaupten würde, Pernilla oder Dahlia bräuchten seine Unterstützung, und er tat es auch nicht. Stattdessen starrte er zu Boden: »Vielleicht aus purer Handlungsunfähigkeit«, sagte er.

Er schien diese Antwort selbst nicht überzeugend zu finden. Seufzend sah er auf, und für einen Moment glaubte Monika, er wolle die Wahrheit sagen. Doch dann wandte er sich ab und zuckte mit den Schultern. »Ich bin einfach noch nicht dazu gekommen, hier auszuziehen. Wollen Sie sonst noch etwas wissen?«

»Ich möchte mir nur ein Bild von Lotties Leben machen. Sie haben dazu gehört. Wussten Sie zum Beispiel, dass Pernilla und Eva-Maria Kontakt zueinander hatten?«

Es war ein Schuss ins Blaue. Er zeigte keine besondere Reaktion.

»Nein. Aber ich an Pernillas Stelle hätte das auch nicht verraten. Lottie wäre außer sich vor Wut gewesen.«

»Warum das?«

»Keine Ahnung. In dieser Hinsicht habe ich Lottie nicht sehr gut gekannt. Obwohl sie schon ziemlich alt war, hat sie nur selten von früher gesprochen, davon, was sie als junge Frau gemacht hat und so. Ihre Philosophie hat dem Leben hier und jetzt gegolten. Sie hat nicht viel über die Dinge nachgedacht, die nicht in den jeweiligen Augenblick gehört haben – vermutlich verdankte sie dieser Angewohnheit ihre Intensität. Sie war immer zu hundert Prozent bei ihrem jeweiligen Gesprächspartner.«

»In welcher Hinsicht haben Sie sie denn gut gekannt? Physisch?«

Er schüttelte den Kopf.

»Nein, das habe ich doch schon gesagt. Das ist schwer zu erklären…«

»Versuchen Sie es.«

»Lottie hatte fast alles, was andere sich wünschen. Im Lauf der Zeit verlieren viele doch ihre Tatkraft, aber bei ihr war das nicht der Fall. Sie wollte nur leben. Ich kannte sie gerade jetzt, in dieser Phase, gut, so könnte man das ausdrücken. Ich wusste, was sie witzig fand, was sie leiden mochte, was ihr interessant erschien.«

»Und war das andersherum genauso?«

»Fragen Sie mich danach, ob sie mich ausgenutzt hat? Das hat sie nicht. Sie hatte einfach eine gute Menschenkenntnis und auf irgendeine Weise hat man sich in seinem eigenen Leben präsenter gefühlt, wenn man mit ihr zusammen war.«

Sie schwiegen. »Lottie wollte nichts ändern, und das ist ungewöhnlich. Ich habe mich immer für die Träume anderer interessiert, für ihre Ziele, ihren Ehrgeiz. Ich würde gern ein Buch darüber schreiben – über die Träume von Frauen«, fuhr er schließlich nachdenklich fort.

»Von Frauen?«

»Sie sind interessanter als die von Männern. Vielfältiger. Männer wollen karrieremäßig nach oben kommen. Frauen wollen alles Mögliche.« Er beugte sich ein wenig vor. »Was wollen Sie selbst?«

Plötzlich konzentrierte er sich voll und ganz auf sie, was dem Gespräch eine seltsame Intimität verlieh.

Es schien ihn tatsächlich zu interessieren, und er schien es tatsächlich verstehen zu können. Was wollte sie? Jedenfalls keine Antwort geben – seine Frage erweckte eine zu große Unsicherheit und Unruhe in ihr, und außerdem sollte doch Monika das Gespräch lenken. Gleichzeitig aber spürte sie, dass sie sich danach sehnte, mit jemandem über ihre Träume sprechen zu können. Sie hatte den Verdacht, dass ihre Träume im Augenblick einstürzten wie ein morsches Holzhaus. Worauf konnte sie sich freuen? Was sollte sie anstreben? Sie wusste, dass ihre Einsamkeit der Grund dafür war, dass sie, wenn auch nur für einen kurzen Moment, mit dem Gedanken spielte, sein Angebot anzunehmen, und dass es böse enden könnte, wenn sie diesem Wunsch nachgab.

»Ich stelle hier die Fragen, und die nächste hat mit Ihrer Arbeit zu tun. Warum haben Sie gekündigt?«

Er sah überrascht aus.

»Stellen Sie immer so intime Fragen? Ich dachte, wir hätten uns darauf geeinigt, dass ich als Täter nicht in Frage komme.«

Monika schwieg. »Das Bedürfnis zu leiden hat noch nie zu meinen Lastern gezählt«, fügte er nach einer Weile hinzu.

»Sie haben unter Ihrer Arbeit also gelitten?«

»Ja, mehr und mehr … als ich das Gefühl hatte, dass die Arbeit mir das bisschen Lebenslust aussaugt, das ich überhaupt besitze, habe ich beschlossen, aufzuhören. Ich weiß nicht, ob Sie das Gefühl kennen, niemals fertig zu sein, niemals genug getan zu haben. Zu versagen. Wenn eine Kranke nach einer wichtigen Untersuchung auf das Ergebnis wartet, dann will sie es nicht in einer Woche, sondern sie will es jetzt. Sie hat auch das Recht darauf, dass sie es sofort bekommt. Und es macht einen kaputt, nicht das tun zu können, was man tun müsste. Und nicht daran glauben zu können, dass die Lage sich jemals bessern wird.«

Monika nickte.

»Also bin ich ausgestiegen. Ich konnte die Dinge nicht verändern, nicht beeinflussen. Ich wollte nicht mehr mitmachen. Jetzt im Nachhinein frage ich mich, warum ich diesen Entschluss nicht schon viel früher gefasst habe. Wie manche das nach ihrer Scheidung sagen.«

Sie schwiegen.

Vielleicht hatte sie genau das hören wollen. Dass man aufhören kann. Auf die eigenen Bedürfnisse Rücksicht nehmen. Zugleich wurde ihr schwindlig bei dieser Vorstellung – so viel Mühe, so viel Zeit, so große Hoffnungen – war es wirklich möglich, eine Ausbildung, eine Lebensaufgabe als Fehlentscheidung abzuschreiben? Offensichtlich ja.

Sie verabschiedete sich und ging wieder hinaus in die Kälte.

Diese Ermittlungen gingen nicht voran, und Monika nahm an, dass es an ihrer Ohnmacht lag, daran, dass sie sich in ihrem Leben immer weniger zurechtfand.

Sie fragte sich, ob sie sich krankschreiben lassen sollte, aber sie konnte sich keine Umschreibung ihres Problems vorstellen, die wie eine brauchbare Diagnose klang. Wenn Erschöpfung, Verwirrung und Nervosität ausreichten, um die Arbeit einzustellen, dann würden bald wohl nur noch Verwaltungsleute und Neulinge im Beruf an ihren Schreibtischen vorzufinden sein.

27

Im Auto fragte sie sich, ob das, was Johan über Lottie gesagt hatte, wichtig sein könnte. »Sie lebte im Jetzt«, hatte er gesagt. Hatte Lotties Konzentration auf den Moment sie blind für die Vergangenheit gemacht? Monika sehnte sich plötzlich nach einem Gespräch mit jemandem, der Lottie sehr lange gekannt hatte. Ihre Eltern lebten nicht mehr, aber vielleicht gab es ja Geschwister? Vermutlich hatte Lotties Persönlichkeit auf irgendeine Weise zu ihrem Tod geführt. Die Person, die den schweren runden Gegenstand hochgehoben und dann mit aller Kraft damit auf Lotties Schädelknochen eingeschlagen hatte, musste auf etwas reagiert haben, das Lottie gesagt oder getan hatte, und Monika fragte sich, ob die Antwort nicht zumindest teilweise in Lotties früherem Leben zu finden sein könnte. Sie rief Eva-Maria an.

»Hallo, Eva-Maria, hier ist noch einmal Monika. Ich wüsste gern, ob Lottie Geschwister hatte.«

»Keine biologischen, aber durch die Adoption sind ihre Kusinen ja ihre Schwestern geworden.«

»Leben sie noch?«

»Ja. Wenn Sie mit einer von ihnen sprechen wollen, dann gebe ich Ihnen gern die Nummer von Siv. Sie wohnt in Bromma.«

»Ja, bitte.«

Sie musste um zwei Uhr in der Synagoge sein, nahm aber an, dass sie vorher noch mit Siv sprechen könnte, wenn sie das Mittagessen ausfallen ließe. Sie ertappte sich bei dem Gedanken, dass sie Idriss bitten könnte, sein Mittagessen gegen ein Gespräch mit Lotties Kusine/Schwester einzutauschen. Das könnte etwas sein, das die Stimmung zwischen ihnen verbessern würde. Monika rief zuerst Siv an, die zu Hause und sofort zu einem Gespräch bereit war. Dann fragte sie Idriss, der zwar noch nicht fertig war, aber gerne mitkommen wollte. Er schien sich über ihr Angebot zu freuen. Immerhin.

Sie holte ihn auf der Wache ab.

»Habt ihr etwas Spannendes gefunden?«, fragte sie, als er sich auf den Beifahrersitz gesetzt und angeschnallt hatte.

»Kommt drauf an, wie du spannend definierst. Dahlias und Pernillas Bekannte haben keine Ahnung, was die beiden in Vallentuna gemacht haben, diese Theatervorstellung war eine Art Rave-Party mit Publikumsbeteiligung, alles wimmelte durcheinander, und es war so laut, dass keinerlei Gespräch möglich war. Es wäre also kein Problem für eine oder auch beide gewesen, in die Stadt zurückzufahren und dann wieder aufzutauchen. Es stimmt dagegen, dass Richard Cox einen Vetter zweiten Grades hat, und dass der in Mexiko ist. Johan Lindéns Alibi stimmt ebenfalls. Ist das spannend?«

»Nein. Nur nervtötend. Dann wissen wir nur von Jenny, Einar und Johan mit Sicherheit, dass sie Lottie nicht ermordet haben, und die drei haben nicht einmal zu ihrem engsten Kreis gehört. Ich habe aber auch nicht auf der faulen Haut gelegen: ich weiß, wo Lottie den Sonntagabend verbracht hat.«

»Wo denn?«

»Bei Eva-Maria. Sie ist um zehn vor zehn dort weggegangen. Und muss geradewegs ihrem Mörder in die Arme gelaufen sein.«

»Meine Güte. Weiß Daga das auch?«

»Noch nicht. Erst reden wir mit Siv, Lotties Kusine. Wir fahren jetzt zu ihr. Eva-Maria hat nach wie vor nicht alles erzählt, was sie weiß, da bin ich mir fast sicher. Vielleicht haben wir mit Siv mehr Glück.«

»Und was wollen wir?«

Weg von allem. Die Zeit so schmerzlos wie möglich hinter uns bringen. Uns vor der großen grausamen Wahrheit drücken. Fliehen.

»Hintergrundinformationen. Warum Lottie und Eva-Maria zerstritten waren. Wichtige Dinge, auf die wir noch nicht gekommen sind«, sagte sie.

Nur gut, dass Siv in Bomma wohnte und nicht in Lidingön. Bromma lag, von der Wache aus gesehen, außerhalb der Stadt, deshalb brauchten sie sich nicht wieder durch den Weihnachtsverkehr zu quälen. Sie fuhren über die Tranebergsbrücke und erreichten einen der wohlhabenderen Vororte Stockholms.

Siv wohnte in einer Art Wohnanlage im Baustil der dreißiger Jahre, einer Art Gebäude, die in den letzten Jahren wieder in Mode gekommen war. Monika konnte nicht nachvollziehen, weshalb, wenn man von der soliden Bauweise einmal absah. In ihren Augen fehlte diesem Stil jeglicher Charme. Aber immerhin war es leicht, sich hier zu orientieren und den richtigen Weg zu finden.

Ihr erster Eindruck von der Frau, die ihnen öffnete, war, dass sie das menschliche Gegenstück zu dem Haus sein musste. Nicht schön, aber sicher praktisch.

Sie war schlicht gekleidet und besaß ein warmes Lächeln. Das Haus war ebenfalls neutral und schlicht eingerichtet – hier wurden die Gäste nicht von einer Persönlichkeit überwältigt, von dem Bedürfnis eines anderen Menschen, jeden einzelnen Quadratzentimeter zu prägen. Monika fragte sich, ob sie denselben Eindruck gehabt hätte, wenn sie nicht erst vor kurzer Zeit in Lotties Wohnung gewesen wäre, und sie hätte gern gewusst, welches Gefühl es gewesen war, in Lotties Wohnung zu leben, dort aufzuwachsen. Es war bezeichnend, dass diese Wohnung für sie nicht Pernillas Wohnung war – dort schien es nur Platz für den Geschmack eines einzigen Menschen zu geben. In Sivs Haus hingegen konnte man eine harmonische Mischung der Interessen von mehreren Menschen erkennen, denn bestimmt war es nicht dieselbe Person, die die Säbel über der Tür polierte und die kleinen Zeichnungen von Hundebabys anfertigte, die in Reih und Glied in der Diele hingen, vermutete sie.

Schon wieder Hunde.

Als Monika den Hund sah, stellten sich ihre Härchen im Nacken und auf den Armen auf. Sie wusste nicht genau, was mit ihm nicht stimmte, aber er schien einen missgestalteten Rumpf und zu viele Beine zu haben. Doch dann bewegte der unförmige Klumpen sich, und ein ganz normaler Hund mit einer ganz normalen Anzahl von Beinen machte sich daraus frei. Falls es für einen Hund als normal gelten konnte, dass er aussah wie ein Gazellenfötus und ein Fell hatte, das aufgemalt zu sein schien. Der wiegt bestimmt nicht mehr als eine Katze, dachte Monika. Dennoch schien der Hund den Gästen freundlich gesinnt zu sein, denn er kam auf sie zu und wedelte vorsichtig mit seinem kleinen Schwanz. Im Korb sah sie jetzt zwei längliche Gesichter, die sich ihr zuwandten. Zwei Gesichter und acht dünne Beine.

Idriss war in die Hocke gegangen, während Monika es nicht einmal dann gewagt hätte, den Hund zu streicheln, wenn sie das gewollt hätte – er sah so zerbrechlich aus, dass sie Angst gehabt hätte, ihn zu berühren. Idriss schien diese Sorgen nicht zu teilen und streichelte mit fester Hand über seinen Rücken.

Siv lächelte Idriss an, der ihr Lächeln erwiderte. Der Hund wedelte mit dem Schwanz.

Sie gingen ins Wohnzimmer und setzten sich. Der kleine Hund schaute fragend zu Idriss, der auf sein Knie klopfte.

»Come on!«

Der Hund machte einen katzenhaften Sprung auf das Knie, rollte sich zusammen und suchte ein Weilchen nach der bequemsten Haltung, bevor er zufrieden seufzte.

Es hieß ja immer, im Polizeidienst müsse man sämtliches Wissen, sämtliche Kenntnisse zum Einsatz bringen. Idriss schien tatsächlich davon zu profitieren, dass er sich so gut mit Hunden verstand. Er schien sofort Kontakt zu Siv zu finden, und Monika versuchte ihm zu signalisieren, dass er die Fragen stellen sollte.

»Das mit Lottie ist ja entsetzlich«, seufzte Siv. »Dass es so schrecklich enden musste.«

»Wie meinen Sie das?«, fragte Idriss freundlich.

»Da ist doch von Anfang an alles schief gelaufen.« Sie verstummte kurz, bevor sie zögernd fortfuhr. »Ja, ich weiß ja nicht, was Sie wissen wollen, was ich sagen soll.«

»Fangen Sie doch einfach ganz am Anfang an. Wir müssen so viel wie möglich über Lottie und ihr Leben wissen.«

Ziemlich mutig, dachte Monika. Was, wenn Siv jetzt endlos lange Stunden reden wollte? Und wenn sie nicht bereit war, sich dabei lenken zu lassen?

»Ja, es hat wohl damit angefangen, dass mein Onkel nach Wien gereist ist, das war 1930. Er war Betriebswirt, und er war schüchtern. Ist Ihnen schon einmal aufgefallen, dass Betriebswirte oft so sind?«

Die Frage verblüffte Monika. Sie kannte keine Betriebswirte. Idriss dagegen nickte, als sei auch ihm die übermäßige Schüchternheit in dieser Branche nicht entgangen.

»Dort hat er sich verliebt. In eine Schauspielerin.« Siv musterte ihre Gäste, als sei sie sich nicht ganz sicher, ob sie die Bedeutung dieser Aussage erfasst hatten. »Damals war das noch kein wirklich respektabler Beruf, er war nicht so angesehen wie heute. Seine Eltern waren außer sich, aber er war ja schließlich erwachsen und außerdem weit weg – Wien lag damals am anderen Ende der Welt –, und deshalb konnten sie nichts machen.«

Siv schaute zerstreut aus dem Fenster.

»Das weiß ich alles von meiner Mutter, wie Sie sich sicher vorstellen können. Es stellte sich also heraus, dass die Schauspielerei noch nicht das Schlimmste war. Lotties Mutter war außerdem Jüdin und sehr fromm. Meine Mutter hat nie verstanden, was er an ihr fand, und das war ziemlich fantasielos von ihr – Lotties Mutter war eine unglaublich schöne Frau und außerdem eine große Tragödin, wenn ich das richtig verstanden habe.«

Sie legte eine kleine Pause ein, und Monika rechnete damit, dass Idriss eine weitere Frage stellen würde, doch er wartete nur, bis Siv weitersprach.

»Er ist konvertiert. Er ist zum Judentum übergetreten, um sie heiraten zu können, und damit hat er gewissermaßen sein eigenes Todesurteil unterschrieben. Meine Mutter hat ihm das nie verziehen.« Siv seufzte. »Als ob er oder irgendjemand sonst hätte ahnen können, was später passieren würde, aber meine Mutter war leider nicht nur fantasielos, sondern auch schrecklich dumm. Dann wurde Lottie geboren«, fügte sie hinzu. »Und in Wien war der Jubel groß. Doch damals hieß sie nicht Lottie, sondern wurde Dorothea Rakel getauft. Alle nannten sie Dottie, und als sie herkam, wurde Lottie daraus, das klang weniger auffällig, fanden meine Eltern. Ich weiß noch, wie es war, als Lottie bei uns ankam, ich war damals neun, und sie war fünf. Wir konnten nicht mit ihr sprechen, sie konnte kein Schwedisch und wir kein Deutsch. Meine Eltern konnten Deutsch, wollten das aber nicht sprechen. Niemand sollte wissen, wer Lottie war. Ich werde nie ihr Gesicht vergessen, wenn sie Fragen stellte und niemand sie verstand. Sicher hat sie sich gefragt, wo ihre Eltern waren, wo sie war, wer wir waren. Ich weiß es nicht. Es war schrecklich, und ich konnte nichts daran ändern. Sie hatte so schöne Kleider. Wir hatten noch nie so schöne Kleider gesehen, und Lottie durfte sie nach der ersten Woche nicht mehr anziehen. Sie sollte das Gleiche tragen wie wir, dicke Faltenröcke, weiße Polohemden aus Baumwolle, Strickpullover. Ihre eigenen Kleider waren aus Stoffen, die wir noch nie gesehen hatten, weich und glatt. Heute weiß ich, dass das Maßanfertigungen gewesen sind, obwohl sie noch so klein war. Es klingt grausam, aber man darf nicht vergessen, dass meine Eltern nicht wussten, was passieren würde. Ob die Deutschen vielleicht auch Schweden besetzen und auch hier die Juden ermorden würden. Es gab damals schon Listen, wussten Sie das? Alle, die vernichtet werden sollten, waren verzeichnet, und Lottie hätte auch auf diesen Listen gestanden, wenn ihre Herkunft bekannt gewesen wäre. Meine Eltern versuchten, sie zu beschützen. Mein Onkel und Lotties Mutter hatten Lottie nach Schweden geschickt und wollten nachkommen, aber sie haben zu lange gewartet. Lotties Mutter war berühmt, sie konnte nicht glauben, dass dieselben Menschen, die im Theater geweint, ihr applaudiert und mit den Füßen getrampelt und sie mit Blumen überschüttet hatten, sie umbringen würden. Aber da hatte sie sich geirrt. 1944 haben wir von ihrem Tod erfahren, und meine Eltern haben Lottie adoptiert. Aber das Ganze war nicht so einfach. Es schien, als konnte meine Mutter ihre Trauer und ihre Wut nicht auf ein so abstraktes Gebilde wie den deutschen Staat richten, und auf irgendeine Weise hat sie offensichtlich Lottie für den Verlust ihres Bruders verantwortlich gemacht. Außerdem waren wir anderen nicht gerade Schönheiten, während sich die Leute auf der Straße nach Lottie umgedreht haben.«

Wieder seufzte Siv.

»Es ist wirklich seltsam – meine Töchter sind schön, aber die von Lottie nicht. Die beiden jüngeren sehen ja ganz gut aus, aber eine Schönheit ist keine von beiden. Ich habe Eva-Maria immer besonders gern gemocht. Lottie hatte Probleme mit einem so blonden Kind, einem so normalen Kind, sie hatte offenbar das Gefühl, mit diesem kleinen schwedischen Standardbaby keine Gemeinsamkeiten zu besitzen. Hätte sie ein Kind mit einem hoch gewachsenen Afrikaner mit edlen Zügen bekommen, dann wäre das sicher viel besser gelaufen. Außerdem war Eva-Maria kein Wunschkind, im Gegenteil, die Vorstellung, ein Kind zu bekommen, hatte Lottie so fern gelegen, dass sie ihre Schwangerschaft erst bemerkt hat, als es zu spät für eine Abtreibung war. Und Eva-Maria war kein Kind für eine Anfängerin.«

»Kein Kind für eine Anfängerin?«

»Manche Kinder sind einfach pflegeleicht, und wer Glück hat, bekommt als Erstes so eins. Lottie hatte dieses Glück nicht – Eva-Maria war ein empfindliches, leicht verstörtes kleines Ding, für das es besser gewesen wäre, wenn es als drittes oder viertes Kind einer gelassenen Mutter mit viel Zeit geboren worden wäre. Ich habe versucht, zu helfen, aber Lottie wollte ja nie zuhören. Eva-Maria ist nur ein Jahr jünger als meine älteste Tochter, und deshalb habe ich immer eine gewisse Verantwortung für sie empfunden. Sie hat eine Zeit lang bei uns gewohnt, als sie sich mit Lottie zerstritten hatte, und wir haben ihr beim Kauf der Wohnung geholfen, als das Haus in Eigentumswohnungen umgewandelt wurde.«

»Was ist zwischen den beiden passiert?«

Die Antwort kam ohne eine Sekunde des Zögerns und ohne dass Sivs Stimme sich dabei veränderte, doch Monikas innerer Lügendetektor schlug heftig aus. »Ja, wenn ich das wüsste. Mit Teenagern ist das eben manchmal so. Und es war nicht leicht, mit Lottie zu leben, schon gar nicht für Eva-Maria.«

Offenbar war etwas passiert, aber was? Und wer könnte etwas darüber wissen, wenn weder Siv noch Eva-Maria ihnen mehr erzählen wollten? Sie wusste bereits einiges, aber das, was sie wissen musste, glitt ihr immer wieder durch die Finger.

»Wie alt war sie da?«, fragte Monika.

»Vierzehn.«

Auf welche Weise könnte eine Vierzehnjährige einen Bruch mit ihrer Mutter provozieren? Monika fiel nur eine Möglichkeit ein. »Hatte sich einer von Lotties Männern für sie interessiert? Körperlich, meine ich?«

Siv machte zuerst ein verständnisloses Gesicht, dann lachte sie.

»Nein. Wenn Sie damals Lottie und Eva-Maria gesehen hätten, dann könnten Sie verstehen, weshalb ich lache.«

»Vielleicht gerade deshalb? Wäre es nicht das Letzte gewesen, womit Lottie gerechnet hätte? Eine unglaubliche Kränkung?«

»Nein, das ist nicht passiert, da können Sie ganz sicher sein.«

Mehr wollte Siv über diese Angelegenheit nicht erzählen.

Sie bedankten sich und verließen Siv und die drei Hunde, die vor Kälte zitterten, sobald sie die Tür öffneten.

Auf dem Rückweg hielten sie an einem Kiosk an und kauften ein paar Zeitungen.

Ein junger Mann mit einem Schäferhund kam vorbei. Vor dem Lebensmittelladen, der unmittelbar neben dem Kiosk lag, hob der junge Mann die Hand, und der Hund setzte sich. Der Mann verschwand im Laden.

»Kauf einen hellen Schokoriegel«, bat Idriss. »Dann versuchen wir den Code zu knacken.«

Er nahm die Schokolade und ging auf den Hund zu. Monika begriff zwar nicht, worauf das Ganze hinauslief, sah aber dennoch interessiert zu.

»Sieh mal. Viele Hunde sind dazu erzogen, dass sie ohne besondere Erlaubnis nichts zu Essen annehmen. Vermutlich ist dieser Hund auch so abgerichtet.«

Er ging zu dem Hund und redete leise auf ihn ein. Für Monika sah das alles reichlich gefährlich aus, deshalb blieb sie in sicherer Entfernung. Idriss brach ein Stück Schokolade ab und hielt es dem Hund hin, dessen Interesse augenblicklich erregt war. Er versuchte aber nicht, nach der Schokolade zu schnappen, sondern schaute nur zu Idriss hoch, der sagte: »Bitte sehr.«

Nichts passierte.

»Aha, ›Bitte sehr‹ wird in Schweden sehr häufig verwendet, das wäre also zu einfach. Versuchen wir's mit okay.«

Der Hund blieb reglos sitzen und schaute die Schokolade sehnsüchtig an.

»Ja.«

Auch das brachte nichts.

»Du darfst.«

Jetzt machte der Hund sich über die Schokolade her und verschlang sie mit einem Bissen. Idriss sah glücklich aus.

»Das ist wirklich witzig. Die Leute glauben, niemand könne ihrem Hund etwas tun, aber sie benutzen alle dieselben alten Kommandos. Das ist so, als könnte man sämtliche Safes nur mit drei oder vier Kombinationen öffnen. Schau her. Leg dich.«

Der Hund ließ sich auf den Bauch fallen.

»Stehen.«

Der Hund stand auf.

Idriss warf ihm das letzte Stück Schokolade zu und lachte auf dem ganzen Weg zum Auto. Monika ließ ihn vor der Wache aussteigen. Sie war enttäuscht von dem Gespräch mit Siv und von sich selbst. Siv wusste, was passiert war, aber Monika hatte sie nicht zum Reden bringen können. Sie fühlte sich wie ein Wagen, der vier Zylinder hat, aber nur auf zweien fährt. Das war schwer. Sie fragte sich, ob ungewollte Kinder auch selbst ungewollte Kinder bekommen mussten, oder ob das Muster durchbrochen werden konnte.

Als Nächstes hatte sie ihren Termin in der Synagoge und hoffte, dass sie danach Antworten und nicht noch mehr Fragen haben würde. Sie hoffte, dass dieses Gespräch besser laufen würde.

28

Die Stockholmer Synagoge war vermutlich der beste Aufenthaltsort für alle, die dem weihnachtlichen Gewimmel entgehen wollten, dachte Monika. Sie wusste nicht viel über jüdische Feiertage, nahm aber an, dass Weihnachten nicht dazu gehörte. Das Problem war nur, dass die Wahrendorffsgata beim Kungsträdgården lag, mitten in Stockholm also, und damit mitten im Strom der vielen Menschen, die ängstlich um die beste Weihnachtsbeute wetteiferten: um die schönste Tanne, die teuersten Gaben, die gerechtesten Geschenke, das beste Essen, den lustigsten Abend.

Monika fiel ein, dass sie noch immer keine Pläne für Weihnachten gemacht hatte. Früher hatte sie mittags bei Mikael gegessen, und danach hatten sie den Abend bei ihren jeweiligen Familien verbracht. Er war bei seiner großen und sie bei der ihren gewesen, die so klein war, wie eine Familie es überhaupt nur sein kann – sie bestand genau aus einer einzigen Person, ihrem Vater. Das ist eine weitere Belastung für die allein stehenden Menschen, dachte sie, dass sie immer alles selber organisieren müssen.

Sie ergatterte im Strandväg eine Parklücke und ging von dort aus zum Berzelii Park, einem kleinen offenen Platz vor dem Theater Dramaten mit einem schwarzen Eisengitter und einer Statue des Chemikers Berzelius, der auf einem grauen Granitsockel thronte. Vor ihr tauchte die rätselhafte Fassade der Synagoge auf, die sich wie ein Hintergrund zwischen zwei schönen Jugendstilbauten erhob, von denen das eine mit Berns Salongs verbunden war.

Der Kontrast war überwältigend. Was sie von der Synagoge sehen konnte, wirkte wie eine platte Fläche, wahrscheinlich hatte sie sie deshalb an einen gemalten Hintergrund erinnert. Die hoch aufragende Mittelpartie, die von niedrigeren Seitenteilen flankiert wurde, war von einem gemeißelten Fries umgeben, während ein mitten im Gebäude angebrachtes Rosettenfenster einen in Goldbuchstaben geschriebenen Text einrahmte, den Monika jedoch nicht deuten konnte. Sie nahm an, dass es Hebräisch war.

Sie bog in die Wahrendorffsgata ab und stellte fest, dass Berns Nachbarhaus mit der Synagoge verbunden war. Über der Tür stand »Jüdische Gemeinde«, und ein großes Plakat informierte sie darüber, dass sie per Video überwacht wurde.

Sie wurde in das Gebäude eingelassen, wo ein kleinwüchsiger Mann mit dunkelroten Haaren, Bart und freundlichen hellblauen Augen sie in Empfang nahm. Er schien an den Umgang mit dem Tod gewöhnt zu sein, denn seine perfekte Mischung aus Ernst, Trauer und freundlichem Entgegenkommen war wohl kaum speziell für Lotties Tod entwickelt worden, wie sie annahm.

»Björn Aronsson. Willkommen. Kommen Sie herein!«

Monika betrat ein Zimmer, das offenbar ein Büro mit Nebenfunktion als Besuchs- und Kaffeeraum war, vielleicht auch umgekehrt. Björn fegte die kleinen Stapel von Papieren und Zeitschriften beiseite und fragte, ob sie etwas trinken wollte. Sie nahm das Angebot dankend an, und für einige Minuten beschäftigte er sich mit Tassen, Löffeln, Milch und Zucker.

»Womit kann ich Ihnen behilflich sein?«, fragte er schließlich.

»Wir müssen mehr über Lotties Beziehung zu Ihrer Kirche, Verzeihung, Ihrer Synagoge wissen …«

Damit hatte Monika schon gleich zu Anfang den Faden verloren.

»Verzeihung. Welche Bezeichnung ist richtig?«

»Sagen Sie doch einfach Gemeinde.«

»Danke. Wir haben mit Dahlia gesprochen, die ja bei Lottie gewohnt hat, und von ihr wissen wir, dass Lottie eine Art Gruppe besucht hat, die Sie leiten.«

»Das stimmt.«

»Sie wollte offenbar zu ihrer ursprünglichen Religion zurückkehren?«

»So ein Übertritt ist ein langer Prozess, und in Lotties Fall war die Ausgangsposition noch dazu ein wenig unklar. Wie Sie sicher wissen, ist sie in einer jüdischen Familie geboren und in den ersten fünf Jahren ihres Lebens als Jüdin erzogen worden. Und da sie sich später nicht konfirmieren lassen wollte, galt sie rein formal auch nicht als Protestantin. Es stimmt, dass sie in unsere Gemeinschaft zurückkehren wollte. Sie hatte einen Termin mit dem Rabbiner vereinbart und hätte ihn nächste Woche treffen sollen.«

»Und was wäre dann passiert?«

»Er hätte ihren Wunsch abgelehnt. Das ist ganz normal. Im Laufe der Zeit wäre die Frage dann von einem Rabbinatsgericht wieder aufgenommen worden, und man hätte ihre Kenntnisse, ihre Motivation, die sozialen Zusammenhänge und auch ihr früheres Leben in Augenschein genommen. Wir wollen keine leichtfertigen Übertritte, wir haben aus unseren Fehlern gelernt. Lottie hatte noch einen langen Weg vor sich, sie hätte Sitten und Brauch und eine neue Sprache lernen müssen.«

»Eine neue Sprache?«

»Hebräisch.«

»Kann man bei Ihnen denn nicht auf Schwedisch gläubig sein?«

Björn lachte.

»Unsere Texte und Gebete sind auf Hebräisch, und man muss verstehen, was gesagt wird und was man selbst sagt.«

Monika konnte sich die Bemerkung nicht verkneifen, dass manche christliche Kirchen es für einen Fortschritt gehalten hatten, die lateinische Sprache abzuschaffen, doch Björn erwiderte gelassen, mit den Christen sei es seither wohl kaum bergauf gegangen.

»Das mit der Sprache dauert seine Zeit, obwohl sie sich seltsamerweise an einiges erinnern konnte, als hätten die neu gelernten Wörter die Reste der alten, vergessenen Sprache freigesetzt. Es war seltsam, das mit anzusehen. Wir mussten uns auch mit ihren sozialen Zusammenhängen auseinander setzen – eine Konversion kann eine Familie zusammenbringen, sie kann sie aber auch zerreißen, und wir versuchen mit dem Leben anderer Menschen vorsichtig umzugehen.«

»Hätte es in Lotties Fall zu einem Bruch in der Familie kommen können? Hätte irgendjemand etwas gegen eine Konversion einzuwenden gehabt? Oder sich dadurch bedroht gefühlt?«

»Nein. Das wüsste ich.«

»Stehen Sie unter Schweigepflicht?«

»Wenn Sie wissen wollen, ob ich das, was Lottie mir gesagt hat, für mich behalten muss, dann lautet die Antwort nein.« Er lächelte, was ihn mit einem Mal wie einen jungen schlanken Weihnachtsmann aussehen ließ. »Wir sind pragmatisch, und wenn es um Mord geht, dann gibt es keine Beschränkungen für die Zusammenarbeit. Für uns ist das Leben unverletzlich, ein absoluter Wert.«

Mit ernster Miene fuhr er fort: »Ich werde alles tun, was in meiner Macht steht, um Ihnen zu helfen.«

»Danke. Wir könnten vielleicht damit anfangen, was unmittelbar vor Lotties Tod passiert ist. Wissen Sie etwas über das Radiointerview, das am Sonntag ausgestrahlt worden ist?«

»Natürlich. Wir haben es uns zusammen angehört, Lottie und ich.«

»Wie bitte? Wo?«

»Hier.«

»Hier? Warum erzählen Sie mir das erst jetzt?«

»Ich dachte, Sie hätten es gewusst, sie war doch mit allem so offen. Ich bin davon ausgegangen, dass Sie mich deshalb treffen wollten.« Noch immer wirkte er bestürzt, als müsse er diesen unerwarteten Umstand erst verarbeiten, bevor er fortfahren konnte.

»Doch, sie kam direkt aus dem Theater, glaube ich. Danach haben wir uns das Interview angehört, das wirklich ergreifend war. Sehr ergreifend. Sie saß da, wo Sie jetzt sitzen«, sagte er schließlich.

Monika hätte am liebsten auf der Stelle den Stuhl gewechselt. Lottie rückte ihr einfach zu dicht auf den Leib. Trotzdem blieb sie sitzen.

»Ich habe die Sendung aufgenommen, wollen Sie sich das Band ausleihen?«

Monika nickte dankbar. Das würde ihr die Arbeit erleichtern.

»Danach hatten wir eine Menge zu besprechen, und gegen acht rief sie endlich ihre verlorene Tochter an. Das war ein großer Augenblick.«

»Wussten Sie, dass die Tochter in unmittelbarer Nähe des Tatortes wohnt?«

»Nein.«

Er machte ein entsetztes Gesicht.

»Glauben Sie, ihr Tod könnte etwas mit der Versöhnung zu tun haben? Oder mit ihrem aufrichtigen Wunsch nach einer Versöhnung?«

»Das weiß ich nicht. Was hat überhaupt dazu geführt, dass diese Versöhnung so wichtig wurde?«

»Sie wollte nicht darüber reden. Sie sagte nur, sie hätte ihrer Tochter unrecht getan.«

»Das ist seltsam – niemand scheint zu wissen, was passiert ist.«

»Fast alle Familien haben Geheimnisse, manchmal sogar überraschend große«, kommentierte er gelassen.

Wie der Tod meiner eigenen Mutter, dachte Monika. Da haben wir ein Familiengeheimnis von gigantischen Dimensionen. Sie verdrängte diesen Gedanken jedoch, wie immer, wenn er auftauchte und sie von ihren Gefühlen überwältigt zu werden drohte.

»Welchen Eindruck hatten Sie am Sonntagabend von Lottie?«, fragte sie.

»Zufrieden. Erwartungsvoll. Ich kann kaum begreifen, dass sie von hier aus in den Tod gegangen ist, sie stand doch so mitten im Leben.«

»Genau genommen ist sie wohl von Ihnen zu ihrer Tochter gegangen. Wusste außer Ihnen noch jemand, dass sie zu ihr wollte?«

Björn erfasste augenblicklich die Bedeutung dieser Frage. »Niemand. Falls Lottie nicht noch irgendjemanden angerufen hat, nachdem sie hier weggegangen ist, aber das glaube ich nicht. Sie hatte kein Telefon bei sich, und bei diesem Wetter stellt man sich doch nicht an einen öffentlichen Fernsprecher«, antwortete er leise.

Monika dachte nach – sie glaubte nicht, dass bei Lotties Leichnam eine Telefonkarte gefunden worden war, aber das musste nichts bedeuten, sie konnte eine alte aufgebraucht, weggeworfen oder verloren haben.

»Wissen Sie, wie sie zu Eva-Maria gelangen wollte?«

»Mit dem Bus. Sie ist immer mit dem Bus gefahren. Sie hatte einen Fahrplan bei sich und schaute während des Telefongesprächs darauf nach. Sie ist hier um zwanzig nach acht losgegangen, um den Bus nicht zu verpassen.«

Als Nächstes folgte die unvermeidliche Frage, die Monika immer von neuem Probleme machte, wenn sie in ein Gespräch eingeflochten werden sollte.

»Was haben Sie gemacht, nachdem Lottie gegangen war?«

»Ja, diese Frage müssen Sie natürlich stellen. Ich war ja einer der wenigen, die wussten, wo sie war.«

Er musterte Monika voller Mitgefühl.

»Es muss hart für Sie sein, mit so viel Misstrauen umgehen zu müssen, sich so auf das Böse zu konzentrieren. Ich selbst suche immer das Gute bei den Menschen, die mir begegnen. Ich habe Lottie am Sonntagabend nicht begleitet und bin ihr auch nicht gefolgt. Ich bin hier geblieben und habe gelesen. Ich habe vier kleine Kinder, deshalb komme ich zu Hause nur selten dazu.«

Hoffentlich hat jemand ihn gesehen, dachte Monika. Oder angerufen. Sie wollte keinen weiteren sympathischen mutmaßlichen Mörder.

»Meine Frau hat mich gegen neun abgeholt, und den restlichen Abend habe ich zu Hause verbracht.«

Er klang angewidert, als hätte die routinemäßige Annahme, er könnte die Verantwortung für einen Todesfall tragen, die Sünde und den Verlust der Harmonie mit Gott viel zu nahe an ihn herangebracht.

Monika atmete auf. Sie wollte nicht glauben, dass Björns Frau bereit wäre, ihm zur Not ein Alibi zusammenzuschustern.

Sie schwiegen eine Weile. »Wo ist der Leichnam jetzt?«, fragte er dann.

»In der Gerichtsmedizin. Warum?«

»Bei uns ist es so, dass er nicht allein gelassen werden darf, auch nicht für einen Moment. Eigentlich sind auch Obduktionen verboten, solange es sich nicht um ein Verbrechen handelt. In Lotties Fall ist das zwar so, aber es gefällt uns trotzdem nicht.«

Monika, die diese Ansicht teilte, nickte.

»Was wird jetzt passieren?«

»Das weiß ich nicht. Der Rabbiner muss noch entscheiden, ob wir sie nach unseren Traditionen bestatten können, obwohl sie ja noch längst keine richtige Konvertitin war. Ich glaube, er wird es gestatten, dies hier ist eine liberale Gemeinde. Dahlia spricht mit den Töchtern, die wahrscheinlich eine christliche Zeremonie wollen, sofern sie überhaupt schon daran gedacht haben. Das Problem ist, dass alles sehr eilt. Bei uns sollte die Beisetzung unmittelbar nach dem Tod oder spätestens drei Tage danach erfolgen.«

Er schien ein wenig zu schaudern.

»Ich finde es entsetzlich, dass Sie die Toten wochenlang liegen lassen. Wie sollen die Angehörigen unter solchen Umständen trauern können?«

Darüber hatte Monika sich noch nie Gedanken gemacht,

und ihr fiel keine passende Antwort ein. Sie hatte keine weiteren Fragen mehr, deshalb bedankte sie sich, steckte das Tonband ein und wünschte noch einen guten Tag.

Im Wagen kratzte Monika an ihrem Rubbellos herum. Es war natürlich eine Niete. Mit anderen Worten: all ihre Probleme waren noch immer da. Ihr blieb nichts anderes übrig, als weiter Messing zu polieren.

29

Als Monika wieder in ihrem Büro saß, war es vier Uhr, und sie fragte sich, ob Anrufbeantworter auch explodieren konnten. Oder unter der Last der nicht gehörten Mitteilungen implodieren. Und ob sich hinter dem roten Lämpchen eine unerhört wichtige Nachricht verbergen könne.

Die Untersuchungen über Lotties Tod kamen ihr vor wie ein Labyrinth. Ein unüberschaubares Labyrinth voller Sackgassen und Gänge, die immer wieder ihre Richtung änderten, sodass man am Ende nicht mehr wusste, in welche Richtung man ging. Und in diesem Labyrinth war sie unterwegs, ihre Müdigkeit wie eine Eisenkugel am einen und ihre Zweifel an ihrem Beruf am anderen Bein. Das war doch unmöglich, sie kam einfach nicht voran. Sie wusste nicht einmal, ob sie es noch weiter versuchen wollte.

Die Menschen glitten ihr durch die Finger: Johan, der den Menschen hinter der Polizistin gesehen und angesprochen hatte und der nicht zu arbeiten brauchte. Gerd mit ihrem Schreibblock, ihrem weißen Gesicht und ihrer Angst. Jenny mit ihrem Wunsch nach ein wenig Privatleben, mit ihrem eigenen Einkommen und ihrem heimlichen Geliebten. Pernilla, die sich treiben ließ, verängstigt und unselbstständig. Dahlia, die nur Lotties gute Seiten sah und pro Monat 750

Kronen für ihr Zimmer bezahlte. Idriss, der offenbar ein tüchtiger Polizist war. Idriss, der so dunkle Augen hatte, dass sie sie irritierten, wenn sie mit ihm sprach. Ihr Gehirn schien einen mittleren Wert von sämtlichen Augen berechnet zu haben, die sie in ihrem Leben gesehen hatte, und auszuschlagen, wenn die Abweichungen zu groß waren. Sie hoffte inbrünstig, dass sie sich bald an dunkle, dunkle braune Augen gewöhnen würde.

Dann dachte sie an Eva-Maria, die etwas erlebt hatte, durch das ihre Beziehung zu Lottie zerstört worden war. Eva-Maria, vor der Lottie sich, Pernilla zufolge, gefürchtet hatte. Sie dachte an Kassem, der aus Marokko stammte und als illegaler Einwanderer in Schweden gelebt hatte, bis ihm Eva-Maria begegnet war, und der jetzt als U-Bahnfahrer arbeitete. An den kleinen Murad. An Cilla. Sie alle waren menschliche Mysterien, deren Leben viel mehr enthielt, als Monika jemals in Erfahrung bringen könnte. Und diese vielen Leben hatten alle auf irgendeine Weise das von Lottie berührt.

Sie wählte Jannes Nummer, ohne auf eine Antwort zu hoffen. Sie machte sich noch immer Sorgen um den Mann mit den Brüsten und hatte noch immer das Gefühl, Håkan Götsten von der Orthopädie im Stich gelassen zu haben, und das lenkte sie von ihren Grübeleien über Lottie und deren Tod ab. Sie konnte sich nicht konzentrieren und beschloss, selbst im Krankenhaus nach dem Rechten zu sehen. Dann könnte sie sich auch danach erkundigen, wann Cilla einen freien Moment hatte. Sie musste einfach mit jemandem über die Arbeit, über das Leben sprechen, und Cilla schien sie verstehen zu können. Sie redete sich ein, dass es ihr danach leichter fallen würde, sich wieder auf Lotties Tod zu konzentrieren, und sie beschloss, die verlorene Zeit abends nachzuholen und so lange im Büro zu bleiben, bis der Poststapel abgearbeitet war.

Auf dem Weg zum Krankenhaus kaufte sie sich ein weiteres Rubbellos. Das war kein gutes Zeichen, und dieses Mal legte sie die Nummern sofort frei: 25. 100 000. 10 000. Wunderbare Zahlen. Noch einmal 25. 75, eingerahmt von einem Fernsehbildschirm, die Möglichkeit auf einen Hauptgewinn. 100. Wieder 100 000. Notfalls würde sie sich mit hunderttausend begnügen. Es standen nur noch zwei Felder aus, und es war einigermaßen unwahrscheinlich, dass die ihr den großen Preis brachten. Sie kratzte das vorletzte Feld frei. Noch einmal 100. Besser als nichts, ein Hunderter als Gewinn für den Einsatz von fünfundzwanzig Kronen ist doch in Ordnung. Dann machte sie sich an das letzte Feld. Zehntausend. Also gar nichts gewonnen, obwohl sie das Gefühl hatte, dass die Hunderttausend zum Greifen nahe gewesen waren.

Sie hatte sich immer nach einer besseren Gesellschaft gesehnt. Nach einer friedlichen Gesellschaft ohne Drogensüchtige, ohne aggressive und streitsüchtige junge Männer auf den Straßen, ohne Diebe und Räuber. Sie sehnte sich nach einem Ort, an dem junge und alte Menschen sich sicher fühlen konnten, und lange Zeit hatte ihre tägliche Arbeit einen Sinn ergeben durch die Überzeugung, dass sie genau auf dieses Ziel hinarbeitete. Doch nun wusste sie nicht mehr, wofür sie sich abmühte. Die Gewalt hatte nicht abgenommen, sondern wuchs sogar eher noch. Ihre Bemühungen, die Lage zu beeinflussen, erschienen ihr plötzlich pathetisch. Außerdem wollten die Machthaber ja gar nicht Leute wie sie, sondern mehr Sozialarbeiter.

Sie fuhr mit dem Fahrstuhl in die Chirurgie hinauf.

Immerhin freute sie sich auf ein Wiedersehen mit dem Mann mit den Brüsten. Es war ihm gelungen, seine Würde zu bewahren, trotz der einträglichen, wenn auch im Grunde lächerlichen plastikchirurgischen Veränderung.

Sie betrat den Saal, in dem er lag, und freute sich, als sie sein Bett sah, doch dann erschrak sie, denn es war der Falsche, der darin lag. Sie ging wieder hinaus, um sich davon zu überzeugen, dass sie sich nicht im Raum geirrt hatte. Aber das war nicht der Fall.

Sie ging zum Stationszimmer, wo dieselbe Schwester wie am Vorabend saß. Sie erkannte Monika und fragte besorgt: »Hallo, haben Sie ihn nicht gefunden?«

Monikas Bauch reagierte, noch ehe sie zu Ende gedacht hatte. Schlechte Nachrichten.

»Verdammt. Was ist passiert?«

»Er ist verschwunden. Heute früh. Wir haben ihn vermisst gemeldet, ich dachte, Sie seien deshalb gekommen.«

»Ist er freiwillig gegangen?«

»Das wissen wir nicht… auf jeden Fall hat niemand etwas gehört, das auf etwas anderes hinweisen würde.«

Bei dem Gedanken, wie er bei ihrem ersten Besuch ausgesehen hatte, bekam Monika eine Gänsehaut. Und wenn Janne ebenfalls nicht endlich etwas unternommen hatte, dann wusste niemand genau, warum der Mann misshandelt worden war, also konnte auch niemand einschätzen, ob das Risiko bestand, dass es noch einmal passieren könnte.

Monika hoffte inbrünstig, dass er bei ihrer nächsten Begegnung nicht tot sein würde. Sie wollte mit Cilla darüber sprechen.

Sie traf sie in ihrem Büro an, wo sie gerade etwas schrieb.

»Hallo, Cilla. Deine Papierstapel sehen aus wie meine, schrecklich. Störe ich?«

»Nein, eine kleine Pause tut mir gut, obwohl sie wirklich kurz sein muss. Kann ich irgendwas für dich tun?«

Monika ließ sich auf einen Stuhl fallen und holte tief Luft.

»Nein, ich hatte gerade in der Chirurgie zu tun und wollte kurz mit dir reden. Über die Arbeit. Mich macht diese Arbeit so müde.«

»Hast du eine andere Wahl?«

»Meinst du, ob ich arbeiten muss? Ja, das muss ich. Aber ich könnte vielleicht eine Beschäftigung mit einem nicht ganz so hohen Trostlosigkeitsfaktor finden.«

»Ich glaube, wir sollten dieses Problem als Verletzung am Arbeitsplatz ansehen – eine Verletzung unseres Lebens, die unvermeidlich ist, wenn uns die Arbeit all unsere Energie nimmt, all unsere Kraft. Wenn wir nichts anderes mehr tun, an nichts anderes mehr denken, nichts anderes mehr schaffen können.«

Monika blickte Cilla überrascht an.

»Ja, genauso kommt es mir vor. Aber warum geht es nicht allen so? Wir fühlen uns doch manchmal so unzulänglich, als wären wir einfach nicht gut genug.«

»Vielleicht sind Frauen ja besonders gefährdet. So wie die bei der Post, die Schulterprobleme bekommen haben, weil die Fächer, in die sie die Briefe legen sollten, auf der Höhe für Leute angebracht waren, die eins achtzig groß sind. Diese Typen schaffen es, die Arbeit offenbar auf andere Weise abzuschütteln. Die gehen nach einem harten Tag, an dem sie gerade mal das Allerdringendste erledigt haben, Squash spielen. Ich dagegen habe ein derart schlechtes Gewissen, dass ich den ganzen Abend über sitzen bleibe. Gut für die Kranken und den Staat, dem ich meine unbezahlte Zeit schenke, aber schlecht für mich.«

»Meinst du denn, wir sollten einfach an die Arbeit gehen und uns keine weiteren Gedanken über das machen, was wir am Ende nicht schaffen?«

»Nein, denn wenn ich Hilfe brauchte, würde ich nicht gern so einem Arzt oder so einem Polizisten begegnen. Am liebsten hätten wir sicher alle so viel Arbeit, dass wir sie in ungefähr vierzig Stunden erledigen können. Und wenn wir ab und zu Überstunden machen müssten, dann müsste es zum Ausgleich dafür auch ›Unterstunden‹ geben. Ich weiß nicht, ich bin einfach so müde.«

Sie schwiegen eine Weile.

»Hast du übrigens mit diesem ganzen Vorfall auf der Orthopädie zu tun? Oder muss das geheimgehalten werden?«, fragte Cilla schließlich.

»Nein, das muss es nicht. Ich hatte damit zu tun, habe den Fall aber abgegeben, als mir die Ermittlungen über Lotties Tod übertragen worden sind.«

»Ich meine das, was heute Morgen passiert ist.«

Monika hatte das Gefühl, als hätte ihr jemand einen Schlag gegen das Zwerchfell versetzt.

»Was ist denn heute Morgen passiert?«

»Schlägerei. Zwischen zwei Pflegern. Der eine hat einen alten Mann fallen lassen. Der Alte und der Typ, der ihn hat fallen lassen, liegen jetzt auf der Intensivstation. Er war blind, der alte Mann, meine ich. Wusstest du das noch nicht?«

Monika spürte, dass sie blass wurde.

»O verdammt. Entschuldige bitte, dass ich fluche. Das war eigentlich mein Fall, es war vermutlich der Anfang von dem ganzen Ärger. Ich habe ihn einem Kollegen übertragen, der offenbar nicht in die Gänge kommt.«

»Schrecklich, wenn so etwas passiert. Man fühlt sich einfach verantwortlich, auch wenn man genau weiß, dass das nicht stimmt.«

Sie sprachen noch eine Weile über Verantwortung. Cilla zitierte Ibsen und meinte, alle trügen Verantwortung für ihr eigenes Leben, obwohl es natürlich alles andere als leicht sei, diese Verantwortung gegen die Forderungen und Wünsche der anderen aufzuwiegen.

Einige Minuten später kam Monika an der Kaffeeküche vorbei, wo Schwester Anita in einer Zeitschrift blätterte.

Monika gestattete sich eine kleine Lüge. »Hallo, Anita! Ich soll dich von Johan Lindén grüßen.«

Anita blickte auf und freute sich so sehr, dass Monika sich schämte.

»Hallo. Wirklich? Wie schön. Komm rein, wie geht es ihm?«

»Er macht einen zufriedenen Eindruck.« Monika gab nun doch eine Prise Wahrheit dazu. »Ich habe gestern mit ihm gesprochen.«

»Ich kann ja verstehen, dass er abgesprungen ist«, sagte Anita in vertraulichem Tonfall. »Wenn ich könnte, würde ich das auch tun. Am liebsten gleich morgen. Wie geht es ihm? Was macht er?«

»Er überlegt noch immer, was er anfangen soll.«

»Das klingt, als wäre er einsam.«

»Er ist bei Bekannten, an Gesellschaft fehlt es ihm also nicht.«

Anika machte ein erleichtertes Gesicht.

»Gut. Ich habe mir schon ein wenig Sorgen gemacht. Schade, dass er nicht mehr da ist, er war so nett. Aber vielleicht lernt er jetzt ja eine sympathische Frau kennen.« Sie beugte sich ein wenig vor. »Diese Arbeit hier ist der reinste Keuschheitsgürtel, aber wenn man jung ist, muss man doch auch noch genug Energie für ein Privatleben haben. Eine Zeit lang habe ich gedacht, es könnte etwas aus ihm und Cilla werden, aber das war wohl nur Wunschdenken von mir, zwei Fliegen mit einer Klappe, du weißt schon.«

Sie plauderten noch einige Minuten, bevor Anita wieder an die Arbeit musste.

Monika fragte sich, ob sie etwas Wichtiges erfahren oder einfach nur Zeit vergeudet hatte.

30

Es war acht Uhr abends. Monika las den Text zum zweiten Mal und verstand ihn noch immer nicht. Ihr Gehirn schien sich plötzlich zu weigern, Wörter in nutzbare Informationen umzuwandeln. Sie vermutete, dass sie zu müde oder plötzlich an Alzheimer erkrankt war oder dass irgendein zerstörerischer Prozess in ihrem Organismus eingesetzt hatte.

Sie unternahm noch einen Versuch.

Das Klopfen an der Tür ließ sie überrascht aufsehen.

Es war Idriss, der noch ebenso frisch aussah wie am Morgen. Kannte er irgendwelche Tricks, oder hatte er einfach in seiner Aktentasche ein sauberes, frisch gebügeltes Hemd mitgebracht? Aber nicht nur im Hinblick auf die Kleidung unterschied er sich von ihr, sondern auch im Gesicht: Er sah aus, als hätte er an diesem Abend etwas richtig Schönes vor.

»Monika, du bist doch viel zu müde, um noch zu arbeiten. Komm doch lieber mit uns. Das hier ist Robert O'Connally, ein alter Freund, der gerade zu Besuch ist.«

Erst jetzt sah Monika, dass jemand hinter Idriss stand – ein kleiner rundlicher Mann mit Geheimratsecken und einem warmen Lächeln.

Robert drängte sich vor und begrüßte sie: »Do come, I was so hoping to meet some of Idriss' new friends!«

»Kollegin, nicht Freundin«, hätte Monika korrigiert, wenn sie sich auf Schwedisch unterhalten hätten, begnügte sich aber mit einem kurzen »hello«.

»Wir sind mit meiner Frau im Amaranten auf ein Bier verabredet«, fügte Idriss hinzu.

Idriss ging also in Kneipen, und seine Frau durfte nicht nur mitkommen, sondern auch ohne ihn hingehen.

Monika brachte nicht mehr die Kraft auf, nein zu sagen, deshalb stand sie auf. Sie hatte an diesem Tag entsetzlich wenig geleistet und war offenbar nicht in der Lage, dieses Manko mit abendlicher Arbeit auszugleichen. Vermutlich konnte sie auch gleich aufgeben.

Sie gingen schweigend die Straße entlang. Es war zu kalt, um etwas zu sagen.

Im Lokal hielt Monika Ausschau nach einem runden jungen Gesicht mit braunen Augen und Kopftuch. Doch erst, als eine Frau in ihrem eigenen Alter aufsprang und zuerst kurz Idriss und dann Robert wesentlich länger umarmte, fragte sie sich, wie sie auf dieses Bild gekommen war. Idriss' Frau hatte zwar braune Haare, aber strahlend blaue Augen und trug einen Rock und eine Jacke. Sie hatte eine Kurzhaarfrisur im Stil der fünfziger Jahre mit Pony und war, wie die Gerüchte schon behauptet hatten, eine Schönheit.

Mit einer liebevollen und selbstverständlichen Geste legte Idriss ihr den Arm um die Schultern.

»Monika, das hier ist Sonja, meine Frau.«

Sie begrüßten sich, und Sonja erzählte, dass sie in der Handelsbank arbeitete, wo sie für die Computersicherheit zuständig war. Sie umarmte Robert noch einmal.

»Wirklich toll, dass du uns endlich mal besuchst. Wir wohnen ja nicht gerade im Zentrum der Ereignisse!«

Sie drehte sich zu Monika um.

»Entschuldigung, du findest das vielleicht alles ein bisschen verwirrend. Wir sind früher alle zusammen zur Schule gegangen, unsere Eltern waren damals alle in Santiago, und wir haben dort eine winzige englische Schule besucht.«

Monika, die nicht genau wusste, wo Santiago lag, nickte und lächelte.

Sie setzten sich und unterhielten sich über alles Mögliche. Schließlich kamen sie auf das Thema Namen und darauf, was es bedeutete, Al-Khalili zu heißen, in einem Land, in dem der häufigste Namen Svensson war.

»Du könntest dir doch einen einfachen Euronamen suchen, vielleicht Charles Santer«, meinte Robert.

»Claude Tedesci«, sagte Sonja.

»Raoul Waller«, schlug Robert vor.

Idriss lachte.

»Nein, wenn überhaupt, dann würde ich mich Emberg nennen, dann hätte immerhin die ganze Familie denselben Namen. Unsere Tochter heißt Emberg, wie Sonja. Al-Khalili macht sich in Schweden nicht besonders gut.«

Robert hauchte seine Finger an, um sie zu wärmen.

»Spaß beiseite, wieso wollt ihr unbedingt in diesem eiskalten Land wohnen? Wenn ich nicht wüsste, dass die Schweden ihre Winter überleben, dann würde ich das für völlig unmöglich halten.«

»Meinetwegen«, sagte Sonja. »Ich fühle mich hier zu Hause, mehr als das in Santiago oder Österreich möglich wäre, und Idriss findet, wir sollten vielleicht irgendwo leben, wo wenigstens einer von uns hinpasst, und deshalb haben wir uns für Schweden entschieden. Außerdem ist er ja hier geboren und hat lange genug hier gelebt, um das Land zu verstehen. Aber die Entscheidung ist uns nicht leicht gefallen.«

Idriss lachte.

»Das bedeutet eigentlich, dass man so etwas nicht planen kann, finde ich. Robert, erinnerst du dich an unsere Essensrunden? Meine Eltern auf der Flucht vor einem Diktator, deine auf der Flucht vor einem Religionskrieg. Sie haben am Essenstisch die Probleme der Menschheit gelöst, als hätten sie das in ihren Ländern auch getan, statt einfach davor wegzulaufen. Sie waren davon überzeugt, dass aus uns freie Weltbürger werden würden…«

»Ja, wir haben als Symbole für die neue kosmopolitische Generation gegolten. Wir sollten Pioniere in einer Welt ohne ethnische Gegensätze sein. Wir sollten nicht die Probleme haben, mit denen sie zu kämpfen gehabt hatten.«

»Ihr wart mit zwölf Jahren alle beide niedlich.« Sonja lachte. »Und ihr seid noch immer befreundet, ganz so falsch können eure Eltern also nicht gelegen haben.«

Robert schien der Ansicht zu sein, dass Monika schon zu lange nichts gesagt hatte, und wandte sich an sie. »Und was ist mit dir?«, fragte er.

Monika hätte gerne zu dieser Gruppe von Menschen gehört, deshalb antwortete sie: »Mein Vater war Däne.« Da das jedoch nicht auszureichen schien, fügte sie hinzu: »Er ist nach Schweden gekommen, als er meine Mutter kennen gelernt hatte. Inzwischen würde ihn aber niemand mehr für etwas anderes halten als einen ganz normalen Schweden. Ich selbst habe immer in Stockholm gelebt.«

Wie sollte sie diesen Menschen, deren Maßstäbe so ganz anders waren als die ihren, erklären können, dass ein Umzug nach Kungsholm ebenso überwältigend sein konnte wie ein Umzug in den Hauptstädten zweier Kontinente von einem Diplomatenviertel ins andere? Oder sogar noch überwältigender?

Robert musterte sie forschend.

»Und was war es für ein Gefühl, plötzlich mit diesem verrückten Iraki zusammenarbeiten zu müssen?«

»Es war nicht einfach, aber ich glaube, es geht jetzt schon besser«, sagte sie wahrheitsgemäß. Sie wollte nicht zu ernst klingen, deshalb fuhr sie fort. »Wir ergänzen uns – er kann mit Hunden umgehen, ich hingegen nicht. Und alle, die uns über den Weg laufen, scheinen Hunde zu haben.«

Robert lachte und fragte: »Ist eine Hundezüchterin ermordet worden?«, fragte er.

»Sie war so ungefähr die Einzige, die keinen Hund hatte. Nein, sie war Schauspielerin, eine Frau von sechzig Jahren. Ohne Hundezwinger.« Plötzlich sprudelten die Worte nur so aus ihr heraus: »Aber sie hat Menschen gesammelt. Sie hat für eine symbolische Summe Zimmer vermietet, bekam dafür Gesellschaft und sehr viel Zuneigung, ohne mit ihren Logiergästen Gassi gehen zu müssen oder das Gefühl zu haben, gebunden zu sein.«

Alle lachten.

»Und wisst ihr, was passiert ist?«

»Jemand hat ihr den Schädel eingeschlagen, auf der Straße, am Sonntagabend. Wir wissen nicht, womit, wann genau, wer es war und warum.«

»Und mit welcher von diesen vielen Fragen beschäftigt ihr euch zuerst?«

»Wir versuchen es nach Kräften mit allen gleichzeitig. Bestenfalls werden das Wie und Wann uns verraten, wer es war, sonst müssen wir uns vielleicht über das Warum hermachen, was ja immer schwieriger ist. Ich glaube aber, dass uns in diesem Fall nichts anderes übrig bleiben wird.«

»Ihr habt also vielleicht schon mit einem Menschen gesprochen, der seine Mutter, seine Kollegin oder seine Vermieterin umgebracht hat – wie ist es möglich, dass man so etwas nicht merkt?«, fragte Sonja. »Dass ihr das nicht spürt, sobald ihr das Zimmer betretet?«

Jetzt lachte Monika. »Ja, wenn das so leicht wäre …«

Sie fragte sich, was passiert war, warum sie über die ganze Situation plötzlich lachen konnte. Konnte es einfach daran liegen, dass die Gesellschaft ihr guttat? Dass andere Menschen ihr ein wenig Perspektive gaben? Und hatte Johan in Lotties Wohnung dasselbe gefunden?

»Wie gefährlich ist eure Arbeit?«, fragte Sonja. »Idriss ist gerade zur Kripo übergewechselt«, klärte sie Robert auf.

»Nicht besonders. Du hast keine Ahnung, wie selten es vorkommt, dass man sich am Ende einer Ermittlung allein mit dem Mörder an einem einsamen Ort wieder findet, mit einer am Rücken festgeklebten Bombe und einem geschickt versteckten kleinen Messer in der Hand.«

»Mich macht das aber trotzdem nervös. Manchmal habe ich das Gefühl, dass Idriss wie eine riesengroße Zielscheibe durch die Stadt läuft, und ich will ihn nicht verlieren.«

Sie umarmte ihn wieder. Monika musste daran denken, wie lange sie nicht mehr umarmt worden war oder jemanden umarmt hatte. Plötzlich war die Kälte von zuvor wieder da.

»Werdet ihr den Mörder finden?«, fragte Robert.

Idriss hob die Handflächen und verdrehte die Augen: »Inschallah!«

Aus irgendeinem Grund prusteten Robert und Sonja los.

»Spaß beiseite, das wissen wir nicht. Wir geben uns alle Mühe, aber wir haben noch nicht viele Spuren. Lottie Hagmans Leben war ziemlich kompliziert.«

Sie unterhielten sich weiter, und Monika lachte an diesem Abend mehr als während der vergangenen Wochen zusammen.

Als es endlich Zeit wurde, nach Hause zu gehen, fühlte sie sich besser als seit langer Zeit, obwohl sich ja eigentlich nichts geändert hatte. Diese Erleichterung hielt vor, bis ihr in der U-Bahn aufging, dass sie niemals im Stande gewesen wäre, selbst einen solchen Abend auf die Beine zu stellen. Sie hatte bei Idriss, seiner Frau und seinem Freund schmarotzt, weil sie ihr eigenes Privatleben nicht bewahren konnte, weil sie sich nicht um ihre Freunde kümmerte. Die Arbeit hatte ihr fast ihre gesamte Kraft und Energie geraubt, und was übrig geblieben war, hatte sie in Mikael investiert. Im Laufe der Jahre war es ihr außerdem immer schwerer gefallen, mit Menschen umzugehen, die nicht bei der Polizei waren, und nun wurde ihr plötzlich klar, was sie dadurch verloren hatte.

Das letzte Stück ihres Nachhausewegs legte sie zu Fuß zurück, obwohl ihr ihre Füße so schwer erschienen, dass sie sich nie im Leben damit hätte fortbewegen können. Als ein Auto viel zu dicht an ihr vorüberfuhr, ertappte sie sich bei dem Gedanken, dass es vielleicht gar nicht so schlecht wäre, überfahren zu werden. Ein paar ruhige Wochen in einem Krankenbett zu verbringen, ohne irgendwelche Ansprüche, die an sie gestellt wurden. Dieser Gedanke machte ihr Angst, sie dachte doch sonst nicht solche Dinge, aber sie tröstete sich damit, dass sicher ihre Müdigkeit an allem schuld war. Und deshalb beeilte sie sich, nach Hause und ins Bett zu kommen.

31

Um fünf vor zehn stand Murad auf der Igeldammsgata und hielt Ausschau. Es war ihm gelungen, seine dicksten Handschuhe und seine Mütze aus dem Haus zu schmuggeln. Eva-Maria glaubte, er sei im Haus nebenan bei Emil. Murad wusste, dass alles in Ordnung war, wenn er Kassem nur sah. Das hatte er mit den Engeln verabredet, die alle Geschehnisse lenkten. Er gab sich alle Mühe, in der Dunkelheit die schmale Silhouette seines Vaters zu entdecken. Es war zwar noch zu früh, aber es schadete ja nicht, vorbereitet zu sein. Er wusste, dass die Engel auf ihn Rücksicht nahmen, je nachdem, wie sehr er sich anstrengte. Er zitterte jetzt schon vor Kälte.

Jemand kam die Straße herunter, aber es war nicht Kassem, sondern eine Frau in einem bodenlangen Mantel.

Pernilla! Er freute sich, obwohl er gleichzeitig Angst hatte. Er mochte sie, es war lustig gewesen, plötzlich eine Tante zu haben, die Geschenke brachte, ihn in den Arm nahm und seine Mama zum Lachen brachte. Aber er musste nach Kassem Ausschau halten und durfte sich nicht ablenken lassen.

Vor ungefähr einem Jahr war Kassem so übel zugerichtet nach Hause gekommen, dass Murad ihn zuerst fast nicht erkannt hätte. Kassem war halb blind vor Blut und Angst in die Wohnung gestolpert und hatte sich erst einige Tage später wieder auf die Straße gewagt. Eva-Maria hatte ihn überreden wollen, zur Polizei zu gehen, aber Kassem hatte das für sinnlos gehalten. Er hatte die Leute nicht beschreiben können, die ihn von hinten angefallen hatten, er wusste nur, dass es sich um junge Männer in Jeans gehandelt hatte. Er war davon überzeugt, dass die Polizei keinen Finger rühren würde und dass denen ein weiterer Überfall auf einen Kanaken doch egal wäre.

Murads Fragen waren unbeantwortet geblieben. Warum hatten sie Kassem geschlagen? War das Gottes Wille gewesen? Und wenn nicht, wieso hatte Gott es geschehen lassen? Würden sie jetzt bestraft werden? Und wenn nicht, bedeutete das, dass es erlaubt war, Kanaken zu verprügeln? War er selber ein Kanake, und wenn ja, warum? Bedeutete das, dass auch er verprügelt werden durfte? Und würde Kassem wieder so schrecklich misshandelt werden?

Am Ende hatte Murad eine Lösung gefunden, eine Art Abmachung. Er konnte Kassem beschützen, indem er über ihn wachte, wenn er nach Hause kam. Seine Aufmerksamkeit wurde zum Schild, durch den Kassem unverletzlich wurde, er sah ihn vor seinem inneren Auge, er strahlte blau, genauso wie in seinem Lieblingscomputerspiel.

Während er wartete, kam Pernilla mit energischeren Schritten als sonst auf ihn zu. Sie ging auf die andere Straßenseite, verschwand zwischen den Straßenlaternen in der Dunkelheit und tauchte immer wieder auf, wenn sie den nächsten Lichtkegel erreicht hatte. Sie sah an den Hauswänden hoch, als wüsste sie nicht genau, wo sie hier war.

Murad drückte sich an die Mauer im Tunnel. Pernilla blieb vor dem Haus stehen und schaute noch immer hinauf, als wartete sie auf ein Zeichen oder ein Signal. Murad holte tief Luft, um ihren Namen zu rufen, riss sich in letzter Sekunde aber zusammen. Sie kam ihm auf irgendeine Weise fremd vor, und das machte ihm plötzlich Angst. Er schaute noch einmal hinüber: der lange Mantel umhüllte wie immer ihren schlanken Körper und der dazu passende Schal bewegte sich leicht im Wind. Doch da war noch etwas anderes, etwas an ihren Bewegungen, das sein Herz schneller schlagen und seine Hände noch kälter werden ließ.

Er wich zurück in die Finsternis. Plötzlich konnte er vor Angst kaum noch atmen. Er drückte sich immer weiter in die Schatten zwischen zwei Betonstreben.

Pernilla bog in den Tunnel ab, wie er erwartet hatte. Sie sah ihn nicht, sondern ging dicht, ganz dicht an ihm vorbei.

Sie ging nach links zu den Hauseingängen, und Murad atmete ein wenig ruhiger. Sie wollte sicher seine Mama besuchen, obwohl es schon spät war. Das war vielleicht nicht weiter erstaunlich, die Großmutter war doch gestorben. Er fragte sich, was Kassem, der Pernilla nicht leiden konnte, wohl sagen würde, aber er wurde aus seinen Überlegungen gerissen, als seine Tante sich umdrehte und wieder vom Haus wegging. Wieder drückte er sich an die Wand. Was machte sie denn nur? Hatte sie ihn doch gesehen? Wollte sie etwas von ihm? Warum sagte sie nichts?

Aber sie blickte nicht in seine Richtung, sondern ging an ihm vorbei und stieg die steile Rampe hinunter, die zu einem versteckt gelegenen kleinen Parkplatz führte, der nur für eine Hand voll Autos Platz bot. Murad musste ihr einfach folgen, obwohl er große Angst hatte. Er lief zu dem dichten Gebüsch, das zwischen der Rampe und dem Wegende wuchs. Hinter dem Gebüsch gab es eine Nische, die jetzt eigentlich zu klein für ihn war, in der er sich früher aber manchmal versteckt hatte, ein Geheimversteck, wo die Zweige sich über einer kleinen kahlen Stelle wölbten. Von dort aus konnte er ungesehen den Parkplatz beobachten. Er kroch ins Gebüsch. Es war schwerer, als er erwartet hatte, denn die Kälte hatte die Zweige starr und zerbrechlich gemacht, und an den Stellen, an denen der weiche Schnee sich in Eis verwandelt hatte, waren sie aneinander festgefroren.

Schließlich gelang es ihm, sich in die enge Nische zu zwängen und zu sehen, was unten passierte.

Er sah Pernillas langen gebeugten Rücken und beobachtete, dass sie etwas mit den Händen machte. Er beugte sich vor und versuchte, einen Zweig wegzuschieben, der ihm die Sicht versperrte, doch das ging nicht. Er rutschte ein Stück nach links, doch nun sah er fast gar nichts mehr. Er drückte energischer gegen den Zweig, bis er plötzlich mit einem lauten Knall abbrach, der zwischen den Hausmauern widerhallte.

Nun hatte Murad freie Sicht und sah, dass Pernilla einen großen runden Stein in der Hand hielt. Sie sah zu ihm herauf, mit einem derart vor Zorn verzerrten Gesicht, dass er sie fast nicht wieder erkannte.

»Zum Teufel, spionierst du mir etwa nach?«

Er fuhr zusammen und schlug mit dem Kopf gegen einen groben Stamm, so hart, dass der Boden unter ihm nachzugeben schien. Dann kroch er rückwärts, blieb jedoch stecken – das Gebüsch schien ihn regelrecht festhalten zu wollen. Er riss sich los, blieb aber wieder hängen; er brach in

Tränen aus, ohne zu bemerken, wie die Zweige sein Gesicht zerkratzten. Er hatte das Gefühl, als müsse er um sein Leben laufen.

Am Ende hatte er sich aus der engen Nische und dem Gebüsch befreit und stürzte auf die Haustür zu, verfolgt, glaubte er, von mehreren Paaren schwerer Füße. Als er den Hof zur Hälfte überquert hatte, wurde die Tür geöffnet, und in seiner Angst erkannte er nicht einmal Emils Vater, sondern glaubte, er sei in eine Falle gelaufen.

»Was ist los? Was ist passiert, Murad?«

Jetzt waren hinter ihm keine Schritte mehr zu hören. Murad zog seine Jacke gerade. »Alles in Ordnung. Grüßen Sie Emil!«, stieß er, noch immer atemlos, hervor.

»Werd ich machen. Grüß zu Hause und schlaf gut.«

Murad lachte und nickte.

Eva-Maria und Kassem würde er grüßen, gut zu schlafen würde vermutlich nicht so leicht sein.

32

Der Donnerstagmorgen schien keine Besserung zu bringen, weder wettermäßig noch in irgendeiner anderen Hinsicht. Monika zog dieselbe Hose an wie zu dem Termin, den sie mit Idriss im Theater gehabt hatte und der wesentlich länger zurückzuliegen schien als die achtundvierzig Stunden, die inzwischen vergangen waren. Die Zeit schien zäher geworden zu sein, schwerer.

In der einen Hosentasche steckte etwas: eine Visitenkarte, und Monika musste einen Moment lang überlegen, wer Peder Höök war, der Drehbuchverfasser der Soap, in der Lottie die Großmutter gespielt hatte. Sie steckte die Karte wieder in die Tasche.

Bei der Frühbesprechung gab es die üblichen traurigen Berichte über die mehr oder weniger scheußlichen Dinge, die Menschen einander antun können. Die Schlägerei in der Orthopädie war ebenfalls ein Tagesordnungspunkt, und einen entsetzlichen Moment lang dachte Monika, der Fall würde in seiner neuen, größeren Form wieder bei ihr landen, doch Daga schien der Ansicht zu sein, dass Monika schon genug zu tun hatte und übergab die Orthopädie stattdessen Erik.

Im Hinblick auf die Arbeit des Vortags konnten Monika, Fredrik und Idriss wenigstens teilweise zufrieden stellende Resultate liefern. Sie hatten sich ein Bild davon machen können, wie Lottie den Sonntagabend verbracht hatte, hatten mit den meisten gesprochen, die ihr nahe gestanden hatten. Alles, was noch fehlte, waren eine Mordwaffe, ein Hauptverdächtiger, ein Motiv und Beweise, die all das miteinander in Verbindung brachten. Monika versuchte, nicht daran zu denken.

Stattdessen fragte sie, ob die anderen einen Teil des Interviews mit Lottie hören wollten, das am Sonntagabend gesendet worden war. Sie wollten. Ihr fielen die Schulstunden wieder ein, deren Monotonie durch Filmvorführungen oder was auch immer belebt worden war – und nun traf sie hier wieder auf dieselbe erleichterte und anspruchslose Stimmung, wenn auch in abgeschwächter Form. Wenn sie an diesem Tag auch sonst vielleicht nichts mehr leisten würde, so hätte sie den Kollegen doch an diesem beklemmenden Morgen immerhin eine kleine Verschnaufpause beschert.

Sie legte das Band ein, das Björn ihr gegeben hatte. Plötzlich füllte Lotties warme Stimme das Zimmer. Sie war klar und melodisch und von erstaunlicher Kraft, obwohl das Tonbandgerät klein und der Klang blechern war.

»Das Wichtigste ist das Erinnern. Das Erinnern an die

eigene Geschichte, das Wissen, woher wir kommen, damit wir wissen, wohin wir gehen. Deshalb brauchen wir unsere Religion, sie verbindet uns mit denen, die vor uns waren. Sie hilft uns, unseren Kindern beizubringen, was wichtig ist, sie sagt uns, wie wir uns zu verhalten haben. Sie gibt uns eine viel größere Identität, als wir selber uns erarbeiten können. Ich habe meine Mutter so früh verloren, dass sie für mich nur noch ein Gesicht auf alten Fotos war, die Erinnerung an einen Duft. Jetzt, in den religiösen Zeremonien, finde ich sie wieder. Jetzt weiß ich wieder, wie sie Kerzen angezündet hat, wie sie das Leben heilig gehalten hat. Das Judentum baut auf der stärksten Bindung auf, die es gibt, nämlich der zwischen Mutter und Tochter, und ich habe endlich die Stärke wiedergefunden, die aus dieser Bindung erwächst. Meine Mutter hat das alles gewusst, sie war ein sehr religiöser Mensch. Ich selber habe drei Töchter, und ich weiß jetzt, dass auch sie, religiös und gesellschaftlich, den Platz finden werden, für den sie geboren sind. Sie mussten, ebenso wie ich, lange warten, aber nun hat das Warten ein Ende.«

Monika schaltete das Tonbandgerät aus.

»So geht es weiter. Sie besitzt die frohe Sicherheit aller Frischbekehrten, dass alle Probleme jetzt gelöst sind, zumindest in groben Zügen.«

Daga saß kerzengerade auf ihrem Stuhl, ihre Müdigkeit schien mit einem Mal verflogen zu sein.

»Herrgott! Und das hier ist um sechs gesendet worden, sagst du?«

»Ja. Zwischen sechs und sieben.«

Monika verstand Dagas Erregung nicht.

»Dann haben wir's doch!«

Monika verstand noch immer nichts.

»Lotties Schwiegersohn ist Muslim. Wenn Lottie sich

plötzlich für die Religion ihrer Mutter interessiert hat und außerdem seine Frau ins Judentum hineinziehen wollte, dann war das doch vermutlich das Schlimmste, was ihm überhaupt passieren konnte. Und wahrscheinlich Grund genug, um sie zu töten. Wir wissen, dass er ungefähr zu dem Zeitpunkt nach Hause gekommen ist, zu dem Lottie Eva-Maria verlassen hat. Er ist noch einigermaßen jung und stark, und er kann mit jedem denkbaren Gegenstand zugeschlagen haben. Motiv, Gelegenheit, Mittel«, erklärte Daga.

Betroffenes Schweigen machte sich im Raum breit. Niemand war an religiöse Unterschiede als Mordmotiv gewöhnt. Schon gar nicht, wenn die Ermordete eine beliebte schwedische Schauspielerin war, die sich früher nie für solche Dinge interessiert hatte.

»Wenn wir nun annehmen, dass Kassem beim Bahn fahren Radio gehört hat, dann ist die nächste Frage, ob er wusste, dass Lottie in die Igeldammsgata kommen wollte oder nicht. Und wenn er es nicht wusste, muss er an Ort und Stelle eine Mordwaffe gefunden und spontan auf sie eingeschlagen haben. Wenn er die Sache dagegen geplant hatte, hat er vermutlich einen passenden Gegenstand mitgenommen.«

Sie wandte sich Monika zu.

»Wann hat nach Eva-Marias Aussage Lottie die Wohnung verlassen?«

»Um zehn vor zehn. Um Kassem nicht zu begegnen. Eva-Maria hatte ihm nichts gesagt, sie hatte Angst davor, dass er von Lotties Besuch erfahren könnte.«

»Sie scheint ihre Aussage jedes Mal zu ändern, wenn ihr mit ihr redet. Das kann natürlich wieder vorkommen. Es besteht also kein Grund, ihrer Aussage besonderes Gewicht beizumessen.«

»Ich hatte beim letzten Mal den Eindruck, dass sie die Wahrheit sagte.«

»Aber vielleicht bist du nicht mehr ganz objektiv, hast du dir das schon einmal überlegt?«

Darauf gab es wohl kaum eine Antwort. Vermutlich hatte Daga Recht, und dann stand nicht nur Monikas Privatleben vor dem Aus, sondern auch ihre Arbeit. Als Polizistin hatte sie immerhin geglaubt, einen sicheren Platz zu haben, eine sichere Rolle, eine sichere Funktion, aber stimmte das alles am Ende nicht? Ein tiefes Gefühl von Unbehagen machte sich in ihrem Inneren breit.

»Nehmen wir an, das mit der Religion war der Tropfen, der das Fass zum Überlaufen brachte«, sagte Daga jetzt. »Wissen wir, was früher zwischen Lottie und ihrer Tochter passiert ist, warum sie den Kontakt zueinander abgebrochen hatten?«

Sie schaute Monika fragend an, die den Kopf schüttelte.

»Das müssen wir herausfinden. Es kann ein Teilmotiv sein. Nehmen wir an, dass Kassem das Problem Lottie ein für allemal lösen wollte. Lottie wusste nichts über Kassems Arbeitszeiten, sie war bei Eva-Maria und ging vermutlich, als Eva-Maria sie wegschicken wollte. Und lief Kassem in die Arme, der unten auf der Straße gewartet hat. Haben Kassem und Eva-Maria beide Handys?«

Das wusste niemand.

»Das müssen wir überprüfen. Wenn nicht, dann müssen wir uns erkundigen, ob U-Bahnfahrer über das Festnetz angerufen werden können, vielleicht gibt es da ja eine Zentrale oder so etwa. Das kann Idriss übernehmen. Aber dieses Szenario ist nur denkbar, wenn sie sich immer noch lieben. Kassem und Eva-Maria, meine ich. Tun sie das, Monika?«

Das war eine Frage, die niemand beantworten konnte.

Wie sollte eine Außenstehende das denn beurteilen können?

»Ich glaube schon. Aber ich habe ja nur mit Eva-Maria gesprochen, und sie hat zumindest nicht das Gegenteil behauptet.«

»Ich habe gestern Abend Kassems Dienstplan überprüft«, sagte Fredrik aufgeregt, weil diese kleine Information, die er beisteuern konnte, plötzlich so wichtig zu sein schien. »Er hat wie immer sonntags seine Schicht erledigt. Seine Vorgesetzten bezeichnen ihn als äußerst zuverlässig. Er hat pünktlich aufgehört und den Zug ins Depot gefahren. Es ist durchaus möglich, dass er wirklich gegen zehn zu Hause war.«

»Wir müssen feststellen, ob jemand ihn auf dem Heimweg gesehen hat, ein Kollege an der Sperre, jemand, der zur selben Zeit Feierabend hatte. Ich nehme an, in einer U-Bahn gibt es massenhaft passende Gegenstände. Lottie könnte zum Beispiel mit einem kleinen Feuerlöscher erschlagen worden sein.«

Fredrik nickte eifrig. Die Spur kam ihm immer heißer vor, und er wollte keine Sekunde verpassen.

»Stellt fest, wie er ausgesehen hat, ob er erregt war oder ob er etwas gesagt hat. Ich werde mit dem Staatsanwalt reden.«

»Gibt es bei dieser Theorie nicht reichlich viele Unsicherheiten?«

Diese Frage kam von Idriss und gefiel Daga überhaupt nicht.

»Das habe ich zu entscheiden. Du findest vielleicht, wir sollten ganz besonders vorsichtig sein, weil wir es mit einem Ausländer zu tun haben. Aber so arbeite ich nicht.«

Die kollektive Angst im Raum schien sich noch zu vergrößern. Gab es jetzt Ärger? Durfte man das Wort Ausländer aussprechen, wenn Idriss im Zimmer war? Würde er jetzt hochgehen? Und wie sollten sie sich verhalten? Idriss hatte schließlich nur das ausgesprochen, was die meisten anderen dachten.

Sie schwiegen, und Idriss schien den Tadel gelassen einzustecken.

Monika hoffte, dass alle bald erfahren würden, was aus ihrer Abteilung und ihnen selbst werden sollte. Die Unsicherheit machte ihnen zu schaffen, und sie hatten Angst davor, mit Daga aneinanderzugeraten, sich mit den Falschen zu verbinden, ihre Meinung zu sagen, und ihre Angst beeinträchtigte ihre Leistungsfähigkeit. Monika hatte außerdem den Eindruck, dass Dagas Klarsicht und Selbstkritik gelitten hatten. Daga hatte nur ein überaus hypothetisches Motiv, aber dennoch sollte Kassem plötzlich der Hauptverdächtige sein, ohne irgendeine Tatsache, die diesen Verdacht untermauerte. Das sah Daga nicht ähnlich. Es war beängstigend.

Polizisten und Polizistinnen können zwar einiges an Stress ertragen, das ist eine Voraussetzung für diesen Beruf, aber auch das hat seine Grenzen, und es wurde immer deutlicher, dass viele von ihnen nicht mehr so gute Arbeit leisteten wie früher.

Sie standen wie ein Haufen von Verlierern da.

»Wir sollten vielleicht nicht vergessen, dass wir noch andere Spuren haben«, wandte Monika vorsichtig ein. »Eva-Maria kann auch Pernilla angerufen haben, die in Vallentuna war und problemlos um zehn Uhr hätte in der Stadt sein können. Vielleicht ist auch Eva-Maria Lottie gefolgt, hat sie niedergeschlagen und war vor zehn wieder zu Hause. Wir haben noch nicht mit Jennys geheimem Politiker reden können, der ist noch in Peking. Aber vielleicht könnten wir seine Sekretärin oder seinen Referenten oder was immer er hat, fragen. Wir wissen nicht, wie wichtig es für ihn ist, dass nichts herauskommt. Lottie hat ihm vielleicht mit Entlarvung gedroht. Sie wollte ihn vielleicht dazu bringen, dass er mit Jenny Schluss macht, vielleicht sind heimliche Geliebte ja nicht erlaubt, wenn jemand zum Judentum konvertieren will. Wir wissen noch immer nicht, an wen die Drohbriefe gerichtet waren. Wir haben Richard Cox' Alibi nicht überprüfen können, wir könnten notfalls Interpol bitten, diesen Vetter in Mexiko aus dem Zug zu holen, aber das dauert natürlich. Wir haben noch immer jede Menge loser Fäden.«

»Die Sache mit Kassem ist überzeugend genug.« Daga war nur schwer umzustimmen, wenn ihre Meinung erst einmal feststand. »Das bedeutet ja nicht, dass wir alle anderen Möglichkeiten außer acht lassen. Aber wir müssen uns auf etwas konzentrieren. Wir kümmern uns jetzt erst einmal um Kassem. Ich finde es seltsam, dass ihr euch noch nicht die Mühe gemacht habt, mit ihm zu reden.«

Die schlechte Stimmung machte Monika mehr zu schaffen, als sie sich eingestehen wollte. Sie wünschte, das Rubbellos wäre ein Gewinn gewesen. Dann könnte sie jetzt einfach aufstehen und gehen.

Allan von der Technik schaltete sich ein.

»Wenn wir schon bei den Drohbriefen sind, wir haben uns die Blocks, das Schreibpapier, das Briefpapier und all das angesehen, das es in Lotties Wohnung gab. Nichts davon stimmt mit dem Papier überein, auf dem die Drohbriefe geschrieben waren.«

»Und das mit der Handschrift steht einwandfrei fest?«

»Ja. Lottie hat sie geschrieben. Die Frage ist, sollen wir Johan Lindén glauben, der behauptet, dass sie niemals freiwillig auf diesem Papier geschrieben hätte. Das würde bedeuten, dass sie gerade kein anderes zur Hand hatte. Was wiederum bedeutet, dass sie sie irgendwo anders geschrieben hat. Und es wäre doch interessant zu wissen, wo.«

Monika griff diesen Faden auf.

»Lottie hatte einen fast leeren Schreibtisch, offenbar hat sie immer Papiere weggeworfen, die sie nicht mehr brauchte. Also können die Briefe noch nicht lange dort gelegen haben. Am Sonntag kann sie sie kaum geschrieben haben, denn sie hat lange geschlafen, ist dann ins Theater gegangen und nicht wieder nach Haue gekommen. Wir sollten vielleicht überprüfen, was sie am Freitag und am Samstag gemacht hat.«

Daga funkelte sie an.

»Zuerst müssen wir feststellen, was Kassem am Sonntagabend gemacht hat. Wir können nicht alles gleichzeitig erledigen. Lass ihn so schnell wie möglich herkommen. Ich will umgehend mit ihm sprechen, und ich möchte dich bei dem Verhör dabei haben, du kennst ja immerhin seine Frau.«

Die Logik war zwar unklar, der Befehl hingegen umso klarer. Dennoch unternahm Monika noch einen Versuch. »Wäre es nicht besser, wenn Idriss dabei wäre?«

»Unsinn«, sagte Daga kurz. »Er spricht nicht halb so gut Arabisch wie Schwedisch.«

Was sie nicht sagte, was Monika aber heraushörte, war, dass sie nicht allein zwischen zwei Arabern sitzen wollte. Dass Idriss eigentlich aus derselben Hemisphäre stammte wie Kassem. Dass sie das Problem Idriss nicht zusätzlich zu allen anderen Problemen haben wollte. Dass Daga, anders als Monika, dieses Problem beiseite schieben konnte.

Monika ging, um Kassem anzurufen. Sie kam am Postraum vorbei und stellte fest, dass ihr Postfach sich noch weiter gefüllt hatte. Sie achtete nicht darauf, sondern schrieb einen Zettel für Janne:

»Hallo. Du kannst den Ordner über den Mann mit den Brüsten ins Archiv legen. Er ist verschwunden. Den anderen Ordner kannst du Erik oder Oscar geben, die haben den ganzen Schlamassel in der Orthopädie jetzt übernommen.«

Sie legte den Zettel in Jannes Postfach, ohne jedoch auch nur die geringste Erleichterung zu empfinden.

33

Monika rief zuerst bei Eva-Maria und Kassem zu Hause an. Kassem war zu Hause und klang nicht im Geringsten überrascht, als sie ihn bat, so schnell wie möglich auf die Wache zu kommen. Sie versuchte, sich einzureden, dass es ein normales Verhör sei, dass von Kassem nur dasselbe verlangt wurde wie von allen anderen, nämlich, die Fragen der Polizei so ehrlich wie möglich zu beantworten, trotzdem fühlte sie sich nicht wohl in ihrer Haut. Eine halbe Stunde später holte sie ihn aus dem Wartezimmer herein.

Sie hoffte, demnächst einen kleinen und fast unterernährt aussehenden dunklen Mann mit magerem, zerfurchtem Gesicht, Locken und arroganter Körpersprache vom anderen unterscheiden zu können. Ihr erster Eindruck von Kassem war, dass sie ihn schon hundertmal gesehen hatte. Aber er war kein anonymer Südländer in der Menge, er war Lotties Schwiegersohn, Murads Vater, Eva-Marias Mann.

Kassem überraschte sie dadurch, dass er sie für eine wichtige Person hielt. Er fing sofort an zu protestieren.

»Das ist ein Irrtum. Ich habe sie an dem Abend nicht gesehen. Ich bin kein Mörder. Ich weiß nichts. Ich habe über nichts mit meiner Frau gesprochen. Ihr dürft mich nicht festnehmen, nur weil ich Ausländer bin.«

Monika beneidete Daga nicht um dieses Verhör.

Inzwischen hatten sie alle im Verhörraum Platz genommen, das Tonbandgerät lief und die Vernehmung hatte begonnen.

Monika fragte sich, ob ihr wohl ebenso wie Daga und Kassem anzusehen war, dass sie Schlaf brauchte, Vertrauen zu ihrer Arbeit und etwas, worauf sie sich freuen könnte. Beide wirkten gleichermaßen erschöpft.

Schon nach wenigen Minuten wurde die Körpersprache der Beteiligten überdeutlich. Daga beugte sich über den Tisch vor, Kassem, der ihr gegenüber saß, hatte die Beine gespreizt. Monika spürte, wie sehr Daga sich über diese breitbeinige Haltung ärgerte, und wenn sie sich getraut hätte, dann hätte sie ihn aufgefordert, sich anders hinzusetzen. Sie nahm an, dass er sich bedrängt fühlte, weil Daga beinahe die gesamte Tischplatte mit Beschlag belegt hatte, wogegen er sich so gut es ging wehrte. Was aber unter diesen Umständen nicht sonderlich klug war.

»Woher wussten Sie, dass Ihre Schwiegermutter dieses Radiointerview geben würde?«, fragte Daga.

»Das wusste ich nicht.«

»Lesen Sie keine Zeitung?«

»Ich lese.«

»Sie lesen Zeitung. Lesen Sie das Fernsehprogramm?«

»Ja.«

»Das Radioprogramm?«

»Nein.«

»Aber Sie hören beim Fahren Radio?«

»Ich höre Radio Stockholm, sonst nichts.«

»Ich glaube, Sie haben die Sendung mit Lottie Hagman gehört. Sie haben ganz genau zugehört, und was Sie da gehört haben, hat Ihnen nicht gefallen.«

»Ich habe es nicht gehört.«

»Ich glaube, Sie hatten Angst und waren wütend.«

»Ich war nichts, ich habe nichts gehört.«

»Ich glaube, Sie waren noch immer wütend, als Sie ihr in der Igeldammsgata begegnet sind, als sie von Ihrer Frau kam, von Ihrem Sohn, aus Ihrer Wohnung.«

»Ich bin ihr nicht begegnet. Ich bin nur nach Hause gegangen.«

»Wir wissen, dass Sie zu dem Zeitpunkt, als Lottie Hagman ermordet worden ist, am Tatort waren. Was haben Sie dort gemacht?«

»Ich habe nichts gemacht. Ich bin nur nach Hause gegangen.«

»Kassem, Ihre Religion verlangt, dass Sie Murad zu einem guten Muslim erziehen, nicht wahr?«

Kassem nickte.

»Und wenn er nach Israel auswandern und den Namen Zvi ben David annehmen wollte, was würden Sie dann sagen?«

Kassem schüttelte den Kopf.

»Das kann er nicht. Er ist Muslim.«

»Lottie Hagman wollte konvertieren, sie wollte Jüdin werden. Und von ihren Töchtern hat sie dasselbe erwartet.«

»Meine Frau würde das nicht tun, sie würde nicht Jüdin werden. Ihre Mutter war …«, er suchte nach Worten, »falsch im Kopf.«

»Ich glaube, Sie lügen. Ich glaube, Sie waren sehr beunruhigt. Sie waren so besorgt, dass Sie das Risiko nicht eingehen konnten, Lottie Hagman noch länger am Leben zu lassen. Was ist passiert, als Sie vor Ihrem Haus ankamen?«

»Nichts. Ich bin hineingegangen.«

»Ich glaube, Sie sind Ihrer Schwiegermutter begegnet.«

»Ich bin ihr nicht begegnet.«

Monika wusste nicht, was sie tun sollte. An diesem Vormittag erinnerte Daga sie an entwicklungsgestörte Kinder, die immer wieder dieselbe Bewegung durchführen, immer ohne Ziel, immer ohne Ergebnis.

Doch schließlich nahm die Vernehmung ein Ende.

Da die Staatsanwaltschaft nicht der Ansicht war, dass Daga genügend Material gegen Kassem in der Hand hatte, um eine Festnahme zu rechtfertigen, und da die Vernehmung zu keinen neuen Resultaten geführt hatte, mussten sie ihn laufen lassen.

Daga fluchte leise.

»Verdammt, der wird garantiert abtauchen. Verfluchter Mist.«

Und wenn er das tut, dann bist du daran schuld, dachte Monika. Immerhin konnte sie jetzt ihre Empfindungen mit einem Wort benennen: Ohnmacht.

Kassem ging hinaus in die Stadt, die inzwischen noch kälter geworden war. »Ich will mit Eva-Maria sprechen. Und zwar sofort«, sagte Daga verbissen.

34

Dagas Gespräch mit Kassem brauchte ein Gegengewicht, und Monika wollte nichts mit Dagas Versuch zu tun haben, Eva-Maria zu einer weiteren Änderung ihrer Aussage zu bewegen. Sie suchte nach etwas, das sie außerhalb der Wache erledigen könnte, etwas, das mit etwas gutem Willen als Teil des Falles betrachtet werden könnte. Sie musste schnell verschwinden, ehe Daga ihr einen anderen Auftrag erteilte. Da ihr nichts Besseres einfiel, beschloss Monika, Peder Höök anzurufen, den Drehbuchautor. Falls Daga fragte, konnte sie schließlich behaupten, sie habe geglaubt, dass Peder etwas über Lottie und Eva-Maria und das Zerwürfnis zwischen Mutter und Tochter wissen könnte.

Ehe sie die Nummer wählen konnte, rief David ihr vom Flur aus zu: »Monika, hier will ein kleines Mädchen mit dir sprechen. Sie ruft schon zum dritten Mal an. Ihren Namen will sie aber nicht verraten.«

Monika brauchte nicht nachzudenken, um zu wissen, dass sie kein kleines Mädchen kannte, das Lust haben könnte, sie anzurufen. »Das muss ein Irrtum sein«, antwortete sie. »Sie meint bestimmt eine andere Monika.«

»Das glaube ich nicht, sie hat dich ziemlich genau beschrieben. Allerdings weiß sie deinen Nachnamen nicht, also hast du vielleicht doch Recht. Das musst du entscheiden, ich stelle sie jetzt durch.«

Monika hatte keine Ahnung, wer das Mädchen sein könnte. Sie versuchte, ihre Stimme nicht so müde klingen zu lassen, wie sie sich fühlte.

»Polizeinspektorin Monika Pedersen.«

Schweigen.

»Ist da jemand?«

Verdammt. Wie redet man mit Kindern? Die Hälfte der Weltbevölkerung ist jünger als fünfzehn, und ich weiß nicht, wie ich mit denen reden soll, dachte sie noch, ehe sie eine leise Stimme hörte.

»Hallo. Hier ist Murad.«

Zweimal verdammt. Das hier war wichtig, das spürte sie, und sie spürte auch, dass sie diese Chance bestimmt verspielen würde.

»Hallo, Murad. Kann ich irgendetwas für dich tun?«

»Ich möchte mit dem anderen reden, mit dem, der bei dir war, aber ich weiß nicht mehr, wie er heißt.«

»Weißt du, Murad, wir haben hier auch spezielle Leute, die gut mit Kindern reden können – soll ich so jemanden für dich holen?«

Murad schwieg so lange, dass Monika schon fürchtete, er

könnte aufgelegt haben, aber dann war die dünne Stimme wieder zu hören.

»Nein. Hol den, der bei dir war.«

»Hast du deiner Mama gesagt, dass du mit ihm reden willst?«

»Ihr dürft Mama nichts verraten.« Jetzt klang er ängstlich, sehr ängstlich. »Du darfst nicht verraten, dass ich angerufen habe.«

Die Angst in seiner Stimme übertrug sich auf sie. Monika fragte sich, was passiert sein mochte, warum er anrief, was sie tun sollte. Vor allem hatte sie Angst, er könnte einfach auflegen.

»Murad – hör genau zu. Der andere Polizist heißt Idriss. Ich sage ihm, dass du ihn sprechen willst. Kann er dich anrufen?«

»Nein. Wo ist er?«

»Er ist hier irgendwo im Haus, ich muss ihn erst suchen. Kannst du in ein paar Minuten noch mal anrufen – ich gebe dir meine Durchwahl. Hast du etwas zu schreiben?«

»Das kann ich mir merken.«

Sie musste Idriss sofort finden. Sie hoffte, dass er mit Kindern umgehen konnte. Sie hatte nicht gefragt, wie alt seine Tochter war, aber er müsste doch in der Lage sein, mit einem Zehnjährigen zu reden?

Sie fand ihn im Postzimmer, und er folgte ihr in ihr Büro. Zehn Minuten später war Monika davon überzeugt, dass Murad sich nicht wieder melden würde.

In diesem Augenblick klingelte das Telefon. »Ist er da?«, fragte ein dünnes Stimmchen.

»Ja. Ich geb ihn dir.«

Sie reichte Idriss den Hörer.

»Murad – hier ist Idriss, der Polizist, der zusammen mit Monika bei euch war … ja, ich möchte auch gern mit dir sprechen. Wo bist du?… Möchtest du auf die Wache kommen?… Dann nicht… ja, das geht… ich kann jetzt gleich kommen. Bis dann… ja, ist klar. Wenn ich nur… also, bis dann.«

Idriss machte ein besorgtes Gesicht.

»Der Kleine hat Angst. Er will sich mit mir im Clock an der Ecke Sankt Eriksgata und Fleminggata treffen. Ich nehme ein Tonbandgerät mit, er will, dass ich allein komme. Er hat sich immerhin eine gute Stelle zum Warten ausgesucht – dort kann ihm wohl kaum etwas passieren. Ich fahre sofort los. Ich bin sicher rechtzeitig zurück, um mit Kassems Kollegen noch zu sprechen.«

Monika wollte noch hinzufügen, dass er Daga nichts sagen sollte, aber sie ging davon aus, dass ihm das ebenfalls bewusst war. Sie versetzte ihm einen leichten Schlag gegen den Oberarm und wünschte ihm alles Gute. Sie war gespannt darauf, was Murad wohl zu sagen hatte.

Dann wandte sie sich wieder dem Telefon zu. Als nächstes war Peder Höök an der Reihe. Sie wählte seine Nummer und hatte ihn sofort am Apparat. Er klang enttäuscht, als Monika ihren Namen sagte, und sie nahm an, dass er ein persönlicheres Gespräch erwartet hatte.

Er habe nichts Besonderes vor, sagte er, er sei wie immer an der Arbeit und wolle ihr gern behilflich sein, wenn das möglich wäre. Er bejahte Monikas Frage, ob er sofort Zeit habe und schlug ein Treffen in einem Café vor, das für beide leicht erreichbar war. Er wohnte in Östermalm, wie sich herausstellte, und hatte weder ein Auto noch ein anderes Transportmittel zur Verfügung. Eine Phobie machte es ihm unmöglich, mit dem Bus oder mit der U-Bahn zu fahren.

Er schlug die Konditorei Oscar im Narvaväg vor, und sie verabredeten, sich dort eine halbe Stunde später zu treffen.

Sie beschrieb ihre Kleidung, damit er sie erkennen könnte, und machte sich eilig auf den Weg.

Sie war einige Male mit Mikael in dieser Konditorei gewesen, und die Kombination aus der Einrichtung im Stil der fünfziger Jahre und der modernen Speisenauswahl gefiel ihr.

Sie hatte fast ein schlechtes Gewissen, als sie das Lokal betrat – obwohl der Eingang schmal war, brachte sie einen Schwall kalter Luft mit, und die Gäste, die in der Nähe der Tür saßen, schauderten. Eine magere junge Frau schob die Hände in ihre Pulloverärmel, und ihr Begleiter schloss seinen obersten Jackenknopf.

Ein hoch gewachsener Mann mit kugelrundem Kopf und kurzgeschorenen blonden Haaren erhob sich und kam ihr entgegen.

»Hallo. Peder Höök.«

»Polizeiinspektorin Monika Pedersen.«

Sie setzten sich ganz hinten in dem länglichen Raum an einen Tisch. »Ehe wir anfangen – können Sie mir versprechen, dass alles unter uns bleibt?«, fragte Peder.

Monika blickte ihn überrascht an.

»Ihnen muss doch klar sein, dass ich das nicht kann. Schließlich geht es hier um einen Mord.«

Peder lächelte, und sie sah, dass seine Zähne in keinem guten Zustand waren – offenbar waren Busse und U-Bahnen nicht das Einzige, wovor er sich fürchtete. »Ich meine nicht, dass Sie wichtige Dinge verschweigen sollen. Ich mache mir nur Sorgen um meine Arbeit. Um meinen guten Ruf«, erklärte er.

»Wie meinen Sie das?«

»Na ja, die Serie war bisher ein großer Erfolg, wie Sie sicher wissen. Wir haben sogar Preise gewonnen, unter anderem für das beste Drehbuch.«

»Glückwunsch. Und?«

»Na ja, das ist eben das Problem. Die Ideen stammten nämlich meistens von Lottie.«

»Wollen Sie damit sagen, Sie haben das Drehbuch geschrieben, während sie Ihnen gesagt hat, worüber Sie schreiben sollten?«

Er wand sich.

»So ungefähr, ja. Und es wäre doch unangenehm für mich, wenn das bekannt würde.«

Jetzt lächelte er wieder.

»Das war falsch ausgedrückt. Was müssen Sie jetzt von mir denken? Es ist entsetzlich, dass sie tot ist, und es tut mir aufrichtig Leid, ich habe sie sehr gern gemocht. Wirklich. Aber ich mache mir auch Sorgen um meine Zukunft.«

Und das konnte Monika nachvollziehen, inzwischen besser denn je.

»Wenn es herauskommt, dann sicher nicht durch meine Schuld.« Sie dachte kurz nach. »Aber warum hat sie sich an dieser Arbeit beteiligt, ohne Geld und Ehre teilen zu wollen?«

»Sie hatte wohl von beidem genug. Sie fand es witzig, Ideen zu liefern, hatte aber weder Zeit noch Geduld, um selbst zu schreiben. Und wir hatten wirklich viel Spaß miteinander, was für sie an sich schon wertvoll war.«

Er starrte ins Leere.

»Sie, ich und ab und zu der kleine Jens, der ihren Enkel gespielt hat, haben viel Zeit zusammen verbracht. Sie mochte ihn gern, flirtete ein wenig mit ihm und wollte seine Meinung über die Dialoge wissen, auch die jungen Leute in der Serie mussten sich doch glaubwürdig anhören. Im Grunde wollte sie wohl vor allem sein Selbstvertrauen stärken. Lottie hatte immer junge Leute bei sich wohnen, um auf dem Laufenden zu bleiben, was deren Sprache und deren Gedanken anging. Sie konnte eine Zweiundzwanzigjährige spielen, ohne sich auch nur die geringste Mühe geben zu müssen.«

»Wo haben Sie sich mit ihr getroffen?«

»Manchmal hier. Oder bei Lottie. Ein oder zweimal pro Woche. Oft brauchte sie nicht einmal lange nachzudenken«, seufzte er. »Sie schien schneller zu leben als wir anderen. Was immer in der Serie auch passierte, immer erinnerte es sie an etwas, das sie selbst erlebt hatte, und darauf hat sie dann aufgebaut.«

»Wollen Sie damit sagen, dass die Serie von Lotties eigenem Leben geprägt wurde?«

»O ja, manchmal sogar ganz bewusst. Sie konnte sogar richtige Gemeinheiten erzählen und dann lachen, wenn sie sich vorgestellt hat, wie die Person, um die es ging, darauf reagieren würde.«

»Und wie haben diese Leute reagiert?«

»Das weiß ich nicht. Viele haben sich sicher geschmeichelt gefühlt. Sie wissen schon, bei diesem Szenetratsch darüber, wer wirklich gemeint war, viele finden es ja besser, wenn über sie geredet wird, als wenn gar nichts passiert, egal, was gesagt wird…«

»Kann man sich auf diese Weise nicht strafbar machen?«

»Nur wenn sich beweisen lässt, dass man wirklich eine bestimmte Person gemeint hat. Aber wenn diese Person Klage einreicht, stellt sie sich doch bloß. Bei uns ist das nie passiert, dass jemand sich beschwert hätte, meine ich.«

Monika bedauerte, dass sie sich nicht die letzten Folgen der Serie angesehen hatte, wie sie es eigentlich vorgehabt hatte. Dann fiel ihr ein, dass sie gar keine Zeit gehabt hatte.

»Peder, hat Lottie sich manchmal über die Liebhaber oder die Männer ihrer Töchter beklagt?«

»Was denken Sie wohl?«

»Bitte beantworten Sie meine Frage.«

Plötzlich schien er sich daran zu erinnern, dass Monika Polizistin war.

»Ja, sie hat sich beklagt. Haben Sie es eilig?«

»Nicht sehr, warum?«

»Ich kann es Ihnen zeigen, wenn Sie wollen.«

»Was denn zeigen?«

»Wie Lottie den letzten Freund der armen Pernilla gesehen hat.«

Als er Monikas Miene sah, fügte er hinzu: »Das ist in eine der Folgen eingeflossen, ich habe alles zu Hause, fünf Minuten zu Fuß von hier.«

Monika dachte einen Augenblick über die Vor- und Nachteile nach, die für sie entstanden, wenn sie auf sein Angebot einging. Einer der Nachteile war, dass ihr dann das gigantische Zimtbrötchen entgehen würde, auf das sie sich schon gefreut hatte. Die Vorteile jedoch schienen zu überwiegen.

»Gern.«

Es dauerte länger als fünf Minuten, den Narvaväg vor dem Historischen Museum zu überqueren und dann durch die Linnégata zur Styrmannsgata 37 zu gehen. Monikas Interesse an diesem Stadtteil wuchs langsam – hier hatte jedes Haus eine Persönlichkeit, während die Menschen noch immer eine funktionierende Gemeinschaft bildeten. Peder wohnte in einem schlichten, hellbeigen Haus mit streng geometrischer Fassade. Ein kleines Fenster mit gewölbter Oberpartie über dem Eingang war das Einzige, was nicht mit dem Lineal nachgezogen werden konnte.

Als sie das Haus betraten, fragte Monika sich einen Moment lang, ob sie den richtigen Entschluss getroffen hatte – sämtliche verwirrten Frauen, die gestammelt hatten, »aber er war doch so sympathisch«, schienen ihr gleichzeitig ins

Ohr zu flüstern, dass sie diesen Mann nicht begleiten durfte. Sie brachte diese Stimmen mit der Erklärung zum Schweigen, dass er nüchtern, allein und im Grunde ja auch kein Fremder war.

Auch er schien die Situation als nicht ganz einfach zu empfinden, denn plötzlich machte er ein verlegenes Gesicht und schien nicht mehr zu wissen, was er sagen sollte.

Seine Wohnung entpuppte sich als schön; auch wenn kein einheitlicher Stil vorherrschte, schienen doch alle Einrichtungselemente miteinander zu harmonieren. Nach kurzer Betrachtung wurde Monika klar, dass alles hier sorgfältig durchdacht war, es gab keine halbherzig zusammengezimmerten Möbel, keine lieblos hingepinselten Gemälde, keine achtlos entworfenen Teppiche. Sie setzte sich auf ein niedriges, bequemes Sofa. Das Bücherregal war mit sorgsam beschrifteten Videos gefüllt.

Er nahm eines heraus und schob es in den Rekorder – auch er besaß ein großes Bang Olufsen-Modell.

Der Bildschirm wurde erst blau, dann wurden zwei Gestalten sichtbar.

Ein Mann in einer karierten Jacke beugte sich zu Lottie vor, die die Augen und den Mund aufriss und ungeheuer überrascht aussah.

»Eine halbe Million?«, fragte sie.

Er beugte sich noch weiter vor. »Nur eine halbe Million. In einem Jahr wird sie sich um einiges vermehrt haben, vielleicht auf zwei oder drei Millionen. Vielleicht sogar auf vier oder fünf.«

Lottie zeigte ihre Skepsis ebenfalls auf übertriebene Weise. »Glaubst du wirklich, dass Äthiopien und Eritrea zu einem Wucherpreis ausrangierte Lastwagen kaufen wollen?«

Der Mann tippte sich kurz an seinen Glatzkopf.

»Hier drin steckt prima Ware. Ich hab mir das genau

überlegt. Sie führen Krieg. Was passiert dabei? Lastwagen werden von Kugeln getroffen. Peng. Lastwagen haben Unfälle. Es mangelt an Lastwagen. Alle brauchen Lastwagen. Und dann, wenn alle nach Transportmitteln schreien, dann stehe ich mit erstklassigen ausrangierten schwedischen Autos da. Zum Verkauf, aber teuer. Das kann überhaupt nicht schief gehen.«

»Wie willst du sie dorthin schaffen?«

Er lachte laut und polternd.

»Herzchen, wie schafft man einen Lastwagen von A nach B? Brrrrmmm! Man fährt. Auf den großen Lastwagenrädern, brrrrrm, runter nach Afrika.«

»Wenn diese Idee so gut ist, dann verstehe ich nicht, warum du nicht mit einer Bank sprichst und ein Darlehen aufnimmst.«

Er schnaubte.

»Mit einer Bank! Die haben doch keine Ahnung von Geschäften. Ängstliche kleine Scheißer sind das. Kinderpopos.«

»Du hast also kein Darlehen bekommen können, stimmt's?«

»Redet man so mit der angehenden Verwandtschaft? Ist Amandas Glück dir denn gar nicht wichtig?«

Lottie kniff die Augen zusammen. Monika fragte sich, wie sie das machte. Die Wirkung war beängstigend.

»Erland, was willst du damit sagen?«

»Dass ich Amanda nicht heiraten kann, wenn ich kein Geld habe, ganz einfach. Wenn ich kein Geld verdienen kann, dann weiß ich nicht, ob ich es in Schweden noch länger aushalte, dieses Land ist eigentlich zu klein für mich. Und dann muss ich Amanda verlassen ...«

»Und um diese Katastrophe zu verhindern, soll ich eine halbe Million auf den Tisch blättern?«

»Was würde sie sagen, wenn sie wüsste, dass ihr Glück dir scheißegal ist? Dass ihre eigene Großmutter ihr nicht helfen will!«, konterte er.

»Erstens: ich glaube nicht, dass sie mit dir glücklicher wäre als mit irgendeinem anderen dahergelaufenen Trottel. Eher im Gegenteil, wenn dein du-weißt-schon ebenso unterentwickelt ist wie dein Geschäftssinn. Zweitens: zwischen dir und deiner Kundschaft liegt eine verdammt große Wüste. Ohne Tankstellen.«

Lottie hatte die Augen noch weiter zusammengekniffen und saß starr und aufrecht da.

»Drittens: Erpressung ist verboten und außerdem eine Nummer zu groß für dich. Viertens: Amanda besitzt kein eigenes Geld. Ob du nun mit ihr nur zusammen oder mit ihr verheiratet bist, ob ihr zusammenlebt oder nicht, du wirst auf keinen Fall auch nur einen Öre von meinem Geld vergeuden können.«

Der Mann brach in Tränen aus. »Wenn du wüsstest«, schniefte er und hielt sich ein großes Taschentuch vors Gesicht. »Wenn du wüsstest, wie das ist, wenn man Visionen hat, aber nie die kleine Starthilfe bekommt …«

Schließlich riss er sich zusammen, zog seine buschigen Augenbrauen zusammen und brüllte: »Das wirst du noch bereuen, du alte Kuh! Du solltest mich nicht unterschätzen!«

Peder schaltete das Video aus und seufzte.

»Sie sagt, dass sich das fast wortwörtlich so abgespielt hat, bloß wollte der Typ keine Lastwagen verkaufen, sondern irgendwas anderes in dieser Richtung.«

Monika war beeindruckt.

»Das war eine ordentliche Ladung. Wer ist der Mann?«

»Ich weiß es nicht. Für uns war er nur ein Teil der aktuellen Folge. Sie müssten Pernilla oder Jenny fragen.«

Sie schwiegen, und Monika fragte sich, ob sie soeben das Mordmotiv gesehen hatte, oder ob alles nur Theater gewesen war. Handelte es sich um Dichtung oder um Wahrheit? Konnte Peder das beurteilen?

Noch ehe sie ihn danach fragen konnte, fuhr er fort: »Das ging die ganze Zeit so. Lottie hat dafür gesorgt, dass in ihrem Leben immer etwas los war. Wie viele Menschen von dieser Sorte kennen Sie?«

»Keinen«, antwortete Monika wahrheitsgemäß.

Sie sagte jedoch nicht, dass sie ohnehin nicht viele Menschen kannte. Zu ihrer Überraschung stellte sie fest, dass sie sich in Peders Wohnung wohlfühlte, und dass das im Grunde auch für seine Gesellschaft galt. Sie hätte gern gewusst, wieso er sich die Zähne nicht richten ließ. Sie fragte sich, wieso derartige Überlegungen ihre Gedanken von Pernillas Bekanntem ablenken konnten, dem Mann, der große Pläne, aber kein Geld hatte.

»Glauben Sie, dass Lottie Angst vor ihm hatte«, fragte sie.

»Aber nicht im Geringsten. Sie lachte nur darüber, sie war daran gewöhnt, dass Leute sie angeschnorrt haben, und Neinsagen fiel ihr überhaupt nicht schwer. Er hat danach übrigens mit Pernilla Schluss gemacht. Das alles ist etwa drei oder vier Monate her.«

»Wenn er nur Geld wollte, dann ist das vielleicht auch gut so.«

»Ich weiß es nicht. Wenn man wirklich einsam ist, dann ist es vielleicht besser, wegen des Geldes gewollt zu werden als überhaupt nicht.«

Monika fühlte sich beschämt. Er hatte Recht, und Pernillas trauriges Gesicht gewann plötzlich eine ganz neue Bedeutung.

Peder musterte sie forschend.

»Hat Ihnen das jetzt weitergeholfen, oder mache ich alles nur noch unbegreiflicher? Sie sehen so unglücklich aus.«

»Das bin ich auch. Wir haben schon zu viele Verdächtige mit denkbaren Motiven.«

»Werden Sie den Täter finden?«

»Das hoffe ich, wir geben uns jedenfalls alle Mühe. Zu Beginn der Ermittlungen geht es oft nur sehr langsam voran.«

Peder sah sie mit ernster Miene an.

»Sie werden das bestimmt schaffen. Ich bin froh darüber, dass wir hierzulande eine gut funktionierende Polizei haben.«

Seine Worte wärmten sie innerlich. Plötzlich war es nicht mehr so schrecklich, Polizeiinspektorin zu sein. Er erhob sich.

»Danke. Sie waren mir eine große Hilfe. Würden Sie mir das Video wohl ausleihen, ich möchte es meiner Chefin vorspielen.«

Peder nickte. Während er das Video aus dem Rekorder nahm, fiel Monika eine Frage ein. »Übrigens, sollte die Großmutter in der Serie irgendwelche Drohbriefe verschicken?«

Peter hatte ihr den Rücken zugekehrt, einen männlichen Rücken mit breiten Schultern und schmalen Hüften.

»Nein, sie sollte welche bekommen, das hat Lottie bei unserem letzten Treffen erwähnt, am Freitag.«

Monikas Eifer erwachte plötzlich.

»Kann das bedeuten, dass Lottie selbst Drohbriefe bekommen hat? Die sie dann für die Serie nutzen wollte? Aber von wem? Und warum?«

Er drehte sich um und reichte ihr das Video.

»Sie hat erzählt, dass sie zu Anfang der Woche ziemlich zusammengestaucht worden war, wenn auch nicht direkt bedroht, und sie fand, dass sich das in einer späteren Folge sehr gut machen würde.«

Jetzt nahm die Sache endlich Form an. Ein Streit, nur wenige Tage vor dem Mord.

»Von wem?«

Peder wurde plötzlich ernst.

»Meinen Sie, dass das vielleicht zu dem Mord geführt haben könnte? Lottie scheint sich jedenfalls nicht weiter bedroht gefühlt zu haben, sie schien das Ganze eher amüsant zu finden. Ich weiß nur, dass es eine Frau war.«

»Aber keine ihrer Töchter?«

»Nein. Haben Sie irgendeinen Verdacht?«

Sie antwortete mit einer Gegenfrage. »Sind Sie ganz sicher?«

»Ja. Lottie neigte nicht zu Umschreibungen. Die Frau, die sie angepöbelt hatte, kannte sie nicht einmal persönlich.«

Monika hatte urplötzlich nicht mehr das Gefühl, auf dem richtigen Weg zu sein.

»Eine Frau, die sie nicht gekannt hat? Aber wieso sollte eine Unbekannte sie anpöbeln wollen?«

Peder runzelte die Stirn. Er schien sich tatsächlich den Kopf zu zerbrechen. »Es ging um irgendein Missverständ…«

Monika wagte kaum zu atmen, aus Angst, diese kaum greifbare Erinnerung zu verjagen.

»Das kann sehr wichtig sein – versuchen Sie, sich an so viel wie möglich zu erinnern.«

»Mehr gibt es aber nicht. Ich habe zwar kein fotografisches, aber zumindest ein gutes akustisches Gedächtnis für Dialoge – fast wie ein Tonbandgerät… Berufskrankheit –, aber sie hat wirklich nicht mehr gesagt.«

»Könnten Sie wohl Ihr inneres Tonbandgerät einschalten, mir das, was Lottie gesagt hat, so genau wie möglich aufschreiben und es mir dann zufaxen?«

»Sicher. Sehr gern. So habe ich immerhin das Gefühl,

noch etwas für Lottie tun zu können, obwohl sie nicht mehr da ist.«

Während Monika ihre Stiefel anzog, ließ sie ihre Blicke durch die helle Diele wandern.

Er hatte Merkzettel in den Spalt zwischen Spiegel und Wand gesteckt, von denen einer ihr bekannt vorkam. Es war ein Blatt aus einem Schreibblock, gelbgraues dickes Recyclingpapier mit harten schwarzen Linien. Und darauf war in kleiner kompakter Handschrift »Birgitta anrufen« geschrieben.

Monika versuchte sich zu konzentrieren. In Stockholm gibt es hunderttausende, vielleicht auch Millionen von Schreibblocks. Es gibt sie in fast jeder Wohnung, an so gut wie jedem Arbeitsplatz. Ein einzelner Zettel besagt überhaupt nichts.

Aber sie kannte dieses Papier. Zuletzt hatte sie auf Lotties Schreibtisch zwei solche Blätter gesehen.

Er blickte sie fragend an. »Was ist los?«

»Haben Sie diese Notiz über Birgitta geschrieben?« Das klang ein wenig aufdringlich, weshalb sie eilig hinzufügte: »Ich frage, weil das Papier genauso aussieht wie das, auf dem Lotties Drohbriefe geschrieben waren.«

»Das Papier stammt aus der Konditorei. Aus dem Oscar, meine ich. Ich war vor ein paar Tagen dort und habe um ein Blatt Papier gebeten. Wenn es um das Essen geht, haben sie definitiv einen besseren Geschmack.«

»War Lottie auch manchmal dort?«

»Sehr oft. Sie war nicht gern allein. Wenn bei ihr zu Hause niemand war, denn hat sie sich ins Oscar gesetzt, hat einen Café au lait getrunken, gearbeitet oder mit Leuten geredet.«

Es war einwandfrei eine gute Investition gewesen, Peders Angebot anzunehmen.

Monika versprach, das Video bald zurückzubringen, lächelte, bedankte sich und ging.

Sie musste nachdenken.

Plötzlich sah es so aus, als könnten Pernilla oder deren ehemaliger Bekannter ein Motiv haben – Geld vermutlich, wenn zwischen ihnen doch noch etwas lief, oder Rache, wenn Lottie ihn so tief beleidigt hatte, wie es in der Sendung den Anschein hatte. Außerdem gab es noch die unbekannte Frau und ihre Drohungen oder jedenfalls Beschimpfungen, über die sie mehr herausfinden mussten. Wer konnte diese Frau sein? Und was hatte Lottie ihr wohl getan? Wie sollte Monika das in Erfahrung bringen?

Auf jeden Fall war es ihr gelungen, Gegenargumente zu Dagas These zu sammeln, dass Kassem Lottie ermordet hatte. Was ja vielleicht der Fall war, aber er war nun wirklich nicht der Einzige, der ein Motiv und die Möglichkeit dazu gehabt hatte.

Sie dachte über Peder nach, darüber, wie viele unfreiwillig einsame Menschen in ihren kleinen Wohnungen in der ganzen Stadt eingepfercht saßen, und musste an Hühner in Legebatterien denken. Was sie aber auch nicht weiterbrachte.

Es war besser, auf die Wache zurückzukehren, vielleicht könnte das Video Dagas Perspektiven ja erweitern. Außerdem musste sie Pernilla nach diesem Ex befragen, das könnte sie auf dem Rückweg erledigen. Es fiel ihr schwer, sich vorzustellen, warum Lottie bedroht oder beschimpft worden war. Wäre eine Frau, die Lottie überhaupt nicht kannte, zu einer solchen Handlung denn überhaupt fähig? Und warum?

35

Monika war froh darüber, dass sie nicht sofort zur Wache zurück musste, zu den Fragen, die dort auf sie warteten. Musste ihr Leben wirklich so sein? Was machte sie hier eigentlich und warum?

Die Angst vor der Zukunft saß ihr im Nacken, und sie fragte sich, ob und wie ihre Beziehung zu Daga gekittet werden könnte. Sie hatte inzwischen wirklich den Verdacht, dass die gesamte Polizei eine Art magische Schmerzgrenze überschritten hatte und nie wieder richtig funktionieren würde. Dass alle dermaßen resigniert hatten, dass sie ihre Arbeitszeit auf jede erdenkliche Weise totzuschlagen versuchten. Und dann würden Mörder nicht mehr verfolgt werden, Diebe könnten sich in aller Ruhe an den Früchten fremder Arbeit gütlich tun und sämtliche russischen Mafiosi, die nach Stockholm übergesiedelt waren, weil sie dort sicher und ungefährdet leben wollten, würden sich betrogen fühlen. Was ja immerhin doch etwas Positives wäre.

An diesem Donnerstag sah Lotties Haus alltäglicher aus als in ihrer Erinnerung.

Pernilla dagegen kam ihr munterer und älter vor, vielleicht, weil sie sich die Haare gewaschen und sich geschminkt hatte.

»Wie sieht es aus?«, fragte sie.

»Ich weiß es nicht.« Diese Antwort überraschte Pernilla und Monika gleichermaßen. Vielleicht hätte sie ja doch nach Hause gehen sollen.

»Sie kommen nicht weiter, wollen Sie das damit sagen?«

»Nicht so ganz. Pernilla, ich habe noch ein paar Fragen. Es geht um einen Bekannten, um jemanden, mit dem Sie vor drei oder vier Monaten Schluss gemacht haben.«

»Was wollen Sie wissen?«

»Wann haben Sie ihn zuletzt gesehen?«

»Vorgestern.«

»Es ist also gar nicht Schluss?«

»Doch, das schon. Er war einfach verschwunden, vor vier Monaten. Jetzt ist er zurückgekommen, er hatte von Lotties Tod erfahren. Sogar ich habe begriffen, dass es ihm um Geld ging. Es war eine solche Erleichterung, ihn plötzlich von außen zu sehen. Und deshalb habe ich mich jetzt von ihm befreit.«

»Sie sehen auch völlig anders aus.«

»Es hört sich zwar schrecklich an, aber Lotties Tod ist in gewisser Hinsicht auch eine Erleichterung. Das klingt unglaublich, ich müsste doch trauern, es ist ja nicht einmal vier Tage her. Aber ich merke jetzt schon, wie schön es ist, dass ich meine Ruhe habe.«

»Glauben Sie, dass es Jenny und Eva-Maria ähnlich geht?«

»Jenny hat ihr Privatleben besser hüten können. Sie konnte sich schon immer wehren, sogar gegen Lottie.«

»Aber Lottie wusste trotzdem über Jenny Bescheid. Sie hat dafür gesorgt, dass ihr alles berichtet wurde.«

»Bei Lottie konnte man eben nicht gewinnen, so war das einfach.«

»Hatten Sie mit Ihrem Freund darüber gesprochen? Wie heißt er übrigens?«

»Hans Jonsson.«

»Hatten Sie mit Hans darüber gesprochen, wie schwer das Zusammenleben mit Lottie manchmal war?«

Pernilla nickte.

»Dass sie die Menschen in ihrer Umgebung beherrschen und manipulieren wollte?«

Pernilla nickte wieder.

»Was wäre, wenn er nun beschlossen hätte, das Problem zu lösen, Ihres und seins? Wenn er oder Sie beide zu der Erkenntnis gelangt wäre, dass Ihr Leben ohne Lottie sehr viel leichter wäre?«

Pernilla sprang auf.

»Haben Sie den Verstand verloren? Wollen Sie damit sagen, ich hätte Lottie ermordet? Oder jemand anderen damit beauftragt?«

»Irgendjemand hat sie ermordet. Irgendjemand hat einen schweren glatten Gegenstand gehoben und ihr damit den Schädel eingeschlagen. Irgendjemand hat sich ihren Tod gewünscht. Jenny war den ganzen Abend im Kattgränd, Sie behaupten, Sie seien in Vallentuna gewesen, aber Ihre Bekannten können das nicht bestätigen. Wir wissen, dass Sie dorthin und wieder nach Hause gefahren sind, aber wir wissen nicht, was Sie in der Zwischenzeit gemacht haben. Sie haben zwar etwas Geld gespart, aber es besteht doch ein großer Unterschied zwischen zwanzigtausend und einer satten Million, oder wie viel auch immer Sie nun erben werden.«

»Wollen Sie damit sagen, dass Sie glauben, ich hätte Hasse gebeten, sie zu ermorden? Dass Eva-Maria mir von Lotties Besuch erzählt hat, worauf ich Hasse angerufen und gefragt hätte, ob er nicht Lust hätte hinzufahren und sie umzubringen? Gegen Bezahlung? Arbeiten Sie immer so, tappen Sie immer dermaßen im Dunkeln? Sprechen Sie mit Hasse, dann verstehen Sie, warum das niemals funktioniert hätte. Er ist so geschickt wie ein Walross, er ist um zehn Uhr abends nur selten nüchtern und würde sich ansonsten niemals so etwas trauen. Er würde übrigens die Arme gar nicht heben können, er hat dermaßen zugenommen, seit er sich den Mantel gekauft hat, dass er sich darin kaum noch bewegen kann. Lottie hätte mit Leichtigkeit weglaufen können.

Außerdem ist Schluss mit ihm. Er hat mir früher Leid getan, aber das ist jetzt vorbei. Er muss selbst sehen, wie er seine Probleme löst.«

»Wir alt ist er?«

»Sechsundvierzig. Warum?«

»Trägt er einen gelben Schal und einen grauen Mantel?«

»Ja. Woher wissen Sie das?«

»Ich haben ihn unten im 7-Eleven gesehen. Bitte geben Sie mir seine Adresse und Telefonnummer.«

»Natürlich. Dann werden Sie sehen, wie unmöglich Ihre Idee ist. Aber Sie haben wirklich keine richtige Spur?«

»Wir haben noch keine physische Spur. Deshalb müssen wir mit Ihnen sprechen, müssen herausfinden, wie es möglich war, dass jemand Lottie den Tod gewünscht hat.«

Pernilla blickte sie misstrauisch an.

»Ich war es jedenfalls nicht. Und Hasse auch nicht. Vermutlich war es niemand aus ihrem Bekanntenkreis. Ich habe mir das genau überlegt. Eva-Maria war so froh über das Wiedersehen mit Lottie, sie wäre ihr bestimmt nicht gefolgt, um sie niederzuschlagen. Ich sehe ja ein, dass die Sache nicht leicht für Sie ist, aber Sie sind doch hier die Profis. Sie müssen die Leute doch an einen Lügendetektor anschließen oder sie festnehmen und verhören können, bis sie die Wahrheit sagen.«

»Wenn das so einfach wäre, dann hätten wir den Fall schon längst gelöst. Und das wäre wunderbar, das können Sie mir glauben.«

Einige Minuten später stand sie in dem kahlen Fahrstuhl. Hasse und Pernilla kamen ihr ebenfalls vor wie eine Sackgasse, eine weitere Sackgasse im Labyrinth. Oder sie war zu gutgläubig. Sie würde Fredrik mit Hasse sprechen lassen, vielleicht hatte er für Sonntagabend ja ein Alibi, sodass er nicht mehr als Täter in Frage kam. Sie ging auf die Straße hinaus, und die gefrorene Luft umschloss sie wie eine eiskalte Faust.

Plötzlich entdeckte sie im 7-Eleven ein bekanntes Gesicht. Es war Cilla. Sie trank einen Kaffee und weinte.

Die Polizistin Monika Pedersen wollte weiterlaufen, sie konnte sich nicht noch mehr Komplikationen aufladen. Der Mensch Monika Pedersen wollte Cilla in ihrem Kummer zwar nicht stören, wollte sie aber auch nicht allein dort sitzen lassen.

Sie blieb stehen, während ihr Gehirn die vielen widersprüchlichen Impulse bearbeitete. Es kam zu keiner automatischen Entscheidung und reichte die Sache an den freien Willen weiter.

Was wäre das Beste? Was wäre richtig? Was wichtig?

Sie beschloss hineinzugehen. Auch wenn sie keine Weltmeisterin im Trostspenden war, so gab es doch Situationen, in denen eine ungeschickte Freundin immer noch besser war als überhaupt keine.

Sie setzte sich zu Cilla an den kleinen Tisch.

»Hallo.«

Cilla errötete, als hätte man sie auf frischer Tat ertappt, und versuchte, notdürftig mit einer Serviette ihr Gesicht abzuwischen.

»Was ist los?«, fragte Monika.

»Eine Untersuchung ist abgesagt worden, und deshalb konnte ich zum Zahnarzt gehen. Ich habe meinen Zahn röntgen lassen und konnte sogar noch in aller Eile etwas essen. Es ist seltsam, an einem Werktag einfach so unterwegs zu sein.«

»Hast du Zahnschmerzen?«

Cilla nickte. »Nicht mehr so sehr.«

Und dann traten ihr wieder die Tränen in die Augen.

Monika wusste nicht, wie sie sich verhalten sollte. Was

tun? Sie tat gar nichts, und schließlich murmelte Cilla schließlich, ohne sie anzusehen: »Es war so eine grässliche Woche…«

»Was ist denn passiert?«

Cilla sah auf und holte Atem, um etwas zu sagen.

Die Polizistin Monika Pedersen erkannte, dass ihre Zeugin jetzt aussagebereit war, obwohl sie im Grunde ja keine Zeugin vor sich hatte und obwohl es sich nicht um ein Verhör handelte. Der Mensch Monika Pedersen war entsetzt über Cillas Verletzlichkeit. Hatte Cilla denn sonst niemanden, mit dem sie reden konnte?

Zugleich sah sie ein beängstigendes Spiegelbild ihrer eigenen Situation vor sich.

»Ich bin vierzig Jahre alt.« Cillas Stimme zitterte, brach, wurde wieder stärker. »Seit ich fünfzehn war, war mein Leben ein Marathonlauf. Und das halte ich nicht noch weitere fünfundzwanzig Jahre durch.«

Monika nickte, was nicht nötig gewesen wäre, denn Cilla sah sie ohnehin nicht an.

»Ich bin einfach nur betrogen worden. Mein Vater sagte immer, dass alles gut geht, wenn man nur seine Arbeit macht, aber ich sehe so langsam ein, dass ich für nichts gearbeitet habe. Ich habe den Rat meines Vaters befolgt, aber es ist absolut nicht gut gegangen und es wird auch nie gut gehen.« Sie wischte sich hilflos mit den Überresten der kleinen dünnen Papierserviette über die Wangen.

Monika ging Nachschub holen. An den anderen Tischen saßen vor allem Teenys, die voller Interesse dem Drama zusahen, das sich da in ihrer Mitte abspielte. Cilla knüllte die frischen Servietten zusammen und wischte sich damit noch einmal über das Gesicht.

Während Cilla noch ein wenig weinte, versuchte Monika nachzudenken und sich zu erinnern. Cilla redete bestimmt nicht nur über ihren Beruf. Sie sprach über ihr ganzes Leben, über die vierundzwanzig Stunden jedes Tages. Sie sprach vermutlich darüber, wie es war, morgens allein aufzuwachen und abends allein zu Abend zu essen.

»Ich habe nirgendwo Ruhe«, sagte Cilla endlich. »Bei der Arbeit stehe ich ständig unter Strom, und zu Hause verfolgt mich die Arbeit, die ich von der Klinik mit nach Hause nehme. Ruhe finde ich nur dann, wenn ich mit Taxita draußen bei ihrer Tagesstätte im Wald unterwegs bin.«

Monika versuchte, das Gehörte in einen Zusammenhang zu bringen. Am Montag war Cilla obenauf gewesen, voller Energie. Später hatte sie zwar müde ausgesehen, aber deshalb noch längst nicht verzweifelt. Monika wünschte, sie wäre an diesem bizarren Abend im Karlaväg aufmerksamer gewesen. Hatte Cilla nicht erwähnt, dass sie mit jemandem zusammenziehen wollte? Dass ihr Hund sich schon daran gewöhnen würde?

»Hast du am Montag nicht gesagt, dass du mit jemandem zusammenziehen willst?«, fragte Monika.

Jetzt strömten Cilla die Tränen über die Wangen. Blanke durchsichtige Tränen, die breite, glänzende Spuren hinterließen.

Das war es also. Nicht die Arbeit, sondern das übrige Leben. Die Stelle oder das Fehlen einer Stelle in dem Gewebe aus Gefühlen und Beziehungen, das die Menschen miteinander verbindet.

»Das hat aber nicht geklappt?«

Cilla nickte.

»Anita hat deine Arbeit als Keuschheitsgürtel bezeichnet.«

Cilla schaute sie unter geschwollenen Augenlidern an.

»Das hat sie gesagt? Ja, das stimmt vielleicht. Ein Keuschheitsgürtel aus Müdigkeit. Oder vielleicht aus Kompetenz.«

»Es ist schrecklich, plötzlich allein zu sein. Aber es geht ja nach und nach vorbei. Man kommt wieder auf die Beine.«

Hier führt die Blinde die Blinde, dachte Monika, die nicht glaubte, an der Trost- und Unterstützungsfront besonders viel zu bieten zu haben, doch Cilla riss sich zusammen und Monika fragte sich wieder, welche dunkle Magie dem gesprochenen Wort wohl innewohnte. Wie war es möglich, sich besser zu fühlen, nur weil man seine Sorgen in Worte gekleidet hatte, obwohl sich sonst rein gar nichts geändert hatte?

Cilla schaute auf die Uhr.

»Lieber Gott! In einer halben Stunde habe ich eine Katheterisierung. Ich muss los!«

Sie schaffte es sogar, ein klein wenig zu lächeln.

»Danke, dass ich dir mein Herz ausschütten konnte.«

Damit war sie verschwunden. Sie sprang in ein kleines neues dunkelrotes Auto, das unmittelbar vor dem Lokal stand. Monika dachte darüber nach, dass alle, die Cilla in ihrem Pelzmantel sahen und beobachteten, wie sie in ihr schickes neues Auto stieg, doch glauben mussten, dass Cilla in ihrem Leben vom Erfolg verwöhnt wurde.

Es war nicht leicht, wirklich etwas über das Leben eines anderen Menschen zu wissen.

Die Polizistin Monika Pedersen hatte von diesem Gespräch vielleicht nicht sonderlich viel, doch der Mensch Monika Pedersen hatte immerhin ein wenig helfen können.

Mit raschen Schritten ging sie zur U-Bahnstation und hatte bald die Wache erreicht.

36

Auf dem Gang wäre sie beinahe mit Daga zusammengestoßen, die sie anstarrte und schrie:

»Und wo hast du dich herumgetrieben? Warum hast du Idriss nicht im Auge behalten? Weißt du, was er angestellt hat? Er hat sich mit einem Kind getroffen, Kassems Sohn. Ohne zu fragen, ohne nachzudenken. Und du hast es zugelassen. Der Junge gilt doch jetzt als Zeuge, kapiert ihr das nicht? Komm jetzt mit!«

Monika hatte Daga noch nie so wütend erlebt. Die chronische Frustration der vergangenen Wochen und Monate schien sich angehäuft zu haben und sich jetzt in einer gewaltigen Entladung über Idriss und über Monika zu ergießen. Sie wagte nicht, sich nach dem Gespräch mit Eva-Maria zu erkundigen. Es war vermutlich nicht besonders gut gelaufen.

In Dagas Zimmer warteten bereits Idriss und Fredrik.

Daga setzte sich und sagte mit kalter, schroffer Stimme:

»Unmöglich zu sagen, wie viel Schaden du angerichtet hast. Schlimmstenfalls hast du die ganze Ermittlung ruiniert, ist dir das klar?«

Idriss hatte sich offenbar bereits an Dagas Hang zu rhetorischen Fragen gewöhnt. Er gab keine Antwort, sondern fragte nur, ob sie seine Unterhaltung mit Murad hören wolle.

Daga nickte wütend.

Idriss schaltete das Band ein. Zuerst war seine Stimme zu hören. Er nannte Datum und Uhrzeit, sagte seinen Namen und erklärte, warum er Murad im Clock getroffen hatte.

»Kannst du denen, die sich das Band anhören, sagen, wie du heißt und wo du wohnst?«

»Ich heiße Murad Messaoui, ich wohne in der Igeldammsgata 26. Ich bin zehn Jahre alt.«

Monikas Herz machte einen seltsamen Sprung – das war nicht Murad. Was hatte Idriss da getan? Dieses Kind hier sprach ein schnelles, abgehacktes Ausländerschwedisch mit harten Konsonanten und verschwommenen Vokalen. Sie sah zweifellos so entsetzt aus, wie sie sich fühlte, denn Daga bat Idriss, das Band anzuhalten.

»Was ist los, Monika?«

Noch während Monika Idriss ansah in dem Versuch, zu begreifen, was hier passiert war, wurde Daga lauter.

»Sieh mich an, Monika. Was ist los?«

Was los war? War sie an der Nase herumgeführt worden, ganz bewusst? Der Boden, der unter ihren Füßen bereits seit einiger Zeit bedrohlich nachzugeben schien, geriet plötzlich noch mehr ins Schwanken. Sie wusste nicht, was sie glauben, was sie sagen sollte. Idriss nahm ihr die Antwort ab.

»Monika erkennt die Stimme des Jungen nicht. Das liegt daran, dass er bidialektal ist. Er hat so angefangen, vermutlich meines Aussehens wegen. Als er dann gemerkt hat, dass ich eher so spreche wie seine Mutter, hat er sich nach ungefähr vier Minuten umgestellt.«

Monika fragte sich, wie er es schaffte, nicht die Fassung zu verlieren.

Er schaltete das Tonbandgerät wieder ein.

»Du hast angerufen, weil du mir etwas sagen wolltest.«

»Ja. Mein Papa ist lieb.«

»Ist er lieb zu dir?«

»Ja. Er ist nie betrunken.«

Dann trat ein längeres Schweigen ein. Im Hintergrund war Scheppern zu hören, Stimmen, eine Tür, die geöffnet und wieder geschlossen wurde, Fernsehreklame. Idriss machte es nichts aus zu warten, anderen Zeit zu lassen. Er sagte nichts, und endlich ergriff Murad dann wieder das Wort. »Ich habe etwas getan, was ich nicht tun darf.«

»Und das möchtest du mir erzählen.«

»Ja. Das darfst du Mama nicht verraten, sonst wird sie böse.«

»Es hat mit deinem Papa zu tun?«

»Ja.«

»Hat er auch etwas getan, was er nicht tun darf?«

Monika hätte sich am liebsten die Ohren zugehalten. Was konnte ein frustrierter Marokkaner seinem kleinen Sohn antun? Sie wollte es nicht wissen. Noch ein misshandeltes Kind konnte sie nicht ertragen.

Aber Murad hörte sich überrascht an. »Nein. Nein, das war nur ich.« Dann wechselte er auf normales Schwedisch über und fragte: »Kommt deine Mutter auch aus Schweden?«

»Nein, aber ich bin hier geboren und habe hier gelebt, als ich so alt war wie du.«

Murad gab sich offenbar damit zufrieden. »Ich darf abends nicht allein aus dem Haus gehen«, fuhr er fort.

»Aber manchmal tust du das.«

Murad wurde leiser, das Weiterreden schien ihm schwerzufallen.

»Ich sage Mama, dass ich zu Emil gehe, aber manchmal ist das gelogen. Und dann gehe ich auf die Straße und warte auf Papa. Sie wäre schrecklich wütend, wenn sie das wüsste. Sie sagt, dass ich ganz besonders vorsichtig sein muss.«

»Warum denn?«

»Weil ich ein Kanake bin. Wie Papa.«

»Da hat sie wohl Recht.«

»Sie haben Papa geschlagen.«

»Wer denn?«

»Leute. Sie haben ihn auch getreten, er hat geblutet, als er nach Hause gekommen ist. Er fährt sie dahin, wohin sie wollen, aber sie sind trotzdem böse auf ihn. Er sagt, dass so etwas vorkommt, aber ich will nicht, dass mein Papa geschlagen wird.«

»Du hast Angst, dass das wieder passieren kann, richtig?«

Murad hatte wohl genickt, denn Idriss fuhr fort: »Du wartest also abends auf ihn, damit ihm nichts passiert?«

»Ich warte, bis er kommt. Dann laufe ich ins Haus. Er darf mich nicht sehen, sonst wird er schrecklich böse.«

»Und am Sonntag?«

»Da habe ich ihn gesehen. Er hat niemanden geschlagen, niemand war da, nur er.«

»Wem hast du das erzählt?«

Murad gab ein Schluchzen von sich, vielleicht aus Erleichterung, weil er endlich zu reden gewagt hatte.

»Keinem. Ich darf doch nicht weggehen.«

»Bist du sicher, dass du ihn am Sonntagabend gesehen hast?«

»Ja. Mama war böse, weil ich so spät ins Bett kam, ich musste am nächsten Tag doch zur Schule.« Mit etwas muntererer Stimme fügte er hinzu: »An den Wochenenden darf ich ganz lange aufbleiben!«

»Murad, wie lange hast du dort gewartet?«

»Das weiß ich nicht. Es war so kalt.«

»Wo warst du, bevor du auf die Straße gegangen bist?«

»Bei Emil.«

»Woher hast du gewusst, dass du nach unten gehen musstest?«

»Es war fast zehn. Ich habe eine eigene Uhr.«

Vermutlich zeigte Murad die Uhr, denn Idriss sagte: »Die ist aber schön. Ist die neu?«

»Fast. Ich habe sie von Mama.«

»Murad, als du auf die Straße gekommen bist, hast du da jemanden gesehen?«

»Nein. Da war niemand. Aber dann kam Papa, und ich bin ins Haus gerannt.«

»Ist dir dabei irgendjemand begegnet?«

»Nein.«

»Bist du sicher?«

»Ja.«

Danach fragte er ängstlich: »Wird Papa jetzt in Ruhe gelassen?«

»Ich hoffe es. Was macht eigentlich deine Mama, wenn sie böse auf dich ist?«

»Sie schreit. Und manchmal krieg ich kein Taschengeld.«

»Hast du Angst vor deinem Papa?«

»Nein. Papa ist lieb.«

Idriss schaltete das Tonbandgerät ab.

Daga schlug mit der Faust auf den Tisch.

»Ich kann es einfach nicht glauben. Du rennst einfach los, ohne mit mir zu reden. Bildest du dir ein, du bist plötzlich zum Fahndungsleiter ernannt worden? Oder zum Mordsachverständigen?«

»Die Sache war eilig, er war schon zum Clock gegangen und hatte von da aus angerufen.«

»Und das, was er zu sagen hatte, war so brandeilig, meinst du?«

»Ich wusste nicht, wie eilig es war, das wollte ich doch gerade herausfinden.«

»Und du bildest dir natürlich ein, dass damit Kassem Moussaouis Unschuld erwiesen ist? Weil sein eigenes Kind sagt, dass er Lottie nicht begegnet ist? Du bist nicht einmal auf die Idee gekommen, dass seine Mutter das alles inszeniert haben könnte. Und seit wann hast du die Kompetenz, mit Kindern zu reden?«

»Murad hat selbst angerufen«, schaltete Monika sich nun ein. »Er hat mehrmals angerufen, und er schien Angst zu haben. Er wollte unbedingt mit Idriss sprechen, mit keinem anderen. Und er hatte schon lange gewartet.«

Dagas Stimme war noch immer hart. »Dann hätte er sicher auch noch etwas länger warten können.«

»Das war es, was er über Kassem zu sagen hatte. Er hatte aber noch etwas auf dem Herzen«, sagte Idriss, der eine Menge Geduld mit wütenden Menschen zu haben schien.

Er schaltete das Tonbandgerät wieder ein.

Murads Stimme klang jetzt noch dünner und noch unruhiger als zu Anfang.

»Ich habe gestern Pernilla gesehen. Auf unserem Hof. Sie war so seltsam.«

»Wann war das?«

»Um kurz vor zehn.«

»Abends?«

»Ja. Sie war seltsam.«

»Wieso denn seltsam?«

»Sie ging seltsam.« Murads zitternde Stimme erinnerte Monika daran, wie es ist, zehn Jahre und allein zu sein und Angst zu haben. Wie es ist, sich unzulänglich zu fühlen: zu schwach, zu klein, wehrlos. Sie erschauderte.

»Zuerst hat sie mich nicht gesehen, dann war sie schrecklich wütend. Ich habe aber nichts getan«, sagte Murad.

»Und sie?«

»Sie ist zum Parkplatz hinuntergegangen. Warum war sie so wütend?«

»Das weiß ich nicht.«

»Wird die Polizei Papa holen?«

»Wenn er Lottie nichts getan hat, dann nicht, aber sie müssen sicher noch ein paarmal mit ihm reden. Wo gehst du jetzt hin?«

»Nach Hause.«

Er schaltete das Tonbandgerät aus: »Ich mache mir Sorgen um den Jungen. Er hat Angst, und wir wissen noch immer nicht, wer oder was für ihn gefährlich werden kann. Ich wusste nicht einmal, ob ich ihn einfach gehen lassen sollte«, sagte er.

Daga bedachte Idriss mit einem langen, argwöhnischen Blick.

»Dem passiert schon nichts«, sagte sie. »Er lügt, auch wenn dir das offenbar nicht aufgefallen ist. Entweder lügt er oder Kassem lügt, das mit Pernilla ist jedenfalls gelogen. Das weiß ich, weil mich heute Morgen der jüdische Pastor oder wie immer das bei denen heißt, angerufen hat. Sie hatten gestern und heute Morgen die ganze Zeit versucht, dich zu erreichen, Monika. Gestern Abend war eine Besprechung, bei der Lotties Beisetzung geplant wurde. Pernilla war dort. Sie kann um zehn Uhr gar nicht in der Igeldammsgata gewesen sein. Falls ihr nicht davon ausgeht, dass die halbe jüdische Gemeinde sich aus irgendeinem Grund miteinander verschworen hat.«

Sie blickte Idriss fragend an, der sich jedoch von der Unterstellung, dass er als Araber nicht klar denken könne, wenn Juden in die Sache verwickelt waren, nicht aus der Ruhe bringen ließ. »Das glauben wir nicht«, sagte er nur.

»Das Band da könnt ihr wegwerfen. Der Junge lügt, und seine Aussage ist wertlos, da Vernehmungen von Kindern nun einmal eine gewisse technische Kompetenz erfordern.«

Sie sah Monika und Idriss an.

»Macht das nie wieder. Das hier ist ein Mannschaftsspiel, und es bringt nichts, wenn Leute den Ball an sich reißen und solo durch die Gegend dribbeln. Wir haben einige Kollegen von Kassem hierher bestellt. Sie warten schon. Redet mit denen. Und nehmt die Gespräche auch auf.«

Sie erhob sich, um die Unterredung zu beenden. Monika, Idriss und Fredrik verließen das Zimmer in betretenem Schweigen.

»Ist sie immer so, wenn etwas nicht klappt?«, fragte Idriss draußen auf dem Gang.

»Nein. Was für ein trauriger Einstieg für dich. Ich begreife einfach nicht, was in sie gefahren ist.« Und in uns alle, fügte sie in Gedanken hinzu. Wenn man richtig unter Druck gesetzt wird, tut man Dinge, die man im Grunde nicht tun will, die man nicht tun darf. »Ich finde, es war gut, dass du mit Murad gesprochen hast, und du hast das viel besser gemacht, als ich das jemals gekonnt hätte.«

»Obwohl Daga Recht hat. Ich kenne mich mit Kindern nicht aus – ich wäre nicht für eine Sekunde auf die Idee gekommen, dass das mit Pernilla gelogen sein könnte.«

»Ich auch nicht. Kann er sich im Tag geirrt haben?«, fragte Monika.

»Nein. Das war doch gestern.«

»Aber selbst wenn Pernilla gar nicht da war, dann braucht er deshalb doch nicht auch noch wegen Kassem zu lügen. Er ist ein wichtiger Zeuge, da kann Daga sagen, was sie will. Wenn er die Wahrheit sagt, dann bedeutet das, dass Lottie schon weg war, als er aus dem Haus gekommen ist, sonst hätte er sie sehen müssen. Und wenn er danach Kassem gesehen hat, dann können weder Kassem noch Eva-Maria Lottie getötet haben. Die Frage ist nur, wie zuverlässig er wirklich ist.«

»Bestimmt will er seinem Vater helfen«, sagte Idriss langsam. »Und er scheint mir ein kluger, wacher Junge zu sein, also ist es schon möglich, dass er sich alles aus den Fingern gesaugt hat, aber das glaube ich einfach nicht. Wir müssen weiter suchen, und zwar nicht nach jemandem, der gesehen hat, wie Kassem mit hocherhobenem Feuerlöscher durch die Gegend rannte. Es tut mir Leid, dass mein Gespräch mit Murad so viel Ärger gemacht hat.«

»Ach, es könnte schlimmer sein. Das eigentliche Problem ist Dagas schlechte Laune, aber daran ist die allgemeine Krise schuld, nicht du. Warum in aller Welt will Murad Pernilla gesehen haben, wenn sie doch gar nicht dort war?«

»Er wollte uns vielleicht daran erinnern, dass auch noch andere Vorteile durch Lotties Tod haben könnten. Und Pernilla ist die Einzige aus der Verwandtschaft, die er überhaupt kennt.«

»Apropos Pernilla, ich habe mit Peder Höök gesprochen, dem Drehbuchautor. Und ich habe erfahren, dass Pernilla mit einem leicht alkoholisierten älteren Mann, zusammen war, der mit sechsundvierzig noch auf seine große Chance wartet. Du weißt ja, ihr Selbstvertrauen ist nicht gerade ausgeprägt. Er ist verschwunden, als Lottie ihm kein Geld leihen wollte. Wir sollten wohl feststellen, wo er am Sonntagabend war, sicherheitshalber. Das ist das eine. Noch interessanter ist vielleicht, dass Lottie ihre Drohbriefe vermutlich in der Konditorei Oscar im Narvaväg geschrieben hat. Peder sagt, sie sei Anfang der Woche am Telefon von einer Unbekannten bedroht worden. Ich werde hinfahren und mich erkundigen. Es ist mir egal, was Daga sagt, sie scheint im Moment ja doch nicht normal denken zu können.«

Idriss dachte kurz nach. »Wir brauchen noch so viele Informationen und haben einfach nicht die Zeit, um sie uns zu besorgen. Wir müssten sehr viel mehr Leute sein«, sagte er.

Als er hörte, was er da sagte, lachte er. Mit dieser Botschaft an die Zuständigen stieß die Polizei nun schon so lange auf taube Ohren, dass es schon zu einem regelrechten internen Scherz geworden war. Immerhin war inzwischen der Vorschlag laut geworden, die Verkehrspolizei aufzustocken, also die einzige Sparte der Polizei, die auch gesetzestreue Menschen nicht gern sehen. Es macht keinen Spaß, den Eltern kleiner Kinder die dringend benötigten Hunderter abzuknöpfen, weil sie auf einer leeren und geraden Straße mit Tempo 70 mit 80 gefahren sind. Es macht auch keinen Spaß zu wissen, dass der Randalierer sein Bußgeld nicht bezahlen wird, und dass sein Einkommen nicht von Inkassofirmen und Gerichtsvollziehern beschlagnahmt werden kann. Der Vorschlag zeigte außerdem, dass die Mitglieder der Gemeinschaft mit der Peitsche zu korrektem Benehmen angetrieben und nicht mit Zuckerbrot dazu verlockt werden sollten, und das war ebenfalls nicht witzig, schon gar nicht für diejenigen, die demnächst mit der Peitsche losgeschickt werden sollten.

Monika stimmte in sein Lachen ein. »Ich glaube, wir werden so langsam zu einem guten Team. Mit unserem Fall kommen wir zwar nicht weiter, aber unsere Zusammenarbeit macht sich.«

»Ja.«

»Und das ist dein Verdienst.«

»Das habe ich geübt, seit ich in Murads Alter war. Und ich habe von einer sehr gut aussehenden Freundin gelernt, die dasselbe Problem hat: die Umwelt reagiert instinktiv auf ihr Aussehen. Die Männer fangen an zu sabbern, und die Frauen werden unsicher. Ihre Lösung besteht darin, diese Reaktion einfach nicht zu beachten, den Leuten in die Augen zu schauen und sich ganz normal zu verhalten, und dann verschwinden das Sabbern und die Unsicherheit ganz von allein.«

»Leichter gesagt als getan. Was machen wir jetzt?«

»Ich spreche mit Kassems Kollegen. Du fährst nach Östermalm und fragst die Leute im Café, ob sie etwas über die Drohungen wissen, von denen Lottie erzählt hat.«

Als Monika an den langen Weg zur Konditorei Oscar

dachte, überkam sie eine lähmende Müdigkeit. Offenbar wollte ihr Selbsterhaltungstrieb sie an etwas hindern, das Daga ausdrücklich verboten hatte.

37

Jemand klopfte an die Tür. Es war Erik.

»Monika, kannst du nicht wenigstens ab und zu mal deinen Anrufbeantworter ausschalten, es geht mir auf die Nerven, dass ich immer herkommen muss, wenn ich mit dir sprechen will. Du hast schon wieder Besuch. Sie behauptet, sie hätte eine Mordwaffe bei sich.«

»Eine Mordwaffe? Wer ist es denn?«

»Jenny Hagman.«

»Dann solltest du auch Daga Bescheid sagen«, riet Monika, der in dieser Sache bewusst wurde, dass sie sich vor ihrer Vorgesetzten fürchtete. Das war noch nie vorgekommen, und es war ihr ausgesprochen unangenehm.

Sie gingen im Gänsemarsch zu Dagas Zimmer. Monika hatte keine Ahnung, was das nun wieder zu bedeuten hatte. Jenny glaubte, sie hätte die Mordwaffe. Jenny hatte ein Alibi. Vielleicht war es typisch für Jenny, dass sie die Fähigkeiten und das Wissen anderer nicht respektierte, weshalb sie sich aufgemacht hatte, um das Problem zu lösen. Konnte sie wirklich so arrogant sein? Vermutlich ja.

Erik informierte Daga über diese Wendung, und Daga befahl, dass Jenny sofort zu ihr gebracht wurde.

Idriss und Monika nahmen Platz. Und schwiegen.

Einige Minuten später kam Erik wieder herein, dicht gefolgt von Jenny, die einen runden, schweren Gegenstand in einer Stofftasche bei sich hatte. Sie ließ den Gegenstand auf Dagas Schreibtisch plumpsen.

»Hier. Bitte sehr. Die ganze Mannschaft versammelt, wie ich sehe.«

Monika fragte sich, ob Daga noch wütender werden könnte. Daga starrte die zwischen ihren Unterlagen aufragende Tasche an.

»Was ist das?«

»Wenn Sie sich die Mühe gemacht hätten, Eva-Marias Hinterhof zu durchsuchen, dann hätten Sie das hier gefunden.«

Jenny streckte die Hand nach der Tasche aus, doch Daga hielt sie mit einer Handbewegung zurück.

»Sie sind also Jenny Hagman. Ich bin Gruppenleiterin Daga Eriksson. Haben Sie Eva-Marias Hinterhof durchsucht?«

»Ja. Ich bin mir sicher, dass sie Lottie umgebracht hat. Eine andere logische Erklärung gibt es nicht. Nachdem ich zu diesem Ergebnis gekommen war, war der Rest ganz einfach. Ich musste nur noch hingehen.«

»Würden Sie sich bitte setzen und der Reihe nach erzählen?«

»Ich möchte lieber stehen bleiben, danke. Sie haben mir nichts zu befehlen. Ich habe nur getan, was eigentlich Ihre Aufgabe gewesen wäre. Nachgedacht. Mit Pernilla gesprochen. Eva-Maria wird mit ihrer Arbeit nicht mehr fertig. Sie hat kein Geld, findet nirgendwo Unterstützung. Ich glaube nicht, dass Lottie sie angerufen hat, und ich glaube auch nicht, dass Lottie sie besuchen wollte. Ich glaube dagegen, dass nur Geld ihr Leben verbessern könnte, und da sie zu faul oder zu unfähig ist, um selber welches zu verdienen, war Lotties Tod ihre einzige Chance.«

Daga griff sich an die Stirn, offenbar hatte sie den Eindruck, dass alle um sie herum den Verstand verloren hätten.

»Und deshalb sind Sie ganz allein hingegangen und haben Eva-Marias Hinterhof durchsucht.«

»Genau. Und dort, keine fünfzehn Meter von der Haustür entfernt, habe ich das hier gefunden.«

Daga sah in die Stofftasche. In der Tasche lag ein asymmetrisch geformter Betonklotz von der Größe einer Pampelmuse.

»Wenn Sie den Fall nun irgendwann abschließen könnten, dann wäre das sehr gut. Wollen Sie sonst noch etwas wissen, bevor ich gehe?«

»SETZEN SIE SICH, ZUM TEUFEL! SIE GEHEN, WENN ICH ES IHNEN ERLAUBE!«

»Sie können sich Ihre Wutausbrüche für die armen Menschen aufsparen, die sich fürchten. Sie haben kein Recht, mich hier festzuhalten.«

»Da sind Sie schlecht informiert. Wenn Sie glauben, Sie könnten einfach hier eine potenzielle Mordwaffe abliefern und wieder hinausspazieren wollen, bevor wir alles besprochen haben, dann haben Sie sich geirrt. Wir können Sie so lange hierbehalten, wie uns das als nötig erscheint.«

»Muss ja ein tolles Gefühl sein, andere jederzeit hinter Gitter bringen zu können.«

»Sie haben wohl noch nie etwas von einem Rechtsstaat gehört. Aber egal. Setzen Sie sich bitte und beantworten Sie unsere Fragen. Was ist das hier, wo haben Sie es gefunden und warum glauben Sie, dass es die Mordwaffe ist?«

Jenny nahm langsam Platz und knöpfte ihren Mantel auf.

»Das ist ein Stück Beton. Glaube ich zumindest. Sie wissen, wo ich es gefunden habe, das habe ich ja schon erzählt. Es ist ein schwerer runder Gegenstand und lag praktischerweise in Eva-Marias Hinterhof. Zusammen mit ungefähr zwanzig anderen Teilen dieser Art.«

»Und wenn wir nun feststellen sollten, dass die Form

dieses Klumpens mit Lotties Verletzungen übereinstimmt, dann werden wir an dem Gegenstand Fasern von Ihrer Tasche, Ihren Handschuhen und vielleicht auch von Ihrem Mantel finden. Am Fundort finden wir dann Ihre Fußspuren und vielleicht sogar Haare von Ihnen. Ich halte Sie nicht für dumm, ganz im Gegenteil, also erzählen Sie mir, was Sie sich überlegt haben.«

Jenny blickte Daga mit einer Miene an, die einen gewissen Respekt ahnen ließ.

»Das war vielleicht nicht besonders durchdacht von mir. Aber ich hatte den Eindruck, dass Sie nicht weiterkommen.«

Daga sah ihre Hände an, als könnte sie wieder neue Kraft zu schöpfen, wenn sie nur eine winzige Pause einlegte. Es schien zu funktionieren, denn als sie wieder aufschaute, wirkte sie deutlich ruhiger. Mit offenbar ehrlichem Interesse fragte sie: »Warum sind Sie so sicher, dass es Eva-Maria war? Was wissen Sie über sie, das wir nicht wissen?«

»Das war ausnahmsweise einmal eine kluge Frage. Und darauf gibt es eine passende Antwort. Ich weiß über sie, dass sie es schon einmal gemacht hat.«

Jenny legte eine kleine Pause ein, um diese Aussage auf die andern wirken zu lassen. Sie war nicht umsonst zwischen Menschen aufgewachsen, die die Kunst der Antwort perfekt beherrschten.

»Sie hat versucht mich umzubringen, als ich zwei Jahre alt war. Danach habe ich fast eine Woche auf der Intensivstation gelegen. Deshalb hat Lottie den Kontakt zu ihr abgebrochen. Deshalb weiß ich, wie sie ist. Deshalb wusste ich, wo ich suchen musste. Deshalb wäre Lottie niemals zu ihr gegangen. Lottie konnte Eva-Maria noch nie leiden, mich hat sie geliebt, und das konnte Eva-Maria nicht ertragen.«

Sie erwiderte Dagas Blick.

»Es ist nicht witzig zu wissen, dass man derart gehasst worden ist. Zu wissen, dass auf niemanden Verlass ist. Und ich habe sie geliebt, das tun kleine Kinder doch.«

Alle schwiegen. Wenn Eva-Maria wirklich versucht hatte, ihre zwei Jahre alte Schwester zu töten, dann erklärte das eine Menge. Und es war durchaus nachvollziehbar, dass weder Eva-Maria noch Siv darüber reden wollten.

Dieser Fall vermittelte Monika einen völlig neuen Eindruck von der Beziehung zwischen Geschwistern.

Wenn Eva-Maria versucht hatte, Jenny umzubringen, dann war es vielleicht logisch, dass Jenny sie jetzt denunzierte, ohne mit der Wimper zu zucken. Es wäre aber ebenfalls denkbar, dass Jenny sich einfach endlich rächen wollte. Sie konnte den Betonklotz auch an einem anderen Ort gefunden haben. Vielleicht hatte auch jemand anderer damit Lottie den Schädel eingeschlagen, wenn er überhaupt zu diesem Zweck benutzt worden war.

»Kann ich jetzt gehen?«

»Noch nicht. Gehen Sie mit Erik in die Technik hinüber, die sollen mal einen Blick auf das Ding werfen. Sie müssen genau wissen, wo und wann Sie es gefunden haben. Und wir werden wieder mit Ihnen sprechen müssen, das können Sie sich ja sicher gut vorstellen.«

»Übrigens ....«, meldete Idriss sich zu Wort. Daga schien ihm den Mund verbieten zu wollen, aber er kam ihr zuvor. »Waren Sie gestern Abend so gegen zehn dort?«

»Ja. Woher wissen Sie das?«

»Haben Sie dort einen zehnjährigen Jungen gesehen?«

»Ja. So einen verängstigten kleinen Kanaken, der wie ein Irrer davongestürzt ist, als ich sagte, er soll verschwinden.«

»Das war Murad. Der Sohn Ihrer Schwester.«

»Sie scheinen mich nicht verstanden zu haben. Hören Sie

eigentlich nie zu, wenn man mit Ihnen redet? Seit dem Abend, an dem sie mich ermorden wollte, ist sie nicht mehr meine Schwester. Wohin soll ich jetzt gehen?«

Als Jenny und Erik das Zimmer verlassen hatten, verfielen die anderen wieder in tiefes Schweigen. Monika wagte nicht, das zu sagen, was auf der Hand lag: dass Murad nicht gelogen hatte. Er hatte Jenny gesehen und sie für Pernilla gehalten. Das war durchaus möglich, Pernilla war nur ein Stück kleiner als Jenny und trug Kleider aus deren Kollektion.

»Wenn Eva-Maria ihre kleine Schwester wirklich töten wollte, und wir werden versuchen müssen, das herauszufinden, und wenn Lottie Partei für das kleinere Kind ergriffen hat, dann erklärt sich das Zerwürfnis in der Familie. Es erklärt Eva-Marias Hass auf Lottie. Wenn sie Probleme bei der Arbeit hatte und krankgeschrieben war, dann hatte sie ja Zeit genug zum Nachdenken. Zeit genug, um sich in all dem Unrecht zu suhlen, das ihr widerfahren ist. Zeit genug, um über Lotties Geld und ihren eigenen Mangel daran nachzudenken. Zeit genug, um sich nach der Erbschaft zu sehnen«, sagte Daga nachdenklich.

Monika bekam eine leichte Gänsehaut. Daga hatte offenbar beschlossen, nicht auf Idriss zu hören, sondern nur ihre eigene Spur zu verfolgen.

»Es kann tatsächlich sein, dass Jenny die potenzielle Mordwaffe gefunden hat. Wir müssen Eva-Maria und Kassem noch einmal herkommen lassen.«

In Dagas müden Zügen lag ein Trotz, der darauf schließen ließ, dass ihre Energie nicht mehr für eine Kursänderung reichte, und dass der Versuch, eine solche zu erzielen, auf erbitterten Widerstand stoßen würde.

»Ich glaube, dass Richard Cox, Lotties Toyboy, ihr wisst schon, mit Lottie und den Kindern zusammengelebt hat, als

Eva-Maria vierzehn war. Wir könnten ihn fragen, was damals passiert ist.«

»Tut das.«

Dagas Telefon klingelte, und Monika und Idriss verließen das Zimmer.

Auf dem Flur tauschten sie einen Blick und seufzten.

»Daga braucht wirklich Urlaub«, sagte Idriss besorgt.

»Ja. Aber was machen wir jetzt? Murad hat bestimmt die Wahrheit gesagt, es ist doch leicht, Jenny und Pernilla zu verwechseln. Wer weiß, vielleicht ist er da nicht der Einzige. Vielleicht hat Gerd durch den Türspion Pernilla gesehen, was bedeutet, dass sie ein Alibi hat, Jenny aber nicht. Ich werde noch verrückt.«

»Lieber nicht. Versuch besser die Frau zu finden, die Lottie per Telefon bedroht hat. Und stell fest, was in der Konditorei passiert ist.«

»Dann kriegt Daga eine Gehirnblutung. Ich weiß nicht, ob ich das riskieren kann.«

»Sie kann keine Gehirnblutung kriegen, wenn sie nichts davon weiß. Wäre das nicht zum Beispiel ein passender Ort für ein Treffen mit Richard Cox? Er will doch zu Hause keine Polizei haben.«

»Du bist wirklich nicht dumm.«

»Nein. Aber trotzdem muss ich die nächsten Stunden mit Kassems Kollegen verbringen. Er ist wirklich religiös, Kassem, meine ich, und das ist natürlich Wasser auf Dagas Mühlen. Immerhin kannst du etwas Sinnvolleres unternehmen.«

Monika wählte Richards Nummer, obwohl sie hoffte, ihn nicht anzutreffen.

Am liebsten wäre sie nach Hause gegangen und hätte sich ins Bett gelegt.

Eine perverse Wirkung der Weihnachtszeit schien zu

sein, dass die Leute leichter als sonst zu erreichen waren. Voller Inbrunst hoffte sie auf eine Ausnahme dieser Regel.

»Cox.«

»Sind Sie zu Hause?«

»Mit wem spreche ich?«

Nach diesem verwirrenden Anfang verabredete Monika sich für Viertel nach sechs mit Richard in der Konditorei, damit sie sich nach den Briefen erkundigen konnte, bevor er eintraf. Obwohl sie einen legitimen Grund für ihre Verabredung hatte, glaubte sie fast, den Fußball vor den Füßen zu spüren, als sie zur Garage hinunterdribbelte. Sie beabsichtigte, durch den Valhallaväg zu fahren, das müsste jetzt in der Hauptverkehrszeit schneller gehen als mit der U-Bahn.

»Hallo, Monika. Wo willst du denn hin?« Sie zuckte zusammen. Es war ein Kollege, ein großer freundlicher Mann aus Norrland. Sie fragte sich, ob sie wohl so schuldbewusst aussah, wie sie sich fühlte, als sie antwortete: »Nach Östermalm.«

»Kannst du nicht meinen Wagen nehmen, dann brauche ich ihn nicht in die Garage zu fahren. Er steht vor der Tür.«

Er warf ihr die Wagenschlüssel zu, die sie mit der linken Hand auffing. Es war verboten, einfach die Autos zu tauschen, aber es sparte eine Menge Zeit, sodass es ziemlich häufig vorkam. Zwei Vordrucksformulare wurden damit überflüssig.

Die Autonummer stand auf dem Schlüsselring, und der Wagen wartete wirklich vor dem Eingang. Es war inzwischen wieder dunkel, ungewöhnlich dunkel, wie Monika fand.

Der Weihnachtstrubel schien die Autos ins Zentrum gelockt zu haben, denn Kungsholmsgata und die kleine Wergentinsgata waren gleichermaßen leer. Die Dunkelheit und das Glatteis veranlassten sie, langsam zu fahren. Plötzlich kam diese Situation ihr wie ein Spiegelbild ihres eigenen

Lebens vor. Sie war allein und versuchte zu lenken, und um sie herum gab es nur Schweigen und endlose Finsternis. Sie könnte sich jeden Moment auflösen und in die schwarze Leere hineingesogen werden.

Eine Bewegung auf der rechten Seite des Wagens riss sie aus ihren Gedanken.

Ein hoch gewachsener Fußgänger in einem kurzen modernen Mantel und schmal geschnittener Hose lief über den Bürgersteig und dann auf die Fahrbahn.

Er sah nicht in ihre Richtung, sondern schien davon auszugehen, dass sie schon anhalten würde, und dass es nicht in seine Verantwortlichkeit fiel, ob er überfahren wurde oder nicht. Das war eine neue Mode unter jungen Männern, und Monika ärgerte sich ungeheuer darüber. Sie konnte nicht verstehen, wieso es den Gipfel der Männlichkeit bedeuten sollte, einfach so loszulaufen, als könnte man die Autos durch schiere Willenskraft verschwinden lassen.

Plötzlich erkannte sie den Mann.

Es war Patrik. Mikael Patrik.

Ihr gesamtes inneres Alarmsystem schien sich gleichzeitig einzuschalten, ihr Körper schien im Bruchteil einer Sekunde in höchste Bereitschaft versetzt zu werden, so als müsste sie blitzschnell handeln, um ein Leben oder etwas anderes zu retten, was ebenso wichtig war.

Ihr erster Impuls war, aufs Gas zu treten.

Das Pedal unter ihrem Fuß fühlte sich so glatt und metallisch an wie der Abzughahn eines Revolvers. Sie wollte es am liebsten nach unten treten, den Wagen losschießen lassen, sich ein für allemal von Patrik befreien.

Sie registrierte blitzschnell, dass vor und hinter ihr keine weiteren Autos waren, dass die kleine Straße menschenleer war.

Der Mann befand sich inzwischen fast vor dem Auto.

Sie wollte Mikael zurückhaben. Sie wollte nicht mehr einsam sein.

Es wäre so leicht. Es würde reichen, wenn sie einfach nicht bremste.

»Er ist plötzlich vor mir aufgetaucht, ich hatte ihn nicht gesehen, es war dunkel und glatt, und er hatte keine Reflektoren an der Jacke.«

»Ich wollte bremsen, aber ich muss in der Eile das Gaspedal erwischt haben, es ging alles so schnell.«

Jetzt befand er sich genau vor dem Auto, und das Gaspedal schien an ihrem Fuß zu ziehen. Ein kleiner Druck, und der lange Rücken und die glänzenden Haare lägen auf dem Pflaster. Ein kleiner Druck, und er wäre nicht mehr im Weg.

Sie spürte, wie das Blut durch ihre Adern schäumte, sie hörte plötzlich sein Rauschen, atmete laut und keuchend, und dann war der Mann plötzlich nicht mehr da.

Sie brach über dem Lenkrad zusammen. Sie zitterte am ganzen Leib und musste sich einschärfen, langsam zu atmen, ruhig, gleichmäßig, um die folgenden Minuten zu überstehen. Der Motor war ausgegangen. Schließlich ließ sie ihn wieder an und fuhr an den Straßenrand, wo sie versuchte, sich zu sammeln.

Die rascheste aller Lösungen war noch nie in ihrem Leben die verlockendste für sie gewesen, obwohl sie diese so oft von außen gesehen hatte: den Menschen zu töten, dem du Geld schuldest, der deine Frau verführt hat, der dich beleidigt oder der soeben die Krone und das ganze Königreich geerbt hat, während du in der Thronfolge an zweiter Stelle kommst.

Der Tod eines anderen Menschen sollte nicht so viele Probleme lösen können.

Plötzlich sah sie es ganz klar vor sich: solange es die Freiheit bringen kann, einen anderen Menschen zu töten, solange wir dadurch das gewinnen, was wir uns wünschen oder was wir brauchen, so lange wird es auch Morde geben.

Und deshalb wird es nie ein Ende nehmen.

Sie zitterte noch immer und war davon überzeugt, dass sie ein Verkehrsrisiko darstellen würde, wenn sie jetzt weiterführe. Ihr ganzes Inneres schien sich auf diffuse Weise verändert zu haben.

Jemand klopfte an die Fensterscheibe.

»Hallo, Monika, was ist denn los?«

Es war ein Polizeianwärter, und Monika konnte ihn dazu überreden, den Wagen zu übernehmen und in die Garage zu fahren. Sie musste sich erst wieder sammeln. Die U-Bahn erschien ihr als der anonyme und anspruchslose Aufenthaltsort, den sie jetzt brauchte, trotz des Gedränges, das dort herrschen würde.

Sie fing bereits an, an ihrer Erinnerung zu zweifeln.

War es denn wirklich möglich, dass sie beinahe einen Mord begangen hätte? Oder hatte der bloße Gedanke sie schon in Panik versetzt? Würde sie jemals erfahren, wie dicht sie davor gewesen war?

Sie wünschte Patrik doch gar nicht den Tod.

Aber sie sehnte sich nach Mikael, oder vielleicht nicht einmal nach ihm, sondern nur nach jemandem, der sie sah, sie hörte, sie mochte, dem sie wichtig war. Das alles hatte sie von Mikael bekommen, vielleicht ohne wirklich zu verstehen, wie wichtig es war und wie jämmerlich klein und instabil ihr Freundeskreis gewesen war.

Die Wahrheit war, dass sie entsetzlich einsam war, auch wenn sie sich schämte, das zugeben zu müssen.

Sie sah sich im U-Bahnwagen um. Die Menschen machten neutrale Gesichter, ihre Mimik und Gestik sprachen jedoch eine deutliche Sprache, Wahrheit und Lüge vermischten sich wie in einem Polizeiverhör. Plötzlich kamen alle anderen Menschen ihr so kompliziert vor, dass sie niemals richtig verstehen würde, wie sie dachten, wie sie ihr Leben so leben konnten, wie sie es taten.

Dieses eine Mal fuhr die Bahn nicht langsamer, als es Monika lieb war. Jetzt könnte sie sich ruhig Zeit lassen.

Als sie den Karlaplan erreichten, hatte sie sich ein wenig beruhigt, auch wenn ihre Knie noch immer so weich waren, dass sie nicht sicher wusste, ob sie über einen längeren Zeitraum hinweg aufrecht stehen könnte. Ein Zimtbrötchen würde ihr vielleicht helfen, ihr Gleichgewicht wiederzuerlangen. Sie ging langsam und unsicher, jeder Schritt kam ihr vor wie ein Wunder, jeder Meter wie eine enorme Leistung. Sie versuchte, nicht zu denken, sondern nur zu gehen, Schritt für Schritt.

In der Konditorei duftete es nach Safran, Zimt und heißen Getränken. Die Düfte spülten über sie hinweg und schienen ihr seltsamerweise ein wenig zu helfen.

Sie bat um ein Zimtbrötchen und einen café au lait und stellte fest, dass ihre Stimme normal klang, auch wenn sie innerlich noch immer zitterte. Nach einem halben Brötchen und einem halben Kaffee fühlte sie sich fast wieder normal. Sie durfte nur nicht an Patrik denken, der in seinem teuren Mantel vor ihrem Auto gestanden hatte, obwohl es ihr schwer fiel, es nicht zu tun.

Sie musste sich auf Lotties Drohbriefe konzentrieren, die vielleicht hier in der Konditorei geschrieben worden waren. Sie sah sich um. Im Lokal wimmelte es von Menschen und Taschen, Paketen und Mänteln. Sie versuchte, sich an den Inhalt der Briefe zu erinnern.

»Du musst einsehen, dass andere nicht nur deinetwegen existieren, dass auch andere ein Leben haben können, woran du sie nicht aus Selbstsucht hindern darfst.

Du schlägst deine Vampirkrallen in sein Herz und erdrückst sein Leben. Du bist böse. Aber ich werde dafür sorgen, dass du uns nicht schaden kannst.«

Was mochte das bedeuten?

Lottie hatte Pernilla vielleicht daran gehindert, so selbstständig zu leben, wie sie es wollte, aber warum sollte deshalb eine andere Frau Lottie Vorwürfe machen? Konnten die Vorwürfe von Dahlia oder Sara stammen, die noch auf Reisen war? Aber sie konnten doch umziehen, wenn die Nachteile des Zusammenlebens mit Lottie die Vorteile überwogen. Und wer war dieser »er«, der auf dem zweiten Zettel erwähnt war? Konnte es sich um Jens aus der Fernsehserie handeln? Hatte Lotties Beziehung zu Jens vielleicht auch ihre Schattenseiten gehabt? Hatte sie sich noch immer mit jungen Männern amüsiert?

Sie gab auf und ging zur Kasse.

Dort stellte sie sich vor, zeigte ihren Dienstausweis und fragte, ob Lottie Hagman der jungen Kassiererin bekannt sei. Aus deren leerem Blick schloss Monika, dass die Antwort nein lautete, doch dann schienen sich die Gedanken der jungen Frau in Bewegung zu setzen, und ein erleichtertes Lächeln zog sich über ihr bleiches Gesicht. »Ach, die! Da sollten Sie mit der Chefin reden.«

Sie deutete auf eine Frau von vielleicht dreißig, die so hochschwanger war, dass Monika sich fragte, warum sie nicht schon im Kreißsaal lag. Sie saß an einem Tisch und schrieb etwas.

Monikas Herz, das streng genommen an diesem Tag schon genug geleistet hatte, machte erneut einen Sprung, als sie den Block sah: gelbgraues Recyclingpapier mit harten schwarzen Linien.

Wieder stellte Monika sich vor, zeigte ihren Ausweis und fragte nach Lottie.

Die Chefin, die Anna hieß, wie sich nun herausstellte, lachte. »Sicher, setzen Sie sich. Möchten Sie noch einen Kaffee?«

Monika wollte schon ablehnen, überlegte es sich dann aber anders, während sie auf den ungeheuer großen Bauch von Anna starrte.

Sie folgte Monikas Blicken und sagte: »Ja, sehe ich nicht total bescheuert aus? Das sind Zwillinge, deshalb habe ich die Ausmaße eines Wohnwagens. Aber es geht mir gut.« Für einen Moment machte sie ein ernstes Gesicht. »Das mit Lottie ist wirklich schlimm. Sie war oft hier, kam vormittags zum Arbeiten her. Sie fehlt uns wirklich.«

»Was war das für eine Arbeit?«

»Sie hat ihre Texte gelernt, manchmal mussten wir mitmachen und die Rollen der anderen lesen. Es war zum Brüllen.«

»Hat sie von sich erzählt?«

»Manchmal. Warum?«

Monika versuchte sich zu konzentrieren. Das Gespräch hier war wichtig, aber Patriks von den Autoscheinwerfern angeleuchteter Rücken verdrängte alles andere aus ihren Gedanken. Ihr Herz begann wieder zu hämmern. Sie lenkte ihre Gedanken zurück auf Lottie, worauf ihr Puls sich wieder ein wenig beruhigte.

»Sie hatte so etwas wie Drohbriefe geschrieben, auf Papier, das aus diesem Block da stammen könnte. Wissen Sie etwas darüber?«

»Himmel, ja.« Anna kicherte, verstummte dann aber sofort. »Meine Güte, das ist nichts zum Lachen, aber es war so komisch, wie sie es erzählt hat, und jetzt ist sie tot.«

»Was hat sie erzählt?«

»Also, Lottie hatte einen Bekannten, einen attraktiven Typen, der nur ungern nein sagte, vor allem im Hinblick auf

Frauen. Sie interessierten sich für ihn, er wich aus, sie verfolgten ihn, Sie wissen ja, wie das ist. Und eine von diesen Frauen hatte sich in den Kopf gesetzt, Lottie sei schuld daran, dass er so unzugänglich war. Sie hat geglaubt, Lottie hindere ihn daran, sich ein eigenes Leben aufzubauen. Lottie hatte kein Verständnis für Frauen, die nicht zugreifen, aber wir wissen doch alle, dass das leichter gesagt ist als getan, wir sind schließlich nicht alle solche Schönheiten wie sie.«

»Was ist dann passiert?«

»Nichts. Diese Frau hat offenbar geglaubt, die Sache per Telefon klären zu können, sie hat Lottie gebeten, den Typen freizugeben, um seiner selbst willen, es klang fast wie in einem Roman von Barbara Cartland. Lottie hat sie demoliert, wie sie das ausdrückte, und daraufhin gab es Ärger.«

Anna sah Monika an, deren Miene sich verdüstert hatte.

»Ja, wenn ich jetzt so darüber nachdenke, finde ich das auch traurig, aber als Lottie es erzählt hat, war es nur komisch. Sie war so ungeheuer witzig.«

»Und dann hat sie um Papier gebeten und aufgeschrieben, was die Frau gesagt hat, und alle haben gelacht«, sagte Monika leise.

»Es kam uns einfach nicht so schlimm vor«, sagte Anna bedauernd. »Wissen Sie, wer diese Frau ist?«

»Ich glaube ja. Leider glaube ich, ja.«

Die Puzzleteile fügten sich zusammen, langsam, aber perfekt, wenn auch zu einem anderen Muster als bei Daga. Johan spielte in dem Drama, das zu Lotties Tod geführt hatte, tatsächlich eine tragende Rolle, aber nur als Katalysator, der die Ereignisse auslöst, ohne selbst daran beteiligt zu sein. Und deshalb spielte sein Alibi keine Rolle.

Johan war Lotties Freund, Johan hatte sich bei Lottie versteckt, um Tränen und Anklagen zu entgehen. Um sich nicht erklären zu müssen. Um nicht die Konsequenzen für sein Verhalten tragen zu müssen. Er war lieb, sanft und sympathisch, er konnte Streitereien sicher nicht ertragen. Fand die Gefühle von Frauen vermutlich anstrengend. Mitten in dem Gefühlssturm, der in Monika tobte, spürte sie einen Anflug von Zorn.

Eine alberne Frau hatte ihn missverstanden. Es war eine lächerliche Situation entstanden, als sie geglaubt hatte, er wolle mit ihr zusammen sein, obwohl er keinerlei Interesse daran hatte. Die Lage war noch komischer dadurch geworden, dass die Frau nicht begriffen hatte, dass sie nicht gut genug für ihn war, weshalb sie nach einer anderen Erklärung für sein ausweichendes Verhalten gesucht hatte. Sie hatte gedacht, Lottie sei schuld, spielte mit ihm, ohne an seine Zukunft und seine Bedürfnisse zu denken. Als die Frau versucht hatte, die Situation, so wie sie sie sah, zu ändern, hatte Lottie sie »demoliert«. Monika zweifelte keine Sekunde daran, dass Lottie ein üppiges Repertoire an spitzen Bemerkungen zur Verfügung stand.

Ihr wurde bewusst, dass ihre Wut inzwischen so groß geworden war, dass sie sämtliche Gedanken an Patrik verjagt hatte.

»Darf ich kurz telefonieren?«

Sie ging davon aus, dass Schwester Anita noch immer auf der Station anzutreffen war.

Das war sie, und sie schien keineswegs überrascht zu sein, als Monika sich meldete.

»Anita, Johan hatte neben den Dienstplan eine Telefonnummer geschrieben, die ich mir notiert hatte. Ich habe aber den Zettel verschlampt. Könntest du kurz nachsehen? Ich kann dir auch sagen, wie die Nummer in etwa lautet, und du sagst mir, ob das stimmt. Geht das?«

Anita zögerte nur kurz – Privatnummern wollte sie zwar

nicht herausgeben, aber eine Nummer einfach zu überprüfen konnte ja nicht so schlimm sein.

»Sicher.«

Monika nannte die Nummer von Lotties Arbeitstelefon.

Jemand hatte Johan am Dienstag unter dieser Nummer angerufen, eine Person, mit der er nicht reden wollte. Zugleich hatte er diese Nummer hinterlassen, um im Notfall erreichbar zu sein. Es konnten aber nicht viele sein, die diese Nummer kannten.

Monika hörte, wie Anita in den Listen blätterte. Dann war ihre muntere Stimme zu hören. »Das ist die Nummer. Fröhliche Weihnachten.«

»Ebenfalls«, sagte Monika und fragte sich, was Schwester Anita über sie denken würde, wenn die Ermittlungen im Fall Lottie abgeschlossen wären.

Bestimmt war Cilla die Frau, vor der Johan diesmal geflohen war. Bestimmt hatte Cilla am Dienstag angerufen. Bestimmt hatte Cilla Lottie daran erinnert, dass andere nicht ihr zuliebe auf der Welt waren, dass auch andere ein Leben haben konnten. Bestimmt hatte Cilla am Ende behauptet, Lottie habe ihre Vampirkrallen in Johans Herz geschlagen und sauge ihm das Leben aus.

Bestimmt hatte Cilla gesagt, dass sie nicht zulassen würde, dass Lottie Johan Schaden zufügte, oder Johans und Cillas Leben ruinierte. Bestimmt war es Cilla gewesen, die ungeschickte, einsame Cilla, die Lottie einige Tage vor ihrem Tod demoliert hatte.

38

Monika kniff die Augen zusammen. Die Drohbriefe hatten sie auf den Beinen gehalten, hatten sie zur Arbeit angetrieben, doch nun erwiesen auch sie sich als Sackgasse, als Weg im Labyrinth, der ins Nichts führte. Cilla als Mörderin? Das konnte doch nicht sein. Die Enttäuschung spülte über sie hinweg und zeigte ihr, wie sehr sie auf diese Spur gehofft hatte, auf dieses Gegengewicht zu Dagas Überzeugung, dass Kassem Lottie auf irgendeine Weise getötet hatte.

Vielleicht war Lotties Leben so intensiv gewesen, dass die Gefühle zahlloser Menschen durch ihre Anwesenheit aufgelodert waren. Starke Gefühle, die jedoch für die Ermittlung unwichtig waren. Es spielte vermutlich keine Rolle, ob sie noch zehn oder zwanzig weitere Personen fanden, die Lottie geliebt oder gehasst hatten.

Sie hatte das Ende ihres Weges erreicht. Sie hatte keine Ideen mehr, keine Vorschläge, kein Vertrauen zu sich selbst, zu Daga oder zu ihren müden Kollegen. Sie war sich mit einem Mal sicher, dass sie niemals erfahren würden, wer Lottie am Sonntagabend um zehn Uhr niedergeschlagen, wer sich einen so hübschen Tatort ausgesucht, wer so gut geplant und wer keine Spuren oder Hinweise hinterlassen hatte.

Sie wollte nicht mit Richard Cox sprechen. Sie wollte keine Details über Eva-Maria und Jenny erfahren, sie hatte Streitereien, Zwiespalt, Hass, Aggressionen endgültig satt. Sie hoffte, dass er nicht kommen würde.

Als er dann kam, pünktlich, schien er Energie für zwei zu haben. Er trug bequeme Curlingstiefel und einen schlichten Webpelz, der dennoch sehr teuer aussah. Als er sie sah, lächelte er und bedeutete ihr mit einer Geste, dass er sich etwas zu trinken holen wollte. Einige Minuten später ließ er sich an ihrem Tisch nieder.

Sie fühlte sich vollkommen leer. Sie brachte es nicht über sich, Fragen zu stellen, wollte nicht an die Arbeit denken, wollte nicht funktionieren. Richard schien es glücklicherweise nicht eilig zu haben, sondern trank seinen Kaffee in geselligem Schweigen.

Sie versuchte sich zu konzentrieren, aber es gelang ihr nicht. Sie hatte ihre letzten Kraftreserven verbraucht und spürte, dass sie kurz davor stand, in Tränen auszubrechen. Sie hatte noch nie im Dienst geweint, nicht einmal, wenn sie es mit Eltern zu tun hatte, deren Kinder ums Leben gekommen waren. Aber jetzt konnte sie sich plötzlich nicht dagegen wehren, ihre Augäpfel wurden von den heißen Tränen gewärmt, die sich zuerst unter den Augenlidern sammelten und dann hervorquollen, langsam und ohne jegliche Kontrolle.

Wenn Richard mit Frauen im Allgemeinen noch eine Rechnung offen hatte, dann saß ihm in diesem Augenblick ein wehrloses Opfer gegenüber.

Nach einer Weile sagte er: »Was immer passiert ist, es ist nicht so hoffnungslos, wie es Ihnen gerade erscheint.« Er klang völlig gelassen, als gehörten weinende Frauen für ihn zur täglichen Routine. »Sie glauben sicher, ich sage das nur, weil ich nicht weiß, was Ihnen passiert ist, aber glauben Sie mir, ich bin der lebende Beweis dafür, dass es immer eine Alternative gibt, so düster die Lage auch aussehen mag.« Seine Stimme klang warm. »Allein schon, weil Sie in der richtigen Gesellschaft sind. Ich kann mich nicht zum Richter über andere machen.«

Monika versuchte, ihre Resignation in den Griff zu bekommen, ihre Angst, ihre Müdigkeit. Sie wollte diesen unbekannten Menschen nicht in ihr Leben lassen, wollte versuchen, einen Rest Professionalität zu wahren, ein wenig Selbstbewusstsein. Sie befand sich durchaus nicht in der richtigen Gesellschaft, jedenfalls nicht mehr als bei jeder anderen Vernehmung. Und jetzt wollte sie über Eva-Maria und Jenny sprechen.

»Hätten Sie Lottie wirklich am liebsten erwürgt, als Sie jünger waren?«

Er blickte sie nachdenklich an. Wenn er von der Frage oder von der Erinnerung an diese schwierige Zeit überrascht war, dann zeigt er es zumindest nicht.

»Das weiß ich nicht so genau. Natürlich habe ich oft darüber nachgedacht. Und ich glaube, dass dieser Impuls eine Mitteilung an mein Bewusstsein war, dass klügere Teile meines Gehirns der Ansicht waren, es sei an der Zeit, Lottie zu verlassen. Damals hat mir das schreckliche Angst gemacht. Doch die Sperre davor, ihr etwas anzutun, hat offenbar funktioniert, das Risiko war deshalb wohl nie sehr groß. Ich weiß außerdem, dass wir anderen viel häufiger den Tod wünschen, als man das annehmen sollte. Der Mann hofft, dass seine Frau einen tödlichen Unfall hat, sie hofft, dass sein Flugzeug in den Atlantik stürzt, die Geliebte träumt von einem Brand, der seine ganze Familie auslöscht. Und so weiter.«

»Auf dem Weg hierher hätte ich fast einen jungen Mann überfahren. Jedenfalls hatte ich Lust dazu. Oder wohl eher den Impuls, es zu tun.«

»Aber Sie haben es nicht getan?«

Monika nickte.

»Da sehen Sie's. Wichtig ist das, was Sie getan haben. Eine andere Frage ist, wie Sie das Problem lösen wollen, wenn Sie ihn also nicht per Auto umnieten wollen.«

Er lächelte, und Monika stellte fest, dass dieses Lächeln durchaus ansteckend war. Wie konnte das möglich sein?

»Sie könnten natürlich einen Profi anheuern, der die Sache nach allen Regeln der Kunst erledigt. Wollen Sie das vielleicht?«

Monikas Lächeln wurde noch breiter.

»Nein. Ich will seinen Tod überhaupt nicht. Nein, das will ich nicht.«

»Da sehen Sie's. Damit ist dieses Problem aus der Welt. Haben Sie noch andere?«

»Nur, dass ich auf einem sinkenden Schiff arbeite. Dass ich meine Zeit und mein Leben in ein Unternehmen investiert habe, das zum Scheitern verurteilt ist. Dass das, was ich tue, keine besondere Rolle spielt.«

»Wenn die Polizei ein sinkendes Schiff ist, dann sind wir alle übel dran. Aber auch auf einem sinkenden Schiff spielt es eine Rolle, was man tut, denken Sie nur an die Titanic. Ich will zum Beispiel, dass Sie herausfinden, was mit Lottie passiert ist, egal, wie es sonst um die Polizei bestellt sein mag. Ich will nicht, dass die Menschen glauben, sie könnten ihre eigenen Todesurteile fällen, nur weil es ihnen gerade in den Kram passt. Oder ich will jedenfalls nicht, dass sie glauben, sie könnten es ungestraft tun.«

Er beugte sich zu ihr vor und nahm ihre eisigen Hände in seine. Es war eine warme, ruhige Berührung, eine, die keine Angst machte, die nicht wie die einleitende Aufweichung vor einem sexuellen Kontakt wirkte.

»Ab und zu muss man aufgeben und sich aus einer unmöglichen Situation befreien. Ab und zu muss man entweder sich selbst oder seine Umgebung ändern, wenn man dort bleiben will. Sie werden eine von diesen Möglichkeiten nutzen, und egal, wofür Sie sich entscheiden, danach werden Sie sich besser fühlen. Ich stelle mir das so vor wie Blasen an der Seele, Lebensblasen könnte man vielleicht sagen. Sie tun schrecklich weh, aber wie Blasen an den Füßen zwingen sie zur Handlung – ziehen Sie den Schuh aus, kleben Sie ein Pflaster darauf oder hören Sie auf zu gehen. Und dann geht der Schmerz vorbei.«

Monika nickte. Was er sagte, klang logisch, und aus seinen warmen Händen schienen Kraft und Zuversicht zu strömen. Sie spürte, dass sie langsam wieder zu sich kam. Es kam ihr fast vor wie Magie.

»Was wollten Sie also über Eva-Maria wissen?«, fragte er.

Plötzlich war es doch möglich, sich wieder Lotties Tod und Jennys Behauptungen zuzuwenden.

»Jenny behauptet, dass Eva-Maria sie ermorden wollte, als sie zwei Jahre alt war. Jenny meine ich. Eva-Maria war damals vierzehn. Wissen Sie, was damals wirklich passiert ist?«

Plötzlich sah Richards freundliches Gesicht verletzlich aus.

»Eigentlich möchte meine Vorgesetzte das wissen«, sagte Monika. »Sie hat es sich in den Kopf gesetzt, dass Eva-Marias Mann Kassem Lottie ermordet hat, und deshalb soll ich diese Behauptung überprüfen. Und deshalb sitzen wir jetzt hier.«

Richard umfasste ihre Hände mit festerem Griff, als wäre er jetzt derjenige, der Kraft und Mut brauchte.

»Ich habe erst viel später begriffen, dass Lotties Kinder Unterstützung und Hilfe gebraucht hätten. Ich war damals zu jung, zu unsicher, zu beschäftigt mit meinen eigenen Problemen, um etwas ausrichten zu können. Ich war außerdem in Lotties Dunstkreis eine Person von wenig Gewicht. Sei schön und halt den Mund, sagte sie immer, und da ich ein Mann war, war das erlaubt, es war witzig, es war emanzipiert. Außerdem durfte niemand ihr Verhalten kritisieren.«

»Die Mädchen hatten doch einen Vater, oder?«

»Eva-Marias Vater war ein belgischer Kameramann, der Hals über Kopf nach Belgien floh, als Lottie schwanger wurde. Er war katholisch und hatte zu Hause eine Frau und einen ganzen Stall voller Kinder. Er hat nie wieder von sich hören lassen. Lottie hat sechzehn Jahre für Eva-Maria Kindergeld vom Staat bezogen, soviel ich weiß. Der Belgier hat nie auch nur eine Krone bezahlt. Er wollte nichts von ihr wissen. Lottie hat ihm einige Male Fotos geschickt, aber die haben offenbar keine väterlichen Gefühle bei ihm hervorgerufen. Der Vater von Jenny und Pernilla war ein egozentrischer, trinkfreudiger Kollege von Lottie, der sich nur dann blicken ließ, wenn er bei der Premiere irgendeines Kinderfilms für die Klatschpresse posieren konnte. Lottie wollte das so. Sie wollte das selbst entscheiden und hat dafür gesorgt, dass es genau so gemacht wurde.

Eva-Maria war eine ungewöhnlich unausgeglichene Vierzehnjährige, aber das konnte ich damals auch nicht erkennen. Sie war nicht reif genug, um für einen anderen Menschen die Verantwortung zu übernehmen, schon gar nicht für eine anspruchsvolle Zweijährige. Das Unglück, von dem Jenny erzählt hat, ist an einem Wochenende passiert, an dem Lottie und ich verreisen wollten und an dem wir einfach keinen erwachsenen Babysitter finden konnten. Lottie meinte, Eva-Maria könnte sich um Jenny kümmern, deshalb sind wir am Freitagnachmittag losgefahren. Als wir am Sonntagabend zurückkamen, hatte Jenny Lotties Schlaftabletten gefunden und fast die ganze Packung verschluckt. Jenny kam auf die Intensivstation, und Lottie war außer sich vor Wut.«

»Was ist Ihrer Meinung nach passiert?«

»Ich habe damals geglaubt, und das tue ich auch heute noch, dass es ein Unglücksfall war. Lotties Tabletten lagen in einem Kästchen auf ihrem Nachttisch, es war für eine unbewachte Zweijährige wirklich keine Kunst, sie da zu finden. Lottie hätte vorsichtiger sein sollen und begreifen müssen, dass Eva-Maria nicht zwei Tage lang ganz allein auf Jenny aufpassen konnte. Sie wollte aber unfehlbar sein. Sie selbst durfte keinerlei Schuld treffen, und deshalb wurde Eva-Maria zum Sündenbock ernannt.«

»Wie grauenhaft.«

»Das war es auch. Am Ende zog Eva-Maria von zu Hause weg, zuerst zu Lotties Kusine Siv und später in eine eigene Wohnung. Es ist schon seltsam, Lottie hat Pernilla und Jenny wirklich geliebt, aber bei Eva-Marias Geburt scheint das Mamaprogramm nicht angesprungen zu sein. In Lotties Blick hat nie irgendeine Wärme gelegen, wenn sie Eva-Maria ansah. Sie war vielleicht zu jung, als sie dieses Kind bekommen hat.«

Richard ließ Monikas Hände los.

»Lottie hat Eva-Maria schlecht behandelt, nicht nur damals. Ob das für Ihre Ermittlungen von irgendeiner Bedeutung ist, weiß ich nicht. Ich habe jedenfalls damals sehr viel über Wehrlosigkeit gelernt, darüber, wie behutsam wir mit unseren Kindern umgehen müssen.«

Er lächelte.

»Das ist wirklich die größte Ungerechtigkeit zwischen den Geschlechtern, glaube ich jetzt, und sie gibt mir durchaus Vorteile. Ich bin fünfzig, aber für mich ist es noch nicht zu spät. Ich kann noch viele Jahre lang Kinder bekommen, die gewünscht und geplant sind, und ich habe Zeit und Geld genug, um mich um sie zu kümmern.«

Er hatte Recht. Es war nicht schwer, sich vorzustellen, dass viele jüngere Frauen sich zu Richard hingezogen fühlten, und er wäre sicher einer kleinen Kinderschar ein fröhlicher, fürsorglicher und dankbarer Vater.

Sie blieben noch eine Weile sitzen. Sie sprachen über die

Kälte, über Weihnachten, über andere neutrale Themen und wünschten einander am Ende wie in alter Freundschaft fröhliche Weihnachten.

Als Monika endlich auf die Wache zurückkehrte, war es fast neun Uhr. Seltsamerweise fühlte sie sich ein wenig besser, so als habe sie die Talsohle erreicht und müsse jetzt entweder sterben oder wieder nach oben klettern, und tot war sie ja bewiesenermaßen doch noch nicht. Ihr fiel auf, dass ihre Gedanken plötzlich freier waren, dass sie sich mit der Arbeit beschäftigen konnten, statt sich nur um Monika selbst zu drehen.

Sie hatte zwei neue Dinge, über die sie sich Gedanken machen musste. Lottie hatte also Eva-Maria offenbar einen Unglücksfall angekreidet, für den sie zumindest einen Teil der Verantwortung selbst hätte übernehmen müssen, und Cilla hatte Lottie angerufen und sie zusammengestaucht.

Wenn Lottie aber immer noch geglaubt hatte, dass Eva-Maria ihre Schwester um ein Haar ermordet hätte, dann hatte diese Anklage Eva-Marias Leben zweifellos zerstört. Dennoch gelang es Monika nur mit Mühe, darin ein Mordmotiv erkennen. Daga würde ihr in diesem Punkt vermutlich nicht zustimmen.

Was Cilla betraf, war es schwer zu sagen, ob es eine Rolle spielte, dass sie angerufen und Lottie gedroht hatte. Das ließe sich natürlich in Erfahrung bringen, aber war es wirklich von Bedeutung? Cilla hatte sich eine Beziehung zu Johan erhofft, Johan hatte sich bei Lottie verkrochen. Cilla hatte vergeblich versucht, Lottie ins Gewissen zu reden. Sie konnte durchaus geglaubt haben, dass Lottie an allem schuld war, dass sich eine alte selbstsüchtige Frau einen willenlosen jüngeren Mann unter den Nagel gerissen hatte. Johan hatte vielleicht selber zu Cillas Deutung beigetragen, hatte vielleicht ein Treffen mit ihr mit der Begründung verweigert, er hätte Lottie versprochen, ihr beim Montieren von Bücherregalen zu helfen.

Das alles war traurig, aber nicht ungewöhnlich. In einer Kultur, in der es kein Sicherheitsnetz für Menschen gibt, die bei der Partnersuche kein Geschick aufweisen, werden Hoffnungen oft zerstört, können Pläne nicht in die Tat umgesetzt werden.

Aber was war dann passiert?

Am Montag hatte Cilla das Problem als gelöst betrachtet, hatte das Hindernis aus dem Weg gewähnt. Und das stimmte ja auch, Lottie war tot. Die Frage war, ob dieser Tod, der ihr tatsächlich wie gerufen kam, für sie eine freudige Überraschung bedeutete oder ob sie ihn in die Wege geleitet hatte.

Monika seufzte. Dagas voreilige Schlussfolgerungen in Bezug auf Kassem hatten sie erschreckt, und nun ging sie selbst ebenso vorschnell vor. Auch sie hatte keine konkreten Anhaltspunkte, keine Beweise, nichts. Dennoch glaubte sie nicht, dass es schwer werden würde, Beweise zu finden. Viel schwerer würde es sein, herauszufinden, wie alles passiert sein könnte. Den Rest würden sie durch normale Polizeiarbeit herausfiltern können.

Monika sah die Szene buchstäblich vor sich – eine Cilla, die für einen Moment von einem Hass auf Lottie erfüllt worden war, eine Cilla, die eine Chance sah, ihr Leben zu ändern. Eine Cilla, die Lottie zufällig auf der Straße begegnet und sie tötet.

Diese Szene wirkte überzeugend. Doch Monika war durchaus klar, dass sie aber auch dadurch entstanden sein konnte, dass ihre Gedanken im Moment gewisse Bahnen einschlugen, dass sie ein Echo auf die Begegnung mit Patrik waren, obwohl sie deshalb noch lange nicht falsch sein mussten. Und wenn es nun so passiert war, wie sollte sie dann einen Beweis beschaffen?

Die Sperren vor einem Mord sind situationsbedingt, das wissen alle. Cilla war vierzig, einsam und kinderlos – was vielleicht sogar eine hohe, robuste Sperre zu Fall bringen könnte?

Die Frage war, was Monika als Nächstes tun sollte. Wenn Cilla die Mörderin war, dann hatte sie am Tatort keine Spuren hinterlassen. Monika hatte Vertrauen zu Allan und seinen Leuten. Um ihren Gedanken auf die Sprünge zu helfen, holte sie die Fotos, die Allan gemacht hatte, und verteilte sie auf ihrem Tisch.

Plötzlich fragte sie sich, wie ein Dackel wohl geht. Ein Dackel ist ein langer Hund mit kurzen Beinen, und deshalb müssten die Spuren anders aussehen als die eines großen Hundes mit langen oder die eines kurzen Hundes mit kurzen Beinen. Außerdem hatte Cilla Taxita als kleinsten Zwergdackel Stockholms bezeichnet, was ebenfalls Einfluss auf die Fußspuren haben müsste.

Monika betrachtete die Hundespuren neben der Treppe, auf der Lottie gelegen hatte. Sie kamen ihr vor wie die hebräischen Buchstaben an der Synagoge, frustrierend, weil sie sie nicht deuten konnte. Immerhin stand fest, dass manche Hunde große Pfoten hatten und andere kleine. Sie fragte sich, ob es sich mit Pfotenabdrücken vielleicht verhielt ebenso wie mit Fingerabdrücken – dass jeder Hund bei jedem Schritt seinen persönlichen Ausweis hinterließ. Vielleicht gehörten einige der kleinen Pfotenabdrücke auf den Bildern ja Taxita?

Diese Idee erschien ihr so verheißungsvoll, dass sie die Zentrale anrief und darum bat, mit einem Kollegen von der Hundestreife verbunden zu werden.

»Hundeführer Jakob Erman.«

»Hallo, Monika Pedersen, ich bin von der Kripo und habe eine Frage zu Spuren.«

»Oje. Bei dieser Kälte ist das nicht leicht.«

»Nein, nicht solche Spuren, ich meine Spuren, wie Hunde sie hinterlassen. Pfotenabdrücke.«

»Was möchten Sie wissen?«

»Kann man einen Hund mit Hilfe solcher Spuren identifizieren.«

»Oje.« Jakob lachte kurz. »Wollen Sie damit sagen, dass Sie einen Hund durch seine Pfotenabdrücke identifizieren müssen?«

»Genau.«

»Leider nein. Das geht nur, wenn die Pfoten besondere Merkmale aufweisen. Manche Hunde haben alte Verletzungen, dann fehlt ein Zeh oder eine Kralle sitzt schief.

Monika wollte sich noch nicht ganz geschlagen geben. »Aber wenn wir jetzt mehrere Hunde haben und sehen können, wie lang die Schritte eines bestimmten Hundes sind, ob er die Zehen nach innen oder außen kehrt und so? In meinem Fall handelt es sich um einen kleinen Dackel, haben die vielleicht einen besonderen Gang?«

»Die gehen wie alle kleinen Hunde, und davon gibt es ja weiß Gott genug. Es tut mir Leid, aber ich glaube nicht, dass das geht.«

»Mir tut es auch Leid, aber herzlichen Dank und fröhliche Weihnachten.«

»Ebenfalls. Viel Glück.«

Monika seufzte und sah sich wieder die Fotos an. Die Spuren neben der Treppe sahen nicht nach fehlenden Zehen aus. Die Idee war also doch nicht so gut gewesen. Jakob hatte sich immerhin sympathisch angehört.

Nach einer Weile griff Monika zum Branchenbuch und sah aus purer Neugier die Hundehotels durch. Sie fand die Tagesstätte Kaknäs, von der eine Mobilnummer angegeben war. Und diese Nummer wählte sie einfach, sie musste es tun.

»Jon.«

»Hallo, sind Sie der Leiter des Hundeheims bei Kaknäs?«

»Ja.«

»Hier ist die Polizei, Kripo City.«

Schweigen.

»Ich würde Ihnen gern eine Frage zu einem Dackel stellen, der tagsüber bei Ihnen ist.«

»Sie müssen entschuldigen, aber das kann ja wohl nicht wahr sein. Wissen Sie, wie spät es ist? Wer sind Sie, und was wollen Sie?«

»Rufen Sie mich bitte zurück. Zentralnummer der Polizei, fragen Sie nach Monika Pedersen.«

Er legte auf und rief einige Minuten später wieder an.

»Nicht zu fassen. Was wollen Sie wissen?«

»Nur, ob Taxita irgendwelche Verletzungen an den Füßen hat – an den Pfoten, meine ich.«

»Frische Verletzungen meinen Sie?«

»Nein, alte. Ob ihre Pfotenabdrücke irgendwelche Besonderheiten aufweisen.«

»Nein, sie sind ganz normal. Warum wollen Sie das wissen?«

»Das darf ich Ihnen nicht sagen. Danke für die Hilfe.«

»Nicht zu fassen! Die Bullen bedanken sich!«

»Fröhliche Weihnachten.«

Er legte auf.

Für den Moment schien sie nicht mehr tun zu können. Sie war zu erschöpft, um nach Hause zu fahren, zu erschöpft, um zu denken, zu erschöpft, um etwas anderes zu tun als sich auf dem kleinen Sofa zusammenzurollen. Und seltsamerweise war sie sofort eingeschlafen.

39

Es war der Tag vor dem Heiligen Abend, und Monika hatte auf ihrem kurzen harten Sofa überraschend gut geschlafen. Sie hatte geduscht und war dann hinaus in die Kälte gegangen, die noch immer nicht weichen wollte. An diesem Morgen gönnte sie sich im Hotel Amaranten, das gleich um die Ecke lag, ein richtiges Hotelfrühstück. Wenn sie diesen Tag überleben wollte, dann brauchte sie den bestmöglichen Start dazu. Sie las die Zeitung, während sie die knusprigen Croissants und den Kaffee mit heißer Milch genoss. Ihr Leben schien in zwei parallelen Spuren zu verlaufen: in einer normalen mit Frühstück, Zeitung und warmen Kleidern und in einer chaotischen, in der ihre Unternehmungen, Rechte und Pflichten ununterbrochen gegen eine düstere scharfe Außenwelt zu kämpfen hatten – wie ein Holzschiff, das mit viel Mühe und großem Ehrgeiz gebaut worden ist und dann immer wieder gegen dunkle Klippen geschleudert wird, in einem Sturm, der sich offenbar absolut nicht legen will. Die Zeitung half ihr, sich an die normale Spur zu klammern.

Eine Politikerin versprach, dass mehr als nur vier Prozent aller Einbrüche in Stockholm aufgeklärt würden, wenn sie nur erst die Wahl gewonnen hätte. Da ihre Partei bei der drastischen Kürzung der Mittel der Polizei mitgewirkt hatte, empfand Monika ihre Aussage als reichlich starkes Stück, wenn nicht sogar als Beleidigung. Sie las nicht weiter.

Stattdessen beschäftigte sie sich mit ihrer eigenen Theorie über Lotties Tod und betrachtete sie ein wenig genauer, jetzt, wo sie ruhiger war, wo der Staub sich gelegt hatte. Sie untersuchte ihre Gedanken und Schlussfolgerungen und fand sie weiterhin stichhaltig. Die Frage war nur, wie sie ohne konkrete Beweise Cilla als potenzielle Mörderin darstellen könnte. Aber was Daga konnte, müsste sie doch auch schaffen. Das Gespräch mit Richard hatte sie ruhiger werden lassen, wie ihr nun auffiel. Sie hoffte, dass er Recht hatte, dass sie sich besser fühlen würde, egal, wie die Sache ausginge.

Sie traf unmittelbar vor Beginn der Frühbesprechung auf der Wache ein.

Als sie sich jetzt zum letzten Mal vor den Feiertagen zusammensetzten, musste wesentlich mehr diskutiert werden als nur die aktuellen Fälle, die über Weihnachten vermutlich ohnehin ruhen würden. Der Dienstplan stand noch nicht fest. Janne war noch immer nicht wieder aufgetaucht, Lücken mussten gefüllt werden. Freiwillige gab es nicht. Daga war noch immer schlecht gelaunt, doch da sich ihre Stimmung seit dem Vortag immerhin nicht verschlechtert hatte, vermutete Monika, dass der vielleicht tatsächlich die Talsohle dargestellt hatte.

Endlich kamen sie zu einem Ergebnis. Monika war für den Zweiten Weihnachtstag zum Dienst eingeteilt, was sie nicht besonders schlimm fand. Als die Sprache auf Lottie kam, stellte sich heraus, dass die Ermittlungen nicht weitergekommen waren. Fredrik hätte sich den Bericht über seine Gespräche mit Kassems Kollegen auch sparen können, ein Mann aus Sri Lanka hatte Kassem am Sonntagabend ein Stück begleitet. Er sagte, Kassem habe wie immer gewirkt und ganz bestimmt keinen Feuerlöscher oder einen ähnlichen Gegenstand bei sich gehabt. Sie haben über Fußball und über die näher rückenden Feiertage gesprochen, genauer gesagt darüber, wie muslimische Kinder über die Geschenke hinweggetröstet werden können, die sie nicht bekommen. Daga sagte nicht viel über ihre Vernehmung von Kassem und Eva-Maria, die also ebenfalls keine konkreten Ergebnisse erbracht hatte.

»Wir wissen immerhin, warum die Schwestern keinen Kontakt zueinander hatten. Jenny ist davon überzeugt, dass Eva-Maria sie damals ermorden wollte. Hast du diesen Cox erwischt, Monika, oder wie hieß der noch?«

»Ja. Er sagt, dass Jenny mit zwei Jahren eine Überdosis Schlaftabletten geschluckt hat, hält das Ganze aber für einen Unglücksfall. Lottie war übers Wochenende verreist und hatte Eva-Maria mit Jenny allein gelassen. Jenny hat die Tabletten auf Lotties Nachttisch gefunden und sie geschluckt. Lottie konnte Eva-Maria das offenbar nie verzeihen. Und das hat nun wiederum Eva-Maria ihr nicht verziehen.«

Daga nickte.

»Lottie scheint ja eine grauenhafte Mutter gewesen zu sein. Und was ist mit den Steinen, Allan?«

»Wir haben uns den angesehen, den Jenny Hagman bei sich hatte. Die Form passt nicht besonders gut zu den Verletzungen. Auf einem kleinen Parkplatz auf dem Hof stand ein ganzer Karton mit Betonklötzen in unterschiedlichen Größen, und wir sehen uns jetzt alle an. Gefunden haben wir noch nichts.«

Alles schwieg. Monika dachte an Richard. Jetzt musste sie alles auf eine Karte setzen.

»Jennys Hinterhofaktion ist noch in anderer Hinsicht wichtig. Sie beweist, dass Murad Idriss nicht angelogen hat«, sagte sie. »Er hat das erzählt, was er glaubt, gesehen zu haben, nämlich Pernilla. Er ist Jenny nie begegnet und hat sie deshalb nicht erkannt. Das kann auch bedeuten, dass er in Bezug auf Kassem die Wahrheit gesagt hat. Wir sollten unsere anderen Spuren nicht vergessen. Es hat sich zum Beispiel herausgestellt, dass eine Kollegin von Johan Lindén Lottie angerufen und ihr vorgeworfen hat, dass sie Johan daran hindert, ein eigenes Leben zu führen. Damit meinte sie, dass Lottie Johan daran hinderte, sie zu heiraten. Die Kollegin, meine ich.« Das alles hörte sich nicht unbedingt überzeugend an, und Monika fuhr hastig fort. »Dieses Gespräch hat Lottie zu den Drohbriefen inspiriert, sie wollte sie in ihrer Serie verwenden. Lottie hat sie in der Konditorei Oscar geschrieben.«

Daga zeigte sich alles andere als beeindruckt.

»Du hältst das doch wohl nicht für ein Mordmotiv? Dass ein spätes Mädchen nicht zum Zug kommt?«

»Sie dachte, Lottie hätte irgendeinen Zugriff auf Johan. Sie steht unter enormem Arbeitsdruck, sie ist vierzig Jahre alt und allein und sehnt sich nach einer Veränderung. Ich würde gern herausfinden, wo sie am Sonntagabend war.«

»Und wir anderen, die es im Moment auch schwer haben, sind ebenfalls potenzielle Mörder, willst du das hier andeuten?« Daga hob die Augenbrauen, bevor sie mit energischer Stimme hinzufügte: »Wir werden uns weiterhin auf Eva-Maria und Kassem konzentrieren. Wir müssen alle ihre Aussagen doppelt überprüfen und alle Informationen zusammentragen, die überhaupt nur auffindbar sind.«

Alle nickten ein wenig vage. Es war eine schlechte Prognose für einen Fall, wenn man nach drei oder vier Tagen noch immer nicht weiter kam, und Tatsache war, dass es ihnen nach wie vor an konkreten Anhaltspunkten fehlte. Aller Wahrscheinlichkeit nach würden die Ermittlungen im Fall Lottie Hagman immer weniger Priorität genießen und schließlich bei den anderen ungeklärten Fällen landen, die in ihren Ordnern lagen und auf weitere Bearbeitung warteten.

Ein Hinweis darauf, dass genau das eintreffen würde, war, dass Monika und Idriss einen Misshandlungsfall übernehmen mussten. Zwei junge Männer waren festgenommen worden und mussten vernommen werden. Monika würde versuchen müssen, ihre eigene Spur zu verfolgen, wenn sie ihren jungen Mann verhört hatte.

Er hatte einen pensionierten Bibliothekar von fünfundsiebzig Jahren zuerst ausgeraubt und dann geschlagen und getreten. Er konnte nicht erklären, warum er das getan hatte. Er konnte nur erklären, dass er wütend gewesen war. Wütend, weil er kein Geld hatte, weil Schweden ihm nicht die Chancen gab, die er verdient zu haben glaubte, weil er keine Freundin hatte. Die Vernehmung und die darauf folgende Papierarbeit nahmen beinahe zwei Stunden in Anspruch.

Danach dachte Monika wieder an Cilla. Sie hatte Monika doch schon erzählt, wie sie den Sonntagabend verbracht hatte. Monika versuchte sich an die Hundefutterrunde zu erinnern. Sie war sich fast sicher, dass Cilla gesagt hatte, sie und Taxita hätten am Vorabend ein Treffen von Ärztinnen besucht. Und wenn das stimmte, dann müsste sich doch feststellen lassen, ob sie gegen zehn Uhr in der Igeldammsgata gewesen sein konnte.

Monika rief im Västra Sjukhus an. Sie musste sich immer wieder daran erinnern lassen, dass derzeit alle Anschlüsse besetzt waren, dass die nächste Leitung aber bald für sie frei sein würde. Schließlich hörte sie die Stimme eines Telefonisten.

»Wissen Sie, ob es bei Ihnen im Krankenhaus eine Art Verein für Ärztinnen gibt?«

»Natürlich. Sie haben Glück – darüber stand vorige Woche etwas in der Hauszeitung, sonst hätte ich keine Ahnung. Warten Sie einen Moment, dann sehe ich nach.«

Es dauerte eine Weile. Offenbar hatte er die Zeitung nicht mehr zur Hand, aber am Ende hatte er sie doch gefunden.

»Hier. Was möchten Sie wissen?«

»Ich würde gern mit einem Mitglied dieses Vereins oder dieser Gruppe reden.«

»Mal sehen, sie nennen sich *Schwester Doktor.* Ich kann Sie mit Margareta Tibell verbinden, sie ist Anästhesistin und hat heute Dienst, wie ich sehe.«

Monika bedankte sich und stellte sich auf eine längere Wartezeit ein. Zu ihrer Überraschung wurde sie jedoch fast umgehend durchgestellt.

»Tibell.«

Die Stimme klang jung und munter.

»Hallo, ich rufe von der Kripo City an, Polizeiinspektorin Monika Pedersen. Ich suche Mitglieder von *Schwester Doktor,* bin ich bei Ihnen richtig?«

Margareta Tibell antwortete nicht sofort, und Monika nahm an, dass Margareta nach einem Grund suchte, aus dem eine Polizistin Interesse an ihrer Gruppe haben könnte. »Ja«, sagte sie nach einer Weile.

Da Monika sich vorstellen konnte, dass Margareta einen betäubten und pflegebedürftigen Patienten auf dem Operationstisch liegen hatte, kam sie rasch zur Sache: »Sie haben es sicher eilig, aber könnten wir uns vielleicht für einen passenderen Zeitpunkt verabreden?«

Doch sie hatte sich geirrt. Margareta hatte gerade Zeit, wenn es nicht allzu lange dauerte. Monika wagte nicht, direkt nach Cilla zu fragen.

»Können Sie mir etwas über diese Gruppe erzählen, wer ist bei Ihnen Mitglied und was machen Sie?«

»Die Gruppe wurde schon in den achtziger Jahren gegründet, als einige Ärztinnen erkannt hatten, dass sie im Grunde so ungefähr dieselben Probleme haben. Sie glaubten, wenn sie erst begriffen hätten, dass die Probleme nicht an ihnen selbst lagen, sondern sich aus dem System ergaben, dann könnten sie einen Zusammenbruch vermeiden und nach und nach vielleicht sogar die äußeren Bedingungen verändern. Inzwischen ist es eher eine Art Selbsthilfegruppe, wir schütten einander unser Herz aus und helfen uns gegenseitig. Wir treffen uns ganz einfach, um einen netten Abend miteinander zu verbringen. Alle Ärztinnen können mitmachen, wir haben keine offizielle Mitgliedsliste, wir informieren einfach jede Abteilung über den nächsten Termin, und wer Lust hat, kann kommen.«

»Wann war das letzte Treffen?«

»Am Sonntag, bei mir zu Hause.«

»Da müssen Sie ja ein großes Wohnzimmer haben.«

»Ach, so viele kommen meistens nicht. Die eine hat am nächsten Tag Dienst, die andere am selben Abend, wieder eine andere hat gerade Dienst gehabt und muss schlafen, manche haben keine Kraft mehr oder Mann und Kinder brauchen sie... oder sie haben die Sache aufgegeben. Es sind vor allem wir Jüngeren, die sich treffen. Am Sonntag waren wir etwa zehn.«

»Wo wohnen Sie?«

»Kungsholms Strand 185, ganz am Ende der Igeldammsgata.«

Monikas Herz wies überflüssigerweise darauf hin, dass Margareta Tibell ihr eine enorm wichtige Information geliefert habe.

»Würden Sie mir bitte erzählen, worüber Sie gesprochen haben?«

Margareta Tibell schien diese Frage für ganz natürlich zu halten.

»Über alles Mögliche«, sagte sie einfach. »Unter anderem über die Arbeit in Afrika und so. Ich habe gesagt, dass alle jungen Mädchen, die unbedingt in die Ferne ziehen und den Menschen helfen wollen, erst einmal zwei oder drei eigene Kinder zur Welt bringen und sie nach besten Kräften zu guten und liebevollen Menschen erziehen sollten. Danach können sie noch immer durch die Weltgeschichte gondeln und anderen helfen, dasselbe zu tun. Agneta, eine Kinderpsychiaterin, die keine Kinder hat, hielt das für den totalen Schwachsinn, einige andere gaben mir Recht, es gab allerlei unterschiedliche Ansichten, Sie wissen ja sicher, wie das ist.«

Es war noch immer möglich, dass Cilla auf einem ganz anderen Treffen an einem ganz anderen Ort gewesen war. Wie sollte Monika das herausfinden?

Sie konnte einfach nicht länger um den heißen Brei herumreden.

»War Cilla aus der Klinischen Physiologie dabei?«

»Ja. Warum?«

»Wissen Sie noch, wann sie gegangen ist?«

»Ja und nein. Sie ist sozusagen zweimal gegangen.«

»Könnten Sie mir das erklären?«

»Janina, die eine Kollegin, ist frisch verheiratet und schwanger und kann nur Limonade Marke Zingo trinken, und diese Limonade war alle. Cilla hat sich angeboten, Nachschub zu besorgen. Oben in der Alströmergata ist ein Kiosk, der erst um zehn schließt. Deshalb weiß ich, wann sie gegangen ist, wir haben noch gesagt, dass sie immerhin nicht laufen müsste. Sie ist um zwanzig vor zehn gegangen und war gegen zehn wieder da.«

»Samt Zingo?«

»Ich nehme es an. Ich habe ihr nicht aufgemacht, ich war gerade in der Küche. Später ist sie dann natürlich noch einmal gegangen, aber da habe ich nicht auf die Uhr gesehen. Es muss so gegen halb zwölf gewesen sein. Warum wollen Sie das alles wissen?«

Monika gab keine Antwort, sondern bedankte sich einfach für die Auskünfte und deutete an, dass Margareta ihre Aussage eventuell schriftlich zu Protokoll geben und unterschreiben müsste. Nach den Feiertagen vermutlich.

Monika sah die Szene vor sich. Cilla und die schwangere Janina. Die Schwangerschaft ist ein Beweis dafür, dass Janina nicht nur als Ärztin erfolgreich ist, sondern auch als Frau, sie zeigt, dass ein Mann sie gewollt hat, vorübergehend zumindest, und ihr Ring zeigt, dass er sie auch auf lange Sicht will. Die Schwangerschaft wird sie außerdem für eine gewisse Zeit aus der Tretmühle befreien.

Welche Gefühle könnte das in Cilla geweckt haben?

Könnte Lottie noch am Leben sein, wenn Janina beschlossen hätte, dieses Treffen ausfallen zu lassen? Denn das alles konnte doch kein Zufall sein. Monika versuchte ihre Erregung mit dem Gedanken zu dämpfen, dass noch andere Frauen von der Klinischen Physiologie Zugang zu Johans Geheimnummer hatten, und damit hätten auch sie Lottie anrufen können. Garantiert wimmelte es in der Klinischen Physiologie nur so von jungen Krankenschwestern, biomedizinischen Analytikerinnen und anderen Berufsgruppen, von denen Monika nie auch nur gehört hatte. Bestimmt war Johan zu den anderen ebenso reizend gewesen wie zu Cilla.

Sie musste mit ihm sprechen. Und zwar sofort. Sie rief in der Storgata an. Es würde sie nicht wundern, wenn er dort ausgezogen oder verreist wäre, aber das war er nicht. Er hatte sofort Zeit zu einem Gespräch.

40

Monika fuhr mit der U-Bahn nach Östermalm. Wenn Daga mit dieser Eigenmächtigkeit nicht zurechtkommen würde, dann könnte Monika sich versetzen lassen. Sie könnte kündigen, wie Janne, die Versicherungsgesellschaften stellten gern Leute von der Polizei an. Die Arbeit dort klang langweilig, aber geruhsam. Sie könnte vielleicht auch nach Brüssel ziehen, wie eine ehemalige Kollegin, die dort als Putzfrau in einem EU-Büro mehr verdiente als früher in Schweden als Polizistin. Monikas Angst vor der Zukunft war plötzlich nicht mehr ganz so groß, und es war ein befreiendes Gefühl.

Offenbar hatten sie Lottie von Anfang an aus einer falschen Perspektive betrachtet, dachte sie. Sie hatten nach Menschen gesucht, denen Lottie etwas angetan hatte. Sie hatten die Augen auf Eva-Maria, Richard Cox, Cassem gerichtet und waren für alles andere blind gewesen. In Wirklichkeit hatte der Schlüssel bei der warmen, witzigen, lebhaften Lottie gelegen. Sie hätten dem Steuerberater, Dahlia und Johan besser zuhören sollen. Johan hatte sich von Lotties gemütlichem Zuhause angezogen gefühlt, ihre Art, so intensiv im Jetzt zu leben, hatte ihm das gegeben, was er gebraucht hatte. Wenn Monika Recht hatte, wenn Cilla tatsächlich Lottie bedroht hatte, nachdem Cilla geglaubt hatte, dass sie und Johan zusammenziehen würden, wenn Lottie erst aus dem Weg war. Und auf diese Frage würde sie bald eine Antwort erhalten.

Sie stieg am Östermalmstorg aus und ging durch die Storgata. Sie spürte die Kälte kaum noch. Möglicherweise klingelte sie zum letzten Mal an der schweren Tür, dachte sie.

Pernilla, die öffnete, sah sie gespannt an: »Warum ist Johan plötzlich so wichtig? Ich dachte, er hätte das perfekte Alibi.«

Als sie Monikas Gesichtsausdruck sah, verschwand sie jedoch ohne ein weiteres Wort, um Johan zu holen.

Johan sah aus wie immer, und Monika hätte ihn am liebsten an den Schultern gepackt und geschüttelt. Sie wollte in seinem verbindlichen Gesicht endlich einen Ausdruck sehen, am besten den des Schmerzes.

Voller Unbehagen dachte sie an die Untersuchung, die ihr bevorstand.

Sie war zu müde, um sich ihrem Thema behutsam zu nähern.

»Johan, wissen Sie noch, dass Sie mich nach meinen Träumen gefragt haben?«

»Ja«, antwortete er in abwartendem Tonfall, als habe sie durch diese persönliche Frage eine Distanz zwischen ihnen geschaffen.

»Können Sie sich auch daran erinnern, ob Sie jemals Cilla danach gefragt haben?«

»Mein Gedächtnis funktioniert einwandfrei. Natürlich kann ich mich daran erinnern. Ich habe Cilla gefragt, ich habe auch viele andere gefragt.«

»Erzählen Sie mir mehr darüber.«

»Viel mehr gibt es da nicht zu erzählen. Wir saßen abends oft noch zusammen, einfach, weil wir zu müde waren, um nach Hause zu gehen. Ich nehme an, dass diese Müdigkeit auch bei der Polizei bekannt ist.«

»Und?«

»Tja, sie hatte dieselben Träume wie alle vierzigjährigen Frauen. Ein großes rosa Haus und einen Garten mit Obstbäumen. Dazu Kinder und Hunde und alles, was dazu gehört.«

»Und ich nehme an, Sie haben gesagt, dass sich das wunderbar anhört und dass Sie sich das auch alles wünschen?«

Er schwieg eine Weile. »Worauf wollen Sie hinaus?«, fragte er schließlich.

»Haben Sie sie geküsst?«

»Sie ist nicht attraktiv.«

»Haben Sie sie geküsst?«

»Nur einige Male, kaum der Rede wert.«

»Aber sie hat das anders verstanden, oder? Sie dachte,

sie sei Ihnen wichtig, Sie wollten mit ihr zusammen sein und hätten dieselben Träume wie sie. Und als sie Sie beim Wort genommen und angefangen hat, Sie anzurufen, haben Sie sich bei Lottie verkrochen.«

»Sie wollte gar nicht mich. Sie wollte nur ein anderes Leben als das, das sie sich geschaffen hatte, und das konnte ich ihr nicht bieten.« Seine Stimme klang inzwischen eine Spur härter.

»Sie wollte einen Mann, ein Zuhause, ein Leben neben ihrer Arbeit. Sind das für Sie übertriebene Ansprüche?«

»Alle Ansprüche an das Leben sind übertrieben. Wir wollen alle mit zwei Händen und zwei Füßen geboren werden. Aber nicht einmal das ist allen vergönnt. Und wenn wir uns dann auch noch Schönheit und eine Villa mit Kindern und Hunden wünschen, dann müssen wir einfach enttäuscht werden. Ich bin nicht daran schuld, dass sie mit ihrem Leben unzufrieden war. Und es ist nicht meine Aufgabe, ihre Probleme zu lösen.«

»Ein Unterschied ist immerhin, dass Sie aufhören konnten, und das konnte sie nicht.«

»Wieso nicht? Sie hat niemanden zu versorgen, sie hätte sich eine andere Arbeit suchen können, irgendetwas, sie hatte jede Menge Möglichkeiten.«

»Vielleicht fühlt sie sich für die Kranken verantwortlich.«

»Im Gegensatz zu mir, meinen Sie? Aber warum sollte ich mich für eine Tätigkeit verantwortlich fühlen, auf die ich keinerlei Einfluss habe? Warum soll ich für die Politiker die Kastanien aus dem Feuer holen und mir die Finger verbrennen, wenn niemand mir dabei zusieht oder mir dankt? Cilla hatte keine Initiative, sie hat einfach nur dagesessen und auf Rettung gewartet. Sie glauben doch wohl nicht im Ernst, ich hätte sie aus diesem Grund heiraten sollen?«

»Sie sind in ein überaus einsames und verletzliches Leben eingedrungen.«

»Unsinn. Jedes Leben ist einsam und verletzlich, Cillas noch weniger als viele andere. Sie hat einen Job, ein Einkommen, keine Geldsorgen, persönliche Freiheit. Was sie daraus macht, ist ihre Sache.«

Weil ich das sehe, was er nicht sieht, werden bei der Polizei Frauen gebraucht, dachte sie. Deshalb werde gerade ich gebraucht.

Sie erhob sich.

»Zwei gute Ratschläge, Johan«, sagte sie. »Fragen Sie Frauen nicht nach ihren Träumen, wenn Sie nicht wollen, dass diese Frauen sich danach für Sie interessieren. Und küssen Sie keine Frauen, die Sie nicht attraktiv finden, jedenfalls nicht, wenn diese Frauen einsam sind.«

Sie drehte sich um und ging, ohne sich zu verabschieden. Das Geräusch ihrer Schritte wurde von dem dicken Teppich verschluckt, und plötzlich sah sie Pernilla und Dahlia eng umschlungen in der Diele stehen. Zuerst begriff sie nicht, was sie dort machten, dann erkannte sie, dass Dahlia Pernillas Hals küsste, langsam und sinnlich. Pernilla hatte die Augen geschlossen, ihre Hände waren in Dahlias dunklen Haaren vergraben, und sie hatte den Kopf in den Nacken gelegt, wodurch ihr Hals noch länger aussah als sonst.

»Weiter, nicht aufhören …«, flüsterte Pernilla.

»Ich kann nicht aufhören, ich will nicht, ich kann nicht …«

Monika wusste nicht, was sie tun sollte. Sollte sie husten, so wie Idriss? Sollte sie ins Wohnzimmer zurückgehen und dann noch einmal herauskommen, dieses Mal lauter? Und was sollte sie sagen?

Mikael hätte sich ihrer geschämt, so viel stand zumindest fest. Sie hatte doch tatsächlich angenommen, Sex sei immer heterosexuell und alle Paare bestünden aus einem Mann und einer Frau. Obwohl Richard Lottie doch als heimlich hetero bezeichnet hat, was bedeuten mußte, dass sie auch Frauen nicht abgewiesen hatte. Und wenn Lottie Liebhaberinnen gehabt hatte und Dahlia und Pernilla ein Paar waren, dann sah die Situation doch wieder vollkommen anders aus.

Wenn nun Dahlia, die zierlich und dunkel war, so wie Lottie, ihre Geliebte gewesen war? Und wenn sie deshalb praktisch umsonst hier gewohnt hatte, und wenn Jenny sie deshalb nicht leiden konnte? Und wenn Dahlia sich dann in Pernilla verliebt hatte, was hatte dann alles passieren können? Pernilla hatte kein eigenes Geld, und Lottie war zwar großzügig gewesen, wenn ihr das gerade in den Kram gepasst hatte, aber sie hätte wohl kaum auch nur einen Öre herausgerückt, wenn Pernilla und Dahlia sich zusammengetan hätten. Keine von beiden hatte ein hieb- und stichfestes Alibi. Pernilla hätte Lottie in die Igeldammsgata locken können, da ihr klar gewesen sein musste, dass alle Angehörigen in Verdacht geraten würden, wobei Eva-Maria und Kassem für die Polizei aber besonders interessant waren. Sie hatte vielleicht sogar gewusst, wann Kassem von der Arbeit nach Hause kam, und sie hatte früher an diesem Sonntag mit Eva-Maria gesprochen und bestimmt erfahren, dass sie allein in der Wohnung war.

Monika sah Dahlia und Pernilla nicht mehr, sondern hörte nur noch Pernillas ein wenig heisere Stimme. »Was, wenn uns jemand sieht?«

»Das macht nichts. Es wird nie mehr eine Rolle spielen. Jetzt gehörst du mir.«

Sie schwiegen wieder, dann glaubte Monika einen Kuss zu hören. Was sollte sie nur tun?

Dann wurde sie von Dahlias heiserer und atemloser Stimme aus ihren Überlegungen gerissen. »Auf das hier warte ich schon so lange. VERDAMMTER SCHEISSTEXT!

WIE, ZUM TEUFEL, KANN IRGENDJEMAND SOLCHEN MÜLL SCHREIBEN? ICH WERDE NOCH VERRÜCKT!«

Pernilla kicherte. »Ich kann nicht, ich will nicht aufhören…«, sagte sie mit affektierter Stimme.

Jetzt prusteten Pernilla und Dahlia los, und Monika hustete, während sie in die Diele hinausging.

Dahlia und Pernilla blätterten in einem dicken Rollenheft.

»Hallo«, sagte Dahlia. »Seien Sie froh, dass Sie keine Schauspielerin sind, die jede Rolle annehmen muss. Ich soll vielleicht einen lesbischen Teenager spielen, was immer das sein mag. Stellen Sie sich vor, ich soll mit inniger Betonung verkünden, dass mir die Ausbeulung in der Hose wirklich nicht fehlt.«

»Seien Sie froh, dass Sie Ihre Wohnung nicht mit Leuten teilen müssen, die sechzehnjährige Lesben spielen müssen und Sie zum Textüben benutzen!«, fügte Pernilla hinzu.

»Jeder Job hat seine nervigen Seiten. Es gibt Schlimmeres, als Dinge sagen zu müssen, mit denen man sich nicht identifizieren kann, das kann ich Ihnen sagen.«

Dahlia und Pernilla hatten aufgehört zu lachen, fragten aber nicht, wie die Ermittlungen liefen oder warum Monika mit Johan hatte sprechen wollen. Monika ging davon aus, dass die beiden ihr sowohl als Mensch als auch als Polizistin misstrauten. Sie verabschiedeten sich voneinander und sie überließ die beiden ihrem Rollenheft. Sie lebten definitiv in einer anderen Welt und hatten Lottie vermutlich nicht getötet. Zugleich jedoch waren sie Monika noch vor wenigen Minuten als potenzielle Mörderinnen erschienen. Das machte ihr Angst und erinnerte sie daran, wie wenig fundiert ihre Überlegungen eigentlich waren.

Auf der Straße schien die Kälte tiefer unter ihre Haut zu kriechen als zuvor. Sie fragte sich, ob sie sich vielleicht an

Cilla klammerte wie eine Ertrinkende an ein sinkendes Floß, oder ob sie wirklich einen Schritt weitergekommen war. Jetzt wusste sie mit Sicherheit, dass Cilla sich für Johan interessiert hatte, sie hatte seine persönlichen Fragen und seine achtlosen Küsse überinterpretiert. Aber von dort bis zu einem Mord war es noch immer ein weiter Weg.

Sie fuhr mit der U-Bahn zur Wache zurück und ließ sich einen Wagen zuteilen. Sollte Daga doch sauer sein, Monika wollte sich darüber den Kopf nicht mehr zerbrechen. Sie fuhr am Tatort vorbei und stellte den Wagen vor Margareta Tibells Haus ab.

Das Haus war hoch, fast quadratisch und es stand in dem Winkel, den Kungsholms Strand und Igeldammsgata an dieser Stelle bildeten. Monika ging die Igeldammsgata hinauf. Hier war Cilla am Sonntagabend gewesen, so viel stand fest. Sie ging am Durchgang vorbei zu der Treppe, auf der Lotties Leben ein jähes Ende gefunden hatte, ging vorbei am Haus von Eva-Maria und Kassem und am nächsten Haus, das sie sich unter normalen Umständen genauer angesehen hätte. Sie dachte vor allem darüber nach, wie Cilla zu Mute gewesen sein mochte, als sie Taxita an die Leine genommen hatte, um zum Kiosk zu gehen. War ihr dabei bewusst geworden, dass sie den letzten Rest Spielraum in ihrem Leben verloren hatte? Dass sie niemals Kinder haben würde, dass es für sie nur Einsamkeit und Arbeit gab? Dass ihre Arbeit ihr Privatleben aufgefressen und ihr nichts zurückgegeben hatte? Dass die Arbeit zu einem Keuschheitsgürtel geworden war, zu dem es keinen Schlüssel gab und aus dem sie niemals befreit werden würde?

Schließlich hatte Monika die Alströmergata erreicht, die ebenfalls zu ihren Lieblingsstraßen gehörte und von der Igeldammsgata abging und die am Anfang mit Kastanien bepflanzt war, wie eine kleine Allee, die am Kiosk endete.

Das einzige Schild verkündete, dass der Kiosk Benneboden hieß.

Für diesen Weg hatte Monika genau fünf Minuten gebraucht.

Die Schlagzeilen bewiesen, dass die Presse ihr Interesse an Lottie weniger schnell verloren hatte als die Polizei. Der Presse kam ja auch nichts anderes dazwischen, nichts zwang sie, das Alte auf sich beruhen zu lassen und sich stattdessen den aktuellen Dingen zu widmen. Auf jeden Fall hatte jemand offenbar Informationen über Kassem gestreut, und die Schlagzeilen verkündeten, dass Lotties Publikum nun jederzeit mit einer Festnahme rechnen könnte. Ein Mann, der seit über fünfzehn Jahren in Schweden lebte und in einer engen Beziehung zu einer Verwandten von Lottie stand, sei so gut wie überführt.

Verdammt.

Monika dachte an Murad und beschleunigte ihre Schritte. Sie hatte ihren Fall vielleicht noch längst nicht geklärt und durfte jetzt nicht aufgeben.

In dem kleinen Kiosk wurde fast alles verkauft, das man plötzlich vermisste, wenn man es dringend brauchte.

Ein großer Mann mit dunklem Teint lächelte ihr freundlich entgegen, fast wie ein alter Bekannter. Sie rechnete schon mit der Frage, ob sie gerade erst hergezogen sei und wie das Viertel ihr gefalle.

»Hallo. Ich komme von der Polizei.«

Auf seinem freundlichen Gesicht stand nicht die geringste Nervosität, sondern nur echtes Interesse. Der Mann hatte offenbar das reinste Gewissen in der ganzen Stadt.

»Was kann ich für Sie tun?«

Er machte einige Schritte auf sie zu. Weiche geschmeidige Schritte, in seinem ganzen Körper schien es nicht einen angespannten Muskel zu geben.

»Ich möchte wissen, wer am Sonntagabend kurz vor Ladenschluss hier war. Wissen Sie, wer an dem Abend Dienst hatte?«

»Ja. Ich. Ich bin Benne.«

»Was für ein Glück. Haben Sie ein gutes Gedächtnis?«

»Ein sehr gutes. Was möchten Sie wissen?«

»Hatten Sie so ungefähr um Viertel vor zehn eine Kundin, eine Frau mit einem kleinen Hund?«

»Aber ja. Sie hatte den Hund unter dem Arm, einen wirklich winzigen schwarzen Dackel, der vor Kälte zitterte. Merkwürdig, dass sich jemand bei unserem Klima ausgerechnet so einen zulegt.«

»Wissen Sie noch, was sie gekauft hat?«

»Ja. Eine Anderthalbliterflasche Zingo, so eine.«

Benne hielt ihr eine große Glasflasche hin, und Monika wiegte sie in ihrer Hand hin und her.

Schwer genug war die Flasche immerhin.

»Wie hat sie sie getragen?«

»Ich habe ihr eine Tüte gegeben.«

Er griff nach einer Plastiktüte und steckte die Flasche hinein.

»So eine.«

Monika nahm die Tüte mit der Flasche und schwenkte sie ein wenig hin und her. Haltbares Material, Plastik. Wenn diese Flasche einige Male herumgeschwenkt wurde und dabei an Tempo gewann, dann konnte man damit bestimmt auch noch härtere Schädel einschlagen als Lotties.

Sie bedankte sich bei Benne und kündigte an, dass sie ihn wahrscheinlich zu einem offiziellen Verhör auf die Wache bestellen würden.

Jetzt hatte sie alles. Motiv, Gelegenheit und Waffe. Sie musste ganz einfach richtig liegen mit ihrer Vermutung. Aber Cilla hatte sich nicht bewaffnet, sie hatte keinen Mord geplant, sie hatte sich einfach nur angeboten, kurz zum Kiosk zu gehen. Wenn sie statt der schweren Flasche eine Packung Butter oder Zigaretten gekauft hätte, dann wäre Lottie vermutlich noch am Leben.

Monika bekam eine Gänsehaut. Das Leben war unkontrollierbar. Und traurig. Wenn sie gekonnt hätte, dann hätte sie eine andere Lösung gesucht.

Sie wollte auf jeden Fall mit Cilla sprechen, ehe sie zu Daga ging. Am liebsten wäre sie überhaupt nicht zu Daga gegangen.

Sie brauchte nur wenige Minuten, um zum Krankenhaus zu gelangen, und noch einige weitere, um mit dem Fahrstuhl in die Klinische Physiologie zu fahren. Schwester Anita begrüßte sie mit einem Lächeln und sagte, Cilla sei in Untersuchungsraum 3 zu finden.

41

Monika fand Untersuchungsraum 3 und schaute hinein. Der Körper auf der Untersuchungsliege sah so unmöglich klein aus, zu klein, um überhaupt atmen zu können, zu klein zum Leben. Sicher war das die kleine Camilla, für die Cilla auf ihren Zahnarzttermin verzichtet hatte. Auf einem Stuhl neben der Liege saß eine bleiche Frau mit verweinten Augen, einem runden weißen Gesicht und dunkelbraunen Haaren mit grauen Strähnen. Sie sah alt aus für die Mutter eines Neugeborenen, und für einen Moment fühlte Monika sich von ihrer Verletzlichkeit überwältigt. Ihr Kind war bewusstlos, lag vielleicht im Sterben, und war durchbohrt von Kathetern, die wie gigantische Parasiten durch die engen Blutgefäße krochen. Monikas Probleme wirkten im Vergleich dazu geradezu banal.

Sie schaute zum Fernsehschirm hinauf; irgendetwas pulsierte mit regelmäßigen Schlägen, das Herz pumpte immerhin tapfer, und nur ein langer dünner Katheter war zu sehen. Cilla stand neben der Liege, hatte eine Hand auf den kleinen Bauch gelegt und schien ihr Instrument durch den Nabel einzuführen. Monika erschauderte. Cilla bewegte den Katheter, während sie mit der Krankenschwester sprach. Plötzlich schien sie Monikas Anwesenheit zu bemerken und drehte sich um.

Die Zeit schien einen Augenblick lang still zu stehen und Monika konnte sich die Details einprägen: Cillas blaugraue Augen, die sich über dem Mundschutz erweiterten, der winzige Brustkorb, der sich hob, wenn die Luft in die Lunge gedrückt wurde, die Schwester, die mit einem dunklen, fast schwarzen Gesicht hochsah, der Katheter, der in einem dünnen Bogen in das falsch konstruierte Herz der kleinen Camilla hineinragte.

Plötzlich war der Augenblick vorüber. Cilla fuhr zusammen, und der Katheter entglitt ihrer Kontrolle und knallte gegen die dünne Herzwand. Die Maschine heulte auf, und ein grüner Monitor, der die regelmäßige Herzaktivität angezeigt hatte, lieferte einige chaotische Striche.

Die Frau auf dem Stuhl wimmerte leise. Sie kniff die Augen zu und verschränkte die Hände so fest ineinander, dass ihre Fingerknöchel weiß wurden.

»Wir müssen defibrillieren.« Cilla hatte ihre Stimme vollkommen unter Kontrolle. Hiermit kannte sie sich aus. »Weg von der Liege.«

Monika sah, dass die Schwester zwei mit Handgriffen versehene Platten holte und dass Cilla die Platten in den Apparat schob.

Das reichte. Sie machte kehrt und lief so schnell zum Fahrstuhl, wie sie nur konnte. Mit welchem Recht setzte sie

Camillas Leben aufs Spiel, was interessierte die Mutter der Kleinen im Moment Lottie oder sonst irgendwer? Vielleicht hatte Richard Cox Recht – vielleicht war es sinnlos, einen einzelnen Menschen zu suchen, vielleicht war das so, als drehe man jedes Fünfzigöre-Stück dreimal um, während man gleichzeitig durch unkluge Investitionen Millionen verlor.

Sie war jedenfalls der Ansicht, die Aufgabe gelöst zu haben, wenn sie nun darin bestanden hatte, die Umstände zu klären, unter denen Lottie gestorben war.

Die Antwort auf das »Wer« war Cilla. Die Antwort auf das »Wie« war, dass Cilla ihre Plastiktüte mit der schweren Flasche so heftig geschwenkt hatte, dass sie Tempo und Kraft genug gewonnen hatte, um beim Aufprall auf Lotties zerbrechlichen Hinterkopf den Schädelknochen zu zerstören. Die Antwort auf das »Warum« war, dass Lotties Tod einen Mann befreien und Cillas Leben in eine andere, bessere Bahn lenken sollte. Die Antwort auf das »Wann« und das »Wo« hatten sie die ganze Zeit über gewusst.

Sie fühlte sich seltsam leer, und sie fragte sich, wie es wohl mit der kleinen Camilla weitergehen würde. Ob es ihr Pech war, dass Monika gerade in einem kritischen Moment vorbeigekommen war, so wie es vielleicht Lotties Pech gewesen war, dass sie am Sonntagabend Cilla begegnet war.

Die Frage war, was sie mit ihren neuen Erkenntnissen anfangen sollte. Sie weitergeben oder sie verschweigen? Was spielte es eigentlich für eine Rolle? Daga konnte ja trotzdem weiterhin nach Beweisen gegen Eva-Maria und Kassem suchen, wenn sie das unbedingt wollte. Es gab keinen Grund, sich anzustrengen. Welche Rolle spielte schon ein ungelöster Fall in der großen Konkursmasse? Monika hatte plötzlich das Gefühl, als hätte sie das Muster ihrer Arbeit durchschaut, die im Grunde nur aus inhaltslosen Gesten bestand, die sie sich eigentlich auch gleich sparen könnte.

Die alten Wahrheiten waren offenbar irgendwo unterwegs gestorben, die alten Selbstverständlichkeiten waren zu Zweifeln zerfallen. Und jetzt konnten die Sozialarbeiter übernehmen.

Mechanisch fuhr sie zur Wache zurück und gab den Wagen ab.

Bald würden immerhin die Weihnachtsfeiern anfangen, auch wenn sie sich ein Fest unter diesen Umständen nicht mehr vorstellen konnte.

Ihr fiel ein, dass sie nichts anzuziehen hatte, da sie nicht zu Hause gewesen war, nahm aber an, dass sie sich von Sara etwas leihen könnte, die immer allerlei in ihrem Büro hatte und es bei Bedarf gern verlieh. Sie klopfte an ihre Tür und bekam wirklich eine schwarze Strumpfhose, einen schwarzen Rock und einen weichen roten Wollpullover. Sie erkannte sich selbst kaum wieder, doch das passte ja zu ihrem Inneren, das ihr ebenfalls irgendwie fremd erschien.

Die Weihnachtsfeier wurde aus einer so genannten Festkasse finanziert, die jedoch im Zuge der allgemeinen Einsparungen ebenfalls geschrumpft war, weshalb das Festkomitee mit zu wenig Geld und zu wenig Zeit an die Vorbereitungen gegangen war. Aber auch ein üppiges und gut geplantes Fest hätte in diesem Jahr die Stimmung auf der Wache wahrscheinlich nicht steigern können.

Monikas erster Eindruck von dem Fest war nicht gerade ermutigend. Sie ging auf Idriss zu, der sich mit einigen alten Kollegen aus der Ausländerabteilung unterhielt. Als sie näher kam, hörte sie ihn sagen:

»Ihr versucht eine Schnellvariante der multikulturellen Gesellschaft zu entwickeln – schwupp! Ihr glaubt, die, die herkommen, wollen so sein wie ihr, und dann seid ihr überrascht und gekränkt, weil das nun einmal einfach nicht der Fall ist. Wir anderen, die seit Jahrhunderten in multikulturellen Gesellschaften leben, wissen, dass es lange dauert, wenn es überhaupt möglich ist, einen Weg zu einem gemeinsamen Leben zu finden – seht euch doch die Christen in Ägypten an, die Juden in Äthiopien, die Muslime in Indien. Oder haltet ihr die schwedische Kultur für dermaßen überlegen, dass sie durch ihre bloße Existenz andere dazu bringen muss, ihre alten Weltbilder aufzugeben?… Hallo, Monika.«

Er stellte sie den anderen vor, und sie plauderten noch eine Weile über das Wetter, über die Kripo im Allgemeinen, über Weihnachten. Lottie wurde nicht erwähnt. Dann löste die kleine Gruppe sich auf, und Monika konnte ungestört mit Idriss reden.

»Ich glaube, ich weiß jetzt, was passiert ist.«

»Kassem war es nicht, oder?«

»Nein.«

Sie berichtete von ihren Überlegungen, ihrem Verdacht und ihrem Ergebnis. Er lauschte wie immer aufmerksam und nickte ab und zu.

»Was soll ich jetzt tun?«, fragte sie. Sie brauchte wirklich eine Antwort.

Doch er stellte stattdessen eine Frage.

»Wenn sie sich Kinder wünscht, warum hat sie sich dann nicht einfach eins zugelegt? Ich war immer schon der Meinung, dass Frauen es in dieser Hinsicht viel leichter haben. Sie hätte sich irgendeinen Mann nehmen und schwanger werden können oder nach Kopenhagen fahren, zu einer künstlichen Befruchtung. Sie hätte ein Kind adoptieren können… warum war dieser Johan so wichtig, dass sie seinetwegen zu einem Mord bereit war? Ist er so attraktiv?«

Monika seufzte.

»Danke. Du machst mir klar, dass ich gebraucht werde, als Polizistin, meine ich. Johan war nicht unbedingt attraktiv, aber er konnte ihr alles geben, was sie brauchte, das hat sie zumindest geglaubt. Eine Familie. Einen Zusammenhang. Sie hält es wohl nicht für richtig, sich ganz allein Kinder zuzulegen, sie ist ja selbst mit nur einem Elternteil aufgewachsen.«

Idriss machte ein besorgtes Gesicht.

»Ich weiß ja nicht, wie du die anderen dazu bringen willst, in den nächsten Tagen den Fall weiterzuverfolgen.«

»Das spielt vielleicht keine Rolle. Und das ist eigentlich mein größtes Problem. Ich weiß nicht, was ich machen soll. Sie ist doch keine Gefahr für die Allgemeinheit, eher im Gegenteil.«

»Aber natürlich spielt es eine Rolle, was glaubst du denn? Willst du denn, dass wir uns gegenseitig nach Lust und Laune aus dem Weg räumen können? Meinst du, du kannst das einfach zulassen, weil du müde bist? Nur weil dir alles zu viel wird? Oder weil sie dir Leid tut?« Er nahm sie einen Moment in den Arm. »Du bist doch gar nicht bereit, die Sicherheit, die wir hier in dieser Gesellschaft genießen, über Bord zu werfen. Sonst wäre dir das nämlich alles egal. Und dann wärst du nicht bei der Polizei.«

»Hallo, was ist denn hier los?« Sara kam vorbei, verschwand aber sofort wieder, als sie Monikas und Idriss' ernste Gesichter sah.

»Mein Onkel war Kinderarzt«, sagte Idriss, als Sara gegangen war. »Er half Groß und Klein, aber eines Tages wurde er liquidiert. Ohne Gerichtsverhandlung, ohne einen anderen Grund als den, dass er im Ausland studiert hatte und deshalb womöglich nicht voll hinter dem Regime stand. Er hat sich nicht einmal für Politik interessiert, das war einer der Gründe, weshalb er Medizin studiert hatte. Verstehst du, wie dankbar du dafür sein musst, dass so etwas hier nicht passieren kann? Begreifst du, was es bedeuten würde, von diesem Prinzip abzuweichen?«

»Das ist ja gerade das Unheimliche. Dass ich nicht mehr weiß, ob ich das wirklich wichtig finde. Ich bin nicht durch rationale Überlegungen so weit gekommen, ich merke einfach nur, dass ich nicht mehr weiß, wie ich mich verhalten soll. Ich habe das Gefühl, dass ich keinen Respekt mehr vor meiner Arbeit habe. Sie nicht wichtig finde. Und dann geht plötzlich alles verloren, was zuvor noch selbstverständlich war.«

»Weißt du, was Sonja immer sagt? Dass der Beruf für Männer eine Herausforderung ist, eine Hierarchie, in der sie nach oben kommen wollen. Für Frauen dagegen ist er eine weitere Beziehung, beladen mit Deutungen und Gefühlen. Warum müsst ihr immer alles so kompliziert machen?« Er hatte sich jetzt regelrecht in Rage geredet, und die umstehenden Kollegen versuchten vergeblich, ihre Neugier zu verbergen. »Weißt du, was Priester denen sagen, die ihren Glauben verloren haben? Geh weiter in die Kirche, hör nicht auf zu beten, verhalte dich so, als würdest du Gottes Anwesenheit noch immer spüren. Oft klappt das. Du solltest dasselbe tun. Du musst weiterarbeiten, als wärst du noch immer überzeugt davon, dass es richtig ist, dass es wichtig ist, dass deine Ziele der Mühe wert sind. Ich weiß, dass sie das sind, und deshalb werde ich diese Überzeugung stellvertretend für dich übernehmen, bis deine eigene sich wieder einstellt.«

Sie umarmte ihn spontan. Was den übrigen Gästen nicht entging.

»Also los«, sagte er. »Mach deine Arbeit so gut, wie es überhaupt nur möglich ist.«

Er hatte Recht. Doch bevor sie weitermachte, wollte sie

mit Cilla sprechen. Sie ging in ihr Büro und wählte Cillas Durchwahl. Cilla meldete sich nicht. Schließlich konnte Monika sich nicht mehr einreden, dass Cilla sich nur schnell einen Kaffee oder einen Krankenbericht holte, und gab auf.

Sie bereute, dass sie am Vormittag so unvorbereitet im Krankenhaus aufgetaucht war. Sie bekam eine Gänsehaut, wenn sie an das Herz der kleinen Camilla dachte und hoffte inbrünstig, dass Cilla es wieder zum Schlagen gebracht hatte. Sie dachte zurück an Cillas Augen, die sie über den Mundschutz hinweg angesehen hatten. Hatte nicht Resignation darin gestanden, hatten sie nicht gezeigt, dass sie wusste, weshalb Monika gekommen war, dass sie alles akzeptierte, was als Nächstes passieren würde?

War es denn überhaupt möglich, zwei sinnreich konstruierten Öffnungen im Hautkostüm so viele Informationen zu entnehmen?

Sie fragte sich, ob Cilla vielleicht auch mit ihr reden wollte und musterte misstrauisch ihren Anrufbeantworter. Es überraschte sie, dass das rote Lämpchen nicht längst durchgebrannt war. Monika wollte nicht an alle erinnert werden, bei denen sie sich im Laufe dieser Woche nicht gemeldet hatte, trotzdem hörte sie sich eine Mitteilung nach der anderen an. Insgesamt waren es sechsundzwanzig.

Am Ende wurde sie schließlich belohnt. Nach fünfundzwanzig Anrufen, auf die sie nicht reagiert hatte, hörte sie Cillas müde Stimme.

»Hallo, Monika. Mit der Kleinen ist alles gut gegangen, mach dir keine Sorgen. Und mit deinen Ermittlungen ist das offenbar auch so, wenn ich deine Körpersprache richtig gedeutet habe. Weißt du, einen Moment lang hatte ich geglaubt, Lotties Tod könnte mir alles geben, was mir gefehlt hat, was ich mir gewünscht habe, alles, was ich wollte, aber das war natürlich ein Irrtum. Ich kann es nicht erklären. Das war das zweite Mal, dass ich einen Tod verursacht habe, das zweite Mal in einer Woche. Der erste Tote war ein Mann mittleren Alters, der wissen wollte, ob Viagra sich mit seinem Herzmedikament vertragen würde. Ich sagte ja, ich hatte es eilig, ich hatte es nicht geschafft, mich ausreichend zu informieren. In letzter Zeit war eben alles so hektisch. Er starb, und mein Chef fand das nicht einmal besonders wichtig. Er wollte nur um jeden Preis einen Skandal, Schlagzeilen, Fragen vermeiden. Ich glaube, dabei ist etwas mit mir passiert. Mir ist klar geworden, dass meine Mühen und meine Aufopferung keinen Sinn haben. Ich weiß es nicht. Als Lottie tot war, habe ich geglaubt, dass ich im letzten Moment noch eine Chance bekommen hätte, meine Strategie im Leben ändern zu können. Meine Karten noch einmal auszuspielen. Das war blöd. Das wollte ich nur sagen. Bis dann.«

Monika wurde innerlich eiskalt. Ihre Hand drückte automatisch auf die 9, wodurch die Mitteilung gelöscht wurde. Sie drückte aus reiner Gewohnheit, drückte zu, ehe sie es verhindern konnte.

Verdammt. Cillas Mitteilung war verschwunden.

Sie war sich plötzlich sicher, dass Cilla angerufen hatte, weil sie für keine Vernehmung zur Verfügung stehen würde, weil sie niemandem jemals erzählen würde, was wirklich passiert war. Weil sie nicht vorhatte, weiterhin eine Gefahr für ihre Umgebung darzustellen. Weil sie keinen Grund mehr sah, noch weiter zu leben.

Zuerst einmal musste sie herausfinden, ob Cilla zu Hause war. Monika hoffte, die Mitteilung auf dem Anrufbeantworter falsch verstanden zu haben, sie konnte sich nicht einmal genau daran erinnern, was Cilla gesagt hatte. Vielleicht war das alles ja doch nicht so schlimm.

Cilla stand nicht im Telefonbuch. Die bloße Vorstellung,

im Krankenhaus wieder in der Warteschleife zu landen, reichte aus, um Monika den Mut verlieren zu lassen, doch dann riss sie sich zusammen und drang am Ende doch noch zu Schwester Anita durch. Anita gab ihr ohne zu zögern Cillas Privatnummer. Sie hörte sich besorgt an und gab Monika auch die Nummer von Cillas Nachbarin, einer älteren Dame, die meistens wusste, wo Cilla sich aufhielt.

Monika hielt den Atem an. Cilla musste einfach zu Hause sein. Musste ans Telefon gehen. Nach zwölf Klingelzeichen gab sie auf und versuchte es bei der Nachbarin. Sie beschloss, es auf die einfachste Tour zu versuchen und gab sich als Kollegin aus, die sich Sorgen um Cilla machte. Sie erklärte, Cilla hätte sich nicht wohl gefühlt und sie gebeten, später anzurufen, doch nun gehe sie nicht ans Telefon. Ob die Nachbarin wohl kurz nach ihr sehen könnte? Nach einigen Minuten teilte ihr die freundliche Stimme der Nachbarin mit, Cilla sei nicht zu Hause.

Aber wie würde Cilla sich wohl das Leben nehmen? Nicht mit Medikamenten oder Drogen, dachte Monika. Die meisten, die das taten, starben zu Hause in ihrem Bett. Es war aber ein unsicherer und bisweilen auch unappetitlicher Weg aus dem Leben, was Cilla natürlich wusste. Plötzlich glaubte Monika die Antwort gefunden zu haben. An einem Tag wie diesem, wo die Temperaturen zwischen minus fünfzehn und minus zwanzig Grad lagen, musste die Kälte die bessere Lösung darstellen.

Sie versuchte sich daran zu erinnern, was sie gelernt hatte – bei vierundzwanzig oder fünfundzwanzig Grad Körpertemperatur hört das Herz auf zu schlagen, und man stirbt. Schon bei neunundzwanzig Grad versucht der Körper nicht mehr, die Wärme zu halten – die Temperaturregulierung setzt aus, die äußeren Blutgefäße lassen jede Menge abgekühltes Blut durch, und man wird plötzlich rosig statt blass.

Danach geht es ganz schnell. Bei ungefähr sechsundzwanzig Grad verliert man das Bewusstsein, das Gehirn funktioniert nicht mehr. Und wie immer ist die Gefahr für Alte und Kranke am größten, während Cilla ja noch verhältnismäßig jung und gesund war. Monika erinnerte sich dunkel daran, dass ungefähr die Hälfte all derer, die auf dreißig Grad abgekühlt wurden, überlebte.

Plötzlich überkam sie ein undefinierbarer Zorn. Wenn es für hart arbeitende Frauen, die versuchten, nach besten Kräften ihre ihnen von der Gemeinschaft auferlegten Aufgaben zu lösen, keinen Platz gab, dann gab es auch für Monika keinen Platz. Dann waren ihre Ausbildung und alle Mühe, die sie sich gegeben hatte, um ihren Beruf zu erlernen, eine absolute Niete gewesen. Wenn Cillas Leben nicht lebenswert war, dann war es das von Monika ebenfalls nicht.

Wir alle werden betrogen, alle, wir, die Papas tüchtiges Mädchen waren, dachte sie. Papas hart arbeitendes kleines Mädchen, das durch seine Arbeit sichtbar werden will, das sich solche Mühe gibt, um im Spiel des Lebens Punkte zu sammeln. Um dann festzustellen, dass sie für diese Punkte keinen von den Preisen eintauschen kann, die sie sich wünscht. Sie wünscht sich Liebe, wird aber stattdessen befördert.

Sie musste Cilla finden.

Wohin geht man in Stockholm, wenn man in Ruhe erfrieren will? Cilla hatte vermutlich alles sorgfältig geplant, sie würde wohl kaum an einem Müllcontainer oder in einem Gebüsch in einem Park mitten in der Stadt gefunden werden.

Sie musste eine Stelle finden, die auch Cilla kannte. Einen ungestörten Ort. Monika hoffte, dass Cilla nicht irgendwo am Stadtrand ein Ferienhaus besaß – aber es war kein Abend für eine längere Autofahrt, in beiden Richtungen staute sich auf den Ausfahrtstraßen der Verkehr.

Wo in Stockholm könnte man ungestört sterben? Wo gab es einen einsamen Ort, der dennoch leicht erreichbar war? Davon gab es leider viel zu viele. Sie musste darüber nachdenken, was sie über Cillas Leben wusste, was Cilla über sich erzählt hatte. Hatte sie nicht irgendetwas von Ruhe und Frieden erwähnt? Verdammt. Es wollte Monika nicht einfallen.

Sie konzentrierte sich auf ihr Gespräch im 7-Eleven, bei dem Cilla so verzweifelt gewesen war. Ja, da hatte sie es gesagt. Noch immer konnte Monika Cillas Stimme hören: »Ruhe habe ich nur, wenn ich mit Taxita im Wald bei ihrer Tagesstätte bin.« Beim Schießgelände Kaknäs.

Monika suchte sich eine Karte heraus und sah nach. Das Schießgelände lag hinter Gärdet, mitten in einem unbewohnten Waldgelände beim Kaksnästurm. Dort mussten sie nach Cilla suchen.

Sie ging wieder nach unten, angetrieben von ihrem Zorn, ihrer Unruhe, ihrem Gefühl, dass das ganze System um sie herum in den Fugen ächzte, die eigenen Leute zu Boden warf, sich in ein Ungeheuer verwandelte, über das sie keine Macht mehr hatten.

Sie suchte Daga, die sich nicht im Geringsten über ihren Anblick zu freuen schien.

»Daga, entschuldige die Störung, aber irgendjemand muss mit mir zum Schießgelände Kaknäs kommen. Ich fürchte, dass die Ärztin, die Lottie beschimpft hat, dort Selbstmord begehen will. Ich glaube übrigens, dass sie Lottie ermordet hat.«

Daga sah sie an, ohne einen Versuch zu unternehmen, ihre Feindseligkeit zu verbergen.

»Ich will keine weiteren Hypothesen mehr hören. Ich will auch kein Wort über neurotische Ärztinnen mit Liebeskummer hören. Ich will nicht mitten auf der Weihnachtsfeier gestört werden, wenn du nichts Neues liefern kannst. Und ich gebe dir niemanden mit, du bekommst kein Auto, irgendeine Scheißordnung muss es doch noch geben!«

Monika wagte nicht, Cillas Mitteilung auf ihrem Anrufbeantworter zu erwähnen, die Mitteilung, die ohnehin nicht mehr existierte.

»Nimm dir ein Glas Glühwein, das bringt dich auf andere Gedanken.«

Daga kehrte Monika den Rücken zu. Während Monika sich noch überlegte, was sie als Nächstes tun sollte, legte jemand ihr die Hand auf den Bauch.

»Was ist los?«, fragte Sara, die nicht mehr ganz nüchtern war. »Tickt da drinnen vielleicht eine kleine Uhr?«

Monika blickte ihr so starr in die Augen, dass sie ein Stück zurückwich.

»Nein. Da tickt keine kleine Drecksuhr. Da tickt eine verdammte Bombe.«

Eine Zeitzünderbombe, die in Cilla detoniert war. Monika war davon überzeugt, dass die Zeit drängte, sie war davon überzeugt, dass ihre Befürchtungen zutrafen, und sie wollte Cilla nicht sterben lassen.

Aber wie sollte sie zum Schießgelände Kaknäs kommen? Daga hatte ihr verboten, einen Dienstwagen zu nehmen, und an ein Taxi war nicht zu denken, es könnte Stunden dauern, bis eines frei wäre.

»Monika.« Fredrik berührte leicht ihren Arm und errötete, als sie sich umdrehte.

»Ich habe gehört, was Daga gesagt hat. Wenn du willst, kannst du den Wagen meiner Schwester haben. Sie ist verreist, und er steht hier vor dem Haus.«

Monika lächelte dankbar und nahm die Schlüssel, die er aus seiner Tasche zog.

»Danke. Vielen Dank.«

Sie war ganz sicher, dass sie ihrer Ahnung folgen musste, und sie befürchtete, dass es bereits zu spät war.

Sie spielte mit dem Gedanken, sich vorher noch umzuziehen, war sich jedoch sicher, dass die Zeit dafür nicht reichte. Wenn ihr Verdacht zutraf, dann konnte es eine Sache von Minuten sein.

42

Der Wagen von Fredriks Schwester entpuppte sich als kleiner Citroën. Es war von Eis und Reif bedeckt, und Monika konnte sich nicht vorstellen, dass der Motor anspringen oder dass es ihr auch nur gelingen würde, die Tür zu öffnen. Als sie den Schlüssel ins Schloss steckte, fand sie die Idee, sich ein Auto auszuleihen, doch nicht mehr so gut. Eine bessere Lösung fiel ihr allerdings noch immer nicht ein.

Die Sorge um Cilla trieb sie zur Eile an. Sie musste sich alle Mühe geben, um beim Aufschließen vorsichtig zu sein, um nicht am Ende mit einem abgebrochenen Schlüssel in der Hand dazustehen. Ihre Befürchtungen waren jedoch unbegründet: das Schloss ließ sich problemlos öffnen, und sie atmete erleichtert auf, als sie unterhalb des verschneiten Fensters ein Klicken hörte. Sie riss die Tür auf.

Der Wagen schien vor allem zum Transport von Hunden benutzt zu werden. Lange weiße und graue Hundehaare hingen an allen Textilien und lagen in dicken Schichten in den Ecken. Eine große Decke auf der Rückbank war offenbar feucht gewesen, als der Wagen übergeben worden war, und inzwischen war sie zu einem komplexen Gebilde aus Bergen und Tälern gefroren.

Der Schaber lag praktischerweise auf dem Beifahrersitz, zusammen mit einem Haufen von Gegenständen, die aussahen wie große rosa Muttern, wenn auch ohne Gewinde. Sie waren gefroren wie alles andere auch, und Monika konnte sie nicht einfach auf die Rückbank werfen. Doch sie brauchte den freien Platz für den Fall, dass sie Cilla fand. Am Ende steckte sie sie in die Jackentasche.

Sie brauchte eine Ewigkeit, um die Fenster abzukratzen, jedes einzelne Wassermolekül schien sich dort anzuklammern. Danach musste sie die Fenster auch noch von innen säubern, wodurch sich das Wageninnere mit dünnen kleinen Eisflocken füllte.

Ihre Unruhe steigerte sich mit jeder Minute, die sie bei dem Versuch verlor, das Auto in fahrbaren Zustand zu bringen. Das hier war kein Klima, das Eile gestattete. Es gestattete ja kaum das Leben.

Am Ende waren die Fensterscheiben so weit eisfrei, dass sie vorwärts und rückwärts sehen konnte, doch jeder Atemzug, den sie machte, verschlechterte die Sicht wieder, da die Feuchtigkeit sofort an der Fensterscheibe festfror.

Sie musste an den Mann denken, der seinen Unfall damit erklärt hatte, dass in seinem Lieferwagen hunderte von kleinen weißen Mäusen gesessen hatten, deren Atem die Fenster beschlagen ließ. Diese Erklärung war jedoch nicht als mildernder Umstand akzeptiert worden, wenn Monika sich recht erinnerte.

Wieder musste sie die Innenseite der Fensterscheibe abkratzen. Ihre Finger begannen bereits taub zu werden.

Sie setzte sich und stellte Sitz und Rückspiegel richtig ein. Der Sicherheitsgurt schien angefroren zu sein, sie konnte ihn nicht anlegen.

Sie riss sich zusammen. Schlimmstenfalls war alle Mühe, die sie sich mit den Fenstern gegeben hatte, vergebens, die Batterie könnte tot sein oder den gefrorenen Motor nicht mehr in Gang bekommen. Sie drückte auf die Kupplung und ließ die Handbremse los, als würde das beim Anfahren helfen.

Sie holte tief Atem und drehte den Schlüssel um. Sofort sprang der Wagen an, eiskalte Luft traf auf ihr Gesicht und auf ihre Hände. Sie brauchte einen Moment, um die Lüftung zu finden. Sie zitterte schon jetzt vor Kälte, aber das würde sich bestimmt ändern, wenn die Heizung erst einmal angelaufen war. Die Sitze in diesem Wagen konnten offenbar nicht gewärmt werden. Sie musste noch einmal mit dem Schaber über die Innenseite der Fensterscheibe fahren, um etwas sehen zu können.

Dann fuhr sie rückwärts vom Parkplatz und schlug vorsichtig die Richtung Norr Mälarstrand an. Nach zweihundert Metern musste sie anhalten. Obwohl ihr die Luft sehr trocken erschien, hatte die Feuchtigkeit sich schon wieder an der Fensterscheibe niedergeschlagen. Sie stieg aus und kratzte. Ihre Füße waren eiskalt. Es wäre sicher besser gewesen, eine Hose anzuziehen, aber sie dachte daran, dass das Auto bestimmt bald warm werden würde, und sie war sicher nicht lange im Freien unterwegs, wenn sie das Schießgelände erst erreicht hatte.

Es herrschte dichter Verkehr, schließlich war es kurz vor Weihnachten, es blieb nur noch wenig Zeit zum Einkaufen, wenig Zeit, um alle Vorbereitungen zu treffen. Sie fuhr einige Meter, hielt an, fuhr und hielt wieder an. Sie versuchte nicht an die entsetzliche Kälte zu denken, nicht daran, wie sehr die Zeit drängte.

Im Strandväg hatte die Wärme endlich den größten Teil der Fensterscheibe erreicht, und Monika konnte die anderen Verkehrsteilnehmer deutlich erkennen, mit Ausnahme derjenigen, die unbedingt in dunkler Kleidung und ohne Reflektoren herumlaufen mussten

Sie fuhr so schnell, wie sie es überhaupt nur wagte. Sie

versuchte sich zu erinnern, wie lange ein Mensch bei klirrender Kälte im Freien überleben könnte. Es hing von der Kleidung ab, vom Wind, vom Nüchternheitsgrad. Von Faktoren, über die sie im konkreten Fall ohnehin nichts wusste.

Sie spielte mit dem Gedanken, irgendeinen Kollegen anzurufen und ihm zu sagen, wohin sie unterwegs war, traute sich dann aber doch nicht. Sie konnte sich ja schließlich auch geirrt haben.

Sie passierte die Djurgårdsbrücke, fuhr vorbei an warmen Wohnungen, deren Fenster mit Leuchtern und Weihnachtssternen dekoriert waren. Jetzt konnte sie ihr Tempo steigern, und schon bei der US-Botschaft, deren Weihnachtsbaum mit roten, gelben, grünen und blauen Lämpchen geschmückt war und deren Flagge auch nachts nicht eingeholt wurde, verstieß sie gegen die Geschwindigkeitsbegrenzung.

Plötzlich öffnete Gärdet sich zu ihrer Linken, eine dunkle, menschenleere Weite mit verschneiten Felskuppen. Tagsüber sah der graue Fernsehturm nicht besonders beeindruckend aus, aber jetzt in der Dunkelheit dominierte er das Blickfeld: ein langer schmaler Betonpfeiler, der sich zu einem eckigen raumschiffartigen Oberteil mit einer Reihe von leuchtenden Fenstern erweiterte. Riesige rote und weiße Scheinwerfer schützten ihn vor Hubschraubern und anderen tief fliegenden Objekten.

Hier und da brannten in der dunklen Nacht Lichter, als wollten sie wenigstens ein wenig Widerstand leisten – kleine weiße Tupfen, die wie Sterne in einem schwarzen Universum aussahen. Bei der Villa Källhagen waren die Sträucher vor dem Eingang mit kleinen Lampen besetzt, vor dem Meeresgeschichtlichen Museum flankierten zwei mit Lichtern versehene Tannen den Eingang.

Monika fuhr weiter in Richtung Schießgelände.

Plötzlich lag Gärdet hinter ihr und auf beiden Seiten der Straße erhob sich der Wald. Die Dunkelheit umschloss den Wagen. Monika passierte den Fuß des Kaknästurms, wo angeleuchtete große Parabolantennen wie gespenstische Augen ins All starrten.

Hinter dem Kaknästurm musste sie laut Karte links abbiegen, und tatsächlich tauchte auch ein Weg auf. Plötzlich hatte sie das Gefühl, auf dem Land unterwegs zu sein. Die Laternenpfähle waren aus Holz und standen so weit auseinander, dass sie sich von einem Lichtkegel zum nächsten bewegte. Auf der Karte hatte alles so leicht ausgesehen, aber inzwischen hielt sie es für nahezu unmöglich, in der Dunkelheit das Schießgelände zu finden, von Cilla ganz zu schweigen. Sie sah vor allem Bäume, Unterholz und Büsche, dürre kahle Zweige, die sich vor der Dunkelheit abhoben, wenn sie von den Scheinwerfern erfasst wurden und die ebenso schnell wieder verschwanden.

Der Weg führte schärfer nach links, als es nach Monikas Erinnerung der Fall sein durfte. Sie fuhr schneller.

Sie konnte kaum auf die weißen Flecke reagieren, die sich in weichen Wogen vor ihr bewegten, ehe der kleine Wagen heftig mit etwas zusammenstieß. Die Scheinwerfer zeigten schwarze Klauen, große dunkle verständnislose Augen, braunes Fell, Blut. Monika wurde nach vorn geschleudert und schlug mit der Stirn gegen die Windschutzscheibe, schaffte es aber, den Wagen an den Straßenrand zu lenken und anzuhalten. Weit und breit war kein anderes Auto zu sehen.

Verdammt.

Sie versuchte herauszufinden, ob sie verletzt war. Ihre rechte Schulter schmerzte, aber sie konnte den Arm problemlos bewegen. Ihre Stirn blutete offenbar nicht.

Sie stieg aus, um nach dem Tier zu sehen. Die Kälte

schlug ihr mit unerwarteter Kraft entgegen, sodass sie kaum atmen konnte. Die junge Hirschkuh, die zu spät beschlossen hatte, sich der übrigen Herde anzuschließen, sah aus, als wäre sie tot. Sie lag in den Schneewehen am Wegrand und hatte den Kopf in einem unnatürlichen Winkel nach hinten gedreht. Ihr eines Hinterbein war gebrochen, sodass die Knochensplitter gelbweiß aus dem blutigen Fell hervorragten. Monika erschien dieser Anblick als böses Omen.

Sie wusste nicht, wie man bei Wild erkennt, ob ein Tier wirklich tot ist. Was sie jedoch wusste, war, dass sie die Kollegen informieren musste, aber dazu reichte die Zeit nicht. Cilla war wichtiger. Wenn sie sie nicht fand, konnte sie ja noch immer zurückkommen und die Bürokratie ihren Lauf nehmen lassen. Sie versuchte, den warmen schlaffen Körper ein Stück weiter zur Seite zu zerren, doch der war schwerer als erwartet, schließlich ließ sie ihn liegen.

Typisch, dass sie eine Hirschkuh anfahren musste, wenn sie in Eile war, mit einem Auto, dessen Besitzerin nicht wusste, dass Fredrik es ihr geliehen hatte. Sie hoffte nur, dass Fredrik wirklich über das Auto seiner Schwester verfügen durfte. Sie versuchte nachzusehen, ob der Wagen irgendwelche Schäden davongetragen hatte, konnte in der Dunkelheit jedoch nichts feststellen. Immerhin funktionierten die Scheinwerfer noch. Fredriks Schwester gehörte zu den Problemen, denen sie sich später widmen würde.

Kopf und Schulter schmerzten noch immer ein wenig, aber nicht so sehr, dass es sie behindert hätte. Die Kälte war schlimmer. Monika fuhr weiter.

Es war so merkwürdig einsam hier.

Endlich sah sie auf der rechten Seite etwas, eine flache Ebene und einen Zaun. Konnte das das Schießgelände sein?

Das Schild neben der Einfahrt teilte ihr mit, dass sie sich

geirrt hatte. »Kultur- und Freizeithaus der Handelsmarine. Trainingsanlage des Sportvereins Djurgården«, stand darauf.

Wie war es möglich, ein ganzes Schießgelände zu übersehen?

Ihr blieb nichts anderes übrig, als umzudrehen und zurückzufahren.

Jetzt tauchte auf der rechten Seite über den Baumwipfeln die Spitze des Kaknästurms auf und hatte größere Ähnlichkeit mit einem UFO denn je. Die Hirschkuh lag wie zuvor in der Schneewehe.

Monika fuhr langsamer und entdeckte einen weiteren Weg, der nach links abbog.

Auch er erschien ihr wie ein kleiner Feldweg. Sie fuhr an alten knorrigen Bäumen vorbei, die wesentlich größer waren als die in den Villenvororten, und sie sah Zäune und elektrisch geladene Gitter. Und noch immer war kein Mensch zu sehen. Wie war das nur möglich?

Das Schießgelände sollte auf der linken Seite liegen.

Bei der ersten Möglichkeit nach links abzubiegen, war die Abfahrt verboten, zwei gelbrote Verbotsschilder flankierten den Weg, Monika fuhr trotzdem weiter und fand sich nach einer Weile auf einem großen leeren, asphaltierten Platz wieder.

Vorsichtig fuhr sie auf die rechte Seite. Als Erstes entdeckte sie ein kleines Holzhaus. Eine Tagesstätte für Hunde? Als sie näher kam, sah sie, dass es sich wohl eher um einen Schuppen handelte, dessen Tür verriegelt war. Sie musste also weitersuchen. Sie wollte nicht glauben, dass der ganze Weg vergeblich gewesen sein könnte. Im Scheinwerferlicht tauchte eine gebrechliche hölzerne Sitzbank auf. Die ganze Szene kam ihr vor wie ein Schwarzweiß-Dokumentarfilm mit starken Kontrasten. Unheil verheißender

Schärfe in gewissen Details und ansonsten undurchdringlicher Dunkelheit.

Dann entdeckte sie weitere verfallene Holzhäuser und noch mehr Bänke, die nicht aussahen, als könnten sie das Gewicht eines Menschen tragen.

Am anderen Ende des Platzes öffnete sich ein verschneiter kleiner Weg, dem sie nun folgte. Unter dem Schnee schien sich Glatteis gebildet zu haben, und sie musste langsam und vorsichtig fahren, um nicht ins Schlingern zu geraten. Ein leeres Wachhäuschen machte ihr erneut deutlich, wie verlassen die Gegend war.

Schließlich erreichte sie ein Schießgelände, das von hohen Lärmschutzwänden eingerahmt war, die aber vielleicht auch zum Kugelfang dienten, und auf einem hohen Erdwall waren Zielscheiben aus Pappe aufgestellt. Im vorgeschriebenen Abstand gab es eine Bank, neben der man beim Schießen stehen sollte. Der Erleichterung, zumindest den richtigen Ort gefunden zu haben, folgte die beunruhigende Erkenntnis, dass sie ansonsten nichts entdecken konnte, was auch nur von Ferne Ähnlichkeit mit einem Hundeheim haben könnte.

Der Weg ging weiter, und da ihr nichts Besseres einfiel, folgte sie ihm.

Plötzlich wurde es heller. Sie hatte ein offenes Feld erreicht, und erst nach einer Weile erkannte sie, dass zu ihrer Linken ein hoher, mit Zahlen markierter Wall aufragte.

Mit anderen Worten: sie befand sich jetzt auf dem eigentlichen Schießgelände, mitten in der Schusslinie, falls irgendjemand an diesem Abend noch Schießübungen machen wollte. Sie wusste, dass das vorkam, und dass ihre Kollegen von der berittenen Truppe hier ab und zu unerlaubterweise ein, zwei Schüsse abgaben. Aber solange sich mitten auf dem Gelände jemand aufhielt, würde doch kein Mensch schießen, oder? Ein Vorteil mit dem Auto war, dass niemand es übersehen konnte. Gleichzeitig war Monika aber auch klar, dass ihr schon einige Menschen über den Weg gelaufen waren, die mit dem größten Vergnügen auf eine lustige bewegliche, leuchtende Zielscheibe schießen würden. Zu ihrer Verteidigung könnten sie anführen, dass es schließlich Monikas eigene Dummheit war, einfach auf einem Schießgelände herumzufahren.

Sie ließ das Gelände hinter sich, und der Weg bog nach links ab. Sie bremste und riss das Steuer herum, aber der Wagen rollte einfach und mit unverminderter Geschwindigkeit weiter über die spiegelglatte Unterlage. Ein dickes Gestrüpp kam immer näher, und Monika konnte nur noch hoffen, dass keine Steine im Weg lagen, als das Auto von den biegsamen Zweigen zum Stehen gebracht wurde. Dieses Mal konnte sie sich wenigstens noch rechtzeitig abstützen.

Ihr erster Gedanke war, dass sie jetzt Hilfe brauchte, um den Wagen loszubekommen, und dass ihr das ungeheuer peinlich sein würde. Als Nächstes fiel ihr ein, dass der kleine Wagen ja Vorderradantrieb besaß und dass sie es vielleicht doch schaffen würde, sich aus eigener Kraft aus dieser misslichen Lage zu befreien.

Sie machte einen vorsichtigen Versuch, und das kleine Auto gehorchte. Es war in einem früheren Leben vielleicht ein Jeep gewesen, denn es riss sich ohne Widerspruch los, und nach einer Weile befand Monika sich wieder auf dem rutschigen Weg. Sie merkte, dass sie keuchte wie nach einem schnellen Lauf, und sie versuchte, sich zu entspannen und ein wenig zu beruhigen, was ihr jedoch nicht gelang.

Besorgt registrierte sie, dass sie keine Wagenspuren entdecken konnte – die Hundebesitzer holten und brachten ihre Lieblinge doch bestimmt nicht zu Fuß, also befand sie sich wohl noch immer auf dem falschen Weg. Dennoch glaubte sie nicht, dass sie sich in diesem kleinen Teil von Djurgården noch mehr verirren könnte. Der Weg führte jetzt am Schießgelände vorbei auf den mehrere Meter hohen Erdwall mit den rätselhaften Zahlen zu.

Dann sah Monika auf der rechten Seite einen Hang, der zu einer kleinen Gruppe von niedrigen Holzhäusern führte.

Sie hielt an und stieg aus dem Auto. Sofort war die Kälte überall – in ihrem Gesicht, in den Spalten zwischen den einzelnen Kleidungsstücken und tief unten in ihrer Lunge, wenn sie Atem schöpfte. Sie versuchte, ruhig und gleichmäßig Luft zu holen. Nicht zu flach und nicht zu tief.

Sie ging auf die Häuser zu, die in der Dunkelheit schwarz aussahen, als sie plötzlich etwas hinter einem der hinteren Häuser sah. Vorsichtig ging sie weiter. Irgendjemand hatte einen großen aus Stroh und Vogelbeeren gewundenen Adventskranz aufgehängt.

Ihre Finger und ihre Füße protestierten bereits gegen die Kälte, aber Monika schenkte ihnen keine Beachtung.

Plötzlich entdeckte sie ein Gewimmel aus Fuß- und Pfotenabdrücken. Sie war offenbar einen anderen Weg als den üblichen gekommen, noch dazu einen viel längeren.

Hinter dem Haus mit dem Kranz entdeckte sie den dilettantischsten Zwinger, den sie je gesehen hatte. Zwischen dünnen Holzstäben, die sich beängstigend schief in alle mögliche Richtungen neigten, war grober Maschendraht befestigt. Monika stellte sich vor, dass auch ein Hund mit minimaler Ausbrecherbegabung innerhalb einiger Minuten hier seine Freiheit erlangen könnte – vielleicht wurden in dieser Tagesstätte nur friedfertige Individuen angenommen. Aber es gab immerhin auch ein Gitter mit einem richtigen Riegel, den sie nun öffnete.

Nachdem sie einige Schritte gemacht hatte, spürte sie,

wie ihr Fuß etwas Glattes und Rundes zertrat. Sie fuhr zusammen, während sie an Lotties Schädel denken musste, an Lotties dünnen Schädel, der beim Zerbrechen sicher ebenso geknirscht hatte. Vermutlich war das das Letzte gewesen, was Lottie in ihrem Leben noch gehört hatte, das Geräusch von zersplitternden Knochen.

Entsetzt sah sie nach unten.

Sie war auf einen in der Kälte starr gefrorenen alten Tennisball getreten. Um sie herum lagen noch andere Bälle, in unterschiedlichen Stadien des Zerkautseins.

Sie schaute sich um. Das kleine Haus war abgeschlossen. Sie versuchte es an der Tür. Zu.

In der Dunkelheit erschien ihr ihre Überzeugung, dass Cilla hier Zuflucht gesucht haben könnte, plötzlich völlig verrückt. Hier war doch kein Mensch.

Hier gab es nur Einsamkeit und Kälte. Wenn der Kaknästurm nicht über ihr aufgeragt hätte, dann hätte sie sich auch in einem unbewohnten Landesteil befinden können, in einem Dorf mit leeren Scheunen, verlassenen Häusern, verwilderten Obstgärten und vollständiger Freiheit von der Gesellschaft anderer Menschen.

Es war unbegreiflich, dass es mitten in der Stadt eine derart einsame Stelle geben konnte, dass der Sergels Torg nicht mehr als fünfzehn Minuten entfernt lag.

Sie versuchte nachzudenken.

Wenn Cilla verschwunden war, dann müsste ihr Wagen das auch sein.

Plötzlich drang das Unheil verkündende Geräusch eines Automotors an ihre Ohren, der im Leeren läuft und einen Menschen vergiftet, nachdem er Spalten und Ventile abgedichtet hat. Sie hatte solche Todesfälle gesehen und wollte keine Wiederholung erleben, jetzt nicht.

Doch in ihrer nächsten Umgebung war alles still. Auf allen Seiten hörte sie das leise Rauschen der Stadt, sodass sie das Gefühl hatte, sich im Auge des Hurrikans zu befinden.

Wo konnte Cilla nur stecken? Wo ging sie sonst mit Taxita spazieren?

Plötzlich war zwischen den Bäumen ein Licht zu sehen, das sich bewegte. Monikas Herz begann zu hämmern – wer konnte ihr da in der Dunkelheit entgegenkommen? Das Licht näherte sich sehr rasch, und nach kurzer Zeit sah sie, dass es sich trotz des Wetters um einen Radfahrer handelte. Sie war also nicht sehr weit von der Straße entfernt, und das Rad fuhr in einer Entfernung von etwa fünfzig Metern an ihr vorbei. Was immerhin ein Richtungshinweis war – wer hier einen Hund ausführte, ging sicher in die andere Richtung, weg vom Verkehr, hinunter zum Schießgelände.

Monika sah plötzlich jede Menge Spuren, die tatsächlich nach unten führten, zu dem Wall auf der rechten Seite. Hier drehten die Hundehalter vermutlich eine kleine Runde, ehe sie nach Hause fuhren. Monika beschloss der ausgetretenen Spur zu folgen, die einen sanften Bogen beschrieb und dann zwischen zwei fensterlosen langen roten Holzhäusern verschwand. Monika bog um die Hausecke.

Ihr Herz schien ein paar Schläge auszusetzen.

Cillas Wagen.

Monika hatte Recht gehabt. Sie war erleichtert und erschrocken zugleich. Erleichtert, weil sie ja trotz allem auf der richtigen Spur war. Erschrocken, weil sie nicht wusste, wie sie Cilla hier finden sollte.

Sie legte die Hand auf die Motorhaube. Sie war kalt, was jedoch bei diesem Wetter nichts bedeuten musste. Monika spürte, wie sie zitterte, konnte aber nicht sagen, ob vor Angst oder vor Kälte. Sie sah ins Wageninnere. Er war leer und abgeschlossen.

Sie blickte sich um. Der Erdwall war wesentlich höher, als sie angenommen hatte, und ein überdachter Gang zog sich daran entlang, dem sie nun ein Stück folgte. Links ragte Beton auf, über ihr befand sich eine schmale Holzdecke, die von rostigen Eisenbalken getragen wurde, rechts erhob sich wieder der Wall, hoch und steil.

Ganz am Ende des Ganges war etwas zu sehen, etwas, das vor der Betonmauer lag.

»Cilla!«, rief sie.

Sie machte ein paar rasche Schritte vorwärts, drosselte ihr Tempo jedoch, als sie erkannte, dass das, was wie ein beweglicher kleiner Haufen ausgesehen hatte, nicht Cilla war, sondern eine zerfetzte alte Decke, die zusammen mit einigen leeren Weinflaschen auf dem Boden lag. Spuren von Obdachlosen aus der Stadt, die vielleicht auf der Flucht vor irgendetwas gewesen waren.

Monika zog ihr Telefon hervor und versuchte Idriss anzurufen. Seine Stimme teilte per Anrufbeantworter mit, sie könne eine Nachricht hinterlassen.

Was sollte sie tun?

Rufen?

Doch das würde nur etwas bringen, wenn Cilla sich die Sache anders überlegt hätte. Es war schon seltsam, hinter einer Mörderin herzuschleichen, um sie zu retten. Ebenso seltsam wie diese ganze Woche.

Dann fiel Monika die ausgetrampelte Spur ein.

Sie lief zurück und stellte fest, dass diese Spur an einem Stahlgitter entlangführte, vorbei an einem verschlossenen Tor, und dann, nach einigen Metern, durch ein Loch im Gitter, das breit genug war, dass ein Mensch hindurchkriechen konnte.

Vorsichtig schob sie sich durch das beschädigte Gitter. Unmittelbar vor ihr ragte ein merkwürdiges Gestell aus

Rohren auf, die einige dutzend Meter lang und so dick waren, dass ein mittelgroßer Hund hindurchkriechen konnte. Wie in aller Welt waren diese endlos langen Rohre hierher gelangt? Fuß- und Pfotenspuren waren rund um die Rohre zu sehen, denen sie nun folgte. Dann erreichte sie eine ebene Fläche, auf der alle möglichen seltsamen Dinge aufgebaut waren: riesige Betonkübel, die früher einmal vielleicht Blumen enthalten hatten, allerlei Metallschrott, eine halbe Egge mit drei Reihen aus schwarzen, gekrümmten Zinken, eine Schubkarre mit breiter Ladefläche und geplatzten Reifen. Holzpaletten.

Sie geriet ins Stolpern und hätte fast das Gleichgewicht verloren. Ihr Fuß war in einem undefinierbaren Gegenstand hängen geblieben, der bedrohlich spitze Kanten zu haben schien. Vorsichtig befreite sie sich. Sie konnte jetzt keine Verletzung riskieren.

Sie wusste, dass sie es nicht mehr sehr lange in der Kälte aushalten würde.

Vielleicht reichte die Tatsache, dass sie Cillas Wagen entdeckt hatte, ja aus, um von Daga eine Hundestreife anfordern zu können. Aber Daga würde wohl eher Fragen stellen: Wusste Monika, ob Cilla ihren Wagen bisweilen beim Schießgelände abstellte? Hatte Monika sich davon überzeugt, dass Cilla nicht einfach mit einem anderen Hundehalter nach Hause gefahren war und ihr Auto stehen gelassen hatte?

Monika traute sich noch immer nicht anzurufen.

Sie schaute sich um. Sie befand sich jetzt hinter dem hohen Wall mit dem Betonüberbau. Jemand schien mit einem Bagger einige Runden gedreht zu haben, die Erde lag in unterschiedlich großen Haufen überall auf der ebenen Fläche. Offenbar hatte niemand so recht gewusst, wohin damit.

Sie ging weiter.

Hier war wirklich jemand gewesen, die Frage war nur, wer und wann. Monika kletterte den steilen Hang hinauf, wobei sie sich mit den Händen abstützen musste.

Schließlich konnte sie in den schmalen Hohlraum zwischen Erdmasse und Wall hinabsehen.

Ganz unten saß jemand.

Daga hatte sich geirrt.

Cilla hatte nicht auf ihre beruflichen Kenntnisse zurückgegriffen, als sie Lottie getötet hatte, und sie hatte es auch jetzt nicht getan, als sie selbst sterben wollte. Oder vielleicht hatte sie auch genau das getan. Zu erfrieren bedeutete, zu sterben, ohne sich zu erbrechen, ohne Blut, ohne unfreiwilliges Entleeren von Darm und Blase. Ästhetisch. Und daran denkt vielleicht nur jemand, der schon andere Fälle gesehen hat.

Cilla lehnte an dem vereisten Hang und hatte die Beine ausgestreckt wie ein kleines Mädchen. Sie hatte ihren langhaarigen Pelz, ihren Schal, ihre Handschuhe und sogar ihre Stiefel abgelegt und saß fast da wie am ersten warmen Frühlingstag.

Hoffentlich war sie noch nicht tot. Hoffentlich war es noch nicht zu spät.

Monika versuchte zu rufen.

»Cilla!«

Sie rutschte den Hang hinunter, während sie gleichzeitig versuchte, ihr Telefon einzuschalten. Wie lange saß Cilla wohl schon hier?

Plötzlich fand ihr gefühlloser rechter Fuß keinen Halt mehr. Sie verlor das Gleichgewicht, versuchte sich aufrecht zu halten, das Telefon segelte in hohem Bogen davon, sie glitt vorwärts, noch immer aufrecht, wenn auch ohne jeden Einfluss auf Tempo oder Richtung. Sie rutschte auf einen Haufen von teilweise mit Schnee bedecktem alten Laub zu und auf die zweite Hälfte der Egge mit den scheußlichen Eisenzinken, deren äußerste abgebrochen war und in einer schrägen spitzen Kante emporragte.

Monika sah, wie ihr rechter Fuß von der schwarzen abgebrochenen Zinke getroffen wurde, wie ihr Bein erstarrte und verdreht wurde, während ihr Rumpf noch weiter vorwärts glitt. Sie registrierte das alles langsam und genau, bis ins letzte Detail, als sei ihr gesamtes Gehirn plötzlich auf diese Aufgabe angesetzt worden. Das spitze Metall presste sich gegen die Haut, die seltsam elastisch nach innen gedrückt wurde.

Die schwarze Strumpfhose zerriss zuerst, ein wachsendes Loch entstand, unter dem ihre weiße, wehrlose Wade zum Vorschein kam.

Am Ende konnte die Haut nicht mehr widerstehen, und die eiskalte schwarze Metallspitze durchdrang die äußeren Zellen, zerfetzte das Bindegewebe, zerschnitt Blutgefäße und Nervenenden, durchbohrte das weiche Muskelgewebe und wurde erst von der ungeheuer empfindlichen Knochenrinde des Schienbeins und dessen zerbrechlichem Knochen aufgehalten.

Monika spürte, wie der Widerstand schwächer wurde und sah, wie die Egge sich in ihre Wade bohrte. Seltsamerweise floss nicht ein einziger Tropfen Blut.

Dann spülte der brennende Schmerz wie eine Welle über sie hinweg und löschte ihr Bewusstsein aus.

43

Langsam kehrte sie in eine Art Bewusstsein zurück. Ihr Kopf kam ihr leichter vor als sonst und schien nicht mehr an ihrem Hals festzusitzen. Sie fragte sich, genau wie in einem Comic, wo sie war und warum es unter ihrer linken Wange so kalt und weich war, bis sie feststellte, dass sie im Schnee lag. Um sie herum war alles kalt. Ihre Arme und Beine schienen betäubt zu sein.

Dann fiel ihr plötzlich ein, wo sie war und warum. Dass Cilla in der Nähe war und dass sie Hilfe holen musste. Sie fragte sich, wie lange sie wohl schon hier in der Kälte gesessen hatte, und es machte ihr Angst, dass sie es nicht wusste. Sie versuchte sich auf die Ellenbogen zu stützen, doch diese Bewegung pflanzte sich in ihr rechtes Bein fort, und der Schmerz verschlug ihr fast den Atem. Sie sank zurück. Die Tränen strömten ihr über die Wangen, und sie fragte sich, ob sie wohl auf ihrem Gesicht zu Eis erstarrten – vielleicht lag sie schon im Sterben, ohne es überhaupt zu wissen. Sie blieb einige Sekunden bewegungslos liegen und machte dann, ganz langsam, noch einen Versuch. Ihr Bein schmerzte seltsamerweise nicht besonders, zumindest nicht, wenn sie es still hielt.

Langsam schaffte sie es, zuerst den Kopf und dann ihren Oberkörper so weit zu heben, dass sie sowohl die unbewegliche Cilla als auch ihr Bein sehen konnte. In einem Moment des absoluten Grauens erkannte sie, dass etwas Schwarzes sich an ihrer Wade zu der Stelle emporschlängelte, an der die Egge bereits einen Zugang zu ihrem Körper geschaffen hatte. Sie fuhr zusammen, sah dann jedoch, dass nichts in ihren Körper eindrang, sondern dass ein dünnes Blutgerinnsel ihn verließ.

Sie versuchte ihr Bein ein wenig höher zu ziehen, doch sofort schlug der Schmerz wieder zu und machte ihr klar, dass sie aus eigenen Kräften niemals freikommen würde.

Sie versuchte ihre Panik in den Griff zu bekommen und sachlich und vernünftig zu überlegen.

Das Telefon.

Sie hatte das Telefon verloren. Aber vielleicht fand sie es ja wieder. Und dann könnte sie in Minutenschnelle Hilfe holen.

Sie schaute sich um, konnte es jedoch nirgends entdecken. Es war in der Dunkelheit verschwunden, sie konnte keinen Lichtpunkt sehen, keine dunkle Kante zeichnete sich vor dem weißen Schnee ab.

Plötzlich nahm sie in der Finsternis eine Bewegung wahr. Nichts war zu hören, doch die Schatten schienen sich fast unmerklich zu verändern.

Sie strengte ihre Augen bis zum Äußersten an.

Dann schien ein Teil der Dunkelheit sich loszulösen und auf sie zuzukommen.

Sie begriff nicht, was sie sah. Was auf sie zukam, war irgendein Tier, aber es schien nur zum Teil aus Fleisch und Blut zu bestehen, der Rest kam ihr so durchsichtig vor, dass der weiße Schnee durch es hindurch leuchtete.

Das Tier ging auf zweieinhalb schwarzen Beinen, ohne jedoch zu hinken. Vom vorderen Teil des Körpers war nur der obere Teil vorhanden, ein großer Teil des Kopfes war ebenso verschwunden. Monika erstarrte. Nicht unbedingt aus Angst, sondern vor allem, weil sie etwas sah, von dem sie wusste, dass sie es nicht sehen konnte.

Sie fragte sich, ob die Kälte vielleicht diese Wirkung haben könnte – Halluzinationen. Das seltsame Halbtier bedeutete vielleicht, dass ihr Gehirn nicht mehr funktionierte. Dass ihr nur noch wenige Minuten des Bewusstseins blieben.

Erst als das seltsame Wesen nur noch einige Meter von ihr entfernt war, sah sie, was sie vor sich hatte: einen Rottweiler mit großen weißen Flecken an den Stellen, wo sein Fell die Pigmentierung verloren hatte. Sein eines Auge war umrahmt von wunder Haut und weißen Wimpern. Er sah unnatürlich und grotesk aus. Und der Anblick war tausendmal schlimmer als eine Halluzination.

Von allen Hunden machten Rottweiler ihr die größte Angst.

Langsam kam das Tier näher. Es stieg dieselbe steile Seite des Erdhaufens hinunter wie Monika und kämpfte sich mit seinen sechzig oder siebzig Kilo Skelett und Muskeln über die glatte, unebene Unterlage.

Monika fiel ein, dass die Hundeführer sich vor einigen Monaten beklagt hatten – sie hatten zwei Schäferhunde verloren, die von Rottweilern so übel zugerichtet worden waren, dass sie eingeschläfert werden mussten.

Sie fragte sich, ob Hunde wie Haie waren, ob der Blutgeruch sie ebenso aggressiv werden ließ.

Ihr Herz schlug so heftig, als wisse es, dass ihm nicht mehr viel Zeit blieb, und als wolle es zuvor noch einen großartigen Endspurt hinlegen. Monika ließ sich zurücksinken und blieb auf ihrem linken Arm liegen, während sie versuchte, mit dem rechten Arm ihren Hals zu schützen.

Der Hund hatte jetzt ihren linken Fuß erreicht und schnupperte interessiert an ihrem Stiefel. Monika sah, dass der Hund ein teures Halsband aus dunklem Leder trug, das mit kleinen Rottweilerköpfen aus Messing besetzt war.

Sie kniff die Augen zusammen.

Nur wenige Sekunden später hatte der Hund ihren Kopf erreicht. Sie spürte seinen warmen Atem auf ihren Wimpern. Ihr übriges Gesicht schien jegliches Gefühl verloren zu haben. Sie kniff noch immer die Augen zu, doch als ihr aufging, dass sie vielleicht schon zu stark abgekühlt war, um seine Zähne in ihrem Fleisch zu spüren, riss sie sie wieder auf und sah direkt zwei dunkle Augen in einem riesigen zweifarbigen Gesicht.

Rasch schloss sie ihre Augen wieder. Sie wusste immerhin, dass man Hunde nicht anstarren darf, weil sie das leicht als Drohung auffassen können.

Doch soweit sie feststellen konnte, passierte nichts, und nach einer Weile sah sie vorsichtig wieder auf. Der Hund war noch immer da und beschnupperte nun ihr verletztes Bein, bevor er vorsichtig ihre Wange zu lecken begann. Sie dachte daran, dass die riesigen Zähne nur Millimeter von ihrem Gesicht entfernt waren, Zentimeter von ihrem Hals. Sie kniff die Augen zusammen. Sie hätte nie gedacht, dass ihr so etwas Entsetzliches passieren könnte. Sie hatte ihren Anteil an Schlägen und Tritten einkassiert, hatte Messerstiche am Arm abbekommen und sich oft gefragt, was es für ein Gefühl sein mochte, angeschossen zu werden, nur, um auf diesen Moment vorbereitet zu sein. Sie wäre jedoch nie auf den Gedanken gekommen, dass ein riesengroßer Hund ihrem Leben ein Ende setzen könnte. Sie hätte nie geglaubt, dass ihre Haut von kräftigen sabbernden Zähnen zerfetzt, dass ihre Adern zerrissen, dass ihre Knochen von einem Raubtierschlund zermalmt werden könnten.

Natürlich war das die älteste Art, wie jemand ums Leben kommen konnte. Mit einer Waffe niedergeschlagen zu werden war doch ziemlich modern, einen sofortigen Tod zu sterben, weil der Gehirnstamm ausgelöscht wurde, setzte Entwicklung voraus. Hilflos einem Feind preisgegeben zu sein, der sein Opfer bereits annagt, noch ehe es tot ist, das war das Ursprüngliche.

Es war einfach nicht normal, gegen Ende des 20. Jahrhunderts diesen Tod zu erleiden, und zudem noch mitten in einer Hauptstadt.

Aber es passierte nichts.

Wieder schaute sie auf. Der Hund war noch da. Er hatte sich gesetzt, und sie erkannte, dass es sich um einen Rüden handelte. Nach ein paar Augenblicken bemerkte sie, dass sein Blick zwischen ihrem Gesicht und ihrer Jackentasche hin und her wanderte. Dann erhob er sich, und Monika kniff wieder die Augen zu, doch dann spürte sie, dass der Hund einfach nur mit seiner Nase ihre Tasche anstupste, ehe er sich wieder setzte und Monika mit unergründlicher Miene musterte.

Plötzlich ließ ihre Angst ein wenig nach, und sie dachte daran, dass der Hundehalter in der Nähe sein musste, wenn der Hund hier spazieren geführt wurde.

Sie versuchte zu rufen, stellte aber entsetzt fest, dass ihre Stimme versagte und sie nur ein Flüstern herausbrachte.

Doch der Hund reagierte sofort. Er sprang auf, starrte sie an, und mit einem Schlag war ihre Angst zurückgekehrt.

Aber er stupste nur erneut ihre Tasche an, fester dieses Mal. Ihr Bein schmerzte.

Hundekekse!

Es ging natürlich um die Hundekekse, die im Auto gelegen hatten, das war es, was er haben wollte.

Sie beschloss sie ihm zu geben, vielleicht könnte sie ihn ja dazu bringen, bei ihr zu bleiben, bis sein Besitzer sich auf die Suche nach ihm machte. Der Hund schien ihr ja wirklich nichts tun zu wollen.

Zum Glück lagen die Kekse in ihrer rechten Tasche.

Sie versuchte die Finger der rechten Hand zu bewegen, was nicht ganz einfach war, denn sie waren gefühllos, und sie musste sich erst davon überzeugen, dass sie ihr noch gehorchten, was sie jedoch taten, ein wenig zumindest.

Das nächste Problem war, dass sie die Öffnung ihrer Tasche nicht ertasten konnte. Sie hielt danach Ausschau und versuchte ihre Finger in die richtige Richtung zu bewegen. Sie berührten die Taschenlampe, und sie sah, ohne es zu spüren, wie sie sich krümmten. Dann versuchte sie die Muskeln im Unterarm anzuspannen, um die Finger ausstrecken zu können. Sie versuchte es ein zweites Mal, und nun gelang es ihr, Zeige- und Mittelfinger in die Tasche zu schieben, auch wenn die anderen noch immer nicht gehorchten und die Bewegung bremsten.

Sie lehnte sich zurück, um sich vor dem nächsten Versuch ein wenig auszuruhen. Sie fror nicht mehr, und sie wusste, dass die Abkühlung jetzt sehr rasch voranschreiten würde. Ihr blieb nicht viel Zeit.

Sie machte noch einen Versuch.

Der Hund beobachtete ihre Anstrengungen mit völliger Konzentration.

Beim nächsten Versuch konnte sie endlich die ganze Hand in die Tasche stecken, und sie schob sie so weit wie möglich nach unten. Jetzt hatte sie die Hundekekse vermutlich in Reichweite. Sie versuchte in der Tasche eine Faust zu machen, während sie sich bemühte, sich die Bewegung bildlich vorzustellen: die Finger, die sich krümmten, die Hundekekse, die gegen ihre Handfläche gepresst wurden. Als sie es nicht mehr aushielt, hob sie den Arm und zog die Hand aus der Tasche.

Und wollte ihren Augen nicht trauen: die Hand war leer.

Nur ihre Überzeugung, dass sie bald sterben werde und das nicht wollte, konnte sie zu einem weiteren Versuch bewegen.

Dieses Mal dauerte es länger, doch als sie endlich die Hand aus der Tasche ziehen konnte, fiel ein runder rosa Keks zu Boden. Sie hoffte, dass das reichen würde.

Der Hund fiepte vor Aufregung und starrte Monika an.

Was wollte er denn noch?

Plötzlich fiel ihr die Szene mit Idriss und dem Schäferhund vor dem Kiosk ein.

Offenbar brauchte sie irgendein Losungswort, aber welches? Sie konnte den Hund nicht dazu bringen, ihren Köder zu schlucken, ihre Rettungsleine, und wieder ließ sie sich zurücksinken, erschöpft von der Anstrengung und dem Wissen, dass jetzt alles aus war. Der gefrorene Boden kam ihr angenehm vor, fast weich.

Irgendwann muss man begreifen, dass es nichts bringt, noch weiter zu kämpfen. Irgendwann muss man akzeptieren, dass die Lage hoffnungslos ist.

»Hoffnungslosigkeit ist ein Gemütszustand«, sagte Mikaels warme Stimme, »keine Beschreibung der Wirklichkeit.« Das war eine seiner Maximen, nichts fand er so gefährlich, wie die Hoffnung aufzugeben, denn dann versuchen wir ja nicht länger, die Probleme in den Griff zu bekommen.

Der Gedanke an Mikael, der bestimmt nicht wollte, dass sie hilflos starb, hoffnungslos, passiv, verlieh ihr die Kraft zu einem neuen Versuch. Was war das Problem? Dass sie den Hund nicht dazu bringen konnte, den Keks anzunehmen, dass sie ihn nicht halten konnte? Dass sie nicht sterben wollte?

Sie musste ihre gesamte Kraft zusammennehmen, um nachzudenken, um nicht der gewaltigen Müdigkeit nachzugeben, die sich nun über sie senkte. Idriss hatte etwas über alle Safes und vier Kombinationen gesagt. Welche Kombinationen waren das? Wie sollte sie sich daran erinnern?

Hatte er es nicht mit »du darfst« versucht?

Sie versuchte es auch, mit kaum hörbarer Stimme.

»Du darfst.«

Das war es nicht, der Hund wartete noch immer.

Sie fragte sich, wie weit die Geduld eines Hundes wohl reichen mochte. Wie viele Versuche sie noch hatte.

Sie wollte ihm etwas Nettes sagen, damit er noch nicht aufgab.

»Braver Hund.«

Er richtete sich auf und wedelte mit dem Schwanz. Mitten in allem Elend freute Monika sich ein wenig. Immerhin hatte sie irgendeine Art von Kontakt hergestellt.

Was hatte Idriss sonst noch gesagt? Sie konnte sich vage an »okay« erinnern. Also gut, vielleicht war es ja das.

»Okay.«

Nichts.

Es war vielleicht hoffnungslos, es konnte alles sein, es war nicht einmal sicher, ob der Hund Schwedisch verstand. Aber so durfte sie nicht denken. Solange sie noch sprechen konnte, musste sie es versuchen. Sie musste weitermachen. Sollte sie ihn vielleicht wie einen Gast ansprechen?

Sie hatte das Gefühl ihre letzten Kräfte zu aktivieren.

»Bitte sehr.«

Er machte sich über den kleinen Ring her, zerbiss ihn und schluckte. Danach schaute er sie wieder hoffnungsvoll an und wedelte mit seinem schwarzweißen Schwanz.

Sie hoffte, dass das reichte, dass er jetzt bei ihr bleiben würde, bis sein Besitzer ihn hier abholte. Sie wusste, dass sie nicht noch einen Keks hervorholen könnte. Der Hund war wie ein unvertäutes Rettungsboot, wie eine Geisel, die sich losgerissen hat, und die jederzeit davonlaufen und jede Hoffnung auf Rettung mit sich nehmen konnte. Er schien es zum Glück nicht eilig zu haben, vermutlich war Monika interessanter als die gefrorene Natur, die hier ansonsten zu sehen war.

Plötzlich hörte sie eine Frauenstimme, so leise, dass sie nicht sicher war, ob wirklich jemand etwas gerufen hatte, oder ob ihre eigene verzweifelte Sehnsucht nach einem anderen Menschen das Geräusch hatte entstehen lassen.

Der Hund horchte. Er hatte es also auch gehört, dann konnte die Stimme also nicht aus Monikas Kopf stammen.

Jetzt hörte sie sie wieder, deutlicher. Die Frau schien unterwegs in die richtige Richtung zu sein.

»Kaaro!«

Der Hund sprang auf.

Er würde zu seiner Besitzerin zurücklaufen, und sie würden ihren Spaziergang fortsetzen. Und wenn die Leichen dann irgendwann gefunden wurden, würde die Frau sich fragen, ob Karo sie wohl entdeckt hatte, und dann würde sie angesichts dieser seltsamen Schicksalsfügung mit den Schultern zucken.

Der Hund setzte sich in Bewegung, und Monika sagte automatisch: »Nein! Hier bleiben!«

Zu ihrer Überraschung blieb er stehen. Er hatte sich erst einen Meter von ihr entfernt.

Cilla hatte sich diese Stelle wirklich gut ausgesucht. Karos Besitzerin könnte einige Meter von Monika entfernt vorübergehen, hinter dem Erdhügel, ohne eine der Frauen zu sehen. Und es gab ja keinen Grund für sie hinaufzuklettern.

»Karo!«

Monika erteilte wieder einen Gegenbefehl: »Hier bleiben!«

Karo schien angespannt zu sein, und Monika konnte ihn durchaus verstehen. Sie konnte sich auch vorstellen, dass das Wort der Besitzerin bald schwerer wiegen würde als ihr eigenes.

Dann fiel ihr etwas ein, an das sie sich aus ihren wenigen Unterhaltungen mit den Hundeführern noch erinnerte. Sie flüsterte: »Karo! Bellen!«, flüsterte sie.

Jetzt hatte sie sein Interesse wieder geweckt. Er kam näher und wedelte mit dem Schwanz.

»Bellen!«

Zu ihrer unbeschreiblichen Erleichterung bellte er. Sein breiter Brustkorb spannte sich, er riss seinen Schlund auf und bellte. Zuerst leise, fast unhörbar, dann immer kräftiger. Er bellte und bellte, und das Gebell hallte zwischen den Bäumen wider. Monika hatte selten ein so wunderschönes Geräusch gehört.

»Karo! Was ist los?«

Inzwischen war die Stimme ganz in der Nähe, und Monika versuchte ihre Hand wieder ihrer Jackentasche zu nähern, um Karos Motivation zu steigern.

Er bellte weiter, in der Hoffnung auf baldige Belohnung.

Dann tauchte oben auf dem Erdhügel eine Silhouette auf, als Erstes war eine Pelzmütze zu sehen, dann ein langer Pelz.

»Aber was ist denn hier passiert?«

Karo stürzte los, als hätte er sein Frauchen seit Tagen nicht mehr gesehen. Er wedelte mit dem Schwanz, und Wellen der Verzückung liefen über seinen ganzen großen Leib. Danach lief er zurück zu Monika, leckte ihre Wange und schien zu glauben, die Sache jetzt auf befriedigende Weise geklärt zu haben.

Die Frau stieg vorsichtig zu Monika herunter und hockte sich neben sie. Sie betastete ihr Gesicht, ihre Hand und schnappte nach Luft, als sie Monikas Bein sah. Dann zog sie ein kleines, nagelneues Telefon aus der Tasche.

»Ich rufe den Notruf an. Wir brauchen einen Krankenwagen. Ganz still liegen.«

Monika versuchte zu flüstern: »Wir sind doch zwei!«

Doch sie hatte nicht mehr genug Kraft, um sich Gehör zu verschaffen.

Doch das war auch nicht nötig, denn Karos Frauchen stand bereits neben Cilla. Monika fragte sich, wie es ihr gehen mochte und wie viel Zeit sie dadurch verloren hatte, dass sie falsch gefahren und in eine ausrangierte Egge gefallen war.

Sie hörte einen finnischen Fluch, gefolgt von dem Ausruf:

»Das darf doch nicht wahr sein! Ich hänge in der Warteschleife!«

Mit Cilla im Schlepptau kam die Frau jetzt wieder zu Monika zurück. Sie zog ihren Pelz aus, legte ihn auf den Boden, verfluchte die Kälte und zog Cillas leblosen Körper auf den Pelz. Zwischen Monika und Cilla hatte sie einen kleinen Zwischenraum gelassen.

Dann zeigte sie auf diesen Zwischenraum und sagte: »Karo! Leg dich!«

Karo zwängte sich zwischen Cilla und Monika und legte sich hin. Sein Frauchen hatte Cillas Pelz gefunden und bedeckte nun alle drei damit, bevor sie sich selbst auf der anderen Seite dicht neben Cilla setzte.

Endlich kam sie beim Notruf durch und sprach rasch und konzentriert, obwohl sie selbst inzwischen derart vor Kälte zitterte, dass ihre Worte fast unverständlich wurden und sie sie mehrmals wiederholen musste.

Monika sah Cilla an. Nichts schien dafür zu sprechen, dass sie noch am Leben war. Der Kummer darüber, versagt zu haben, mischte sich mit der Erleichterung, jeglicher Wahrscheinlichkeit zum Trotz gefunden worden zu sein.

Als Monika spürte, dass Karos kompakter Leib sie langsam zu wärmen begann, fiel ihr plötzlich auf, dass sie ihn schön fand. Sie legte den Kopf an seinen Hals und spürte, dass ihr die Tränen aus den Augen schossen. Aber wie war es möglich, dass sie noch welche hatte?

»Karo. Das verspreche ich dir, wenn ich das hier überlebe, dann lege ich mir einen Hund zu. Ich werde Hunde nie mehr für überflüssig und sinnlos halten. Und mich nie mehr vor einem fürchten. Nie.«

Karo schien ein Stoiker zu sein, er blieb gelassen liegen, bis eine Viertelstunde später endlich die Krankenwagen eintrafen.

Epilog

Monika und Cilla wurden beide ins Västra Sjukhus gebracht, jede in ihrem eigenen Krankenwagen, weil es seine Zeit gedauert hatte, Monika von der Egge zu befreien. Seltsamerweise hörte Monika einen der Fahrer dasselbe sagen, was sie kurz zuvor erst gedacht hatte. Offenbar wollte er seinen Kollegen Mut machen, was Cilla betraf: »Tot ist nur, wer warm und tot ist. Wir können die Lebenszeichen erst beurteilen, wenn wir die Temperatur hochgebracht haben.«

Cilla wurde auf die Intensivstation gebracht und dort unter strenger Überwachung langsam aufgewärmt. Schließlich kam sie zu sich, aller statistischen Wahrscheinlichkeit zum Trotz.

Monikas Bein wurde von einem fröhlichen Arzt genäht, der sich alle Mühe gab, eine hässliche Narbe zu vermeiden. Sie musste Weihnachten im Krankenhaus verbringen, weshalb ihr Mangel an Plänen für die Feiertage nicht mehr ins Gewicht fiel. Sie bekam natürlich Besuch von ihrem Vater und von Sonja und Idriss. Sonja machte Witze über Monikas Behauptung, ihr Beruf sei gar nicht so gefährlich, und Idriss spielte bescheiden seine Rolle in der dramatischen Entwicklung des Freitags herunter. »Du warst der Einzige, der mir überhaupt geglaubt und mein Urteil respektiert hat«, widersprach Monika. »Du hast mir zugehört, und das war eine gewaltige Hilfe. Und dafür bin ich dir dankbar, ob dir das nun passt oder nicht.«

Am Ersten Weihnachtstag tauchten Mikael und Patrik auf. Sie sahen in dem kleinen Einzelzimmer groß und fremd aus, und nach einigen Minuten erklärte Patrik, dass er noch einen weiteren Krankenbesuch machen müsse, und ließ die beiden allein. Dabei schien er Mikaels funkelnde Persönlichkeit mitzunehmen. Übrig blieb ein Mikael mit einem so nackten Gesicht, wie Monika es noch nie bei jemandem gesehen hatte.

Er setzte sich auf die Bettkante, beugte sich vor und lehnte seine Stirn gegen ihre. Sie fuhr ihm mit den Fingern durch die Haare, ohne genau zu wissen, warum, ohne zu verstehen, was eigentlich vor sich ging. Er seufzte tief und ließ seinen Kopf auf ihre Schulter sinken. So saßen sie eine Weile da. Monika wusste nicht, wie lange, denn die Zeit hatte ihren Rhythmus geändert, sie dehnte sich und vermittelte ihr eine Ahnung von Zeitlosigkeit, von der Möglichkeit nur zu existieren, sonst nichts, in einem ewig leuchtenden Jetzt.

Dann stand Mikael auf und sagte leise: »Wenn Patrik eine Chance haben soll, dann braucht er Platz. Ich begreife jetzt langsam, dass ich den Preis dafür bezahle, dass ich immer Sex und Freundschaft unterschieden habe, Sex und Nähe. Monika, ich weiß, dass das hier ein Weg ist, den wir beide gehen müssen. Ich wünschte nur, du könntest diesen Schritt machen, weil du ihn willst und weil er für dich wichtig ist, und nicht, weil ich dich dazu zwinge.« Er streichelte ihr sanft über die Haare. »Ich hätte nie gedacht, dass es so viel kosten würde.«

»Es ist seltsam zu wissen, dass etwas richtig ist, wenn es doch so falsch wirkt.«

»Dann weißt du mehr als ich, ich weiß nicht, noch nicht zumindest, was Patrik und ich einander geben können. Was ich aber sicher weiß, ist, dass ich das auch niemals erfahren werde, wenn er mit dir in Konkurrenz stehen muss.«

Sie nahm seine Hand und legte sie an ihre Wange. Worte reichten hier bei Weitem nicht mehr aus. Es erschien ihr sinnlos, überhaupt etwas sagen zu wollen. Sie konnte nicht einmal damit anfangen, das Vakuum zu bemessen, das er hinterließ. Vor Kummer und Sehnsucht kamen ihr die Tränen. Er drückte ihre Hand so fest, dass irgendetwas knackte, dann stürzte er aus dem Zimmer, als riskiere er, das unmöglich zu machen, wenn er noch länger blieb.

Monika lag allein in dem kleinen Zimmer und versuchte ihre Gedanken und Gefühle zu sammeln. Ihre Hand schmerzte, und der Schmerz schien ihren Kummer zu dämpfen. Die Egge, Cilla und Karo hatten ihr offenbar auf unerklärliche Weise eine Perspektive gegeben. Sie hatte ihren einzigen engen Freund verloren, ihre einzige wirkliche Beziehung überhaupt, aber sie lebte noch, und das Leben schien trotz allem zahlreiche Möglichkeiten zu bieten. Ihre Gedanken schienen nach vorn gezogen zu werden und sich nicht allzu sehr um die Vergangenheit drehen zu wollen. Sie stellte überrascht fest, dass Mikael unter der Situation mehr zu leiden schien als sie, die Verlassene. Die Freigelassene? Es war verwirrend.

Aster kam jeden Tag, als sei es das Natürlichste auf der Welt. Sie plauderte eine halbe Stunde über alles Mögliche, und wenn sie ging, war Monikas Laune immer besser als zuvor.

Lottie wurde in aller Stille und nach jüdischem Brauch beigesetzt und verstieß damit gegen ihre ungeschriebene Abmachung mit den Illustrierten, die nicht dabei sein durften und sich betrogen fühlten.

Cilla wurde eine Verteidigerin zugeteilt, eine schöne junge Frau mit einer so starken Ausstrahlung, dass ihre kraftlosen dünnen Arme und Beine kaum auffielen. Sie saß in einem Rollstuhl und trug elegante Kleidung, gut geschnittene Kostüme und schmale italienische Designerschuhe mit glatten Sohlen. Sie baute ihre Verteidigung darauf auf, dass Cillas Verzweiflung als Berufskrankheit zu betrachten sei, und dass in Wirklichkeit Stockholms Gesundheitspolitiker für Lotties Tod zur Verantwortung gezogen werden müssten, nicht Cilla. Der Prozess erregte einiges Aufsehen, und schließlich sah Monika in einer Zeitung ein Bild von Cilla, das ein ruhiges und entspanntes Gesicht zeigte, als sei diese Krise nötig gewesen, um Cilla aus ihrer Tretmühle zu befreien. Etwas an ihrer Miene brachte Monika auf den Gedanken, dass eine Vierzigjährige durchaus noch zwei oder drei Kinder bekommen konnte, wenn sie es wirklich wollte.

Im Frühling traf für Polizistin Monika Pedersen, Stockholm, Suécia, eine Postkarte ein. Irgendjemand im Postamt hatte sich die Mühe gemacht, die Adresse zu vervollständigen, sodass die Karte endlich in Monikas Postfach gelandet war. Sie kam aus São Paulo, Brasilien. Die Mitteilung war in schöner Handschrift mit Füllfederhalter verfasst:

»Ich musste in ein behaglicheres und diskreteres Krankenhaus übersiedeln und habe dafür den einfachsten Weg gewählt. Tut mir Leid, wenn ich Probleme gemacht habe. Es geht mir gut. Danke für all die Hilfe.« Als Unterschrift hatte der Mann mit den Brüsten ein lachendes Gesicht gezeichnet.

Monika musste über die Absurditäten des Lebens lachen.

Das Herz der kleinen Camilla konnte repariert werden, und sie war bald wieder gesund und munter. Als sie älter wurde, protzte sie mit ihrer großen Narbe, und als sie noch älter wurde, sorgte ein Schönheitschirurg dafür, dass die Narbe fast nicht mehr zu sehen war.

Mein Dank gilt

allen Menschen aus Stockholm, die geduldig meine Fragen beantwortet haben: Gunvor Ahlborg, Abteilung für Klinische Physiologie, Krankenhaus Huddinge; Eva Apéria, Jüdische Gemeinde; Aller Johannsson, Maximtheater; Peter Nord, Kriminalpolizei; Kari Ormstad, Gerichtsmedizinische Abteilung des Gerichtsmedizinischen Werks; Johanna Torstensson, Juristin; Jan Waldekranz, Dramaten und Heinrich Hünziker, Bern, für Inspiration und Aufmunterung im richtigen Moment; Haldo Vedin, SMHI., Norrköping, und meiner Lektorin Karin Strandberg für ihre Ausdauer und Diplomatie.

Wie schon in früheren Büchern habe ich mir unerhörte Freiheiten herausgenommen, wenn es um das Krankenhaus *Västra Sjukhus* geht, das im selben schönen Teil von Kungsholmen liegt wie das Krankenhaus Sankt Görans. Keine Abteilung, Institution oder Person, die dort arbeitet oder behandelt wird, existiert auch in Wirklichkeit. Wer versucht, zwischen 21.30 und 22.00 im Kiosk Benneboden einkaufen zu gehen, wird mit leeren Händen nach Hause kommen, ich habe die Öffnungszeiten um eine halbe Stunde verlängert.